Heinz G.
Konsalik

Das goldene Meer

Roman

GOLDMANN VERLAG

Ungekürzte Ausgabe

Umwelthinweis:
Alle bedruckten Materialien dieses Taschenbuches
sind chlorfrei und umweltschonend.
Das Papier enthält Recycling-Anteile.

Der Goldmann Verlag
ist ein Unternehmen der Verlagsgruppe Bertelsmann

Genehmigte Taschenbuchausgabe 6/90
© 1987 C. Bertelsmann Verlag GmbH / Blanvalet Verlag GmbH, München
Umschlagentwurf: Design Team München
Umschlagfoto: Cralle / The Image Bank, München
Druck: Elsnerdruck, Berlin
Verlagsnummer: 9627
MV · Herstellung: Heidrun Nawrot/sc
Made in Germany
ISBN 3-442-09627-8

5 7 9 10 8 6

Europa und die Weltmächte sind in der Lage,
innerhalb kurzer Zeit ganze Armaden und
Armeen, ganze Geschwader und Luftflotten
aufzubauen, aber um einige Schiffe ins
Südchinesische Meer zu entsenden, um dort
dem Massensterben ein Ende zu bereiten –
dazu ist Europa nicht in der Lage.

(André Glucksmann im »L'Express«, Paris)

I.

Neunzehn Nächte und neunzehn Tage waren sie auf dem Meer. Jetzt, in der zwanzigsten Nacht, wußten sie: Wir müssen sterben.

Sie waren dreiundvierzig Menschen auf einem flachen, seeuntüchtigen, halb verrotteten hölzernen Flußboot; zwölf Kinder, vierzehn Frauen und siebzehn Männer. In die Bootsmitte hatten sie einen niedrigen Holzverschlag gebaut. Darin lagen die kleineren Kinder, die schwächeren Frauen und die hochschwangere Thi Trung Linh, deren Mann Cuong am Heck neben dem stummen Motor saß und in die tiefschwarze Nacht starrte.

Bis zu dieser Nacht hatten Lam Van Xuong und die anderen gehofft, von einem der vielen Handelsschiffe, die auf der Schiffahrtsroute Singapur–Hongkong hin- und herfuhren, entdeckt und an Bord genommen zu werden. Aber die Hoffnung, diese verzweifelte Hoffnung, in ein neues Leben flüchten zu können, hatte sich als ein Irrtum erwiesen. Zwar war die Wasserstraße nach Hongkong oder Singapur wirklich eine Straße, auf der Tag und Nacht die großen Schiffe ihre Lasten transportierten. Doch nicht eines stoppte die Maschinen, um die winkenden, schreienden, weinenden Menschen aus dem winzigen Boot aufzunehmen, sie zu retten vor dem Verdursten, dem Verhungern, dem Ausdörren und dem Ertrinken.

Nicht, daß man die Verzweifelten in den Wellenbergen übersah. Man sah sie genau. Oft fuhren die Handelsschiffe in fünfzig oder sogar zwanzig Meter Entfernung an dem kleinen Flußboot vorbei. Die Winkenden und Schreienden konnten sehen, wie man sie von der Reling oder der Brücke aus betrachtete, wie sich die Ferngläser auf sie richteten, wie man auf sie zeigte und über sie sprach. Und dann rauschte das große Schiff an ihnen vorbei, schickte noch einige Wellen, die den Kahn gefährlich schaukeln ließen, und entfernte sich.

Das Leben flüchtete vor den Flüchtlingen. Neunzehn Tage und neunzehn Nächte lang. Xuong zählte zweiundvierzig Handelsschiffe und Tanker, die an ihnen vorbeizogen, ohne sie zu beachten. »Auch darauf sind Menschen«, sagte er einmal, als wieder ein Containerschiff in kaum dreißig Meter Entfernung an ihnen vorbeidröhnte, ohne die Maschinen anzuhalten. »Ich frage mich nur: *Was* für Menschen? Haben sie ein Herz in der Brust, oder nur noch ein Räderwerk?«

Lam Van Xuong konnte so sprechen – er war ein Lehrer, ein kluger Mann also, und weil er so klug war, hatte man ihn zum »Kommandanten« des Bootes gemacht. Er konnte auch den Kompaß lesen, und er war es gewesen, der vorgeschlagen hatte, zur Route Singapur–Hongkong zu fahren, wo man sie bestimmt an Bord nehmen würde. Begeistert hatten alle zugestimmt. Das war wirklich die Rettung von aller Qual und Verfolgung, von Willkür und Zwang. Menschen, die das Leid nachempfanden, würden sie mitnehmen in ein neues, freies Leben.

Und diese Menschen fuhren nun an ihnen vorbei... neunzehn Tage lang.

Vor vierzehn Tagen hatte eine große Welle, die über den Bug des Bootes schwappte, Xuong den lebenswichtigen Kompaß aus der Hand geschlagen. Seitdem benutzte Xuong seine Armbanduhr und die Sonne als Kompaß. Sie blieben in der Nähe der Seestraße, steckten nachts eine Fackel an, um auf sich aufmerksam zu machen, winkten mit Hemden, Kleidern und Tüchern, wenn ein Schiff an ihnen vorbeifuhr, und kauerten sich dann wieder entmutigt in ihrer Zehn-Meter-Holzschale zusammen.

Jetzt, in der zwanzigsten Nacht, fragte Cuong, der Mechaniker, den klugen Lehrer Xuong: »Wie machen wir es?«

»Was?«

»Das Sterben.«

»Wir haben noch für zwei Tage Wasser.« Xuong kam zum Heck und setzte sich neben Cuong auf den Holzkasten, unter dem der Motor montiert war. »Für jeden dreimal täglich drei Löffel voll Wasser.«

»Und dann? Wir treiben ab. Seit drei Tagen treiben wir ab. Wieder zurück zur Küste. Warum helfen uns diese Menschen nicht? Wenn sie uns nicht an Bord haben wollen, könnten sie uns doch ein Faß Benzin rüberwerfen. Aber sie fahren weiter. Xuong, sollen wir zuerst die Kinder töten, dann die Frauen und dann uns? Du bist ein kluger Mann, gib uns einen letzten Rat.«

»Du könntest Thi töten?«

»Es ist besser, als wenn sie und das Kind in ihrem Leib verdorren. Es gibt nur einen Tod, und wir können ihn uns aussuchen...«

»Hast du mit Thi darüber schon gesprochen?«

»Wer spricht davon? Der Tod sitzt bei uns, das wissen wir.« Cuong stützte sich auf das mit einem Seil festgebundene Steuerruder und starrte in die undurchdringliche Dunkelheit. Das flackernde Licht der Fackel drang nicht einmal bis zum Bug des kleinen Bootes, die Schwärze saugte es auf. Und doch war diese Fackel ein lautloser Schrei: Hier sind Menschen... helft uns, glücklichere Brüder! »Sie schläft und wird nichts merken. Sieh dir die Kinder an. Sie dörren aus. Ihre Haut schrumpft zu Leder wie bei einem Greis.« Er breitete die Arme aus und schüttelte die Hände. »Und die Schiffe fahren vorbei, Xuong, du hast zuviel von den Menschen erwartet.«

»Laß uns noch einen Tag abwarten... oder zwei...« Lam

9

Van Xuong legte die Hände übereinander, lehnte sich an den Motorkasten zurück und blickte in die schwarze Nacht. Mit wieviel Hoffnung waren sie vor zwanzig Tagen aus dem kleinen Hafen Phu-winh im Mekong-Delta ausgelaufen. Wir haben ein Boot, endlich haben wir ein Boot! Nach einem Jahr Warten, bis man den Kaufpreis zusammengespart hatte, ein Jahr, in dem der Bootsbesitzer viermal den Preis erhöhte und freundlich lächelnd sagte: »Ich brauche nicht zu verkaufen, ihr müßt kaufen... dieser Unterschied ist eben teuer.«

Sie waren aus drei benachbarten Dörfern zusammengekommen. Xuong, der Lehrer, aus der Haft der politischen Polizei entlassen und mit Berufsverbot belegt, arbeitete als Holzfäller in einer Kommune, mußte die schwersten und dreckigsten Arbeiten übernehmen, vor denen sich die anderen Kommunarden drückten. Aber er blieb der »Lehrer«, wenn er an einem freien Tag die Dörfer besuchte, aus denen die Schüler früher zu ihm in das Schulgebäude von Nha-duc gekommen waren. Mit wehem Herzen sah er die Not seiner Freunde, die von Mal zu Mal größer wurde, hörte die klagenden Frauen an, deren Männer zur Zwangsarbeit abgeholt worden waren, sprach mit dem ehemaligen Bürgermeister Phan Kim Trong, den die Geheimpolizei vier Monate lang gefoltert hatte, nur auf den Verdacht hin, er habe vier Säcke Reis zur Seite geschafft und heimlich verkauft, was nie bewiesen werden konnte, da er es nicht getan hatte. Nun war Trong ein Krüppel, körperlich und seelisch, zerbrochen an einem System, das nur Mißtrauen und blinde Unterwürfigkeit kennt. Und bei einem dieser Besuche hatte Xuong beschlossen, ein Boot zu kaufen und über das Meer zu flüchten in eine Welt ohne Verfolgung und Folter, ohne Angst und ohne Schläge. Vielleicht nach Thailand oder nach Singapur, nach Sumatra oder den Philippinen, oder in eine weite Ferne, in einen anderen Teil dieser Erde, wo Menschen lebten, die wußten, was Menschlichkeit bedeutet. Humanität nannte es der kluge Lehrer. Die Frauen und Männer, die ihm zuhörten, hatten dieses Wort noch nie gehört, aber als er es ihnen erklärte, leuchteten ihre Augen.

Gab es das überhaupt? Humanität? Anerkennung der Würde aller Menschen, ganz gleich, welcher Rasse, aus welchem Staat, von welchem Stand? Vorbei mit aller Sklaverei unter einer diktatorischen Regierung? Politische Gleichberechtigung aller Auffassungen und Gedanken? Freie Gedanken? Freie Rede? Ein Mensch mit Menschenrechten... mein Gott, gab es das wirklich?! Keine Tritte und Schläge mehr, kein Arbeiten bis zum Umfallen für eine Schüssel Reis mit Fisch? War das nicht das Paradies, von dem der Pater immer predigte? Und das soll vor der Tür liegen, nur ein paar hundert Meilen weiter, jenseits der Linie, an der auf jeden geschossen wird? So nah, und doch so unerreichbar wie ein Stern...

Aber nein. Hört euch doch Xuong, den klugen Lehrer an. Hört, was er erzählt, was er vorschlägt, welchen Weg es gibt zu dieser sagenhaften Humanität: Über das Meer! Nur ein gutes Boot braucht man und etwas Mut. Und da draußen auf dem freien Meer werden die humanen Menschen die Flüchtlinge auffischen und in die Länder bringen, wo ein Mensch noch das Recht hat zu leben. Auch das hat der Pater gepredigt, und Xuong sagt es jetzt auch: Wir sind alle Brüder! Nur, die einen wissen es, und die anderen wissen es nicht. Laßt uns zu jenen flüchten, die es wissen!

Es waren zwanzig Männer, sechzehn Frauen und vierzehn Kinder, die Xuong die Hand drückten, Stillschweigen schworen und dann begannen, für dieses Paradies zu arbeiten und zu sparen. Ein Jahr lang, bis Xuong das kleine flache Flußboot kaufen konnte. Drei Männer starben in diesem Jahr, zwei Frauen und zwei Kinder. Man verkaufte auf dem Markt von Vinh-long, was sie hinterlassen hatten, und gab das Geld dem Lehrer.

Eines Tages sagte Xuong: »Im nächsten Monat, im Mai, wenn das Meer noch ruhig ist, können wir fahren. Das Boot liegt bereit, mittschiffs habe ich einen Raum aus Holz für die

Frauen und Kinder bauen lassen. Nudeln, Fässer mit Frischwasser, Treibstoff, Reis, getrocknetes Obst und Spiritus besorge ich noch. Das Meer wird uns die Fische liefern. Töpfe und Pfannen und alles, was ihr braucht, bringt ihr selbst mit. Wenn wir die Schiffahrtsroute Singapur–Hongkong erreicht haben, sind wir gerettet. Es werden bis dahin nur ein paar Tage und Nächte sein. Beten wir alle, daß das Meer ruhig bleibt. Unser Boot ist flach, aber ein ruhiges Meer können wir bezwingen.«

Noch einen Monat, nur noch einen Monat! Wie sich die Tage dehnten, wie langsam die Nächte vergingen. Cuong, der Mechaniker, der in der Kommune einen Traktor fuhr, strampelte nachts auf einem Rad, das vor Alter quietschte und dessen Räder eierten, heimlich zum Hafen und reparierte den Motor des Bootes mit gestohlenen Schläuchen und Kupferleitungen, klagte mehrmals: »Der Verkäufer betrügt uns, Xuong! Schon bei halber Kraft wird der Motor auseinanderfallen!« Aber alles Protestieren half nicht. Im Gegenteil, der Verkäufer, ein dürrer Flußfischer, schraubte die Forderung noch einmal hoch.

Xuong bezahlte zähneknirschend, aber ohne den Mann zu verfluchen. Im Grunde verstand er ihn. Es ging darum, Geld zu verdienen, und von wem es kam, war von wenigem Interesse. Schließlich gab der Mann sein Boot her, würde es am Morgen nach Abfahrt der Flüchtlinge als gesunken melden, leckgeschlagen und untergegangen beim Fischen im Mekong, von der Strömung dann weggerissen. Das war glaubhaft, und Lap Quang Ky, der arme, lederhäutige Fischer, würde versuchen, von der Kommune der Fischer ein neues Boot zu bekommen, auf Abzahlung natürlich, vom Erlös des Fischens würde ihm gerade soviel übrigbleiben, daß er nicht verhungerte... Wer wußte denn, daß er in Wahrheit ein wohlhabender Mann war, der sich Fleischstückchen in seiner Reissuppe leisten konnte. Ein jeder will ein wenig besser leben, wem kann man das verübeln?

In diesem letzten Monat in der Heimat verkauften die Verschworenen nacheinander alles, was sie besaßen. Sogar nach Ho-Chi-Minh-Stadt fuhren sie mit den überfüllten, mit Menschentrauben behangenen Bussen und boten ihre Habe an; die letzten Tage hausten sie in leeren Zimmern und Hütten, schliefen auf der blanken Erde, arbeiteten aber wie immer, um keinen Verdacht aufkommen zu lassen.

Dann endlich war die Nacht da, in der sie zum Fluß schlichen und über ein schwankendes Brett auf das Boot gingen. Zwölf Kinder von zwei bis dreizehn Jahren, vierzehn Frauen und sechzehn Männer. Das Boot war viel zu klein für sie alle... eng zusammengepfercht hockten sie auf dem Boden, die Kinder waren in den Holzverschlag gekrochen. Als Xuong das Brett, das sie noch mit der Heimat verband, wegtrat und das Boot lautlos von der Strömung erfaßt und weggezogen wurde, falteten sie alle die Hände und beteten, was sie bei Pater Matthias in der Mission gelernt hatten: Vater unser, der Du bist im Himmel...

Erst mitten auf dem Mekong warf Cuong den Motor an und lachte und klatschte in die Hände, als der wirklich gleichmäßig zu rattern begann. Durch das alte Boot ging ein Zittern, als sei es ein müdes Pferd, dem man einen heftigen Schlag versetzt hatte. Cuong mußte das Ruderrad fest in beide Fäuste nehmen und begriff plötzlich, was die Fischer immer sagten: Jeder Tag ist ein Kampf mit dem Fluß.

Wie mochte das mit dem Meer sein?

Er blickte Xuong an, der neben ihm stand und stumm zum kaum sichtbaren Ufer starrte. In die Freiheit, dachte er. Jetzt schwimmen wir in die Freiheit. Wir werden dich nie wiedersehen, wir werden nie wieder zu dir zurückkommen, schöne Heimat Vietnam. Irgendwo auf dieser Welt werden wir einen neuen Platz finden, wo unsere Kinder geboren und unsere Alten sterben werden, wo es keine Unterdrückung und keinen Haß gibt, wo wir die Arbeit unserer Hände behalten können und alle Menschen Brüder sind.

»Zwei schwere Tage kommen noch, Cuong«, sagte er. Mit einem Ruck riß er sich vom Anblick des Ufers los und wandte ihm den Rücken zu.

»Ich weiß, die Küstenwachboote der Marine.« Cuong gab noch etwas mehr Gas. Mit der Strömung machten sie gute Fahrt, der Kahn lag besser im Wasser, als man geglaubt hatte, er glitt fast über den Fluß mit seinem flachen Kiel, als sei er ein großer Schlitten. »Sie werden denken: Da ist ein mutiger Fischer, der sich aus dem Mekong hinauswagt. Vielleicht aber sieht uns auch niemand.«

In der Morgendämmerung verließen sie bei der Halbinsel Cua Cung-hau das Mekong-Delta und fuhren aufs freie Meer hinaus. Das Glück war mit ihnen. Kein Wachboot lief an diesem Tag seine Patrouille vor diesem Küstenstreifen, das Meer lag ruhig und bei den ersten Sonnenstrahlen wie vergoldet vor ihnen, es war ein Anblick, der das Herz jauchzen ließ.

Aus dem Holzverschlag zog der Duft von Tee über das Boot. Kim Thu Mai, ein junges Mädchen von achtzehn Jahren und Tochter von Cuongs Bruder Khoa, den man im Gefängnis zu Tode geprügelt hatte, brachte das Frühstück für Xuong und Cuong zum Ruderplatz. Tee, etwas Brot und einen kleinen Topf mit Ingwerhonig. Mai lachte, als sie den flachen Korb auf den Motorkasten stellte. Im Fahrtwind flatterten ihre schwarzen Haare, sie zeigte auf das Meer und schlug die Hände aneinander. Zum erstenmal sah sie das grenzenlose Wasser. »Wie schön!« rief sie. »Wie schön! Was sagst du dazu, Cuong?«

»Das Meer ist tückisch wie eine Schlange. Sie liegt da mit schimmernder Haut, du bewunderst sie, und plötzlich schnellt sie vor, beißt dich und du wirst sterben.« Er drosselte den Motor etwas, setzte sich auf die Motorverkleidung und überließ Xuong das Ruder. »Wie geht es Thi?«

»Sie liegt auf ihrer Decke und ist glücklich.«

»Keine Schmerzen im Bauch? Keine Übelkeit?«

»Sie sagt nein.«

»Und die Kinder?«

»Die meisten schlafen noch.«

Aus dem Verschlag krochen jetzt die anderen Frauen, um ihren auf dem Bootsboden hockenden Männern den Tee zu bringen. Das leichte Schwanken und das Balancieren der Teebecher begleiteten sie mit leisen, quietschenden Aufschreien, die Fröhlichkeit verbreiteten. Die Wellen des Meeres, auch wenn es wie glatt dalag, waren doch stärker als die des Mekong.

Xuong trank zwei Schlucke Tee, riß seine Brotscheibe in Streifen und tunkte sie in den Honig. Dieses goldene, glatte Meer gefiel ihm nicht. Man sah das Boot aus weiter Entfernung, es lag wie auf einem Tisch, und das war in dieser Gegend gefährlich. Später, wenn man zur Straße der großen Schiffe kam, konnte man ein ruhiges Meer gebrauchen. Jetzt aber erhöhte es die Gefahr.

Er wartete, bis Kim zurück zum Verschlag ging, und wischte sich den Mund mit dem Handrücken ab. »Ich habe euch etwas nicht gesagt. Vielleicht war das ein Fehler, aber ihr solltet es doch wissen«, setzte er an. »Wir werden mit der Angst leben müssen, mindestens 150 Meilen von der Küste entfernt.«

»Der Himmel sieht nicht nach Sturm aus, Xuong.«

»Einem Sturm wäre zu widerstehen. Die Gefahr ist schneller als wir, besser ausgerüstet, grausamer als jeder Taifun, schlimmer als jeder Hai, und sie fährt auf guten, festen Schiffen mit starken Motoren. Wenn man sie sieht, gibt es kein Entrinnen mehr. Vor einem Tiger im Dschungel kann man mit viel Glück flüchten, vor ihr ist man hilflos. Und je ruhiger das Meer ist, um so größer ist diese Gefahr.«

Cuong warf einen Blick zur Seite auf Xuong, hob die Schultern und deutete damit an, daß er dieses Rätsel nicht verstehe. Für ihn war ein kaum bewegtes Meer ein Glücksfall, der gar nicht lange genug anhalten konnte. Schon der Gedanke an eine mäßig bewegte See erzeugte in ihm ein Übelkeitsgefühl. Ein flaches Flußboot auf weit heranrollenden Wellen, das ist nicht mehr als ein auf dem Wasser tanzendes Brett. Nur hockten auf diesem Brett 42 Menschen, die ein neues Leben suchten.

»Ich bin ein dummer Mensch«, sagte er schließlich, als Xuong seinen Blick nicht zu verstehen schien. »Beten wir, daß das Meer so sanftmütig bleibt.«

»Vor der Küste, besonders hier vor dem Mekong-Delta, lauern thailändische Fischerboote.« Xuong stellte seinen Becher Tee zur Seite, nahm seinen Kompaß aus der Tasche, klappte den Deckel hoch und kontrollierte die Fahrtrichtung. »Schnelle Schiffe.«

»Ist das wahr?« Cuongs Augen strahlten, über sein Gesicht breitete sich ein Lächeln der Freude. »Sie werden uns den Weg nach Thailand zeigen.«

»Sie sind als Fischerboote getarnt. Sie fischen nicht mit Netzen, sondern mit Enterhaken und Pistolen, Beilen und Eisenstangen, Messern und Würgestricken. Sie fischen Menschen.«

»Seit... seit wann weißt du das?« Cuong starrte den klugen Lehrer Lam Van an, so ungläubig, wie nur ein Ahnungsloser sein kann. Sie fischen Menschen – was bedeutete das? Was will man mit Menschen, wenn die Netze voller Fische sein können? Doch dann durchfuhr ihn ein entsetzlicher Gedanke. »Sie... sie fangen uns und liefern uns der Polizei aus? Bringen uns zurück an Land? Bekommen Geld dafür. Kopfgeld. Das kann nicht wahr sein, Xuong, es sind doch Thailänder!«

»Es sind Piraten, Cuong. Sie werden uns ausplündern, unsere Frauen vergewaltigen, die jungen und hübschen mitnehmen und in Thailand an die Bordelle verkaufen, und wenn wir uns wehren, werden sie uns erschießen, erstechen oder über Bord zu den Haien werfen.«

»Das... das hast du alles gewußt?«

»Seit über einem Jahr.« Xuong klappte den Deckel des Kompasses zu und sah jetzt Cuong voll in die unruhigen Augen. »Ich weiß nicht, wie viele Flüchtlingsboote sie schon überfallen haben, aber es sollen viele sein. Wir müssen um das Glück beten, nicht von ihnen gesehen zu werden. Ein glattes Meer wie heute ist ihr Verbündeter. Bei höheren Wellen sieht man uns nicht so leicht.«

»Wann können wir an der Schiffahrtstraße sein?« In Cuongs Stimme hörte man deutlich die Angst. Piraten. Sie würden Linh mißhandeln. Und alle Frauen im Boot... lauter junge, hübsche Frauen. Die Älteste war Ut, sie hatte ihre drei kleinen Kinder bei sich, und ihr Mann Tuc war einer von jenen, die in dem Jahr des Wartens und Sparens gestorben waren. An einem Riesenfurunkel im Nacken, den niemand behandeln konnte. »Da kommt dein ganzes inneres Gift raus!« hatte der Kommunenarzt spöttisch gesagt, als Tuc ihm das ungeheure Geschwür zeigte. »Du bist doch einer von denen, die immer unzufrieden sind. Geh und schmier dir deine Parolen in den Nacken.« Tuc starb schließlich an Blutvergiftung. Ut, seine Witwe, verkaufte alles, was sie besaß, gab Xuong das Geld und glaubte seitdem, ein besseres Leben in einem anderen Land gewinnen zu können.

»Ich werde den Motor hochtreiben, Xuong!« sagte Cuong mit belegter Stimme. »Schaffen wir es in zwei Tagen?«

»Es können auch drei werden. Belaste den Motor nicht zu stark. Er ist wie ein alter Mann, der keucht, spuckt und nach Atem ringt. Jag ihn nicht in den Tod. Ohne Motor gibt es keine Hoffnung mehr.«

Cuong nickte, ließ den Motor gedrosselt und rang noch immer mit dem Entsetzen, das in ihm war. »Sollen wir es den anderen sagen?« fragte er.

»Nur den Männern. Nicht den Frauen.«

»Aber sie wird es am meisten treffen.«

»Vertrauen wir auf das Glück, das bis heute bei uns war.« Xuong stieß sich von dem Motorkasten ab, bahnte sich einen Weg durch die herumhockenden und essenden Männer und rutschte dann auf Knien in den Holzverschlag. So niedrig war er. Selbst ein kleines Kind konnte darin kaum stehen.

Am dritten Tag, nach Xuongs Berechnungen mußte man

ganz in der Nähe der großen Schiffahrtsroute sein, sichteten sie ein kleines, treibendes Boot. Es tanzte auf den nun etwas höher gehenden Wellen, fiel in die Wellentäler, ritt auf den Wellenkämmen. Ein leeres Boot, so schien es, von irgendwoher abgetrieben, vielleicht schon Wochen im Südchinesischen Meer.

»Das können wir gut gebrauchen!« schrie Cuong gegen den Fahrtwind. »Alles, was schwimmt, ist für uns gut! Holen wir es längsseits?«

»Es ist ein schlechtes Zeichen«, sagte Xuong zögernd.

»Das verstehe ich nicht.«

»Ein so kleines Boot schlägt schnell voll Wasser und sinkt. Es ist noch nicht lange hier draußen, und es ist ein vietnamesisches Boot. Was beweist das?«

»Ich weiß es nicht, Xuong.«

Nun standen auch die Frauen und die größeren Kinder an Deck und starrten hinüber zu dem wellenreitenden Kahn.

»Das ist ein Überbleibsel«, sagte Xuong nachdenklich. »Ein Rest...«

»Wovon?«

»Von Menschen, die wie wir die Freiheit suchten. Entweder hat das Meer sie getötet oder die Piraten...«

»Das heißt, daß welche in der Nähe sind?« rief Cuong entsetzt. »Ändern wir sofort den Kurs!«

»Sie lauern aufgereiht wie eine Perlenschnur vor der Route Singapur–Hongkong. Sie wissen, jedes Flüchtlingsboot wird versuchen, in die Wasserstraße zu kommen. Nur dort ist Hoffnung auf Rettung. Warten wir hier, Cuong. Wirf den Treibanker aus. Versuchen wir in der Nacht, die Route zu erreichen.«

»Die großen Schiffe werden uns überfahren und unter Wasser drücken.«

»Wir werden sie von weitem wahrnehmen, sie sind alle hell beleuchtet. Und wir werden unsere Fackeln anzünden, wenn wir ihre Lampen sehen. Zwischen den großen Schiffen sind wir sicher. Da gibt es keine Piraten mehr.«

Cuong stellte den Motor ab, rief ein paar Worte über Deck, zwei Männer, die nur zerschlissene Hosen und durchnäßte, kurzärmelige blaue Hemden trugen, warfen den kleinen Treibanker über Bord und hielten dann das Tau fest. Das fremde, leere Boot tanzte näher, kam genau auf sie zu. Die Frauen klatschten in die Hände, als zwei anderen Männer mit langen Stangen, an deren Enden sich Widerhaken befanden, den Rand des Bootes packten und es heranzogen.

Es war nicht leer. Auf dem Boden lag ein junger Mann, besinnungslos, mit nacktem Oberkörper. Seine linke Schulter war blutverschmiert. Erbärmlich sah er aus, verhungert, ausgezehrt, dem Tode näher als dem Leben. Zusammengekrümmt hing er halb im Wasser, das die Wellen ins Boot geworfen hatten. Zu viert hoben sie den Ohnmächtigen über die Bordwand und betteten ihn auf eine Strohmatte, mit dem Kopf auf eine flache Kiste, die Fackeln enthielt. Xuong untersuchte sofort die blutige Schulter. Kim Thu Mai half ihm dabei. Sie hatte in der Kommune einen Lehrgang in Erster Hilfe mitgemacht. Sie wusch das Blut mit Meerwasser ab, was höllisch brennen mußte wegen des Salzgehaltes, aber der Verletzte spürte in seiner tiefen Bewußtlosigkeit ja nichts.

»Messerstiche!« sagte Xuong langsam, als die Wunden freilagen. »Einwandfrei Messerstiche. Er ist einer der Unglücklichen, die sich gewehrt haben.« Er richtete sich auf und warf einen Blick auf Cuong. »Jetzt wissen wir, was uns erwarten kann. *Kann*, sage ich! Wir müssen listiger sein als unsere Feinde.«

Kim Thu Mai hatte unterdessen dem Ohnmächtigen ein klein wenig Reisschnaps zwischen die Lippen geträufelt. Zwei kleine Korbflaschen hatten sie davon an Bord. Nicht um sich einen Rausch anzutrinken, sondern als Medizin, als eine Art Trost, wenn ihn jemand nötig hatte. Xuong hatte die beiden Korbflaschen mitgebracht... er kannte seine Mitmenschen besser als jeder andere. Er war ja ein Lehrer.

Man weiß, daß Reisschnaps das Gemüt anregt und einen fröhlichen Sinn schafft. Aber nun zeigte es sich, daß er auch einen entflohenen Geist zurückholen konnte. Der Verletzte stieß einen langen Seufzer aus, schlug dann die Augen auf und warf einen Blick voller Entsetzen auf die ihn umringenden Männer. Doch dann erkannte er, daß es keine neuen Piraten waren, daß er lebte und im Augenblick in Sicherheit war. Vor Freude begann er zu weinen und schämte sich nicht. Bei solchen Tränen verliert niemand sein Gesicht. Er hob den Kopf, es schmerzte ihn, das sah man an seinem sich verzerrenden Mund, aber dann blickte er Kim an und lächelte schwach.

Xuong beugte sich über ihn. »Wo haben sie euch überfallen?« fragte er ohne Umschweife.

»Sie haben unser Schiff versenkt... den Boden aufgehackt. Alle sind ertrunken. Vorher haben sie alle Frauen und sogar die kleinen Mädchen...« Er schluckte, sah Kim an und schloß dann die Augen. »Sie haben uns gezwungen zuzusehen. Als es vorbei war, gingen sie von einem zum anderen und stachen uns nieder. Die anderen hackten den Boden auf... Sie hielten mich für tot. Ich habe mich tot gestellt.« Seine Stimme klang heiser. Jetzt spürte er auch seine Wunden und knirschte mit den Zähnen.

»Und wie bist du in das Boot gekommen?« fragte Xuong.

»Das Tau des Beibootes hatten sie gekappt. Es schwamm nebenher. Sie warfen mich mit den Toten über Bord, ich tauchte unter und schwamm unter dem Boot durch auf die andere Seite, klammerte mich dort fest und wartete, bis unser Schiff mit den Frauen und Kindern unterging. Wie haben sie geschrien... ich werde es nie vergessen. Mit Musik aus einem Lautsprecher fuhren die Piraten weiter, ich hing an dem Boot, bis sie außer Sichtweite waren, um mich herum trieben die Leichen meiner Freunde, der Frauen und die Kinder, ein kleines Mädchen umklammerte noch seine Mutter. Da zog ich mich hoch, fiel in den Kahn... und weiß dann gar nichts mehr...«

Erschöpft von der langen Rede schloß der Verwundete wieder die Augen, begann stoßweise zu atmen und schien in erneute Bewußtlosigkeit zu fallen. Xuong holte ihn mit einem Schluck Reisschnaps wieder in die Gegenwart zurück.

»Wann war das?«

»Heute, gestern, vor drei Tagen... ich weiß es nicht. Ich habe das Zeitgefühl verloren.« Er sah wieder Kim an, mit einem langen Blick, als fließe von ihr neues Leben in ihn hinein. »Ich heiße Vu Xuan Le...«

»Du solltest noch nicht so viel sprechen, Le«, sagte Kim. »Gleich werden wir Reis bringen.«

»Ich kann nicht schlucken.« Er versuchte es, aber sein Gesicht verzog sich wieder. »Alles ist wie verbrannt...«

»Das Salzwasser.« Xuong richtete sich auf. »Wir kochen dir eine Suppe aus Hühnerfleisch. Die kannst du langsam trinken.«

Er überließ Le der Fürsorge von Kim. Sie umwickelte die Stichwunden mit einem gebleichten Baumwollappen und zog dem Verletzten ein Hemd über, das einer der Männer ihr gab. Le ergriff ihre Hand, drückte sie dankbar und legte sie auf sein Herz. Dann schien er einzuschlafen. Er atmete regelmäßig und tief und hatte die Augen geschlossen.

Am Heck saßen Cuong und Xuong wieder beisammen und suchten mit scharfen Augen den Horizont ab. Plötzlich konnte es auftauchen, das Piratenschiff, hochschießen aus einem Wellental. Dann gab es nur noch die Flucht mit voller Motorkraft, auch auf das Risiko hin, daß die Zylinder explodierten oder die Kurbelwelle brach.

»Er ist nicht lange getrieben«, sagte Xuong. Sein Gesicht lag in Falten, jetzt sah man ihm seine fünfundvierzig harten Jahre an. »Er sieht zu gut aus für einen Menschen, der schutzlos unter der Sonne auf dem Meer treibt. Hat er Verbrennungen? Nein. Sind seine Lider rot und geschwollen? Nein. Ist er mit getrocknetem Meersalz bedeckt? Nein. Ist seine Zunge dick und aufgequollen vor Durst? Nein. Tränen seine Augen unter dem Feuer der Sonne? Nein. Was folgerst du daraus, Cuong?«

»Du bist der Lehrer, Xuong. Ich bin nur ein Mechaniker.«

»Der Überfall hat erst gestern stattgefunden. Länger als eine Nacht und diesen halben Tag hat Vu Xuan Le nicht in dem Boot gelegen.«

»Du willst sagen, die Piraten sind in unserer Nähe?« In Cuongs Stimme schwang deutlich Angst mit.

»Sie liegen, wie ich geahnt habe, wie eine Kette vor der Schiffahrtstraße. Sie warten auf die Flüchtlingsboote.«

»Und wir schwimmen genau in ihre Netze...«

»Eben das müssen wir vermeiden.« Xuong musterte wieder den Horizont. Wenn dort etwas auftauchte, und sei es nur ein nicht zu bestimmender Punkt, gab es nur die Flucht zurück zur Küste. Das Gefängnis in Vinh-long konnte man überleben, die Revolver, Beile und Dolche der Piraten nicht. »Es bleibt dabei. Wir fahren nur in der Nacht. Ohne Licht. Wir werden zur Wasserstraße kommen, Cuong, ich fühle es. Und mein Gefühl hat mich noch nie betrogen.«

»Wir werden beten«, sagte Cuong. Er war, wie sie alle im Boot, ein gläubiger Christ und deswegen schon oft von den kommunistischen Funktionären geschlagen und verhöhnt worden. Am schlimmsten war es vor fünf Monaten gewesen. Da hatten ihn drei Funktionäre in ihr Dienstzimmer geführt und mit Fußtritten und Faustschlägen vor eine große hölzerne Marienstatue getrieben, die sie aus irgendeiner Kirche entführt hatten. Unten in die Figur hatten sie ein großes Loch gebohrt. Nun stellten sie Cuong davor, lachten, spuckten ihm ins Gesicht und befahlen hämisch: »Hol deinen Schwanz raus! Los, los, hol ihn heraus! Fick deine Gottesmutter! Willst du wohl die Hose öffnen!« Und als Cuong stehenblieb, rissen sie ihm die Hose herunter und schlugen mit der flachen Hand gegen sein Geschlecht. »Fick sie, sofort, oder wir schlagen dich tot! Zeig, wie's ein guter Affe macht!«

»Schlagt mich tot!« hatte Cuong tapfer geantwortet. »Genossen, schlagt mich tot.«

Das Wort Genosse rettete Cuong. Sie traten ihn nur in den Hintern, hieben mit biegsamen Stöckchen gegen seinen Unterleib, steckten dann die Stöcke in das Loch der Marienstatue und grölten wüste, säuische Verse. Aber Cuong hatte überlebt...

Jetzt, an diesem gefährlichen Tag, knieten sie alle nieder, falteten die Hände und beteten um die Gnade der Rettung. Auch die Kinder beteten, die ganz Kleinen ohne zu wissen, was das bedeutete. Sie sprachen einfach die Worte ihrer Mütter nach. Vu Xuan Le lag auf dem Hinterdeck und beteiligte sich nicht an den Gebeten. Man nahm es ihm nicht übel. Er hatte wohl zuviel Grauenhaftes erlebt, um jetzt auch noch einen Gott anrufen zu können, der seinem Wesen völlig fremd war. Ein Gott, der den Menschen Liebe und Vergebung predigte... für Le mochte der Gedanke an Rache und Vergeltung näher und stärker sein.

Bis die Nacht hereinbrach, trieben sie am Anker auf dem Meer. Die Wellen wurden höher, ein warmer Wind blies von Land her. Das Boot begann zu schwanken und zu knarren, wurde empor- und wieder hinabgeworfen, es knirschte an allen Enden, als lösten sich Schrauben und Nägel. Voll Angst krochen die Frauen eng zusammen und preßten die Kinder an sich, einige würgten, umklammerten die Bordwand und spuckten in das Meer. Aber Xuong war zufrieden und sagte: »So ist es gut. Cuong, sobald es völlig dunkel ist, wirf den Motor wieder an.«

Die Nacht hindurch fuhren sie mit voller Kraft. Cuong und drei andere Männer lösten sich am Steuer ab. Nur Xuang schien keinen Schlaf zu brauchen. Er saß neben der Motorverkleidung auf dem Boden, hatte den aufgeklappten Kompaß zwischen seine Knie geklemmt und korrigierte ab und zu den Kurs. Le, das Piratenopfer, schlief an der Wand des Verschlages, zusammengerollt wie ein Hund. Man hatte ihm Tee und Reis, gebratenen Fisch und Sojasoße gegeben, vor allem aber –

Kim kümmerte sich um ihn, verband zweimal seine Wunden, und obwohl das weh tat, verzog er keinen Muskel seines Gesichtes, sondern lächelte sie an. Ein winziger Held ist immer noch besser als ein Schwächling, der Mitleid sammelt.

»Wo kommst du her?« fragte er, als sie den dritten Verband anlegte.

»Aus Dien Ban Nam...«

»Und ich aus Muong-hanh.«

»Das ist ja gar nicht weit von uns!«

»Welch ein Zufall! Warum haben wir uns nicht früher gesehen?«

»Es gibt so viele Menschen. Man kann nicht alle anschauen.«

»An dir wäre ich nicht vorbeigegangen, Kim. Nur ein einziger Blick... ich wäre wie vom Blitz getroffen.«

Sie antwortete nicht, drehte den Kopf verlegen zur Seite und schob Les Hand weg, die über ihren Schenkel tastete. Im Holzverschlag weinten die Kinder; das rauhe Meer machte ihnen Angst, ließ sie über den Boden und gegen die Wände rutschen, sie klammerten sich an die noch nicht seekranken Frauen fest und waren nicht zu beruhigen. Das flache Flußboot konnte mit seinem Kiel nicht die Wellen durchschneiden, es ritt auf ihnen, und der armselige, alte Motor kämpfte schwer um jeden Meter.

»Wir werden auch heute noch nicht die Route erreichen«, sagte Xuong beim Heraufdämmern des Morgens. Er hatte nicht mehr als zwei Stunden geschlafen, sitzend und an den rappelnden Motorkasten gelehnt. Jetzt hielt er den Kompaß wieder auf den Knien und stellte fest, daß sie in der Nacht, während er geschlafen hatte, nach Westen abgetrieben worden waren. Man mußte scharf nach Süden drehen. In dieser Position waren sie den thailändischen Piraten näher als zuvor. Aber das sagte Xuong nicht.

Und wieder war es ein Morgen, dessen Sonne das Meer golden schimmern ließ, jetzt, bei bewegter See, mit weißen

Schaumkronen, wie ein Goldhelm mit glitzernden Perlen nach dem anderen, ein Wogen aus flüssigem Metall.

Wieder warf Cuong den Treibanker aus, der bei diesem Seegang wenig nützte, aber die anderen Bootsinsassen beruhigte. Der morgendliche Tee wurde verteilt, die Seekranken lagen matt und mit grauen Gesichtern herum, tranken tapfer ihre Ration und erbrachen sie sofort wieder. Die Männer hockten im Vorschiff zusammen und hielten eine Beratung ab. Das Ergebnis überbrachten zwei jüngere Männer. Ehrfürchtig verneigten sie sich vor Xuong. Dann sagte der eine: »Wir haben eine Versammlung abgehalten, Lam Van Xuong, und mich haben sie zum Sprecher gewählt.« Es war ein stämmiger Bursche, der in der Kommune als Schmied gearbeitet und zwei Jahre im Gefängnis gesessen hatte, weil er den Vorarbeiter aufs linke Ohr geschlagen hatte, das danach taub blieb.

»Und was hat die Versammlung beschlossen?« fragte Xuong höflich zurück.

»Wir möchten auch am Tage fahren. Warum auf der Stelle liegen? Le sagt auch: Die Piraten sind weit weg.«

»Und wer von euch übernimmt die Schuld, wenn wir von ihnen verfolgt werden? Du als Sprecher? Da hinten an der Wand sitzt deine Frau Hoa. Sie ist schön genug, um in einem Bordell von Phuket die Touristen zu begeistern.«

»Eben darum sollten wir fahren, so schnell wir können.«

»Das ist nicht schnell genug. Ein lahmer Hase wird immer die Beute des Fuchses. Und wir sind lahm. Hast du gesehen, wieviel Benzin der Motor säuft? Bei voller Fahrt ist unser Vorrat bald verbraucht. Ohne Benzin aber...« Xuong hob die Schultern.

Der Sprecher der Versammlung verstand, was das bedeutete. »Wir warten also wieder... den ganzen Tag?« fragte er bedrückt.

»Was bedeutet ein Tag, wenn wir in Kürze frei und sicher sein können?«

Mit dieser Botschaft kehrte die Delegation zu den anderen Männern zurück. Sie begriffen es und fügten sich. Nur Vu Xuan Le sprach dagegen, behauptete, die Piraten könnten nicht überall sein, er habe gehört, daß sie näher zum Mekong-Delta fahren wollten, um dort den Flüchtlingsbooten erfolgreicher auflauern zu können. »Und wir sind weit weg vom Mekong!« rief Le und machte eine weite Handbewegung. »Alle Feinde sind hinter uns... vor uns ist das Meer offen und frei!«

Aber die meisten hörten nicht auf ihn, vertrauten Xuong mehr und richteten sich ein, einen weiteren langen, heißen Tag durchzustehen. Sie spannten eine Plane vom Verschlag bis zum Motorkasten, hockten sich darunter und spielten mit Karten, Dominosteinen oder dösten einfach vor sich hin. Die Frauen wuschen im Meer die Wäsche und hängten sie an Leinen auf. Wie bunte Wimpel flatterte die Wäsche fröhlich im Wind.

Gegen Mittag schrie Cuong plötzlich auf, sprang auf den Motorkasten und fuchtelte mit beiden Armen durch die Luft. »Ein Schiff!« brüllte er. »Da ist ein Schiff! Ein großes Schiff. Es kommt auf uns zu! Seht doch, seht doch... ein richtiges Schiff!«

Ein wildes Gedränge entstand. Alles stürzte zur Backbordseite, das Boot begann, gefährlich zu schaukeln und sich auf die Seite zu legen. Xuong schrie: »Zurück! Zurück! Wir kippen doch um! Seid ihr verrückt geworden?! Jeder auf seinen Platz! Verteilt euch!« Aber es dauerte eine Weile, bis sie die Gefahr begriffen. Erst als ein paar Wellen ins Boot schlugen, wurden sie vernünftig und kehrten auf ihre Plätze zurück. Nach einem wilden Schaukeln lag das Boot wieder flach auf dem Wasser.

Cuong starrte noch immer auf das Schiff. Für ihn war es, als schwimme das Paradies auf ihn zu. Sie waren gerettet, es gab keine Nachtfahrt mehr, keine Ungewißheit, keine Angst vor den Piraten... das Leben kam ihnen entgegen.

»Es ist ein Containerschiff«, sagte Xuong zufrieden.

Es kam schnell näher, man konnte schon deutlich die Aufbauten sehen, den langen Rumpf mit den gestapelten Containern, den weiß lackierten Block mit den Kabinen, die Brücke, die großen Kräne und das Radar. Aus dem Schornstein quoll der Rauch der Dieselmaschinen.

»Macht die Raketen fertig!« rief Xuong und löste die wasserdichte Plane von dem Raketenwerfer neben dem Motorkasten. Er hatte viel Geld gekostet, genau 300 Dong. Aber Xuong hatte gesagt, daß eine einfache Pistolenrakete nicht weit zu sehen sei. Doch so eine dicke Rakete, sogar mit einem Fallschirm, konnte nicht übersehen werden. Eine rote, strahlende Leuchtkugel, die am Himmel hing und langsam herabsank. Die 300 Dong waren gut angelegt!

Die Kiste mit den Raketen wanderte von Hand zu Hand vom Verschlag bis zu Xuong. Er öffnete den Kippverschluß, steckte eine der Raketen ins Rohr und drückte auf den Auslöser.

Es geschah nichts. Kein Knall, kein Emporzischen, kein rotes Licht, kein sich entfaltender Fallschirm... die dicke Hülse blieb im Abschußrohr sitzen. Xuong griff hinein, holte die Rakete heraus und sah, daß sie naß war. Mit zitternden Händen hob er eine Rakete nach der anderen aus der Kiste, warf sie mit Flüchen auf den Boden und fand endlich eine Hülse, die aussah, als könne sie gezündet werden.

Das Schiff war jetzt lang vor ihnen, ein Riesenschiff. »Das sind 20000 Tonnen und mehr!« schrie Cuong und begann mit beiden Armen zu winken. »Sie müssen uns schon sehen. Winken! Alle winken! Die Wäsche von den Leinen und winken! Xuong, was ist mit deinen verdammten Raketen?«

»Jemand hat Wasser über die Kiste geschüttet!« schrie Xuong zurück. »Aber jetzt habe ich eine, die zünden wird.« Es gab einen dumpfen Knall. Die Rakete fuhr aus dem Abschußrohr und stieg zischend in den Himmel. Dann platzte sie, eine weithin leuchtende rote Kugel wurde frei und schwebte an einem Fallschirm träge zum Meer zurück.

»Das sehen sie!« brüllte Cuong und schlug sich mit beiden Fäusten vor Freude an die Brust. »Das sehen sie! Wir sind gerettet! Wir sind gerettet!«

Alle auf dem Boot begannen zu schreien, zu winken, schwenkten Tücher und Wäschestücke, einige Frauen weinten vor Freude, hielten ihre kleinen Kinder hoch und zeigten ihnen das große, herrliche Schiff.

Xuong lehnte am Motorkasten und wartete auf ein Zeichen. Nach einem roten Notsignal muß eine Antwort kommen. Entweder eine weiße Rakete oder das Heulen der Schiffssirene. Gleichzeitig würden die Maschinen gestoppt werden, und wenn solch ein Riesenschiff mit seinen Tausenden Tonnen Gewicht auch zunächst weiterglitt, ehe es anhielt – man würde sehen, daß dort alles für die Rettungsaktion vorbereitet wurde.

»Den Anker einholen!« schrie Cuong und warf die Maschine an. »In einer halben Stunde sind wir dort drüben an Bord! Wir haben es geschafft!« Kaum war der Treibanker eingeholt, ließ er den Motor aufheulen und fuhr auf den Containerfrachter zu.

Das Schiff aber stoppte nicht. Mit unverminderter Geschwindigkeit durchpflügte es das Meer, ja, es änderte sogar den Kurs und fuhr in einem Bogen von dem kleinen Boot davon.

Xuong stand neben seinem Raketenwerfer und starrte fassungslos auf dieses Manöver. »Das gibt es doch nicht«, stammelte er. »Das ist nicht wahr! Sie sehen uns und drehen ab! Sie fahren einfach vorbei... sie fahren weg! Sie... sie flüchten vor den Flüchtlingen!«

»Was ist das, Xuong?« schrie Cuong. Er begriff nicht sofort, wozu Menschen fähig sind. »Sie haben uns nicht gesehen! Noch eine Rakete... noch eine Rakete!«

Der alte Motor gab her, was er konnte. Das flache Boot hüpfte über die Wellen, bei jedem Eintauchen spritzte Wasser über die Insassen, durchnäßt schrien und winkten sie, schwenkten ihre Wäsche und konnten einfach nicht begreifen, was sie sahen. Im Verschlag klammerten sich die Kinder fest, bei jedem Wellenstoß durchgerüttelt, aber sie weinten nicht mehr. Nur noch eine kurze Zeit, und alles war vorbei.

»Sie haben uns gesehen«, sagte Xuong mit tonloser Stimme und stellte den Gashebel zurück auf halbe Fahrt. Den Blick von Cuongs Augen würde er nie vergessen, so entsetzlich war er.

»Noch... noch... eine Rakete...« stammelte Cuong. Sein Gesicht zuckte wie unter Krämpfen. »Sie können uns nicht übersehen...«

»Sie wollen uns nicht sehen, Cuong! Das ist alles.«

»So etwas gibt es nicht! Das ist doch Mord!«

»Nein, das ist Feigheit. Weiter nichts als Feigheit. Der Mensch, Cuong, ist das feigste Wesen auf dieser Erde. Wo er fliehen kann, flieht er. Und er findet immer schöne Worte, um seine Feigheit zu verkleiden.«

»Aber wir sind doch auch Menschen!« schrie Cuong. Er starrte dem Containerfrachter nach, der sich schnell entfernte. Einer nach dem anderen ließ die Arme sinken, preßte die Tücher und die Wäsche unter den Arm und blickte stumm auf das entschwindende Schiff. Lautlos, mit weiten, fassungslosen Augen, fügten sie sich der Wahrheit: Wir sind Ausgestoßene. Niemand will uns. Treibholz ist wertvoller als wir. Wir sind ein Nichts.

Mit schweren Händen, als hinge Blei an ihnen, zog Xuong die Plane wieder über das Raketenabschußrohr und setzte sich dann auf den Motorkasten. Weit am Horizont verschwand das Containerschiff. Cuong stellte den Motor ab. Ohne Aufforderung warfen zwei Männer wieder den Treibanker über Bord. Dann gingen sie zurück zu den anderen, hockten sich nieder und stierten wie alle stumm vor sich hin. Nach der Freude über die gelungene Flucht aufs Meer hatten sie zum erstenmal die Verachtung derer erfahren, von denen sie Rettung erhofften. Rettung vor Verfolgung, vor Hunger und Durst, vor dem Ertrinken, wenn der Wind noch stärker wurde und die Wellen das flache Boot zerschlugen.

Doch eine Hoffnung blieb noch: Die Begegnung mit dem Frachtschiff bewies, daß sie nahe an der großen Route trieben. Waren sie erst mitten auf der Wasserstraße, würde von den vielen Schiffen eines anhalten. Wohin es dann fuhr, war ihnen gleich. Nur weg von Vietnam! Die Welt war doch groß und reich genug, um 43 arme Menschen aufzunehmen...

»Wie kommt das Wasser in die Kiste?« fragte Xuong. Er hatte die Raketen herausgenommen und zum Trocknen aufs Deck in die Sonne gelegt.

»Jemand wird Wasser verschüttet haben.« Cuong blickte noch immer auf den nun leeren Horizont, an dem der Container verschwunden war. »Bei diesen Wellen...«

»Es ist Seewasser, Cuong.« Xuong nahm eine Raketenhülse hoch und leckte daran. »Salz! Wie kommt Salzwasser in den Schlafraum?«

»Mindestens zehnmal sind Wellen ins Boot geschlagen.«

»Aber nicht in den Aufbau.«

»In den Bretterwänden sind breite Lücken. Einige Kinder sind naß geworden, warum nicht auch die Kiste? Sie stand doch an einer Wand.«

»Ich glaube das nicht.« Xuong drehte die Raketenhülsen um, damit sie gleichmäßig trockneten. Ob sie hinterher wieder zu gebrauchen waren, wußte er nicht. Er hoffte es. Auf der Wasserstraße der großen Schiffe hing ihr Leben an den roten Kugeln, vor allem nachts, wenn man von weitem die Retter auf sich aufmerksam machen mußte. Daß Fackelschein allein genügte, bezweifelte Xuong. Man mußte dann schon nahe an eines der Schiffe herankommen. Die tiefe Schwärze der Nacht schluckte jedes kleine Licht. Die Raketen aber durchdrangen jede Finsternis.

»Ein paar Tropfen durchnässen nicht alle Hülsen.«

»Sabotage?« Cuong schüttelte den Kopf. »Hier auf dem

30

Boot? Das müßte ein Verrückter sein. Wir wollen doch alle in die Freiheit. Und einen Verrückten gibt es nicht unter uns. Wir sind doch alle Freunde, wir kennen uns seit Jahren. Wo hast du die Raketen gekauft?«

»In einem Geschäft für Schiffsausrüstungen in Vinh-long.«

»Dann haben sie dich dort betrogen. Sie haben dir alte, nasse Raketen verkauft.«

»Nein.« Xuong schüttelte den Kopf. Er erinnerte sich genau an den Kauf. Zehn rote und zehn weiße Raketen hatte er verlangt, und der Verkäufer hatte ihn noch mit einem Lachen gefragt: »Willst du ein Feuerwerk abbrennen? Was feierst du? Ist deine Schwiegermutter gestorben?« Und dann hatte er vor seinen Augen die Raketen in eine Kiste gepackt, sie waren einwandfrei und trocken gewesen. »Man hat sie hier auf dem Boot mit Wasser übergossen. Cuong, wir müssen die Augen offenhalten.«

An diesem Tag kam kein Schiff mehr in Sicht. In der Nacht fuhren sie wieder mit halber Motorkraft nach Südosten, die Männer wechselten sich in den Wachen ab, auch der verwundete Vu Xuan Le bot sich an, das Ruder zu übernehmen und zeigte Cuong, daß er etwas davon verstand. Er hatte sich sehr schnell von seinen Verletzungen und der Schwäche erholt, saß den ganzen Tag über am Heck, hatte vier Schnüren mit Angelhaken ausgeworfen und zog eine Menge Fische aus der See. Als Köder benutzte er zuerst kleine Stückchen Brot. Nachdem er den vierten Fisch damit gefangen hatte, zerhackte er die Fische in größere Stücke und preßte sie unter seine Achseln, um sie mit seinem Schweiß zu tränken. Das mußte die Fische verrückt machen... sie bissen an, sobald der Haken ins Wasser gefallen war.

»So was habe ich noch nie gesehen!« sagte Cuong anerkennend. »Woher kennst du diesen Trick?«

»Mein Vater fischte so. Woher er es wußte, weiß ich nicht. Andere, Freunde und Nachbarn, haben es auch versucht...

nicht ein Fisch biß an. Aber bei Vater und mir sammelten sich ganze Schwärme. Wir haben einen besonderen Schweiß.«

In dieser Nacht erreichten sie die Route Singapur–Hongkong. Gleich fünf große Schiffe sahen sie hintereinander fahren, hell erleuchtet, ein Anblick, der ihre Herzen vor Freude fast zerspringen ließ. Sie fielen einander in die Arme, und Cuong kroch in den Verschlag, umarmte Thi, seine hochschwangere Frau, küßte ihre rauh gewordenen, aufgesprungenen Lippen und sagte zärtlich: »Unser Kind wird in der Freiheit geboren werden. Es wird nie erdulden müssen, was wir erlitten haben. Sein Leben wird schön sein.« Und Thi antwortete: »Ich danke dir, Cuong. Du bist ein tapferer Mann.«

Auf dem Motorkasten hatte Xuong das Raketenschußgerät aufgebaut und die inzwischen getrockneten Raketen daneben gelegt. Vier Fackeln erhellten das kleine Boot – eine gute Nachtwache auf den Handelsschiffen hätte diesen flackernden Lichtschein sehen müssen. Aber nichts deutete darauf hin, daß man sie bemerkte. Kein Leuchtzeichen, keine Suchscheinwerfer, kein Sirenensignal.

»Hoffen wir, daß die Raketen keinen Schaden gelitten haben«, sagte Xuong und steckte eine Patrone in den Abschußlauf. Die erste versagte nicht. Sie zischte in den schwarzen Himmel, gab die Leuchtkugel frei, und langsam schwebte der rote, grell leuchtende Ball an seinem Fallschirm aufs Wasser zurück. Alle im Boot starrten hinüber zu den hellerleuchteten großen Schiffen.

Keine Antwort. Unbeirrt zogen die Frachter dahin. Nicht ein einziges Blinken beantwortete die rote Notrakete.

Mit einem Gesicht wie aus Stein gehauen schoß Xuong die nächste Rakete ab. Auch sie versagte nicht, stieg in den Himmel und gab die rote Leuchtkugel frei. Rettet uns! Hilfe! Hier sind Menschen in Not! Hier kämpfen Menschen um ihr Leben! Hier suchen 17 Männer, 14 Frauen und 12 Kinder ein neues Leben. Hilfe –––

Aber auch die zweite Rakete blieb ohne Wirkung. Wie zuvor das Containerschiff fuhren die Schiffe an ihnen vorbei... eins hinter dem anderen. Und jedes wurde ein Ungeheuer, das ein Stück Hoffnung auffraß.

»Ihr Teufel!« schrie Cuong in die Nacht hinaus. »Verflucht seid ihr! Habt ihr kein Herz?! Was habt ihr denn in der Brust?!«

»Wir sind nur Dreck«, sagte Xuong verbittert. »Dreck, der auf dem Meer schwimmt. Abfall. Daran müssen wir uns gewöhnen. Wir werden immer und überall Abfall sein, aber wenn wir in Freiheit und Frieden leben dürfen, läßt es sich auch als Dreck aushalten.« Er holte tief Atem und schrie dann über das Boot: »Hoffen wir weiter! Irgendwann wird man selbst Treibholz wie uns auffischen.«

Doch auch der Morgen änderte nichts. Cuong lenkte das Boot mitten in die Schiffsroute Singapur–Hongkong, stellte den Motor ab und ließ es treiben. An ein langes Stück Holz nagelten sie ein weißes Bettuch, auf dem in großen, schwarzen, deutlich lesbaren Buchstaben SOS stand. Jeder Ausguck auf den Schiffen mußte dieses Signal der Not, mußte im Fernglas die verzweifelt winkenden Arme sehen. Und tatsächlich: Sechs Schiffe reagierten. Aber ihre Signalhörner stießen hallende, trompetende Töne aus, als führen sie durch Nebel: Achtung! Aus dem Weg! Warnung! Kommt uns nicht vor und unter den Kiel! Aus dem Weg...

Bis auf die vier ganz kleinen Kinder saßen nun alle auf Deck und betrachteten die Schiffe, die an ihnen vorbeifuhren. Cuong notierte sich die Namen und die Flaggen, unter denen sie fuhren, und stieß bei jedem Namen einen wilden Fluch aus.

»Warum schreibst du sie auf?« fragte Xuong. Er schien ganz ruhig, hatte das Winken aufgegeben und zwang sich, hart zu sein und das laute Weinen der Frauen nicht zu hören.

»Ich werde sie alle anzeigen, wenn wir gerettet sind!« schrie Cuong und ballte die Fäuste. »Ich werde ihre Namen in die Welt hinausrufen...«

»Und was erreichst du damit? Niemand wird dir zuhören…
Vergiß nicht, Cuong: Du bist doch Dreck!«

Fünf Tage und Nächte trieben sie auf der Schiffahrtsstraße, und nicht ein Schiff drosselte seine Motoren. Das Meer war noch grober geworden, ein heftiger Wind trieb die Wellen empor. Sieben Männer waren jetzt dabei, das Boot mit Handpumpen leerzuschöpfen, denn die beiden Lenzpumpen, vom Motor betrieben, schafften es nicht mehr. Voller Verzweiflung versuchte Cuong eine andere Taktik: Er fuhr neben Tankern oder Frachtern her, so nahe an die hochaufragenden Bordwände heran, wie es möglich war, ohne in den Sog zu kommen. Aber auch dieses Manöver nützte nichts. Von der Reling sah man zu ihnen herab, aber niemand war zur Hilfe bereit.

Am vierzehnten Tag waren neununddreißig Schiffe an ihnen vorbeigefahren. Und bei jedem war ihr Lebenswille neu erwacht. Sie winkten und schrien und sanken dann in sich zusammen, wenn das Heck mit der dröhnenden Schraube an ihnen vorbeirauschte und sie mit ihrer Verzweiflung wieder allein ließ auf dem seit Tagen aufgewühlten Meer.

Xuong saß zusammengekauert neben dem Motorgehäuse, hielt den Kompaß zwischen den Händen und überlegte, ob man nicht weiter nach Nordosten fahren sollte, statt hier bettelnd von Schiff zu Schiff zu pendeln. Die Schulkarte vom Südchinesischen Meer, die er mitgenommen hatte, half ihm wenig. Sie zeigte nur, welche unüberwindbaren Weiten vor ihnen lagen und wo die Länder waren, die ihnen ein Weiterleben schenken konnten, die aber unerreichbar waren mit diesem kleinen, flachen, zehn Meter langen Flußboot. Nur die Gnade des Kapitäns eines der großen Schiffe konnte sie retten, sonst nichts.

Und der alte, schnaufende Motor ihres Bootes tuckerte immer hohler, immer hämmernder.

Da tauchte zum erstenmal der Gedanke ans Sterben auf. Nicht panikartig. Nein, mit einer schrecklichen, dumpfen Ergebenheit. Nur die Augen der Mütter, verrieten, was sie dachten.

34

»Was soll werden?« fragte Cuong, drosselte den Motor und ließ das Boot wieder treiben. »Unser Benzin geht zu Ende, Xuong. Ich spare, wo ich kann. Aber der Motor säuft wie ein Trinker. Wenn sie alle vorbeifahren...«

Das Ende des Satzes blieb unausgesprochen, aber jeder wußte, wie er weiterging.

»Reicht es noch für fünf Meilen, Cuong?«

»Ich weiß es nicht. Wo willst du hin, Xuong?«

»Nach Nordosten. Zu den Schiffen, die von Hongkong kommen. Zur Gegenfahrbahn, wenn man von einer Straße sprechen will.«

»Sehen uns da andere Menschen?«

»Wir dürfen den Glauben nicht verlieren. Versuchen wir es.«

Der Himmel, der Wind, das Meer schienen es zu hören. Nach einer Stunde kam ein Sturm auf. Das Boot tanzte auf den meterhohen Wellen, wer nicht an Deck vonnöten war, hockte im Holzverschlag, Körper an Körper, durchnäßt bis auf die Haut, vom Salzwasser gebeizt, übersät mit brennenden, aufgesprungenen Rissen. Immer wieder klatschten die Brecher ins Boot, ließen die Holzsparren ächzen und knacken. Ohne Pause pumpten die Männer, an der Bordwand angeseilt, das Wasser zurück ins tobende Meer.

Eine Welle, haushoch wie ihnen schien, folgte so schnell der vorangegangenen, daß das Boot nicht mehr auf ihren Kamm gehoben werden konnte. Mit voller Wucht brach sie über ihnen zusammen, krachte in das Boot, für ein paar Sekunden gab es keinen Himmel und kein Meer mehr, nur undurchsichtiges, alles mitreißendes Wasser. Xuong wurde gegen den Motorkasten geschleudert, hielt sich irgenwo mit beiden Händen fest, schloß die Augen, preßte die Lippen fest zusammen, fast platzten seine Lungen... Dann war der Schwall vorbei, er öffnete wieder die Augen, sah wieder den Himmel und das Meer und neben sich Cuong, der aufzutauchen schien.

Xuong holte tief Atem und hielt ihn dann an. Seine Hände, mit denen er sich festgeklammert hatte, waren leer. Sie hatten ihn gerettet, aber dabei den Kompaß losgelassen. Irgendwo in diesen Wellenbergen war er versunken.

Xuong zeigte seine leeren Hände, und Cuong begriff. Sie starrten sich stumm an, duckten sich unter einem neuen, kleineren Brecher und schüttelten dann wie nasse Hunde das Wasser von sich ab.

»Ist das unser Ende, Xuong?« fragte Cuong und klammerte sich an das Ruderrad.

»Ich habe noch meine Uhr. Ich werde mit meiner Uhr die Richtung bestimmen.«

»Kannst du das? Mit einer Uhr?«

»Ja, ich erkläre es dir später. Man kann mit einer Uhr notdürftig die Himmelsrichtung bestimmen.«

»Lehrer, du bist ein kluger Mann. In irgendeiner Ecke findest du immer noch ein Korn Hoffnung.«

»Ich habe euch auf das Meer geführt, ich bin für euch verantwortlich.«

»Keiner ist gezwungen worden, alle sind freiwillig mit dir gekommen. Mach dir darüber keine Gedanken, Xuong.«

Am sechzehnten Tag schnaufte der Motor noch einmal, röchelte wie ein Sterbender und stand dann still. Cuong drehte den Starterschlüssel herum. Es war am frühen Morgen, das goldene Meer schimmerte unter einer metallenen Sonne, das Unwetter war vorbeigezogen wie mittlerweile vierundvierzig Schiffe, noch war das Wasser sehr bewegt, aber die Wellen kamen länger und flacher heran, und der Wind war zu einem warmen Streicheln geworden.

»Das war der letzte Tropfen Benzin«, sagte Cuong und setzte sich auf die schmale Rückbank. »Jetzt sind wir am Ende. Auch die Verpflegung reicht nur noch für ein paar Tage, vor allem das Frischwasser wird knapp. Wir haben mit höchstens zehn Tagen gerechnet und mit der Menschlichkeit der Menschen.«

»Wer konnte das ahnen, was wir erlebt haben?« Xuong maß die Himmelsrichtung mit seiner Uhr: Die Zwölf zur Sonne, und der halbierte Zwischenraum von Zwölf und dem Stundenzeiger ergab Norden. Sie trieben jetzt wieder nach Westen ab und konnten es nicht ändern. »Haben wir noch ein großes weißes Tuch?«

»Ich weiß es nicht. Warum?«

»Wir spannen es auf und schreiben darauf in großen Buchstaben: ›Rettet 14 Frauen und 12 Kinder! SOS!‹ Daran kann niemand vorbeifahren.«

Wirklich nicht?

Noch drei Schiffe begegneten ihnen in zwei Tagen, nur drei, denn sie trieben hilflos von der Wasserstraße weg. Sobald man sie am Horizont auftauchen sah, spannten die Frauen das große weiße Tuch an den hölzernen Aufbau, und die Männer verschwanden in dem Verschlag. Winkend und ihre Kinder hochhaltend warteten sie auf das Stoppen der Maschinen. Man *mußte* sie doch sehen, die große Schrift auf weißem Grund, diesen Aufschrei der höchsten Not, die Mütter und die Kinder! Doch immer fuhren die Schiffe vorbei, wie es ihnen die Politiker diktiert hatten.

Nur einmal in diesen Tagen, auf dem Frachter *Elena Holmsson*, gab es eine Auseinandersetzung. Der 1. Offizier stürmte auf die Brücke und zeigte hinaus auf das elende, flache Boot mit den winkenden Menschen. »Da sind Schiffbrüchige!« rief er atemlos. »Herr Kapitän, wir müssen beidrehen.«

»Nein.« Der Kapitän blickte geradeaus auf das Meer und hatte die Hand auf das Maschinentelegrafen gelegt. »Nein.«

»Es... es ist unsere Pflicht, Seemannspflicht!« stotterte der 1. Offizier.

»Gehen Sie in Ihre Kajüte, Lars...«

»Menschen in Not auf See...«

»Es sind keine Schiffbrüchigen. Es sind Vietnamesen. Geflüchtete Vietnamesen.«

»Aber es sind doch Menschen, Herr Kapitän!«

»Angenommen, wir nehmen sie an Bord. Was geschieht mit ihnen? In keinem Hafen dürfen sie an Land ohne die Garantie eines Staates, sie für immer aufzunehmen. Aber diese Garantie gibt niemand. Oder glauben Sie, wenn wir in alle Welt funken: ›Wir haben soundso viele Vietnamesen an Bord, wer nimmt sie uns ab?‹, irgend jemand gäbe uns Antwort? Im Gegenteil – in jedem Hafen, den wir anlaufen, werden wir unter Quarantäne gestellt und scharf bewacht. Und was bedeutet das, Lars? Wir haben monatelang die Vietnamesen an Bord, kriegen sie nicht los, die Reederei macht uns zur Sau... und das alles unter tiefem Schweigen der Weltöffentlichkeit.«

»Es sind Frauen und Kinder, Herr Kapitän!«

»Ich bin kein Analphabet, ich kann lesen!«

»Sie haben auch eine Frau und vier Kinder, Herr Kapitän.«

»Aber sie sind Schweden.«

»Und Menschen – wie diese verzweifelten Flüchtlinge!«

»Schreien Sie das den Politikern ins Gesicht, aber nicht mir. Ich habe keine bindenden Beschlüsse gefaßt. Verlassen Sie die Brücke, Lars.«

»Sie stoppen also nicht, Herr Kapitän?«

»Nein.«

»Ich werde Sie noch in Hongkong anzeigen und abmustern!«

»Das können Sie, Erster. Und jetzt halten Sie den Mund! Seien Sie kein Don Quijote und rennen gegen Windmühlen an! Auch Sie fliegen aus dem Sattel. Und schlagen Sie sich den dusseligen Traum von Humanität aus dem Kopf. Davon spricht man nur vor den Wahlen –, hinterher geht es nur noch um nationale Interessen. Und die sehen so aus, wie Sie's gerade erleben. Zum Teufel, warum rede ich so viel?! Verlassen Sie endlich die Brücke, Lars!«

Und auch die *Elena Holmsson* fuhr an dem kleinen Boot vorbei.

Xuong, der durch einen Spalt des Verschlages gespäht hatte, drehte sich weg und setzte sich zu den anderen. »Wie immer«, sagte er in die fragenden Gesichter hinein. »Verliert nicht den Mut. *Einmal* müssen wir auf einen Menschen treffen!«

Nun, in der zwanzigsten Nacht, bei dreimal drei Löffel Wasser am Tag, schimmeligem Brot und einer Handvoll Nudeln pro Person, gab es keine Hoffnung mehr. Sie waren von der Schiffahrtsstraße weggetrieben worden, sie sahen kein Schiff mehr, nur noch die Piraten konnten sie auffischen, und das war schlimmer als der Tod.

»Ja«, sagte Cuong mit fester Stimme. »Ich werde zuerst Thi und mit ihr das Kind in ihrem Leib töten und dann mich. Und so werden wir es alle tun.«

»Nur noch zwei Tage, wartet damit noch zwei Tage!« antwortete Xuong. »Ich verspreche dir: Ich gebe euch das Signal, indem ich mich zuerst mit dem Messer töte. Dann wißt ihr, es gibt wirklich keine Hoffnung mehr.«

»So soll es sein.« Cuong gab Xuong die Hand und drückte sie fest. »Du hast mehr getan, Lehrer, als sonst ein Mensch tun kann.«

Dr. Starke kam von seinem Rundgang unter Deck zurück, setzte sich unter das Sonnensegel in einen Liegestuhl und sehnte sich nach einem kühlen Drink. Wenig Fruchtsaft und viel weißer Rum, das wäre jetzt das richtige. Die Sonne brannte aus einem Himmel, der wie geschmolzenes Blei aussah, das Meer lag schwach bewegt und blaugolden unter ihm, die träge Fahrt des Schiffes übertrug sich auf die Menschen und machte schläfrig. Tatsächlich war Dr. Starke im Augenblick zu faul, sich seinen ersehnten Drink aus der Bar im Speiseraum zu holen. Er blickte über das Achterdeck, ob jemand kam, der ebenso von Langeweile erfaßt worden war wie er und unter dem Sonnensegel einen luftigen Platz suchte.

Die tägliche Visite war vorbei. Seinen Patienten, neun Frauen und vier Kinder, ging es den Umständen entsprechend gut. Zwei Knochenbrüche waren dabei, ein Arm und ein Unterschenkel links, eine Fehlgeburt und eine Nierenentzündung. Bei der totalen Schwäche der Patientin war die Fehlgeburt schon ein Problem geworden. Dr. Anneliese Burgbach, die Anästhesistin, hatte Bedenken gehabt, eine Narkose einzuleiten.

»Sie ist so desolat, daß sie die Narkose womöglich nicht verkraftet«, hatte sie gesagt.

Und Chefarzt Dr. Herbergh hatte geantwortet: »Aber doch nicht bei Ihnen, Anneliese. Sie sind eine Künstlerin der Anästhesie.«

»Hier haben wir ein wirklich großes Risiko.«

»Ich kann doch nicht an einer Nichtnarkotisierten arbeiten. Das bringt sie völlig um in ihrem Zustand.«

Dr. Burgbach hatte es dann doch gewagt und die Narkose so gekonnt gesteuert, daß sie mit einem Mindestmaß des Gemischs aus Sauerstoff und Lachgas auskam. Die junge Frau blieb in einem halbwachen Zustand, aber sie spürte nichts von der Ausschabung des Uterus.

Anneliese Burgbach. Dr. Starke dehnte sich in seinem Liegestuhl und wünschte sich, eine gute Fee möge ihn jetzt fragen, welchen Wunsch sie ihm erfüllen könne. Anneliese soll kommen und sich neben mich legen, hätte er geantwortet. Und sie soll anhören, was ich ihr schon so oft gesagt habe, ohne abzuwinken und mit einem Lachen wegzugehen. Das wäre mein einziger Wunsch, gütige Fee.

»Das ist ja wieder ein wunderschöner Misttag«, ertönte eine tiefe Stimme hinter ihm. Dr. Starke faltete ergeben die Hände über seiner Brust. Stellinger, dachte er. Franz Stellinger. Oberbootsmann. Es gibt keine Wunschfeen mehr. Wo Stellinger auftauchte, gab es auch Karten. Siebzehnundvier war sein Lieblingsspiel, darin war er ein Meister. Er gewann fast immer, wurde laufend verdächtigt, mit gezinkten Karten zu spielen, was aber nie nachweisbar war, denn Siebzehnundvier ist ein wirkliches Glücksspiel. »Ich bin eben ein Kind des Glücks!« sagte Stellinger immer, wenn er gewann und das eingesetzte Geld einstrich. »Schon meine Mutter hat das gesagt: Ein Glück, daß du auf der Welt bist und dein Vater weggelaufen ist...«

Solch eine Fröhlichkeit steckt an. Vor allem, wenn man wochenlang auf dem Meer hin und her fährt, immer im gleichen Gebiet, und nur in gewissen Abständen Singapur oder Manila anläuft, um dort zu bunkern. Treibstoff, Nahrungsmittel, Frischobst und Frischgemüse für den Kühlcontainer, Seife, Zahnpasta, Waschmittel, Verbandszeug, Medikamente, Instrumente, Decken, Matten, Bretter, Ersatzteile für die immer wieder ausfallende Klimaanlage des OPs und der Bettenstation, Zigaretten und – heimlich – ein paar Kisten Whisky, Rum und Gin und Dosenbier. Bier aus Deutschland, stinkteuer in Manila und auch Singapur. Aber Stellinger und auch Hugo Büchler, der 1. Offizier, beteuerten überzeugend: »I sauf nur deitsches Bier, dös rein is. Vergift'n koan i mi oach anders...«

Die *Liberty of Sea* war ein älteres, aus dem Frachtverkehr gezogenes Containerschiff. Einer der vielen unrentabel gewordenen Frachter, die in Abstellhäfen oder irgendwo auf Reede herumdümpelten und langsam vor sich hin rosteten. Als einen einmaligen Glücksfall sah es deshalb der Reeder Svenholm in Uppsala an, als drei Herren bei ihm erschienen, sich als Mitglieder eines »Komitees Rettet die Verfolgten« vorstellten und fragten, ob der Container zu chartern sei. Die *Liberty* lag damals in einem Seitenbecken des Hafens von Monrovia in Liberia, kostete jeden Tag gutes Geld und wartete auf Ladung. Zur Zeit der Hochkonjunktur auf See hatte Svenholm sich zwölf schöne Schiffe zugelegt, von denen jetzt nur noch acht über die Meere fuhren. Die anderen vier träumten vor sich hin, warteten auf einen Käufer, aber niemand wollte sie haben.

Für Svenholm war das »Komitee Rettet die Verfolgten« ein vager Begriff. Er hatte mal davon gelesen, daß dieses Komitee mit einem Schiff vor der Küste Vietnams kreuzte und Flüchtlinge auffischte, die mit elenden Booten ihr Land verließen, um irgendwo eine neue Heimat zu suchen. Ein Land, in dem man in Freiheit leben konnte, wo es keine Geheimpolizei und Bespitzelung gab, keine harte Planwirtschaft und die Diktatur von Parteifunktionären, wo das Leben noch lebenswert war und nicht die Angst in den Nacken drückte, Tag und Nacht.

»Boatpeople« nannte man diese Flüchtlinge. Ab und zu wurde in der Presse von ihnen berichtet, auch ein kurzer Fernsehfilm war einmal gelaufen –, aber sonst kümmerte sich kaum jemand um das Schicksal dieser Menschen. Vietnam, Asien, Südchinesisches Meer – du lieber Himmel, ist das weit weg! Wir haben selbst Probleme. 1,5 Millionen Tonnen Butterberg, ein Milchsee, eine Zuckerhalde, überflüssiges Obst und Gemüse, das vernichtet werden muß, um die Preise zu halten. Wahlen, Steuerreformen, Aufmärsche gegen die Atompolitik, Proteste gegen Atomraketen, die Not der Kohle- und Stahlindustrie, Streiks der Metallarbeiter, 35-Stunden-Woche, der Angriff der EG auf das Reinheitsgebot des deutschen Bieres... ein Haufen von Problemen! Da soll man sich auch noch um asiatische Flüchtlinge kümmern? Mein Lieber, haben Sie schon gehört: Jetzt will man den Butterberg abbauen, indem man aus der guten Butter Schuhcreme macht. Nein, sie wird nicht verbilligt auf den Markt geworfen, wo käme man denn da hin mit den Preisen... Schuhwichse wird daraus gekocht, oder man verkauft sie den Russen für einen Preis, mit dem man bei uns gerade einen Liter Milch bekommt. *Das* ist ein Skandal! Wie soll man da noch an die Boatpeople denken? So weit weg...

»Was haben Sie vor?« fragte Reeder Svenholm in Uppsala die Herren vom »Komitee Rettet die Verfolgten«. »Sie wollen meine *Liberty* chartern, um Vietnamesen aus dem Meer zu fischen? Das ist eine gute Sache, aber auch eine gefährliche.«

»Wir haben darin Erfahrung«, antwortete einer der Herren. Er hatte sich als Albert Hörlein vorgestellt, wohnhaft in Köln am Rhein, Beruf Architekt. Der andere Herr war ein Franzose, der dritte ein Holländer.

»Ich weiß. Sie waren schon einmal, vor zwei Jahren, wenn ich nicht irre, mit einem Schiff auf Rettungsaktion.«

»Ganz richtig. Wir haben damals 10 395 Flüchtlinge aus dem Südchinesischen Meer gerettet.«

»Zehntausend? Ungeheuer!« Svenholm hatte sich beeindruckt gezeigt. »Und die haben Sie alle untergebracht?«

»Unter größten Mühen. Kanada und Frankreich haben die meisten aufgenommen, Deutschland die wenigsten.« Albert Hörlein hatte aus seiner Aktentasche einige Papiere hervorgeholt und breitete sie auf der Schreibtischplatte aus. »Aber das entmutigt uns nicht. Im Gegenteil, es zwingt uns geradezu, dieser Sattheit in Mitteleuropa zuzurufen: Seht euch das an! Ihr rülpst vor Übersättigung, und dort kämpfen die Menschen ums nackte Überleben. Interessieren Sie Zahlen, Herr Svenholm?«

»Zahlen? Immer...« Das sollte ein Witz sein, aber das Lächeln auf Svenholms Gesicht gefror, als Hörlein vorzulesen begann.

»Seit 1975 sind aus Vietnam mehr als eine Million Menschen geflüchtet. 130 000 schlossen sich den abziehenden Amerikanern an, 263 000 sickerten auf dem Landweg nach China durch, 25 000 wanderten durch Laos und Kambodscha nach Thailand. Und 476 470 Flüchtlinge überlebten eine Flucht mit Booten, erreichten andere Küsten, gejagt von Piraten und Wachschiffen. Mit seeuntüchtigen, überfüllten, miserabel ausgerüsteten Booten wagen sie sich aufs Meer hinaus. Die großen Ziele: Thailand, Hongkong, Malaysia, Indonesien und Singapur. Sie ertrinken, verdursten, werden von Piraten ermordet, die Frauen werden verschleppt in die Bordelle. Wissen Sie, wie hoch man die Zahl der Menschen schätzt, die auf diese

Weise auf See umgekommen sind? Zweihunderttausend, Herr Svenholm.«

»Und jetzt wollen Sie mit meiner *Liberty* die Aktion fortsetzen?«

»Wir werden aus ihr eine Art Lazarettschiff machen. Mit einem Operationssaal, einer Röntgenanlage, einer großen Apotheke und Liegeplätzen für ungefähr vierhundert Menschen. Die meisten aufgefischten Flüchtlinge brauchen dringend ärztliche Hilfe. Wir werden daher mindestens drei Ärzte und genug Krankenpfleger und Schwestern an Bord haben. Die Planungen sind abgeschlossen. Was wir noch brauchen, ist ein Schiff.«

»Und wie kommen Sie dabei gerade auf meine *Liberty of Sea*?«

»Ein großzügiger Spender, der kürzlich in Liberia war, hat uns auf Ihr Schiff aufmerksam gemacht.« Hörlein schob die Schriftstücke wieder zusammen und steckte sie in die Aktentasche zurück. »Unser Komitee lebt von privaten Spenden. Von staatlicher Seite ist kein Pfennig Unterstützung zu erwarten. Man subventioniert zwar Schweineberge, aber für Menschen ist kein Geld da. Wir gehen praktisch mit dem Hut in der Hand herum und betteln.«

Svenholm hatte damals diesen Satz in sich aufgesogen wie Gallensaft. Genau so gallig war dann auch seine Frage: »Wie wollen Sie überhaupt die Charter bezahlen, meine Herren?«

»Wie üblich in Dollar und für ein halbes Jahr.«

»Im voraus?«

»Monatlich.«

»Mit Bankgarantie?«

»Selbstverständlich. Warum soll es verschwiegen werden? Wir haben zur Zeit dank privater Spenden ein Bankguthaben von 2,5 Millionen. Damit können wir Ihre *Liberty* übernehmen und einrichten. Von den dann weiterhin einlaufenden Spenden werden wir den Unterhalt bestreiten. Die Verpflegung der Geretteten, ihre Versorgung, die Gehälter und Heuer, Treibstoffe, Nahrungsmittel – es ist uns bisher immer gelungen, über die Runden zu kommen. Auch jetzt werden wir nicht k. o. gehen.«

»Wann wollen Sie das Schiff übernehmen?« Svenholm hatte im stillen schnell durchgerechnet, wieviel Charter man verlangen konnte. In Monrovia verrottete die *Liberty* und kostete zudem noch gutes Geld. Wenn dieses Komitee sie übernahm, wurde sie gepflegt, sogar umgebaut und gefahren und brachte Dollars ein. Wieviel, das war nachher eine Verhandlungssache.

»Sofort. Die Umbauten sollen in Singapur vorgenommen werden.«

»Was ist mit der Crew?«

»Sie ist fast vollständig.«

»Mit einer Ausnahme. Den Kapitän stellen wir.« Svenholm sagte es so pointiert, daß jeder wußte: Hier war nicht mehr zu handeln.

Albert Hörlein nickte. »Angenommen. Es muß aber ein Kapitän sein, der die chinesischen Gewässer genau kennt.«

»Bei Ralf Larsson sind Sie in den besten Händen. Fünfzig Jahre, ein Seebär, wie man so sagt, seit fünfunddreißig Jahren auf allen Meeren zu Hause, hat mehr Taifune überlebt als er Jahre alt ist. Larsson ist durch nichts mehr zu erschüttern. Auch durch Vietnam-Flüchtlinge nicht.« Das sollte wieder ein Bonmot sein, aber Hörlein und die beiden anderen Herren blieben ernst. Das Elend der Gejagten und Ertrinkenden konnten sie nicht witzig finden.

»Kommen wir zum Charterpreis!« hatte Hörlein gesagt. »Nach unseren Erfahrungen mit dem ersten Schiff werden wir pro Tag achttausend Mark Unkosten haben. Einschließlich Charter.«

»Achttausend Dollar?«

»Deutsche Mark, Herr Svenholm.«

»Darin ist alles enthalten?«

»Alles.«

»Das klingt, als ob ich Ihnen das Schiff schenken soll. Umsonst ist nichts, meine Herren. Sogar der Tod ist nicht umsonst... er kostet das Leben. Was bleibt bei Ihren Berechnungen für mich übrig?«

»Sie können nicht eine Containerfracht zugrunde legen, Herr Svenholm. Die *Liberty of Sea* hat 1600 BRT und eine Traglast von rund 4000 Tonnen. Sie ist 1974 gebaut worden und fuhr 1975 ihre erste Fracht von Rotterdam nach La Guaira.«

»Sie sind ja hervorragend informiert.«

»Seit 1982 liegt sie ohne Fracht im Hafen von Monrovia, und es sieht nicht so aus, als wenn sie in den nächsten Jahren wieder flottgemacht werden würde. Die Handelsschiffahrt fährt durch ein anhaltendes Tief. Im Hinblick auf diese Situation sollten Sie uns ein faires Angebot machen.«

Es dauerte drei Tage, bis Svenholm und die Herren des »Komitees Rettet die Verfolgten« einig wurden. Der Vorteil dabei war, daß sie Kapitän Ralf Larsson kennenlernten, den Svenholm sofort aus seinem Landhäuschen nach Uppsala beorderte. Larsson war wortkarg, blickte mit wasserhellen Augen unter buschigen Brauen auf die neuen Eigner, hörte sich die Pläne an und sagte dann knapp: »Ich bin Kapitän, bekomme meine Heuer als Kapitän und führe mein Schiff, wie es sich für einen verantwortungsvollen Kapitän gehört. Ich sage es im voraus ganz klar: Ich werde mein Schiff nie in Gefahr bringen! Was Sie auch als Eigner vorhaben – das Kommando auf dem Schiff habe ich!«

»Uff!« Svenholm legte die Hände erstaunt zusammen. »Das war die längste Rede, die ich bisher von Larsson gehört habe. Aber das sollte Bestandteil unseres Vertrages sein: Die letzte Entscheidung bei ungewöhnlichen Dingen haben der Kapitän und in letzter Instanz ich! Auf keinen Fall lassen wir uns auf kriegerische Auseinandersetzungen ein.«

»Die hat es bisher nie gegeben.«

»Bisher heißt nicht, daß es in Zukunft so etwas nicht geben könnte. Was würden Sie tun, wenn Sie von vietnamesischen Kriegsschiffen angegriffen werden?«

»Das ist unmöglich. Wir befinden uns immer in internationalen Gewässern.«

»Vietnam ist ein kommunistischer Staat. Mit Kommunisten haben wir unsere Erfahrungen. Wissen Sie, wie viele sowjetische U-Boote schon in schwedischen Gewässern, ja sogar vor Stockholm, operiert haben, um unsere Seeverteidigung auszuspionieren? Was kümmern die internationale Gewässer, wenn sie sogar in nationale Zonen eindringen?« Svenholm warf einen kurzen Blick auf Kapitän Larsson, der regungslos in seinem Ledersessel hockte und nur ganz kurz mit den buschigen Augenbrauen zuckte. »Wie nahe gehen Sie an die vietnamesische Küste heran?«

»Zwischen 120 und 210 Seemeilen südöstlich vom Mekong-Delta. Das ist unser bevorzugtes Suchgebiet. Dort treiben auch die meisten Flüchtlingsboote. Und dort liegen die Piratenschiffe vor dem Mekong-Delta.«

»Kann es einen Kampf mit diesen Piraten geben?«

»Nein. Sie flüchten, wenn sie das Rettungsschiff sehen. Sie gehen kein Risiko ein. Sie überfallen nur die hilflosen Boatpeople. Die sind alle so erschöpft, daß sie keinen Widerstand leisten. Das goldene Meer müßte eigentlich das blutige Meer heißen. Deshalb brauchen wir ja ein Schiff, Hilfe durch Spenden, Plätze für die Überlebenden irgendwo auf der Welt. Und wenn wir nur *einen* Menschen retten, hat sich der Einsatz gelohnt. Aber es werden Tausende sein.«

An einem Sonntagmorgen fuhr die *Liberty of Sea* in den Hafen von Singapur ein und ging dort in dem weitverzweigten, durch Inseln gebildeten Labyrinth auf Reede. Wer vom Mount Faber über die Stadt und das mit Eilanden bestreute Meer blickt, versteht, warum man Singapur einen der schönsten Häfen der Welt nennt.

In drei Wochen wurde die *Liberty* umgebaut, ein Kran von 23 Tonnen Gewicht wurde an Backbord montiert. Er war gemietet und kostete pro Tag 200 Mark. Kühlcontainer wurden auf Deck gehievt, die Klinikeinrichtung, Stapelholz und Sperrholzplatten für die Herstellung von rund 300 Liegeplätzen, Decken und Kopfkissen, Handtücher und Laken, 14 Rettungsinseln, 400 Schwimmwesten, vier Megaphone. Die Tanks wurden vollgepumpt und garantierten so eine versorgungsfreie Fahrt von 40 Tagen. Die Crew aus Liberia wurde ausgewechselt gegen die Mannschaft, die das Komitee angeheuert hatte, und auch die Ärzte kamen an Bord.

Kapitän Larsson empfing alle wortkarg und mit steifer Distanz. Er gab jedem die Hand, knurrte etwas von Willkommen an Bord und bestellte den 1. Offizier Hugo Büchler und den Oberbootsmann Franz Stellinger zu sich in die Kapitänskajüte. Auch der »Chief«, der Chefingenieur, der schon seit Monrovia an Bord war und die Maschine studiert hatte, Julius Kranzenberger aus St. Pölten in Österreich, wurde nach oben gebeten.

»Der Alte ist ein Eisenfresser«, sagte der Matrose Fritz Kroll, als er sich in seiner engen Kajüte einrichtete. Neben ihm wohnte der Matrose Herbert v. Starkenburg, ein semmelblonder Bursche mit dem Gesicht eines Botticelli-Engels. »Mit dem kriegen wir noch Spaß. So einen hatte ich mal auf der *Evita*. Der war den ganzen Tag trübsinnig, wenn er nicht die ganze Crew schon am Morgen zusammengeschissen hatte.«

»Wir werden es ertragen, Fritz«, antwortete Herbert. Er packte ein Radio mit Kassettendeck aus, einen Plattenspieler und eine Menge Schallplatten mit klassischer Musik, von Beethoven bis Tschaikowski, von Berlioz bis Wagner. Er stellte sie in ein Regal, als wären sie zerbrechliches Porzellan. »Man kann so viel ertragen.«

»In drei Tagen legen wir ab«, sagte Larsson knapp zu den drei wichtigsten Männern der Schiffsführung. »Meine Order erhalte ich von einer Leitstelle des Komitees in Singapur. Sie wissen, welche Aufgabe uns erwartet. Aber eins hat Vorrang: Die Sicherheit des Schiffes! Danke, meine Herren.«

Ja, so war das damals gewesen, dachte Dr. Starke. Inzwischen hatten sie über vierhundert Boatpeople vor den Piraten, dem Verdursten und Ertrinken gerettet und auf den Philippinen abgesetzt, nachdem für die Flüchtlinge Aufnahmeplätze garantiert worden waren. Dort hausten sie im Lager Palawan in Puerto Princesa in einstöckigen Bambushütten, abgeschirmt durch einen hohen Maschendrahtzaun von der Umwelt und bewacht wie Aussätzige, bis sie zur Weiterreise ins ersehnte Ungewisse nach Kanada oder Frankreich, Belgien oder Luxemburg, Holland oder Deutschland herausgeholt wurden. Ein Kampf um jeden Platz... was soll man mit Vietnamesen anfangen?

Sie hatten sich alle zum erstenmal in Singapur, im Hotel Hilton, getroffen. Die »Medizin-Crew«, wie Hörlein sie begrüßte: Chefarzt Dr. Fred Herbergh, Dr. Anneliese Burgbach, Johann Pitz, der Krankenpfleger, Julia Meerkatz, die Krankenschwester, und er, Dr. Wilhelm Starke. Und schon bei ihrem ersten Blickwechsel wußte Dr. Starke: diese Anneliese Burgbach würde mehr sein als eine kameradschaftliche Kollegin, und Julia, das langhaarige, blauäugige, quirlige Temperament mit dem erotischsten Po, den er je gesehen hatte, würde das Biest sein, das die Männer an Bord ganz schön umeinandertreiben würde.

Die Kollegen waren allesamt Idealisten. Andere konnten es nicht schaffen, auf diesem Schiff ein Jahr durch das Südchinesische Meer zu fahren und halbtote, ausgedörrte Elendsgestalten an Bord zu heben. Nur mit dem starken Willen, um jeden Preis Leben zu retten, war so ein Einsatz möglich.

Dr. Fred Herbergh. Zweiundvierzig. Chirurg. Zuletzt Oberarzt in der Unfallklinik von Essen. 102 wissenschaftliche Veröffentlichungen, Vorträge auf Chirurgenkongressen, vor sich eine glänzende Laufbahn als Dozent und dann eine Professur. Unverheiratet, weil er keine Zeit hatte, eine Familie zu gründen. Ab und zu eine schnelle Affäre mit einer Frau, mehr aus biologischen Gründen als aus wirklicher Liebe. Ein verbissener Arbeiter ohne den bei Klinikärzten verbreiteten Akademikerdünkel, ein Kumpel, den man mitten in der Nacht aus dem Bett holen konnte, ohne angeknurrt zu werden. Ein blendender Operateur, der schon mal 28 Stunden durchgehend am OP-Tisch gestanden hatte und noch klar das Operationsfeld übersehen konnte, wenn es seinen Assistenten vor den Augen flimmerte. Dr. Fred Herbergh, ein Karrierebolzen, der von einem Tag zum anderen seine akademische Laufbahn unterbrach, als er eine Reportage über das »Komitee Rettet die Verfolgten« in der *Frankfurter Allgemeinen Zeitung* las. Zur gleichen Stunde noch rief er Albert Hörlein in Köln an und stellte sich zur Verfügung. Auch das gehörte zu seinem Wesen: Spontaneität. Er konnte Entscheidungen blitzschnell fällen, privat und am OP-Tisch. Und immer hatte er das richtige Gespür. Nun saß er in der riesigen Halle des Hilton-Hotels von Singapur, rauchte einen Zigarillo und trank ein Glas Mai-Tai, den berühmtesten Cocktail im ganzen pazifischen Raum.

Dr. Anneliese Burgbach. Dreißig. Anästhesistin. Mittelgroß, braune, halblange, modisch geschnittene Haare, blaßroter Lippenstift, angedeutete Lidschatten, wohlgeformte Beine mit dünnen Fesseln und kleinen Füßen, ein eher sportlicher als sinnlicher Körper, neigt beim Zuhören den Kopf etwas zur rechten Seite und bekommt grünbraun schimmernde Augen, wenn sie selbst mit Leidenschaft und einem kleinen Sington in der Stimme diskutiert. Eine Frau, die man länger als zwei Sekunden ansieht. Ihre Berufung an die Universitätsklinik für

Gynäkologie und Intensivmedizin war für den Jahresanfang bereits ausgesprochen, als sie in einer Illustrierten Fotos vom Elend der Boatpeople sah. Sie rief Hörlein an, sprach mit ihm eine Stunde lang am Telefon, fuhr nach Köln, ließ sich alles zeigen, was das Komitee an Schicksalen gesammelt hatte, und sagte dann ganz schlicht: »Wenn Sie mich brauchen können... ich stelle mich zur Verfügung.«

»Sie werden den dritten Teil von dem verdienen, was Sie in der Uniklinik bekämen«, hatte Hörlein sie gewarnt. Und sie hatte geantwortet: »Das Geldverdienen kann ich hinausschieben. Ich bin ja noch jung. Ich habe Zeit, aber diese Menschen im Meer haben keine Zeit.« Jetzt saß sie neben Dr. Herbergh, trank ebenfalls einen Mai-Tai und bestaunte den Luxus und das Gewimmel von Menschen aller Rassen in der Hotelhalle.

Dr. Wilhelm Starke. Fünfunddreißig. Groß, schlank, schwarzhaarig, eleganter hellgrauer Seidenanzug, in drei Tagen von einem malaiischen Schneider auf Maß gearbeitet, handgenähte Schuhe aus weichem Leder, Seidenhemd, offen getragen, Goldkettchen mit einem Medaillon um den kräftigen Hals. Schlanke, lange Finger ohne Ring, aber um das rechte Handgelenk ebenfalls ein Goldkettchen, links eine goldene Uhr der Luxusmarke, ein Mann, der Frauenblicke anzog und dessen Blick die Frauen auszog, ein Typ, den andere, weniger attraktive Männer verabscheuen, einer, der Neid hervorruft. Internist, mit einem Hang zur Naturmedizin, der ihn in einen Dauerkonflikt mit seinem Vater brachte, der eine Riesenpraxis in Hamburg leitete und die er einmal übernehmen sollte. Ein gemachtes Goldbett... wer kannte in Hamburg Prof. Dr. Ludwig Starke nicht? Bis zu dem Tag, an dem er vom »Komitee Rettet die Verfolgten« hörte, arbeitete Wilhelm Starke als Oberarzt der Inneren Abteilung im Klinikum Eppendorf, und sein Chef stöhnte einmal im vertrauten Kreis: »Wann übernimmt er endlich die Praxis des Kollegen Starke? Es gibt bald kein weibliches Wesen mehr in unserem Haus, das nicht schon in seinem Bett gelegen hat.«

Als Arzt war er das, was man ein As nennt, beliebt bei allen Patienten... bei den weiblichen, weil er in ihr Herz sprach, bei den männlichen, weil er immer einen knalligen Witz parat hatte. Seine Visite endete immer mit einem brüllenden Lachen der Männer. Selbst die Todkranken lächelten noch.

»Jetzt bist du vollends verrückt geworden!« bellte sein Vater ihn an, als er bekanntgab, daß ihn das Südchinesische Meer lockte. »Wo willst du hin? Auf ein Rettungsschiff? Nach Vietnam? Flüchtlinge auffischen? Sieh dich im Spiegel an und tipp dir an die Stirn! Gibt es hier keine Kranken, keine Aufgaben für dich?«

»Nicht solche, Vater. Diese Menschen brauchen Hilfe.«

»Eine Pankreatitis nicht?!« Es war typisch für Prof. Starke, keinen Namen zu nennen, sondern nur eine Krankheit. Namen gehörten auf die Karteikarte – nur die Krankheiten waren für ihn interessant.

»Es ist also dein letztes Wort, Wilhelm?« fragte der Vater hart, als sein Sohn den Kopf schüttelte.

»Ja.«

»Wann soll der Blödsinn losgehen?«

»In sechs Wochen. Ab Singapur.«

»Du kannst es dir leisten, Singapur zu sehen, ohne gleich auf ein Rettungsschiff zu steigen. Ein umstrittenes Schiff, das weißt du wohl? Die Bundesregierung sieht mit Mißfallen auf diese angeblichen Rettungen. Man spricht von einer Sogwirkung. Nur weil das Schiff da draußen herumfährt, verlassen die Menschen das Land und machen sich zu Flüchtlingen. Sie werden mit falschen Hoffnungen herausgelockt. Man bringt sie in einen völlig fremden Kulturkreis, in dem sie mit ihrer eigenen Mentalität nie heimisch werden.«

»So kann man es auch sehen, Vater«, sagte Wilhelm Starke sarkastisch. »Wie in deiner Praxis. Da hat jemand Tumorschmerzen und ist inoperabel, und du sagst freundlich zu ihm: ›Mein Lieber, das sind Nervenschmerzen. Das geht vorbei.‹ Vier Wochen später ist er tot – und es ist wirklich vorbei.«

»Du bist ein Narr! Ein Narr! Mit fünfunddreißig Jahren ein Narr! Wie kann man dir nur helfen?«

»Indem du den Mund hältst, Vater, und weiter praktizierst, bis ich deinen Laden hier übernehme.«

Das Wort Laden traf wie ein Degenstich. Der alte Starke wandte sich beleidigt ab, erwähnte Singapur mit keinem Wort mehr und blieb im Röntgenraum, als sich sein Sohn von den Mitarbeitern verabschiedete. Ohne väterlichen Händedruck flog Wilhelm Starke nach Fernost.

Jetzt, in der Halle des Hilton, saß er lässig, mit übergeschlagenem Bein, in seinem tiefen Sessel, rauchte eine Orientzigarette, trank einen Whisky ohne Eis und mit kaltem, abgekochtem Wasser und betrachtete mit Wohlwollen die herumtrippelnden Mädchen. Denn das muß man sagen: Es gibt kaum schönere Frauen als die Singapur-Chinesinnen. Porzellanpüppchen, die man dauernd streicheln möchte, die man einfangen möchte wie einen Schmetterling, an denen man sich wärmen kann. Das war das Locken der Geheimnisse Asiens von den lackschwarzen Haaren bis zu den zierlichen Füßchen. Schönheit, die verzaubert und ungeahnte Wünsche aufblühen läßt.

Julia Meerkatz. Vierundzwanzig. Krankenschwester. Klein, schmalhüftig, eine Taille, die zwei große Männerhände umspannen könnten, blaue Kulleraugen, blonde, gestutzte Lokken, Rehbeine, aber dann ein Po, der bei jedem Schritt mitschwang und ein Busen, dessen runde Wölbung den Verdacht erzeugte, daß alles, was Julia trug, zwei Nummern zu klein war. Grob ausgedrückt: Sie war ein Wonneproppen. In Stuttgart geboren, in einer absolut bürgerlichen Familie, in der Hausmusik gepflegt wurde und der Vater am Harmonium saß.

Schon mit siebzehn Jahren, nach der Obersekundareife, brach Julia aus, bewarb sich als Lernschwester im Stuttgarter Evangelischen Krankenhaus, verführte vom lehrenden Professor über Oberarzt, Stationsarzt, Medizinstudent, Praktikanten, Zivildienstleistenden, Laboranten, Krankenpfleger und Nachtwächter alles, was genügend Mannbarkeit vorweisen konnte. Dreimal verlobt und wieder entlobt, ein Faustduell zwischen zwei Ärzten, Verweisung aus der Klinik, neue Stelle im Krankenhaus Cannstatt, Scheidung des 2. Oberarztes mit Julia als Scheidungsgrund, Flucht vor dessen Eifersucht nach Köln. Und dort hörte sie von dem »Komitee Rettet die Verfolgten«. Da sie sich selbst als Verfolgte vorkam, bewarb sie sich für das Schiff, froh, weit genug weg zu sein von dem ärztlichen Othello. Ins Südchinesische Meer würde er ihr nicht folgen. Hier war sie sicher. Als sie in Singapur zum erstenmal mit Dr. Herbergh, Dr. Starke und dem Krankenpfleger Johann Pitz zusammentraf, wußte sie, daß es eine lustige Seereise werden würde.

Jetzt saß sie neben Dr. Herbergh, wippte mit ihren zauberhaften Beinchen, hatte drei Knöpfe der Bluse über ihren Brüsten aufspringen lassen und trank – na, was denn? – einen Mai-Tai.

Johann Pitz. Achtundzwanzig Jahre. Breite Schultern, rötliche Haare, großer Schnauzbart, stämmige Figur, Armmuskeln, die unter dem Hemd hervorquollen, Amateurboxer im Halbschwergewicht und auch noch Hammerwerfer. Sein Elternhaus war eine Katastrophe. Der Vater, ein Elektriker bei Krupp in Essen, versoff regelmäßig den halben Lohn und verprügelte dann seine Frau, was wesentlich dazu beitrug, daß Johann Boxunterricht nahm und dann seinen Vater k. o. schlug, wenn der wieder die Mutter attackierte. Die Schwester Conny lernte Schneiderin, verdiente aber ihr Geld als Callgirl, was man erst nach drei Jahren entdeckte, als man zufällig in ihrem Wäscheschrank ein Sparbuch über 32 000 Mark fand, einer

Summe, die man als angestellte Schneiderin unmöglich verdienen kann. Der Vater schlug daraufhin sein Töchterchen halbtot, was wiederum Johann aufrief, seinen Vater krankenhausreif zu prügeln. Zustände, die man wirklich nicht geordnet nennen konnte. Als Krankenpfleger war Johann Pitz der beste Mann im Krupp-Krankenhaus, immer bereit, jedem zu helfen, nie wegen Krankheit fehlend, selbst dann nicht, wenn sein Vater eine gestochene Gerade gelandet und ihm ein blaues Auge verpaßt hatte. »Boxerpech!« erklärte Pitz dann seinen Patienten. »Man kann ja nicht immer siegen. Auch Schmeling hat sogar in seinen besten Jahren auf der Matte gelegen.«

Wie viele las auch Pitz von den Vietnamflüchtlingen und dem Gebot der Menschlichkeit, zu helfen. Das griff ihm ans Herz, aber er zögerte noch. Die Mutter lag auf der Chirurgischen, war operiert worden, ein Zervixkarzinom, viel zu spät erkannt, bereits in die Blasen- und Mastdarmwand gewuchert, Mediziner nennen das Stadium T 4, die Operation war nur eine Entlastung. Dann starb die Mutter. Johann Pitz packte seine Sachen, dazu genügte ein Koffer, gab seiner Schwester Conny einen Kuß, hieb seinem Vater noch eine aufs Auge, weil er am Tage des Begräbnisses auch besoffen war – aus Kummer, wie er beteuerte – und fuhr nach Köln. Mit einem breiten Grinsen stand er am nächsten Tag im Büro von Hörlein und sagte ergreifend einfach: »Hier bin ich. Hier sind meine Papiere. Wann geht's denn los?«

In der Halle des Hilton saß er jetzt Julia Meerkatz gegenüber, starrte auf ihren Busen, stellte ihn sich befreit von allen Textilien vor und bekam einen trockenen Gaumen. Er trank schon sein drittes Bier. Ein Jahr lang mit der auf einem Schiff, Kabine an Kabine... Junge, dagegen ist ein Boxring ein Sandkasten.

»Nachdem wir uns nun alle gegenseitig beschnuppert haben«, hatte Dr. Herbergh gesagt, »möchte ich Sie, bevor Herr Hörlein kommt und uns letzte Instruktionen gibt, als Ihr medizinischer Chef begrüßen. Das mit dem Chef nehmen Sie bitte nicht so genau. Wir sind keine Uniklinik, wo der Chef gottähnliche Züge zeigt. Ich weiß, wenn ich Sie so vor mir sehe, daß wir bestens zusammenarbeiten und miteinander harmonieren werden.«

»Ohne Zweifel, Herr Chefarzt.« Dr. Starke sah dabei Anneliese Burgbach herausfordernd an. »Auch mir geht es um ungestörte Harmonie. Wir werden sie nötig haben. Was uns da draußen auf dem Meer erwartet, verlangt Nervenkraft und Kameradschaft.«

»Das ›Chef‹ bitte ich ab sofort wegzulassen.« Dr. Herbergh trank seinen Mai-Tai aus. Sofort tauchte lautlos eine der wunderhübschen Bedienerinnen auf, lächelte süß und fragte: »Noch einen Mai-Tai, Sir?«

»Für uns alle, Lotosblüte!« Dr. Starke nahm Dr. Herbergh die Bestellung ab. »Und die Blume aus deinem Haar wirfst du in mein Glas...«

Dr. Herbergh und Johann Pitz lachten, Julia Meerkatz zog einen Flunsch und blickte dem wegtrippelnden Mädchen eifersüchtig nach, Dr. Anneliese Burgbach blieb die kühl Beobachtende. Ein Schwätzer ist er, dachte sie. Ein Schwätzer und so sehr von sich selbst überzeugt, daß er noch sein Spiegelbild bewundert. Der typische Frauenvernascher, der glaubt, ein Fingerschnippen von ihm genügt, und alle Röcke fallen. Und einen unverschämten Blick hat er. Impertinente Röntgenaugen. Playboy vom Dienst. Es wird ihm einsam werden auf dem Schiff. Oder – das traue ich ihm zu – er wird sich an die Vietnammädchen heranmachen und sie eine nach der anderen verführen. Er wird nicht lange bei uns bleiben, das zeichnet sich schon ab.

»Morgen kommt der Klinik-Container an Bord«, sagte Dr. Herbergh. »Ich habe mit dem Komitee die Ausrüstung zusammengestellt und mußte vieles aus Kostengründen streichen. Aber ich konnte durchsetzen, daß wir besser ausgerüstet sind als das erste Schiff.«

Dr. Starke nippte an seinem Whisky, stellte ihn auf den Tisch zurück und wechselte das übergeschlagene Bein. Dabei zupfte er die scharfe Bügelfalte seines Anzuges über die Mitte seines Knies. »Haben wir eine Schere an Bord?« fragte er.

»Natürlich.«

»Eine Klemme, eine Pinzette, eine Nadel, etwas Nähgarn« – er sagte tatsächlich Nähgarn – »und ein paar Streifen Leukoplast... dann kommen wir über das Gröbste hinweg.«

»Wir bekommen einen mittelprächtig ausgestatteten OP und eine gutsortierte Apotheke«, antwortete Dr. Herbergh. Starkes Spott gefiel ihm nicht, wie überhaupt dessen Auftreten so gar nicht zum Bild eines Arztes paßte, der in einem Gebiet der Verfolgung und des Elends arbeiten sollte. Wollte Starke etwa beim Auffischen der Halbtoten mit weißen Handschuhen an der Reling stehen, darauf bedacht, daß kein Fleck an seinen Anzug kommt? »Sie besitzen doch auch Kenntnisse in Röntgenologie?«

»Ich habe zwei Jahre in dem Fach gearbeitet.«

»Wir bekommen sogar eine Röntgenausrüstung aufs Schiff.«

»Davon habe ich gehört. Ist das wirklich wahr? Kaum zu glauben. Du lieber Himmel, da brauche ich ja noch eine Bleischürze. Ich möchte unbedingt der Gefahr der Impotenz entgehen...« Er lachte herzlich, sah dabei Anneliese fast herausfordernd an und registrierte das leise Kichern von Julia Meerkatz.

Dr. Burgbach wandte den Kopf zur Seite und blickte in die Menge, die durch die Hotelhalle wogte. Affe, dachte sie. Mann, bist du ein Affe! Mit diesem Pfaugehabe kannst du unbedarften Mädchen imponieren. Ein Frauenkenner willst du sein und merkst nicht einmal, wie lächerlich du dich machst.

Eine halbe Stunde später war Albert Hörlein gekommen, hatte sie alle offiziell im Namen des Komitees begrüßt, die letzten Informationen gegeben, und dann waren sie mit einem Motorboot durch die faszinierende Inselwelt Singapurs zu der

Stelle gefahren, an der die *Liberty of Sea* ankerte. Die letzten Handwerker waren noch an Bord. Sie bauten auf dem Vorderteil des Hecks die Küchenanlage für die Flüchtlingsverpflegung. Zwei große Becken aus Edelstahl mit Wasseranschluß, sechs Gas-Kochstellen, zwei Dampfkochkessel, Regale und Schränke mit Magnetverschlüssen. Die Töpfe und Pfannen lagen noch verpackt in einer der großen Kisten. Der »Klinik-Container«, wie ihn Dr. Herbergh genannt hatte, stand auch noch verschlossen vor dem hochragenden Deckshaus.

Kapitän Larsson begrüßte sie, als sie die ausgefahrene Gangway emporstiegen. Hörlein stellte die Damen und Herren vor. Oberbootsmann Stellinger, der gerade half, Proviantsäcke in den vorderen Laderaum herunterzulassen, unterbrach seine Tätigkeit und starrte Julia Meerkatz wie hypnotisiert an. Sie kam als letzte an Bord und hatte Mühe, mit ihrem engen Rock die Gangway zu erklettern. Dabei rutschte ihr Rock bis über die Oberschenkel.

»Donnerwetter«, sagte Stellinger begeistert. »Das gibt dem ganzen Törn eine völlig andere Wendung.« Dann sah er wie Johann Pitz, der Muskelprotz, sich neben das Püppchen schob, und ahnte, daß neben dem Auffischen von Flüchtlingen noch andere Probleme an Bord entstehen würden.

Nach einem Begrüßungstrunk mit Kapitän Larsson, zu dem auch der 1. Offizier Büchler und Chief Kranzenberger eingeladen wurde, sagte Hörlein: »In drei Tagen wollen wir auslaufen. Zumindest das Hafengebiet verlassen, um die Liegegebühr zu sparen. Dann sind wir an Bord komplett. Schaffen Sie es, Dr. Herbergh, die Klinik in drei Tagen aufzubauen?«

»Wenn wir alle anpacken, kann es klappen. Sonst machen wir auf See weiter. Wir brauchen ja keine speziellen Hilfskräfte.« Er sah Dr. Starke an, der deutlich angewidert den schlechten Whisky, den Larsson eingeschenkt hatte, hinunterschluckte. »Doktor Starke, können Sie auch mit Hammer und Schraubenzieher umgehen?«

»Nicht so gut wie Sie. Ich bin kein Unfallchirurg.«

»Um so besser können Sie Pillenschachteln und Salbentuben sortieren«, konterte Dr. Herbergh mit einem maliziösen Lächeln. »Herr Kapitän, es wäre schön, wenn Sie uns jetzt das Schiff zeigen könnten.«

»Den Rundgang wird Herr Büchler machen.« Larsson erhob sich und verkorkte dabei die Whiskyflasche. »Ihre Kabinen sind bezugsfertig.«

»Wo haben Sie denn diesen Brummbär her?« fragte Dr. Starke, als man die Räume besichtigte, in denen die »Klinik« aufgebaut werden sollte.

»Wir mußten ihn mit dem Schiff übernehmen.« Hörlein hob die Schultern, als müßte er sich entschuldigen. »Der Reeder knüpfte diese Bedingung an die Charter.«

»Gab's keinen anderen? Was wir für unseren Auftrag brauchen, ist unbedingte Zusammenarbeit, Kameradschaft, ja Freundschaft, aber kein steifes Denken: Ich bin der Kapitän, euer Herr und Halbgott!«

»Er wird sich bestimmt den gegebenen Situationen anpassen.« Hörlein versuchte ein beruhigendes Lächeln. »Larsson ist einer der besten Seeleute, die je auf einer Kommandobrücke standen. Und so einen brauchen wir. Was Ihnen noch alles bevorsteht, haben Sie in unseren Berichten und auf den Fotos gesehen. Aber man kann das alles nicht beschreiben oder fotografieren. Die Wirklichkeit wird viel härter und vor allem deprimierender sein.«

Nach drei Stunden Schiffsbesichtigung, in denen der Chief sie auch in den Maschinenraum führte, wo alles vor Sauberkeit blitzte, fuhren sie mit dem Motorboot zurück nach Singapur, um ihre Koffer zu holen.

»Jetzt trinken wir noch einen letzten Mai-Tai«, sagte Dr. Herbergh in der Halle des Hilton, »und dann adieu Zivilisation!«

Sie stießen miteinander an und tranken. Plötzlich fragte Dr.

Starke: »Haben Sie bemerkt, Kollege Herbergh, was mit diesem Chief, dem Kranzenberger, los ist?«

»Ein hervorragender Maschineningenieur. Wichtiger als der Kapitän. Denn wenn's im Bauch des Schiffes nicht stimmt, kann man auf der Brücke nur die Hände falten.«

»Mag sein...« Dr. Starke räusperte sich. »Kranzenberger ist schwul.«

»Na und? Den Kurbelwellen macht das nichts aus.«

»Wir haben sechs Decksmänner, einen zweiten Ingenieur und einen Koch an Bord. Und wir werden eine Menge junger Männer auffischen. Ich sehe Probleme auf uns zukommen.«

»Ich nicht.« Hörlein winkte ab. »Wir haben die Crew nach ihrem Können ausgesucht, nicht nach ihren ganz privaten Neigungen. Der Chief läßt seine Maschinen laufen – alles andere geht uns nichts an.«

»Ihr Wort in Gottes linkes Ohr.« Dr. Starke tupfte sich mit einem weißen Taschentuch über die Lippen. Deutlich sah man dabei die eingestickten Initialen WS. »Ich mache nur darauf aufmerksam, daß meiner Meinung nach die Moral an Bord mit das Wichtigste ist.«

»Sie handeln mit Moral, Herr Starke?« Zum erstenmal sprach Anneliese Burgbach ihn direkt an, und sofort war es ein Hieb.

Aber Starke steckte ihn mit einem breiten Lächeln weg.

»Sie nicht, schöne Kollegin?« fragte er zurück.

»Es gibt Differenzierungen in der Moral.«

»Interessant. Darüber müssen wir uns eingehender unterhalten. Ich dachte bisher immer: Entweder man hat sie – oder man hat sie nicht.«

»Und Sie zählen sich zu den letzteren?«

»Lebenslust und Lebensfreude sind keine Unmoral, schöne Kollegin. Und meine ganz persönliche, durchaus nicht maßgebende Einstellung: Ich mag keine Schwulen.«

»Nennen Sie mich bitte nicht immer schöne Kollegin.«

»Ich wäre ein Flegel, wenn ich Ihre Schönheit nicht preisen würde. Ich weiß, was Sie sagen wollen: Berühmte Persönlichkeiten waren Homos. Oscar Wilde oder Voltaire, André Gide oder Genet. Sänger, Schauspieler, Dirigenten, Komponisten, Schriftsteller, Virtuosen, Politiker, sogar Könige, wie unser geliebter ›Alter Fritz‹. Auch Michelangelo soll Jünglingen zugetan gewesen sein. Und zugegeben: Unser Denken hat sich gewandelt, zum Glück, der Mief ist raus aus den Stuben, wir haben ein freieres sexuelles Bewußtsein... nur ich, ich ganz persönlich, kann mit Schwulen nichts anfangen.«

»Chief Kranzenberger wird sich bestimmt nicht an Sie heranmachen«, sagte Anneliese angriffslustig. »Ein Problem wird eher sein, wie Sie die Anwesenheit hübscher Asiatinnen vertragen.«

»Danke. Das war ein tolles Kompliment.«

»Sie werden noch monatelang Zeit haben, diese Diskussion fortzusetzen!« Dr. Herbergh unterbrach ziemlich unwirsch das Rededuell. »Wir holen jetzt unsere Koffer, fahren zur *Liberty* zurück und beginnen mit der Arbeit. Kommen Sie noch mal mit, Herr Hörlein?«

»Ja. Ich bleibe bis zur Abfahrt an Bord und will mit anpakken. Über Radio Singapur stehen wir mit der Zentrale in Köln in Verbindung und werden den letzten Stand der Dinge erfahren.«

»Was für Dinge?« fragte Julia Meerkatz.

»Die Meinungen und Ansichten unserer Politiker, der Landesregierungen und der Bundesregierung über unser neues Unternehmen. Wir haben ein Rundschreiben verschickt und unsere neue Rettungsaktion erklärt. Bisher war die Reaktion sehr unterschiedlich. Einig ist man nur, daß man für uns kein Geld hat. Und – das ist erschütternd – daß unsere Rettung von Flüchtenden, von Piraten Beraubten und Verletzten, von Ertrinkenden und Verdurstenden nicht nötig sei! Es gäbe keine ›humanitären Gründe‹.«

»Das darf doch wohl nicht wahr sein!« Anneliese Burgbach starrte Hörlein fassungslos an. »Das schreibt ein deutscher Politiker?«

»Das ist die offizielle Meinung in Bonn und in einigen anderen Landeshauptstädten.« Hörlein machte eine vage Handbewegung. »Aber das ist unsere Arbeit. Ihre ist es, so viele Menschenleben wie möglich zu retten. Wir werden so etwas wie der stete Tropfen sein, der den Stein höhlt. Wir werden die Weltöffentlichkeit mobilisieren.«

Eine Stunde später trafen sie sich wieder in der Halle. Die Koffer, von den Hotelboys aus den Zimmern gebracht, standen ausgerichtet nebeneinander. Und eine kleine Überraschung gab es: Dr. Starke war nicht wiederzuerkennen. Verwaschene Jeans, buntes, offenes Hemd, Tennisschuhe – ein moderner Tramp.

»Er hat für alles eine Uniform«, sagte Anneliese Burgbach leise zu Dr. Herbergh. »Wetten, daß er bei den Rettungsaktionen eine Schwimmweste mit goldenem Monogramm trägt?«

»Sie mögen den Kollegen Starke nicht?« Etwas wie verborgene Freude klang in Herberghs Stimme mit.

»Er ist in sich selbst verliebt und glaubt, die ganze Umwelt müßte es auch sein. Ich mag solche Typen nicht.«

»Aber er ist ein hervorragender Internist.«

»Das wird sich zeigen, wenn wir die ersten Flüchtlinge aufnehmen.«

Das alles lag eine ganze Weile zurück. Jetzt wohnten unter Deck auf den Holzplatten, Bambusmatten und Wolldecken schon wieder 137 Boatpeople, gerettet aus fünf alten, seeuntüchtigen, wassersaugenden Flußbooten. Menschen, die mit dem Leben bereits abgeschlossen hatten, die apathisch, weinend, mit letzter Kraft die Lotsentreppe hochgeklettert oder von Stellinger und den Decksmännern hinaufgetragen worden waren. Auch drei Verwundete waren darunter, mit klaffenden

Fleischwunden auf den Schultern und den Armen; sie erzählten dem Dolmetscher Le Quang Hung, daß sie ein Piratenboot abwehren konnten, mit Stangen, Brettern und Knüppeln, und die Wunden rührten von den Enterhaken her, die auf sie geschleudert worden waren.

Zum erstenmal tauchte in diesem Bericht der Name Truc Kim Phong auf. Dolmetscher Hung, der kurz vor Auslaufen der *Liberty* an Bord gekommen war und sich damit entschuldigte, er hätte noch einen Verwandten im Hospital besuchen müssen – in Wahrheit hatte er die Abfahrtszeit bei einem zuckrigen Hürchen beinahe verschlafen – machte ein ernstes Gesicht und kratzte sich die Brust.

»Wenn der in der Nähe ist, wird es ernst, Sir«, sagte er zu Dr. Herbergh. »Truc Kim Phong ist der unmenschlichste Pirat, der jemals über das Meer gefahren ist. Keiner kennt ihn, aber jeder kennt seinen Namen. Die ihn gesehen haben, sind sofort getötet worden. Nur seine Mannschaft weiß, wie er aussieht. Truc Kim Phong – das ist der lebende Satan.«

Auf der *Liberty of Sea* wurden die Wachen verstärkt. In Abständen von vier Stunden wechselten die Posten. Immer zu zweit, Ärzte neben den Seeleuten, suchten sie mit starken Ferngläsern das Meer ab. Dieser Ausguck war das Wichtigste der ganzen Suche. Die Erfahrungen bei dem ersten Rettungsschiff hatten gezeigt, daß nur selten mit dem Radar eines der kleinen flachen Fluchtboote zu entdecken ist. Das Auge muß sie finden auf diesem schimmernden oder wildbewegten goldenen Meer.

Aber nach dem Boot mit den Verwundeten hatte man keine Flüchtlinge mehr gesichtet. Fünf Tage lang fuhr man vor dem Mekong-Delta hin und her, in einem Abstand von 160 Meilen zur vietnamesischen Küste, immer in den Gebieten von 9.15 bis 9.35 Nord/107.31 bis 107.59 Ost – dem Fluchtgebiet der Verzweifelten. Aber man sah kein Boot mehr.

»Das ist Truc«, sagte Dolmetscher Hung verbittert. »Mit

seinem schnellen Schiff jagt er alles ohne Schwierigkeiten. Er kassiert die Menschen, als seien es Spielautomaten, die man entleert. Wir müssen näher an die Küste heran, Doktor. Wir müssen zwischen dem Mekong und Truc kreuzen. Truc fischt uns sonst alles weg.«

»So viele kann er mit seinem Schiff gar nicht aufnehmen.«

»Aufnehmen?« Hung verzog das breite, schon runzelig werdende Gesicht. »Er nimmt nur die jungen und hübschen Mädchen auf. Die anderen werden getötet oder mit ihren Booten versenkt. Er läßt die Böden aufhacken und die Insassen ersaufen...«

»Und keiner jagt diese Bestie?« rief Dr. Starke empört. Er lehnte an der Bordwand und blickte über die bewegte See.

»Jagen? Wer denn?« fragte Hung entgeistert. »Wer sollte denn Truc jagen?«

»Die vietnamesische Marine.«

»Der Regierung ist es doch gleichgültig, wie viele Menschen auf See ersaufen oder getötet werden. Wer flüchtet, muß damit rechnen. Außerdem fährt Truc unter thailändischer Flagge. Als Versorgungsschiff der Fischtrawler. Die Thailänder wissen angeblich von nichts. Wenn Truc in einem Hafen Brennstoff und Lebensmittel übernimmt, hat er die Mädchen längst in einem geheimen Versteck abgeliefert. Von dort bringt man sie ins Land. In die Bordelle. Sie werden verkauft. Ein gutes Geschäft, Doktor.«

Jetzt war es also der fünfte Tag. Dr. Starke lag faul unter dem Sonnensegel in einem Liegestuhl, hatte Sehnsucht nach Fruchtsaft mit weißem Rum und war durch Oberbootsmann Franz Stellinger aufgeschreckt worden.

»Wieso Misttag?« fragte er.

»Man steht herum, stiert auf das Meer, und nichts tut sich. Und diese Hitze! Ich habe Blei im Schädel.«

»Dagegen hilft ein guter Drink. Maracujasaft mit viel Rum... Franz, können Sie uns nicht ein Glas organisieren?«

»Eine gute Idee. Mit viel Eis, was?«

»Viel, viel Eis. Und nicht zu wenig Rum.«

Stellinger entfernte sich schnell, und Dr. Starke legte sich wohlig zurück. Das muß man können, sagte er zu sich und verzog den Mund beim inneren Lachen. Andere für sich arbeiten lassen, und die sind auch noch glücklich dabei. Er schloß die Augen, öffnete sie aber kurz darauf wieder, weil ein Schatten über ihn fiel. Anneliese Burgbach stand vor seinem Liegestuhl, in einem einteiligen, mit bunten Blumen bedruckten Badeanzug, einen großkrempigen weißen Hut auf dem Kopf. Starke richtete sich auf und grinste breit.

»Bitte nicht über Bord springen und ein paar Runden schwimmen«, sagte er. »Hier soll es Haie geben.«

Dr. Burgbach setzte sich auf den Liegestuhl neben Starke. Sie spürte, wie er ihre Brüste und die Schenkel musterte, ein Blick, der sie abtastete wie eine warme Hand. Sie hatte sich daran gewöhnt, es gehörte einfach zu ihm. Die vergangenen drei Wochen hatten ihr zwei verschiedene Starkes gezeigt: Den eitlen Fraueneroberer, der ungeniert ihre Zurückhaltung aufzuweichen versuchte, und den besessenen Arzt, der die 137 Geretteten gründlich untersucht hatte und sie nun betreute. Abwechselnd mit Julia und Johann Pitz hatte er sogar Nachtwache bei der Frau mit der lebensbedrohenden Fehlgeburt gehalten, bis die kritischen Tage überstanden waren. Nur, daß er beim Abendessen immer korrekt in einem vollständigen Anzug erschien, fand sie ausgesprochen affig.

»Hat Ihnen Hung auch von dem Piratenkönig erzählt, Wilhelm?« Sie nannten sich alle beim Vornamen, nur das Sie war nicht gefallen. Eine Ausnahme blieb Larsson, er war weiterhin der Herr Kapitän. Dr. Starke riß sich vom Anblick ihres Busens los und nickte.

»Truc Kim Phong. Den Namen habe ich mir gemerkt. Sind Sie ein gläubiger Mensch, Anneliese?«

»Nicht im kirchlichen Sinne. Ich glaube an eine schicksalsbestimmende Macht, ohne für sie einen Namen zu haben. Und Sie?«

»Ich komme aus einem sehr religiösen Elternhaus. Das hat mich immer gewundert. Mutter, na ja, sie lebte in der Tradition derer von Führbeck-Heidenstein. Aber Vater ist ein rauher Geselle, der typische ›Chef‹, der in seiner Praxis mit Absolutismus regiert. Sonntags jedoch geht er in die Kirche und singt Psalmen. Das habe ich nie begriffen. Ich selbst? Lachen Sie nicht, Anneliese: Ich glaube an Gott.«

»Warum sollte ich lachen. *Sie* haben mich nach meiner Einstellung gefragt.«

»Mir ist da manches durch den Kopf gegangen. Angenommen, wir stehen eines Tages diesem Truc gegenüber.«

»Kein guter Gedanke, Wilhelm.«

»Spielen wir ihn aber durch. Wir treffen auf ihn, er hat die eingefangenen Mädchen an Bord, wir fordern ihn auf, sie freizugeben. Und was macht er? Er wirft sie über Bord. Würde Gott es verzeihen, wenn ich ihn dann umbringe?«

»Wilhelm, woran denken Sie bloß! Sie könnten Truc töten?«

»Ja.«

»Womit denn?«

»Mit einer Smith & Wesson, Kaliber 9 Millimeter. Sie lag zwischen meinen Unterhosen, niemand hat sie bemerkt. Auf meinen Koffer hatte ich ein Rotes Kreuz gemalt. Vielleicht hat man ihn deshalb nicht genauer untersucht.«

»Das hätte ich Ihnen niemals zugetraut, selbst im Traum nicht.«

»Sie träumen von mir? Anneliese, Sie machen mich glücklich...«

Er wollte nach ihrer Hand greifen, aber sie zog sie schnell weg. So fiel seine Hand auf ihren linken Schenkel. Schnell schob sie seine Finger zur Seite.

Auf der Brückennock stand Dr. Herbergh und blickte mit zusammengekniffenen Augen zum Sonnensegel und den Liege-

66

stühlen hinunter. Er hatte in diesen drei Wochen Dr. Starke schätzengelernt, aber dessen Bemühungen um Anneliese Burgbach gefielen ihm gar nicht. Ein fremdes, unangenehmes, belastendes Gefühl hatte sich bei ihm entwickelt, immer, wenn er Starke und Anneliese zusammen sah. Er hatte keine Erklärung dafür. Es Eifersucht zu nennen, betrachtete er als völlig abwegig, ja blöd. Eifersucht erwächst aus Liebe, wenn sie im Zusammenhang mit einer Frau auftaucht. Wie aber konnte man behaupten, daß er Dr. Burgbach liebte? Es war angenehm, sie um sich zu haben, es war schön, sie anzusehen, es war beglückend, ihr helles Lachen zu hören, es war verzaubernd, in ihre Augen zu blicken...

Er hielt erschrocken seine Gedanken an. Welche Worte! Schön, beglückend, verzaubernd. So denkt ein heillos Verliebter! Das sind Vokabeln des Enthusiasmus. Und verdammt, jetzt legt der Kerl auch noch die Hand auf ihren Schenkel! Beugt sich zu ihr vor...

In Dr. Herbergh gab es so etwas wie einen Kurzschluß. Er riß das Fernglas hoch, streckte den linken Arm weit aus und schrie in das Steuerhaus hinein: »Ein Boot! Alarm! Alarm!«

Johann Pitz, der als zweiter Ausguck mit seinem Fernglas das Meer abtastete, sah nichts und starrte seinen Chef verwirrt an. »Wo?« fragte er. »Wo denn?«

»Dort hinten. Backbord! Ein kleines Boot. Alarm!«

Pitz gehorchte. Er rannte zum Sirenenhebel und zog ihn herunter. Siebenmal kurz, einmal lang. Das Horn dröhnte über das Schiff. Stellinger, der gerade mit zwei Drinks aus dem Deckhaus kam, begann zu laufen, trank sein Glas im Rennen leer, warf Dr. Starke, der aus seinem Liegestuhl hochgesprungen war, das Glas fast zu und hetzte dann zurück zur Tür.

Bei Alarm saß jeder Griff, das hatten sie genug geübt. Schwimmweste umbinden, das Schlauchboot klarmachen, die Lotsentreppe auswerfen, die Strickleitern herablassen, Taue ins Boot, Enterstangen, Transportgurte, um die Gehunfähigen an

Bord zu hieven, das Hospital für Notbehandlungen herrichten.

Dr. Starke stürzte seinen Drink herunter, sagte: »Schade, Anneliese, wir waren so gut im Gespräch...« und rannte in das Deckhaus. Sie folgte ihm, hetzte zum Hospital und traf dort auf Julia, die bereits die Schutzbezüge von OP-Tisch, Anästhesiegerät und Instrumentenschrank weggerissen hatte. Wenn der OP nicht benutzt wurde, war hier alles abgedeckt – die aggressive Seeluft fraß sich in alles hinein. Die Klimaanlage summte. Sie war das Sorgenkind der »Klinik« – sie hatte bisher neunmal versagt.

Auf der Brücke erschien Kapitän Larsson und stellte sich neben Dr. Herbergh auf die Nock. Drinnen, am Ruder, stand der zweite Steuermann Emil Pingels. Er hatte die Maschine auf langsame Fahrt gestellt.

»Wo?« fragte Larsson kurz und hob sein Fernglas.

»Backbord.« Herbergh zeigte in die Gegend. »Es tauchte zwischen den Wellen auf.«

»Ich sehe nichts.«

»Ganz deutlich habe ich das Boot im Glas gehabt.«

»Wer weiß, was Sie gesehen haben – im Glas.«

»Herr Kapitän, würde ich sonst Alarm geben?!« Dr. Herberghs Stimme wurde scharf. Was habe ich getan, dachte er dabei. Wie konnte es nur dazu kommen? Fred, bist du plötzlich übergeschnappt? Bist du total verrückt? Was ist aus dir in diesen drei kurzen Wochen geworden? Wozu hast du dich hinreißen lassen? Fred, das kannst du nicht verantworten! Diese Frau zerstört deinen Verstand.

»Natürlich kann ich mich irren«, sagte er mit der gleichen Schärfe. »Ich meine aber, ein Boot gesehen zu haben...«

»Sie meinen?!« Larsson ließ den Feldstecher sinken. Das ruhige Meer war gut überblickbar. Ein Boot war nicht zu übersehen. »Halten wir es ab sofort so, meine Herren: Alarm wird nur von mir gegeben, wenn auch ich sehe, was Sie sehen! Wer mir die Sirene anfaßt, dem schlage ich auf die Finger.«

»Das ist wohl kaum der richtige Ton!« sagte Herbergh erregt.

»Das ist meine Sprache, Herr Doktor. Ein Schiff ist kein Mädchenpensionat! Und auf See herrschen eigene Gesetze. Pingels, volle Fahrt voraus... nach Position 9.18 Nord/107.48 Ost.«

»Verstanden, Herr Kapitän.« Steuermann Pingels wiederholte die anzulaufende Position, signalisierte volle Fahrt und blickte Dr. Herbergh vorwurfsvoll an. Grußlos verließ Larsson die Brücke und ließ Herbergh einfach stehen.

Das darf nie wieder vorkommen, dachte Dr. Herbergh, über sich selbst zutiefst erschrocken. Nie mehr darf so etwas vorkommen! Aber diesen Starke könnte ich ohrfeigen. Verdammt ja – das könnte ich!

Ein Brief des Matrosen Herbert v. Starkenburg an seine Mutter Elise v. Starkenburg-Fellingen.

Geliebte, kleine Mutter, mein Alles auf dieser Welt!

Den letzten Brief aus Singapur wirst Du noch nicht erhalten haben, die Post läßt sich Zeit, oder hast Du ihn doch schon? Dieser Brief heute wird in Manila eingesteckt werden, nach Plan in drei Wochen, und so kann ich hoffen, daß Du in sieben Wochen erfährst, wie es mir geht.

Die »Liberty of Sea« ist ein gutes Schiff, ich freue mich, daß ich auf ihm angeheuert habe, und zum wiederholten Male wirst Du mich jetzt fragen, kleines Muttchen, wie ich dazu gekommen bin, Seemann zu werden. Das ist eine lange Geschichte, und doch so kurz erzählt. Du wirst weinen, wenn Du das alles erfährst, aber ich will ehrlich zu Dir sein, wem soll ich es denn erzählen, wenn nicht Dir?

Es begann damit, daß René mich verlassen hat. René, den ich für den Treuesten der Treuen hielt. Einen Zettel hat er mir hinterlassen, einen lumpigen kleinen Zettel, auf dem Eßtisch. »Ich gehe«, stand darauf. »Mach's gut!« Weiter nichts. Keine Begründung, keine Erklärung, keine Anklagen, kein besonderes Wort. Kannst Du das verstehen, Muttchen? Ich nicht. Ich habe tage- und nächtelang gegrübelt, habe nach einer Schuld gesucht, aber keine Schuld in mir gefunden. Was ich fand, war nur Verzweiflung.

Ich bin nie der Sohn gewesen, den Du Dir gewünscht hast, das weiß ich. Ich bin Dein einziges Kind, und nachdem Vater bei diesem gräßlichen Unfall auf der Autobahn Würzburg–Nürnberg gestorben war, auch Dein einziger Lebensinhalt. Wie du es für mich bist, kleine Mutter. Der Name v. Starkenburg sollte durch mich weiterleben, so wie in den Generationen vor uns, auf unserer Ahnentafel bis 1107. Aber bei meinem Wachsen in Deinem Leib muß etwas schiefgegangen sein, du kannst nichts dafür, o Gott, nein, so etwas zu denken, ist Frevel. – Aber schon nach meiner Geburt rief jeder aus, der sich über das Körbchen beugte: »Ist das ein hübsches Mädchen!« Und jedesmal hast Du gesagt: »Es ist ein Junge. Herbert heißt er.«

Weißt Du noch, wie ich – ich war damals fünf Jahre, stimmt das? – weinend zu Dir kam und verlangte, ich wolle keine Hosen mehr tragen, sondern ein Kleidchen wie Elena, die Tochter von unserem Nachbarn? Und als ich zwölf war, habe ich mir die Kleider von Mädchen geliehen, sie heimlich angezogen und mich vor dem Spiegel gedreht. Wie glücklich war ich da.

Du weißt, wie es weiterging, Muttchen. Du hast oft geweint. Du hast mit starren Augen zugesehen, wie ich Büstenhalter, Hüfthalter, Seidenstrümpfe und Stöckelschuhe anzog und als »junge Dame« abgeholt und in unser Transvestitenlokal gefahren wurde. Dort war ich eine Glanznummer der Gesellschaft. Aber mein Abitur habe ich gemacht, das war ich Dir schuldig... doch geworden ist aus mir nichts.

Du weißt es ja: Tänzer im »Eden-Salon«, Geliebter des Ge-
neraldirektors Korbmacher, nach dessen Herztod plötzlicher
Sturz ins Milieu von München, Strichjunge auf Bahnhofstoi-
letten und Pissoirs, zwischendurch ein paarmal Wohngemein-
schaften mit Hasch und LSD, aber an der Spritze habe ich nie
gehangen und auch nie gekokst, drei Monate Knast wegen La-
dendiebstahls – ich brauchte eine neue Hose und eine warme
Jacke, es kam ja der Winter. Nach dem Knast bekam ich meine
erste richtige Stelle: Ich wurde Marktschreier auf der Kaufin-
gerstraße in München. Ich bot neuartige Nußknacker an,
Spezialseife für Metallputz, verkaufte Glühwein und Zucker-
watte. Ich habe alles angenommen, was mir, dem Ungelern-
ten, ein bißchen Geld brachte.

Aber das weißt Du ja alles, gutes Muttchen. In München
traf ich René. Von ihm habe ich Dir wenig erzählt, kaum er-
zählt. Warum? Er war ein Mann zum Träumen. Das klingt ko-
misch, wenn ein Mann das sagt, aber bin ich denn ein Mann?
Anatomisch ohne Zweifel, aber sonst empfinde ich wie eine
Frau. Und ich bin glücklich darüber. Ich kann wirklich lieben.
Wer kann das noch von sich sagen?

René ist Architekt. Ein sehr bekannter Architekt in Mün-
chen. Oft brachte er seine wunderbaren Entwürfe mit, wir be-
sprachen sie, ich konnte ihm sogar Anregungen geben. Wir
harmonierten fabelhaft miteinander. Vier Jahre waren wir zu-
sammen, stell Dir das vor, Muttchen. Vier ganze Jahre. Jahre
ohne Sorgen, Jahre der Liebe, Jahre der Schwerelosigkeit. Und
plötzlich, über Nacht, ist René weg. Ich erfahre, daß er heim-
lich unsere Villa verkauft hat, daß er weggeflogen ist nach
Südamerika, in Paraguay soll er sein, daß er mir nichts hin-
terlassen hat, nur diesen elenden Zettel auf dem Eßtisch, daß
ich innerhalb acht Tagen ausziehen muß, weil der neue Besit-
zer sich einrichten will… Muttchen, ich war soweit, mich von
dieser Misterde zu verabschieden. Ich wollte nicht mehr. Ich
habe mir 100 Schlaftabletten gekauft. Die werden reichen,

habe ich gedacht. In die Isar zu springen, war sinnlos – ich kann zu gut schwimmen. Mich vom Rathausturm zu stürzen, dazu war ich zu feig. Sich aufzuhängen – das ist ein ekelhafter Tod. Erschießen? Womit? Ich habe keine Waffe. Also blieb mir nur der typisch weibliche Tod – Schlaftabletten. Er paßt zu mir. Einschlafen und nie mehr aufwachen. Gibt es einen schöneren Abschied von dieser grausamen Welt?

Ich habe es nicht getan, Muttchen. Nicht nur aus Feigheit, sondern weil ich eine Zeitung las. Das klingt verrückt, aber dieser Artikel berührte mich irgendwie. Ich las, daß man ein Schiff ausrüstet, um im Südchinesischen Meer Flüchtlinge aus Vietnam zu retten. Boatpeople. Vielleicht hast auch Du davon gelesen, Muttchen. Ich rief in Köln bei diesem »Komitee Rettet die Verfolgten« an, erfuhr, daß man noch Matrosen für das Schiff suche, und meldete mich. Ich ein Matrose! Es darf gelacht werden!

Aber mein Entschluß stand fest: Weg. Nach Vietnam. Nur weit weg von allem, was ich bisher erlebt und erduldet habe. Das wenige Geld, das ich noch hatte, reichte aus, um nach Hamburg zu fahren und mir gefälschte Seemannspapiere zu beschaffen. Man kann daran kommen, wenn man die Händler kennt, vor allem, wenn man schwul ist. Und so wurde Herbert v. Starkenburg ein Matrose, der seit zwölf Jahren zur See fährt, auf Schiffen, die er nie betreten hat und deren Namen er auswendig lernen mußte, denn jeder Seemann kennt ja die Pötte, auf denen er gefahren ist. Und auch die Kapitäne. Mit diesem auswendig gelernten Wissen fuhr ich wieder nach Köln, wurde aufgrund meiner hervorragenden Papiere sofort angestellt, bekam eine Flugkarte nach Monrovia in Liberia und meldete mich dort auf der schönen »Liberty of Sea« bei Kapitän Larsson.

Gutes Muttchen, ich bin glücklich. Natürlich wurde ich bei der Überfahrt nach Singapur seekrank, aber es soll Matrosen geben, denen das in den ersten Tagen auf See immer so geht.

Als ich das überwunden hatte, fühlte ich mich schon als richtiger Matrose und da ich, wie Du weißt, sehr lernfähig bin, hatte ich bald jeden Trick heraus, wie man sich an Bord die Arbeit erleichtern kann.

Das Wichtigste aber ist: Ich habe hier auf der »Liberty« einen guten Freund gefunden. Einen wirklichen Freund. Einen lieben Freund. Er heißt Julius Kranzenberger und ist der Chief des Schiffes. Chief bedeutet Chefingenieur. Er ist also der Mann, der dafür sorgt, daß alle Maschinen funktionieren. Man sagt, der wichtigste Mann an Bord.

Nun ist das Leben wieder schön. Ich sehe etwas von der Welt, bin weit weg von all dem vergangenen Mist, bin jetzt wirklich schon ein richtiger Matrose — hier sagt man Decksmann dazu — und helfe vor allem mit, die Flüchtlinge aus dem Meer zu bergen. Eine große Aufgabe und so erschütternd, daß einem jedesmal, wenn wir wieder einige gerettet haben, die Seele schmerzt.

Wir haben jetzt 137 Gerettete an Bord. Wir kreuzen zur Zeit vor dem Mekong-Delta. Sieh Dir das mal auf der Karte an, liebes Muttchen. Heute ist ein ruhiger Tag, und ich kann Dir diesen langen Brief schreiben.

An Bord ist allerhand los. Nicht so sehr mit den Vietnamesen, die sind glücklich, in Sicherheit zu sein. Aber es geschehen andere Dinge, die ich beobachte und deren Entwicklung mir kleine Sorgen macht. Nein, zwischen mir und Julius ist alles in bester Ordnung, aber...

Da ist eine Krankenschwester an Bord, Julia, ein ungewöhnlich hübsches Mädchen mit einer sexuellen Ausstrahlung, die selbst ich spüre. Wie erst die anderen Männer auf dem Schiff! Drei sind hinter Julia her: der 1. Offizier, der Krankenpfleger und ein Arzt, Dr. Starke. Mit jedem hat sie schon geschlafen, aber keiner weiß das vom anderen. Wenn sie es erfahren, muß hier der Teufel los sein. Drei Wochen sind wir jetzt auf See, ein halbes Jahr ist zunächst geplant. Es ist unmöglich, daß ein halbes Jahr lang keiner merkt, daß er bei Julia nicht der einzige ist.

Heute gab es einen Fehlalarm. Ausgelöst von Chefarzt Dr. Herbergh. Nicht aus Irrtum, sondern bewußt. Du weißt, Muttchen, daß ich scharf beobachten kann. Und so habe ich bemerkt, daß der Chef sich in unsere Narkoseärztin, Dr. Anneliese Burgbach, verliebt hat. Nur er zeigt es nicht. Er will keine Konflikte an Bord. Aber heute drehte er plötzlich durch: Dr. Starke saß mit Dr. Anneliese unter dem Sonnensegel, der Chef stand auf der Nock. Da legte Dr. Starke seine Hand auf den Schenkel von Anneliese… und beim Chef muß eine Birne geplatzt sein: Er gibt Alarm und trennt damit auf dramatische Art die beiden. Ich hätte dem Chef so etwas nie zugetraut. Eigentlich weiß nur ich, wie der Alarm zustande kam, und ich werde natürlich schweigen. Auch hier ist also schon ein Konflikt vorgezeichnet: Der Chef und Dr. Starke werden nie Freunde werden, wie man es erwartet und wie es für unsere große, schwere Aufgabe auch notwendig ist.

Ich bin gespannt, wie es weitergeht. Man sieht auch hier wieder, wie wir von unseren Gefühlen abhängig sind, wie sie uns regieren, wie sie uns zwingen, ob wir nun wollen oder nicht.

Mein geliebtes Muttchen, mein Alles, nun ist genug geplaudert. Freu Dich, daß es Deinem Sohn so gut geht, und hoffe mit mir, daß mein Leben hier eine andere, bessere Wendung bekommen wird.

Ich umarme und küsse Dich und sehe Dich immer vor mir – Deine weißen Haare, Deine gütigen Augen und Dein immer verzeihendes Lächeln.

Ich liebe Dich unendlich   Dein Sohn Herbert.

Truc Kim Phong saß in einem kunstvoll geflochtenen, mit Kissen aus Thaiseide und Brokat gepolsterten Rattansessel und studierte die Seekarte. Sein Schiff, vierundzwanzig Meter lang, vier Meter breit und mit zwei Motoren von je 350 PS Leistung ausgestattet, dümpelte auf dem schwach bewegten Meer. Die Mannschaft, siebzehn thailändische ehemalige Fischer, dösten auf dem Deck. Drei Wachen suchten mit schweren Ferngläsern die See ab, aus der offenen Tür der Kombüse kam der Geruch von gebratenem Fisch. Die Langeweile war greifbar und lähmend.

»Was hörst du von Land?« fragte Truc den Steuermann, der hinter ihm stand. Er trug um seinen schwarzen Lockenkopf ein breites, weißes Stirnband.

Der Steuermann hob ein Papier an seine Augen und las vor. »Der letzte Funkspruch meldete, daß in der Nacht neun Boote abgelegt haben. Im ganzen 315 Personen. Darunter sollen 90 Frauen sein. Sie haben von sechs verschiedenen Stellen abgelegt. Das größte mit 67 Menschen vom Mekong.«

»Ausrüstung?«

»Ein gutes, starkes Boot mit einem fast neuen Dieselmotor.«

»Wer kann sich das leisten?« Truc lehnte sich zufrieden zurück. »Dann muß Geld an Bord sein. Bei so einem guten Boot kostet die Ausreise mindestens vierzig Tael. Das sind achttausend Dollar pro Person. Keine armen Leute, Tam. Wir sollten besonders wachsam sein. Ein schwimmender Geldsack, das ist selten.«

Truc vertiefte sich wieder in die Seekarte und zog mit dem Zeigefinger eine Linie vom Mekong-Delta bis zur Schiffahrtsstraße Singapur–Hongkong. Sie wurde gekreuzt von der Straße Bangkok–Manila.

»Sie werden nach Hongkong fahren, das ist sicher. Für den, der mit vollen Taschen kommt, ist Hongkong ein Paradies. Sie werden den kürzesten Weg nehmen... auf dieser Route. Wir werden sie hier, im Gebiet 7.03 Nord/108.18 Ost treffen, 210 Meilen vom Delta entfernt werden sie glauben, in Sicherheit zu sein.« Truc lachte meckernd, gab die Karte über seine Schulter an den Steuermann zurück und erhob sich aus seinem Sessel.

Truc Kim Phong war ein schöner Mann. In einem Smoking hätte er die Damen der Gesellschaft in Singapur oder Bangkok ohne Zweifel entzückt. Er war nicht groß, aber durchtrainiert wie ein Sportler, sein glattes schwarzes Haar war konservativ geschnitten, im Nacken frei, mit angedeuteten Koteletten. Von seinem Gesicht war man fasziniert. Es war von der glatten Schönheit des Asiaten, in dem ein paar Tropfen malaiischen Blutes das Ebenmaß erhöhte. Nur seine Augen paßten nicht dazu. Sie waren schwarz, kalt, mit jenem mitleidlosen Schimmer, der ein Frieren verursacht. Und jeder Angeschaute spürte, daß hinter der Fassade dieses ungewöhnlich schönen Menschen die Eiseskälte der Unmenschlichkeit wohnt.

Vor sieben Jahren war Truc noch einer der armen Fischer gewesen, die mit klapprigen Booten vor der Küste Vietnams auf die Fischschwärme lauerten, ihre Netze auswarfen und den Fang dann mit Muskelkraft und angespornt durch einen monotonen Singsang aus dem Meer zogen. Eine Knochenarbeit. Wie alle anderen Fischer wohnte er in einer schilfgedeckten Hütte am Strand, ernährte mit seinen Fängen, die er bei der Kooperative abliefern mußte, mühsam seine Frau und zwei Kinder. Aber immer träumte er davon, irgendwann einmal Glück zu haben, ein im Taifun zerschelltes Schiff zu finden, es auszuschlachten und dann aufzusteigen in eine Klasse, die nicht nur Fisch aß, sondern auch einen Braten.

Das ersehnte Glück suchte Truc auf eine andere Art heim: Ein Fährmann vom Mekong, mit dem er sich bei einer Fahrt nach Vinh-long unterhielt, erzählte ihm, daß fast jede Woche regimefeindliche Landsleute mit kleinen Flußbooten vom Delta aus hinaus aufs Meer fuhren, um mit viel Glück Thailand, Malaysia oder Indonesien zu erreichen. Die Insel Pulau Laut war die nächstliegende Station, aber auch Natuna Besar wurde angesteuert. Viele aber hofften auf die Hilfe der westlichen Menschen. Sie versuchten die große Wasserstraße nach Hongkong zu finden, um sich dort von den großen Schiffen aufnehmen zu lassen. Der Fährmann kannte sogar einen Fischer, der seine Netze vor der Hütte hängen ließ und statt Fische nun Menschen fing. Ein gutes Geschäft – man brauchte dem Staat davon nichts abzuliefern, denn der Staat wußte es nicht.

Truc hatte sehr aufmerksam zugehört. Auf dem Rückweg von Vinh-long kaufte er sich, nach langem Herumfragen, von einem Messingtreiber eine guterhaltene amerikanische Maschinenpistole und zwei kleine Kisten Munition. Beim Abzug der Amerikaner waren unvorstellbar große Vorräte zurückgeblieben. Überdies hatte man genug Waffen bei Überfällen und Hinterhalten erbeutet, bei denen die gefallenen Amerikaner total ausgeplündert wurden. Wer damals klug und schnell war, hatte sich ein privates Waffenlager anlegen können und überhörte die mehrmals veröffentlichten Aufrufe der Regierung, alle Waffen an Sammelstellen abzuliefern.

Etwas Mühe hatte Truc, den Messingtreiber zu überzeugen, daß er die Maschinenpistole im Augenblick zwar nicht bezahlen konnte, sie aber dringend brauchte. Nach langem Handeln überschrieb Truc seine Fischerhütte und seine Frau als Pfand, die beiden Kinder sollten – falls Truc nicht zahlen konnte – in ein staatliches Kinderheim kommen oder in Ho-Chi-Minh-Stadt verkauft werden. Es gab dort Käufer genug, vor allem für das Mädchen, das einmal eine Kapitalanlage werden konnte, wenn es in einem Bordell arbeitete.

So also kam Truc in sein Dorf zurück, erzählte seiner Frau nichts von dem, was er abgeschlossen und vorbereitet hatte, sondern sagte nur, daß er in einigen Tagen länger auf dem Meer bleiben werde als sonst, man hätte Nachricht über große Fischschwärme bekommen, denen man auflauern wollte und die ein gutes Geschäft versprachen. So begann die Karriere des Piraten Truc Kim Phong.

Schon bei der ersten Fahrt vor dem Mekong-Delta traf er auf drei Flüchtlingsboote mit insgesamt 79 Frauen, Männern und Kinder, die keine Gegenwehr leisteten, weil sie ohne Waffen waren. Truc, mit seiner amerikanischen Maschinenpistole, war der Herr über Leben und Tod, und er setzte diese Macht skrupellos ein. Kaltblütig erschoß er alle Männer und ließ die Toten von den Frauen über Bord werfen, plünderte darauf die Boote aus und überließ sie dann ihrem Schicksal – ohne Lebensmittel, ohne Treibstoff. Nur das Wasser ließ er ihnen. Was aus ihnen geworden ist, weiß keiner. Man kann es nur ahnen.

Mit Truc kam das Grauen in das Südchinesische Meer.

Den zweiten Raubzug unternahm er schon mit drei Helfern. Sie schworen absolute Verschwiegenheit, auch wenn man sie gefangen nehmen sollte, sonst wäre ihr Leben keinen Dong mehr wert. Daß Truc es ernst meinte, bewies er drei Wochen später. Einer der drei Mitpiraten hatte irgendwo eine Andeutung gemacht, wieviel Geld da draußen auf dem Meer herumschwamm. Truc erfuhr davon, hielt bei der nächsten Fahrt plötzlich den Motor an, nahm seine Maschinenpistole unter den Arm und rief den Schwätzer auf das Vorschiff. Die beiden anderen sahen mit verkrampften Gesichtern zu.

»Chac«, sagte Truc ganz ruhig, »du bist ein Verräter. Du hast geredet. Du hast deinen Schwur gebrochen. Du bist keinen Dong mehr wert.«

»Ich habe es nur meinem Onkel gesagt!« schrie Chac. Ensetzen und Todesangst ließen seine Augen aus den Höhlen quellen. »Truc, hör mich an, mein Onkel ist ein schweigsamer Mann, er wird uns nie verraten!«

»Aber du bist nicht schweigsam und gehörst nicht mehr zu uns.« Truc hatte die Maschinenpistole gehoben und sie auf Chacs Brust gerichtet. »Spring über Bord!«

»Truc, hier sind Haie! Truc…«

»Spring!« Truc krümmte den Finger. Die Kugel schlug in den linken Arm ein und riß Chac fast von den Beinen.

»Ich schwöre, nie mehr etwas zu sagen!« heulte Chac und fiel vor Truc auf die Knie. Wie betend streckte er ihm die Hände entgegen. »Truc, hab Erbarmen! Truc…«

Wie konnte man mit Truc über Erbarmen reden? Das Wort hatte er aus seinem Wortschatz gestrichen. Der zweite Schuß traf den knieenden Chac in die Schulter und schleuderte ihn an die Bordwand. Das Blut sprudelte aus der Wunde, eine Arterie mußte zerrissen sein. Weinend lag Chac auf dem Boden und versuchte dann, auf Truc loszukriechen. Seine gestammelten Worte verstand keiner mehr, aber wer wollte sie auch noch hören. Und Trucs Stimme, kalt wie ein Schlag auf Eisen, sagte: »Spring!«

Chac heulte wieder wie ein Schakal, versuchte sich aufzurichten, aber es gelang ihm nicht mehr. Mit einer halben Drehung sah Truc hinüber zu den beiden anderen Helfern und winkte. Sie verstanden diese Geste sofort, aber sie zögerten. Chac war ihr Freund seit Kindertagen, sie hatten gemeinsam die Schule besucht, hatten später zusammen gefischt, hatten in den Reishütten die Mädchen geliebt... Truc, das kannst du nicht von uns verlangen.

»Ich habe genug Patronen im Magazin«, sagte Truc mit entsetzlich ruhiger Stimme. »Ich bin oft allein gefahren. Ich kann es auch jetzt.«

Er zeigte mit dem Lauf der MP auf den wimmernden Chac und machte wieder die eindeutige Bewegung. Langsam, ganz langsam, immer auf Truc starrend, kamen die beiden näher, beugten sich über Chac, hoben ihn hoch und warfen ihn über Bord. Dann wandten sie sich ab, fielen einander in die Arme und weinten.

Mit unbewegter Miene stand Truc an der Bordwand und sah zu, wie Chac versank, wie sein Blut einen roten Fleck auf dem Meer bildete, wie der Blutgeruch die Haie anlockte und die mächtigen schlanken Körper in die Tiefe stießen, um Chac zu zerreißen. Dann klemmte Truc die MP wieder unter den Arm, ging zurück zum Ruderhaus und ließ den Motor an. »Schrubbt das Deck!« schrie er den beiden zu. »Ich will, daß mein Schiff immer sauber ist!«

Die Geschichte sprach sich herum, und Truc wurde nun von allen gefürchtet.

Ein Jahr später bereits kaufte er sich ein größeres und schnelleres Schiff. Die Maschinenpistole war bei dem Messingtreiber in Vinh-long schon nach dem ersten Raubzug bezahlt worden, und weil das mit dem Kredit so gut geklappt hatte, zeigte der biedere Handwerker und heimliche Waffenhändler, was er noch verborgen hatte, nämlich ein schweres Maschinengewehr und eine leichte, vierläufige Flugabwehrkanone, kurz FLAK genannt. Im Krieg war sie auch im Erdeinsatz eine sehr gefürchtete Waffe. Neben der FLAK bot der Messinghändler auch noch zehn Kisten dazugehöriger Munition an und versprach, späterer Nachschub sei kein Problem.

Truc war ein vorsichtiger Rechner. Er kaufte das Maschinengewehr, zahlte die Kanone an und sagte, erst müsse er ein noch größeres Schiff haben, um die FLAK montieren zu können. Vielleicht in einem Jahr. Die Kanone sei jedenfalls gekauft.

Mit dem größeren Schiff konnte Truc nun endlich an die thailändische Küste fahren, dort fand er ein gutes Versteck auf der Insel Ko Kut und in dem kleinen Hafen Sattahip einen idealen Platz für die Aufnahme von Verpflegung und Treibstoff.

Und dann kam der dicke, schwitzende und keuchende Suphan Khok aus Bangkok angereist und vollzog mit Handschlag ein großes Geschäft mit Truc Kim Phong. Denn Suphan Khok verpflichtete sich, Truc alle Mädchen und Frauen bis zu 25 Jahren abzukaufen. Was mit ihnen geschah, wohin sie kamen, das war für Truc ohne Bedeutung. Suphan erklärte, er gebe sie an Bordelle weiter. Das war eine gute Erklärung, und Truc tat so, als glaube er das.

Nach drei Jahren hatte Truc so viel erbeutet, daß er das schöne, schnelle Schiff kaufen konnte, das er nun besaß. Es war auf einer thailändischen Werft gebaut, lief unter der Flagge Thailands, hatte elf Mann Besatzung – und die Vierlings-FLAK auf dem Vorderdeck montiert. Versenkbar natürlich. Wenn

Truc ein Flüchtlingsboot gestellt hatte, fuhr die Kanone wie durch Zauberhand aus einer sich öffnenden Luke empor. Der Schrecken des Südchinesischen Meeres war unangreifbar geworden. Er war schneller als die vietnamesischen Patrouillenboote, fuhr nur in internationalen Gewässern, tauchte auf und verschwand wie ein Geisterschiff. Und hinterließ Tod und Verzweiflung.

Und noch eine Besonderheit zeichnete Trucs Schiff aus: Unter Deck gab es drei große Kammern mit Matten und Decken, Toiletten- und Waschanlagen und eine geräumige Küche. Hier lebten die geraubten Frauen, bis sie in Sattahip von dem fetten Suphan Khok übernommen wurden. Gegen Bargeld. In Dollarwährung.

Aus Truc Kim Phong wurde der gepflegte, elegante, reiche Mann, dem man überall auf der Welt die Hand geschüttelt hätte.

In Pattaya, dem mondänen Seebad südlich von Bangkok, besaß er eine Villa in einem Blütengarten und fuhr, wenn er an Land war, einen weißen Mercedes mit rotem Lederpolster. Auch wohnte er in seiner Villa nicht mit seiner Familie zusammen, sondern mit einer ungewöhnlichen Frau, einem Mischling aus thailändischem, malaiischem und chinesischem Blut, eine geradezu atemberaubende Schönheit. Chi-Chi, wie er sie nannte, glaubte, er verdiene sein Geld mit Exportgeschäften. Was noch nicht einmal so abwegig war, denn Truc exportierte ja vietnamesische Frauen nach Thailand. Seine Familie blieb in dem elenden Vinh-chau, aber er baute seiner Frau und den Kindern immerhin eine größere, feste Steinhütte und gab ihnen monatlich so viele Dongs, daß sie gut leben konnten und keine Sorge mehr um das Essen von übermorgen zu haben brauchten.

Wenn Truc von seiner Frau Nga gefragt wurde, wo und wie er sein Geld verdiene und wo er manchmal wochenlang bliebe, antwortete er: »Hast du Sorgen? Fehlt es dir an etwas? Hast du

Wünsche? Lebst du nicht gut? Genieß es. Das Leben ist kurz. Es könnte durch Fragen noch kürzer werden.«

Und Nga schwieg. Auch über das, was man über Truc flüsterte und was man ihr erzählt hatte.

An diesem Tage nun, an dem sie auf die Position 07.03 Nord/108.18 Ost zusteuerten, um das »reiche« Flüchtlingsboot zu kapern, sprach Truc zunächst über Funk mit dem feisten Suphan und erkundigte sich, was er zahlen würde, wenn er Damen der Gesellschaft bekäme. Suphan war bereit, 20 Prozent mehr auszugeben. Damen der Gesellschaft waren meistens sehr gepflegt und für die besten Bordelle geeignet. Er hatte da seine Erfahrungen. Drei Töchter eines hohen Regierungsbeamten, der wegen heimlicher Kontakte zu China flüchten mußte, erwiesen sich im Nobelbordell von Bangkok als die gefragtesten und teuersten Gespielinnen. Vor allem deutsche Touristen zahlten jeden Preis. Neunzehn Deutsche hatten sie sogar schon mitnehmen wollen, aber Suphan gab sie nicht her.

Nach dem Gespräch ging Truc unter Deck und besuchte die 28 Mädchen, die er auf dieser Fahrt bereits eingesammelt hatte. Sie lagen im Raum II, lasen in bunten Magazinen, stickten kleine Deckchen oder hörten Musik aus dem Radio. Als Truc die Tür aufschloß und eintrat, starrten ihn 56 Augen erwartungsvoll, aber mit verborgener Angst an. Wen traf es heute?

Truc sah sich genüßlich und lange um, verglich und wies dann mit seinem Zeigefinger auf ein junges Mädchen. Es saß an der Wand und stickte. Gehorsam erhob es sich, legte das Deckchen zur Seite und verließ mit Truc den Raum.

»Wie heißt du?« fragte Truc. Er verschloß die Kabinentür und legte seine Hände auf die jungen, spitzen Brüste des Mädchens.

»Duong, Herr«, sagte sie ängstlich.

»Du bist schön, Duong.«

Das war genug. Mit einem Riß entblößte er ihre Brüste, der zweite Riß zerfetzte das dünne Kleid vollends. Mit einem Stoß

82

schleuderte der Pirat Duong auf das Bett und warf sich dann über sie.

Ergeben, ein zitternder, schmaler, noch kindlicher Körper, ließ sie ihn gewähren. Ich lebe, dachte sie dabei. Ich werde weiterleben. Die anderen sind tot. Aber ich lebe... Ist das nicht viel, was mir geblieben ist? Leben...

Der zwanzigste Tag.

Xuong war in dem hölzernen Verschlag gewesen. Nun saß er wieder neben dem Motorkasten und begann, Cuongs Vorschlag zu überlegen, erst die Frauen und Kinder und dann sich selbst zu töten. Noch zwei oder drei Tage hielt es niemand mehr aus. Die Kinder dörrten aus, wurden faltig, verschrumpelten und sahen wie winzige Greise aus. Die Frauen, die Haut vom Salzwasser zerfressen, lagen wie Mumien herum, mit weiten, übergroßen, hohlen Augen; wenn man sie ansprach, reagierten sie nicht mehr, gaben keinen Laut von sich und rührten sich nicht. Die Verpflegung bestand noch aus einem Säckchen Nudeln, einem kleinen Kanister Trinkwasser, einer Blechbüchse mit Tee und zwei Kilo Reis. Das Gas zum Kochen war verbraucht, was nutzten also Nudeln und Reis, man konnte sie ungekocht kauen, aber sie hatten alle keinen Speichel mehr, um sie im Mund aufzuweichen. Zwar fingen Vu Xuan Le und drei andere Männer mit Angeln und einem winzigen Netz Fische. Man schlang sie roh hinunter, aber der Durst wurde dadurch nur noch stärker. Die Kinder würgten, zum Schreien und Weinen waren sie bereits zu schwach.

Das Ende. Xuong legte beide Hände über seine Augen. 43 Menschen, die Frieden und Freiheit suchten, würden elend zugrunde gehen. 46 Schiffe, die neues Leben bedeutet hätten, waren an ihnen vorbeigefahren. Hatten sie einfach übersehen, bewußt übersehen. Waren geflüchtet vor der Verantwortung und vor den Schwierigkeiten mit den Heimatlosen.

»Wir könnten Blut trinken!« sagte Xuong zu Cuong, der sich neben ihn setzte.

»Blut?«

»Wenn jeder der siebzehn Männer Blut hergibt, könnten wir, zusammen mit dem Wasser vielleicht fünf Tage überleben.«

»Und dann, Lehrer?«

»Es werden einige von uns eines natürlichen Todes sterben. Das ist viel Blut, und wir werden auch nicht verhungern –«

»Du – du willst...« Cuong begann zu stottern, griff sich an den Hals und schluckte krampfhaft. »Ich – ich soll Thi aufessen? Und das Kind in ihrem Bauch...«

»Wer sagt dir, daß Thi zuerst sterben wird?«

»Sie ist die Schwächste von allen. Das Kind nimmt ihr alle Kraft weg.« Cuong starrte auf die vier Männer, die wie jeden Tag an der Bordwand lehnten und auf Fische lauerten. »Xuong, was gewinnen wir dabei, wenn wir uns gegenseitig auffressen? Die Schiffe werden weiterhin an uns vorbeifahren.«

»Einem Toten ist es gleich, ob wir ihn ins Meer werfen oder zwischen uns aufteilen. Im Meer fressen ihn die Haie. Uns kann er retten, es ist Verschwendung, die Toten den Haien zu überlassen. Später, irgendwo, wo man uns hinbringt, werden wir ihnen einen Altar bauen und sie als Heilige verehren.«

»Hast du das den anderen schon gesagt?« Cuongs Stimme war vor Grauen völlig ohne Klang.

»Nein. Ich wollte es zuerst mit dir besprechen.«

»Ich kann es nicht, Lehrer. Ich kann es nicht.« Cuong würgte. Der Gedanke, in ein Stück rohes Menschenfleisch zu beißen, drehte ihm den Magen um. »Dort kommt Kim. Könntest du Kim aufessen, Xuong?«

Xuong blickte auf Kim, die gerade aus dem Verschlag gekrochen war. Sie schwankte vor Schwäche. Der leichte Seegang schleuderte sie hin und her, sie hielt sich an der Bordwand fest, krallte die Finger um die Kante und atmete mit weit aufgerissenem Mund. Ihre Haut war gelblich-braun geworden, wie gegerbt, und an den Oberarmen eingerissen und mit einer dünnen Salzkruste überzogen. Ihre Schönheit war von Sonne, Wind und Meer aufgesaugt, von der Natur gefoltert.

»Komm her, Kim«, rief Xuong. »Komm her...«

Sie nickte, tastete sich an der Bordwand entlang und lehnte erschöpft neben Xuong am Motorgehäuse.

»Morgen werden drei Kinder und zwei Frauen tot sein...« stammelte sie. Ihre aufgesprungenen Lippen waren kaum noch in der Lage, verständliche Worte zu formen. Der schöne Singsang der vietnamesischen Sprache war zu einem Röcheln geworden.

»Was würdest du tun, um zu überleben, Kim?« fragte Xuong und achtete nicht auf Cuongs Würgen.

»Alles, Lehrer.«

»Hast du noch Hoffnung?«

»Nein. Keiner hat mehr Hoffnung.«

»Aber wenn du weiterleben könntest...«

»Wie kann ich weiterleben?«

»Die Toten werden uns Leben geben.«

»Die Toten, Lehrer?«

»Ihr Blut, ihr Fleisch... verstehst du das, Kim?«

»Ja.« Sie starrte ihn aus hohlen, uralten Augen an. Glanzlose Kugeln. Blindes Glas.

»Könntest du das?«

»Die Toten werden uns deswegen nicht verfluchen, Lehrer.«

»Ich soll Thi auffressen?« schrie Cuong wieder. »Und mein ungeborenes Kind...«

»Du sollst Thi zu essen geben«, sagte Kim krächzend und würgte an jedem Wort. »Solange sie ißt, lebt sie.«

»Du bist ein kluges Mädchen, Kim.« Xuong legte seine Hand auf Kims aufgesprungenen, salzverkrusteten Arm. »Gib uns sofort Bescheid, wenn jemand gestorben ist. Sofort, ehe das Blut gerinnt. Wir müssen es mit Wasser verrühren.«

»Es wird Vu Hoang Yen sein.« Kim legte ihren Kopf auf Xuongs Schulter und schluchzte. Doch Tränen kamen nicht – wie soll ein ausgedörrter Körper Tränen haben? »Wer... wer kann sie aufteilen? Kannst du das, Lehrer?«

»Ich werde es müssen.«

»Du bist ein großer Mann.«

»Nein, Kim. Ich bin der Erbärmlichste von allen. Aber ich kämpfe gegen den Tod, solange ich einen Funken Leben in mir habe.«

Am Mittag wurden wieder löffelweise Wasser und Nudeln verteilt. Diesmal nur zwei Löffel Wasser für jeden und eine Handvoll Nudeln. Kims kleine Hand war das Maß – Xuongs Hand war zu groß. Nach diesem Essen lagen sie alle wieder apathisch herum, nur Vu Xuan Le angelte weiter, knetete seinen Schweiß in den Köder und hoffte auf einen großen, saftigen Fisch.

Und dann sank die Sonne. Das goldene Meer färbte sich violett, der Himmel wurde ein herrlich streifiges Feuer, in dem die Wolken zu braten schienen, der Horizont verbrannte und mit ihm der Tag.

»Ein Schiff...« stammelte Cuong plötzlich. Er streckte beide Arme aus, beugte sich weit vor und wäre über Bord gefallen, wenn Xuong ihn nicht an der Hose festgehalten hätte. »Ein Schiff! Seht ihr auch das Schiff? Da ist ein Schiff! Ein Schiff!« Und dann – woher nahm er noch die Kraft? – brüllte er und alle schraken auf, taumelten hoch oder krochen an die Bordwand, um sich dort hochzuziehen. »Ein *Schiff!* Da ist ein Schiff!«

Xuong sah es auch. Ein dunkler Fleck vor der brennenden Himmelswand, ein Punkt, der langsam, ganz langsam wuchs und wuchs. Ein Punkt, der auf sie zukam.

Mit zitternden Händen riß Xuong die Plane von dem Raketenwerfer, schob die letzte rote Patrone ins Rohr und schoß die Kugel in den Himmel. Der Fallschirm entfaltete sich, der leuchtende rote Ball schwebte über ihnen, und sie standen alle an der Bordwand, klammerten sich fest und warteten, daß auch dieser dunkle Punkt am flammenden Horizont wieder verschwand.

»Er kommt näher...« flüsterte Cuong, als könne seine Stimme das Wunder wieder verscheuchen. »Er... er kommt näher! Da! Da! Seht ihr das?! Sie haben uns gesehen! Sie antworten... sie antworten tatsächlich! Sie laufen nicht vor uns davon.«

Aus dem größer werdenden Punkt stieg etwas in den Himmel und zerplatzte dort. Eine Rakete, eine weiße Rakete, und das hieß: Wir kommen! Wir sehen euch! Haltet aus! Wir kommen!

»Lasset – lasset uns beten«, sagte Xuong mit schwankender Stimme. »Alle. Kniet nieder, faltet die Hände, blickt zum Himmel...« Und dann rief er laut, mit geschlossenen Augen: »Gott, wir danken Dir! Du hast die Menschen erschaffen... endlich findet uns ein Mensch.«

Und der Punkt kam näher und näher, zeigte einen Aufbau, einen Schornstein, einen Rumpf. Noch einmal zischte eine weiße Rakete in den jetzt fahlen Himmel.

Als das Schiff deutlich zu sehen war, hatten die Männer ihre Frauen und Kinder aus dem Verschlag geholt, stützten sie und zeigten ihnen das Schiff. Einige versuchten zu winken, aber nach zwei, drei Armschwenkungen verließen sie die Kräfte, und sie standen, sich aneinander klammernd, in dem kleinen Boot und wartete immer noch darauf, daß das Schiff abdrehte und ihnen davonlief. Am Bug, zwischen zwei Taurollen, standen Kim und Le, hielten sich gegenseitig fest und lasen laut den Namen des Schiffes, das mit gedrosselten Maschinen auf sie zufuhr.

Liberty of Sea.

Freiheit.

Leben.

Frieden.

Als eine Stimme, dröhnend durch das Megaphon, ihnen zurief: »In ein paar Minuten sind wir bei euch!«, eine Lotsenleiter die Bordwand herunterfiel, ein Schlauchboot mit einem Kran von Deck schwebte und drei Männer mit Schwimmwesten die Leiter herunterkletterten, breitete Xuong weit die Arme aus und wunderte sich, daß sein Herz nicht versagte.

Hans-Peter Winter war ein guter Koch. So wenigstens stand es in seinen Seemannspapieren. Er fuhr seit seinem zwanzigsten Lebensjahr zur See, und das waren jetzt siebzehn Jahre. In Hamburg im Atlantik-Hotel hatte er gelernt, war dann in Zürich gewesen, im Zunfthaus der Zimmerleut, hatte einen Abstecher nach Ascona gemacht und im Hotel Tamaro international gekocht. Aber seine geheime Sehnsucht, zur See zu fahren, blieb ungebrochen. Kurz entschlossen heuerte er auf dem Luxusliner *Bremen* an, wechselte zur *Europa* über und fuhr mit ihr dreimal um die Welt. Er kannte fast jeden Hafen, sammelte in allen Ländern Rezepte, fing sich schließlich in Indien eine Malaria ein und mußte ein halbes Jahr pausieren.

Auch er hatte die Anzeige in einer Zeitung gelesen: »Das ›Komitee Rettet die Verfolgten‹ sucht für einen neuen Einsatz im Südchinesischen Meer eine Schiffs-Crew.« Was Winter am meisten anzog, war der Satz: »Wir suchen Mitarbeiter, die unter den gegebenen Umständen gut improvisieren können.« Improvisieren, das konnte er. Und »Rettet die Verfolgten« klang auch gut. Er bewarb sich, wurde eingestellt, kam wie die anderen in Monrovia auf die *Liberty of Sea* und stellte den Speiseplan nach seinen Ideen um.

Aber schon bei der Überfahrt nach Singapur gab es Krach an Bord. Oberbootsmann Stellinger meckerte herum, das Gulasch sei zu hart, das Gemüse zu verkocht. Und überhaupt, was nahm der Koch bloß als Würze?

»Das ist eine Komposition aus provençalischen Kräutern!«

schrie Winter beleidigt. »Im Zunfthaus der Zimmerleut...«

»Wir sind Seemänner und keine Zimmerer!« hatte Stellinger zurückgebrüllt. »Ich will Pfeffer, Salz und Maggi haben!«

»Und Currysoße...«

»Auch!«

»Wohin bin ich bloß geraten«, klagte Winter später dem grinsenden Kroll. »Alles Banausen! Das sind keine Esser, das sind Fresser! Die verschlingen jeden Papp! Und ich war mal Chef im Tamaro...«

Was wahr ist, soll auch wahr bleiben: Winter kochte phantastisch. Nur mit Stellinger kam er nicht klar. Dem war eine steife Erbsensuppe lieber als ein Tournedos Rossini, und wenn es Huhn auf kantonesische Art gab, hielt er Winter an und fragte: »Soßenrührer, wann gibt's denn endlich Spickbraten mit Knödel?« Aber da regte sich Winter schon nicht mehr auf. Er hatte Stellinger inzwischen erkannt und versöhnte ihn jedesmal mit einem Schokoladenpudding. Für Schokoladenpudding hißte Stellinger jedesmal die weiße Fahne der Kapitulation.

Heute nun hatte Winter bürgerlich gekocht, eine Linsensuppe. Aber was für eine Suppe! Nicht einfach Linsen mit geschnittenem Speck und eine Mettwurst darin, sondern eine Linsensuppe, wie man sie allenfalls in Nizza, im Hotel Négresco serviert. Eben anders gewürzt, pikant, gaumenstreichelnd.

Nach dem ersten Löffel fuhr Stellinger wie gestochen hoch, rannte in die Küche, ließ sich von dem Duft des Schokoladenpuddings nicht besänftigen und brüllte: »Das soll eine Linsensuppe sein?! Das ist eine Jauche!«

Weiter kam er nicht, auch Winters Gegenschrei ging unter: Die Alarmsirene dröhnte. Siebenmal kurz, einmal lang. Stellinger wirbelte aus der Tür, Winter griff nach seiner Schwimmweste – bei der Bergung von Flüchtlingen hatte jeder mitzuhelfen, ob Arzt oder Koch –, jede Hand wurde gebraucht.

Dr. Herbergh kam auf die Brücke und riß seinen Feldstecher hoch. Kapitän Larsson hatte eigenhändig den Alarm gegeben und zeigte nun hinaus auf das schimmernde Meer. »Da ging eine Leuchtkugel hoch!« sagte er mit der ihm eigenen Ruhe. »Eine rote! Noch sehe ich nichts. Muß ein winziges Boot sein. Auf dem Radar natürlich gar nichts. Ich drehe bei und steuere die Richtung an.«

Vom Heck zischte jetzt eine weiße Leuchtrakete in den Himmel. Die Maschinen stampften mit voller Kraft. Es war, als atme die *Liberty* auf und setzte dann zu einem Spurt an.

»Boot voraus!« rief der Ausguck, der Krankenpfleger Pitz. »Steuerbord! Nur ein Fleck im Wasser.«

»Wirklich, da sind sie!« Dr. Herbergh hatte den dunklen Fleck entdeckt. Wie immer, wenn sie ein Flüchtlingsboot sichteten, legte sich eine Art Ring um sein Herz. Was würde man vorfinden? Ausgeraubte, Mißhandelte, vergewaltigte Frauen, Verletzte, Tote... das geballte Elend trieb auf dem Goldenen Meer.

An dem startklaren Schlauchboot standen Stellinger, v. Starkenburg, Anneliese Burgbach und Dr. Starke. In der »Klinik« zog Julia wieder die Schutzüberzüge ab und bereitete alles für Notfälle vor. Fritz Kroll wartete auf dem Achterdeck, die geladene schwere Signalpistole in der Hand, auf ein Zeichen. Mit einer hohen Bugwelle rauschte die *Liberty* dem Boot entgegen, das jetzt deutlich zu sehen war. Es dümpelte auf und ab und rührte sich nicht vom Fleck.

»Sie können sich nicht bewegen«, sagte Büchler. Er hatte das Ruder übernommen, während Larsson mit Dr. Herbergh auf der Nock blieb. »Maschinenschaden oder kein Benzin. Wie lange treiben sie wohl schon herum?«

Am Schlauchboot machte sich Dr. Starke fertig, um mitzufahren. Er hatte Shorts an, ein fleckiges blaues Hemd und darüber die orangene Schwimmweste. Sein schwarzes Haar, in den drei Wochen länger geworden, flatterte im Fahrtwind.

»Endlich ist etwas los«, sagte er zu Anneliese Burgbach. »Ich war schon soweit, Ihnen einen Heiratsantrag zu machen. Stellen Sie sich das vor!«

»Ein Alptraum. Aber die Antwort kennen Sie ja.«

»Bin ich so ein Ekel, Anneliese?«

»Nein. Aber der Mann, den ich einmal heirate, muß anders sein.«

»Wie? Sagen Sie es mir, Anneliese. Ich bin unheimlich wandlungsfähig. Wie ein Chamäleon.«

»Haben Sie jetzt keine anderen Sorgen, Wilhelm? Gleich kommen Menschenwracks an Bord.«

»Die mich noch stärker daran erinnern, wie schön Sie sind. Warum laufen wir voreinander weg, Anneliese?«

»Ich laufe nicht weg... Sie laufen mir nach.«

»Das ist für einen Mann legitim.«

Fritz Kroll schoß die zweite weiße Rakete ab. Jetzt war das Boot mit dem bloßen Auge deutlich erkennbar. Die Punkte drin, das waren die Menschen. Aber sie bewegten sich nicht, sie winkten nicht wie die anderen Flüchtlinge, die man aufgefischt hatte. Sie blieben starre Punkte.

»Es ist wie ein Boot mit Geistern«, sagte Anneliese leise. »Nichts rührt sich. Sie sind wie gelähmt.«

»Oder Tote, die auf rätselhafte Weise aufrecht stehen.«

»Und Sie kündigen mir einen Heiratsantrag an«, Anneliese sah Dr. Starke mit einem langen Blick an. »Sie sind mir ein Rätsel, Wilhelm.«

»Lösen Sie es, Anneliese.«

»Dann nur auf die Art Alexander des Großen.«

»Auch dazu bin ich bereit. Spalten Sie mich. Sie werden zwei Bewunderer haben.«

Im Ruderhaus stellte Büchler die Maschinen auf langsame Fahrt. Chief Kranzenberger erschien auf der Brücke und setzte seinen Feldstecher an die Augen. Er sah, wie plötzlich alle Köpfe hinter der Bordwand verschwanden und nur ein Mann stehen blieb. Es war der Augenblick, in dem Xuong seinem Gott dankte, daß man Menschen getroffen hatte.

»Was ist denn da los?« fragte Kranzenberger. »Plötzlich ducken sich alle? Da stimmt doch was nicht. Sind das überhaupt Flüchtlinge?«

»An einem Stock flattert ein weißes Tuch mit SOS.«

»Kaum zu erkennen. Total zerfetzt. Vielleicht wollen sie damit nur andere Flüchtlinge anlocken. Die Halunken arbeiten mit allen Tricks.«

»Abwarten.« Büchler ließ die Maschinen stoppen. Die *Liberty* glitt jetzt, getrieben vom eigenen Gewicht, langsam auf das kleine Boot zu. Die Köpfe tauchten wieder über der Bordwand auf, ein Mann im Heck breitete die Arme weit aus.

»Mein Gott –«, sagte Kranzenberger und umklammerte seinen Feldstecher. »Wie sehen die aus! Die kommen nie die Leiter hoch. Die müssen wir einzeln tragen.«

Der Kran mit dem Schlauchboot schwenkte aus und ließ es zu Wasser. Stellinger, v. Starkenburg und Dr. Starke kletterten die Lotsenleiter hinunter und warteten, bis das Schlauchboot unter ihnen war. Stellinger sprang zuerst hinein und rutschte sofort zum Außenbordmotor, der ohne Verzögerung ansprang.

Dr. Starke, der sich einen Notarztbeutel um den Hals gehängt hatte, stieg als letzter in das Boot und zog die Schultern hoch. Was ihn von drüben, von dem kleinen, flachen Holzkahn, anstarrte, waren kaum noch Menschen. Er sah ein paar Männer, die ihre Frauen in den Armen hielten wie schlaffe Puppen. Er sah zwei Kindergesichter, die Hundertjährigen glichen. Und er sah einen Mann, der auf die Motorverkleidung eine hochschwangere Frau gelegt hatte, sie umarmte und mit zuckendem Körper weinte.

»Was ist denn los, Franz?!« brüllte er plötzlich. »Warum fahren Sie nicht?!«

»Erst wenn Sie sitzen, Doktor.« Stellinger gab Standgas, und

Dr. Starke setzte sich auf das aufgeblasene Kissen. »Wenn Sie ins Wasser fallen, ist Ihr schöner Notbeutel hin. Dann also, los!«

Der Motor knatterte laut, das Schlauchboot legte ab. Dr. Herbergh verließ die Nock und ging in das Hospital. »Infusionen vorbereiten«, sagte er, von dem ergriffen, was er gesehen hatte. »Hoffentlich haben wir noch genug Flaschen.«

Als Dr. Starke als erster in das Flüchtlingsboot sprang, kniete Cuong vor ihm nieder und küßte ihm die Hände. Es war ihm peinlich, aber er konnte den ausgedorrten, weinenden, zerschundenen Mann verstehen.

II.

Aus dem Tagebuch von Hugo Büchler, 1. Offizier der *Liberty of Sea*.

07.04 Nord/108.18 Ost. Wir haben kurz nach 18 Uhr hiesiger Zeit ein Boot mit 43 Flüchtlingen gefunden. Noch nie habe ich so viel Elend und so viel Dankbarkeit bei Menschen gesehen, wie bei diesen halbtoten Flüchtlingen. Sie waren nicht mehr fähig, die Lotsenleiter allein hochzuklettern. Stellinger und Dr. Starke mußten die Frauen und die Kinder auf dem Rücken hinauftragen. Wir nahmen sie an Deck in Empfang und schleppten sie zu Dr. Herbergh ins Hospital. Einige ließen sich einfach auf die Planken fallen und lagen dann wie tot da, reagierten nicht mehr auf Anrufe, waren nicht mehr fähig, auch nur den Arm zu heben oder sich aufzurichten. Starkenburg fuhr mit dem Schlauchboot zwölfmal hin und her. Ein Glück, daß die See ruhiger war als bei anderen Rettungen.

Als letzter kam ein älterer Mann an Bord, der sich mir als Xuong vorstellte. Mit einer Salzkruste überzogen, mit verquollenen, entzündeten Augen, abgemagert zu einem Gerippe, das mit einer Lederhaut überspannt war, verbeugte er sich tief vor mir und sagte: »Mein Name ist Lam Van Xuong. Ich habe dieses Boot geführt. Wir waren zwanzig Tage auf dem Meer und wollten morgen sterben. Es gab für uns keine Hoffnung mehr. Aber es gab ein Wunder... und das ist Ihr Schiff. Gott wird das nie vergessen.« Dann verbeugte er sich noch einmal tief, sank in sich zusammen und wurde bewußtlos. Stellinger warf ihn sich über die Schulter und trug ihn an Deck.

Starkenburg fuhr noch einmal zu dem kleinen Flußboot. Er räumte zusammen, was die Flüchtlinge zurückgelassen hatten, denn niemand konnte auch nur noch eine Tasche tragen, einen Kleidersack oder einen aufgeweichten Karton schon gar nicht. Er brachte alles an Bord. Und dann geschah das, was leider unvermeidlich war: Wir versenkten das Boot. Eine kleine Sprengladung riß ein Loch in den Boden; in wenigen Minuten war der Kahn vollgelaufen und sank weg.

Unsere Ärzte und Pitz und Julia arbeiteten bis tief in die Nacht hinein. Auch Stellinger und Kroll halfen mit, der Dolmetscher Hung und sogar unser Chief. Auch ich bot mich an und wurde bei der Überwachung der Infusionen eingesetzt. Vierunddreißig Gerettete, darunter alle Frauen, bekamen einen Tropf, um ihren furchtbaren Flüssigkeitsverlust langsam wieder auszugleichen. Julia kümmerte sich um die Kinder, die wie verschrumpelte Greise aussahen. Ihnen gab sie mit Wasser verdünnte Milch, in die sie ein Vitamin-Granulat verrührt hatte, jedem Kind nur ein paar vorsichtige Schlucke, denn hätten sie alle soviel getrunken, wie sie mochten, sie wären an Magenkrämpfen eingegangen.

Julia... es ist fast frevelhaft, angesichts dieses Elends um uns herum an sie zu denken, aber ich kann nicht anders. Zugegeben, ich bin vielleicht ein Verrückter. Aber wer wird nicht verrückt, der schon einmal von Julias Armen umschlungen wurde, ihren von Lust durchbebten Körper umfing und sein Gesicht zwischen ihre herrlichen Brüste vergrub? Ich weiß, ich weiß, das klingt alles so ungeheuer kitschig, so klischeehaft, so heillos schwärmerisch. Aber wie soll man dieses selige Gefühl ausdrücken, das einen erfüllt, wenn man neben Julia liegt und sie ganz für sich hat?

Als sie in Singapur an Bord kam und wir uns zum erstenmal anblickten, war das bereits wie ein Schuß in mein Herz. Dann ging sie zum Deckhaus, mit diesen wiegenden Hüften und diesem lockenden Gesäß, sie drehte sich nach mir um, lachte mich an und warf dann die Haare mit einem Kopfschwung aus ihrem Gesicht. Von diesem Augenblick an wußte ich: Ich werde ihr verfallen. Nein, ich bin ihr bereits verfallen!

Am späten Abend – ich hatte Wache auf der Brücke – kam sie ins Ruderhaus, blickte mit ihren großen Kulleraugen um sich, schürzte ganz süß die Lippen und sagte: »Nun zeigen Sie mir mal Ihren Knüppel.«

»Was bitte?« habe ich irritiert zurückgefragt.

»Den Steuerknüppel.«

Da mußte ich laut lachen. »Ein Schiff ist kein Flugzeug!« habe ich gesagt. »Wir haben keine Steuerknüppel, wir haben ein Steuerrad für die Ruderanlage.« Ich habe dann versucht, ihr das komplizierte Führen eines Schiffes so zu erklären, daß sie es verstehen konnte. Doppelmaschinentelegraph, Bugstrahlruder, Decca-Navigator, Kreiselkompaß, Radaranlage, Echograph, Echolot, Umdrehungsanzeige der Motoren, Sollkurseinsteller. Sie hat aufmerksam zugehört, aber ich glaube, sie hat von allem nichts verstanden.

Immerhin sagte sie: »Da habe ich es einfacher. Sehen Sie sich doch mal mein Stationszimmer an.«

So unkompliziert ist sie. So mädchenhaft und doch so umwerfend gerissen. In der Nacht nach unserem Auslaufen aus Singapur liebten wir uns zum erstenmal. Ich bin jetzt 38 Jahre alt, davon 19 Jahre auf See, direkt nach dem Abitur habe ich einen Jugendtraum verwirklicht: Seeoffizier zu werden. Ich habe seitdem viel von der Welt gesehen, auf Passagierschiffen, Tankern, Containern und Frachtern der alten Sorte, ich habe so manches Mädchen im Arm gehalten und wirklich nichts vermißt, was ein Mann haben muß (wie man sagt), ich habe nie die Idee gehabt, einmal zu heiraten, denn diese Welt ist so voll von schönen Frauen, daß eine einzige sie nicht verdrängen könnte. Aber das gestehe ich ohne Scham: Noch nie hat eine Frau mich so beherrscht wie jetzt Julia. Bei ihr denke ich an nichts mehr als nur noch an unsere Vereinigung, unsere Erfüllung, unsere matte Seligkeit. Ich bin verrückt!

Seit zwei Wochen aber sehe ich, daß Dr. Starke über die medizinische Zusammenarbeit hinaus ein verdächtiges Interesse für Julia entwickelt. Ich bin, was ich noch nie war, was ich nie kannte und worüber ich bei anderen Männern lachte, eifersüchtig. Man stelle sich das vor: Hugo Büchler ist eifersüchtig! Vielleicht ist das alles unbegründet, sehe ich mehr, als dahinter ist. Aber wenn ein Arzt seiner Krankenschwester in den Po kneift und sie juchzt auf, dann ist das schon eine bemerkenswerte Vertrautheit. Oder nicht?

Natürlich habe ich Julia sofort gefragt. Sie hat befreiend gelacht und gesagt: »Das tut er immer. Der ist so ein Typ, der glaubt, alle Frauen fallen auf ihn herein. Auch Dr. Burgbach läßt er nicht in Ruhe. Was soll ich tun, Go?« (Sie nennt mich nicht Hugo, sondern nur Go.)

»Ihm auf die Finger hauen.«

»Und dann ein halbes Jahr oder noch länger mit ihm arbeiten und wie Hund und Katze sein?! Das halte mal aus. Das macht dich fertig. Du weißt gar nicht, wieviel Möglichkeiten ein Mediziner hat, einer Krankenschwester das Leben schwer zu machen. Du machst einfach alles falsch. Selbst ein einfaches Pflaster sitzt dann verkehrt. Dann lieber schon einen Kniff in den Hintern und dazu lachen.«

»Und wenn er mehr will?«

»Da bin ich Granit. Da muß er sich erst mal durchbeißen.«

Vor zehn Tagen war ich gegen zwei Uhr morgens an ihrer Kabinentür. Sie war verschlossen, aber Julia machte auch nicht auf, als ich unser verabredetes Zeichen klopfte. Fast zehn Minuten habe ich geklopft, dann habe ich es aufgegeben. Plötzlich war wieder Mißtrauen da und diese schreckliche, eisenklammerähnliche Eifersucht. Ich bin zu Dr. Starkes Kabine gegangen, habe auch dort geklopft und die Klinke heruntergedrückt. Dr. Starke lag nicht in seinem Bett. Zwar war das Bett benutzt, aber er war nicht da. Wo ist ein Arzt um fast zwei Uhr morgens auf einem Schiff? Das Naheliegendste: bei seinen Patienten.

Unter Deck, bei den Vietnamesen, war er nicht. Sie schliefen alle, nur ein älterer Mann saß an der Wand und hob grüßend die Hand. Auch im Hospital und im Verbandsraum war Dr. Starke nicht, weder an Deck, noch auf der Brücke. Wo, zum Teufel, war er um diese Zeit?

Und Julia öffnete auf mein Klopfen hin nicht ihre Kabinentür.

Die Eifersucht zerfrißt mich. Noch heute, zehn Tage nach dieser Nacht. Ich habe Julia nicht gefragt, aus Angst, sie könnte mich anlügen. Auch sie hat nichts gesagt. Es kann ja wirklich sein, daß sie mein Klopfen nicht gehört hat. Kann! Es ist auch möglich, daß Dr. Starke bei Dr. Burgbach gewesen ist, aber ich traue Anneliese nicht zu, sich an einen solchen Windbeutel zu hängen. Aber was heißt zutrauen? Man kann einem Menschen nur ins Gesicht sehen, nicht dahinter. Wer von uns weiß, welch ein Mensch Anneliese ist? Wer kennt hier überhaupt den anderen so genau, daß er ihn beurteilen könnte? Das trifft auch auf Julia zu. Mit ihr im Bett zu liegen, bedeutet noch nicht, ihr Wesen zu kennen. Ich kenne ihren Körper, ich kenne ihren Atem, ihr Seufzen, ihr Gestammel, ihre Lippen, ihr Haar und die Wirkung ihrer Fingernägel, wenn sie sich in meinen Rücken krallt – aber reicht das? Das sind nur Äußerlichkeiten. Den Menschen Julia, wie er wirklich ist, wird man nie ergründen. Es gibt keinen Menschen, der nicht zeit seines Lebens ein Geheimnis bleibt. Jeder Mensch ist unergründlich.

So ist das nun: Mit 38 Jahren verliere ich den Verstand wegen einer Frau. Ich ertappe mich, wie ich manchmal über das Meer stiere, ohne etwas anderes zu denken als an Julia. Selbst Kapitän Larsson fällt das auf. Und er ist ein Mann, der wahrhaftig nicht zart besaitet ist. »Was ist los mit Ihnen, Büchler?« fragte er mich vor drei Tagen. »Sie starren in die See, als wollten Sie Fische hypnotisieren. Bedrückt Sie was?«

Er fragt so etwas, dieser Mann, der ein Teil seines Schiffes ist und sonst nichts. Fragt mich tatsächlich: »Bedrückt Sie was?« Er spürt etwas. Wie weit ist es mit mir gekommen. Ich muß es immer wiederholen! Ich kenne mich selbst nicht mehr. Und dann die Frage, die jetzt immer in mir bohrt und bohrt und mich aushöhlt: Was mache ich, wenn Dr. Starke wirklich Julia ins Bett bekommen hat? Was mache ich bloß? Wir müssen noch über fünf Monate – wenn nicht mehr – zusammen auf diesem Schiff leben. Fünf Monate mit dem Wissen, daß Julia und Dr. Starke mir Hörner aufgesetzt haben, fünf Monte lang muß ich weiterhin sein süffisantes Gesicht sehen, sein Playboy-Gehabe, seine sarkastischen Reden hören, sein affiges Benehmen ertragen. Und jedesmal, wenn ich Julia ansehe, stelle ich mir vor, wie sie in seinen Armen liegt. Wer kann das ertragen? Fast ein halbes Jahr lang? Tag für Tag, Nacht für Nacht?

Ich weiß nicht, wie ich das aushalte. Soll ich Dr. Starke in einem günstigen Augenblick über Bord werfen?

Soll ich beim nächsten Bunkern in Manila oder Singapur abmustern? Aber das wäre eine Flucht vor der großen Verpflichtung, die ich übernommen habe. Flüchtet man wegen einer Frau vor der Verantwortung anderer Menschen gegenüber?

Fragen über Fragen, und keiner kann mir eine Antwort geben. Keiner einen Rat. Keiner einen Zuspruch. Ich muß allein durch diese Not.

Und ich liebe Julia.

Vier Tage nach ihrer Rettung gebar Thi Trung Linh einen Jungen. Ein runzeliges Kerlchen, aber gesund, wie Dr. Herbergh dem glücklichen Vater Cuong bestätigte. Cuong bestand darauf, seinen Sohn »Duc« zu nennen – so heißt Deutschland auf vietnamesisch. Am nächsten Morgen nach der Geburt, es war ein Sonntag, taufte Lam Van Xuong den Kleinen mit Süß- und Meerwasser. Dann sangen alle Vietnamesen ein Heimatlied, ballten danach die Fäuste und riefen im Chor: »Nieder mit dem Kommunismus! Es lebe Vietnam!« Dazu schwenkten sie Fähnchen aus gelben und roten Stoffetzen, die sie genäht hatten, die Farben Südvietnams.

Dr. Starke, der abseits stehend der Feier zusah, sagte zu Hugo Büchler: »Kaum atmet der Mensch wieder richtig durch, wird er auch wieder Nationalist!«

»Die lieben ihre Heimat! Sie nicht, Doktor?«

»Ich bin dort zu Hause, wo ich mich wohlfühle. Zur Zeit auf diesem Schiff.«

»Es fährt unter deutscher Flagge.«

»Das ist äußerlich. Sie sagten eben Heimat. Was ist Heimat? Das Fleckchen, auf dem man geboren wurde? Das Land der Vorfahren? Das Stück Erde, auf dem man sein ganzes Leben verbringt? Ich kann Heimat nicht erklären.«

»Sie haben an nichts eine innere Bindung?«

»Ich wüßte spontan nichts zu nennen.«

»Ihr Vater?«

»Ich achte ihn. Früher habe ich ihn gefürchtet. Er war und ist ein Tyrann, ein absoluter Herrscher. Erzeugt das Heimatgefühle?«

»Ihre Mutter?«

»Ich liebe sie. Aber ich kann sie auch von Neuseeland oder Alaska aus lieben oder von Tonga. Heimat und Heimweh, das gehört ja wohl zusammen. Ich habe noch nie Heimweh gehabt.«

»Da fehlt Ihnen viel, Doktor. Auch nicht Heimweh nach einer Frau?«

»Das schon gar nicht.« Dr. Starke lachte laut. »Das wäre das Letzte, lieber Büchler. Eine Frau als Mittelpunkt meines Lebens... du guter Himmel, da müßte ich total verblödet sein. Dann vielleicht...«

Hugo Büchler ließ ihn stehen und ging zurück ins Deckhaus. Welch ein Widerling, dachte er mit Bitternis. Und so einer drängt sich zwischen Julia und mich? Wenn ich Beweise hätte – ich würde ihn erledigen.

»Eine eindrucksvolle Taufe, finden Sie nicht auch, Anneliese?« fragte Dr. Herbergh und legte wie zufällig den Arm um ihre Schulter. Sie wunderte sich darüber, ließ es aber geschehen.

»Keiner von uns kann das Glück ermessen, das sie jetzt erleben. Ihre Rettung, die Aussicht auf ein neues Leben. Wir können es kaum nachempfinden. Aber darf Xuong denn taufen?«

»Xuong sagt, er sei Christ, und ein Christ dürfe im Notfall auch taufen. Übrigens, wir haben über Radio Singapur ein Funktelegramm aus Köln bekommen, Anneliese. Von Albert Hörlein. In Deutschland hat bereits ein verbissener Politikerkampf gegen unsere Geretteten begonnen. Das Wort ›Asylbewerber‹ ist zum totalen Reizwort geworden. Die Halbtoten, die wir hier auffischen, werden als Wirtschaftsflüchtlinge bezeichnet, nicht als politische Flüchtlinge. Man weigert sich, Aufnahmeplätze zur Verfügung zu stellen, man will keine Übernahmegarantie geben. Das heißt: Alle, die wir an Bord haben und die wir noch retten werden, sind heimatlos. Keiner will sie haben, und das wiederum bedeutet: Keiner darf an Land. Wo das noch hinführen soll, weiß ich nicht. Wir können doch nicht zu einem Gespensterschiff werden. Der Fliegende Holländer des goldenen Meeres.« Dr. Herbergh nickte zu den singenden Vietnamesen hinüber. Sie hatten den winzigen »Duc« umringt, und Cuong wiegte ihn nach dem Takt der Lieder in seinen Armen. Thi, nun schmal und klein und von der Geburt geschwächt, lag auf einer Decke im Kreis und lächelte glücklich. Die Infusionen hatten sie und das Kind gerettet. Dr. Starke sprach bewundernd von der Zähigkeit dieser Menschen.

»Sie ahnen nichts von dem, was auf sie zukommt«, sagte Dr. Herbergh bedrückt. »Vor drei Jahren noch war das anders. Aber jetzt laufen die Geschäfte mit Vietnam gut, und plötzlich ist der Kommunismus nicht mehr verdammenswert. Nicht in dieser asiatischen Ecke! Der Wert von Menschen richtet sich nach Ex- und Import.« Er schwieg.

Dr. Starke war zu ihnen getreten, und weil Dr. Herbergh seinen Arm um Annelieses Schulter gelegt hatte, hakte er sich bei ihr unter. Sie spürte die Notwendigkeit, etwas zu bemerken.

»Sollen wir uns nicht setzen?« fragte sie sehr höflich und sehr abweisend. »Die Herren sind anscheinend sehr erschöpft und müssen sich festhalten.«

Sofort zog Dr. Herbergh seinen Arm zurück, und auch Dr. Starke nahm die Hand aus Annelieses Armbeuge.

»Ich habe noch nach ein paar Kranken zu sehen!« sagte Dr. Herbergh steif. »Wilhelm, wie viele Infusionen haben Sie noch angeschlossen?«

»Neun, Chef.« Dr. Starke wußte, wie sehr sich Herbergh über diese Anrede ärgerte, aber immer, wenn Rivalität aufkam, am OP-Tisch, bei Diagnosen oder bei Anneliese, stieß Starke mit dem Wort »Chef« zu. »Darum kümmert sich ›Kätzchen‹.«

Damit war Julia Meerkatz gemeint. Niemand wußte, wer zum erstenmal für sie den Namen »Kätzchen« gebraucht hatte, – er war plötzlich da, wurde von allen akzeptiert und sofort übernommen. Auch Julia fand, daß es eine Schmeichelei sei, ein richtiger Kosename. Nur Johann Pitz, der Krankenpfleger, ärgerte sich darüber. Kätzchen, das klang so vertraut, so schmeichlerisch, so andeutungsvoll. Er gebrauchte ihn nie, wenn er sich mit Julia im Proviantbunker traf und sie auf einer Decke hinter Kisten, Kartons und Reissäcken liebte. In ihre Kabine, über Nacht, durfte er nicht. Zu gefährlich, man sieht uns, stell dir vor, es gibt Alarm und du kommst aus meiner Kabine. Pitz sah das ein und wurde so nie eine Gefahr für Hugo Büchler oder Dr. Starke, unter denen sie ihre Nächte aufteilte. Es war ein sehr anstrengendes und gefährliches Spiel, aber Julia blühte dabei auf wie eine exotische Blume.

Im Kreis, der Cuong, Thi und den kleinen Duc umringte, stand auch Oberbootsmann Stellinger. Er war der Freund aller Geretteten geworden, saß oft unten in den großen Wohnkammern bei ihnen und hörte ihre Geschichten an, soweit die Vietnamesen noch Französisch sprachen, aß sogar mit ihnen, was auf dem Achterdeck, in der neu gebauten Küche, einige Frauen kochten, und wurde von den Kindern Onkel genannt.

Stellinger, ein Bär von einem Mann, benahm sich auch wie ein tapsiger Bär. Sein besonderes Interesse galt einem hübschen, zierlichen Mädchen, das aussah wie einem fernöstlichen Gemälde entstiegen. Die langen, schwarzen Haare fielen meist über das schmale Gesicht mit den ausgeprägten Wangenknochen, wenn sie auf der Decke saß und Matten flocht, oder wenn sie das Essen austeilte, das vier Männer in dampfenden Henkelkesseln unter Deck schleppten. Oft stand sie auch auf dem Vorschiff und schaute aufs Meer, vor allem bei Sonnenauf- und Sonnenuntergang, als könne sie von dem Brennen des Horizonts und dem wogenden Gold der Wellen nicht genug bekommen. Wenn fliegende Fische das Schiff begleiteten, klatschte sie begeistert in die Hände; die durchsichtigen Flügelflossen der Fische schimmerten wie goldenes Filigran, wie hauchdünne, goldene Federn.

Von Xuong, den Stellinger beiläufig fragte, erfuhr er den Namen des Porzellanmädchens: Kim Thu Mai.

»Wie redet man sie an?« fragte er.

»Kim«, sagte Xuong und blickte Stellinger nachdenklich an.

»Mai finde ich schöner. Der Mai, weißt du, ist bei uns der schönste Monat im Frühling. Da beginnt alles zu blühen, im Mai verändert sich der Mensch, jedes Jahr. Verstehst du, was ich meine?«

Sie sprachen Englisch miteinander. Xuong, der Lehrer, war

wirklich ein kluger Mann. Er konnte Französisch, Englisch, ein wenig Chinesisch und ein paar Worte Deutsch. Für einen Vietnamesen erstaunlich. »Deutsch?« hatte Stellinger verblüfft gefragt, als Xuong, nach drei Infusionen wieder kräftig genug, ihn mit einem gutturalen »Gutten Taag!« begrüßte.

»Ich – Kind –« hatte Xuong mit einem freudigen Lächeln geantwortet. »Damals... Français... Légion d'Étranger... beaucoup Deutsche... vill Deutsche...« Und dann hatte er mit noch rauher, kratzender, vom Salzwasser zerfressener Stimme gesungen: »Oin Männlain stett im Uwalde, ganz stilll und stümm...« Da hatte Stellinger Xuong umarmt und an sich gedrückt.

Nach Stellingers Erläuterung zum Namen Mai nickte Xuong. »Ich verstehe«, antwortete er. »Mai – Frühling – Liebe –«

»Das wollte ich damit nicht sagen!« Stellinger, der Bär, wurde verlegen. »Also Kim heißt sie.«

»Wenn du Mai zu ihr sagst und es ihr erklärst, wird sie nichts dagegen haben, daß du sie Mai nennst. Sie kann übrigens auch Englisch. Hat es auf einer Missionsschule gelernt.«

»Sie ist auch getauft?«

»Ja. Viele von uns. Das ist auch ein Grund, warum wir Vietnam verlassen haben. Über eine Million sind schon seit 1954 geflohen, ihres Glaubens wegen. Bis 1975, als die Amerikaner sich zurückzogen und Millionen meiner Landsleute mit ihnen flüchteten, hatten wir in Südvietnam 10 300 Schulen mit über 3 100 000 Schülern und über 1 Million Schüler an privaten Schulen. Dann wurde alles verstaatlicht und enteignet, vor allem die privaten und kirchlichen Schulen. Jetzt ist das oberste Gebot der Erziehung der Marxismus-Leninismus.«

»Und warum bist du, als Lehrer, erst jetzt geflohen?«

»Ich liebe mein Land«, sagte Xuong einfach. »Aber sie töten alle Liebe, und eines Tages steht man da ohne Seele.«

Diese Unterredung beschäftigte Stellinger seitdem immer wieder. Er hatte Kim, die er heimlich Mai nannte, in diesen Tagen mehr als notwendig beobachtet, überwachte als Hilfskraft von Dr. Herbergh die Infusionen für sie, war ein rundum glücklicher Mensch, als sie schnell wieder so zu Kräften kam, daß sie aufstehen und ohne zu Schwanken herumgehen konnte und sofort das Austeilen der Mahlzeiten übernahm. Er brachte ihr Salbe für die aufgesprungenen Lippen, und als sie ihm ihren Mund hinhielt, strich er die Creme auf ihre Lippen, blickte in ihre tiefbraunen, fast schwarzen Augen und lag dann die ganze Nacht wach in seiner Kabine und dachte an sie.

Jetzt, bei dem Gesang für den kleinen Duc, stand er im Kreis der Vietnamesen und hörte ihre schöne, weiche Singsang-Stimme, die so ganz anders war als die Stimme, mit der sie sprach. Ab und zu drehte sie den Kopf zur Seite und blickte zu ihm auf. Stellinger war einen Kopf größer als sie, ein Turm ne-ben ihrer zerbrechlich wirkenden Zierlichkeit. Sie lächelte, und Stellinger versuchte ein Grinsen, während ihm das Herz in der Kehle klopfte.

Fast eine Stunde dauerte der Gesang der Vietnamesen, bis Julia, das Kätzchen, in den Kreis brach und sagte: »Schluß jetzt! Die Mutter braucht Ruhe, das Kind erst recht! Cuong, bring beide zurück ins Hospital. Aber flott!«

Dolmetscher Hung übersetzte es, und die Vietnamesen lach-ten. Cuong legte Julia den kleinen Duc in die Arme, hob seine Frau Thi auf und trug sie zurück zum Deckhaus. Die Festver-sammlung zerstreute sich. Die meisten stiegen hinunter zu ih-ren Lagern. Kim blieb an Deck, allein mit Stellinger.

»Kim…« sagte Stellinger heiser. Ihm preßte sein Herz-schlag die Stimme ab. Schon dieses eine Wort kostete ihn eine zentnerschwere Überwindung. Früher, bei so vielen Liebschaf-ten in den Häfen in aller Welt, war er flotter gewesen. Aber das waren Mädchen gewesen, die nach an Land gehenden Matro-sen ausschauten, ihnen ein paar schöne Stunden schenkten und dann auf das nächste Schiff warteten. Kim war anders. Kim war eine Zauberblume, die er aus dem Meer gefischt hatte. Er hatte sie auf seinem Rücken die Lotsenleiter hinaufgetragen, und sie hatte sich an ihn geklammert und in seinen Nacken geweint.

»Ja?« sagte Kim. Sie sprach Englisch. Ihr Blick tastete über sein Gesicht.

»Kim, ich möchte Vietnamesisch lernen.«

»Bei mir?«

»Nur bei dir.«

»Warum willst du Vietnamesisch lernen?«

»Weil es deine Sprache ist, Mai.«

»Ich heiße Kim.«

»Aber für mich bist du Mai. Bei uns ist Mai ein Monat.«

»Ich weiß. Mai ist der Frühlingsmonat. Es gibt viel Gedichte über ihn. Ihr nennt ihn auch den Wonnemonat. Unser Pater hat uns ein Lied davon vorgesungen. Aber warum willst du mich Mai nennen?«

»Du... du bist der Frühling...« Stellinger spürte, daß Verlegenheit in ihm hochstieg und er sich benahm wie ein dummer Junge. »Sag nein, wenn du nicht willst.«

»Ich will. Ich bin jetzt Mai...«

»Danke.«

»Und wie heißt du?«

»Franz.«

»Oh! Das ist schwer zu sprechen. Ich werde dich Toam nennen.«

»Toam. Das ist ein schönes Wort.«

»Toam lernt bei Mai Vietnamesisch und Mai lernt bei Toam Deutsch...«

»Du willst Deutsch lernen? Aber wozu denn?«

»Weil es deine Sprache ist, Toam. Wie bei dir... Wann fangen wir an?«

»Wann du willst, Mai.«

»Heute abend, nach dem Essen?«

Stellinger nickte. Ein erdrückendes Glücksgefühl lähmte seine Stimme. Mit Mühe gelang ihm ein Wort: »Wo?«

»Wo du willst, Toam.«

»Auf dem Achterdeck? Neben der Küche? Ich werde zwei Liegestühle hinbringen. Ist das richtig?«

»Es ist alles richtig, was du tust, Toam.« Sie blickte ihn mit einem Lächeln und glänzenden Augen an und ging dann über das Deck zur Treppe in die Lagerräume. Stellinger sah ihr nach, atmete ganz flach und langsam und bezwang sich, nicht mit beiden Fäusten gegen sein Herz zu trommeln.

Am Ende der Treppe des Unterdecks wartete Vu Xuan Le auf Kim Thu Mai. Er trug einen dicken Salbenverband um die Schulter. Die Messerwunden hatten sich entzündet und waren aufgequollen. Es mußte sehr weh tun, aber Le verzog keine Miene. Erst wenn die Schwellungen zurückgegangen waren, wollte Dr. Herbergh die Wunden nähen.

»Was wollte er von dir?« fragte er ohne Umschweife.

»Er will Vietnamesisch lernen.«

»Bei dir?«

»Ja. Ich kann ja Englisch.«

»Er frißt dich mit den Augen, Kim. Seit zwei Tagen schleicht er dir nach wie ein Jaguar. Ich sehe alles.«

»Ich weiß es nicht. Aber wenn es stimmt – was geht es dich an, Le?«

»Ich habe Pläne für die neue Zeit, in die man uns bringt. Hast du schon über deine Zukunft nachgedacht?«

»Nein.«

»Ich um so mehr.«

»Keiner weiß, wohin wir kommen.«

»Aber irgendwohin kommen wir. In ein fremdes Land. Ob Deutschland oder Frankreich oder Kanada oder sonstwo – wir werden nirgendwo geliebt werden. Wir werden Freiheit und Frieden haben, aber allein sein. Allein unter Menschen, denen unser Gesicht nicht gefällt, die uns erdrücken mit ihrem Hochmut und ihrer Abneigung. Ich weiß das alles, und alles ist noch tausendmal besser, als weiter in Vietnam zu leben. Aber was bist du allein in dieser unbekannten Welt? Wir sollten zusammenbleiben, Kim. Du und ich. Dann haben wir ein Leben, das wir ertragen können.«

»Was hat das alles mit Toam zu tun?«

»Wer ist Toam?«

»Der Deutsche, der mich aufs Schiff getragen hat. Ich nenne ihn Toam, seinen richtigen Namen kann ich nicht aussprechen. Franz...«

»Aber du kannst ihn ja aussprechen, Kim!«

»Ich will es nicht. Ich will, daß er Toam heißt.« Kim blickte hart in die stechenden Augen des Mannes. »Geh zur Seite, ich will zu meinem Lager.«

»Mehr kannst du mir nicht sagen?«

»Hier auf der Treppe nicht.«

»Wann können wir über alle meine Pläne reden, Kim?«

»Ich weiß es nicht, Le.«

»Willst du sie überhaupt hören?«

»Ja.«

»Aber dem Deutschen wirst du Unterricht geben?«

»Und er mir. In Deutsch.«

»Das sagst du mir ohne Scham?«

»Worüber sollte ich mich schämen? Deutsch ist eine Sprache wie Französisch, Englisch oder Vietnamesisch.«

»Er wird dich in seine Kammer locken und über dich herfallen.«

»Aber danach werde ich ihm die Kehle durchschneiden.«

»Das würdest du tun, Kim?«

»Ich würde es bei jedem tun, der mich dazu zwingt.«

»Ich bin zufrieden.« Le gab die Treppe frei und ließ Kim an sich vorbeigehen. Mit einem zärtlichen Blick umfing er ihre wie schwerelos gehende, zierliche Gestalt. »Wenn du es tust, ersparst du mir die Arbeit. Er hat uns gerettet. Aber du bist nicht der Preis dafür.«

Le wartete, bis Kim im Gang zu den Lagern verschwunden

war, dann stieg er an Deck und sah Stellinger an der Bordwand stehen. Er rauchte einen Zigarillo, blickte in die Ferne und war, wie Le zufrieden feststellte, ein gutes Ziel. An diesem Rücken konnte man nicht vorbeiwerfen. Le war ein hervorragender Messerwerfer. Was ihm nur fehlte, war ein gutes, ausgewogenes Messer. Er würde es sich in der Küche beschaffen und so mit Holzstückchen ausbalancieren, daß es gut in der Hand lag, waagerecht im Wurf blieb und mit der ganzen Klinge von hinten ins Herz drang.

Beruhigt stieg Le wieder unter Deck.

Nach dem Abendessen – Koch Hans-Peter Winter hatte diesmal Klopse gekocht, nicht nach Art Négresco sondern à la Königsberg, und trotzdem meckerte Stellinger, das seien keine Klopse, wie seine Mutter sie gemacht habe, sondern das seien aufgeweichte Kanonenkugeln mit gesäuerten Wanzen, womit er die Kapern meinte – saßen Dr. Herbergh und Anneliese Burgbach im Untersuchungszimmer zusammen und gingen die Krankenberichte durch. Mit deutscher Gründlichkeit hatten sie von jedem Geretteten eine Karteikarte angelegt, als sei er ein normaler Patient in einer Klinik. Am Leuchtkasten hingen einige Röntgenbilder, eine Lungentuberkulose, ein Magen-Carzinom und zwei Osteochondrosis dissecans im Knie und im Ellenbogengelenk, ein typisches König-Syndrom. Die Tuberkulose war behandlungsfähig, die Knochenveränderungen kaum, das Magen-Ca nicht mehr. Es war inoperabel. Was Dr. Herbergh erstaunte, war das Phänomen, daß der Todkranke keinerlei Schmerzen empfand, auch nicht, wenn man auf den Magen drückte.

»Was halten Sie davon, Anneliese?« fragte Dr. Herbergh und zeigte mit einem Bleistift auf das Röntgenbild. »Kollege Starke meint, der erlebt die Landung in Manila nicht mehr. Ich habe noch kein Magen-Ca gesehen, das so schmerzfrei ist. Und

Pitz berichtet sogar, daß der Mann mit Appetit seine Mahlzeiten ißt. Aber Magen ist Magen, ob in Deutschland oder Vietnam.«

»Und wenn es kein Ca ist?«

»Anneliese, die Röntgenbilder sind klar, sie lügen nicht. Da läuft einer mit einem massiven Tumor rum und spürt nichts. Das ist schulmedizinisch unmöglich. Der Mann besteht nur noch aus Haut und Knochen, seine Hautfarbe ist hepatitisch, das Blutbild ist geradezu miserabel, aber er frißt, wie sich Pitz ausdrückt, mit Genuß und das ohne Schmerzen. Kann man Schmerzen so verdrängen durch eine Art Selbsthypnose? Ich habe gelesen, daß im alten China Operationen bei vollem Bewußtsein stattfanden, und der Patient gab keinen Laut von sich, sondern lächelte. Das habe ich für ein medizinisches Märchen gehalten – haben wir so ein Märchen nun an Bord?«

»Wir sollten den Kranken genau beobachten. Vor allem nach dem Essen.«

»Eine gute Idee. Wollen Sie das übernehmen, Anneliese?«

»Wenn Sie das wünschen, Fred.« Sie nickte. »Gern.«

»Das klingt nicht sehr begeistert.«

»Ich will offen mit Ihnen reden.« Sie legte die Hände gegeneinander und blickte über die Fingerspitzen hinweg Dr. Herbergh an. »Wilhelm gefällt mir nicht.«

»Hat der Kollege Starke Sie belästigt?«

»Nein. Dagegen könnte ich mich wehren. Seine eindeutigen Reden überhöre ich.«

»Er macht Ihnen Anträge?« Dr. Herberghs Stimme blieb ruhig, aber unter seiner Hirnschale begann es zu klopfen. Also doch, dachte er. Starke stellt ihr nach. Ich werde beim Komitee einen Antrag stellen, ihn abzulösen. Schnell einen neuen Arzt zu bekommen, wird für Hörlein schwierig sein, aber der Frieden an Bord ist die Basis unserer Arbeit. Starke wirkt mit seiner enthemmten Art zerstörerisch, er muß weg vom Schiff!

»Das allein ist es nicht...« Sie zögerte weiterzusprechen,

aber dann schien ihr die Wahrheit wichtig zu sein. »Ich möchte nicht, daß man denkt, ich petze. Ich verhalte mich nicht unkollegial, wenn ich Beobachtungen wiedergebe.«

»Was haben Sie beobachtet, Anneliese?«

»Wilhelm unternimmt nächtliche Ausflüge. Ich bin ihm nachts zweimal begegnet. Er hatte seinen Bademantel an – und ich möchte behaupten, darunter hatte er nichts an. Er grüßte mich sogar unbefangen, sagte: ›Aha, meine schöne Kollegin! Auch noch unterwegs? Im weißen Kittel? Wer soll denn um diese Zeit verarztet werden?‹, und ich habe geantwortet: ›Sie wissen, daß wir einen schweren Malaria-Fall haben und daß ich heute den Nachtdienst mache!‹ Ich habe mich dann gefragt: Wohin geht Wilhelm zu dieser nächtlichen Zeit?«

»Das ist ungeheuerlich«, sagte Dr. Herbergh leise. »Das ist wirklich ungeheuerlich. Ich werde ihn fragen, und dieses Mal in aller Härte als Chef.« Er trommelte mit dem Bleistift auf einen kleinen Packen Karteikarten und wußte schon jetzt, daß Dr. Starke ihm antworten würde: »Was geht das Sie an, Fred? Spioniere ich Ihnen nach? Ich bin Ihnen jedenfalls noch nicht an die Hose gegangen – erst dann dürfen Sie protestieren.« Ein handfester Krach lag in der Luft. »Was meinen Sie, Anneliese? Schleicht er zu Kätzchen?«

»Ausgeschlossen.«

»Warum ausgeschlossen?«

»Bei Julia hat Hugo Schlafrechte.«

»Unser Erster?« Dr. Herbergh warf den Bleistift hin. »Und das erfahre ich so nebenbei?! Büchler und die Meerkatz – das kann doch nichts werden!«

»Für sechs Monate reicht's. Mehr soll es auch nicht sein.«

»Seit wann wissen Sie das, Anneliese? Warum haben Sie mir nichts gesagt, keine Andeutung gemacht?«

»Ich wollte nicht petzen. Jetzt habe ich es doch getan. Ich schäme mich, Fred. Aber ich dachte auch, Sie hätten das selbst bemerkt.«

»Das mit Büchler und Kätzchen nicht. Unangenehm berührt hat mich, wie Starke sich Ihnen gegenüber benimmt. Flegelhaft direkt. Neulich, als er seine Hände auf Ihre Schenkel legte...«

»Eine Hand auf einen Schenkel.«

»Das genügt!«

»Sie haben das gesehen, Fred? Und es hat Sie aufgeregt?«

»Und wie! Ich hätte Starke ohrfeigen können.« Dr. Herbergh brach abrupt ab. Er war sich bewußt, jetzt zuviel von dem verraten zu haben, was ihn im Inneren bewegte. Er hatte seine Gefühle gezeigt und erkannte in Annelieses Blick, daß sie ihn verstanden hatte. Das war ihm peinlich. Er hatte sich vorgenommen, erst bei der nächsten Landung in Manila mit ihr darüber zu sprechen, wenn er sich völlig darüber im klaren war, Anneliese zu bitten, seine Frau zu werden. Mit sich im klaren war er bereits, aber er wußte nicht, wie sie darauf reagieren würde. Das galt es zu erforschen. Eine Absage, vielleicht sogar ein schallendes Lachen hätte Narben auf seiner Seele hinterlassen. Jetzt hatte er sich hinreißen lassen und war ihrem forschenden Blick ausgesetzt.

»Das hätten Sie getan, Fred?« fragte sie mit einer geradezu provozierenden Kühle.

»Nur um der Disziplin an Bord willen.«

»Natürlich.« Sie lächelte nur andeutungsweise, aber Herbergh spürte dahinter ihr Lauern auf intimere Erklärungen. »Wie konnte es anders sein.« Sie wartete, ob Dr. Herbergh wenigstens jetzt die Brücke fand, die sie ihm baute, ob er die Gelegenheit ergriff, aus sich herauszugehen. Aber Herbergh blieb nach außen hin gelassen, igelte sich ein und pflegte weiter seine Angst vor einer Niederlage.

»Da Wilhelms nächtliche Besuche nicht unserem Kätzchen gelten, wo schleicht er hin?«

»Das ist eine heiße Frage, Anneliese.«

»Und deshalb zögerte ich zuerst, den Tumor-Patienten zu

beobachten. Ich möchte wirklich nicht zur Verräterin werden. Aber: Wir haben unter den Vietnamesen drei ausgesprochen hübsche Mädchen. Eines, Phing heißt es, strahlt Wilhelm an mit großen, leuchtenden Kulleraugen. Sie ist 17 Jahre alt, gibt sie an, und hat einen schönen Körper. Genau das, was Wilhelm anlockt wie einen Honigsammler.«

»Sie vermuten, Starke schleicht zu dieser Phing?«

»Es wäre eine Möglichkeit. Sie bietet sich ihm an.«

»Und das soll keiner bemerkt haben? Die Vietnamesen sind doch sonst so wachsam.«

»Warum sollen sie etwas tun? Sie betrachten Phings Liebesdienst mit Wohlwollen in der Hoffnung, daß Wilhelms Vergnügen auch für sie Folgen hat. In Asien hat man eine andere Beziehung zum Sex als bei uns. Man ist freier. Vielleicht, weil es sonst keine andere Freiheit gibt. Wenigstens der Körper soll etwas Glück ins Leben holen.«

»Sie haben sich eingehend mit der Mentalität dieser Völker beschäftigt?«

»Ja.« Muffel, dachte Anneliese etwas enttäuscht. Jetzt hatte er eine massive Brücke und sah sie nicht. Man hält ihm den Steigbügel hin, aber er bleibt auf der Erde. O du Muffel! Wie bekommt man dich zum Reden? Soll *ich* etwa den Anfang machen und einfach sagen: »Fred, ich liebe dich.« Es kann sein, daß du dann verwirrt antwortest: »Ist das auch sicher, Anneliese?« Noch mal: Muffel!

»Und für Sie ist sicher, daß Starkes nächtliche Ausflüge dieser Phing gelten.«

»Nein. Es ist nur eine Möglichkeit. Und – ich möchte ihn nicht dabei überraschen.«

Könnte man diese Phing unter irgendeinem Vorwand auf die Station holen? Eine Krankheit konstruieren?«

»Phing ist in bester Verfassung. Sie hat sich in den zwei Wochen blendend erholt, wie überhaupt alle Flüchtlinge. Nur die neuen sind noch in einer elenden Verfassung. Außerdem wäre keine Krankheit zu konstruieren, die Starke nicht sofort als Täuschung erkennt. Er ist ein hervorragender Internist.«

»Das ist es ja, Anneliese. Wir brauchen ihn an Bord. Wissen wir, wen man uns als Ersatz schickt? Bei Starke wissen wir, was wir haben. Aber seine Jagdleidenschaft ist unmöglich.«

»Wie gesagt, bezüglich Phing kann ich mich auch irren.«

»Zu Starkenburg schleicht er bestimmt nicht. Da gerät er in die Fäuste von Kranzenberger.«

»Wir sind schon ein merkwürdiges Schiff, Fred.«

»Ein völlig normales, Anneliese.« Dr. Herbergh schob die Karteiblätter hin und her, nur um etwas zu tun und Anneliese nicht ansehen zu müssen. »Was glauben Sie, was auf den großen Kreuzfahrern los ist? Auf diesen weißen Luxuskähnen. Ich habe als junger Arzt einmal eine Kreuzfahrt rund um Südamerika mitgemacht. Als 2. Schiffsarzt. Wirklich so richtig aus Neugier. Ich kann sagen: Meine Neugier wurde voll befriedigt. Ich habe dabei viel über die Menschen gelernt.«

»Sie waren Schiffsarzt, Fred?« Anneliese versuchte es zum letztenmal, sie baute ihm eine vergoldete Stahlbrücke. »Das wußte ich nicht. Dr. Herbergh, der Liebling aller Frauen an Bord?«

»Ich war nie ein Draufgänger.«

Ein Feigling bist du, dachte sie und lächelte dabei. Ein herrlicher Kerl voller Komplexe. Warum eigentlich? Du hast sie nicht nötig, gerade du nicht. Blick' mir doch mal richtig in die Augen, dann weißt du, welch ein lieber Idiot du bist.

»Sie haben die Damen stehen oder vielmehr links liegen lassen? Fred, zerstören Sie bitte nicht alle schönen Märchen, die man von Schiffsärzten erzählt.«

»Zugegeben – es waren einige Abenteuer dabei.«

»Sie haben sich noch nie richtig verliebt?«

»Doch.« Dr. Herbergh begann wieder, die Karteikarten von links nach rechts zu legen, völlig ohne Sinn, aber mit einer wahren Verbissenheit.

»Und was ist daraus geworden?«

»Nichts. Die Dame spürte es nicht einmal, von Wissen kann gar keine Rede sein.«

»Sie haben einfach geschwiegen, Fred?«

»Ja.«

»Dann war es keine große Liebe. Nie und nimmer! So etwas gibt man nicht durch Schweigen auf.«

»Ich liebe sie noch immer. Aber ich finde die Worte nicht.«

»Dann schreiben sie ihr. Sie kann doch lesen, nicht wahr?«

»Sie ist Ärztin wie Sie, Anneliese. Eine hochintelligente, schöne Frau, von der ich nicht weiß, wie sie reagieren würde.«

»Wenn sie nichts ahnt, kann sie auch keine Antwort geben.«

»Sie meinen wirklich, ich sollte ihr schreiben?« Dr. Herbergh starrte an Anneliese vorbei auf die Röntgenbilder an der erleuchteten Mattglasscheibe.

»Unbedingt. Vielleicht wartet sie darauf.«

»So sicher bin ich mir nicht.«

»Um so notwendiger ist es, sich Klarheit zu verschaffen.« Sie erhob sich. Noch deutlicher zu werden, war auch für sie nicht mehr möglich. »Es braucht ja nur eine Zeile zu sein.« Sie legte ganz kurz die Hand auf seine Schulter, mit einem leichten, aber spürbaren Druck, und verließ dann schnell das Zimmer.

Herbergh atmete aus wie ein Gewürgter, der plötzlich Luft bekommen hat und fuhr sich mit beiden Händen durch die Haare. »Du hast gut reden«, sagte er gegen die zugeschlagene Tür. »Wenn ich von dir bloß ein Zeichen bekäme...«

Ein Frauenkenner war Dr. Herbergh wirklich nicht.

Bevor Dr. Burgbach hinab zum Unterdeck stieg, sprach sie mit Krankenpfleger Johann Pitz. Er war auf der Station damit beschäftigt, einem ausgemergelten Mann den Blutdruck zu messen. Kätzchen Julia verband eine Operationswunde; gestern hatte Dr. Herbergh hier einen Furunkel herausgeschnitten.

»Wo liegt unser Ca?« fragte Anneliese.

»Im Raum zwei, Frau Doktor.« Pitz unterbrach seine Blut-druckmessung und ließ die Luft aus der Manschette. »Dem geht es, wie immer, gut.«

»Hat er heute abend gegessen?«

»Gefressen! Zwei Schüsseln voll Nudelsuppe. Mir ist ein Rätsel, wo er das läßt.«

»Und er hat noch immer keine Schmerzen?«

»Nicht ein Stichelchen. Er sagt jedenfalls nichts. Wenn Hung ihn fragt, murmelt er etwas. Hung übersetzt es mit ›Leck mich am Arsch!‹. Verzeihung, Frau Doktor, aber das ist die Wahrheit. Ich wußte gar nicht, daß die Vietnamesen auch diesen Satz haben.« Pitz war plötzlich sehr verlegen, weil sich Julia hinter Annelieses Rücken an die Stirn tippte.

»Erbricht er das Essen oder einen Teil davon?«

»Nicht ein Nüdelchen, Frau Doktor. Hat der Kerl wirklich ein Magen-Carzinom?«

»Und was für eins. Inoperabel. Eigentlich müßte er schon unter Morphium stehen. Ist einem von euch etwas aufgefallen?« Eine dumme Frage, dachte sie sofort. Wenn wir Ärzte schon vor einem Rätsel stehen, wie können uns da Julia und Johann Auskunft geben? Der Kranke liegt unter Deck, wird nicht mehr behandelt, und wir alle warten darauf, daß er endlich Schmerzen bekommt und wir wenigstens etwas tun können. Eine makabre Situation: Ärzte warten auf Schmerzen. Das darf man in der übrigen Welt gar nicht erzählen.

»Nee, nichts Besonderes, Frau Doktor.« Pitz war durch Julias Idiotenzeichen vorsichtig geworden.

»Nichts Besonderes heißt: doch etwas. Was fiel Ihnen auf, Johann?«

»Immer, wenn ich an sein Lager komme, sitzt eine junge Frau bei ihm. Ut heißt die, und hat drei kleine Kinder. Sie war im ersten Boot, das wir fanden. Gestern war sie vier Wochen an Bord.«

»Und was macht Ut bei ihm?«

»Nichts. Sie sitzt nur neben ihm, ihre drei Kinder neben sich, und scheint darauf zu warten, daß er stirbt.«

»Woraus schließen Sie das denn?«

»Sie hat aus Papier eine Girlande geflochten und hinter seinen Kopf gelegt. Wenn er tot ist, wird sie die Girlande über seinen Kopf ziehen und auf die Brust legen.«

»Danke, Johann.« Anneliese klopfte ihm auf die Schulter und verließ die Krankenstation. Kätzchen Julia verzog ihr Puppengesicht.

»Du hast dich unmöglich benommen, Jo!« Anscheinend war es ihre Spezialität, die Namen ihrer Liebhaber abzukürzen. Go und Jo. Und Dr. Starke nannte sie einfach Wil. »Auch wenn's eine Tatsache ist, man drückt das einer Dame gegenüber anders aus.«

»Ich werde mich bemühen, meine Dame.« Pitz machte eine leichte Verbeugung. »Gehen wir ins Vorratslager und testen die Beckenmuskeln?«

»Schon wieder?!«

»Das letztemal war vor zwei Tagen.«

»Es geht nicht!« Julia hatte den Verband fertig und deckte den Patienten zu. »Heute nicht und morgen nicht.«

»Du bist kein Kätzchen, sondern ein Folterknecht. Das sind ja vier Tage!«

»Genau das ist es, die Tage.«

Pitz atmete auf. Das ist es. Welcher Mann denkt daran und hat die Tage im Kopf? »Ein Glück, daß du sie noch hast«, sagte er. »Ich habe gar nicht darüber nachgedacht.«

»Typisch Mann. Wo kämt ihr hin, wenn wir Frauen nicht mitdenken würden?«

»Ich würde dich heiraten, Julia«, sagte Pitz mit angemessener Würde.

»Jo! Was ist mit dir los?! Meinst du das ernst?«

»Ganz ernst.«

»Soll das ein Heiratsantrag sein?«

»Wenn du glaubst, es könnte einer sein, dann ist es einer. Julia, wir passen doch gut zueinander. Du Krankenschwester, ich Krankenpfleger, da haben wir eine sichere Zukunft. Werden irgendwo in einer Klinik arbeiten, uns ein schönes Häuschen bauen, ein Auto, einen Kombi kaufen, denn ich will mindestens drei Kinder von dir haben, und überhaupt – ich liebe dich, Kätzchen.« Pitz wartete zehn Sekunden, doch Julia schwieg. »Warum gibst du keine Antwort?«

»Ich stelle mir vor: Ich und drei Kinder und mit der Hacke im Garten, die Gemüsebeete sauber halten, das Gras schneiden, die Blumen pflegen...«

»Ein herrliches Bild. Man könnte es malen...«

»...und das vierte Kind im Bauch – Jo, dafür bin ich nicht geboren.«

»Was stellst du dir denn vor?«

»Leben! Die Welt sehen. Arbeiten – natürlich. Aber nach der Arbeit will ich alles mitnehmen, was das Leben mir bieten kann. Ob Tokio oder Miami, Hawaii oder Tahiti – ich will alles genießen.«

»Und wenn du alt bist?«

»Wer denkt ans Alter, Jo?! Ich will ewig jung bleiben!«

»Das wäre das einzige, was dir keiner schenken kann. Kätzchen, wir werden zusammen glücklich und schön alt werden. Du weißt vielleicht nicht, wie wichtig es ist, im Alter zufrieden zu sein. Ich weiß es! Ich habe einen Vater, der sein Alter wegsäuft, der meine Mutter ins Grab gesoffen hat. Sie ist an Krebs gestorben, aber man kann auch durch Kummer Krebs bekommen, sagen einige Ärzte. Meine Mutter ist ein Beweis dafür. Ich möchte mit dir einen schönen Lebensabend haben. Wie alt bist du? Vierundzwanzig. In sechsundvierzig Jahren bist du siebzig. Was sind sechsundvierzig Jahre?! Sie sausen dahin.«

»Und ich will mit ihnen sausen, Jo! Du lieber Himmel! Sechsundvierzig Jahre Leben, und dann bin ich erst siebzig.

Soll ich davon zehn Jahre im Wochenbett liegen und die anderen Jahre Möhren und Stangenbohnen züchten? Das nennst du schön?«

Pitz wurde nachdenklich. Er sah Julia lange an, dieses fabelhafte Geschöpf, mit dem schönsten Busen, den er je gesehen hatte, mit Augen wie glitzernde Steine, o verdammt, sie hatte recht. Sie war nicht das Hausmütterchen, sie war die ewige Geliebte, die Unersättliche. Auch das kann ein Leben sein – natürlich hatte sie recht. Julia, ich mache mit.

»An was denkst du jetzt?« riß sie ihn aus seinen Gedanken. »Bist du traurig?«

»Worüber sollte ich traurig sein?«

»Du denkst an siebzig Jahre, ich an morgen oder übermorgen. Das paßt nicht zusammen.«

»Wir werden heiraten, Julia, und dann so lange rund um die Welt fahren, bis du sagst: Jetzt hab' ich es satt! Ich will nicht mehr nach Tahiti, ich will ein Häuschen in der Heide oder am Rhein oder auf einer bayerischen Wiese oder auf Mallorca oder Teneriffa.«

»Du liebst mich wirklich, Jo.«

»Ich kann es nicht beschreiben.«

»Wann willst du heiraten?«

»Wenn unser Einsatz hier beendet ist und wir in Hamburg an Land gehen. Einverstanden?«

Sie gab keine Antwort, aber sie nickte. Pitz bezwang sich, sie vor den Patienten, auch wenn es Vietnamesen waren, die kein Wort verstanden hatten, in die Arme zu nehmen und zu küssen. Er nickte zurück und rannte aus dem Krankenzimmer, stieß draußen einen Juchzer aus und stieg dann zur Brücke hinauf. Sein Wachdienst begann. Vier Stunden lang das Meer absuchen, in die Nacht hineinleuchten, mit einem kreisenden Schweinwerfer auf dem Dach des Deckhauses. Das Signal für alle Hoffnungslosen: Hier ist Rettung! Wir holen euch ins Leben zurück!

Büchler, der 1. Offizier, den er ablöste, gab ihm die Hand. »Alles ruhig, Johann«, sagte er. »Vor einer Stunde ein Licht an Steuerbord. Muß ein großer Trawler gewesen sein. Er war schnell wieder weg. Eine gute Nacht, Johann.«

»Ebenso, Erster. Hören Sie wieder Schallplatten?«

»Heute ›Carmen‹ mit der Migenes und Placido Domingo.«

»Ist mir kein Begriff. Ich bin ein Musikbanause. Ich bin aufgewachsen mit schweinischen Liedern, die mein Vater sang.«

»Sie sollten mal zu mir kommen und sich ein paar Platten anhören, Johann. Vielleicht kriegen Sie dann den Dreh.«

»Möglich. Bis morgen, Erster.«

Büchler ging. Pitz setzte den Feldstecher an die Augen und suchte das Meer nach Lichtern ab. Opern. Carmen. Ob Julia Opern mochte? Überhaupt diese Musik? Er hatte sie nie danach gefragt. So wenig kannte man den Menschen, mit dem man ein ganzes Leben zusammen bleiben wollte. Und es gab noch so viele Fragen, die man stellen konnte, ganz einfache Fragen, die aber eines Tages wichtig werden konnten wie etwa: »Gehst du gern spazieren« oder »Schwimmst du gern?«

Fritz Kroll, der mit ihm Wache hatte, hockte sich auf einen Klappstuhl und gähnte laut. »Hast du das auch gesehen?« fragte er.

»Was?«

»Stellinger mit dem Vietnam-Mädchen. Lag mit ihm im Liegestuhl neben der neuen Küche.«

»Na und?«

»Nichts.« Kroll grinste breit. »Juck ist schlimmer als Heimweh.«

»Arschloch!«

»Danke. Ohne das wäre ich übel dran.«

Kaum hatte Büchler die Brücke verlassen, ging er zum nächsten Telefon und rief Julia an. Sie war in ihrer Kabine.

»Mein Liebling...« sagte Büchler zärtlich.

»Oh, Go! Wo bist du?«

»Auf dem Weg zu dir.«

»Heute geht es nicht, Schatz. Und morgen auch nicht.«

»Warum?« Das klang forschend und drängend.

»Überleg mal, Go! Womit schlägt sich eine Frau alle vier Wochen herum?«

»Ach so.« Büchler war beruhigt. Seine Eifersucht legte sich wieder. »Schlaf gut, Kätzchen. Hab einen schönen Traum.«

»Du auch, Go.«

»Ich liebe dich.«

»Vergiß es nie.« Sie schmatzte einen Kuß ins Telefon und legte auf.

Ein paar Minuten später klingelte das Telefon erneut. »Meine Honigbiene«, sagte eine bekannte Stimme. Es gab nur einen, der so übertrieben sprach.

»Wil!« Julia rieb die Fußsohlen gegeneinander. »Was ist los?«

»Ich habe die nächste Wache. Wir haben fast vier Stunden Zeit, Zeit für uns. Ich bin gleich bei dir. Mach dich schon frei, wie wir Ärzte sagen.« Sein Lachen trommelte im Telefon. »Ich bin heute in Hochform.«

»Ich nicht. Heute nicht und morgen nicht. Leider, Wil. Tut mir leid. Du in Hochform, das muß ein Erlebnis sein! Aber es geht nicht, Schatz.«

Dr. Starke verstand sofort. Seine Stimme verlor den Elan. »Welcher Tag?« fragte er dennoch.

»Der zweite, Wil.«

»Also, holen wir etwas Atem. Schlaf gut, Kätzchen. Träum von mir.«

»Das tue ich jede Nacht.« Auch diesmal schmatzte sie einen Kuß ins Telefon und warf dann den Hörer auf die Gabel. Jetzt war Ruhe. Nötige Ruhe. Zwei Tage Kräftesammeln. Welch eine gute Idee, sich hinter einer nicht vorhandenen Menstruation zu verstecken. Diese Lüge konnte kein Mann beweisen, ihm blieb nur der Glauben. Und wenn die Tage wirklich kamen, sagte man einfach: »Schrecklich. Die Luftveränderung, das Klima, der Streß.« Und auch das würde jeder glauben. Gelobt sei die medizinische Ausbildung!

Julia dehnte sich wohlig in ihrer Nacktheit auf dem Bett, knipste das Licht aus und schlief tatsächlich nach wenigen Minuten ein.

Anneliese hatte sich im Unterdeck, Lager II, neben der Treppe mit angezogenen Beinen auf den Boden gesetzt und an die Wand gelehnt. Von der Decke gaben zwei schwache Glühlampen eine trübe Helligkeit, die gerade ausreichte, um den Weg zu den Toiletten zu finden, einfache Plumps-Klos, eine Holzkiste mit einem Loch darin. Es war heiß hier unter Deck, die Lüftung war wohl hörbar, die Ventilatoren saugten ab und bliesen hinein, aber die Ausdünstungen der Menschen waren stärker. An Leinen, quer durch den Raum gespannt, hing Wäsche. Oder die Stricke ersetzten Haken und Schrank – was man gerettet hatte, den letzten Besitz, hängte man an die Leinen. Die meisten schliefen schon, als Anneliese ihren Posten bezog. Das Atmen fiel ihr in den ersten Minuten schwer, die dicke, heiße, schweißdurchtränkte Luft schien an ihrem Gaumen zu kleben. Anneliese ärgerte sich, daß sie kein Fläschchen Kölnisch Wasser mitgenommen hatte, um damit ein Taschentuch zu beträufeln. Aber nach einigen Minuten ließ der Kampf mit der Luft nach, sie atmete unbeschwert durch. Die Lunge hatte sich an das Gemisch der Gerüche gewöhnt.

Der Mann mit dem Magen-Ca lag etwa vier Meter von ihr entfernt an der Steuerbordwand auf seiner Decke. Neben ihm hockte, wie Pitz berichtet hatte, die junge Frau, die Ut hieß. Ihre drei Kinder lagen hinter ihr und schliefen, zusammengerollt wie drei kleine Hunde.

Was erwarte ich eigentlich, dachte Anneliese. Warum sitze ich hier? Ist es nicht hirnverbrannt zu warten, ob der Kranke

Schmerzen bekommt? Er ist ein medizinisches Phänomen, weiter nichts. Oder Metastasen haben die Schmerzleitung bereits abgedrückt – das gibt es, wenn auch selten. Freds Idee und Hoffnung, hinter ein Geheimnis zu kommen, ist absurd. Verzeih mir Fred…

Die Zeit verrann. Die Luft wurde noch dicker. Auch Ut schien jetzt zu schlafen, im Sitzen, ihr Kopf war nach vorn gesunken, in dieser Haltung erinnerte sie Anneliese an ein Foto, das sie vor Jahren in einer Illustrierten gesehen hatte: Eine mumifizierte weibliche Leiche.

Anneliese schreckte auf. Sie war eingeschlafen, aber ein ihr wohlbekanntes Geräusch drang in ihr Unterbewußtsein und verjagte den Schlaf sofort: Stöhnen! Qualvolles Stöhnen! Zu Lauten gewordene Schmerzen. Jede Nachtwache im Krankenhaus kennt es, das Röcheln, Stöhnen und in Wimmern eingebettete laute Atmen.

Ut, die junge Frau, beugte sich über den Todkranken und sprach flüsternd auf ihn ein. Er hob den Kopf, faltete die Knochenhände, ließ sich wieder zurückfallen und zog die Beine an. Der krampfartige, stechende, unerträgliche Schmerz durchflutete ihn wie eine Welle.

Ich kenne das, armer Mann, dachte Anneliese. Ich habe an genug Betten gesessen und Analgetika injiziert. Und ich höre sie noch schreien: Helfen Sie mir doch, Frau Doktor! Helfen Sie mir. Ich halte es nicht mehr aus! Lassen Sie mich doch sterben.

Und dann geschah das, worauf Anneliese gewartet hatte und was das große Geheimnis dieses Mannes war: Ut, die junge Frau, legte beide Hände auf den zuckenden Leib des Stöhnenden und begann mit kreisenden Bewegungen Magen und Bauch ganz leicht zu massieren. Jetzt muß er brüllen, dachte Anneliese. Jetzt muß er schreien, daß alles aufwacht. Mein Gott, Ut massiert seinen vom Tumor zerstörten Magen.

Aber der Kranke schrie nicht. Er wurde ruhiger, streckte die Beine wieder aus, lag da mit geschlossenen Augen, das wilde Zucken seines Gesichtes verebbte. Und er lächelte. Der Inoperable, der sich noch vor Minuten gekrümmt hatte vor unerträglichen Schmerzen, lag mit einem Lächeln da und ließ sich alles Leid wegstreicheln. Wegstreicheln mit Uts Händen, die immer und immer, im gleichen Tempo, wie eine Maschine, über seinen Leib glitten, über den Magen kreiselten und hinunterschwebten bis zum Nabel. Hände, die den Schmerz wegstreichelten, die ihn einzufangen schienen. Viermal unterbrach Ut ihr Kreiseln, preßte die Handhöhlen zusammen, als halte sie darin etwas fest, stieß die Hände dann in die Luft und öffnete sie dort.

Sie wirft die eingefangenen Schmerzen weg, dachte Anneliese wie gebannt. Sie läßt die Schmerzen wegfliegen wie Vögel. Sie hat die Schmerzen aus dem Körper gezogen und hält sie in den Händen. Fred hält mich für verrückt, wenn ich ihm das erzähle. Keiner glaubt mir das. Wie kann man auch so etwas Ungeheuerliches glauben?

Der Kranke lag jetzt ganz ruhig, atmete durch und schlief mit diesem glücklichen Lächeln ein. Ut wartete, bis er in tiefem Schlaf lag, richtete sich dann auf, warf noch einmal die eingefangenen Schmerzen in die Luft und tauchte die Hände bis zu den Ellenbogen in einen Krug mit Wasser. Völlig erschöpft legte sie sich darauf zwischen ihre Kinder, schob ein flaches Kissen unter ihren Nacken und schlief nach wenigen Sekunden ein.

Mit dem Gefühl, in eine andere Welt geblickt zu haben, deren Geheimnisse sie nie ergründen würde, stieg Dr. Anneliese Burgbach die Treppe hinauf an Deck und atmete die reine, kühle Seeluft ein. Der Scheinwerfer kreiste über dem Deckhaus, das Schiff machte kleine Fahrt. Mit gesenktem Kopf ging Anneliese über Deck, als fiele es ihr schwer, sich nach diesem Erlebnis in der realen Welt noch zurechtzufinden.

Noch nie hatte Franz Stellinger mit soviel Freude Liegestühle herumgeschleppt wie an diesem Abend. Er baute sie neben der hölzernen Küchenwand der Vietnamesen auf, holte noch einen Sonnenschirm und den schweren Betonfuß, einen Klapptisch und zwei Gläser und ging dann in die Kabine, wo Hans-Peter Winter, der Koch, auch die Getränke unter Kontrolle hatte.

Winter sah Stellinger mit zusammengezogenen Augenbrauen an. »Was ist?« fragte er. »Kein Schokoladenpudding mehr da.«

»Ich brauche Gin, Maracujasaft, einen Becher Eis, zwei Cocktaillöffel...«

»...ein Girl mit Riesentitten und Kraftpillen ›Immer ran‹.«

»Ich muß deine verklopsten Kanonenkugeln aufweichen!« sagte Stellinger.

Winter grinste breit. »In die nächsten Klopse mische ich dir Eisenspäne, darauf kannst du dich verlassen. Gin willst du? Wieviel?«

»Gib 'ne Flasche raus.«

Winter holte ein kleines Blechtablett, das mit einer holländischen Landschaft bemalt war, und stellte Gin, eine Kanne mit Maracujasaft und zwei Gläser mit zwei langen Löffeln darauf. »Sieht ganz nach einer Orgie aus«, sagte er dabei. »Nur die Titten fehlen.«

»Du bist eine ordinäre Sau!« brüllte Stellinger ihn an. Er nahm das Tablett, balancierte es auf Deck und trug es zu den Liegestühlen. Das Abendrot glühte wieder über dem ganzen Himmel und brannte im Meer. Diese wenigen Minuten des Abschied nehmenden Tages erweckten selbst bei Stellinger das Gefühl, daß so viel Schönheit nur stumm zu betrachten war.

Und dann kam Kim Thu Mai. Sie hatte sich, soweit das möglich war, festlich angezogen, trug eine hellblaue Bluse, einen langen Rock, ungebügelt und voller Falten, das schwarze Haar war mit einem roten Band zusammengehalten und an den zierlichen Füßen hatte sie die flachen Plastiksandalen, die jeder Gerettete an Bord erhielt. Die meisten Flüchtlinge waren barfuß gewesen, oder das Salzwasser hatte die billigen Schuhe aufgelöst und zerfressen.

»Mai, du siehst phantastisch aus!« sagte Stellinger mit stockendem Atem. Gegen den flammenden Himmel wirkte sie wie eine Traumgestalt.

»Mehr habe ich nicht mitnehmen können, Toam. Entschuldige, daß alles so zerknittert ist.«

»Auch wenn du Lumpen tragen würdest, bist du die Schönste.« Er zeigte auf einen Liegestuhl. »Setz dich.«

»Ich soll mich hineinlegen?« Sie blickte vom Liegestuhl zu Stellinger und zurück. Ihre braunschwarzen Augen zeigten Abwehr. »Ich setze mich neben dich auf den Boden.«

»Aber dafür ist doch der Stuhl da, Mai.«

»Ich kann mich nicht neben dich legen, Toam. Verstehst du?«

»Nein.«

»Neben einem Mann liegt nur seine Frau oder seine Geliebte.«

»Aber doch nicht in einem Liegestuhl!« Stellinger war verwirrt. Wie verdammt kompliziert ist das alles! Er ließ sich in seine Liege fallen und klopfte mit der Hand auf den Bezug des freien Stuhles. »Komm hierhin, Mai. Willst du etwas trinken?«

»Nein.« Sie setzte sich zögernd, sah wieder Stellinger an und schob dann so vorsichtig, als könne sie einbrechen, die Beine hoch. Sie lehnte sich zurück und ließ die Hände an den Seiten herunterhängen. »Es ist das erstemal, Toam.«

»Du hast noch nie in einem Liegestuhl gelegen?«

»Nein. In der Missionsschule gab es vier Stück. Aber die waren für den Pater, die Schwestern und für die Gäste da, die uns besuchten. Von uns hat sich niemand hineingelegt, auch nicht heimlich.«

»Dann müssen wir das jetzt unbedingt feiern!« rief Stellinger, richtete sich auf, griff nach Gin und Maracujasaft und mischte sie in den Gläsern. Zuletzt warf er die Eiswürfel hinein und rührte mit den Löffeln um. »Mai zum erstenmal in einem Liegestuhl. Prost!«

Er hielt Kim das Glas hin.

Sie nahm es und roch daran. »Was ist das, Toam?«

»Ein Cocktail.«

»Was ist ein Cocktail?«

»Ein Gemisch von – na, wie soll man sagen – von verschiedenen Getränken. Probier es, Mai, es wird dir gefallen.« Er hob sein Glas, prostete ihr zu und nahm einen langen Schluck. Kim schaute ihm zu, setzte dann vorsichtig das Glas an ihre Lippen und ließ die Zungenspitze vorschnellen. Wie bei einer tastenden Schlange sah es aus, mißtrauisch und doch neugierig. Erst darauf trank sie ein paar Tropfen des Cocktails und setzte das Glas schnell auf den Klapptisch zurück.

»Schmeckt das gut?« fragte Stellinger, der jede ihrer Bewegungen in sich aufnahm. Er starrte sie an, als könnten seine Augen sie aufsaugen.

»Es brennt auf der Zunge und im Hals.«

»Das ist der Gin. Alkohol.«

»Ich habe noch nie Alkohol getrunken, Toam. Der Pater sagte immer: Im Alkohol wohnt der Teufel. Das ist wahr. Ich habe so viele Männer gesehen, die haben Reisschnaps getrunken, prügelten sich dann, krochen über den Boden, schlugen ihre Frauen, stießen fremde Laute aus und waren nicht mehr die Männer, die wir kannten. Der Teufel war in ihnen.« Sie hob die Hand, tippte mit dem Zeigefinger an Stellingers Glas und sagte ganz ernst: »Schütte es weg, Toam. Ich will nicht, daß der Teufel in dich kommt.«

»So schnell ist er nicht da, Mai.« Stellinger lachte, stellte aber sein Glas zurück auf den Tisch. »Erzähl mir von dir, von deinem Dorf, wie du gelebt hast – ich will alles wissen. Und dann erzähle ich dir von mir.«

»Wir wollten lernen, Toam. Ich will deutsche Wörter lernen.«

»Das hat Zeit, Mai.«

»Nein, es hat keine Zeit. Wenn man mich nach Deutschland bringt, will ich sagen können: ›Guuutten Taaagg‹...«

»Bravo!« Stellinger klatschte in die Hände und beugte sich zu Kim hinüber. Ein verflucht schlechter Platz, knurrte er innerlich. Jeder kann uns sehen. Bist ein Riesenrindvieh, Franz. Jetzt wäre die Gelegenheit gewesen, sie zu küssen. Aus Begeisterung, damit hätte man das entschuldigen können. Aber hier sitzen wir wie auf einer Bühne und müssen ein saudummes Theaterstück vorspielen. »Woher kennst du das?«

»Habe ich geübt bei Xuong, dem Lehrer. War es richtig?«

»Ich habe ›Guten Tag‹ nie so schön gehört.«

»Dann sag mir andere Wörter, Toam. Aber nicht lachen, wenn es falsch klingt.«

»Ich möchte dich für jedes deutsche Wort umarmen, Mai.«

»Tu es nicht.« Sie legte sich in den Liegestuhl zurück, aber so weit wie möglich von ihm entfernt. »Du bist ein großer Herr. Ich bin nur ein aufgefischter Körper.«

»Ein wundervoller Körper... und mehr, viel mehr... du bist Mai... und du sollst einmal glücklich werden, alles vergessen, was war.«

»Ich werde Vietnam nie vergessen, Toam. Wir alle werden das nicht. Und was ist Glück?«

»Ich werde es dir zeigen.« Stellinger holte tief Atem. Jetzt hätte ich sie küssen *müssen*, aber wer weiß, wieviel Augen uns zusehen? Läßt sie sich überhaupt küssen? Wird sie sich wehren, mit den Fäusten um sich schlagen, um Hilfe schreien? Hat ein Mann sie überhaupt schon mal geküßt?

»Glück ist, wenn man sagt: ›Verdammt, ist die Welt schön! Zum Teufel – ist das Leben herrlich! Und die Liebe ist Glück‹.«

»Warum verdammt und zum Teufel, Toam?«

»Ja, warum?« Stellinger kratzte sich den Kopf. Wer hat jemals über so etwas nachgedacht? »Man sagt das so, Mai. Das sind Ausrufe. Verdammt und Teufel haben da eine andere Bedeutung... eine besonders gute.«

»Eure Sprache ist eine schwere Sprache.« Sie richtete sich plötzlich auf, griff nach dem Glas und trank einen guten Schluck. Zwar hustete sie hinterher ein paarmal und ihre Augen bekamen einen wässrigen Glanz, aber sie sagte, atemholend: »Wenn Teufel nicht Teufel ist, kann ich auch trinken.«

Das war die Gelegenheit Nummer drei, sie zu küssen, fluchte Stellinger in sich hinein. Bist du ein Ochse, einen solchen Platz auszusuchen! Zwar wird es jetzt dunkel, der Himmel wird schon violett, das Meer wird grau, wir sitzen hier im tiefen Schatten, aber gleich gehen die Lichter an, nebenan in der Küche wird geputzt und das Essen für morgen zubereitet, überall ist es hell genug, um uns zu sehen.

»Fang an«, unterbrach Kim seine gegen sich gerichteten Haßgedanken.

»Womit?«

»Mit Deutsch.« Sie hielt das Glas hoch. »Was ist das?«

»Glas.«

»Glaaasss...« Sie zeigte auf sich. »Und das?«

»Mai...«

»Nein. Was bin ich?«

»Sprich nach: Ich bin deine Frau.«

»Ein so langes Wort?«

»Das Wichtigste für dich und mich. Fang an: Ich bin...«

»Isch biinnn...«

»...deine Frau...«

»...doeinn Frrrau.« Sie lachte ihn an, ihre Augen blitzten, und als sie sich im Liegestuhl reckte, sah er durch die dünne Bluse ihre Brüste, klein und spitz. Stellinger bekam einen Kloß im Hals und mußte schlucken.

»Ja, das bist du!« sagte er auf deutsch. »Meine Frau. Da gibt es gar kein Vertun mehr, das handelt sich nur noch um Monate... Ich liebe dich... und deinetwegen bleibe ich sogar an Land.«

»Was sagst du, Toam?« fragte Kim und trank wieder einen Schluck des Cocktails.

»Ich habe gesagt: Das war gut.«

»Ihr habt eine lange Sprache für so wenige Wörter.« Sie hob das Glas hoch, schwenkte es, und ihr Gesicht strahlte. »Das ist ein guter Teufel, Toam!«

Du lieber Himmel, sie wird betrunken! durchfuhr es Stellinger. Nach zwei Schlucken! Aber wer noch nie Alkohol getrunken hat – und die Mischung ist 1:1. Halb Gin, halb Maracujasaft, so wie ich's gern habe. Auf Mai muß das wie ein Hammerschlag wirken.

Er nahm ihr das Glas aus der Hand und schob es an den Rand des Tisches.

»Warum nimmst du Teufelchen weg?« lachte sie. Mit hoch erhobenen Armen warf sie sich in den Liegestuhl zurück, die Bluse rutschte aus dem Rock, ein Teil ihres flachen, nackten Bauches wurde sichtbar. Sie trug wirklich nichts unter Bluse und Rock, und als sie sich jetzt wieder reckte, hob sich ihr winziger Bauchnabel ihm entgegen. Stellinger blähte die Nasenflügel und sah sich um.

Ihm war das plötzlich alles peinlich. Wer beobachtete sie? Er hatte ein Mädchen betrunken gemacht, und jeder, der das sah, würde sagen: Dieser Stellinger, der alte, geile Bock. Haut der Kleinen einen Hochprozentigen rein und macht sie damit willenlos. Eine ganz gemeine, hinterhältige Masche! Gleich schleppt er sie ab, und wenn die Kleine morgen früh in seiner Koje aufwacht, bekommt sie ein gutes Frühstück und vielleicht noch drei Zigaretten. So billig macht's der Halunke. Stellinger, du bist ein Schwein.

Nebenan, in der Flüchtlingsküche, war man mit dem Reinigen fertig. Drei Frauen kamen heraus und gingen hintereinander zum Niedergang des Unterdecks. Die Liegestühle standen nun im Dunkel, im Schatten der Küchenwand. Man mußte schon scharfe Augen haben, um zu sehen, was dort geschah.

Kim beugte sich wieder vor und wollte nach dem Glas greifen. Aber Stellinger hielt ihren Arm fest. »Nicht mehr, Mai«, sagte er.

»Das Teufelchen ruft mich.«

»Du trinkst jetzt keinen Schluck mehr!«

»Warum bist du so böse, Toam?« Sie entriß ihm mit einem Ruck ihren Arm und warf sich wieder nach hinten in den Stuhl. Die Bluse rutschte hoch bis unter ihre Brüste. Ein schmaler, glatter Körper mit der Geschmeidigkeit einer Schlange.

»Ich bin nicht böse«, sagte Stellinger mit belegter Stimme. »Aber es ist besser, du gehst jetzt zu deinen Leuten.«

»Ich habe doch noch nichts gelernt, Toam.« Sie drehte sich auf die Seite und sah ihn mit glitzernden Augen an. »Glaaasss... und Isch biinnn doeinne Frrrau...«

»Das ist genug, Mai. Es ist schon dunkel.«

»Braucht man zum Lernen Licht?« Sie kicherte, wie nur eine Betrunkene kichern kann. »Was heißt Licht auf deutsch?«

»Licht.«

»Liechtt... Brauchen wir denn Liechtt, Toam?«

»Wir lernen morgen weiter.« Stellinger stand auf, beugte sich über Kim, griff nach ihren Armen und zog sie aus dem Liegestuhl hoch. Sie fiel gegen seine Brust, warf die Arme um ihn und klammerte sich an ihm fest. Ihr Lachen wehte über sein Gesicht.

»Ich bringe dich hinunter«, sagte Stellinger rauh. »Morgen, nach dem Frühstück, treffen wir uns wieder hier neben der Küche.«

»Du bist doch böse, Toam«, lallte sie und ging, auf Stellinger gestützt, zum Niedergang. »Was hat Mai getan... Isch biinnn doeinne Frrrau...«

Stellinger wartete, bis sie sich die Treppe hinuntergetastet hatte und in der Dunkelheit des Ganges verschwand. Dann ging er zurück zu den Liegestühlen, kippte beide Gläser in sich hinein und nahm die Ginflasche unter den Arm. Jetzt besauf' ich mich, dachte er. Stellinger, das muß einfach sein. Du hast zwei Gründe, dich zu besaufen: Einmal – du wirst Mai nie wieder hergeben, und zum zweiten – du bist wirklich das größte Rindvieh!

Unten, im Gang zu den Schlafkammern, wartete Vu Xuan Le auf Kim. Als sie an ihm vorbeiging, riß er sie herum und rückte sie gegen die Wand. »Du hast Alkohol getrunken!« zischte er ihr ins Gesicht. Er zitterte.

»Ja«, sagte Kim. Nur dieses eine Wort, aber wer in ihren Augen zu lesen verstand, brauchte nicht mehr weiterzufragen.

»Du hast dich benommen wie eine Hure.«

»Ja.«

»Du liebst ihn!«

»Ja!«

»Du wirst mit ihm huren.«

»Ja!«

Vor Les Augen zog ein roter Nebel. Er schlug zu, mit der flachen Hand in Kims Gesicht, in Kims Nacken, in Kims Halsbeuge, auf ihre Brüste, auf ihre Schultern. Er schlug und schlug, und Kim rührte sich nicht, nahm die Schläge hin, gab keinen Laut von sich, und lehnte, als er endlich aufhörte, den Kopf gegen die Wand.

»Ich töte ihn«, sagte Le mit einer geradezu feierlichen Stimme. Es klang wie ein Schwur. »Ich töte ihn.«

Dann riß er Kim von der Wand in den Gang und brachte sie zu ihrem Lager.

Für Dr. Anneliese Burgbach war es eine schlaflose Nacht. Sie lag auf dem Bett, starrte gegen die Kabinendecke und rief sich immer wieder das ungeheure Ereignis ins Gedächtnis.

Eine junge Frau streichelt einem Kranken, der einen inoperablen Magen-Ca hat, die Schmerzen fort. Nein, sie holt die Schmerzen aus ihm heraus, sammelt sie in ihren Händen und wirft sie dann weg in die Luft. Und der Kranke, der eigentlich vor Schmerzen schreien müßte, schläft mit einem Lächeln ein.

Sie hatte schon viel gelesen von den philippinischen Wunderheilern, die mit der bloßen Hand operieren, Geschwüre aus dem Körper holen, und keine Narbe bleibt zurück. Sie hatte die Berichte über Dschuna studiert, dieses russische Phänomen, das mit den Händen Strahlen aussenden konnte, die Krankheiten verödeten, vom Rheuma in den Schultern bis zu einer Prostatitis, vom Lungenödem bis zum Magengeschwür, es wurde alles genau protokolliert und sogar gefilmt. Anneliese hatte immer an einen besonders raffinierten Trick gedacht. Sie hatte Bücher über Schamanen und Medizinmänner der Naturvölker durchgeblättert und immer nur den Kopf geschüttelt. Alles war psychosomatisch erklärbar, waren sogenannte hysterische Heilerfolge, Krankheiten, deren tiefere Ursache eine psychische Störung war, so wie Blinde an Wunderquellen wieder sehend werden oder Gelähmte aus ihrem Rollstuhl aufstehen. Für einen Schulmediziner gibt es keine Wunder, ist alles rational erklärbar, auch wenn immer wieder diese Wunderheilungen in der Presse auftauchen und Millionen Menschen daran glauben. Man kann keinen Krebs wegstreicheln, es gibt keine Hände, die durch Auflegen eine Lymphogranulomatose verschwinden lassen, es ist unmöglich, durch kreisende Handbewegungen eine Lungenfibrose zu beeinflussen. Und ein Tumorschmerz ist im Endstadium nur mit Morphium zu beherrschen.

Wirklich nur mit starken Opiaten? Ist das die Endstation der Medizin?

Die junge Frau, die Ut hieß, ein aus dem Meer gefischter Flüchtling, von dem noch keiner weiß, wer ihn aufnimmt, wohin er kommt, wo er weiterleben darf, wenn die Politiker überhaupt so gnädig sind, ihn wahrzunehmen und sich an Humanität zu erinnern, Ut, die hier auf einem umgebauten Container-schiff in einem Lagerraum unter Deck mit fünfzig anderen Ge-flüchteten auf einem Holzpodium mit Decken und Bambus-matten haust und so gläubig und dankbar zu ein paar deutschen Ärzten und deutschen Seemännern aufblickt, voll Vertrauen, daß dieses Schiff sie in eine neue Welt fährt – diese unbekannte Ut aus einem Fischerdorf am Mekong-Delta von Vietnam hebt ihre Hände und streichelt Tumorschmerzen weg.

Gibt es doch noch Wunder?

Beim Erwachen des Tages ging Anneliese an Deck und er-lebte wieder die Geburt der Sonne und des goldenen Meeres. Auf der Brückennock stand die letzte Nachtwache, winkte fröhlich, beugte sich über die Brüstung und rief hinunter: »Guten Morgen, schöne Kollegin! Was treibt Sie so früh in den Wind?«

Sie antwortete nicht, starrte ins Meer und hatte immer wie-der Ut vor Augen, wie sie den Todkranken von seinen uner-träglichen Schmerzen befreite. Sie muß das täglich mehrmals tun, dachte sie. Wie Johann Pitz sagt: Der Kerl ißt nicht, er frißt. Wie kann man mit einem solch zerstörten Magen über-haupt etwas essen? Es müßte doch alles wieder ausgespien wer-den. Ihr fielen hundert Fragen ein, die nicht beantwortet wer-den konnten. Sie blieb an der Reling stehen, bis das Meer sich blau färbte und sich der wolkenlose Himmel in ihm spiegelte. Dann ging sie ins Deckshaus und zur Küche, wo Hans-Peter Winter damit beschäftigt war, frisch gebackene Brötchen aus dem Backofen zu holen.

»Sie sind schon wach, Frau Doktor?« staunte Winter. »Es ist erst sechs Uhr!«

»Ich habe den Duft Ihrer Brötchen gerochen und bin ihm nachgegangen. Dieser Brotgeruch ist für mich wie ein Ma-gnet.« Sie griff in den Korb, aber bevor Winter rufen konnte »Vorsicht! Heiß!«, hatte sie schon in ein Brötchen gebissen und zerkaute es mit einem Wohlgefühl wie in Kindertagen. Es gab damals nichts schöneres für sie als ein heißes, duftendes, knackiges Brötchen, nebenan von Bäcker Beilcke.

»Dazu eine Tasse Kaffee, Frau Doktor?« fragte Winter.

»Haben Sie einen?«

»Ich bin seit vier Uhr auf. Da brauche ich einen Kaffee zum Ankurbeln.«

»Ich glaube, den habe ich jetzt auch nötig.«

Winter brachte eine hohe Tasse schwarzen Kaffee, entschuldigte sich, daß er kein besseres Geschirr habe und sagte, als Anneliese zu einem zweiten heißen Brötchen griff: »Ich hole sofort Butter und Wurst, Frau Doktor. Sie können doch nicht trockene Brötchen essen.«

»Bei frischen Brötchen brauche ich nichts.« Sie trank vorsichtig den heißen Kaffee, lehnte sich an die gekachelte Wand und kaute mit vollen Backen. Sie ist ein richtiger Kumpel, dachte Winter begeistert. Sie ist wirklich eine, mit der man Pferde stehlen kann. Nichts von Einbildung, kein akademisches Nasehochtragen, kein Lauttöner wie dieser Dr. Starke mit seinem affigen Gehabe... nein, sie ist ein Kumpel! Warum ist so eine tolle Frau noch nicht verheiratet?

»Was gibt's für neuen Klatsch an Bord?« fragte sie nach dem zweiten Brötchen. Ich könnte noch eins essen, dachte sie, aber dann platzt mein Magen. Ich habe einen Hunger wie ein Wolf im Winter... woher kommt das bloß? »Sie wissen doch alles. Bei Ihnen in der Küche laufen doch alle Neuigkeiten zusammen. Wie bei uns Frauen beim Friseur.«

»Stellinger reißt die Kim auf!«

»Wie bitte?«

»Verzeihung.« Winter wurde verlegen. »Bei uns sagt man das so. Der Oberbootsmann zeigt ein großes Interesse für ein vietnamesisches Mädchen. Da drüben, neben der Küche, stehen noch die Liegestühle... da haben sie gestern im Dunkeln gelegen. Und geklaut wird an Bord.«

»Was? Das ist wirklich neu.«

»Mir fehlen ein schweres Metzgermesser und ein Wetz-stein. Das ist doch verrückt. Wenn man Fleisch oder Wurst oder Käse oder sonst was Eßbares klauen würde, na ja, das wäre verständlich. Aber so ein Messer? Und ein Wetzstein! Ich habe Johann schon gefragt, ob sie im OP kein scharfes Messer mehr haben. Jesses, hat der geschimpft! Boxen wollte er mit mir. Ich bin doch kein Selbstverstümmler! Aber das Messer ist weg!«

»Haben Sie schon mal an die Vietnamesen gedacht?«

»Aber sofort. Ich habe ihre Küche durchsucht, von hinten bis vorn. Mein Messer war nicht dabei. Ich erkenne es sofort wieder. In den Holzgriff habe ich ein W geschnitzt.«

»Sie sollten das Stellinger melden.«

»Dem? Wissen Sie, Frau Doktor, was der sagen wird: End-lich hat einer den Mut, deine Schnitzel zu zerschneiden und nicht gleich über Bord zu werfen. Vielleicht hat er das Messer sogar selbst! Ich habe auch noch keinen Krach geschlagen, ich bleibe ganz still, aber wenn ich das Messer finde, gibt es Rab-batz.«

Anneliese trank die Tasse aus, bezwang ihren Drang, doch noch eines der duftenden Brötchen mitzunehmen, und verließ die Küche. Im Treppenhaus hörte sie Pfeifen. Dr. Starke kam von der Nachtwache auf der Brücke zurück. Um ihm jetzt nicht zu begegnen, ging sie wieder hinaus aufs Deck. Dort sah sie Lam Van Xuong auf einer Taurolle sitzen und über das Meer blicken. Er sprang sofort auf, als er Anneliese auf sich zukom-men hörte. Sein Gehör war wie das eines Tieres, geschult im Dschungel, wo gutes Hören oft das Überleben bedeutete.

»Guten Morgen«, sagte er und machte eine tiefe Verbeu-gung. »Darf ich Ihnen sagen, daß wir alle sehr glücklich und fröhlich sind?«

»Dann geht es euch besser als mir, Xuong.«

»Sie haben Kummer, Frau Doktor?«

»Man kann das nicht Kummer nennen. Eher Enttäuschung. Unser Koch ist bestohlen worden.«

»Nicht von meinen Leuten.« Er sagte das fest und überzeugend. »Ihre Dankbarkeit ließe einen Diebstahl nicht zu. Wäre ein Dieb unter ihnen, wir würden ihn hart bestrafen. Er würde nicht mehr zu uns gehören.«

Anneliese forschte nicht weiter, was das bedeutete. Sie ahnte es auch so und zog plötzlich schaudernd die Schultern zusammen. Wir sind aus zwei verschiedenen Welten, dachte sie. Es hat keinen Sinn, darüber zu diskutieren. Überhaupt keinen Sinn. Wir Menschen der westlichen Welt werden Asien nie ganz begreifen. Noch heute schlägt man auf öffentlichen Plätzen, vor einer jubelnden Menge, Köpfe ab. Aber tat man das bei uns nicht auch? Heinrich VIII. ließ seine Frauen enthaupten. Wir Deutschen ließen die Guillotine, dieses perfekte Köpfungsinstrument, sogar bis 1945 arbeiten. Das Richtschwert im Mittelalter, das Verbrennen der »Hexen« während der Inquisition, – wir sollten nicht so selbstherrlich sein. Wir haben sogar das Kreuz den schreienden Gefolterten vor das Gesicht gehalten und Priester beteten dazu.

»Was ist gestohlen worden?« fragte Xuong.

»Ein großes, schweres Messer und ein Wetzstein.«

»Ein Messer?« Xuong ließ sich nicht anmerken, daß nun doch große Sorge über ihn kam. »Das ist wirklich merkwürdig, Frau Doktor.«

»In den Messergriff ist ein W geschnitzt.«

»Ich werde die Augen offenhalten.« Xuong verbeugte sich wieder tief. »Gestatten Sie, daß ich Ihre Enttäuschung teile...« Er drehte sich um und stieg hinab ins Unterdeck. Herauf kamen dafür die Küchenfrauen und eilten zu dem hölzernen Aufbau, um den morgendlichen Tee zu kochen und Zwieback für das Frühstück auszupacken.

Anneliese schaute auf ihre Armbanduhr. Sieben Uhr. Wie schnell eine Stunde vergeht, und wieviel in ihr geschehen kann. Um halb acht war die erste Besprechung bei Dr. Herbergh. Diskutieren der aktuellen Fälle, Therapiemaßnahmen,

Röntgenbilder-Demonstration. Wie in einer großen Klinik, nicht anders, auch wenn man auf einem Schiff im Südchinesischen Meer schwamm. Sie ging in ihre Kabine, duschte, zog Jeans und eine Bluse und darüber den weißen Kittel an und betrat Punkt halb acht Dr. Herberghs Zimmer im Hospital. Dr. Starke war schon da, gleich hinter ihr kamen Johann Pitz und Kätzchen Julia.

»Unsere Morgenrotanbeterin!« sagte Dr. Starke, als Anneliese ins Zimmer kam. »Wir haben Sie beim Frühstück vermißt. Wird man von der Sonne satt? Ich habe bisher nur gehört, daß man von ihr trunken werden kann.«

»Oder man bekommt einen Sonnenstich und redet dann dummes Zeug.« Sie setzte sich an den viereckigen Tisch und bemerkte, daß Dr. Herbergh in sich hineinlachte. Dr. Starke hob schnuppernd die Nase.

»Dieser Duft! Paradiesblüten! Benutzen Sie ein neues Parfüm, schöne Kollegin? Betäubend – wir werden Narkosemittel einsparen können. Da zeigt es sich, was eine fabelhafte Anästhesistin ist!«

»Zur Sache.« Dr. Herbergh klopfte mit dem Fingerknöchel auf den Tisch. »Julia, etwas Besonderes von Ihrer Station?«

»Nichts. Es läuft alles normal.«

»Bei Ihnen, Johann?«

»Normal.«

Dr. Herbergh blickte Anneliese an, etwas erstaunt, daß sie nichts von einer Beobachtung berichtete. Auch wenn sie nichts gesehen hatte, konnte man über den Fall sprechen. Er gab ihr ein Stichwort, so wie im Theater ein Dialog beginnt. »Was hört man von dem Magen-Ca?«

Dr. Starke war erstaunt. Für ihn war das kein Thema mehr. Der Mann würde die Ausschiffung in Manila nicht mehr erleben; was man für ihn noch tun konnte, war, sein Ende sanft zu machen. Aber er hatte ja ohnehin keine Schmerzen. Unverständlich, aber man mußte das hinnehmen.

»Nach jedem Essen bekommt er unerträgliche Schmerzen«, sagte Anneliese plötzlich. Es war, als schlüge sie mit der Faust auf den Tisch.

»Auf einmal?« Dr. Starke schüttelte den Kopf. »Noch gestern wurde gesagt – ich sehe ihn mir jeden Tag bei der Visite genau an – keine Anzeichen von Schmerz!«

»Er krümmt sich vor Schmerzen, schlägt mit dem Kopf auf den Boden, verkrampft sich völlig...«

»Gestern abend ist er an Deck spazieren gegangen. Zwei Freunde haben ihn gestützt, aber er ging!« rief Johann Pitz protestierend.

»*Vor* dem Essen, Johann.« Anneliese lehnte sich zurück. »Nach dem Essen ist er ein elendes Bündel Schmerzen.«

»Und das übersteht er ohne Injektionen?«

»Ja. Haben Sie ihm welche gegeben, Wilhelm?«

»Nein. Immer, wenn ich kam, war er völlig schmerzfrei. Niemand hat mir gesagt, daß...«

»Es wußte auch niemand. Ich habe es gestern abend gesehen. Ich habe in einer Ecke des Schlafraumes gesessen und ihn beobachtet. Als er vor Schmerzen hochschnellte, mußte ich mich bezwingen, ihm nicht zu helfen. Und dann ließen die Schmerzen nach.«

»Von allein?« fragte Dr. Herbergh. In seiner Stimme schwangen Ungeduld und Erwartung. »Das gibt es doch nicht! So stark kann keine Selbsthypnose sein, daß sie Tumorschmerzen wegscheucht. Was Sie da andeuten, Anneliese, hört sich ganz nach Selbsthypnose an.«

»Neben ihm auf der Matte saß eine Frau, eine Mutter von drei Kindern. Ut heißt sie. Eine noch junge Frau.«

»Sie war drei Tage auf Station.« Julia beugte sich vor. Pitz ärgerte sich, daß man dabei in ihren Ausschnitt und den Ansatz ihrer Brüste sehen konnte. Verdammt, warum trägt sie im Dienst keinen BH?! Für mich ist das nicht nötig, ich weiß, was sie hat. »Sie hat drei Infusionen bekommen und war eines

Nachmittags verschwunden. Ich habe sie gesucht, sie war unten im Lager und hat zu mir gesagt: ›Ich bin gesund.‹ Sie wollte nicht zurück auf die Station.«

»Davon haben Sie mir nie etwas gesagt, Julia«, unterbrach Dr. Herbergh sie.

»Sie steht im Stationsjournal als entlassen, Chef.«

»Aber sie ist ausgerückt. Das steht nicht drin«, sagte Dr. Starke tadelnd.

Julia sah ihn an, zog einen Flunsch und bekam ein hartes Gesicht. »Wenn man alles aufschreiben wollte – was passiert nicht alles...«

Dr. Starke verstand den Wink. Er machte eine wegwischende Handbewegung. »Vergessen wir das. Was ist nun mit Ihrer Mutter und den drei Kindern, schöne Kollegin?«

»Sie hat mit ihren Händen die Schmerzen herausgenommen und in die Luft geworfen.«

Irritiert starrte Dr. Starke mit halboffenem Mund Anneliese Burgbach an. »Sie... Sie haben doch zu lange in der Sonne gestanden, Anneliese«, sagte er dann besorgt. »Spüren Sie einen Druck im Kopf? Ein Brennen? Ist Ihnen schwindelig? Haben Sie Sehstörungen?« Er sprang auf, auch Johann Pitz schnellte vom Stuhl hoch. »Legen Sie sich sofort hin, Kollegin... Johann, warum stehen Sie so blöd rum! Sofort kalte, feuchte Tücher. Anneliese, spüren Sie einen Brechreiz? Ohrensausen?« Er blickte hinüber zu Dr. Herbergh, der sitzengeblieben und ganz ruhig war. »Fred, Ihre Ruhe ist beleidigend. Sie sehen tatenlos zu, wie Anneliese...«

»Ich bewundere Ihre mitreißende Agilität, Wilhelm. So habe ich Sie noch nie gesehen.« Dr. Herbergh winkte ab. »Ihr Schnelleinsatz ist lobenswert, aber Anneliese hat keinen Sonnenstich. Blicken Sie doch nur in ihre Augen.« Er lächelte und warf Anneliese einen aufmunternden Blick zu. »Berichten Sie weiter, Frau Kollegin.«

»Ut massierte leicht Ober- und Unterbauch des Kranken,

mit kreisenden Bewegungen, ohne sichtbaren Druck, hielt ab und zu inne, legte die Hände zusammen, als halte sie einen Gegenstand fest, stieß dann die Hände in die Luft und öffnete sie gleichzeitig. Sie schleuderte die Schmerzen weg, für sie waren sie greifbar, eine Masse. Dann massierte sie weiter, bis der Kranke sich streckte, schmerzfrei war, lächelte und mit diesem glücklichen Lächeln einschlief. Darauf tauchte sie beide Arme in einen Eimer Wasser, schüttelte die Nässe von sich, fiel zwischen ihre Kinder auf die Decke und schlief sofort ein. Sie machte den Eindruck einer total Erschöpften. Das war es.«

»Und das ist genug.« Dr. Starke setzte sich wieder, auch Pitz klemmte sich auf seinen Stuhl, aber er starrte Anneliese fassungslos an. »Nichts gegen Ihre Wahrnehmungen, schöne Kollegin – aber so etwas gibt es nicht.«

»Doch. Auf dem Schiff *Liberty of Sea*, Unterdeck, Schlafraum II. Ich will es ebensowenig glauben wie Sie, Wilhelm. Aber ich habe es gesehen. Wie oft Ut ihm die Schmerzen herausholt, weiß ich nicht. Wir wissen nur, daß er schmerzfrei ist, ohne daß wir ihm hohe Dosen Morphium injizieren müssen. Daran wäre er nämlich schon längst gestorben.«

»Eine Erlösung.«

»Wilhelm, Ihnen fehlt eine Menge, ja alles, um ein zweiter Hackethal zu werden.«

»Nennen Sie bitte in meiner Gegenwart nicht diesen Namen!« sagte Dr. Starke mit abweisender Steife.

»Ich weiß, Sie fürchten ihn wie viele unserer Kollegen.«

»Auch Ihr hochverehrter Hackethal würde diesen Hokuspokus nicht annehmen. Wirft die Schmerzen als Masse in die Luft! Streichelt sie weg. Holt sie aus dem Körper und sammelt sie in der hohlen Hand! Schöne Kollegin, das erzählen Sie mal Ihrem Hackethal.«

»Wollen wir uns mit einem Phänomen auseinandersetzen oder Hackethalsche Reaktionen voraussagen?« Dr. Herbergh winkte ab, als Dr. Starke noch etwas dazu sagen wollte. »Nein,

Wilhelm. Keine Emotionen. Sehen wir das klar: Da ist eine junge Frau, die mit ihren Händen Schmerzen bekämpfen kann. Tumorschmerzen. Das ist erwiesen.«

»Nichts ist erwiesen.« Dr. Starke knirschte mit den Fingern, seine Erregung war nicht mehr zu bändigen. »Kann es nicht sein, daß Anneliese doch eingeschlafen ist und diese Szene im Traum gesehen hat? Ihr Unterbewußtsein war erfüllt von diesem Problem, also träumte sie davon. Da hat der alte Freud recht...«

»Sie sind von einem umwerfenden Charme, Wilhelm. Wollen Sie aus mir eine Traumwandlerin machen?«

»Können Sie völlig ausschließen, eingeschlafen zu sein?«

»Ja. Ich habe nach diesem – ich gebe es zu – aufwühlenden Ereignis sofort das Unterdeck verlassen. Ich mußte Luft haben, viel Luft, ich hatte das Gefühl: Lauf, lauf, sonst zerspringst du. Nicht ganz zwei Stunden war ich im Lagerraum, da schläft man doch nicht ein!«

»Mit den bloßen Händen...?« Auch Johann Pitz blickte ratlos um sich. »Das soll die mir mal vormachen.«

»Genau das ist es, Johann.« Dr. Herbergh beendete damit die Diskussion über Möglichkeiten oder Scharlatanerie nicht begreifbarer, überirdischer Kräfte oder biologischer Ausstrahlung. »Julia, bringen Sie diese Ut zu uns.«

»Sofort?«

»Ja, sofort.«

»Sie wird um diese Zeit wieder die Schmerzen einsammeln«, sagte Anneliese und sah, wie Dr. Starke sich an den Kopf faßte. »Jetzt, nach dem Frühstück...«

»So um zehn rum geht der Ca immer auf Deck spazieren«, Pitz kam es fast unheimlich vor, das zu sagen. »Schlapp, aber sonst munter...«

»Natürlich munter. Seine Schmerzen sind ja in die Luft geworfen.«

»Ich komme mir hier vor wie in einem Kabarett, in dem die

Nummer abläuft: ›Hopplahopp, auch ohne Kopp.‹ Ein medizinischer Sketch, wobei man Medizin mit Y – Medzyn – schreiben sollte. Zyn wie zynisch.« Dr. Starke blickte Julia nach, die mit schwingendem Hinterteil das Arztzimmer verließ. »Ich will Ihnen sagen, was diese Ut praktiziert: nichts als eine Art Hypnose.«

»Bei Tumorschmerzen?« fragte Dr. Herbergh zweifelnd.

»Dank meines großzügigen Vaters, der damals noch in der Hoffnung schwelgte, sein Sohn würde seine Praxis einmal übernehmen, konnte ich mir als Student im 8. Semester eine Reise nach Indien leisten. Begeistert, aber als Mediziner doch kritisch, habe ich mir die Kunststücke der Fakire, der ›Heiligen Männer‹ angesehen. Das Nagelbrett war harmlos. Aber da stieß sich einer einen Haken durch die Zunge, durchbohrte mit dicken Nadeln seine Wangen, hieb Fleischerhaken in seine Brustmuskeln und hängte daran Gewichte auf, und es blutete nicht und Reaktionen auf Schmerzen waren nicht zu erkennen.«

»Toll«, sagte Pitz leise. »Toll.«

»Was mich aber am meisten verblüffte, war der Trick mit dem Begräbnis. Da ließ sich einer der ›Heiligen Männer‹ lebendig begraben. In einem richtigen Grab. Er legte sich auf einer Matte hinein, schloß die Augen, kreuzte die Arme über der Brust und erstarrte. Zwei Helfer schütteten die Grube zu und stellten – der einzige Einbruch der Zivilisation in diese jahrhundertealte Magie – einen Wecker daneben. Nach zehn Minuten schellte er, die Gehilfen buddelten ihren Meister aus, der Fakir schlug die Augen auf und stieg munter wieder an die Erdoberfläche. Ich habe ihm damals vor Begeisterung hundert Rupien gegeben, was ihn veranlaßte, mich aufzufordern, auch ins Grab zu steigen und mich begraben zu lassen. Ich habe das entschieden abgelehnt.«

»Wie bedauerlich.« Anneliese konnte sich die Bemerkung nicht verkneifen. »Was wäre uns erspart geblieben!«

»Eins zu null für Sie, schöne Kollegin.« Dr. Starke grinste etwas schief. »Aber jeder Wettstreit hat mehrere Runden...«

Es klopfte an der Tür. Julia kam zurück. Sie schob eine junge, verschüchterte Frau vor sich her, der man nie glauben würde, daß sie schon drei Kinder hatte. Ihr erstes mußte sie selbst noch im Kindesalter bekommen haben. Mit gesenktem Kopf stand sie vor Dr. Herbergh. Ein leichtes Zittern des ganzen Körpers zeigte ihre Angst. Hinter Julia kam Le Quang Hung, der Dolmetscher, in den Raum; ohne ihn war keine Verständigung möglich. Dr. Starke betrachtete die schmächtige junge Frau mit sichtlichem Spott.

»Um auf Indien zurückzukommen«, sagte er lässig, »das Geheimnis dieser Fakirkunst ist eine Selbsthypnose bis zur fast völligen Funktionslosigkeit des Körpers. Der eigene Wille beherrscht alles. Man lebt in sich selbst, die äußere Hülle gibt es nicht mehr. Aber – und hier melde ich meine Vorbehalte als Mediziner an – auch ein Fakir wird sich vor Schmerzen winden, wenn er solch ein Ca hat wie unser Patient. Da liegt die Grenze.«

»Lassen wir uns überraschen.« Dr. Herbergh musterte die Frau, die Ut hieß und aus einem Fischerdorf am Mekong stammte. Ihr Mann war in Vietnam geblieben, das Geld hatte nicht gereicht, um auch ihn mitzunehmen. Zehn Tael sollte die Flucht kosten, zehn kleine schmale Goldplättchen, die in Vietnam zur heimlichen Währung geworden waren. Ein Tael hatte den Wert von etwa 200 Dollar. Woher sollte ein Fischer am Mekong 2000 Dollar nehmen? Alles, was er besaß, hatte er für Ut und seine drei Kinder abgegeben. Er selbst wollte nachkommen, irgendwann, über die Grenze nach Thailand schleichen oder nach China. Als er von seiner Frau und seinen Kindern Abschied nahm, wußte er aber, daß es ein Abschied für immer war. Wie sollte er sie jemals wiederfinden? Wo? Wer wüßte, wo sie hingebracht würden? Er konnte nur hoffen, daß sie ein besseres Leben finden würden, und das machte ihn froh.

»Hung, frag sie, ob sie Schmerzen wegstreicheln kann.«

»Was soll sie?« Hung glotzte Dr. Herbergh mit erschrocke-
nem Blick an.

»Frag sie.«

Es wurde eine mühsame Unterhaltung. Hung übersetzte hin
und her, verfiel immer mehr in einen Zustand bedrückender
Ratlosigkeit und starrte Ut ein paarmal an, als wäre sie eine
zum Leben erwachte Tote.

Und so verlief die Unterhaltung:

Dr. Herbergh: »Du kannst mit deinen Händen Schmerzen
wegnehmen?«

Ut: »Ja, Herr.«

Dr. Herbergh: »Wie machst du das?«

Ut: »Ich ziehe sie aus dem Körper, Herr.«

Dr. Herbergh: »Spürst du das selbst?«

Ut: »Ich habe sie in der Hand. Wie Kieselsteine, Herr.
Schwere Steine, Herr.«

Dr. Starke: »Du behauptest, Schmerzen seien eine Masse?«

Ut: »Ich verstehe Sie nicht, Herr. Was ist Masse?«

Dr. Burgbach: »Ut, erzähl uns, wie du das machst.«

Ut: »Ich lege meine Hände auf die Schmerzen, bete zu Gott
und hole sie heraus, Herrin.«

Dr. Starke: »Zu welchem Gott betest du?«

Ut: »Zu dem einzigen. Der am Kreuz gestorben ist.«

Dr. Starke: »Du hast dich nie gewundert, daß du Schmerzen
wegnehmen kannst?«

Ut: »Nein, Herr.«

Dr. Starke: »Aber andere können das doch nicht.«

Schweigen. Ut blickte hilfesuchend zu Dolmetscher Hung.
Dem lief der Schweiß über die Augen, aber er dachte nicht
daran, ihn abzuwischen. Was er übersetzen mußte, blieb in seinem Gehirn wie Blei zurück, denn Ut sagte mehr, als er an die
Ärzte weitergab. Sie sagte: »Ich kann mit meinen Händen auch
Wunden heilen.« Das übersetzte Hung überhaupt nicht. Und
auch nicht den Satz: »Wir hatten eine Kuh. Weil ich ihr Euter

streichelte, gab sie doppelt so viel Milch wie andere Kühe.«
Hung erlitt dadurch einen solchen Schock, daß er Uts Antworten nur noch kurz interpretierte. Sie ist ein Zauberweib, durchrann es ihn kalt. Die Kräfte des Himmels und der Erde sind in ihr. Man muß sie anbeten oder erschlagen. Es ist zu überlegen, was man tut.

»Ut kann darauf keine Antwort geben«, sagte Hung mit deutlicher Unsicherheit. Keiner nahm ihm das übel. Was man hier hörte, war greifbar gewordene Unglaublichkeit. »Sie hat nie darüber nachgedacht.«

Dr. Herbergh: »Ut, du brauchst keine Angst zu haben vor uns. Wir sind deine Freunde.«

Ut: »Du hast mir und den Kindern das Leben gerettet. Wir tun alles für dich, was du willst.«

Dr. Herbergh: »Kannst du uns zeigen, wie du die Schmerzen aus dem Magen holst?«

Ut: »Nein, Herr.«

Dr. Starke: »Aha! Warum nicht?!«

Ut: »Es gelingt nur, wenn ich allein bin, Herr.«

Dr. Herbergh: »Du hast es im Schlafsaal gemacht, fünfzig Personen um dich herum.«

Ut: »Sie haben alle geschlafen.«

Dr. Starke: »Wie oft am Tag holst du die Schmerzen aus dem Bauch?«

Ut: »Viermal, Herr.«

Dr. Starke: »Aber da schlafen doch die Leute nicht...«

Ut: »Ich gehe mit Thuy ganz hinten in einen leeren, dunklen Raum. Da kommt niemand hin, da sieht uns keiner.«

Dr. Starke fassungslos: »Das ist ja bestes Schmierentheater! Das fällt ja selbst einem Konsalik nicht ein!«

Hung: »Soll ich das übersetzen? Wer ist Konsalik?«

Dr. Starke winkte ab. »Das ist jetzt nicht wichtig. Ut...«

Ut: »Ja, Herr?«

Dr. Starke: »Wir geben dir einen Raum, wo du allein bist,

wo kein anderer Mensch ist als du und der Kranke. Könntest du dann die Schmerzen herausnehmen?«

Ut: »Ich weiß es nicht, Herr.«

Dr. Herbergh: »Willst du es versuchen?«

Ut schaute Hung an. Der schwitzende Dolmetscher nickte mehrmals.

Ut: »Ja, Herr. Wann?«

Dr. Burgbach: »Nach dem Mittagessen.«

Dr. Herbergh: »Wann hast du zum erstenmal gemerkt, daß deine Hände anders sind als die Hände der anderen Menschen?«

Ut: »Sie sind nicht anders.« Sie hielt die Hände hoch, kleine, schmale Hände. Kinderhände. »Sie sind wie deine Hände, Herr, nur deine sind größer.«

Dr. Herbergh: »Ich kann mit meinen Händen keine Schmerzen aus dem Leib nehmen und sie wegwerfen.«

Ut: »Dann betest du nicht richtig, Herr.«

Dr. Starke, triefend vor Spott: »Das wird es sein, Fred. Sie zahlen zwar Ihre Kirchensteuer, aber Sie vergessen zu beten. Wie wär's, wenn Sie vor jeder Operation einen Psalm singen?! Herr, führe mir das Messer gut, halt ab von mir jeden Verdruß, ich schneide jetzt den Uterus... Einen Versuch ist das immerhin wert...«

Dr. Herbergh: »Ut, du hast meine Frage nicht beantwortet. Wann hast du gemerkt, daß du Schmerzen wegnehmen kannst?«

Ut: »Als Dang, mein Mann, gebissen wurde. Von einem Jaguar. Er lauerte Dang auf und sprang ihn an. Dang erstach ihn mit seinem Messer, aber vorher biß der Jaguar zu. Hier oben in die Schulter. Eine große Wunde, viel Blut, Dang hatte große Schmerzen. Aber als ich die Hand auf seine Schulter legte, um einen Brei aus Blättern und Wurzeln aus dem Dschungel auf die Wunde zu schmieren, da sagte er plötzlich: ›Ut, ich habe keine Schmerzen mehr.‹«

Dr. Starke: »Aber sie kamen wieder?«

Ut: »Ja. Aber immer, wenn ich seine Schulter streichelte, waren sie weg. Ich hatte die Schmerzen in meinen Händen. Wie Steine. Ich habe sie weggeworfen.«

Dr. Burgbach: »Hast du die Schmerzen gesehen? Diese Kieselsteine, wie du sie nennst?«

Ut: »Nein, Herrin. Nicht gesehen, nur gefühlt. Schwere Steine. Hinterher brannten die Hände wie Feuer, ich steckte sie in Wasser, dann wurde ich müde und mußte schlafen.«

Dr. Herbergh: »Danke, Ut. Du hast uns sehr geholfen. Komm nach dem Mittagessen mit Thuy hierher.«

Hung führte Ut schnell aus dem Arztzimmer. Er war froh, daß diese Befragung beendet war. Was er hatte übersetzen müssen, hatte ihn körperlich und seelisch strapaziert. Im Flur des Hospitals griff er deshalb Ut ins Haar und zog sie mit einem Ruck an sich heran. »Was hast du da erzählt?« zischte er und leckte den Schweiß, der ihm über den Mund lief, von den Lippen. »Du kannst Wunden heilen? Bei dir geben die Kühe mehr Milch? Du kannst Schmerzen aufsammeln wie Steine?«

»Ja...« Ut kroch ängstlich in sich zusammen.

Hung zog wieder brutal an ihren Haaren und spuckte ihr ins Gesicht. »Weißt du, was du bist?!« Er spuckte sie noch einmal an. »Eine Hexe! Eine vom Teufel Besessene! Eine Satanshure! Sind die Kinder wirklich von Dang, oder hat der Teufel sie dir gemacht? Man müßte dir die Hände abschlagen... nein, den Kopf! Der arme Dang hat mit einer Hexe gelebt. Heute nacht springst du über Bord ins Meer...«

»Nein, Hung! Nein! Nein!«

Ut klammerte sich an ihn, aber er stieß sie wütend weg, zerrte sie in das Labor des Hospitals und riß sie wieder an den Haaren. Sie fiel auf die Knie, Todesangst schrie aus ihren Augen, aber Hung, noch heftiger schwitzend als vorher, ließ nicht von ihr ab.

»Zuerst wirfst du die Satanskinder ins Meer!« sagte er hart, einen unerbittlichen Ton in der Stimme. »Dann springst du hinterher.«

»Nein, Hung, nein!« weinte Ut.

»Wenn du es nicht tust, machen wir's! Du gehörst nicht zu uns! Wenn der Teufel dein Geliebter ist, läßt er dich und seine Kinder über das Meer schweben. Das wollen wir sehen.«

Er gab ihr noch einen Stoß mit dem Fuß, riß sie dann vom Boden hoch und schloß die Labortür wieder auf. »Geh voraus«, befahl Hung. »Geh wie immer. Blick auf den Boden. Wenn du jemandem ein Zeichen gibst, kannst du auch früher sterben, auf chinesische Art – mit einer Schnur um den Hals. Los, geh voran.«

Ut gehorchte. Mit gesenktem Kopf ging sie vor Hung her zum Niedergang des Unterdecks und verschwand in der Tiefe. Niemand an Deck beachtete sie; die meisten standen an der Bordwand und starrten über das Meer. Hinter dem Kran, zwischen aufgespannten Zeltwänden, saßen vierzehn Männer zusammen und diskutierten mit Lam Van Xuong: Die Sprecher der Flüchtlinge, von ihnen gewählt, nachdem man beschlossen hatte, so gut wie möglich eine Eigenorganisation aufzubauen. Das Schiffsparlament. Xuong hatte man in demokratischer Wahl zum Vorsitzenden bestimmt. Nun wurde beraten, was man selbst tun konnte. Der erste Punkt dieser ersten Sitzung hieß: Verbesserung der Hygiene. Bau von neuen Toiletten. Reparatur der immer wieder versagenden Klimaanlage unter Deck. Abstimmung über den Vorschlag, daß die Kinder ab sieben Jahren bei Dr. Burgbach Deutsch lernen sollen. Ein ganzes Paket Vorschläge, über das viel zu reden war.

Hung blieb an der Treppe stehen, blickte Ut nach und preßte die Lippen aufeinander. Es muß sein, sagte er zu sich. Wir dürfen keinen Satanszauber mitnehmen in eine andere Welt. Man wird uns anklagen: Was habt ihr da mitgebracht? Warum seid ihr nicht geblieben, wo ihr herkommt? Die Menschen werden uns hassen. Es muß einfach sein...

Er ging zurück zum Kran und schob sich unter die gewählten Sprecher. Xuong redete sie höflich mit »Liebe Delegierte« an. Das fanden alle ehrenhaft und freuten sich.

»Hung, wir brauchen deine Meinung!« sagte Xuong, als der Dolmetscher sich gesetzt hatte. »Sollen die Kinder Deutsch lernen?«

»Auf jeden Fall.« Hung klatschte in die Hände. »Bedenkt, Delegierte, Deutschland wird vielleicht unsere neue Heimat werden. Da ist es gut, wenn wir bei der Landung in Hamburg schon sagen können: ›Guten Tag! Wie geht es Ihnen? Schönes Wetter!‹ Das macht immer einen guten Eindruck, Delegierte.«

Für die Demonstration der Schmerzbefreiung bereiteten Pitz, Stellinger und Kroll das kleine Röntgenzimmer vor, das man durch ein Rollo völlig abdunkeln konnte. Eine Liege war vorhanden, und eigentlich brauchte Ut ja nicht mehr für ihren Trick, wie es Dr. Starke noch immer nannte. Schwierig war nur, die Video-Kamera zu installieren. Nicht daß man keinen Platz für sie fand, sondern wie sie Bilder aufnehmen sollte bei der von Ut geforderten Dunkelheit.

»Das müssen wir filmen«, sagte Stellinger bestimmt. »Sonst hat das alles keinen Sinn. Die zaubert da im Dunkeln, und wir sitzen wie die Bettnässer herum.«

»Man müßte einen Infrarot-Film haben«, sinnierte Kroll. Er war Hobby-Filmer, hatte in den Jahren seiner Seemannszeit einige fabelhafte Filme von Hawaii, Hongkong und West-Samoa gedreht, aber jetzt regte er Stellinger auf.

»Infrarot! Daran kann auch nur ein Idiot wie du denken! Wer nimmt denn Infrarot-Filme mit?«

»Keiner. Es war ja auch nur ein Gedanke. Wenn wir nur ein bißchen Licht hätten.«

»Was heißt ein bißchen?«

»So um die zehn Lux...«

Stellinger warf einen Blick auf Kroll, als wolle er ihn gleich anspringen. »Was haben zehn Luchse mit unserem Film zu tun?« brüllte er. »Ich habe kein Ohr mehr für faule Witze.«

»Lux – mit x am Ende – ist eine Helligkeitseinheit. Zehn Lux hat etwa der Schein einer Kerze.«

»Und das reicht aus?«

»Bis auf zehn Lux kann ich mit meiner Videokamera herunter, aber dann ist endgültig Sense.«

»Das heißt, eine schwache Birne genügt?«

»In der Nähe des aufzunehmenden Objekts.«

»Warum soll das nicht hinzukriegen sein? Wir werden Ut klarmachen, daß völlige Dunkelheit dem Röntgenapparat schadet...«

»So blöd ist sie nicht. Sie hat selbst schon druntergelegen«, sagte Pitz. »Bei unserer Reihenuntersuchung.«

»Und war's da dunkel?«

»Nein. Warum?«

»Na also, du Boxerbirne. Wie kann sie wissen, ob Dunkelheit für die Apparate schädlich ist oder nicht? Sie wird es glauben.«

»Aber sie braucht Dunkelheit, sagt sie.«

»Aber keine völlige Finsternis. Zehn Luchse reichen.«

»Zehn Lux... mit x...«

»Leck mich am Arsch!«

Diskussionen, die so beendet werden, zeitigen meistens einen Erfolg. Die Videokamera wurde über die Liege an die Decke montiert, Stellinger mußte Probeliegen, vom Nebenraum aus, an einem Monitor, gab Kroll die Anweisungen, die Pitz ausführen mußte. Mehr nach rechts... halt... Kamera mehr kippen... halt, du Dussel, nicht so viel... jetzt mehr nach links... Oberbootsmann, lieg still, ich muß deinen Bauch anvisieren... Halt! So kann die Kamera bleiben. Dreh die Knebel fest...«

Stellinger schob sich von der Liege, tippte in Richtung Kroll an seine Stirn und verließ den Röntgenraum. Im Arztzimmer war nur noch Dr. Herbergh anwesend und schrieb in ein großes Berichtsbuch. »Alles fertig, Herr Doktor«, sagte Stellinger zufrieden. »Kroll kann das alles filmen. Er hat zehn Lux – mit x – zur Verfügung.«

»Sehr gut. Dann lassen wir jetzt unsere Erwartungen wachsen.«

»Das wird'n Ding, Herr Doktor. Wenn die in der Heimat erfahren, was wir hier alles an Bord haben – da stehen wir in allen Zeitungen.«

»Das tun wir sowieso. Und vielen ist das lästiger als Schnupfen oder Durchfall.«

Stellinger ging hinüber zur Küche, wo das Mittagessen ausgegeben wurde. Bandnudeln mit Gulasch. Mehr Nudeln als Fleisch. Für die Flüchtlinge ein Festessen... wie oft hatte man in einem Monat Fleisch essen können?

Kim Thu Mai kam aus der Küche, als Stellinger sie gerade betreten wollte. Sie sah ernst und verschlossen aus, aber unwirklich schön. Stellingers Herz schlug wieder Wirbel.

»Mai, ich habe dich heute noch gar nicht sehen können. So viel Arbeit. Mai... bleib doch stehen! Was ist denn?«

Kim blickte an ihm vorbei, ging weiter, als habe sie nichts gehört, verzögerte nicht einen Augenblick ihren Schritt, sondern beschleunigte ihn sogar, als sie auf dem freien Deck war.

Stellinger starrte ihr betroffen nach. »Was ist denn?« wiederholte er. »Mai... ist was passiert?« Er wollte ihr nachlaufen, aber eine kehlige Stimme hielt ihn zurück.

»Sir...«, sagte Le freundlich. Er saß auf der dicken Holzplatte, auf der er vorhin das Fleisch zu Gulasch geschnitten hatte. Das scharfe Messer stak neben ihm im Holz, es hatte kein W im Griff, es gehörte zur Flüchtlingsküche. »Suchen wir noch nach anderen Booten?«

»Wir suchen immer nach Booten. Dazu sind wir ja hier.«

»Aber fünf Tage lang haben wir keins mehr gesehen.«

»Das macht uns alle unruhig. Zwischen dem Mekong und uns muß ein Riegel von Kontrollbooten liegen.«

»Keine Regierungsboote, Sir.«

»Wer sonst?«

»Truc Kim Phong.«

»Diese Piratensau?«

»Er fängt alles ab. Er ist schnell und unsichtbar.«

»Danke.« Stellinger war sauer. »Unsichtbar. Ich hab' die Nase voll von euren Wundern.«

Le lächelte, als Stellinger zurück zum Deckshaus stampfte. Kim war längst unter Deck verschwunden – er hatte ihn geschickt daran gehindert, ihr nachzulaufen. So einfach war es, die Weißen abzulenken. Unbesiegbar klug kamen sie sich vor, und waren doch so dumm. Zwei Weltmächte hatte Vietnam besiegt: Frankreich mit der katastrophalen Niederlage in Dien Bien Puh und das mächtige Amerika mit einem gnadenlosen Partisanenkampf, bis es sich aus Vietnam zurückzog, beschämt vor der ganzen Welt. Warum sollten die Deutschen anders sein? Auch sie sind nur Fleisch und Knochen, und ein gutes Wurfmesser trifft auch sie. Er sprang von dem dicken Holztisch, zog das Messer aus der Platte, warf es in eine Schublade und griff mit zu, als zwei Mann einen schweren Nudelkessel wegschleppten zu den Wohnräumen unter Deck.

Im Speiseraum verstummte das Gespräch, als der Funker Buchs, ein Kölner, plötzlich sagte: »Isch kann mir nit hälfe, ääwwer da hät einer an meine Apparate rumjefummelt...«

»Wieso?« Kapitän Larsson legte den Löffel hin. »Was heißt fummeln?«

»In der Nacht stelle ich den Empfang auf den Schreiber um. Wenn was reinkommt, ist es in der Maschine.« Buchs bemühte sich, ein reines Hochdeutsch zu sprechen, das Larsson mühsam verstand. »Ääwwer do wor'n Lück... Sturmwarnung bei Hainandao... dann nix... und dann widder en Funkspruch aus Singapur. Dat jittet nit...«

»Sprechen Sie vernünftig, Buchs.« Larsson schüttelte den Kopf. Er verstand nur die Hälfte.

»Das gibt es nicht, Herr Kapitän«, übersetzte Buchs sein Kölsch. »Da muß jemand den Schreiber abgestellt haben – und später wieder an.«

»Aber warum denn?«

»Um Funksprüche loszuwerden.«

»Lothar, du hast 'n Tick«, sagte Stellinger. »Wer soll denn von uns funken? Wer versteht denn was davon? Und wohin und was soll er funken? Warum heimlich? Jeder von uns kann doch zu dir kommen und sagen: ›Lothar, gib das mal nach Singapur durch zur Weiterleitung nach Essen.‹ Dann nickst du und antwortest: ›In Ordnung. Laß es hier. In einem halben Jahr.‹«

Das Gelächter rund um den Tisch beeindruckte Buchs in keiner Weise. Als sich die Fröhlichkeit gelegt hatte, sagte er stur: »Was ich sehen kann, lacht ihr mir nicht weg. Jestern hat ne Unbekannter unsere Funkanlage benutzt. Dafür laß isch mich fresse...«

»Was besser schmeckt als dieses Labskaus!« rief Stellinger. »Lothar, ab heute schläfst du neben deinen Apparaten.«

»Worauf du dich verlassen kannst. Da jeht mir keiner mehr dran.« Er blickte über den Tisch und vermied es, die Ärzte anzusehen. »Wer et jewesen is, kann nachher zu mir kommen. Ejal, wer dat is. Isch will nur wissen, ob isch mich jeirrt hab' oder nich...«

Als sie vom Tisch aufstanden, hatten sie den kleinen Zwischenfall schon vergessen. Der Lothar spinnt, dachte nur noch Pitz. Von uns hat keiner eine Ahnung, wie man die Kästen überhaupt bedient. Und Geheimnisse hat niemand von uns hinauszufunken.

Im Hospital warteten die Ärzte, Stellinger, Kroll, der Video-Verantwortliche, Pitz und Kätzchen auf Uts Erscheinen.

Zuerst kam Thuy in das Zimmer, der Todkranke mit dem

Magenkrebs. Verschrumpelt, nur noch ein mit Haut überzogenes Gerippe, auf nackten Füßen tapsend, bekleidet mit einer viel zu weiten Baumwollhose und einem Hemd aus der Kleiderkammer der *Liberty*. Die Plastiksandalen, die jeder an Bord trug, konnte er nicht tragen... die Füße waren zu breit. Sein schütteres Haar stand an einigen Stellen hoch, als stände es unter Strom. Ein uralter Mann, aber in der Kartei stand: Alter ca. 42 Jahre nach eigenen Angaben. v. Starkenburg stützte ihn, aber er hätte auch allein gehen können.

»Hat er gegessen?« fragte Dr. Herbergh. Das jammervolle Bild dieses rätselhaften, noch lebenden Menschen ließ auch ihn nicht kalt.

»Und wie!« v. Starkenburg war sichtbar beeindruckt. »Zwei Schüsseln Nudeln mit Gulasch. Ich weiß nicht, wo der das läßt.«

»Das wissen wir alle nicht.« Dr. Starke trat an Thuy heran und hob ihm das Hemd hoch. Unter den Rippen wölbte sich, ballonartig gegenüber der sonstigen Knochigkeit, der Magen hervor. Fassungslos blickte Starke in das lächelnde Gesicht von Thuy. »Seht euch das an! Vollgefressener geht's nicht mehr. Und das bei einem inkurablen Ca?! Das gibt es nicht. Wir haben die falsche Diagnose gestellt. Wir sollten den Kerl noch einmal durchuntersuchen, völlig umstülpen.«

v. Starkenburg ließ Thuy los. Der Kranke stützte sich mit beiden Händen auf die Schreibtischplatte, sein bisher lächelndes Gesicht verzog sich, schrumpfte noch mehr, und der Mund verzerrte sich zu einer Grimasse.

»Ut«, stammelte er. »Ut...«

»Es geht los.« Anneliese stieß die Tür zum Röntgenraum auf, zusammen mit v. Starkenburg führten sie Thuy zu der Liege und halfen ihm, sich hinzulegen. Die erste grauenhafte Schmerzwelle ergriff ihn. Er stöhnte, krümmte die Beine und krallte die Hände in seine Hosenbeine. »Ut kommt sofort«, sagte Anneliese. »Jeden Augenblick muß sie kommen.«

Thuy verstand sie nicht, er konnte kein Englisch. Er gehörte zu den Millionen Analphabeten aus dem weiten Mekong-Delta. Sein Neffe hatte ihn auf die Flucht mitgenommen, der gute Bui. Bei dem Angriff von Trucs Kaperkahn, den man abwehren konnte, war Bui ins Meer gefallen und ertrunken. Er konnte nicht schwimmen.

»Da ist sie endlich!« hörte Anneliese Dr. Starkes Stimme aus dem Nebenraum. »Hung, du bist eine Viertelstunde zu spät.«

»Ut wollte nicht, ich mußte sie lange überreden«, antwortete Hungs hohe Stimme. Er log, es war genau umgekehrt, er hatte Ut daran hindern wollen, aber das ahnte niemand. »Ich muß Thuy helfen!« hatte Ut ihn angeschrien. Alle Angst war aus ihr verflogen, sie war wie eine völlig andere Frau. »Und wenn du mich umbringst, ich helfe ihm bis zuletzt!«

Pitz führte Ut in das Röntgenzimmer, wo sich Thuy erneut krümmte und laut röchelte. Nebenan auf dem Monitor sah man deutlich die Magengegend des Kranken und auch noch ein Stück Unterbauch.

»Gut eingestellt, Fritz«, lobte Dr. Starke. Es war selten, daß Starke Anerkennung verteilte.

»Danke, Herr Doktor.« Kroll sah voll Stolz zu Stellinger hinüber, der aufgeregt seine Unterlippe durch die Zähne zog.

»Und wenn Dr. Burgbach gleich das Licht ausknipst?«

»Dann brennt über der Liege eine kleine Birne. Das reicht.«

»Zehn Lux mit x...« Stellinger konnte es sich nicht verkneifen, das noch einzuwerfen.

Anneliese kam aus dem Röntgenzimmer und zog hinter sich die Tür zu. Sie drehte das Licht aus, aber sie hatte die Beleuchtung im Sucherrahmen der Röntgenkamera angelassen. Und auch die kleine Lampe über der Liege brannte.

»Bravo, Frau Doktor!« rief Kroll begeistert. »Jetzt hab' ich Licht genug. Daran habe ich nicht gedacht. Jetzt sollen Sie mal sehen, wie die Elektronik aufhellt!«

»Ausgesprochen raffiniert, schöne Kollegin.« Dr. Starke

stand hinter Anneliese und sprach ihr in den Nacken. Sie spürte seinen Atem und wartete darauf, daß seine Hände zu ihren Hüften oder nach vorn über ihre Brüste tasteten. Da alle den Monitor umlagerten und gebannt auf den Bildschirm starrten, beachtete sie keiner. Sie würden erst herumfahren, wenn ihre Hand klatschend in Starkes Gesicht landete.

Aber Dr. Starke besaß ein Gespür für kritische Situationen. Die Versteifung von Annelieses Nacken warnte ihn. Sie wartet, sie liegt auf der Lauer, wie ein Scharfschütze wartet sie, daß das Opfer seine Deckung verläßt. Er lächelte und sagte leise: »Ich erkenne Sie immer mehr. Mosaiksteinchen auf Mosaiksteinchen. Es ergibt ein faszinierendes Bild. Neuer Stein: Sie kann auch raffiniert sein. Dieses Steinchen fehlte mir noch.«

»Kümmern Sie sich um den Monitor«, zischte sie und trat zur Seite. »Ich habe das Wunder hinter mir.«

Ut hatte sich neben Thuy auf einen Hocker gesetzt und sprach mit ihm. Sie sprach so leise, daß selbst das Richtmikrofon, das Kroll neben der Kamera aufgehängt hatte, nur ein undeutliches Gemurmel wiedergab. Auch Hung zuckte mit den Schultern.

Thuy warf den Unterleib hoch. Ein dumpfer Schmerzschrei ließ alle aufschrecken. Sein Gesicht war zu einer schrecklichen Fratze verzerrt.

Und dann geschah das, was Anneliese erlebt und geschildert hatte: Ut begann ihr kreiselndes Streicheln, untermalt von ihrem Gebet. Es war schwer zu hören, aber Hungs gute Ohren fingen doch die Worte auf.

»Verstehst du was?« fragte Stellinger und stieß ihn in die Rippen.

»Sie betet.«

»Das hör' ich auch. Was betet sie?«

»Vater unser, der du bist im Himmel...«

»Ungeheuerlich«, sagte Dr. Herbergh leise. »Das ist einfach unglaubhaft...«

»Jetzt bleibt sie stehen«, flüsterte Hung und begann wieder heftig zu schwitzen.

»Wieso stehen? Sie bleibt doch sitzen!« sagte Stellinger heiser.

»Im Gebet bleibt sie stehen. Sagt immer die gleiche Stelle: Dein Wille geschehe wie im Himmel auch auf Erden...«

»Das ist falsch.« Stellinger war froh, auch etwas Kluges sagen zu können. Ein Bayer kann beten, das Vaterunser allemal. »Es muß heißen...«

»Seien Sie still, Franz!« Anneliese winkte ab und verdarb Stellinger einen Beweis seiner Klugheit. »Ob richtig oder falsch, es hilft!«

Atemlos starrten Dr. Herbergh und Dr. Starke auf den Monitor. Sie sahen nun selbst, was sie Anneliese nicht hatten glauben wollen: Thuy, das inoperable Ca, wurde ruhig, begann zu lächeln, streckte sich und schlief ein. Dreimal warf Ut die Hände in die Luft und schleuderte die Schmerzen weg, so klar und erkennbar, daß Kroll betroffen murmelte: »Paß auf meine Kamera auf!«

Erst als Ut die Hände in den Schoß sinken ließ, atmeten alle wieder voll durch. Sie sahen auf dem Bildschirm, wie Ut nach dem Eimer Wasser suchte, dann aufstand, völlig kraftlos und fast taumelnd hinüber zu dem Handwaschbecken schlurfte, den Hahn aufdrehte und Hände und Unterarme in den Wasserstrahl hielt. Auch den Kopf hielt sie darunter und ließ sich das kalte Wasser über den Nacken laufen.

Dr. Herbergh richtete sich auf. »Das war eine Sternstunde, meine Damen und Herren. Wir haben in eine uns unbekannte und uns verschlossen bleibende Welt blicken können. Jetzt ist der Vorhang wieder gefallen. Versuchen wir keine Erklärungen – es gibt keine. Wir werden das nie begreifen. Sind Sie überzeugt worden, Wilhelm?«

Dr. Starke hob etwas hilflos die Schultern. »Ich habe etwas gesehen, was sich meiner Beurteilung entzieht.«

»Das ist keine indische Gauklerin«, warf Anneliese ein.

»Auf gar keinen Fall. Da gebe ich Ihnen vollkommen recht, Kollegin. Aber warten Sie mal ab, wenn bei dem Kranken der Verdauvorgang beginnt. Das Essen ist noch nicht verarbeitet. Wie Thuy das überstehen will...«

Die Tür des Röntgenraums flog auf. Ut kam heraus, sehr bleich, wie um ein Jahrzehnt gealtert, sich nur noch mühsam auf den Beinen haltend. Sie stützte sich auf die Tischkante und sah Hung mit zitternden Augen an. »Ich möchte schlafen«, sagte sie mit tonloser Stimme. »Ich muß schlafen.«

»Sie will schlafen«, übersetzte Hung. »Ich bringe sie zurück zu ihrem Lager.«

»Ich will hier schlafen«, sagte sie. Hung übersetzte das nicht und griff nach ihrer Hand. Mit einem Ruck riß Ut sich los.

»Hier!« sagte sie auf deutsch. Hiiierr ———«

»Sie will hier schlafen.« Anneliese legte den Arm um ihre Schulter. »Natürlich kann sie hier schlafen. Julia, bringen Sie sie auf Ihre Station.«

Mit starrem Gesicht, aber völlig ausgeschaltet, mußte Hung zusehen, wie man Ut fortführte in die Sicherheit. Im Hospital war es nicht möglich, sie ungesehen zu töten. Aber es waren ja noch viele Tage, die man auf dem Schiff zusammenblieb. Es waren Jahre vor ihnen, irgendwo in einem fremden Land, das eine neue Heimat werden sollte. Was spielen Tage, Wochen, Monate für eine Rolle? Zeit ist ein Begriff der Weißen, dem sie sich unterordnen, der sie tyrannisiert, den sie anbeten. Zeit... Hung schürzte die Lippen und ging hinaus auf Deck. Wenn wir so viel von allem hätten wie Zeit. Ut würde nicht ein halbes Jahr im Hospital bleiben, und wenn... Auch für Hexen gab es keine Zeit. Der Teufel hatte keinen Kalender.

Nachdem Julia die völlig erschöpfte Ut weggeführt hatte, traten die anderen an die Liege mit dem schlafenden Thuy. Er lächelte, sein Gesicht war entspannt, seine lederne Haut fühlte sich kühl an.

»Das gibt es nicht«, sagte Dr. Starke mit wirklicher Erschütterung. »Sehen Sie sich den Magen an. Kein Ballon mehr – eingefallen wie vor dem Essen. Nudeln und Gulasch sind weg!«

Dr. Herbergh beugte sich über Thuy und drückte seinen Magen ab. Thuy schlief weiter und lächelte. Er spürte keine Schmerzen mehr, wo jeder andere Mensch aufgebrüllt hätte. »Sehen Sie selbst nach, Wilhelm«, sagte Herbergh und richtete sich auf. »Wenn ich darüber einen Aufsatz in ›Medizin der Zukunft‹ schreibe, schlägt man mir das Manuskript um die Ohren oder empfiehlt mir einen Sanatoriumsaufenthalt. Prüfen Sie selbst nach, Wilhelm.«

Dr. Starke drückte auch den Magen ab, stärker als Herbergh, provozierend hart. Thuy schlief weiter. Kein Schmerz riß ihn empor. »Der Tumor ist deutlich tastbar. Ein Mordsding«, sagte Dr. Starke. »Aber kaum ein Mageninhalt, ein Essensrest. Das ist mehr als Zauberei. Ut kann nicht nur die Schmerzen wegwerfen, sondern kann auch einen Mageninhalt entmaterialisieren und in die Luft schleudern.« Er schnellte hoch und sah Herbergh und Anneliese an. »Nun sagt doch was! Fred...«

»Ich fange an, wirklich an eine Art von Wunder zu glauben. Nach der alten Weisheit: Was man nicht begreift, ist ein Wunder. Wo unser Denken aufhört, wird es göttlich.«

»Und Sie, Anneliese?«

»Erwarten Sie eine Antwort? Ich habe keine.«

»Wir nehmen das also einfach hin?«

»Was bleibt uns anderes übrig, Wilhelm?« Dr. Herbergh schaltete den Monitor aus, als sie wieder im Untersuchungszimmer waren, und setzte sich hinter seinen Schreibtisch. »Jetzt einen Cognac.«

»Für uns alle! Cognac und einen starken Kaffee.« Dr. Starke lehnte sich gegen die weiße Kunststoffwand. »Johann, gehen Sie zu Winter und bestellen das. Starker Kaffee heißt: Wie der Mokka im Négresco, das versteht er sofort.«

Pitz rannte hinaus, Kroll montierte seine Videokamera und

das Richtmikrofon ab, Stellinger stand herum wie vergessen, v. Starkenburg war überflüssig, aber keiner empfand das. Sein mädchenhaftes, vom Blondhaar eingerahmtes Gesicht war leer von Empfindungen.

»Ob sie das nur bei Thuy kann?« fragte er leise in die Stille hinein.

Dr. Starke zuckte zusammen. »Was sagen Sie da, Herbert?«

»Wenn es nur bei Thuy geht, Herr Doktor…«

»Potz Donner, das ist ein fast genialer Gedanke! Herbert, wie kommen Sie darauf?«

»Er fiel mir gerade ein.«

»Das müssen wir nachprüfen.« Dr. Starke war wie aus einer Lähmung erwacht. »Fred, das müssen wir unbedingt machen! Das kann wirklich nur ein einmaliges Ereignis sein. Thuy ist vielleicht ein einmaliges Medium für Ut, bei allen anderen versagt sie. Das müssen wir wissen! In der PSI-Literatur sind solche Phänomene beschrieben. Bisher habe ich alle Berichte darüber als Humbug abgetan…«

»Sie hat auch ihrem Mann Dang die Schmerzen weggenommen. Sie hat durch Handauflegen seine Wunden schnell heilen lassen, Bißwunden eines Jaguars. Zugegeben unter Mithilfe dieses Breis aus Blättern und Wurzeln. Ich habe immer viel von dieser Naturmedizin der alten Völker gehalten. Nur unsere Chemiker rümpfen die Nase. Was nicht aus den Retorten kommt, kann nichts sein. Aber da sind auch bei Dang die weggeworfenen Schmerzen.«

»Ich schlage vor, Ut mit anderen Kranken zu konfrontieren.« Dr. Starke ließ wieder seine Fingergelenke knacken. »Wenn sie auch bei anderen die Schmerzen wegstreichelt, lasse ich mich überzeugen.«

»Wovon?« fragte Anneliese.

»Daß wir Menschen unvollkommen sind, entsetzlich, erschreckend, alarmierend unvollkommen.« Dr. Starke holte tief Atem. »Es ist niederschmetternd.«

Pitz kam mit dem Cognac, auf einem Tablett, und verteilte die Gläser. »Der Kaffee kommt sofort. Läuft durch die Maschine!« rief er. »Ich habe gedacht, der Cognac ist am wichtigsten.«

»Jetzt doppelt.« Dr. Herbergh hob sein Glas. »Auf diese einmalige Stunde, meine Dame, meine Herren. Die *Liberty of Sea* wird in mehrfacher Hinsicht Geschichte machen. Kein Grund zum Beifall – man wird uns auf der ganzen Wegstrecke das Leben schwer machen.«

Und das glaubte auch Dr. Starke ohne Widerspruch.

Ein Brief des Matrosen Herbert v. Starkenburg an seine Mutter.

Mein geliebtes, kleines Muttchen!

Wenn ich den Brief numeriere und ihn Nr. 2 nenne, dann deshalb, weil an Bord soviel geschehen ist, daß ich es niederschreiben und Dir erzählen muß. Da auch dieser Brief erst in einigen Wochen von Manila abgeht und vielleicht zusammen mit dem ersten Brief bei Dir ankommt und möglicherweise noch ein dritter Brief geschrieben wird, ordne sie nach den Nummern, dann hast Du einen besseren Überblick. Ich versende jeden mit einem extra Kuvert. Man weiß, wie viele Briefe verlorengehen. So wird wenigstens einer ankommen. Alle können nicht verschwinden.

Das Leben an Bord entwickelt sich, wie es sich zwangsläufig ergibt, wo Menschen auf engem Raum – und ein Schiff ist eng, Muttchen – permanent zusammen sind. Das heißt: Neid, Mißgunst, Frustration, Bespitzelung, Verdächtigungen, sexuelle Sehnsüchte, Eifersucht machen uns ganz schön zu schaffen. Nur empfinden es die anderen nicht so feinnervig wie ich.

Du weißt, mein Muttchen, daß meine Sensibilität immer

162

sehr ausgeprägt war. Hier auf dem Schiff reagiere ich wie ein Seismograph auf alle noch so leisen menschlichen Schwingungen. Ich sehe und spüre mehr als alle anderen Menschen.

Da ist Franz Stellinger. Unser Oberbootsmann. Oft ein Rüpel, aber mit goldenem Herzen. Er liebt ein Vietnam-Mädchen, das wir vor einer Woche aufgefischt haben, ich habe es Dir im ersten Brief erzählt. Halbtote haben wir an Bord gebracht, und darunter war auch Kim Thu Mai. Sie ist wirklich eine kleine Schönheit, so wie man sie gemalt auf Fächern sieht. In sie hat sich Stellinger verliebt – der Ausdruck kopflos trifft hier wirklich zu. Er verliert den Blick für seine Umwelt. So sieht er nicht, daß ein junger Vietnamese, Le mit Namen, das Mädchen ebenfalls liebt und jeden Schritt Stellingers mit haßerfüllten Augen verfolgt.

Heute abend überraschte ich Le, wie er auf dem Vorderdeck an einem Holzbrett Messerwerfen übte. Er hörte sofort damit auf, als er mich bemerkte, steckte das Messer unter dem Hemd in seinen Hosenbund und verschwand im Unterdeck.

Warum übt er Messerwerfen? Wohin soll das Messer fliegen? Ich habe Stellinger noch nichts davon gesagt, aber ich werde Le weiter beobachten.

Mein Freund, Chief Kranzenberger, bereitet mir Sorgen. Er klagt über Schmerzen im Unterbauch, hat mir aber das Versprechen abgenommen, keinem etwas davon zu sagen. Manchmal drückt er beide Hände auf den Bauch und krümmt sich. Das dauert nur ein paar Sekunden, und dann ist alles wie vorher, als sei nichts gewesen. Muttchen, das kann der Blinddarm sein, aber Julius meint, ich hätte keine Ahnung. Es seien nur Blähungen. Außerdem ist Julius eifersüchtig, auch das noch. Und zwar auf alles, was mit mir in Berührung kommt: Die Kaffeetasse, der Suppenteller, das Besteck, das Wasserglas. Ich glaube sogar, daß er meine Zahnbürste haßt, weil mein Mund sie aufnimmt. Von Personen wollen wir gar nicht reden, Muttchen, wenn Julius schon profane Dinge mit seiner

Eifersucht verfolgt. Ob Stellinger freundlich mit mir spricht oder Dr. Starke mich für irgend etwas lobt, sofort stößt Julius wie ein Geier auf mich herab, beginnt zu schreien und zu toben, und das alles endet dann in einem Weinen, das mich jedesmal erschüttert. Wie soll das weitergehen? Wir mögen uns sehr, wir wollen auch zusammenbleiben, wir werden immer gemeinsam auf einem Schiff arbeiten. Aber geht das auf die Dauer gut? Seine Eifersucht ist schon pathologisch. Gestern hat er mir ein T-Shirt zerrissen, nur weil ein Schiffsjunge darauf gedruckt war. Gegen Landschaften und Pflanzen auf T-Shirts hat er nichts, und als ich zu ihm sagte: »Wieso denn nicht? Es heißt ›der Baum‹. Der Baum ist männlich!«, begann er wieder zu weinen.

Trotzdem bin ich glücklich, daß ich ihn gefunden habe, nach all den bitteren Jahren, die mir fast den Lebensmut zerstört haben. Jetzt ist es so, wie ich es mir immer gewünscht habe: Ich bin ein freier Mensch, die Welt liegt offen vor mir, und ich habe einen guten Freund. Liebes, kleines Muttchen, freu Dich mit mir.

Ein ganz großes Ereignis an Bord kann ich Dir nicht brieflich schildern, das muß ich Dir eines Tages erzählen: Wir haben eine Wunderheilerin auf dem Schiff. Eine junge Vietnamesin, die Schmerzen wegstreicheln kann. Muttchen, ich habe sofort an Dich und Tante Franziska gedacht: Du kannst so wundersam Karten legen und die nahe Zukunft aus ihnen lesen, Tante Franziska war bekannt dafür, daß sie Warzen besprechen konnte. Wo keine Mixtur und kein Höllenstein nutzten, selbst Operationen nicht, weil die Warzen wiederkamen, da half Tante Franziskas Besprechen. Nicht eine besprochene Warze bildete sich neu, sie vertrockneten und fielen ab. Die Ärzte hier an Bord stehen sprachlos vor diesem Wunder der Ut, so heißt die Vietnamesin, sie haben keine Erklärung dafür, sie versuchen, das Phänomen medizinisch-wissenschaftlich anzugehen, welch ein Irrweg! Ich hätte ihnen sagen kön-

nen, was ich erlebt habe, damals, als die LSD-Welle auch mich erfaßte und ich das Teufelszeug – fünf Tropfen auf ein Stückchen Würfelzucker – einnahm. Da war ich plötzlich in einer anderen Welt mit anderen Farben, die Wiesen waren violett, die Bäume bestanden aus Glas, der Himmel war ein Gewölbe aus Goldorange, und über allem lag eine wunderbare, zärtliche, leise Musik. So habe ich das damals gesehen. Es gibt andere Dimensionen, doch nur wenige Menschen dringen in sie ein und können fremde Kräfte aus ihr mobilisieren. Ut ist eine von ihnen. Aber wenn ich es den Ärzten sagen würde, hielten sie mich für verrückt. Auch Julius lacht über meine Gedanken. Für ihn ist eine gute und zuverlässige Schiffsmaschine das höchste.

Ein Flüchtlingsboot haben wir noch nicht wieder gesichtet. Dafür einige Fischtrawler, die aber keine Netze ausgeworfen hatten, sondern sich schnell entfernten, sobald sie uns sahen. Hung, unser Dolmetscher, ist dann immer sehr aufgeregt. »Piraten!« ruft er. »Das sind Piraten!« Wir notieren uns die Bootsnummern, soweit wir sie erkennen können. Stellinger hat einmal vorgeschlagen, so einen Trawler zu verfolgen und zu kapern, um Gewißheit zu haben. Aber da hättest Du mal unseren Kapitän hören sollen! »Für dieses Schiff bin ich verantwortlich!« hat er gebrüllt. »Und ich führe keinen Krieg gegen Piraten, sondern fische Flüchtlinge auf! Ich weigere mich gegen jede Aktion, die nicht friedlich ist! Mit meinem Schiff wird nicht gerammt und nicht gekapert!«

Trotzdem: Der Name Truc Kim Phong lastet auf uns. Der Piratenkönig, von dem niemand Genaues berichten kann, denn wer ihn gesehen hat, muß sterben. Insofern ist die Zeit im Südchinesischen Meer stehengeblieben. Nur hackte man früher die Überfallenen mit Säbeln und Macheten in Stücke, heute nimmt man Revolver und Maschinenpistolen – das ist sauberer.

Geliebtes Muttchen, so ist unser Leben an Bord der »Liberty

of Sea«. Ich muß die Augen weit offenhalten, ich spüre, daß noch viel Ungewöhnliches über uns hereinbrechen wird.

Sei umarmt und geküßt von Deinem Sohn Herbert, der jeden Tag an Dich denkt.

Erschöpft, aber befreit von aller Angst, lag Ut auf der Frauenstation, einem Zimmer mit vier weißlackierten Betten, weißer Bettwäsche und einem permanenten Desinfektionsgeruch. Julia hatte ihr beim Ausziehen geholfen. Ut war so schwach gewesen, daß sie die Jeans nicht allein herunterstreifen konnte. Jetzt trug sie ein bodenlanges Nachthemd, ein ihr völlig fremdes Kleidungsstück, das auch noch viel zu weit war, und sie fragte sich, wie die Weißen in einem solch lästigen Ding überhaupt schlafen konnten: Überall war Stoff, klebte auf der Haut, war im Weg, schob sich hoch, rollte sich zusammen. Aber um das Wohlwollen, das Julia ihr entgegenbrachte, nicht zu gefährden, ertrug Ut dieses Nachthemd.

Vor Hung und seinem Fanatismus war sie hier sicher, aber wie lange? Nur bis morgen? Brachte man sie dann wieder zurück unter Deck? Wer kümmerte sich jetzt um die Kinder? Nahm Hung Rache an ihr und warf sie in der Nacht ins Meer?

So kraftlos sie war, so unendlich müde nach dem Einfangen der Schmerzen, das immer schwerer wurde, je mehr der Tumor in Thuy wuchs, der Gedanke an ihre Kinder ließ Ut nicht schlafen. Julia, die nach einer Stunde zu ihr kam, fand sie im Bett sitzend vor, mit schreckensweiten Augen und ineinander verkrampften Händen. Sofort kontrollierte sie Puls und Herzschlag und drückte Ut in das Kissen zurück.

»Was ist denn?« fragte Julia. »Tut dir etwas weh?«

Ut verstand sie nicht, aber sie schien zu ahnen, was Julia fragte. Sie schüttelte den Kopf, griff plötzlich nach Julias Händen und umklammerte sie mit einer erstaunlichen Kraft. »Xuong...« sagte Ut. »Xuong... hiiierr...«

»Ich soll Xuong rufen?« fragte Julia.

Ut nickte. Ihre Augen flehten. »Xuong... hiiiierr...« Das einzige deutsche Wort, das sie konnte. Irgendwo hatte sie es gehört.

»Ich will sehen, ob ich ihn finde«, sagte Julia und ging hinaus. An der Treppe zur Brücke traf sie auf Dr. Herbergh. Er war auf dem Weg, Hugo Büchler bei der Wache abzulösen.

»Ut will Xuong sprechen. Unbedingt. Hat das etwas zu bedeuten, Chef? Ut ist sehr aufgeregt.«

»Überlegen Sie mal, Julia.« Dr. Herbergh tippte Julia auf die Schulter. »Sie sind Mutter...«

»Nein.« Julia spürte, wie Röte in ihr Gesicht stieg. »Das weiß ich nun genau, Herr Doktor...«

»Sie sind Mutter und haben drei kleine Kinder.«

»Aha. Ut...«

»Woran denkt eine Mutter, wenn die Kinder allein sind?«

Julia nickte und kam sich sehr dumm vor. »Ich werde mich sofort um sie kümmern, Herr Doktor. Ganz klar, daß Ut unruhig ist. Darf ich sie mit auf die Station nehmen?«

»Gegenfrage: Wollen Sie Ut länger auf Station behalten?«

»Ich dachte, das sei ganz in Ihrem Sinne. Wegen der anderen Experimente mit ihr. Von mir aus kann sie gehen, wann sie will. Die nächste Schmerzeinfangung ist ja schon am Abend.«

»Was haben Sie da eben gesagt, Julia?« Dr. Herbergh lachte und legte den Arm um Julias Schulter. »Schmerzeinfangung, das ist ein feines, neues Wort. Das merken wir uns. Unsere Julia als Wortschöpferin...«

Den ganzen Weg über Deck bis zum Niedergang zum Unterdeck hatte Julia damit zu tun, die Umarmung durch Dr. Herbergh zu verkraften. Es war das erstemal, daß sie dem Chef so nahe gekommen war, und sie war sich klar darüber, daß dies keine Geste der Annäherung gewesen war, sondern eine freundschaftliche, fröhliche Aufwallung. Trotzdem, bei Julias ausgeprägtem erotischem Gefühl, das auf jede innere Schwingung reagierte, war diese Umarmung wie ein heißer Strom gewesen, der sie durchrann. Etwas Einmaliges, das wußte sie. Es würde sich nicht wiederholen.

Xuong saß auf einem Schemel auf dem Vorderdeck und erhob sich sofort, als Julia zu ihm kam. Er sah schon wie eine Respektsperson aus. Fritz Kroll hatte ihm eine Hose und eine Jacke von sich gegeben, aus der Kleiderkammer hatte er ein neues Hemd, Strümpfe und Sandalen bekommen, Xuong trug das alles trotz der Hitze des Tages, und jeder betrachtete das als selbstverständlich. Xuong war der Lehrer, der kluge Mann, der Vorsitzende des Schiffsparlaments, das Oberhaupt, von allen gewählt. So etwas muß man schon äußerlich erkennen können.

»Ut möchte Sie sprechen«, sagte Julia. Sie hob das Buch auf, in dem Xuong gerade gelesen hatte, und das beim Aufspringen heruntergefallen war. Sie las den Titel und blickte Xuong verwundert an. »Wo haben Sie das denn her?«

»Herr Büchler hat es mir gegeben. Ich fragte, ob an Bord etwas Lesbares sei. Da ist er zu seiner eigenen Bibliothek gegangen.«

»Und ausgerechnet Goethe haben Sie genommen?«

»Goethe hat gute Gedanken.« Xuong nahm das Buch aus Julias Hand und drückte es an seine Brust. »Ich bedauere, daß ich ihn nicht auf deutsch lesen kann, nur in der englischen Übersetzung. Ich glaube, da geht vieles verloren von der Kunst der Sprache. Sie lesen auch Goethe?«

»Kaum.« Julia sah keinen Grund, sich zu schämen. Obwohl ›kaum‹ eine Lüge war – es hätte heißen müssen: nie. Von Goethe hatte sie zuletzt in der Schule und dann noch einmal auf der Schwesternschule etwas gelesen, aber da schon mit der opponierenden Frage, was eine Lernschwester mit Goethe anfangen soll, wenn sie Bettpfannen ausleeren und Schwerkranke waschen muß. Ihr damaliger Chef aber hatte gesagt: »Eine gute Allgemeinbildung kann Ihnen immer und überall nützen. Oder wollen Sie nichts anderes werden als ein Karbolmäuschen?« Und so hatte sie auch in Goethes West-östlichem Diwan lesen müssen.

»Was lesen Sie denn?« fragte Xuong erstaunt.

»Ach, das, worüber man gerade bei uns spricht. Vor allem spannend muß es sein. Goethe ist nicht spannend.«

»Da muß ich leider widersprechen. Ich bitte um Verzeihung«. Xuong machte eine kleine Verbeugung. »Denken Sie an ›Egmont‹.«

Egmont? Wer ist Egmont? dachte Julia. Für mich ist wichtiger, wo das Kreuzbein sitzt. Sie zog wieder ihren berühmten Flunsch und sagte: » Gehen wir, Xuong. Ut wartet auf Sie. Ich glaube, sie macht sich Sorgen um ihre Kinder.«

»Und ich mache mir Sorgen um Ut.«

»Warum?«

»Sie ist im Hospital. Ist sie krank?«

»Sie wollte bei uns schlafen.«

»Schlafen? Am hellen Tag? Sie ist also doch krank.«

Er weiß von nichts, stellte Julia erstaunt fest. Es ist tatsächlich so, wie Ut erzählt hat: Niemand hat gesehen, wie sie die Schmerzen aus dem Leib nahm und wegwarf. Entweder die anderen schliefen, oder sie ging mit Thuy in einen leeren Lagerraum. Auch Xuong war also ahnungslos.

»Wir... wir wissen das noch nicht.« Julia zögerte eine klare Antwort hinaus. »Ut war plötzlich sehr müde. Sie konnte kaum noch gehen.«

»Das muß doch eine Ursache haben.«

»Sicherlich.«

»Haben die Ärzte schon eine Vermutung?«

»Nein. Mit Ut zu sprechen ist mühsam. Über Hung erfahren wir nicht viel von ihr. Vielleicht sagt sie Ihnen mehr.«

»Ich werde fragen und zuhören«, sagte Xuong und setzte sich in Bewegung. »Vor allem zuhören. Wenn man die Menschen sprechen läßt, erfährt man mehr als durch hundert Fragen. Wir wollen hören, was Ut zu sagen hat.«

Im Hospital saß Ut wieder im Bett, hatte das Nachthemd ausgezogen und war wieder in ihre alte Kleidung gestiegen. Ihre Augen leuchteten auf, als sie Xuong eintreten sah, und plötzlich war ihr Gesicht wie verjüngt und schön. Julia ging wieder hinaus und zog die Tür hinter sich zu. Von dem, was jetzt da drinnen gesprochen wurde, verstand sie ja kein Wort.

»Du hast mich gerufen, Ut?« fragte Xuong und setzte sich auf die Bettkante.

»Ich habe Angst, Lehrer.« Ihre Stimme war klein und kläglich, und auch die Freude verschwand aus ihren Augen.

»Angst vor der Krankheit?«

»Nein, Angst vor dem Tod.«

»Fühlst du, daß du sterben mußt?«

»Ich und meine Kinder.«

»Sie sind auch krank? Soll ich sie holen lassen? Ich spreche mit dem großen Doktor selbst.« Xuong wollte aufspringen, aber Ut klammerte sich an ihm fest. Sie zitterte, wie es Xuong bei einem Menschen noch nie gesehen hatte. Auch in solche Augen hatte er noch nicht geblickt, Augen, die einen lautlosen Schrei ausstießen.

»Ich... ich bin eine Hexe...« sagte sie und würgte an den Worten. »Eine Hexe...«

»Ut, du bist sehr krank.« Xuong legte die Arme um sie und drückte sie wie ein Vater sein Kind an sich. »Ich rufe den Arzt.«

»Ich bin die Geliebte des Teufels... eine Satanshure... Ich darf nicht weiterleben.«

»Du wirst eine Beruhigungsspritze bekommen und dann tief schlafen.« Xuong löste ihre Arme von sich und legte sie auf das Bett zurück. »Du bist doch keine Hexe...«

»Ich bin es, Lehrer, ich bin es. Ich weiß es jetzt... meine Hände haben mich verraten.« Ut begann zu weinen, warf sich herum, drückte das Gesicht in die Kissen und gab auf Fragen keine Antwort mehr. Was sie erzählen konnte, blieb in ihr, wie mit einer Steinplatte verschlossen.

Xuong erkannte es, erhob sich, streichelte über ihren zukkenden Kopf und verließ das Zimmer. Dann suchte er auf dem Schiff nach einem der Ärzte. Dr. Herbergh stand als Wache oben auf der Nock und suchte mit dem Feldstecher das Meer ab, Dr. Starke war wieder einmal unauffindbar. Aber Dr. Burgbach war auf ihrem Zimmer und verfaßte ein Lehrbuch der deutschen Sprache. Buchstaben, gezeichnete Bilder, Worte. Mann-Frau-Mutter-Vater-Bruder-Schwester-Essen-Trinken-Apfel-Reis-Fisch-Fleisch. Morgen sollte der Unterricht beginnen.

»Verzeihen Sie einem Lästigen, daß er Sie stört«, sagte Xuong höflich mit einer tiefen Verneigung. »Ich bin gekommen, um Hilfe zu holen. Ut ist sehr krank.«

»Ut?« Anneliese warf die Farbstifte, mit denen sie gerade einen Fisch gemalt hatte, auf den großen weißen Karton, der eine Anschauungstafel werden sollte. »Vor einer Stunde war sie noch ohne Beschwerden! Worüber klagt sie denn? Ich sehe sofort nach ihr.«

»Sie hat mir erklärt, sie sei eine Hexe.«

»Du lieber Gott.« Anneliese begriff sofort, im Gegensatz zu dem ahnungslosen Xuong, die Zusammenhänge. Die Nerven. Das war vorauszusehen. Einmal mußte bei Ut der Zusammenbruch kommen. Man kann nicht immerfort die Schmerzen anderer in sich aufnehmen, auch wenn man sie später in die Luft wirft. Welch eine Kraft muß man haben, Schmerzen aus einem Körper zu ziehen. Woher nahm Ut nur diese Kraft, diese kleine, junge, zierliche Frau mit drei Kindern?

»Ist es ein Nervenfieber?« fragte Xuong.

»So etwas Ähnliches.« Anneliese zog ihren weißen Arztkittel an und ging mit Xuong hinunter ins Hospital. Auf dem Weg begegneten sie Dr. Starke; er war in Badehose und Bademantel, aus seinem Haar tropfte noch das Wasser. Er breitete beide Arme aus, als er Anneliese sah.

»Ha! Tat das gut!« rief er begeistert. »Fünfzehn Minuten

unter der kalten Dusche. Man ist frisch wie ein Robbenbaby! Und das bei vierzig Grad im Schatten! Schöne Kollegin, Sie wirken etwas von der Hitze ramponiert. Kühlen Sie sich an meinem Körper ab!«

»Ut dreht durch«, gab Anneliese mit der ihr eigenen Abwehr zur Antwort.

»Wieso? Was ist denn los?« Dr. Starke hob einen Zipfel des Bademantels hoch und rubbelte sich die nassen Haare.

»Sie ist völlig aufgelöst, wie Xuong sagt. Sie behauptet, eine Hexe zu sein.«

»Selbsterkenntnisse fördern den Heilvorgang, das ist eine alte Weisheit.«

»Dann wären Sie ja wohl unheilbar.«

»Teufel, Teufel!« Dr. Starke lachte laut. »Zwei zu null für Sie! Ich muß mich anstrengen, dieses Match noch zu gewinnen! Gehen Sie jetzt zu Ut?«

»Ja.«

»Ich komme mit.« Er blickte an sich hinunter und strich sich mit beiden Händen über den Körper. »Ein Arzt ist immer ein Arzt, auch in einer nassen Badehose. Aber keine Sorge, schöne Kollegin, ich werde den Bademantel geschlossen halten. Ich will doch die gute Ut nicht erschrecken.« Er schnürte den Bademantel mit dem Gürtel zu und eilte Anneliese nach, die wortlos weitergegangen war. Xuong folgte ihnen in einem kleinen Abstand, wie es sich für einen Niedrigen gehörte.

Am Bett saß wieder Julia und sprach auf Ut ein, obgleich die kein Wort von dem verstand, was die andere sagte. Aber Ut schien dennoch zu begreifen. Sie weinte nicht mehr und lag mit entspanntem Gesicht auf dem Kissen.

»Kätzchen als Seelenarzt, das muß man sich merken!« sagte Dr. Starke und kam an das Bett. »Hast du aus deinem reichen Erfahrungsschatz etwas rausgegeben?«

»Noch nicht. Ut begreift nicht die Zusammenhänge von Namen«, antwortete Julia mit einem feurig-giftigen Blick.

»Luder!« zischte Dr. Starke leise. Nur Julia hörte das und zog wieder die Lippen kraus.

Anneliese setzte sich auf einen Hocker an der Wand und gab Xuong ein Zeichen. Mit größter Konzentration beobachtete sie jede Regung in Uts Gesicht, während die mit Xuong sprach. Dr. Starke hatte ihr das lange Hemd hochgeschoben und hörte sie mit dem Stethoskop ab. Ut mußte früher eine schöne Frau gewesen sein, schlank, biegsam wie Schilfrohr, goldhäutig, mit runden kleinen Brüsten. Jetzt war sie verdorrt, ausgelaugt. Die Infusionen der ersten Tage hatten sie gerettet, aber ihr die Schönheit noch nicht wiedergegeben. Konnte sie überhaupt zurückkehren, wenn Ut weiter die Schmerzen anderer an sich zog?

»Lunge frei«, sagte Dr. Starke und setzte das Stethoskop ab. »Herz in Ordnung. Keine außergewöhnlichen Geräusche. Aber sie sollte mehr essen und trinken. Sie ist völlig entkräftet. Ich glaube, wir behalten sie eine Zeitlang hier, Anneliese.« Er zog das Hemd wieder über den Körper der Vietnamesin und stellte sich an die Wand neben Anneliese. Sie blickte hinüber zu Ut. Xuong stand am Fußende des Bettes und sprach auf sie ein. Sie antwortete, mal leise, mal lauter, mal stockend, dann schnell, in einer Tonlage, singend und unentwegt. Xuong unterbrach sie nicht. Er hatte es endlich erreicht, daß Ut redete.

Fasziniert sah Anneliese, wie sich bei diesem Gespräch ständig Uts Augen veränderten. Mal waren sie verkniffen und schmal, mal groß und glänzend, dann sprang Angst in die Augen, der Blick signalisierte Panik, Erschrecken, wurde zu einem Hilfeschrei und wich dann wie erlöst zurück.

Als Ut schwieg, stieß sich Xuong vom Bett ab und drehte sich zu Anneliese und Dr. Starke um. In seinem Gesicht war nichts zu lesen. Es war die glatte Maske eines undurchdringlichen Wissens. Was er von Ut gehört hatte, übersetzte er ebensowenig, wie Hung es getan hatte. »Ut ist erschöpft«, sagte er nur und bot damit nichts Neues. »Sie möchte im Hospital bleiben.

Aber nur mit ihren Kindern. Sie hat Angst, daß ihre geheimnisvollen Kräfte bekannt werden und man sie als Hexe verfolgt.«

»Das also ist es.« Anneliese forschte in Xuongs Gesicht. Es blieb undurchdringlich. »Was hat sie noch gesagt? Sie hat die ganze Zeit gesprochen.«

»Man kann viele Worte in einem Satz sagen, Frau Doktor. Wenn tausend Rosen in einem Garten duften, und man nimmt eine von ihnen heraus zu sich, dann ist der Duft der einen Rose so wie der Duft der tausend Rosen...«

»Sehr poetisch, Xuong. Aber mich interessiert alles, was Ut gesagt hat. Ich will mich zwischen die tausend Rosen setzen, nicht eine herausnehmen.«

»Wir müssen die Kinder holen«, antwortete Xuong verschlossen. »Darf ich sie hierherbringen?«

»Ja. Vorläufig jedenfalls. Wenn wir wieder ein Boot aufnehmen, werden wir die Betten brauchen.« Dr. Anneliese Burgbach erhob sich von ihrem Hocker und blieb nahe vor Xuong stehen. Ihre Blicke kreuzten sich wie Klingen.

»Sie lügen, Xuong!«

»Sie sehen es so, Frau Doktor...«

»Ich habe sehr gute Augen.«

»Wer nur Lügen sieht, versteht manchmal die Wahrheit nicht.«

»Wir nennen das Notlüge, Xuong. Ist die Wahrheit so schrecklich?«

»Ich muß die Kinder holen.« Xuong verbeugte sich wieder tief vor Anneliese. »Hier hat die Zeit uns eingeholt.« Er drehte sich um und verließ, mit aller Würde, die er zeigen konnte, das Zimmer. Aber draußen auf Deck wurde er schnell und rannte, als hetze man hinter ihm her, zur Treppe des Unterdecks.

Dr. Starke schlug die Hände zu einem lautlosen Klatschen zusammen. »Donnerwetter, Sie können ja hart wie Stahl sein. Sie sind der Ansicht, Xuong lügt?«

»Er weiß jetzt von Ut alles. Wir wissen gar nichts. Angst hat sie, ihre Kinder will sie bei sich haben, sie will das Hospital nicht verlassen, sie glaubt, ihre Landsleute sehen in ihr eine Hexe. Wilhelm, was geht da vor? Was folgern Sie aus den wenigen uns bekannten Tatsachen?«

»Es stinkt irgendwo gewaltig! Ut fühlt sich bedroht.«

»Das sehe ich auch so. Sie hat eine tödliche Dummheit gemacht: Sie hat uns ihre übernatürlichen Kräfte gezeigt. Das erkennt sie jetzt und sucht Schutz bei uns. Und sie weiß sogar, woher ihr Tod kommen wird.«

»Himmeldonnerwetter! Und warum sagt Xuong uns nichts davon?« Dr. Starke hieb die Fäuste gegeneinander. »Den Kerl knöpfe ich mir vor! Durch alle Poren wird der pfeifen.«

»Er wird schweigen, Wilhelm. Schweigen, und wenn Sie ihm die Haut abziehen.«

»Das habe ich noch nie geübt«, versuchte Dr. Starke einen Scherz. Aber gleich darauf wurde er wieder sehr ernst. »Ist das Hospital ein sicherer Platz? Ich bezweifle das. Wenn jemand Ut an den Kragen will, dann bietet ein Krankenzimmer keinen Schutz. Der Mörder meldet sich krank, bezieht zur Beobachtung ein Bett im Nebenzimmer, und in der Nacht ist dann alles vorbei. Anneliese, nehmen Sie Ut und die Kinder zu sich. Ihre Kabine ist groß genug. Und auf der Erde zu schlafen sind sie gewohnt.«

»Das ist mal eine gute Idee von Ihnen, Wilhelm.« Anneliese schenkte ihm einen dankbaren Blick. Aber gleich darauf sagte sie: »Sie bestätigen das Sprichwort: ›Auch ein blindes Huhn findet ab und zu ein Korn.‹«

»Wenn schon: Hahn!« Dr. Starke hob belehrend den Zeigefinger. »Ich bestehe darauf: Hahn!«

In diesem Augenblick ertönten die Alarmglocken und dröhnte die Sirene. Siebenmal kurz, einmal lang. Julia, Anneliese und Starke zuckten zusammen.

»Ein Boot!« rief Starke. »Endlich ist die Warterei vorbei.«

An Deck herrschte das übliche Getümmel bei Alarm. Die Flüchtlinge standen an der Bordwand und starrten über das Meer. Auf der Nock standen Dr. Herbergh, Kapitän Larsson und Hugo Büchler und beobachteten durch ihre Ferngläser den Grund des Alarms.

Backbord, in einer Entfernung von etwa sechs Seemeilen, war ein Schiff erschienen, wie aus dem Meer getaucht, so plötzlich war es da. Ein weißes Schiff, das auf die Funksprüche von Funker Buchs keine Antwort gab, das keine Flagge gesetzt hatte, das neben der *Liberty* mit gleichem Kurs fuhr und die Geschwindigkeit mühelos hielt.

»Da ist er!« sagte Vu Xuan Le und sah Stellinger, der neben ihm stand, mit einem geradezu wilden Triumph an. »Das ist sein Schiff... Da ist Truc Kim Phong...«

III.

Truc Kim Phong setzte sein Fernglas ab, lächelte zufrieden und sagte zu seinem neben ihm stehenden Steuermann: »Das sind sie.«

Sein weißes, wunderschönes Schiff lief mit kleiner Fahrt durch das ruhige Meer, eine Luxusyacht, die in jedem internationalen Hafen bewundert werden würde, wenn sie jemals in einen solchen Hafen einlaufen könnte. Bis jetzt kannten das Schiff nur die Männer der Hafenbehörde des kleinen Ortes Chantabon in Thailand, die von Truc einen guten monatlichen Zuschuß erhielten, oder die wenigen Bewohner einer winzigen Insel, Trucs »Heimatadresse«. Wer das Gehalt eines thailändischen Beamten kennt, wird verstehen, daß vor allem Familienväter auf irgendeinen Nebenverdienst angewiesen sind. Dafür kann man auch einmal weggucken, wenn nachts von einem Schiff Männer, Frauen und Kinder – vor allem aber hübsche, junge Frauen aus Vietnam – an Land getrieben werden und dort auf geschlossenen Lastwagen verschwinden. Warum soll man einen gutgehenden Handel unterbinden? Die einen handeln mit Früchten oder Stoffen, die anderen mit Maschinen oder Erdöl, und wenn einer nun Opium, Heroin oder Menschen verkauft, so ist auch das eine Handelsware wie jede andere.

Wie alles bei Truc war auch sein Fernglas ungewöhnlich. Es

hatte nicht den üblichen schwarzen, kleinnoppigen Bezug oder die bei den Seefahrern so beliebte grüne Gummiummantelung, sondern es war vergoldet und hing über Trucs Brust wie ein riesiges Amulett. Wenn nichts die Eitelkeit Trucs ausdrückte, das Fernglas sagte alles darüber aus. An diesem Tag trug er zwar nicht seinen schneeweißen Anzug, der wie eine Kapitänsuniform geschnitten war, sondern einfache, ausgewaschene Jeans und einen hellblauen Pullover, aber dieses goldene Fernglas um seinen Hals dokumentierte: Hier ist der Herr des Südchinesischen Meeres. Die Geißel des goldenen Meeres. Der unbekannte Schrecken vor Vietnams Küste, dessen Namen jeder flüstert, dem aber noch niemand ins Gesicht gesehen hat, ohne diesen Anblick zu überleben.

»Du willst dich ihnen zeigen?« fragte der Steuermann mit besorgtem Unterton in der Stimme. Er war einer der wenigen, der so mit Truc sprechen konnte. Vu Tran Loc gehörte zu den ersten Getreuen, die mit einem kleinen Holzboot auf Menschenjagd gegangen waren und dann die Beute unter sich teilten. Das war lange her, von den frühen Freunden waren nur drei übriggeblieben, einer im Hafen von Chantabon, einer auf der Insel und Vu als Steuermann auf dem neuen herrlichen Schiff. Die anderen hatte Truc »bestraft«, sie waren eines Tages, einer nach dem anderen, plötzlich verschwunden, und keiner fragte nach ihnen. »Du willst wirklich zu ihnen?«

»Ja.«

»Ich halte das für zu gefährlich, Truc.«

»Was ist daran gefährlich, Vu? Sie haben kein Kriegsschiff, sondern einen alten, umgebauten Container. Was können sie uns tun?«

»Uns fotografieren.«

»Was haben sie davon?«

»Die Fotos werden um die Welt gehen, Truc! In allen Zeitungen und Illustrierten erscheinen, in allen Fernsehsendern.«

»Einen Tag lang, dann sind wir wieder vergessen. Was küm-

mert es die Welt, was auf dem Meer vor Vietnam passiert?«
Truc hob wieder sein goldenes Fernglas an die Augen und beobachtete den größer werdenden dunklen Punkt. Sie liefen, noch
immer mit kleiner Fahrt, auf ihn zu. »Vu, du kennst die Welt
nicht. Du bist reich geworden, hast eine Ananasplantage in
Thailand, drei Geliebte und einen Mercedes in der Garage, und
wir werden zusammen noch viel, viel mehr Geld verdienen,
aber im Kopf bist du der kleine, armselige Fischer Tran Loc geblieben, der jeden Morgen hinausruderte und seine alten, morschen Netze auswarf. Du kannst noch nicht einmal lesen und
schreiben.«

»Nein, aber ich weiß, daß es für dich ein Triumph ist, den
Deutschen zu zeigen, daß du unbesiegbar bist.«

»Ja.«

»Was bringt dir das?«

»Eine tiefe Freude.« Truc setzte das goldene Glas wieder ab.
Er sah sein Gegenüber nachdenklich an, ein Blick, den Vu früher gefürchtet hatte, denn wen Truc so angesehen hatte, der
war bereits aus dieser Welt entfernt. Das hatte sich in den Jahren geändert. Jetzt wußte Vu, daß er der einzige war, mit dem
Truc reden konnte und dem er seine verborgenen Gedanken of-
fenbarte. Wie gefährlich das eines Tages werden konnte, wußte
Vu nicht, aber solange sie mit diesem Schiff die Flüchtlinge jag-
ten, würde auch ihre Freundschaft halten. Und Truc würde
diese Jagd nie aufgeben.

»Warum Freude?« fragte Vu.

»Die Deutschen sind es gewohnt zu siegen. Immer und überall wollen sie die Ersten sein. In alles mischen sie sich ein, heben den Zeigefinger, wollen belehren, betrachten sich als die
Überlegenen. Truc Kim Phong wird ihnen zeigen, daß sie
kleine Scheißer sind, ganz kleine Scheißer. Dieses Meer gehört
uns. Wir fischen es aus, ob mit Fischen oder Menschen, das
geht am wenigsten die Deutschen etwas an! Das, genau das will
ich ihnen zeigen! Einmal sollen *sie* belehrt werden!«

»Du mußt es wissen, Truc.« Vu zuckte mit den Schultern. »Ich täte es nicht!«

»Volle Kraft!« Truc betätigte den Maschinentelegrafen. Die weiße Yacht bäumte sich auf und jagte dann mit schäumender, bis zur Brücke gischtender Bugwelle über das Meer. Dann griff er zum Bordtelefon und sagte hart: »Alles vorbereiten! Keiner kommt an Deck. Dang, hol die Flagge ein!« Er hängte den Hörer ein und gab Vu einen Stoß in die Seite. »Kurs genau auf sie zu, bis auf dreihundert Meter!«

»Dreihundert? Das ist doch Wahnsinn, Truc!«

»Und dann längsseits mit ihnen auf gleicher Höhe. Wir zeigen ihnen unsere Macht, und sie werden vor Wut zittern, diese Deutschen.«

Das war der Augenblick, wo die Yacht von der *Liberty of Sea* gesichtet wurde und der Alarm alle an Deck jagte.

»Rufen Sie ihn an, Buchs«, sagte Kapitän Larsson auf der Brücke. Er hatte die Nock verlassen und den Kopf in die Funkkabine gesteckt.

»Ist bereits geschehen, Kapitän. Er gibt keine Antwort.«

»Dann warten wir, bis wir ihn näher haben. Bleiben Sie dran, Buchs.«

Lothar Buchs, der Funker, nickte. Er sah aus seinem Fenster, wie das weiße Schiff schnell auf sie zukam, mit schäumender Gischt und einer Geschwindigkeit, die Buchs auf mindestens 30 Knoten schätzte. Aber obwohl er die Yacht ununterbrochen anrief, gab dort niemand Antwort.

Auf der Nock war unterdessen Stellinger erschienen. Er war sehr aufgeregt und stürzte auf Dr. Herbergh zu.

»Doktor!« rief er. »Doktor, wissen Sie, wer da kommt? Vu Xuan Le, der Junge mit den Messerstichen, hat es eben hinausposaunt: Das ist Truc Kim Phong! Das ist dieser Sauhund von Pirat.«

»Haben Sie das gehört, Larsson?« Dr. Herbergh zeigte mit beiden Händen auf das heranjagende Schiff. Larsson war wieder auf die Nock gekommen, wütend, daß man da drüben keine Antwort gab. »Das ist Truc.«

»Wer soll das sein? Unser Piratenkönig? Ausgeschlossen! Der läuft nicht auf uns zu, der würde von uns weglaufen, um weiterhin unsichtbar zu bleiben.«

»Blicken Sie mal hinunter aufs Deck.« Dr. Herberghs Stimme war plötzlich rauh. Auch Stellinger zog den Kopf in die Schultern. Der Anblick, der sich ihnen bot, war überzeugender als alle Worte.

Die meisten der Vietnamesen lagen auf den Knien und beteten. Das Jammern der wenigen Frauen, die an Deck gekommen waren, klang bis zur Nock. Sie liefen herum wie gejagt und schrien mit schrillen Stimmen. So müssen die Massenhinrichtungen in Kambodscha begonnen haben, dachte Dr. Herbergh. Ein Schauer lief ihm über den Rücken. Menschen, die den Tod sehen, wie er unaufhaltsam auf sie zukommt.

»Mein Gott«, sagte Larsson und schob die Mütze ins Genick. »Sie haben Angst. Soll das wirklich dieser Chef-Pirat sein? Der muß ja verrückt geworden sein, auf uns loszurasen.«

»Sieht aus, als wolle er uns rammen!« schrie Stellinger erregt.

»Blödsinn, Franz.« Büchler, der Erste, war auf der Nock erschienen, nachdem er aus seiner Kabine einen Fotoapparat und ein Teleobjektiv geholt hatte. »Unser Rumpf ist doppelt so dick wie seiner. Der zerplatzt an uns.«

»Und wenn er einen verstärkten Bug wie ein Eisbrecher hat?«

»Halten Sie den Mund, Stellinger!« sagte Larsson grob. »Was machen Sie überhaupt hier? Wo ist Ihr Platz?«

»Beim Schlauchbootkran.«

»Dann begeben Sie sich gefälligst schnell dahin!«

Knurrend verließ Stellinger die Nock und ging zurück aufs Deck. Dort traf er auf Dr. Starke und Anneliese Burgbach, die beide mit einem Fernglas hinüber zu dem das Meer durchschneidenden weißen Schiff starrten.

»Ist das eine Yacht!« sagte Starke begeistert. »Ein Traum. So etwas kann man sich leisten, wenn man Kashoggi heißt.«

»Oder wenn man Menschen ausraubt und Frauen in Bordelle verkauft.« Annelieses Gesicht hatte scharfe Züge bekommen. So kann sie in zwanzig Jahren aussehen, dachte Starke. Etwas herber, aber immer noch schön. »Was will er von uns?«

»Noch ist alles nur ein Gerücht, daß es Truc ist.«

»Die Vietnamesen liegen auf den Knien, Wilhelm.«

»Weil dieser Le sie verrückt macht. Ich möchte ihn am liebsten in den Hintern treten. Keiner weiß, wer Truc ist, keiner kennt sein Schiff, ihn selbst schon mal gar nicht. Woher will der Kerl wissen, daß das Truc ist?«

»Wir haben ihn doch mit Messerstichen aufgefischt...«

»Die ihm bestimmt nicht Truc persönlich verpaßt hat.«

»Aber er wird das Schiff kennen.«

»Dann würde er nicht mehr leben, schöne Kollegin.«

»Er hat sich doch tot gestellt.« Sie stieß plötzlich die Hand vor und zeigte auf das Schiff. »Will er uns rammen?« rief sie entsetzt.

»Verdammt! Das ist ein Verrückter!« Dr. Starke legte den Arm um Annelieses Schulter. Sie schob sich nicht von ihm weg oder schüttelte ihn ab, in diesem Augenblick war er ein Schutz für sie. »Warum weichen wir nicht aus?«

»Dazu ist es jetzt zu spät.« Stellinger drückte sich an die Bordwand. »Wenn er will, kriegt er uns in jeder Position. Passen Sie auf, was jetzt passiert.«

Bis auf etwa fünfhundert Meter war Trucs schönes Schiff herangeprescht, einem Schnellboot gleich, das einen Angriff fährt. Ohne die Geschwindigkeit zu drosseln, so, als wolle es seine Wendigkeit demonstrieren, legte es sich plötzlich ein klein wenig auf die Seite und drehte bei, bis es Seite an Seite mit der *Liberty* lag.

Auf der Nock hieb Kapitän Larsson mit den Fäusten auf das Schanzkleid und brüllte: »Du Scheißkerl! Du Arschloch!«

Im Kommandoraum stellte Büchler den Telegrafen auf Stopp. Er wußte, daß Chief Kranzenberger jetzt gottserbärmlich fluchte, sich mit beiden Händen durch die Haare fuhr und in wenigen Minuten auf der Brücke erscheinen würde.

Die Maschine schwieg, die *Liberty* lief aus. Auch das herrliche weiße Schiff drosselte seine Fahrt und schwamm langsam an die *Liberty* heran. Bei ungefähr dreihundert Metern Abstand ging auch seine Maschine auf Stopp.

»Das ist eine bodenlose Frechheit!« schrie Larsson. »Keine Flagge! Keine Antwort!«

»Was erwarten Sie von einem Piraten, Larsson?« fragte Herbergh.

»Selbst die kleinen Piratenboote haben Flagge gezeigt. Thailändische Flagge.«

»Das da ist der Chef. Er hat's nicht nötig.«

»Und was will er längsseits von uns?«

»Das werden wir sehr schnell erfahren.«

Auf Deck war es jetzt ganz still geworden. Fast alle Flüchtlinge waren nach oben gekommen, standen an der Bordwand und starrten hinüber zu dem Schiff. Was würde Truc in den nächsten Minuten tun? Die *Liberty* beschießen? Sie entern? Würden seine Mörder an Bord kommen und mit Maschinenpistolen alle niedermähen, Männer und Kinder, nur die Frauen übriglassen, die jungen Frauen?

»Wenn er wollte, würden wir jetzt schon sinken«, sagte eine Stimme hinter Stellinger. Der fuhr herum und blickte in das lächelnde Gesicht von Le. »Man sagt, er hätte eine Kanone an Bord und vier schwere Maschinengewehre. Solche, mit denen man Flugzeuge abwehren kann.«

»Eine Vierlingsflak?« Stellinger starrte Le an. »Du spinnst.«

»Man erzählt es sich. Er ist besser bewaffnet als die Küstenboote der Marine.«

Stellinger griff nach seinem umgehängten Sprechfunkgerät und drückte die Taste. »Herr Kapitän«, sagte er, »dieser Le be-

hauptet, die hätten da drüben eine Kanone und eine Vierlingsflak an Bord.«

»Wo sollen die denn montiert sein?« kläffte Larsson zurück.

»Auf einer Versenkung, Kapitän. Wenn's stimmt.«

»Das ist es. Ich glaube nicht an diese Märchen. Um diesen
Truc werden ja schon Sagen gesponnen.«

Larsson unterbrach das Gespräch. Drüben auf der Yacht, mit
dem bloßen Auge deutlich zu erkennen, mit dem Fernglas so
nahe, als stände man davor, erschienen vier Männer in Jeans
und hellblauen Hemden. Zwischen ihnen, mit umgeschnallten
Schwimmwesten, hingen schlaff und wehrlos eine Frau und ein
Mann.

»Die Kerle tragen tatsächlich eine Art Uniform!« rief Büchler verwundert. »Das glaubt uns keiner! Bisher haben wir nur
Piratenboote gesehen, die Trawler waren und eine typische Fi-
scherbesatzung hatten.« Er riß seine Kamera an die Augen und
machte mit dem Teleobjektiv einige Aufnahmen. Und im Su-
cher der Kamera sah er nun auch, wie die vier Männer die
schlaffen Körper zwischen sich zur Reling schleiften, sie hochhoben und über Bord warfen. Im gleichen Augenblick brüllte
Larsson.

»Schlauchboot klar und wassern!«

Stellinger setzte den Kran in Tätigkeit. Die Lotsenleiter
klatschte an der Bordwand hinunter. Die Matrosen v. Starkenburg und Kroll machten sich fertig, auch Dr. Starke warf seine
Schwimmweste über den Kopf.

»Sie, Sie wollen ins Schlauchboot, Wilhelm?« fragte Anneliese stockend.

»Das ist meine Aufgabe. Ich bin der Feuerwehr-Arzt.« Er
drehte sich um und legte beide Hände auf ihre Schultern. »Anneliese, Sie haben ja Angst um mich...«

»Um Starkenburg und Kroll auch!«

»Trotzdem... Ich bin Ihnen also nicht gleichgültig?«

»Kein Mensch ist mir gleichgültig.« Sie blickte dem hinunterschwebenden Schlauchboot nach und dann hinüber zu der weißen Yacht. »Wollen Sie etwa bei Truc an Bord gehen?«

»Wenn er's erlaubt. Warum nicht?«

»Und wenn er Sie festhält?«

»Dann singen Sie zum Gedenken ein Kirchenlied. Mein Lieblingslied in dieser Sparte: Jesu, geh voran.«

»Sie sind und bleiben ein Ekel! Mein Gott«, sie preßte beide Hände vor den Mund. »Sie werfen Menschen über Bord. Hier gibt es doch Haie...«

»Genau das will uns Truc anscheinend vorführen!« Dr. Starke ballte die Fäuste und sah Stellinger an. Der Oberbootsmann knirschte mit den Zähnen. »Ich weiß, was Sie sich jetzt wünschen, Franz. Unter der Wasserlinie einen heimlichen Torpedoschacht, und ssst, weg mit dem Spargel. Leider sind wir nur ein träges, altes Containerschiff und kein verkappter Torpedokreuzer.«

Das Schlauchboot war zu Wasser gelassen, Kroll kletterte als erster die Lotsenleiter hinunter. Anneliese umklammerte Dr. Starkes Arm.

»Sie werfen noch zwei Menschen über Bord«, stammelte sie. »Da, sehen Sie!«

Über das Deck der weißen Yacht schleiften vier andere Männer, auch in blauen Hosen und hellblauen Hemden, zwei schlaffe Gestalten und kippten sie über die Reling ins Meer. Sie klatschten wie die beiden ersten auf und trieben dann in den trägen Wellen.

»Man hat ihnen wenigstens Schwimmwesten umgeschnallt. Erstaunlich!« Dr. Starke hob sein Funksprechgerät an den Mund. »Hier Starke. Fred, bitte melden.«

»Herbergh.« Dr. Herbergh winkte von der Nock zu ihnen herunter. Mit zusammengekniffenen Brauen sah er, daß Anneliese sich an Dr. Starke geklammert hatte. Die Eifersuchtswelle, gegen die er einfach nicht ankam, überschwemmte ihn wieder. »Was gibt es, Wilhelm?«

»Sehen Sie da oben mehr als wir? Wen werfen sie da über Bord?«

»Anscheinend drei Männer und eine Frau. Aber das ist schwer zu sagen. Die Frauen tragen ja auch alle Hosen. Nur bei einer Person sind die Haare länger. Aber auch das hat nichts zu sagen. So, wie man sie über Deck schleifte, müssen sie entweder verletzt, betäubt oder völlig entkräftet sein.«

»Dreckskerle! Was unternehmen wir jetzt?«

»Wir fischen die Leute auf.«

»Das ist alles?«

»Was sollen wir sonst noch tun?«

»Über Funk alles alarmieren, was möglich ist.«

»Wilhelm, halten Sie uns für debil? Buchs ruft bereits seit einer Viertelstunde alles zur Hilfe, was hier in der Gegend herumfährt. Er hat Verbindung mit der vietnamesischen und thailändischen Marine. Sie versprechen, was zu tun, aber...«

»Sie versprechen. Wie schön!« Dr. Starke schaltete sein Gerät aus. Bitterkeit lag in seiner Stimme, als er zu Anneliese sagte: »Ich glaube, die haben alle kein Interesse daran, diesen Truc einzufangen. Sie scheinen im Geheimen sogar froh zu sein, daß das Flüchtlingsproblem auf diese Art gelöst wird, ohne die Weltöffentlichkeit zu kitzeln. Wir humanitären Idioten sind für alle – unser Deutschland inbegriffen – doch nur Störenfriede. Wir retten Menschen, die keiner haben will. Oder glauben Sie, wenn hier im Südchinesischen Meer Tausende ersaufen, das ändert etwas an den sich anbahnenden Handelsbeziehungen mit Vietnam? Seit wann kümmert sich die Dividende eines Aktionärs um Menschen? Von den Politikern schweigen wir ganz... da drückt man mit breitem Lächeln Hände, die vor Blut triefen, um ›gute Beziehungen‹ herzustellen. Um Politiker zu werden, muß man eine besondere Moral haben.« Er blickte über Bord, sah, daß auch v. Starkenburg bereits im Schlauchboot saß und alle nur noch auf ihn warteten. »Na, dann wollen wir mal. Im Hospital ist alles klar?«

»Natürlich. Julia und Johann stehen bereit.«

Dr. Starke kletterte die Lotsenleiter hinunter, sprang ins Boot, und mit aufheulendem Motor preschte es hinüber zu Trucs Schiff und den im Meer treibenden vier Menschen. Gespannt beobachteten Dr. Herbergh, Larsson, Büchler, Stellinger und Chief Kranzenberger, der jetzt auch an Deck war, durch ihre Ferngläser, was nun geschehen würde. Wie würde sich Truc verhalten? Waren die vier ins Meer geworfenen Menschen nur ein Köder, würde er auf das Schlauchboot schießen? Dieser plötzliche Gedanke elektrisierte Dr. Herbergh. Er zuckte zu Larsson herum.

»Wir... wir sollten den Waffenschrank aufschließen, Kapitän?« sagte er gepreßt.

»Auf gar keinen Fall!« Larsson antwortete knapp und hart wie immer. »Verlieren Sie nicht die Nerven, Doktor.«

»Wenn Truc auf unsere Leute schießen läßt.«

»Warum sollte er?«

»Warum raubt und ermordet er Hunderte von Flüchtlingen?«

»Damit verdient er Geld, mit uns nicht.«

»Aber wir stören ihn. Wir sind ihm im Weg. Wir holen seinen Verdienst an Bord.«

»Daran wird sich auch nichts ändern, wenn er Dr. Starke beschießt.«

»Und dabei sollen wir in aller Ruhe zusehen?« rief Büchler.

»Noch schießt er ja nicht.«

»Und wenn?«

»Büchler, stellen Sie nicht so dumme Fragen.« Larssons Stimme wurde grob. »Ich denke ja auch nicht darüber nach, was ich tun soll, wenn wir alle Räume voll Vietnamesen haben, die keiner haben will. Das ist nicht meine Sache. Ich fahre das Schiff auf Charter, und mehr nicht! Im übrigen alarmiert Buchs ja alles, was er erreichen kann.«

»Jetzt sind sie bei den Treibenden!« sagte Dr. Herbergh und

blickte durch sein Fernglas. »Warum ziehen sie keinen ins Boot?! Was ist denn da los?« Er riß das Funksprechgerät hoch und drückte auf den Knopf. »Wilhelm, melden Sie sich! Warum ziehen Sie denn keinen ins Boot?«

»Da ist doch was los?« sagte auch Stellinger. Er stand neben Anneliese und hatte das Schlauchboot groß im Fernglas. »Da wird doch der Hund in der Pfanne verrückt! Herbert hängt über Bord und kotzt!«

Auch die anderen sahen es: v. Starkenburg hatte sich über den Wulstrand des Schlauchbootes gebeugt und erbrach sich. Kroll stand neben dem Außenbordmotor und schüttelte in ohnmächtiger Wut beide Fäuste zu der weißen Yacht. Dr. Starke hockte starr auf dem schmalen Sitzbrett.

»Antworten Sie, Wilhelm!« rief Dr. Herbergh wieder in sein Sprechgerät. »Sind die Leute verletzt?!«

»Nein.« Dr. Starkes Stimme klang hohl und tonlos. »Es ist alles in Ordnung. Herbert kotzt, das möchte ich am liebsten auch, Fritz brüllt herum, und ich ziehe gleich einen Menschen ins Boot. Die Frau. Vor uns sehe ich auf Trucs Schiff sechs Männer, die zu uns herübergrinsen und sogar winken. Ob Truc selbst dabei ist, weiß ich nicht, keiner kennt ihn ja. Fred, ich wünsche mir jetzt eine gute alte Panzerfaust. Oder eine Bazuka-Rakete. Und wenn wir zurückkommen, sorgen Sie bitte dafür, daß keine Frau und kein Kind mehr an Deck sind.«

»Nun reden Sie doch endlich, Wilhelm!« schrie Dr. Herbergh in höchster Erregung.

»Das tue ich doch. Was ich hier sehe, ist nicht mit Worten zu beschreiben, das muß man selbst in sich aufnehmen. Fred, ich warne auch Sie. Sie könnten ebenfalls kotzen.«

Dr. Starke schaltete ab. Auf der *Liberty* sahen sie, wie v. Starkenburg, Kroll und Starke einen der treibenden Körper heranzogen und mühsam ins Schlauchboot zogen. Die anderen drei Menschen mit ihren Schwimmwesten ließen sie in den Wellen schaukeln.

»Sie... sie haben Tote ins Meer geworfen«, sagte Stellinger gepreßt. »Das ist jetzt klar.«

»Tote mit Schwimmwesten?« Anneliese sah Stellinger ratlos an. »Was hat das für einen Sinn?«

»Das werden wir schnell erfahren. Aha, die Saukerle rühren sich.«

Auf Trucs Schiff arbeiteten die Motoren wieder. Hinter der Schraube schäumte das Wasser auf. Ganz langsam fuhr die herrliche Yacht an, es war ein fast katzenhaftes Schleichen.

Über die Wellen tanzend knatterte das Schlauchboot zurück zur *Liberty*.

Als erster kletterte v. Starkenburg an Deck, winkte mit grünlichem Gesicht ab, als Stellinger etwas fragen wollte und warf den Transportsack hinunter, mit dem man sonst gehunfähige Flüchtlinge aufs Schiff zog. Nur zu einem Satz war er fähig: »Oberbootsmann, jag die Weiber weg.«

»Aufziehen!« rief aus dem Gummiboot Fritz Kroll. »Ist alles klar, Herbert?«

»Bitte gehen Sie weg, Frau Doktor«, sagte v. Starkenburg elend. »Bitte...«

»Herbert, ich habe als Ärztin schon vieles gesehen.«

»Trotzdem.« Aus dem Deckhaus kamen jetzt Dr. Herbergh und Büchler, Larsson war auf der Brücke geblieben und beobachtete die ganz langsam davonschwimmende Yacht. Starkenburg würgte immer noch.

»Hieven!« brüllte von unten Fritz Kroll. »Was ist denn da oben los?«

Stellinger drückte auf den Starter des kleinen Elektrokrans. Der Motor sprang an und begann das Seil auf eine Rolle aufzuspulen. Der Sack mit dem Körper schwebte an der hohen Bordwand langsam nach oben. Neben ihm kletterte Dr. Starke die Lotsenleiter hinauf, schneller, als der Kran zog. Er sprang an Deck, wischte sich mit beiden Händen über die Augen und starrte dann Anneliese, Dr. Herbergh und Büchler an.

»Heute besauf' ich mich!« sagte er schwer atmend. »Jetzt gleich! Das kann man nur als Besoffener ertragen. Als sinnlos Besoffener. Anneliese, gehen Sie weg.«

»Nein! Jeder will mich hier wegschicken! Ich bleibe!«

Dr. Starke nickte. Mit einem fast irren Blick sah er um sich, entdeckte, daß einer der Vietnamesen eine leichte Decke über seinen nackten Oberkörper gelegt hatte, als Schutz vor der brennenden Sonne, riß ihm die Decke vom Körper und warf sie über den Transportsack, der jetzt aufs Deck schwenkte. Stellinger löste die Haken, warf einen Blick auf den Inhalt des Sackes und verfärbte sich auch.

»Herbert!« sagte er zu Starkenburg. »Hol das Boot ein. Ich muß zum Käpt'n!«

Dann rannte er zum Deckhaus, als jage man ihm hinterher.

Fritz Kroll kletterte über die Bordwand an Deck und warf Dr. Starke einen dankbaren Blick zu. Unter der Decke sah man nicht, was im Transportsack lag.

»Packen wir's, Fritz«, sagte Dr. Starke, als seien sie allein und nicht von einer dichten Menschentraube umgeben. »Hinüber ins Hospital. In... in den Waschraum...«

Sie bückten sich, hoben den Sack auf und trugen ihn ins Deckhaus. Sie gingen durch eine Gasse schweigender Menschen... so still war es auf dem Schiff, daß man das leise Klatschen der Wellen gegen die Bordwand hörte. Nur die nasale Stimme von Vu Xuan Le durchdrang das Schweigen.

»Ich habe es euch gesagt: Er macht euch lächerlich. Und eine Warnung ist es auch. Truc ist unverwundbar. An Truc kommt keiner ran. Er ist hier der Herr!«

Le sagte es auf englisch, die wenigsten seiner Landsleute verstanden ihn, und die ihn verstanden, nickten nur stumm.

Dr. Herbergh blickte Le forschend an. »Was wissen Sie von dem, was eben geschehen ist?«

»Nichts, Sir. Aber Truc ist ein Vietnamese. Und wir kennen unsere Grausamkeit. Nur sehen wir sie anders als Sie...«

Dr. Herbergh zog die Schultern hoch, als streife ihn eisiger Hauch, nickte dann Anneliese und Büchler zu und folgte durch die Gasse der schweigenden Menschen dem Sack mit dem menschlichen Körper. Das Meerwasser tropfte aus ihm heraus und bildete eine dünne Spur. Ein Klopfen und Vibrieren begleitete sie, auch die *Liberty* hatte die Motoren angeworfen und lief nun mit Trucs Yacht Seite an Seite.

Eine Viertelstunde später erschien Dr. Herbergh auf der Brücke. Er hörte noch, wie Kapitän Larsson brüllte: »In Manila mustern Sie ab, Oberbootsmann! Ich will Sie nicht mehr an Bord sehen! Mir ist egal, ob das Komitee Sie engagiert hat. Auf dieses Schiff kommen Sie nicht mehr. Das ist *mein* Schiff!« Er fuhr herum, als er Dr. Herbergh sah, und stieß mit der Faust in Richtung Stellinger. »Stecken Sie ihn irgendwohin. Ich will den Kerl nicht mehr um mich haben! Dieser Vollidiot will mich zwingen, den Piraten zu rammen... Droht mir mit einer Meuterei... Weg von der Brücke, Stellinger!«

»Ich kann ihn verstehen«, sagte Dr. Herbergh gepreßt. »Ich würde – wenn ich könnte – diesen Truc auch ins Meer drücken!«

»Sie auch?« Larsson hieb mit der Faust auf den Kartentisch. »Ihr Deutschen! Immer Sprung auf, marsch, marsch.«

»Sie haben nicht gesehen, Larsson, was wir an Bord geholt haben.«

»Ich vermute, einen Toten! Ich bin doch nicht blind. Die drei anderen lassen Sie wegtreiben. Nur fragt sich jeder, warum man ihnen Schwimmwesten übergezogen hat.«

»Damit sie nicht untergehen, Larsson. Damit wir sie als Anschauungsmaterial auffischen. Kommen Sie mit und werfen Sie auch einen Blick auf Trucs Botschaft.«

»Sagen Sie mir's, Doktor.« Larsson blickte hinüber zu der weißen Yacht. In langsamer Fahrt fuhren sie nebeneinander, mit dreihundert Meter Abstand. Der Autopilot hielt die vorgegebene Richtung ein. »Ich bin jetzt auf der Brücke wichtiger.«

»Es ist eine Frau.« Herberghs Stimme war leise und rauh. »Sie muß einmal eine hübsche Frau gewesen sein. Noch jung, so um die Zwanzig herum. Man hat ihr beide Brüste abgeschnitten.«

Larsson atmete tief durch die Nase ein. »Hören Sie auf, Doktor. Es genügt.«

»Es genügt noch lange nicht! Man hat ihre Scheide bis zum Nabel aufgeschlitzt.«

»Sie sollen aufhören, Doktor!«

»Und dann hat man ihr die Kehle durchgeschnitten, von Ohr zu Ohr, der Kopf hängt nur noch an den Nackenwirbeln. Auch Sie, Larsson, werden wie Herbert kotzen, wenn Sie das sehen! Da drüben«, Herberghs Arm schnellte zur Seite, »keine dreihundert Meter weit, fährt der Satan neben uns her. Das ist kein Mensch, Larsson... das ist eine Mordmaschine! Dr. Starke sagt, auch den drei Männern war die Kehle durchgeschnitten. Und Sie fahren Seite an Seite mit diesem Teufel spazieren!«

»Was verlangen Sie von mir?« Larssons sonst brüllende Stimme klang gepreßt. »Soll ich ihn rammen?!«

»Wenn Sie Mut im Hirn und eine mitfühlende Seele hätten, ja! Ich würde jetzt das Steuer herumreißen und auf ihn losgehen. Niemand wird es erfahren. Wir sind weit und breit allein. Und wir säubern diese Welt von einem Monstrum!«

»Sie sind Arzt und kein Seemann.«

»Das ist doch keine Antwort, Larsson!«

»Und was für eine Antwort das ist! Soll ich Ihnen die Tatsachen aufzählen? Erstens: Wenn ich jetzt auf Kollisionskurs gehe, läuft mir der Bursche hohnlachend davon! Er ist doppelt so schnell wie wir, mindestens doppelt! Zweitens: Diesen trägen Containerkahn herumschwenken, ist, bei voller Kraft, etwa so, als wenn ein Ochse in einer Wüstenoase das Wasserrad dreht. Ja, der Ochse ist sogar ein flottes Bürschchen gegen uns! Drittens: Es heißt, Truc sei schwer bewaffnet. Was sind wir? Null! Abgesehen von sechs Gewehren und einigen Pistolen! Er kann uns mit Mann und Maus versenken, mit dem gleichen Argument: Niemand sieht es. Weit und breit ist Einsamkeit. Da kann Buchs ruhig SOS funken oder in die Welt hinausschreien: Wir werden beschossen. Wir werden versenkt! Ehe hier jemand erscheint, liegen wir längst zerquetscht auf Grund. Und was dann? Das gibt für höchstens drei Tage einige dicke Schlagzeilen in der Boulevardpresse, und dann ist alles wieder vergessen. Da ist irgendein Filmstar geschieden worden, muß fünf Millionen Abfindung zahlen... *das* ist interessant! Davon lebt die Öffentlichkeit, nicht von einem versenkten Schiff weit weg vor Vietnams Küste. Und viertens: Ich bin gechartert worden, um Flüchtlinge aus dem Meer zu fischen, nicht um einen Privatkrieg zu führen und ehrenvoll, Hand an der Mütze, unterzugehen. Ich habe meinem Reeder gegenüber die Verantwortung für dieses Schiff, nicht Sie! Auch wenn Ihr Komitee täglich achttausend Mark in dieses Unternehmen buttert! Hier stimmt das Kräfteverhältnis nicht, Doktor. Da drüben eine Kanone, hier eine Pistole. Ich weiß, ich weiß, es hat euch deutschen Helden noch nie etwas ausgemacht, gegen Überlegene anzurennen, auch wenn ihr gewaltig auf die Schnauze gefallen seid. Ich bin kein Held, ich bin Kapitän eines Containerschiffes mit Sondercharter. Ist das klar, Doktor?«

»Völlig klar, Larsson. Und Sie haben sogar recht.«

»Danke.«

»Sie brauchen sich für Wahrheiten nicht zu bedanken.« Dr. Herbergh blickte hinüber zu der weißen Yacht. Es war ein Spiel, was sie mit ihnen trieb, ein grausames, mörderisches, infames Spiel, eine erniedrigende Demonstration ihrer Ohnmacht. »Warum kann man so ein Ungeheuer nicht vernichten?«

»Das Meer ist weit, an den Küsten liegen tausende Inseln und Buchten, die ein hervorragendes Versteck bilden, hinzu kommt die unbestreitbare Intelligenz von Truc und seine Grausamkeit, die jeden Verrat ausschließt. Und wer, bitte, sollte ihn verfolgen? Die Vietnamesen? Denen ist es gleich, was mit den Flüchtlingen passiert. Die Thailänder? Thailand ist ein reiches, neutrales Land, das sich nicht darum kümmern kann, was außerhalb seines Seegebietes geschieht. Warum auch? Truc raubt und mordet in internationalen Gewässern, und er tötet Menschen, die sowieso keinen interessieren.«

»Ist diese Welt nicht schrecklich, Larsson?«

»Darum hütet sich Truc auch, uns anzugreifen, obgleich das eine leichte Sache wäre. Aber dann bekäme er internationalen Ärger und doch die einheimische Marine auf den Hals. Drei Tage Sensationspresse, drei Monate diplomatisches Hin und Her, das hat Truc doch gar nicht nötig.« Larsson atmete tief durch. Es war wirklich die längste Rede seines Lebens – er wunderte sich über sich selbst. »Und noch eine Frage: Glauben Sie, daß Ihre Regierung in Bonn bei Bekanntwerden, daß vor Vietnam ein deutsches Schiff, das Flüchtlinge aus dem Meer fischte, von Piraten versenkt worden ist, massiv etwas unternimmt? Gegen wen denn? Kein Staat trägt doch eine Schuld! Es sind Piraten! Außer einer Beileidsadresse an die Hinterbliebenen geschieht nichts. *Kann* nichts geschehen. Man wird sogar sagen: Sie haben sich freiwillig in Gefahr begeben. Sie haben ja keinen staatlichen Auftrag.«

»Nein. Im Gegenteil. Man sieht unsere Rettungsaktion in Bonn mit deutlichem Mißfallen an. Man spricht uns sogar humanitäre Gründe ab.«

»Das genau meine ich, Doktor.« Larsson stellte sich gegen den Rudergänger, der starr voraus aufs Meer blickte. »Für wen wollen Sie ein Held sein? Für eine Illustrierte? Für einen Film vielleicht? Für ein Fernsehspiel? Wissen Sie, was ich jetzt mache? Ich drehe ab.«

Dr. Herbergh nickte stumm. Noch einmal blickte er hinüber zu Truc Kim Phong, drehte sich dann brüsk um und verließ die Brücke. Larsson sah ihm mit verkniffenem Mund nach. Er verstand ihn, aber er ordnete sich der Vernunft unter.

»Drei Grad nach Steuerbord!« sagte er hart.

»Drei Grad Steuerbord«, wiederholte der Rudergänger. Der Autopilot wurde ausgeschaltet. Gleichzeitig drückte Larsson den Hebel auf »Volle Fahrt«. Die *Liberty* schien aufzustöhnen und schob sich seitlich weg. Der Abstand zur Yacht verbreitete sich. Viel zu langsam, fluchte Larsson innerlich. Ein lahmes Luder ist dieses Schiff.

»Vu, wir sollten uns anständig von ihnen verabschieden«, sagte Truc genüßlich. Er saß in einem bequemen Ledersessel neben dem Steuermann und aß eine dicke Orange. »Dreimal das Nebelhorn, wie es höfliche Kapitäne tun. Es soll keiner von uns sagen, wir seien ungebildete Flegel!«

Vu Tran Luc grinste breit, griff nach dem Hebel des Nebelhorns und ließ es dreimal lang aufbrummen. Die *Liberty of Sea* antwortete nicht.

»Da siehst du, keine Kultur haben sie!« sagte Truc mit triefendem Spott. »Sie grüßen nicht zurück. Dabei haben wir uns doch so gut unterhalten.«

Auch Vu gab nun volle Kraft und schwenkte nach Backbord weg. Mit schäumender Bugwelle raste die Yacht über das Meer, schlug einen weiten Bogen und verschwand in sehr kurzer Zeit im Dunst, der sich jetzt über das Wasser legte. Chief Kranzenberger und Stellinger standen nebeneinander an der Bordwand und verfolgten Truc, bis er sich im Meer aufzulösen schien.

»So geht das nicht weiter, Chief«, sagte Stellinger mit rauher Stimme. »So nicht. Wir müssen Büchler dazu bringen, das Kommando zu übernehmen.«

»Meuterei? Bist du verrückt, Franz?« Kranzenberger starrte Stellinger entsetzt an. »Wir sind doch keine *Bounty*!«

»Larsson ist ein sturer Hund!«

»Weißt du, was sie mit uns machen, wenn die Meuterei bekannt wird? Keinen Hafen können wir mehr anlaufen! Wir werden wie Kidnapper behandelt! Ob du ein Flugzeug oder ein Schiff entführst, das bleibt sich gleich.«

»Aber es wird ein Signal sein!« schrie Stellinger.

»Ein Signal – für wen?«

»Für die Blinden in Bonn.«

»Ja, ein Signal, uns als noch illegaler anzusehen, als man es schon tut. Siehst du schon die Überschriften, die Schlagzeilen in der Presse? ›Kidnapper-Ärzte fischen nach Vietnam-Flüchtlingen.‹ ›Bonn distanziert sich von den Meuterern.‹ ›Staatsanwaltschaft erhebt Anklage gegen Meuterer-Ärzte.‹ Man wird uns fertigmachen, bis wir wie ein zerstückelter Regenwurm aussehen. Und unsere Geretteten können wir wieder ins Meer werfen, die wird dann wirklich keiner mehr aufnehmen!«

»Wir werden Fotos dieser hingeschlachteten Frau in alle Welt schicken!«

»Junge, das regt doch keinen mehr auf«, Kranzenberger winkte ab. Er betrachtete diese Diskussion als verlorene Zeit, er wollte zu seinem Freund Herbert, der beim Anblick der Frau gekotzt hatte. »Zwei abgeschnittene Titten und ein durchtrennter Hals, dabei trinkt man morgens Kaffee und mampft sein Brötchen und sagt höchstens gelangweilt: ›Da sieht man es wieder, diese Asiaten!‹ Und Schluß ist damit, umblättern, nächste Seite, der Sport. Kinder, war das gestern ein Fußballspiel! FC Dicke Hose gegen TUS Stiefelglanz. Da hat der Siggi Popo tatsächlich zwei Elfmeter gehalten. Toller Bursche, sag' ich euch, der muß in die Nationalelf.« Kranzenberger klopfte Stellinger väterlich auf die Schulter. »Vergiß es, Franz. Wir ändern die Welt nicht mehr. Warum soll sie sich auch ändern? Sie war immer so, nur Namen, Orte und Daten wechseln. Im Mittelalter hat man heißes Pech auf die Menschen geschüttet, während der Inquisition wurden die Hexen verbrannt, die Hexenmeister gestreckt, gepfählt und geviertelt, heute mordet man schneller, sicherer, automatischer, mit Raketen und Atombomben oder auch nur mit einem Messer, wie Truc Kim

Phong. Und da willst du noch einen Heilsapostel spielen? Sei doch nicht so blöd, Franz!«

Kranzenberger wandte sich ab und ging hinüber zum Deckshaus. Nach einigem Zögern wollte ihm Stellinger folgen, aber da sah er Kim aus dem Niedergang kommen und blieb stehen.

»Mai –«, sagte er, als sie an ihm vorbeiging, und faßte sie am Arm. »Hat man dir schon erzählt, was passiert ist?«

»Ja. Le hat es überall erzählt. Wir alle haben Angst.«

»Hier auf dem Schiff seid ihr sicher.«

»Wir sind erst sicher, wenn wir in einem anderen Land sind. Aber wer will uns haben?

»Das wird bald entschieden werden. Die Verhandlungen laufen seit langem.« Stellinger atmete tief durch. Wie schön sie ist, dachte er. Und in einem Sammellager auf den Philippinen soll sie monatelang warten, bis die Beamten eines Staates, der sie aufnehmen will, endlich die Einreisepapiere ausgestellt haben. Und wo wird sie hinkommen, wie wird sie leben, womit wird sie ihr tägliches Leben verdienen, wem wird sie in die Hände fallen, wer wird sie einmal in sein Bett holen? Vor allem der letzte Gedanke peinigte Stellinger geradezu schmerzhaft. »Wo möchtest du leben?« fragte er und schluckte mehrmals.

»In Deutschland«, antwortete sie ohne Nachdenken.

»Warum?«

»In Deutschland leben gute Menschen.«

»Das denkst du nur, Mai. Wir sind nicht anders als die anderen Menschen.«

»Dr. Herbergh ist anders, Dr. Burgbach ist anders, Offizier Büchler ist anders, Mr. Kroll ist anders, Mr. Pitz ist anders, und du bist anders.« Sie zeigte auf den Küchenbau und befreite sich aus Stellingers Griff. »Ich muß arbeiten, Toam.«

»Wann bringst du mir wieder Vietnamesisch bei?«

»Erst ich Deutsch.« Kim Thu Mai machte ein ernstes Gesicht. Bisher hatten sie in einem mühsamen Englisch miteinander gesprochen. »Isch binn einn Schafff.«

»Du meine Güte!«

»Guttt?«

»Wo hast du denn das her, Mai?«

»Aus einem Buch, das mir Miss Julia geliehen hat.« Sie lächelte wieder mit allem Zauber ihrer exotischen Schönheit. »Deitschess Buccch...«

»Und da steht das drin?«

»Ja. Ich habe es auswendig gelernt.«

»Weißt du, was es bedeutet?«

»Nein. Sag es mir.«

»Es heißt: Du bist das wunderbarste Mädchen...«

»Du lachst über mich.« Sie warf den Kopf in den Nacken und rannte über das Deck zum Küchenaufbau. Fritz Kroll kam vom Deckshaus, um den Außenbordmotor des Schlauchbootes wieder mit einer Kunststoffplane abzudecken. In seinem Gesicht lag noch das Entsetzen der vergangenen Stunden.

»Warum rennt sie weg?« fragte er und sah Kim nach. »Du mußt sie nicht immer erschrecken, laß deine Hose zu.«

»Rindvieh!« Stellinger warf noch einen Blick über das dunstige Meer und ging dann hinüber zum Deckshaus. Dort traf er auf Julia, die auf einem Hocker saß und Luft holte. Ihr Puppengesicht wirkte fahl und zerknautscht. »Auch dem Kotzen nahe, Kätzchen?« fragte er.

»Bin nahe davor. Der Chef hat Fotos machen lassen.« Sie holte tief Atem und schloß die Augen. »Franz, so was hält man nicht für möglich. Man soll bloß nicht sagen, das sind keine Menschen mehr, sondern Tiere. Das wäre eine Beleidigung der Tiere. Nein, zu so etwas ist nur der Mensch fähig!«

»Philosophie ist nicht dein Fach, Kätzchen.« Stellinger strich ihr über die weißblonden Haare. »Du denkst über Dinge nach, die längst ein alter Hut sind. Seit es Menschen gibt, sind es die mörderischsten Wesen auf dieser Erde. In Manila flieg ich übrigens von Bord.«

»Wer sagt denn das?!«

»Der Käpt'n. Eine feige Sau ist er!«

»Wie ich dich kenne, hast du ihm das auch gesagt.«

»In sein Arschgesicht hinein. Jawohl!«

»Und was willst du dann in Manila machen?«

»Zuerst einmal stürme ich einen Puff.«

»Das hätte ich mir denken können, das so was kommt.« Sie wandte sich um und drehte Stellinger den Rücken zu. »Hau ab. Laß mich in Ruhe. Verdirb mir nicht die Luft.«

Stellinger lachte rauh, gab Julia einen Klaps auf den Rücken und ging hinein.

Im Hospital war die Leiche des Mädchens mit einem Laken zugedeckt. Sie lag auf einer Trage, nur die kleinen nackten Füße ragten unter dem Tuch hervor. Im Nebenraum saßen die Ärzte um einen Tisch, rauchten und tranken Cognac. Vor Dr. Starke lag die Kamera, mit der man das Grauen fotografiert hatte. Vor allem Dr. Starke machte seine Ankündigung wahr: Er trank den Cognac nicht, er soff ihn. Es war das sechste Glas, das er gerade an den Mund setzte. Mit schon leicht unsicherem, verglasten Blick sah er Stellinger an.

»An deiner Stelle hätte ich Larsson die Faust ins Gesicht gesetzt oder ihn ins Gemächt getreten«, seine Stimme begann schwer zu werden, »ich plädiere dafür, den sturen Hund auszutauschen. Das Komitee soll das durchsetzen. Es gibt genug Kapitäne, die auf einen Job warten.«

»Er hat recht«, sagte Stellinger und setzte sich an den Tisch. Dr. Herbergh schob ihm ein Glas hinüber.

»Natürlich habe ich recht.«

»Nicht Sie, Doktor. Larsson hat recht.«

»Da springt das Kotelett aus der Pfanne! Das sagst du?!«

»Gegen Truc kommen wir nicht an, Doktor. Er hat ein schnelleres Schiff, er ist bewaffnet, er kann es sich leisten, uns zu provozieren und lächerlich zu machen. Er weiß genauso gut wie wir, daß niemand ihn an seinen Raubzügen hindern kann. Da müßte schon ein Kriegsschiff kommen, aber von wem?«

»Auf jeden Fall werden wir daraus eine Lehre ziehen.«
Dr. Herbergh nahm Dr. Starke die Cognacflasche aus der
Hand. Starke beantwortete das mit einem tiefen Grunzen.
»Wenn Truc zwischen uns und der Küste liegt, fängt er die
meisten Flüchtlingsboote ab. Wir müssen näher an das Me-
kong-Delta heran, an die Grenze der internationalen Zone.
Wir müssen die Flüchtlingsboote schon am zweiten Tag ihres
Auslaufens – spätestens! – aufnehmen. Jeder Tag länger treibt
sie Truc in die Arme.«

»Weiß das Larsson schon?« fragte Stellinger.

»Nein. Das haben wir gerade erst besprochen.«

»Er wird nicht mitmachen, Doktor.«

»Dann treten wir ihm doch noch ins Gemächt!« lallte Dr.
Starke. »Das macht jeden Mann weich«, er lächelte etwas blöde
zu Anneliese hinüber und machte im Sitzen eine kurze Verbeugung. »Pardon, schöne Kollegin, ich habe damit nicht ange-
deutet, daß Sie ihn dann behandeln sollen.«

»Es ist besser, Wilhelm, Sie legen sich jetzt hin.«

»Buchs versucht über Radio Singapur eine schnelle Verbindung mit Köln zu bekommen.« Anneliese schob die Cognacflasche weit weg, als Dr. Starke wieder nach ihr angelte. »Wenn
Hörlein unserem Plan zustimmt, wird er mit dem Reeder sprechen, und Larsson bekommt neue Anweisungen.«

»Ich habe immer geglaubt, *wir* bestimmen den Kurs!« Stellinger sah einen nach dem anderen an. »Wer ist denn hier der
Chef?«

»Wir sind ein Team, Franz.«

»Aber einer muß doch das Sagen haben. Die *Liberty* ist gechartert...«

»Vom Komitee.«

»Das sitzt in Köln. Wie kann man von Köln aus beurteilen,
was wir hier tun sollen?«

»Franz! Sie wissen doch, wir stehen in dauerndem Funkkontakt mit Hörlein.« Dr. Herbergh steckte sich eine Zigarette an.

Dr. Starke hing auf seinem Stuhl und stierte betrunken vor sich hin. »Er war in den vergangenen Wochen mehrmals in Singapur, Bangkok und Manila und hat mit den Behörden und den deutschen Botschaften verhandelt. Es ist nicht so, daß wir hier auf gut Glück herumschwimmen.«

»Wir brauchten einen deutschen Kapitän, Doktor.«

»Das hier ist aber ein schwedisches Schiff.«

»Gab's keine stillgelegten deutschen Pötte?«

»Ich nehme an, die gibt's bestimmt. Aber sie werden zu teuer in der Charter gewesen sein. Ich habe Hörlein nie danach gefragt.«

»Näher an die Mekong-Mündung heran...« Stellinger zog die Stirn in Falten und trank bedächtig seinen Cognac. »Sie wissen, was das heißt, Doktor?«

»Direkte Konfrontation mit Truc.«

»Krieg! Krieg mit den Piraten! Was sagt Büchler dazu?«

»Er ist dafür.«

»Also doch so etwas wie auf der *Bounty*!«

»Um Gottes willen, nein, Franz!«

»Ich weiß. Der Chief hat's mir vorgebetet. Diese Schlagzeilen in der deutschen Presse.« Stellinger winkte ab. »Man sollte auf diese Journalisten scheißen. Verzeihung, Frau Doktor. Aber da kommt einem doch die Galle hoch! Überall die große Fresse. Die sitzen wohlgenährt auf ihren Redaktionsstühlen, verdauen, was ihnen gefällt oder nicht gefällt und drücken Schlagzeilen aus. Nur wenn man ihnen sagt: ›Los, ran, macht's besser‹, schleichen sie sich davon! Alles nur ein großes Blabla, heiße Luft.«

»Aber Millionen Leser werden von ihnen beeinflußt. Und sie kennen ihre Macht genau. Für die linke Presse sind wir geradezu Verbrecher, weil wir Menschen retten, die vor dem Kommunismus fliehen. Und für die rechte Presse sind wir Störenfriede und idealistische Spinner, weil unsere Aktion die Handelsbeziehungen zu Vietnam stört.«

»Was bleibt da übrig, Doktor?«

»Nichts! Das ist es ja.« Dr. Herbergh sagte es ohne Bitterkeit, er hatte sich an die Situation gewöhnt. »Wir sind allein, wir sind allein gelassen, ein Privatverein, ein Komitee, das nur von Spenden lebt, das der Staat bewußt übersieht und auf dem alle herumtrampeln. Niemand unterstützt uns von Bonner Seite, aber alle schlagen auf uns ein. Und dann geschieht etwas Verblüffendes: Die sozialistisch regierten Länder Nordrhein-Westfalen, Saarland, Hessen haben – so hat es Hörlein mitgeteilt – als erste reagiert und Aufnahmegarantien für Flüchtlinge gegeben. Und dann noch Niedersachsen, entgegen der Abstinenz der Bundesregierung.«

»Und Hamburg nicht?« fragte Stellinger.

»Hörlein hat von Hamburg noch nichts gesagt.«

»Aber, wenn man heiratet, ganz gleich wen, ob Negerin oder Indianerin oder Chinesin, die Ehefrau können sie doch nicht rausschmeißen, oder?«

»Natürlich nicht.« Dr. Herbergh musterte den unruhig gewordenen Stellinger. »Woran denken Sie? Ich ahne es, aber überlegen Sie sich das reiflich. Da treffen zwei völlig verschiedene Welten aufeinander, zwei ganz konträre Mentalitäten.«

»Doktor, wir sind doch alle nur Menschen.«

»Eben. Darin liegt das ganze Problem. Ein Hund bleibt ein Hund, ein Tiger bleibt ein Tiger, ein Kamel bleibt ein Kamel, aber der Mensch hat tausend Gesichter.«

»Dann dürfte keiner mehr heiraten, Doktor.«

»Und genau das ist das große Geheimnis von Liebe und Zusammenleben: Das Einswerden zweier völlig unterschiedlicher Menschen. Das ist fast schon ein Wunder.« Dr. Herbergh sah Stellinger wieder nachdenklich an. »Sie denken an Kim?«

»Sie wissen das, Doktor?« Stellinger wurde verlegen wie ein ertappter Sünder.

»Man kann nicht übersehen, daß Kim Sie anlockt wie Baldrian einen Kater.«

»Das ist kein schöner Vergleich, Fred«, warf Anneliese ein. »Wenn Franz sie wirklich liebt – und Sie lieben sie doch?«

»Ja.« Stellinger wurde noch verlegener und goß sich zur Stärkung noch einen Cognac ein. Dabei kam die Flasche in die Nähe von Dr. Starke. Blitzschnell riß er sie an sich und setzte sie an die Lippen. Als Stellinger ihm die Flasche aus den Fingern entwand, hatte er schon einen großen Schluck genommen.

»Und sie will bei Ihnen bleiben?« fragte Anneliese.

»Sie weiß es noch nicht, Frau Doktor. Aber«, seine Augen glänzten, »sie lernt bereits Deutsch.«

»Wenn das kein Liebesbeweis ist!« Dr. Herbergh lachte kurz auf. Dann verfiel er wieder in tiefen Ernst. Nebenan lag die hingeschlachtete junge Frau, und die drei Männer mit durchgeschnittenen Kehlen, in ihren Schwimmwesten hängend, waren zum Fraß der Haie geworden. »Wir werden sie mit einer kleinen Feier bestatten«, sagte er unvermittelt. Und als er bemerkte, wie ihn Stellinger fassungslos anstarrte, fügte er hinzu: »Die Ermordete natürlich.«

Das Telefon an der Wand klingelte. Dr. Starke, schon jenseits allen Verstandes, hob dennoch den Kopf und lallte: »Kein Anschluß unter dieser Nummer.« Anneliese hob den Hörer ab.

»Funker Buchs«, sagte sie, »er hat Köln bekommen. Hörlein ist am Apparat. – Ja, hier Dr. Burgbach. Natürlich wissen wir, daß es bei Ihnen mitten in der Nacht ist, aber der Chef muß Sie unbedingt sprechen.«

Sie hielt ihm den Hörer hin, und Dr. Herbergh griff danach. Die Verständigung über die Tausende von Kilometern hinweg war gut, das Gespräch lief über Satellit, kein Knattern, keine Nebengeräusche, keine Unterbrechungen, ein Ortsgespräch konnte nicht klarer sein.

»Was ist passiert, Fred?« fragte Hörlein ohne Einleitung.

»Passiert? Wieso?«

»Ohne Grund telefonierst du nicht aus dem Südchinesischen Meer.«

»Wir hatten vor zwei Stunden eine Begegnung mit Truc Kim Phong.«

»Gott im Himmel, hat er euch überfallen?«

»Dann würde ich wohl nicht anrufen können. Nein, er hat uns eine Demonstration seiner Unbesiegbarkeit gegeben.«

»Das mußt du mir näher erklären, Fred.«

»Er hat uns vier Flüchtlinge mit durchgeschnittener Kehle herübergeschickt. Wir lagen Seite an Seite mit ihm, nur knapp dreihundert Meter entfernt. Einen Toten, eine junge Frau, haben wir an Bord geholt und fotografiert. Was man mit ihr getan hat, das kann man mit Worten kaum beschreiben. Das muß man sehen.«

In Köln schloß Hörlein für einen Moment die Augen. »Schick mir vom nächsten Hafen die Fotos«, sagte er dann. »Vielleicht wird man in Bonn wach und begreift, daß wir aus humanitären Gründen die Menschen aus dem Meer fischen und nicht aus reinem Privatvergnügen.«

»Diese Fotos kann man nicht veröffentlichen, Albert.«

»Aber auf den Tischen der Politiker können sie liegen.«

»Zwei Sekunden, dann dreht man sie um. Ein Blick genügt, dann kommt das große Würgen.«

»Wenn diese zwei Sekunden bewirken, ein anderes Denken zu wecken, dann sind es wertvolle Sekunden. Schick mir die Bilder nach Köln. Wann lauft ihr Manila an?«

»Geplant ist, in drei Wochen. Wir müssen Treibstoff bunkern.« Dr. Herbergh zögerte mit der Frage, aber er stellte sie dann doch. »Wie viele Aufnahmegarantien habt ihr schon?«

»Einhundertzwanzig.«

»Und was machen wir mit den anderen, Albert?«

»Wir bemühen uns, für alle einen Platz zu bekommen. Die ganze Welt kennt mittlerweile unsere Aktion. Überall Zustimmung, Gratulation, fabelhafte Fernseh-, Funk- und Zeitungsberichte, Beifall von allen Rängen, natürlich nicht aus dem kommunistischen Lager...«

»Und keiner will sie haben. Ist es so?«

»Wir bemühen uns ununterbrochen, Fred. Den Namen *Liberty of Sea* kennt fast jeder in Deutschland und in der freien Welt. Bei uns häufen sich Briefe, Artikel und Beifallstelegramme, eine große Zeitung in Kanada schreibt, man solle das Komitee für den Friedensnobelpreis vorschlagen, aber«, und jetzt wurde Hörleins Stimme deutlich bitter, »es sind alles nur sehr schöne Worte, unverbindliche Phrasen. Fragt man konkret: ›Wie viele Flüchtlinge nehmt ihr auf?‹, zieht man die Decke über den Kopf. Hilfe ist einfach, wenn sie ein Lippenbekenntnis bleiben kann, und das Schrecklichste ist das Vergessen. Wir betteln um Plätze für 600 aus dem Meer gefischte, vor dem Ersaufen gerettete Flüchtlinge, und einmal – ist das schon so lange her, daß keiner sich mehr erinnern kann? – waren Millionen Deutsche auf der Flucht und suchten eine neue Heimat. Hat man zu ihnen gesagt: Hier ist kein Platz mehr! Laßt euch von den Russen überrollen! Was geht uns euer Schicksal an! So wie man heute sagt: Vietnamesen? Was soll's! Na ja, und wenn sie ersaufen, im Südchinesischen Meer – wo ist das überhaupt? –, das ist ihr Problem. Das ist aus diesem Land geworden, Fred, so haben sich die Menschen geändert, die einmal selbst nur noch ihre Haut retten konnten. Man sollte darüber nicht verzweifeln, man sollte es täglich, immer, ohne Pause, in die Welt hinausschreien: Seht sie euch an, die Satten, die ihre Erinnerung mit einem Panzer aus Fett ummauert haben!«

»Das ist ein Generationsproblem, Albert.« Dr. Herbergh blickte hinüber zu Dr. Starke. Der war mit der Stirn auf den Tisch gefallen und begann laut zu schnarchen. Jegliche Eleganz, auf die er soviel Wert legte, war im Alkohol ertränkt. »Die Deutschen, die damals in endlosen Kolonnen über die Landstraßen zogen, auf den Trittbrettern, Puffern und Dächern der Züge hockten, die im Winter 1945 ihre Kinder und Greise beim großen Treck nach Westen an den Straßenrändern begruben, diese Generation stirbt dahin, die gibt es bald nicht mehr. Aber solange es sie noch gab, haben sie in die Hände gespuckt und das Trümmerfeld Deutschland wieder aufgebaut, immer mit dem Gedanken: Unsere Kinder und Enkel sollen es einmal besser haben als wir. Nun haben sie satte Kinder und Enkel. Auch wenn wir fast zwei Millionen Arbeitslose haben, Elendswohnungen, Sozialgettos, Rentnerelend, alle sind reich gegen die armseligen Menschen, die wir aus dem Meer fischen. So reich, daß sie im Chor rufen: Raus mit den Ausländern! Was sollen wir mit diesen Asiaten?!« Dr. Herbergh holte tief Atem. Er hatte sich in eine beklemmende Erregung geredet. »Sieh es einmal so, Albert. Unsere westliche Welt ist übersättigt. Der Hilferuf der Ärmsten in weiter Ferne wird mit einem sauren Rülpsen beantwortet. Was wir hier im Südchinesischen Meer tun, ist ja fast eine Beleidigung der verfetteten Humanität.« Dr. Herbergh wischte sich mit beiden Händen über die Augen. »Ich habe nicht angerufen, um Polemik zu machen. Ich habe eine Frage.«

»Und die wäre?«

»Kann man Kapitän Larsson auswechseln gegen einen deutschen Kapitän?«

»Kaum. Was ist mit Larsson los?«

»Das ist ein sturer Hund!« rief Stellinger dazwischen. Bisher hatten Anneliese und er dem Gespräch gelauscht wie einem spannenden Hörspiel.

»Wer war das?« fragte Hörlein.

»Stellinger.« Dr. Herbergh winkte ab, als Stellinger wieder etwas rufen wollte. »Larsson ist ein hervorragender Seemann, ich könnte mir keinen besseren wünschen, aber es kommt immer wieder zu Meinungsverschiedenheiten. Die Begegnung mit Truc hat uns gezeigt, daß wir näher ans Mekong-Delta müssen, daß wir hinter Truc kreuzen und er dadurch viele Flüchtlinge abfängt. Wir müssen also vor ihm liegen, unmittelbar an der Grenze des internationalen Gewässers. Wir müssen die Flüchtlinge aufnehmen, bevor Truc sie sieht.«

»Und Larsson macht da nicht mit?«

»Wir haben noch nicht mit ihm darüber gesprochen. Aber ich befürchte, daß es Schwierigkeiten geben wird.«

»Ihr bleibt doch außerhalb der nationalen Zone.«

»Larsson befürchtet, daß Truc uns beschießen wird.«

»Beschießen? Das wäre ein internationaler Skandal!«

»Das wäre im höchsten Falle eine dicke Schlagzeile in der Presse und eine Bildmeldung im Fernsehen. Weiter geschieht nichts. Wenn wir Idealidioten so dämlich sind, uns mit Piraten einzulassen, ist das allenfalls ein Romanstoff für einen Trivial-schreiber, aber keine politische Konfrontation.«

»Richtig! Und trotzdem willst du näher ans Mekong-Delta.«

»Truc – ich wiederhole es – fängt uns sonst eine Reihe Boote ab. Er hat uns demonstriert, was er mit den Flüchtlingen tut: Die Männer tötet er, die Kinder auch, die Frauen verkauft er in Thailand an Bordelle. Warum er diese junge Frau so unbe-schreiblich mißhandelt hat, weiß ich nicht. Vielleicht wirklich nur, um uns zu zeigen, wozu er fähig ist. Stellinger wollte Larsson sogar zwingen, Trucs Yacht zu rammen.«

»Um Himmels willen – nein!« Hörleins Stimme überschlug sich fast. »Das wäre genau das, was unsere Gegner brauchen! Kein Krieg gegen die Piraten, nur Rettung der Flüchtlinge!«

»Es ist verdammt schwer, Albert, besonnen zu bleiben, wenn man das hier sieht.«

»Ich glaube es. Aber wir können nur mit den Zähnen knir-schen, alles andere wird als Knüppel gegen uns verwandt. Mir reicht hier der Kampf gegen die Behörden. Spöttisch heißt es hier schon: Die Liberty scheitert an ihren Erfolgen. Sie rettet Menschen, die keiner haben will. Und genauso denkt man auch in Bonn.« Hörlein machte eine Pause. Selbst über die Entfer-nung von 9000 km hinweg klang es so, als trinke er etwas. Dr. Herbergh blickte hinüber zu Anneliese und Stellinger. In ihren Gesichtern spiegelte sich Betretenheit. »Wie nahe wollt ihr an das Mekong-Delta ran?« erklang Hörleins Stimme wieder.

»Ich dachte an fünfzig Seemeilen.«

»Und da operiert Truc nicht?«

»Truc ist überall. Er taucht plötzlich auf und ist ebenso schnell wieder weg. Du hast sein neues Schiff nicht gesehen. Eine schnelle Yacht, die 30 Knoten läuft. Damit rennt er jedem davon. Truc auszuschalten, ist völlig unmöglich, das könnte nur die Marine von Vietnam oder Thailand tun, und die haben kein Interesse daran. Nein, wir müssen nahe an die Küste heran, damit die Flüchtlinge mit ihren seeuntüchtigen, flachen Flußbooten nicht länger als zwei Tage auf See sind. Außerdem ist ein Taifun im Anmarsch auf das Südchinesische Meer.«

»Auch das noch! Wenn du es für notwendig hältst, Fred, geh also näher an die Küste.«

»Das solltest du Larsson durchgeben.«

»Ich schicke morgen früh ein Funktelegramm.« Hörlein schwieg wieder. »Weißt du, was unser Satellitengespräch kostet?« fragte er dann. »Dafür kannst du in Singapur eine Menge Proviant kaufen.«

»Es war sein Geld wert, Albert. Viel Glück bei der Suche nach Aufnahmeplätzen.«

»Ich kann's brauchen, Fred. Aber an Glück glaube ich nicht, wir müssen hier die Schädel und die Herzen aufbrechen, und das ist eine verdammt harte Arbeit. Macht's gut!«

»Danke. Noch etwas.« Dr. Herbergh sah Stellinger an, der mit beiden Händen zu ihm winkte. »Larsson will in Manila Stellinger von Bord nehmen. Er will einen anderen Oberbootsmann.«

»Das kommt überhaupt nicht in Frage.«

»Bring das auch in deinem Funktelegramm unter, Albert. Larsson ist genau das, was ihm Stellinger gesagt hat: Ein sturer Hund! Und, ich bleibe dabei, versuch einen anderen Kapitän bei der Reederei zu bekommen. Wenn wir ein eigenes Schiff hätten...«

»Das wird immer ein kühner Traum bleiben. Wer soll uns die Millionen geben? Wir sind Bettler, Fred, Bettler für Not und Humanität, und wie stinkende Bettler, so behandelt man uns auch. Ende.«

»Ende.« Dr. Herbergh hängte den Hörer wieder ein. Erst mit diesem Griff verlor er seine Haltung und sank auf den Stuhl zurück. Er schloß die Augen und sah unendlich müde aus.

»Alles Scheiße, was?« sagte Stellinger gedämpft.

»Ich komme mir selbst wie eine Ausgestoßene vor.« Anneliese beugte sich über den röchelnd schlafenden Dr. Starke, zog ihm die Zigaretten aus der Rocktasche und zündete sich eine an. Stellinger gab ihr Feuer mit seinem zerbeulten Sturmfeuerzeug. Dr. Herbergh winkte ab, als sie ihm die Packung hinhielt. Stellinger bedankte sich mit einem stummen Nicken. »Wir gehen also näher an die Küste?«

»Ja.« Dr. Herbergh goß sich noch einen Cognac ein. »Wir müssen noch eine Menge Boote aufnehmen, bis der Taifun in diese Gegend kommt. Auf sturmgepeitschter See haben sie überhaupt keine Chance mehr.«

»Und wohin mit den Geretteten?«

»Ich weiß es nicht, Anneliese.« Herbergh hob die Schulter. »Dafür muß und wird Albert sorgen. Wir sind nur die Menschenfischer.«

Xuong hatte es sehr eilig, in den Lagerraum und zu Uts drei Kinder zu kommen. Was sie ihm berichtet hatte, gebot schnelles Handeln. Le Quang Hung, den Dolmetscher, sah er nicht auf Deck und auch nicht bei der Küchenbaracke, wo sonst sein bevorzugter Platz war. Da saß er den größten Teil des Tages über im Schatten eines Sonnensegels, hörte sich die Klagen an, die man ihm vortrug und schlichtete wie ein weiser Richter die Streitigkeiten, die unvermeidbar waren. – Wenn fast 200 Menschen eng beieinander leben, fast Rücken an Rücken, gibt es

Reibungen, flackert grundlose Feindschaft auf, kann ein einziges Wort zum Haß führen, blühen Mißgunst und Neid auf, beobachtet man genau, ob der andere mehr auf seinem Plastikteller hat als man selbst. Und um Beschwerden anzunehmen und weiterzugeben an die weißen Ärzte, war Hung die einzige Instanz. Was er selbst nicht regeln konnte, trug er Dr. Herbergh vor. Mit Dr. Starke sprach er über solche Dinge nicht, nachdem Starke ihm einmal gesagt hatte: »Hung, tritt sie in den Arsch! Wir haben sie nicht gerettet, damit sie sich jetzt gegenseitig die Schädel einschlagen.« Hung fand, daß dies keine Hilfe in seinem täglichen Kampf mit menschlichen Problemen sei, und berichtete nur noch Dr. Herbergh. Der brachte die Geduld auf, ihm zuzuhören und schüttelte nur den Kopf, wenn Hung berichtete, daß Fischer aus zwei nebeneinanderliegenden Dörfern sich bis zur Ekstase beschimpften, weil jeder behauptete, sein Dorf sei das schönere. Daß sie nichts mehr besaßen als die Fetzen auf ihrer Haut, eine Plastikschüssel fürs Essen, Plastiksandalen und ein Handtuch aus den Schiffsbeständen, selbst die Decke, auf der sie schliefen und die ihren kleinen Lebensraum bildete, würden sie auf dem Schiff lassen müssen, wenn ein anderes Land sie aufnähme, das alles vergaßen sie, wenn es darum ging, miteinander zu streiten.

Nun aber saß Hung nicht unter dem Sonnensegel, und Xuong rannte über das Deck in der Angst, vielleicht schon zu spät zu kommen.

Auf der Treppe zu den Lagerräumen überraschte ihn der Alarm. Sofort wälzte sich eine Woge von Menschen ihm entgegen und drängte nach oben. Xuong preßte sich gegen die Wand, ließ die Aufgeregten an sich vorbeistürmen und hörte von oben den lauten Aufschrei: »Das ist Truc! Betet! Betet!«

Xuong rannte weiter, obwohl sich seine Nackenhaare sträubten. Wie ein Kälteschauer überlief es ihn. Truc war in ihre Nähe gekommen, die Leib gewordene Vernichtung, das lebende Grauen. Von oben, vom Deck, hörte er ein vielstimmiges Schreien und Klagen, ein Signal, auf das hin nun auch die unter Deck gebliebenen Frauen zu weinen und zu jammern begannen und ihre Kinder an sich drückten.

Mit pfeifendem Atem erreichte Xuong das Lager. Zwischen von Wand zu Wand gespannten Leinen, an denen die Wäsche trocknete, zwischen Näpfen, Schüsseln, Plastikeimern, Bambusmatten und Decken entdeckte er im trüben Licht der von der Decke baumelnden Glühlampen in einer Ecke Uts Kinder. Sie waren wie junge Hunde zusammengekrochen, bildeten ein Knäuel auf den Holzplatten, und schienen an Wand und Boden zu kleben.

»Steht auf!« sagte Hung gerade und bückte sich, um das älteste Kind, einen Jungen, hochzureißen. Der Junge reagierte wie eine in die Enge getriebene Schlange, er biß blitzschnell zu. Mit einem Fluch zog Hung seine Hand zurück und schüttelte sie. Dann betrachtete er sie, sah, wie ein paar dünne Tropfen Blut aus dem Biß quollen und stieß den Kopf vor. »Du Ratte!« sagte er dumpf. »Und wie eine Ratte wirst du auch ersaufen. Deine Hexenmutter kann dir nicht helfen.«

»Dafür gibt es andere...«

Hung fuhr herum und prallte bei dieser Bewegung mit Xuong zusammen, der dicht hinter ihm stand. Der Abstand zwischen ihnen betrug keine zehn Zentimeter. Wenn sie sprachen, wehte der Atem dem anderen ins Gesicht.

»Er hat mich gebissen«, sagte Hung und hielt seine Hand hoch. »Sie dir das an, Lehrer. Ich blute. Würdest du so etwas nicht bestrafen?«

»Warum hat das Kind dich gebissen?«

»Sie schreien oben: Truc ist gekommen. Ich wollte die Kinder verstecken, damit Truc sie nicht findet. Aber sie weigern sich aufzustehen.«

»Truc kommt doch nicht auf unser Schiff!«

»Wer weiß das? Kannst du das genau sagen, Xuong? Wer kommt gegen Truc an? Hat man dir gesagt, was er mit Kindern macht? Kinder sind für ihn nutzlos, Belastungen, kein Kapital wie ihre Mütter. Ich will Uts Kinder retten.«

»Du lügst, Hung!« sagte Xuong, ohne seine Stimme zu erheben.

»Ich mag ihre Kinder. Sie sind mir ans Herz gewachsen. Und was ist der Dank, der Junge beißt mir in die Hand.«

»Die Ratte...«

»Im ersten Zorn sagt man viel Unkontrolliertes, Lehrer.«

»...die man ersäufen will.«

»Nimm es doch nicht so ernst. Wenn man dich beißen würde...«

»Ich weiß, was du mit den Kindern planst, Hung. Ut hat es mir erzählt. Jetzt, wo alles an Deck und an der Bordwand steht, wäre eine gute Gelegenheit. Niemand achtet darauf, wenn auf der anderen Schiffsseite drei Kinder ins Meer stürzen. Auch ihre Schreie hört man nicht, sie gehen unter bei über hundert anderen Stimmen.«

»Xuong, was redest du da?« Hung holte ein Taschentuch aus der Hose und drückte es auf die Bißwunde. Kleine, spitze Zähne hatten sich auf seinem Handrücken eingegraben, es sah tatsächlich aus wie ein Schlangenbiß. »Was hat Ut gesagt? Wer kann das ernst nehmen?«

»Ich.«

»Ut ist krank, sehr krank. Krank an der Seele, krank im Geist. Hast du das noch nicht gemerkt? Blick in ihre Augen, Lehrer, sie schaut dich aus einer anderen Welt an. Sie ist gar nicht mehr unter uns.« Hung warf einen Blick auf die zusammengekrochenen, verängstigten Kinder. Der Junge hatte seine Arme um die kleineren Geschwister gelegt und sie an sich gedrückt. Er beschützte sie. So klein er noch war, sein Instinkt befahl ihm, die noch Schwächeren zu verteidigen. Auch gegen diesen dicken, bösen Mann, der ihn mit kalt funkelnden Augen angestarrt hatte. In dieser Sekunde wußte der Kleine, daß er stark und mutig sein mußte. »Einer muß sich um die Kinder kümmern«, sagte Hung schleimig. »Nur das wollte ich, Lehrer. Wer würde sich sonst um sie kümmern? Sie wären wie ausgesetzte junge Katzen.«

»Die man einfängt und ertränkt. Du sagst es, Hung!« Xuong Stimme war von einer Kälte, die den dicken Dolmetscher innerlich erschauern ließ. Er überlegte, ob er weggehen oder sich auf einen Streit mit Xuong einlassen sollte, man wußte ja nicht, was Ut ihm erzählt hatte, aber seine Gegenwart bewies andererseits, daß sie die Drohungen nicht für sich behalten hatte. Er zog das um seine Hand gewickelte Taschentuch enger und entschloß sich, zunächst die Niederlage hinzunehmen. Zunächst. Noch war man, wenn alles nach Plan verlief, drei Wochen auf See und dann auf den Philippinen im Auffanglager Batangas, wo die Flüchtlinge, für die man einen neuen Platz zum Leben gefunden hatte, auf ihren Weitertransport warteten. Hier würden sie in zweistöckigen, mit Palmblättern gedeckten Bambus- und Strohhäusern leben, umgeben von einem hohen, dichten Drahtzaun – ein Durchgangslager und doch die Vorstufe zum Paradies, denn nur, wer die Aufnahmegarantie eines Landes besaß, durfte von Bord der *Liberty* und in dieses Transitlager. Hier zu warten, war eine Gnade des Himmels, oder auch nur die Gnade eines Beamten für Asylanträge.

»Wer kümmert sich jetzt um sie?« fragte Hung heuchlerisch. »Ut ist krank.«

»Ich.«

»Du, Lehrer? Wie kannst du das bei deinen vielen Aufgaben. Du bist Vorsitzender des Schiffsparlaments, du gibst Unterricht bei den Kindern, du bist der oberste Richter an Bord, wenn meine Vermittlungen keinen Erfolg haben, wir alle haben dich gewählt wie ein Oberhaupt... wie kannst du dich dann um die Kinder kümmern?«

»Warum willst du Ut töten?« fragte Xuong plötzlich. Es war wie ein Schuß, der Hung traf und fast von den Beinen schleuderte. Seine in Fett eingebetteten Augen weiteten sich.

»Warum soll ich Ut töten?«

»Sie sagt es.«

»Xuong, was beweist besser, daß ihr Geist verwirrt ist, als diese dumme Rede? Sieh mich an. Kann ich einen Menschen töten? Traust du mir zu, eine Frau umzubringen?«

»Du glaubst an Hexen, Hung.«

»Was heißt glauben? Ich leugne sie nicht.«

»Und Ut ist für dich eine Hexe. Hast du das nicht vorhin zu den Kindern gesagt?«

»Eine Redensart, Xuong. Ich wiederhole es. Ich war wütend. Was kommt aus einem Wütenden nicht alles heraus!« Hung suchte einen Ausweg, sich jetzt schnell zu entfernen. Auch das hat Ut ihm erzählt. Trotz aller Warnungen. Doch was würde ihr das nützen? Xuong kann nicht wochenlang ihr Schatten sein. Und wenn ein Mensch im Lager Batangas verschwindet, gibt es zwar große Aufregung und schärfere Bewachung, aber große Fragen stellt man nicht. Wen sollte man auch fragen? Eine Frau ist weg, wird mitgelaufen sein mit einem Kerl, der sie über den Zaun holte. »Ich habe Sprechstunde«, sagte Hung. »Außerdem ist Alarm. Ich muß an Deck.«

»Du bleibst.« Ein Ton war in Xuongs Stimme, der Hungs Beine lähmte, er blieb wie angepflockt stehen. Aber seine Augen wurden jetzt schmal, und die Fettpolster, in denen sie lagen, verzerrten sich. »Stimmt es, daß Ut Schmerzen wegstreicheln kann?«

»Ja, Lehrer.«

»Du hast es mit eigenen Augen gesehen?«

»Auf dem Bildschirm im Nebenzimmer. Mit einer heimlichen Kamera hat man es aufgenommen.« Hoffnung glomm in Hungs aufgeschwemmtem Gesicht auf. »Das kann nur eine vom Teufel Besessene.«

»Oder eine von Gott Auserwählte.« Xuong beugte sich zu den Kindern hinunter und streckte ihnen die flache Hand entgegen, so wie man einem Hund zeigt, daß man ihn nicht angreifen will. Und wie ein Hund, der sich vorsichtig sichernd nähert und die Hand beschnuppert und ganz kurz beleckt, löste sich der Junge von seinen Geschwistern und berührte mit seinen Fingerspitzen die Finger des Lehrers. Ein schwaches Lächeln zog über das kleine, schon so alt wirkende Gesicht. »Ihr kommt mit mir.«

»Wir warten hier auf unsere Mutter.«

»Ich bringe euch zu eurer Mutter.«

»Das hat der dicke Mann dort auch gesagt. Und dann hat er mich geschlagen.«

»Niemand wird dir und deinen Schwestern mehr etwas tun.« Xuong sah Hung mit einem harten Blick an. »Du hast ihn geschlagen?«

»Er hatte mich angespuckt«, log Hung. Der Junge starrte ihn ängstlich an und wagte nicht zu sagen, daß der dicke Mann wieder log.

»Komm, steh auf.« Xuong streckte wieder die Hand aus. Der Junge zog schnell seine Finger zurück und umfaßte wieder seine Geschwister.

»Du lügst auch!« stieß er hervor. »Wir bleiben hier.«

»Eure Mutter wartet auf euch.«

»Das ist nicht wahr. Sie hat gesagt, wir sollen hier warten, bis sie kommt.«

»Sie hat mich zu euch geschickt.«

»Nein! Sie soll selbst kommen.«

»Ich bringe euch zu ihr. Sie wartet auf euch.«

»Warum kommt sie nicht selbst?« Der Junge zog die beiden Mädchen noch enger an sich. Das Kleinste begann jetzt zu weinen und drückte sein Gesicht in die Achsel ihres Bruders. »Sie soll kommen. Wir gehen nicht mit dir mit.«

»Sag' ich's nicht, Xuong! Es sind kleine Teufel.« Hung rieb die Hände aneinander, sie waren schweißnaß vor Aufregung. »Wir wollen ihnen helfen, aber sie spucken und beißen und glauben selbst dir nicht. Du wirst Ut rufen müssen.«

»Nein. Hier bei euch ist sie nicht mehr sicher. Wie schnell ist ein Unfall vorgetäuscht. Ein Unfall, den man nie beweisen kann. Le Quang Hung, du hast zwei Gesichter.«

»Jeder Mensch hat zwei Gesichter, zwei Herzen und zwei Seelen. Warum ist soviel Elend auf der Welt, Lehrer? Soll ich's dir sagen: Weil der Mensch wie die Zunge einer Schlange ist, gespalten, doppelzüngig, unberechenbar.« Hung faltete die Hände über dem oberhalb des Gürtels hervorquellenden Bauch. »Ut kommt nicht hierher zurück?«

»Nein.«

»Wo bleibt sie dann?«

»Im Hospital.«

»Als Schmerzmittel mit zwei Beinen?« Es sollte nach dickem Spott klingen, aber Xuong nickte ein paarmal. Verblüfft nahm Hung die Bestätigung hin und wußte darauf keine Antwort. Er hob lauschend den Kopf. Von Deck klang ein vielstimmiger Schrei bis hier nach unten, ein Aufbrüllen, das wieder Angst durch seinen Körper jagte.

War Truc auf dem Schiff? Enterten seine Piraten die *Liberty*? Warum hörte man kein Schießen? Warum schrien die Menschen bloß? Hungs Arm fuhr zitternd nach oben.

»An Deck geschieht etwas, Xuong. Sie schreien alle. Laß mich nachsehen. Was geschieht mit uns, wenn Truc das Schiff besetzt?«

»Wir werden alle getötet. Die Männer, die Kinder, die alten Frauen, du und auch ich. Was willst du oben? Wohin willst du fliehen?«

Über ihnen begann ein wildes Getrampel. Es waren die Minuten, in denen die tote junge Frau an Bord gehievt wurde und alle anderen Frauen auf Deck von den Männern weggescheucht wurden. Einige kamen jetzt nach unten, rannten durch die Schlafsäle, klagten und jammerten oder setzten sich apathisch auf ihre Schlafmatten und starrten stumm vor sich hin.

»Ist Truc an Bord?« schrie Hung. Die Angst würgte ihn, sein

Aufschrei kam wie aus einem blechernen Trichter. »Ihr Weiber, nun sagt doch was!«

Die Frauen schwiegen. Nur eine sagte weinend: »Sie töten... töten...«

Hungs Gesicht zerfloß in nacktem Entsetzen. Er lehnte sich an die Wand und umfaßte mit beiden Händen seinen Kopf.

»Sie töten...« stammelte er. »Xuong... laß mich gehen.«

»Wohin?«

»Ich muß Truc erklären, daß ich nur ein Dolmetscher bin. Ich habe nichts zu tun mit den Flüchtlingen. Ich bin keiner von den Boatpeople...«

»Aber du verdienst daran. Ein mieses, dickes, dreckiges, feiges Schwein bist du, Hung.«

»Sollte ich mich in eine Ecke legen und verhungern?«

»Das kann lange dauern, bis du dich aufgefressen hast.«

»Als man mir diesen Job anbot, habe ich vor Glück geweint. Ich war in Singapur, und da redete man so viel von einem deutschen Schiff, das draußen zwischen den Inseln umgebaut wurde. Und man erzählte sich, es sei ein ganz besonderes Schiff, Ärzte würden an Bord kommen, und es würde nach Vietnam fahren. Da habe ich mich eines Tages hinausbringen lassen zu dem Schiff und habe gefragt, ob man einen Dolmetscher brauche. ›Was können Sie?‹ hat man mich gefragt. So höflich war man zu mir. Und ich habe geantwortet: ›Sir, ich kann Englisch und 17 vietnamesische Dialekte.‹ Das war gelogen, ich kann nur zehn, aber welcher Deutsche kann das nachprüfen? Sie haben mich sofort genommen, ich hatte gute Papiere, Zeugnisse, Empfehlungen.«

»Vom wem?«

»Von vier Konsulaten, einer großen Exportfirma, einem landwirtschaftlichen Kombinat und einer Werft, mein letztes Geld ging damit weg. Sie waren gefälscht.« Hung lauschte nach oben. Geisterhaft still war es an Deck. »Es... es ist so still...« stammelte Hung und klebte wie ein riesiger Klumpen

217

Fett an der Wand. »So unheimlich still. Sind sie schon alle tot? Kommen sie jetzt herunter zu uns?! Xuong, ich will mich verstecken. Laß mich gehen.«

»Du gehst mit mir.« Xuong hatte plötzlich ein Klappmesser in der Hand, die Klinge schnellte hoch, so schnell geschah das alles, daß Hung fassungslos auf das Messer starrte. Er hatte nicht gesehen, daß Xuong in eine Tasche gegriffen hatte.

»Wohin?« stammelte er.

»Nach oben.«

»Dort ist Truc!« schrie Hung auf. »Wenn wir uns verstecken, können wir überleben. Ich kenne die *Liberty* bis in den letzten Winkel. Ich weiß, wo man uns nie finden wird. Es gibt da am Bug, unterm Anker, einen Verschlag, den keiner kennt. Truc kann nicht das ganze Schiff durchsuchen, dazu hat er keine Zeit, wenn er alle getötet hat, wird er es treiben lassen, ein Schiff mit über zweihundert Toten. Irgendwann wird es dann gefunden werden. Aber wir leben, Xuong, wir haben dann alles für uns allein, die ganzen Vorräte, das Frischwasser, Fleisch, getrocknete Fische, Gemüsedosen, Nudeln, Reis...« Er sah hinunter zu den drei zusammengekrochenen Kindern und zeigte mit zitternder Hand auf sie. »Sie nehmen wir auch mit, Xuong. Warum laufen wir nicht? Du kannst Uts Kinder retten – und dich auch!«

»Wir gehen an Deck!« sagte Xuong unbeeindruckt. »Interessant, dein Versteck! Wolltest du dort Ut und die Kinder verschwinden lassen? Abwarten, wann man sie ungesehen töten kann?«

»Lehrer, du sagst schreckliche Dinge über mich.«

»Ein gut durchdachter Plan, Hung. Ut und die Kinder sind plötzlich weg. Man sucht im ganzen Schiff und findet sie nicht. Und dann heißt es: Ut hatte einen gestörten Geist. Ihre Seele war schon jenseits unserer Welt. Dahin ist sie nun gegangen und hat die Kinder mitgenommen, wie es eine gute Mutter tut. Du hättest das mit großen Worten vorgetragen, und man hätte es geglaubt. Es klang ja auch so logisch. Und dann, wenn keiner mehr von Ut und den Kindern gesprochen hätte, hättest du sie eines Nachts getötet und über Bord zu den Haien geworfen. Ist das so richtig, Hung?«

»Nein, Lehrer, nein! Ich bin doch kein Ungeheuer.«

»Du bist mehr, du bist dazu noch feig! Ein feiges Ungeheuer, was kann es Schrecklicheres geben? Los!« Xuong hob das Messer. »Geh voraus.«

»Machst du ihn jetzt tot?« fragte der Junge stockend. Er hatte die Gesichter der beiden Mädchen an seine Brust gedrückt. Ihre dünnen Ärmchen umklammerten ihn als den letzten, einzigen Halt.

»Nein, wir holen deine Mutter. Wie heißt du?«

»Ngoc.«

»Hab keine Angst, Ngoc. Lauf nicht weg, bleib hier und warte. Ich hole deine Mutter.«

»Ich bleibe hier.« Ngoc sprach mit dem Ernst eines Mannes. »Ich vertraue dir.«

Hung schwitzte wieder aus allen Poren, wischte sich mit dem Arm über sein Gesicht und ging auf den Flur. Er drehte sich nicht um, er wußte, daß Xuong hinter ihm war, das Messer in der Hand, und wortlos und gnadenlos in seinen Rücken stechen würde, wenn er den Schritt verlangsamte. Aber dann dachte Hung, daß ein Umzug Uts in das Hospital kein Hinderungsgrund war, ihr Hexentum zu beseitigen. Auch ein Hospital hat Türen, durch die man hinein- und hinausgehen konnte, und niemand würde Ut auch des Nachts bewachen, denn sie hatte ja keine schwere Krankheit. Sie hatte nur Angst, berechtigte Angst vor der Strafe, weil sie mit des Teufels Hilfe Todgeweihte am Sterben hinderte. Und so würde es einen Morgen geben, an dem man Ut tot in ihrem Bett fand, erstickt, erwürgt, erstochen, was gerade am günstigsten war, und keiner sah einen Beweis, daß Le Quang Hung, der Dolmetscher, ein Hexenweib bestraft hatte.

Dieser Gedanke erfreute und beruhigte Hung so sehr, daß er das Messer in seinem Rücken klaglos ertrug, sein Schwitzen nachließ und er, als sie die Treppe zum Deck erreichten, seine Fettmassen behende die Stufen hinaufwuchtete.

An Deck hatte man gerade die Leiche der aus dem Meer gefischten jungen Frau in das Deckhaus getragen. Die Vietnamesen standen an der Bordwand, hoben drohend die Fäuste, schrien Parolen wie »Es lebe das freie Vietnam!« oder »Sei verflucht! Sei verflucht« und spuckten symbolisch ins Meer. Stolz und unangreifbar, ein Hohn für alle Wehrlosen, zog die weiße Yacht von Truc Kim Phong an ihnen vorbei. Die fröhlich winkenden Piraten wurden mit Gejohle und kreischendem Geschrei überschüttet.

»Truc fährt davon«, sagte Hung mit großer Erleichterung. Dicht hinter ihm stand Xuong, er hatte das Messer wieder eingeklappt. »Was hättest du getan, Lehrer, wenn er unser Schiff gestürmt hätte?«

»Gekämpft!«

Von der Bordwand kam Cuong zu ihnen gestürzt. Sein Gesicht war verzerrt, und er schüttelte beide Fäuste. »Xuong!« schrie er hell, und alle angestaute Wut lag in diesem Schrei. »Er hat ihnen die Kehlen durchgeschnitten! Er hat uns gezeigt, was er mit uns auch tun würde! Sind wir noch sicher auf dem Schiff?! Da... da treiben sie weg. Sieh dir das an!«

Xuong schüttelte den Kopf. Wozu das auch noch ansehen? Ihr Boot war Truc nicht in die Hände gefallen, das war ein Glück, das nie wiederkehrte. Alles, was noch vor ihnen lag, die Ungewißheit, das fremde Land, das sie einmal aufnehmen würde, die anderen Menschen, die ihnen Feindschaft entgegenbringen würden, den Asylanten aus einer fernen Welt, die man nicht verstand, alles war zu ertragen, nachdem das Glück des Weiterlebens ihnen geschenkt worden war.

»Komm mit«, sagte er zu Hung. Der Dolmetscher drehte sich zu ihm um.

»Wohin?«

»Zum Hospital. Wir holen Ut ab, bringen sie zu ihren Kindern und führen sie alle zurück ins Hospital. Du bleibst nicht allein, bevor sie alle in Sicherheit sind.«

Cuong schüttelte noch einmal stumm die Fäuste, und als er begriff, daß Xuong nicht auf die treibenden Leichen blicken wollte, rannte er zurück zur Bordwand und schloß sich wieder den schreienden und drohenden Landsleuten an.

Im Hospital herrschte seltene Ruhe. Alles hatte sich in dem Raum versammelt, in dem Dr. Herbergh die schrecklich zugerichtete Leiche der jungen Frau untersuchte und Dr. Starke die grauenerregenden Fotos machte. Neun Kranke oder Verletzte lagen in den Betten und hörten von draußen das Geschrei. Sie wußten nicht, was da vor sich ging, aber voller Angst verkrochen sie sich unter ihre Decken, als Xuong die Türen aufriß.

»Keine Sorge!« rief er in die Zimmer. »Ihr seid alle sicher auf diesem Schiff. Niemand wird es wagen, uns anzugreifen.«

Ut saß in ihrem Zimmer am Bullauge und starrte auf Trucs weiße Yacht, die schnell an ihr vorbeizog. Als die Tür klappte, fuhr sie herum, sah zuerst Hung und hob abwehrend beide Hände. Doch bevor sie um Hilfe schreien konnte, erkannte sie hinter dem Dicken das Gesicht Xuongs. Aufatmend fiel sie in sich zusammen, ein kleines, armseliges Bündel Mensch, eine zierliche Puppe, mit Lumpen bekleidet, ein Kind, das selbst schon drei Kinder hatte.

»Komm mit und hol deine Kinder«, sagte Xuong und schob Hung zur Seite. »Dein Sohn Ngoc ist voller Mißtrauen. Er will nur mit dir gehen. Du hast einen tapferen Sohn, Ut. Du kannst stolz auf ihn sein. Er wird einmal sein schweres Leben durchstehen und ein harter Mann werden.«

»Was will Hung hier?« fragte Ut, ohne sich vom Stuhl zu rühren.

»Er kommt mit, damit er nicht allein bei den Kindern bleibt. Du brauchst keine Angst mehr vor ihm zu haben.«

»Das hat sie nie gebraucht.« Hung schüttelte den Kopf mit einem schleimigen Lächeln. Dabei faltete er die Hände über seinen hervorquellenden Bauch und musterte Ut mit einem Blick, der anderes aussagte als seine Worte. Es war ein harter, glitzernder Blick. »Sie hat mich nur falsch verstanden.«

»Komm.« Xuong streckte Ut seine Hand hin. »Holen wir deine Kinder.«

»Muß ich wieder mit zurück?« fragte Hung.

»Nein. Du kannst gehen, wohin du willst.«

Im Lagerraum hockten Ngoc und seine beiden Schwestern noch immer an der Wand, eng zusammengedrückt und voller Angst wartend. Als sie Ut an der Tür sahen, ließ Ngoc seine Schwestern los und erhob sich. Er kam seiner Mutter entgegen, verbeugte sich und sagte: »Es ist alles in Ordnung. Ich habe getan, was ich konnte. Ich habe Hung in die Hand gebissen.« Und dann, zu Xuong gewandt: »Ich danke dir, Lehrer. Du hast dein Wort gehalten.« Und plötzlich verließ ihn die männliche Haltung, er wurde wieder ein Kind, stürzte auf Ut zu und verbarg seinen Kopf an ihrer Brust. Erst da weinte er, und es war das winselnde, helle Weinen eines zehnjährigen Jungen, der in der Not ein Mann geworden war.

Im Hospital wartete schon Julia Meerkatz auf sie. Nach dem Schock, der jedem in den Gliedern lag, der die Leiche hatte sehen müssen, hatte sie Ut abholen wollen. Aber das Bett war leer, und sie hatte sofort mit Dr. Starke telefoniert, der noch im Chefzimmer bei Dr. Herbergh war.

»Ut ist weg.«

»Weit kann sie nicht sein.« Dr. Starke lachte etwas gequält. »Das Schiff ist nur 123 Meter lang.«

»Durch dumme Witze kommt sie nicht wieder«, sagte Julia schnippisch.

»Aber sie geht auch nicht verloren.«

»Trotzdem sollten wir sie suchen. Wenn sie in Gefahr ist, wie sie behauptet...«

»Kätzchen«, sagte Dr. Starke in seiner arroganten Art. »Ich habe jetzt andere Bedürfnisse, als eine Vietnamesin zu suchen. Ich sehne mich nach Schnaps und einem sinnlosen Besäufnis. Hast du die Tote überhaupt richtig angesehen?«

»Natürlich. Ich stand doch neben dir.«

»Und bist trotzdem noch munter? Himmel, bist du ein hartgesottenes Luder.«

Wütend legte Julia auf. Es war niemand da, den sie nun fragen konnte. Auch Johann Pitz war bei den Ärzten, Stellinger, der sonst immer einen Rat wußte, war auf die Brücke gelaufen, auf Deck pfiffen, fluchten, drohten und schrien die Vietnamesen noch immer hinter Trucs Yacht her.

Julia atmete hörbar und sichtbar auf, als Xuong jetzt hereinkam und hinter ihm Ut und ihre drei Kinder. Der Junge führte seine zwei kleinen Schwestern an der Hand und sah sich neugierig nach allen Seiten um. Noch nie hatte er ein weiß bezogenes Bett gesehen, einen so sauberen Raum, ein weiß lackiertes Bettgestell, einen weiß emaillierten Nachtschrank, ein chromblitzendes Gestänge, das wie ein Galgen aussah und an dem ein dreieckiger Handgriff an einem Band baumelte. Noch nie hatte er auf einem so blanken, glatten Boden gestanden, in dem man sich fast spiegeln konnte, und geradezu ehrfürchtig und zögernd strich er mit der kleinen Hand schnell über den glatten Sitz des Plastikstuhls, der gleich neben der Tür stand. Für ihn war es ein Zauberland, in das er plötzlich gekommen war; mit weiten Augen sah er Julia an, die in ihrem weißen Kittel und mit ihren blonden Haaren genau dem Bild entsprach, das sich Ngoc von einem Engel gemacht hatte. Seine Mutter hatte ihm oft von den Engeln erzählt, und diese weiße Frau in diesem weißen Raum mußte eine Art Engel sein.

»Da bist du ja!« sagte Julia befreit. »Hab' ich mir Sorgen gemacht! Und das sind also deine Kinder. Süß sind sie, Ut.«

Weder Ut noch Xuong verstanden sie, weil sie deutsch sprach, aber am Ton ihrer Stimme hörten sie, daß es freundlich war. Ut nickte, als sie ihren Namen hörte, und Xuong sagte auf englisch: »Ich habe sie geholt, Miss Meerkatz. Wir sind alle froh, daß Ut jetzt in Sicherheit ist. Ich danke auch allen Herren Ärzten.«

Er verbeugte sich ehrerbietig und verließ das Krankenzimmer. Julia ging zu den Kindern, hockte sich vor ihnen nieder und wollte dem Mädchen, das vor ihr stand, über den Kopf streicheln. Sofort war Ngoc neben ihr und hielt ihre Hand fest. Das kleine Mädchen kroch nahe an Ut heran und begann leise zu weinen.

»Ich tu' dir doch nichts«, sagte Julia und richtete sich wieder auf. »Und du bist ein mutiger Junge.« Sie zeigte auf das Bett und nickte ihnen zu. »Setzt euch.«

Obwohl Ut sie nicht verstand, begriff sie doch, was Julia ihr sagte. Sie sprach ein paar Worte in ihrer kehligen, leicht singenden Sprache, und Ngoc setzte sich daraufhin ganz vorsichtig auf den bewunderten Plastikstuhl. Ut führte die kleinen Mädchen zur Wand, setzte sich auf den Hocker und nahm die Kleinen auf ihren Schoß, auf jeden Schenkel einen. Sie drückten sich an die Mutter und starrten Julia fragend an.

So saßen sie noch, stumm, ehrfurchtsvoll, erdrückt von dieser weißen Sauberkeit um sich herum, als Anneliese ins Zimmer kam. Zusammen mit Johann Pitz hatte sie den völlig betrunkenen Dr. Starke in sein Zimmer gebracht und aufs Bett geworfen. Dort war er liegengeblieben, mit ausgebreiteten Armen und von sich gestreckten Beinen, aber so restlos betäubt vom Alkohol war er doch nicht, um nicht noch sagen zu können: »Schöne Kollegin, komm an meine Seite. Mach's dir gemütlich. Zieh dich aus. Du... du... bist ein herrliches Geschöpf.«

»Jei, ist der besoffen!« sagte Pitz. »Was will der jetzt mit 'ner nackten Frau?«

»Johann!« Anneliese sah Pitz strafend an. Der Krankenpfleger grinste verlegen.

»Ich habe doch nicht Sie gemeint, Frau Doktor. Nur so im allgemeinen...«

»Komm, mein Schätzchen«, lallte Dr. Starke. Er versuchte den Oberkörper aufzurichten, fiel aber sofort wieder aufs Bett zurück. »Komm, leg dich zu mir, der Chef sieht es nicht...«

Wortlos verließ Anneliese das Zimmer. Pitz wartete, bis hinter ihr die Tür zufiel, und ging dann an das Bett. Er beugte sich über Dr. Starke und blickte ihm in das gerötete, von Alkoholdunst eingehüllte Gesicht. Starkes starre, geweitete, schwimmende Augen schienen die Umwelt nicht mehr zu erkennen.

»Da ist noch etwas, Doktor!« sagte Pitz eindringlich und leise. »Glaubst du, ich sehe nicht, wie du Julia nachstellst? Wie du sie mit deinen geilen Augen auffrißt? Auch wenn du ein Studierter bist und ich nur ein kleiner Krankenpfleger, ich gebe sie nicht her, sie gehört mir, mir allein. Verstehst du? *Mich* liebt sie, keinen anderen. Und wenn du sie nicht in Ruhe läßt, bekommst du das im nüchternen Zustand.«

Er bog sich etwas zurück, holte aus und schlug Dr. Starke mit der flachen Hand ins Gesicht. Links, rechts, links, rechts, es klatschte anständig, Starkes Kopf flog hin und her, er grunzte dabei, aber es war nicht sicher, ob er überhaupt etwas von den Ohrfeigen spürte.

»Das war's, Doktor!« sagte Pitz nach dieser Serie von Schlägen zufrieden. »Ich weiß, es ist feig, einen Besoffenen zu schlagen, aber es tut gut. Und ich schwöre dir jetzt: Ich schlage dir auch in die Fresse, wo immer du bist, wenn du Julia nicht in Ruhe läßt. Schlaf gut, du geiles Schwein.«

Zufrieden verließ Pitz das Zimmer des Arztes, sah auf seine Armbanduhr und schnalzte mit der Zunge. Es war die Zeit, in der er Julia ungestört lieben konnte, vorne im Leerbunker oder im Proviantraum oder in einer Kammer für Ersatzkabel. Dort hatte er über zwei Kabelrollen eine alte Roßhaarmatratze gelegt, und die Stunden, die er dort mit Julia erlebt hatte, vollkommen sicher vor allen Überraschungen, waren die schönsten in seinem Leben gewesen. Bis er dahinter kam, daß Dr. Starke das Kätzchen umschlich wie ein gurrender Kater. Zum Glück für alle ahnte er nichts von Julia und Büchler, es hätte ihn völlig um den Verstand gebracht. Wer Julia einmal in den Armen gehalten hatte, war nicht mehr zu klarem Denken fähig.

Vom Telefon an dem großen 23-Tonnen-Kran rief er im Hospital an, er wählte die Nummer von Uts Zimmer. Dort mußte Julia jetzt sein. Wirklich meldete sie sich, und Pitz genoß einen Augenblick lang den Klang ihrer Stimme. »Ja? Hier Schwester Julia.«

»Nein«, antwortete Pitz verzückt. »Dort ist meine süße Frau.«

»Wer spricht denn da?«

»Unsere Matratze wartet!«

»Johann?!«

»Wer sonst, mein Zuckerfötzchen?«

»Leg dich ins Bett und penn dich aus. Du bist ja auch betrunken.«

»Ins Bett? Nur mit dir. Ich warte in der Kabelkammer.«

»Nein!«

»»Guck auf die Uhr. It's lovetime.«

»Wie kannst du nach einem solchen Tag noch ans Bumsen denken?!«

»Gerade, mein Liebling. Wir wollen gemeinsam vergessen, indem wir uns vergessen.«

»Nun werd nicht auch noch poetisch! Ich habe keine Lust, verstehst du? Mir steckt das alles in den Knochen. Mensch, was hast du für ein Gemüt?! Denkst nur ans Bumsen.«

»Ja.« Pitz grinste in den Hörer hinein, als könnte Julia es sehen. »Wenn ich an dich denke, kribbelt's mir im Blut, und wenn ich dich sehe, muß ich beide Hände vor die Hose halten.«

»Ferkel!« Julias Stimme klang wütend. »Heute nicht, sage ich!«

»Auf Wilhelm brauchst du nicht zu warten, der liegt besinnungslos besoffen in seiner Koje.«

Julia hielt einen Augenblick den Atem an und blickte entsetzt auf den Hörer. Was wußte Johann? Hatte er doch etwas bemerkt? »Wer ist Wilhelm?« fragte sie umwerfend unschuldig.

»Der Gentleman vom Dienst. Der promovierte Affe mit dem Schwanz in der Hand. Allzeit bereit.«

»Mein Gott, hast du einen sitzen«, sagte Julia geschickt und konnte damit das gefährliche Gespräch abbrechen. »Schlaf dich aus.«

»Kommst du in die Kabelkammer?«

»Nein! Außerdem bin ich nicht allein.«

»Wer ist denn im Zimmer?«

»Ut und ihre drei Kinder.«

»Die versteht kein Deutsch.« Pitz bekam einen Gedanken und fand ihn grandios und vor allem ausführbar. »Ich komme heute nacht zu dir in die Kabine, einverstanden?«

»Johann! Wir hatten ausgemacht...«

»Damit es keiner sieht, vor allem der Lackaffe nicht, der nachts herumgeistert.« Pitz sah natürlich nicht, wie Julia jetzt erschrocken die Schultern hob und den Kopf einzog, als wolle man sie schlagen. »Aber Casanova schläft in nächster Umgebung einer Alkoholvergiftung, der Chef ist auch nicht mehr allein und sieht doppelt, Dr. Anneliese will sich um Ut und die Kinder kümmern. Heut' ist die Nacht, in der dein Bettchen krachen kann.«

»Ich kann nicht, Johann.« Julias Stimme klang weinerlich und gequält. »Heute sind meine Nerven kaputt. Ich brauche Ruhe. Komm nicht, versuch es nicht. Ich schließe die Tür ab und mache unter Garantie nicht auf. Morgen, Schatz. Morgen bestimmt, wie immer.«

Sie hängte ein. Pitz knallte am Kran den Telefonhörer auf die Gabel. Dann nicht, mein Pussy-Kätzchen, dachte er wütend.

Aber so etwas merkt man sich. Wenn du mal Lust hast auf einen rasanten Bums, dann sag' ich auch: O nein, meine Nerven sind heute so schwach. Dann kannst du dir ein Kissen zwischen die Beine klemmen.

Mit finsterer Miene ging er an den noch immer heftig diskutierenden Gruppen von Vietnamesen vorbei und wußte nicht, was er mit der freien Stunde anfangen sollte. Er setzte sich auf den Rand der Deckvertiefung, die dem Schiffsparlament als Sitzungsraum diente, stierte auf die Planken, belegte in Gedanken Julia mit einer Anzahl unschöner Worte, wovon »hysterische Kuh« noch das mildeste war, und schrak wie ertappt hoch, als ihn jemand von hinten auf die Schulter tippte.

Herbert v. Starkenburg nickte ihm stumm zu und setzte sich neben ihn. Die Blässe des Entsetzens stand ihm noch im Gesicht. »Hast du 'ne Zigarette?« fragte er nach einem langen Schweigen, das Pitz durch keine Frage unterbrach.

»Nein. In der Kabine. Seit wann rauchst du, Herbert?«

»Ich war früher ein starker Raucher. Ein Paffer. Und meistens mit Zusatz.«

»Marihuana?«

»Auch. Es gibt da noch ganz andere Sachen, Mischungen. Wenn du die inhalierst, verändert sich die Welt. Da sind die Bäume aus buntem Glas, die Wiese ist violett, und die Flüsse fließen den Berg hinauf.«

»Da wirste verrückt.«

»Das wirst du auch, wenn du dich daran gewöhnst. Dann kannst du nicht mehr aufhören, bis sie dich in eine Anstalt einsperren. Aber dann ist es manchmal zu spät. Zwei meiner Freunde sind dort gelandet, in der geschlossenen Abteilung, für immer. Da habe ich aufgehört mit dem Zeug. Ich habe überhaupt nicht mehr geraucht.« Starkenburg holte tief Luft. »Aber heute... Du, ich hab' im Schlauchboot kotzen müssen.«

»Ich hab's gesehen, Herbert. Das kann jedem passieren. Mir kam es auch hoch, als sie da auf dem Tisch lag, und der Chef untersuchte sie.« Pitz drehte sich zur Seite und schob die Beine hoch. »Komm mit in die Kabine, ich geb' dir eine Zigarette. Hat der Chief keine?«

»Er ist böse mit mir«, sagte Starkenburg wie ein Kind, das gescholten worden ist.

»Was heißt das?«

»Er spricht nicht mehr mit mir. Und wenn er mir begegnet, nennt er mich Stricher und Verräter und Hure. Nur weil ich bei einem jungen Vietnamesen Unterricht in Judo nehme. Julius ist eifersüchtig. So was von Eifersucht hast du noch nicht gesehen.«

»Und hat er Grund dazu?«

»Wegen Judo?«

»Wegen des jungen Vietnamesen. Ehrlich, Herbert, ist's nur der Judo-Unterricht? Du weißt, bei mir liegt jede Beichte wie im Grab. Nun gesteh schon!«

»Er... er ist ein hübscher Junge...« sagte Starkenburg zögernd. »Schlank und doch voller Muskeln. Wenn wir Judo üben, sind wir beide nackt. Es ist wunderbar, ihn anzufassen. So, als wenn du Julia an dich drückst.«

Pitz sah ihn betroffen an. »Was ist mit Julia? Ich habe mit ihr nichts zu tun.«

»Johann«, Starkenburg lächelte wissend, »auch ich kann schweigen. Und ich sehe vielleicht mehr als andere an Bord.«

»Was hast du gesehen?«

»Euer Treffen im Proviantbunker.«

»Das hast du gesehen?«

»Ich habe euch hineingehen sehen, und nach einer Stunde kam Julia wieder heraus. Sie sah ziemlich zerrupft aus.«

»Du mußt verdammt viel Zeit haben, um überall herumzuspionieren.« Pitz kämpfte mit einer inneren Unruhe, aber er konnte nicht vermeiden, daß seine Augenwinkel nervös zu zucken begannen. Das war eine Reaktion seiner Nerven, über die er sich maßlos ärgerte, die er aber nicht unterdrücken konnte. Immer, wenn er besonders aufgeregt war, begann das Zucken. Auch Julia hatte es gemerkt, hatte ihn auf die Augen geküßt und ihm ins Ohr geflüstert: »Dein ganzer Körper denkt nur an mich. Von den Zehen bis zu den Augen. Schatz, so wild auf mich war noch keiner.« Er ließ sie in dem Glauben und nahm sich vor, einen Nervenarzt aufzusuchen, wenn er wieder in Deutschland war. Oder noch früher, beim nächsten Aufenthalt in Singapur, vielleicht half eine Akupunktur. Diese chinesischen Ärzte hatten für alle Krankheiten eine silberne Nadel. »Wer weiß das noch?«

»Keiner, Johann.«

»Wenn du alles siehst... was ist mit Dr. Starke? Ist er hinter Julia her?«

»Dr. Starke?« Starkenburg blickte an Pitz vorbei auf das Meer. Er sah wieder, wie der Arzt kurz nach Mitternacht zu Julias Kabine schlich, leise anklopfte, dreimal kurz, und sie ihm die Tür öffnete. Und er sah wieder Hugo Büchler, den Ersten, in der folgenden Nacht den gleichen Weg gehen, nur klopfte Büchler viermal kurz an die Tür. »Nein!« log Starkenburg. »Ich habe nichts gesehen.«

»Er frißt Julia mit den Augen auf.«

»Du spinnst. Du siehst Gespenster. Du bist wie Julius, eifersüchtig bis zur Sinnlosigkeit. Hast du irgendeinen Beweis?«

»Nein.« Pitz stand auf und wartete, bis Starkenburg auch vom Rand der Versenkung hochgekommen war. »Aber wenn du was siehst, sag es mir sofort.«

»Das ist doch klar, Johann.«

»Ich mache aus diesem Lackaffen einen einzigen blauen Fleck!«

Und darum wirst du nie etwas erfahren, dachte Starkenburg zufrieden. Von mir nicht. Das Wichtigste an Bord ist unser Zusammenhalt, ist die gemeinsame Arbeit, ist die Harmonie untereinander. Wenn jeder des anderen Feind ist, können wir unsere Aktion abbrechen. Und dann noch Feindschaft wegen eines Weibchens wie Julia. Das wäre der Gipfel der Absurdität, das Sinnloseste überhaupt.

»Gehen wir zu deinen Zigaretten«, sagte Starkenburg. »Mir liegt der Tag noch immer im Magen.«

Unterdessen hatte Anneliese das Zimmer betreten, in dem Ut und ihre Kinder warteten. Sie brachte Xuong mit, der dicke Hung war nirgendwo zu finden. Sie hatte den Dolmetscher suchen lassen, aber statt Hung war Xuong gekommen und hatte sich angeboten, die Unterhaltung ins Englische zu übersetzen.

Julia Meerkatz, noch wütend über das Gespräch mit Pitz, saß auf dem Bett und sprang auf, als Anneliese hereinkam. »Die Kinder lassen sich nicht anfassen«, sagte sie. »Dabei müßten sie dringend gebadet werden. Aber wie soll ich das Ut klarmachen? Ich überlege schon die ganze Zeit, wie man Baden in Zeichensprache ausdrücken kann.«

»Sie werden sich alle bei mir duschen. Xuong wird es ihnen übersetzen.« Sie wandte sich an den Lehrer, der höflich an der Tür stehengeblieben war und wartete, daß man ihn ansprach. »Xuong, sagen Sie Ut, daß sie und die Kinder bei mir wohnen werden. Wir gehen sofort in meine Kabine.«

Xuong verneigte sich und übersetzte Annelieses Worte. Über Uts Gesicht zog ein glückliches Leuchten. Es veränderte sich völlig, plötzlich war es wieder jung und glatt, ohne Angst und voll Hoffnung. Sie sagte etwas mit ihrer hohen, kindlichen Stimme, und Xuong gab es weiter.

»Ut weiß nicht, wie Sie Ihnen danken soll, Frau Doktor. Ihr Leben wird jetzt zum zweitenmal gerettet. Vielleicht kann Ngoc Ihnen einmal danken, wenn er groß und etwas geworden ist. Ut und die Kinder werden Sie nie vergessen, wohin sie auch kommen.«

»Zuerst müssen sie baden. Gehen wir, Xuong.«

In Annelieses Kabine war alles schon für den Einzug Uts vorbereitet. Auf dem Boden lagen zwei Matratzen für die Kinder, im Schrank hingen auf Bügeln zwei Kleider für Ut und eine

Jeanshose mit Pulli, die Anneliese aus ihren Beständen ausgesucht hatte. In Manila wollte sie Ut und den Kindern dann neue Hosen, Hemden und Pullover kaufen, hier an Bord liefen sie meistens nur mit Hemd und weiter Baumwollhose herum. Xuong, der zum erstenmal die Kabine der Deutschen betrat, sah sich neugierig um.

»Sieh es dir genau an, Ut«, sagte er bestimmt. »Wie sauber alles ist. Ich will, daß es so sauber bleibt. Ich werde jeden Tag danach schauen. Niemand soll sagen, der Dreck gehöre zu unserem Leben.«

»Ich werde mir Mühe geben, Lehrer«, antwortete Ut. Sie stand mitten im Zimmer und wagte es nicht, sich in einen der Rattansessel zu setzen oder gar auf das glattgezogene Bett. Es war nicht in weiß, sondern mit einem hellrosa Stoff bezogen. Für Ut und die Kinder war es, als seien sie in das Zimmer eines Palastes gekommen. Ein Radio stand auf einer Kommode, Bilder in Silberrahmen. Das waren Annelieses Eltern, ihr Bruder und ein streng dreinblickender älterer Mann mit Schnurrbart, der ihr Doktorvater gewesen war. Professor Dr. Haubener. »Ihre Promotionsarbeit ist hervorragend –« hatte er damals gesagt –, »aber ob Sie eine gute Ärztin werden, bezweifle ich. Sie tragen zuviel Herz mit sich herum, sie könnten mit den Kranken weinen, und das bringt gar nichts, nur Mißtrauen in Ihr ärztliches Können. Ein Arzt muß immer über der Krankheit stehen, wenigstens nach außen hin.« Wenn Haubener sie jetzt sehen könnte, wie sie verzweifelte Menschen aus dem Meer fischte, ausgedörrten Kindern und Frauen wieder neuen Mut gab, unter einem Sonnensegel am Heck des Schiffes Deutschunterricht erteilte; Prof. Haubener würde sie umarmen.

»Sagen Sie Ut, sie soll die Kinder ausziehen. Ich stelle die Dusche an.«

Xuong übersetzte es. Anneliese mischte das kalte und warme Wasser, bis es die richtige Temperatur erreicht hatte und nickte dann den Kindern zu. Zögernd streifte Ngoc seine zerrissene

Hose ab und zog das fleckige Hemd über den Kopf. Ut zog die Mädchen aus, und dann standen sie mit großen Augen vor der Dusche, kleine, ausgemergelte, vom Elend gezeichnete Körper, schmächtige Gerippe, überspannt mit einer fadgelblichen Haut, lehmig, sandig wie der Boden, auf dem sie geboren worden waren.

Ut blickte hinüber zu Xuong an der Tür, aber sie wagte nicht, etwas zu sagen. Verschämt nestelte sie dann an ihrer Bluse und knöpfte die oberen drei Knöpfe auf. Xuong verstand jetzt ihr Zögern und wandte sich an Anneliese.

»Brauchen Sie mich noch, Frau Doktor?«

»Aber ja. Warten Sie solange vor der Tür, Xuong.«

Der Lehrer ging hinaus, und kaum hatte er die Tür geschlossen, zog Ut die Bluse über ihren Kopf und streifte die Hose ab. Sie trug darunter ein löchriges Höschen aus hellblauer Baumwolle, nur das hatte sie mitnehmen können, alles andere war an Land geblieben, zwei große Kartons und zwei zusammengenähte Säcke mit Wäsche, Kleidung, Hausrat und Töpfen. »Viel zuviel!« hatte damals Xuong gesagt, als sie bei dem flachen Flußboot erschien. »Wenn alle soviel mitnehmen, gehen wir schon im Mekong unter. Nur mitnehmen, was unbedingt nötig ist. In ein paar Tagen sind wir in einer anderen Welt. Da können wir uns alles wieder kaufen.« Wer ahnte damals, was an Todesnot auf sie zukommen würde.

Anneliese lehnte sich gegen die Wand und sah zu, wie Ut mit ihren Kindern unter die Dusche ging. Sie hatte einen schönen Körper mit kleinen Brüsten und längeren Beinen, als man in den flattrigen Hosen erkennen konnte. Nichts deutete darauf hin, daß sie schon drei Kinder hatte, keine Bauchfalte, keine Hautflecken, keine Schlaffheit der Brüste, es war ein junger, noch mädchenhafter Körper, der – über Anneliese lief ein kalter Schauer – in einem thailändischen Bordell oder Massagesalon eine Menge Geld einbringen könnte. Frauen wie Ut waren für Truc ein großes Kapital, eine teure Handelsware, und sie konnte sich vorstelllen, wie Truc sie auch als solche anbot, sie nackt dem Aufkäufer vorführen ließ und dann um den hohen Preis handelte. Eine so schöne Kindfrau wie Ut würde 5000 Dollar bringen und dafür mußte sie Tag und Nacht im Bordell zur Verfügung stehen, um die große Investition wieder hereinzuholen. Ein Leben für Tausende von Männern, bis sie zu alt geworden war, verbraucht und ausgelaugt und nur noch taugte für die eingeborenen Männer, die umgerechnet zwanzig Mark zahlten. Und wenn auch das nicht mehr lief, würde man sie auf die Straße werfen wie Müll, menschlicher Abfall, um dessen Verfaulen sich niemand mehr kümmerte.

Aber in Bonn sagte die Bundesregierung, die Rettung dieser Menschen sei nicht als ein humanitärer Akt zu bewerten. Die Verhältnisse in Vietnam hätten sich wesentlich gebessert. Es gäbe keinen Grund mehr zur Flucht.

Ut wusch ihre Kinder mit viel Seifenschaum, immer und immer wieder seifte sie die Kleinen ein, als wolle sie alle Not und alle Angst aus den Poren waschen. Dann stellte sie sich selbst mit hocherhobenen Armen unter die Duschstrahlen, warf den Kopf in den Nacken, schloß die Augen und gab sich ganz dem warmen, strömenden Wasser hin. Etwas Wildes, ungemein Erotisches war in diesen Bewegungen, in der Verzückung, die auf ihrem Gesicht lag, im Schwingen ihres Körpers und dem Rhythmus ihres verhaltenen Tanzes in den Wasserstrahlen, als folge sie einer in ihr klingenden Melodie. Selbst Anneliese empfand dieses lockende Aufbrechen von Sexualität, von ungehemmter Sehnsucht und Hingabe, um wieviel mehr mußte ein Mann das spüren und für sich beanspruchen. Sie dachte an Uts Zukunft, die völlig im dunkeln lag. Welcher Staat würde sie mit den Kindern aufnehmen, welcher Mann würde in Uts Leben treten? Würde das Glück der Rettung sich fortsetzen in einem anderen Glück? Welche Arbeit konnte sie aufnehmen, was hatte sie gelernt?

Ngoc hatte zur Seife gegriffen und rieb seine Mutter damit

ein. Er tat es mit großem Ernst, verteilte den Schaum über ihren Rücken, die Hüften und das Gesäß, rieb ihn in die Poren ein und trat dann zurück an die Wand, damit sich Ut unter den Wasserstrahlen drehen konnte.

Ut lachte ausgelassen mit den Kindern. Die Kleinen sprangen wieder unter die Dusche, preßten sich an ihre Mutter, und Ut legte die Arme um sie, und zusammen genossen sie das warme Wasser und quietschten vor Fröhlichkeit.

Danach saßen sie alle nebeneinander auf dem Bett, eingewickelt in weiche, große Frotteetücher, ein Junge und drei Mädchen, denn Ut sah mit ihren nassen, anliegenden Haaren noch jünger aus als zuvor, wie die ältere Schwester der Kinder. Anneliese holte Xuong wieder ins Zimmer. Er hatte draußen im Flur gewartet, hatte das Jauchzen aus der Dusche gehört und daran gedacht, daß Hung in seinem Hexenwahn unberechenbar war.

»Wer ist das?« fragte Xuong und zwinkerte mit den Augen. »Kenne ich sie? Aber ja, jetzt weiß ich es: Es ist Ut mit ihren Kindern. Wie Wasser und Seife sie verändert haben!«

Er sagte es auch auf vietnamesisch, und wieder begann ein lautes Quietschen. Ngoc schlug die Hände zusammen, die Mädchen strampelten mit den Beinen und Ut zog das Badetuch höher zum Hals, als es zu rutschen begann. Wieso sind sie anders als wir, dachte Anneliese. So würde jede Mutter nach einem Bad mit ihren Kindern sitzen und sich freuen – ob in Kanada oder Frankreich, in der Schweiz oder in Deutschland. Sind sie anders, weil sie aus Asien kommen? Was unterscheidet sie von uns? Sie sind Menschen wie wir, nur wir, die Satten, sortieren sie aus, wie fehlerhafte Ware auf einem Fließband.

»Sagen Sie ihnen, Xuong, daß sie die neuen Kleider anziehen sollen und dann die Kabine nicht verlassen dürfen. Sie sollen hinter sich die Tür verriegeln und keinem öffnen, soviel auch geklopft wird. Erst, wenn sie meine oder Ihre Stimme hören, dürfen sie aufmachen.«

»Und wenn einer der Herren Ärzte kommt?« fragte Xuong.

»Ut wird sie fragen. Und wenn sie auf deutsch antworten, kann sie aufschließen. Aber sonst nie! Sagen Sie ihr das ganz eindringlich.«

Xuong übersetzte es. Ut nickte mehrmals zu Anneliese hin und zeigte damit, daß sie alles verstanden hatte. Dann sprach auch sie ein paar Worte, und Xuong wandte sich zu Anneliese um.

»Sie fragt, was mit den Sachen ist, die noch bei ihrem Schlaflager stehen. Etwas Wäsche, ein kleiner Kochtopf, zwei Eßschüsseln, ein Paar Sandalen.«

»Ut wird von mir alles neu bekommen. Die alten Sachen werfen wir nachher über Bord. Oder ist irgend etwas Wertvolles dabei?«

»Wie kann Ut Wertvolles haben?« Er hörte wieder zu, als Ut weitersprach und schüttelte den Kopf. Aber jetzt schien es eine Meinungsverschiedenheit zu geben, Uts Stimme hob sich und wurde erstaunlich hart.

»Was sagt sie?« fragte Anneliese.

»Ut sagt, sie könne nicht den ganzen Tag in der Kabine bleiben. Sie müsse sich um Thuy kümmern. Sie muß ihm nach jedem Essen seine Schmerzen wegnehmen. Er wird sterben, wenn sie ihm nicht hilft.«

»Natürlich soll sie Thuy helfen. Wir werden ihn ins Hospital holen. Aber immer muß einer von uns bei ihr sein, auch wenn sie das ablehnt. Sagen Sie ihr das. Sie darf nicht allein sein.«

Xuong übersetzte, aber Ut schüttelte den Kopf. Ihre Antwort war für Anneliese unverständlich.

»Ut sagt, daß sie Thuy nicht helfen kann, wenn jemand zusieht. Sie kann überhaupt nicht mehr helfen, wenn sie nicht allein ist. Thuy muß also sterben. Niemand kann dabei sein, wenn sie betet. Alle Fremden verhindern, daß ihre Worte bis zu Gott kommen.«

»Das ist doch Unsinn, Xuong!«

»Wer weiß es, Frau Doktor? Ut hat die Wundergabe, Schmerzen wegzunehmen. Kann man Wunder erklären? Kann man Wundern befehlen? Ein Wunder ist immer außerhalb unseres Denkens und Verstehens, sonst wäre es ja kein Wunder.«

»Sie sind ein kluger Mann, Xuong. Was wollen Sie einmal tun? Ein vietnamesischer Lehrer ist das letzte, was man in Deutschland gebrauchen kann.«

»Ich kann arbeiten, Frau Doktor. Ich werde jede Arbeit annehmen. Nichts wird mir zu schwer und zu dreckig sein. Ich habe ja ein neues Leben bekommen. Schlimmer als in meiner Heimat kann es nie mehr werden. Wer leben will, kann leben, wer arbeiten will, kann arbeiten. Man muß nur wollen und jede Arbeit annehmen. Ich kann nicht sagen: Ich bin Lehrer, ich fasse keine Schaufel an. Ich würde die Böden schrubben, wenn ich davon leben kann. Ich würde die Fäkalienkanäle säubern, wenn es Geld bringt. Wir haben gelernt, daß jede Arbeit wertvoll ist, weil sie uns leben läßt.«

»Das sollte man mal bei uns an die Wände hängen!«

»Dann lade ich jeden ein, in mein Land zu kommen. Nicht für zwei Wochen als Tourist, sondern nur ein Jahr als Arbeiter unter Arbeitern. Auf den Knien würden sie zurückkommen in ihr Paradies.« Xuong nickte zu Ut und den Kindern hin. »Was sollen wir tun? Muß Thuy wirklich sterben!?«

»Er wird es bestimmt, Xuong. In kurzer Zeit, noch hier auf dem Schiff. Sein Magenkrebs ist so weit fortgeschritten, daß es ein Wunder ist, daß er noch lebt.«

»Uts Wunder.«

»Nein. Der Krebs drückt Thuy das Leben ab, nur spürt er keine Schmerzen dabei wie andere Krebskranke. Das ist Uts rätselhafte Kraft, das gebe ich zu. Ich muß darüber mit Dr. Herbergh sprechen.«

»Es eilt, sagt Ut. Nach dem Abendessen muß sie Thuy sehen. Kann sie ihn nicht allein in einem leeren Krankenzimmer behandeln? Vor der Tür kann eine Wache stehen.«

»Zuerst werden wir Thuy ins Hospital holen, er hätte schon dableiben sollen, aber plötzlich war er aus seinem Bett weg. Wir haben ihn gesucht, aber nicht gefunden. Er versteckt sich irgendwo. Und wo wir auch fragen, überall Schweigen. Warum eigentlich, Xuong? Wir wollen doch nur helfen! Aber plötzlich stehen wir vor einer Mauer aus Menschen und können sie nicht durchbrechen. Auch nicht mit logischen Argumenten.«

»Hat Hung immer übersetzt?« fragte Xuong.

»Natürlich. Er ist doch der Dolmetscher.«

»Sie haben nie kontrollieren können, was er wirklich gesagt hat. Aber jetzt wissen Sie ja, daß Hung einen Haß auf Ut hat.«

»Das weiß ich nicht, Xuong!« Anneliese sah Xuong überrascht an. »Wir alle wissen nur, daß Ut Angst hat. Vor wem, das war mir bis zu dieser Minute unbekannt. Hung? – Warum sollte Ut vor Hung Angst haben? Er ist ein dicker, freundlicher Mann.«

»So stellt er sich gern dar.«

»Was wissen Sie über Hung?«

»Er sieht in Ut eine Hexe.«

»Im Mittelalter hätte man sie bei uns verbrannt, das ist nicht zu leugnen.«

»Wir leben in einem anderen Jahrhundert, Frau Doktor.«

»Aber vielleicht Hung nicht? Er trägt zwar moderne Anzüge, spricht Englisch und Deutsch und Französisch, aber er kann deswegen doch noch an Hexen glauben. Sogar in Deutschland haben wir Tausende mit einem Hexenglauben, sie haben Vereine gegründet, Zirkel, Geheimbünde und halten Schwarze Messen ab mit Beschwörungen und Teufelskult. Sie opfern dem Satan und fallen bei ihren Ritualen in Verzückung. Sie und ich können das nicht verstehen, aber die Hexenmeister und die Hexen sind unter uns und sehen im täglichen Leben so normal aus wie wir. Kein Teufelsmal, kein Hinkefuß, kein Schwefelgeruch. Sie sind Kaufleute oder Handwerker, Juristen oder Buchhalter, Künstler oder biedere Geschäftsleute, sie kommen aus allen Schichten und haben einen guten Ruf, haben Freundinnen und Freunde, sitzen am Stammtisch, lassen die Kegelkugel rollen, spielen Billard oder Skat, nichts, gar nichts unterscheidet sie von den anderen Menschen. Aber dann, an einem bestimmten Abend, kommen sie in ihrem Clublokal zusammen, meistens die Wohnung eines wohlhabenden Mitglieds, und zelebrieren ihren Satanskult, oft bis zur Ekstase.«

»Aber sie morden nicht.«

»Auch das ist schon vorgekommen, Xuong.« Anneliese sah ihn mit einem langen, fragenden Blick an. »Will Hung etwa Ut umbringen?«

»Sie fürchtet sich vor ihm«, antwortete Xuong vorsichtig. »Bei Wahnideen ist alles möglich. Sie haben es gerade selbst gesagt. Warum haben Sie Ut zu sich genommen?«

»Eben weil sie Angst hatte. Nur ahnte keiner von uns, vor wem sie sich verkroch. Wir werden Hung beobachten.«

»Er wird wie immer der fette, nette, hilfsbereite, lächelnde Le Quang Hung sein, der dem großen Glück in Singapur in die Arme gelaufen ist, indem er sich bei Ihrem Komitee als Dolmetscher bewarb. Er wird natürlich alles leugnen! Haben Sie Beweise gegen ihn? Nur Uts Angst. Ist das ein Beweis? Und was kann ich aussagen? Nur Vermutungen. Ich habe sicherlich eine scheußliche Tat verhindert, aber kann ich es beweisen? Es gibt keine Zeugen, nur die Kinder. Aber wer glaubt denn Kindern?«

»Was ist mit den Kindern?« Anneliese blickte hinüber zum Bett. Ut und die Kleinen saßen noch nebeneinander, eingewickelt in die Badelaken. »Ut wollte nur im Hospital bleiben, wenn sofort die Kinder geholt würden.«

»Hung wollte sie mit den Kindern erpressen, wieder unter Deck zu kommen. Er hätte sie vielleicht sogar über Bord geworfen.«

»Was sagen Sie da, Xuong?! Hung? Niemals! Er ist doch keine Bestie!«

»Er lebt in dem Wahn, Hexen vernichten zu müssen. Hexen und ihre Brut, wie er sich ausdrückt. Das ist der andere Hung. Der, den Sie kennen, hat damit nichts zu tun. Das sind zwei verschiedene Wesen in einem dicken Körper.«

»Ich werde Dr. Herbergh alles erzählen, Xuong. Sie werden es ihm auch noch mal sagen. In Manila kündigen wir Hung und schaffen ihn von Bord. Wir werden schon einen anderen Dolmetscher finden.« Sie sah Ut wieder an, die ihr dankbar zulächelte. Ngoc hatte sie gefragt, ganz leise, nur für sie verständlich, und dabei mit dem Finger auf Anneliese gezeigt: »Ist das ein Engel, Mama?« Und Ut hatte ebenso leise geantwortet: »So etwas Ähnliches, Ngoc. Wenn wir allein sind, werden wir für sie beten.«

»Wann wird das Abendessen ausgeteilt?« fragte Anneliese.

»In einer Stunde, Frau Doktor.«

»Bis dahin müssen wir Thuy finden.«

»Wenn es Essen gibt, weiß ich, wo man ihn suchen kann. Aber ob er wieder ins Hospital kommt, freiwillig?«

»Überreden Sie ihn. Sie schaffen das, Xuong. Er kann doch die schrecklichen Schmerzen nicht aushalten, und wir –« sie hob hilflos die Schultern – »wir können ihn nur mit Morphium vollpumpen, und das hält sein Herz nicht lange aus. Auch wenn er noch auf dem Schiff sterben wird, dann soll er wenigstens schmerzfrei sterben. Außerdem wollen wir uns mit dem Phänomen Ut beschäftigen.«

»Das kann man nicht erklären. Man muß das Wunder hinnehmen.«

Anneliese nickte Ut und den Kindern zu und verließ mit Xuong die Kabine. Sofort sprang Ut vom Bett hoch, rannte zur Tür und verriegelte sie. Auf dem Flur zeigte Xuong mit dem Daumen über seine Schulter.

»Sie hat abgeschlossen.«

»Ein braves Mädchen. Haben Sie gesehen, wie glücklich sie alle nach dem Bad waren?«

»Nicht nur deshalb, Frau Doktor. Sie sind in ein Paradies gekommen, und Sie sind ein Engel.«

»Xuong, jetzt übertreiben Sie maßlos!«

»Das stammt nicht von mir.« Xuong hob abwehrend beide Hände, aber sein Gesicht leuchtete vor Freude. »Das hat Ngoc gesagt, und Kinder haben ein Gefühl dafür.«

Mit dem Abendessen hatte sich Hans-Peter Winter, der Koch, große Mühe gegeben. Er hatte zwei Vietnamesen Kartoffeln schälen lassen, ihnen dann gezeigt, wie man sie reiben konnte, hatte dann die Masse mit Zwiebeln, Eiern, Salz und Muskat zu einem Teig geknetet. Bald zog ein verlockender Duft über die Flure und in die Räume. Stellinger, magisch angelockt von dieser aromatischen Wolke, war in die Küche gekommen, was Winter als eine gemeine Provokation empfand. Er schoß um seinen Herd herum und stieß mit dem Pfannenmesser nach Stellinger.

»Was willst du hier?« rief er. »In meine saubere Küche kommt kein Öllappen herein.«

»Was erwarten wir heute abend von dir?« fragte Stellinger scheinheilig.

»Kartoffelpuffer mit Apfelmus.«

»O Gott, schon wieder Schuhsohlen!« rief Stellinger genußvoll. »Mir reicht das Schnitzel von gestern. Ein Riesenkaugummi war das. Ich hab' damit einen Riß in der Bordwand verklebt.«

»Ich werde dir ab morgen Scheiße servieren!« brüllte Winter und hieb mit dem Pfannenmesser um sich. Stellinger wich ihm geschickt aus.

»Dann ändert sich ja nichts!« rief er und verließ fröhlich die Küche.

Und tatsächlich, beim Essen fehlte Stellinger am Tisch. Larsson, den alle fragend anblickten, zog die buschigen Augenbrauen zusammen. Er wußte, was die anderen jetzt dachten.

»Nein«, sagte er hart und knapp, wie es seine Art war. »Wenn Herr Stellinger nicht mehr mit mir an einem Tisch sitzen will, ist das seine Sache. Ich vertreibe ihn nicht.«

Er sagte tatsächlich »Herr Stellinger« und drückte damit aus, daß zwischen ihm und dem anderen keine Brücke mehr gebaut werden konnte. Wenn sie erst im Hafen liegen würden, daran ließ Larsson keinen Zweifel aufkommen, würde es heißen: Stellinger oder ich! Das Komitee mußte schnell handeln, jeder Tag kostete 8000 Mark, und jeder Tag mußte zusammengebettelt werden.

Während Winter seine knusprigen Kartoffelpuffer servierte, ging Stellinger zum Heck des Schiffes und ließ sich wieder in seinen Liegestuhl neben der Vietnamesen-Küche nieder. Er hatte Kim gesehen, die an der Essenausgabe stand und mit einer großen Schöpfkelle die hingehaltenen Schüsseln füllte. Es waren, wie so oft, lange, dünne Nudeln mit einer Fleischsoße, und Kim achtete darauf, daß jeder seine Portion Fleisch bekam und niemand benachteiligt wurde. Aber auch die Anstehenden paßten auf, warfen einen kritischen Blick in die Schüssel ihres Vorgängers und zählten blitzschnell die Fleischstückchen auf den Nudeln.

Auch Vu Xuan Le hatte sich in die lange Reihe gestellt und warf wütende Blicke auf Stellinger. Als er nahe genug an ihn herangekommen war, sagte er in englischer Sprache: »Haben Sie keinen Hunger, Sir? Halten Sie hier Wache?«

»So ähnlich.« Stellinger richtete sich in seinem Liegestuhl auf. »Ich warte, ob was übrigbleibt. Nudeln mit Fleischsoße sind mein Leibgericht.«

»Wir können ja tauschen, Sir. Sie bringen mir Ihr Essen und ich gebe Ihnen meine Schüssel.«

»Das wünsch dir nicht, mein Junge. Kennst du Puffer?«

»Nein.«

»Siehst du. Kann sein, daß du sie ausspuckst und dazu sind sie zu schade, selbst, wenn Hans-Peter sie backt. Nun geh schon weiter, Junge. Die anderen überholen dich ja.«

Le reihte sich wieder in die Warteschlange ein und stand dann vor Kim, hielt seine Schüssel hin und sagte gehässig: »Drei Stück Fleisch. Wieviel bekommt dein Toam?«

»Nichts! Geh weiter.«

»Aber er wartet darauf. Er will die Töpfe auslecken. Laß ihm ein paar Häppchen drin.«

»Du sollst weitergehen! Ich habe Toam nicht gesehen.«

»Er sitzt neben dir, nur die Bretterwand ist dazwischen.« Le schwieg abrupt. Xuong war gekommen, aber er suchte nicht ihn, sondern ging auf Thuy zu, der geduldig wie alle anderen in der Reihe stand. Er stützte sich auf eine neue, selbstgeschnitzte Krücke aus einem Stück Abfallholz, das er von Fritz Kroll erbettelt hatte. Kroll war damit beschäftigt gewesen, einen Sarg zu zimmern, mit dem man die ermordete junge Frau im Meer versenken wollte. Es sollte eine große Feier werden, auf der Dr. Herbergh und Xuong eine Rede halten wollten. Auf selbstgebastelten Saiteninstrumenten und Handtrommeln übten die Musiker unter den Flüchtlingen bereits fleißig die Trauermusik. Seit drei Stunden hallten die monotonen Weisen über Deck, ein Zirpen, Streicheln und Trommeln, das nur für das Ohr der Vietnamesen wie eine Harmonie klang. Die Frauen hatten begonnen, aus Toilettenpapier kunstvolle große Blumen zu falten, die sie dann auf einem Faden zu einer langen Girlande reihten. Die beiden Sprecher des Parlaments hatten deswegen bei Chief Kranzenberger vorgesprochen, ihm die Idee eines großen Begräbnisses geschildert – wobei wieder Hung dolmetschte, froh, für diese Zeit den Augen Xuongs entronnen zu sein – und erhielten von ihm Kordel, Draht, Bindfäden und sogar vier Scheren.

»Morgen früh sind die Scheren wieder bei mir!« hatte der

Chief gesagt. »Wenn ich euch nachlaufen und sie suchen muß, wird euch der Teufel holen – nämlich ich!«

Hung übersetzte es wörtlich. Die beiden Vietnamesen grinsten breit, versicherten, nichts gehe verloren oder verschwinde, bedankten sich mit einigen tiefen Verbeugungen und zogen mit dem Material ab. Ein anderer Vietnamese hatte es übernommen, mit Hans-Peter Winter zu verhandeln, er sprach französisch, weil er gehört hatte, der Koch beherrsche diese Sprache. Ein paarmal hatte man seinen Streit mit Stellinger beobachtet, wobei solche Sätze fielen wie: »Was verlangst du Banause eigentlich?! Soll ich dir vielleicht ein Omelette aux truffes machen? Oder ein Rognons de veau sauté? Vielleicht ein schönes Civet de lièvre? Und zum Nachtisch eine Meringue glacée? Einen Bohneneintopf kriegst du! Und denk dir dabei, es sei Cassoulet Ariégeois.«

Der Vietnamese gab sich alle Mühe zu erklären, was Toilettenpapier ist.

Trotzdem dauerte es eine geraume Zeit, bis man sich endlich verstand, und auch dann nur, weil der Vietnamese verzweifelt nach einem Stück Papier griff, eine alte herumliegende Zeitung, sie in kleine Stücke zerriß und sich damit über den Hintern wischte.

Mit zehn Rollen zog er dann glücklich ab. Eine lange Blumenkette war damit gesichert.

Thuy zuckte zusammen, als Xuong ihm die Hand auf die Schulter legte. Er stützte sich schwer auf seine neue Krücke und krümmte sich nach vorn. Die Eßschüssel zitterte in seiner Hand.

»Komm mit ins Hospital«, sagte Xuong.

Thuy schüttelte den Kopf. »Erst essen, Lehrer. Ich habe Hunger, solchen Hunger.«

»Du kannst im Hospital essen.«

»Dort nehmen sie mir das Essen weg.«

»Ich verspreche: Keiner nimmt es dir weg.«

»Ich will nicht ins Hospital!« sagte Thuy trotzig.

»Und wenn die Schmerzen wiederkommen?«

»Sie kommen nicht, Lehrer.«

»Lüg nicht. Sie kommen dreimal am Tag, immer nach dem Essen.«

»Ich kann sie ertragen.«

»Weil Ut dir dabei hilft.«

Thuys Hand zitterte stärker. Mit seinen schon gelben Augäpfeln starrte er Xuong entsetzt an. Über sein faltiges Ledergesicht flog ein nervöses Zucken. »Es... es war nur einmal, Lehrer. Die weißen Ärzte wollten es sehen. Sie werden mich wieder in ein Bett legen, untersuchen, meinen Magen drücken, mich unter ein Gerät schieben, mit dem sie in meinen Leib hineinschauen können, mir irgend etwas in die Adern träufeln, aus großen Flaschen, die über meinem Kopf hängen. Ich will das nicht. Ich will mich nicht hinlegen. Ich will herumlaufen, die Sonne sehen, im Wind stehen, das Meer beobachten, nur das ist Medizin für mich.«

Xuong hörte mit Verwunderung, daß Thuy noch zu solchen langen Sätzen fähig war, und was er sagte, war klug. Wer konnte ihm noch helfen? Kein Arzt war mehr dazu in der Lage. Thuys Schicksal war es, auf den Tod zu warten, in der Sonne und im Anblick des Meeres, das er als Fischer lieben und hassen gelernt hatte.

Xuong trat nahe an Thuy heran und bog sich zu ihm vor.

»Ut wartet auf dich im Hospital«, flüsterte er ihm ins Ohr. »Sie bleibt dort, bis wir den letzten Hafen anlaufen. Sie wird nicht mehr zu dir kommen können, du mußt zu ihr gehen.«

Thuy nickte stumm. Auf seine Krücke gestützt, humpelte er schwankend in der Reihe weiter, hielt an der Ausgabe seine Schüssel hin, und Kim füllte sie mit Nudeln und den drei Fleischstückchen. Mit einem Plumps fiel die Schüssel aus Thuys Hand, schlug auf den Tisch auf und wäre umgefallen, wenn Kim nicht schnell zugegriffen hätte.

»Ich kann sie nicht mehr halten«, klagte Thuy weinerlich. »Sie ist zu schwer für mich.«

»Setz dich nebenan auf den Stuhl.« Kim führte Thuy zu einem alten Stuhl, brachte ihm die Schüssel und setzte sie auf seinen Schoß. Er klemmte sie zwischen seine Beine, holte unter seinem Hemd die Eßstäbchen hervor und begann mit zitternder Hand, den Kopf tief über den Eßnapf gebeugt, die Nudeln in sich hineinzuschaufeln. Er kämpfte noch mit dem Essen, als die Reihe der Wartenden sich längst aufgelöst hatte und Kim mit den zwei Köchinnen allein in der Baracke war. Sie spülten die Kessel aus und schrubbten die Dielen. Kim benutzte die Gelegenheit, verließ die Küche und ging zu Stellinger. Er lag im Liegestuhl, rauchte einen Zigarillo und ärgerte sich, daß Le nicht wie die anderen unter Deck gegangen war, sondern seine Schüssel auf Deck leerte. Er saß unter dem Sonnensegel, wo Anneliese zweimal am Tage die Kinder in Deutsch unterrichtete, mit ihnen sang und spielte. Unverwandt blickte er hinüber zu Stellinger, provozierend und mit Haß in den Augen.

»Fertig, Mai?« Stellinger umfaßte Kim mit einem Blick, der Liebe und Sehnsucht ausdrückte. Sie trug nur einen einfachen, blauen Kittel und nichts darunter. Stellinger stellte es mit plötzlich trockener Kehle fest, weil ihre Brüste sich durch den Stoff drückten und der Fahrtwind den Kittel an den Körper preßte. »Ich habe eisgekühlten Orangensaft für uns. Und weißen Rum. Das gibt ein wunderbares Mixgetränk.«

»Keinen Rum, Toam, ich war betrunken neulich.«

»Ist das nicht ein fabelhaftes Gefühl?«

»Nein.«

»Alles ist so anders, so leicht, so ohne Probleme. Die Welt verändert sich. Man ist ein anderer Mensch.«

»Man ist willenlos.«

»Ist das nicht schön, Mai? Alles vergessen, diesen ganzen Scheißdreck hier, alles, was hinter dir liegt, einfach wegwischen.«

»Und dann? Am nächsten Morgen?«

Da wachst du neben mir auf, dachte Stellinger und dehnte sich bei dieser Vorstellung. Oder du wachst auf, weil ich dich wieder umarme, und die Sonne scheint durchs Fenster und beleuchtet deinen nackten Körper und wir lieben uns und können nicht genug voneinander haben und halten uns fest, damit uns keiner dieses Glück nehmen kann und... und... Stellinger seufzte und legte ein Handtuch über seinen Leib. Mai brauchte nicht zu sehen, woran er dachte. Die letzte Frau, wann war das? Vor zwölf Wochen in Singapur. Eine Serviererin in einem Hafencafé. Hübsch und zierlich wie alle Singapur-Chinesinnen. Ein zwitscherndes Vögelchen, immer lustig, immer kichernd, ob im Bett, auf den Knien, auf dem Schoß, in allen Stellungen – immer dieses helle, singende Tirilieren und die kleinen spitzen Schreie, und dann die Ernüchterung, wenn sie die Hand aufhielt und ebenso zwitschernd sagte: »Darling, fünfzig Dollar.« Stellinger starrte wieder auf Kims sich unter dem dünnen Kittel abzeichnende Schenkel und das Dreieck dazwischen. Du bist anders, dachte er, und ein Gefühl von Hitze durchzog ihn. Du kommst mit mir nach Deutschland, ich heirate dich, du wirst immer bei mir bleiben, es wird eine Liebe sein, die nie aufhört. Du bist mein Schicksal. Das klingt verdammt dumm und kitschig, aber sag mir mal einer, wie man es anders nennen soll? Sie *ist* mein Schicksal. Ich komme nicht mehr von ihr los, und habe sie noch gar nicht gehabt.

»Wer denkt an den nächsten Morgen?« sagte Stellinger. Seine Stimme klang rauh.

»Ich, Toam. Was ist, wenn ich nicht mehr weiß, was ich getan habe?«

»Du wirst nie etwas Böses tun, Mai.«

»Nichts Böses, aber etwas, was ich bereuen könnte.«

»Auch zu bereuen brauchst du nichts.« Stellinger zeigte auf den freien Liegestuhl neben sich. »Wann kommst du?«

»Ich muß noch einen Kessel scheuern.«

»Wir werden weiter Deutsch lernen, Mai. Ich habe wieder kleine Bilder gemalt und sage dir die deutschen Namen. Und morgen machen wir daraus ganze Sätze.«

Sie nickte und lief in den Küchenverschlag zurück. Stellinger trank sein Glas Rum mit Orangensaft leer und holte aus der Tasche die bemalten Zettel. Er glättete sie auf den Knien und blätterte sie noch einmal durch.

Viel Mühe hatte er sich damit gemacht, Begriffe zu zeichnen. Er war nie ein großer Maler gewesen, schon in der Schule war sein Lehrer darüber verzweifelt. Dafür konnte Franz Stellinger schon mit elf Jahren einen Mopedmotor auseinandernehmen und wieder zusammenbauen, ohne eine Schraube übrigzubehalten.

Daran erinnerte sich Stellinger, als er begann, auf dünnem Luftpostpapier und mit Hilfe von Buntstiften, die dem Funker Lothar Buchs gehörten, Anschauungsbildchen zu malen: Einen Baum, eine Blume, einen Apfel, ein Buch, einen Hund, eine Katze, einen Vogel, ein Haus, ein Auto, einen Teller mit Essen, Gabel, Messer, Löffel, einen Kochtopf... dreißig Dinge zeichnete Stellinger auf das Papier und wunderte sich, daß man sie auch erkennen konnte. Wenn sein Lehrer das noch erlebt hätte!

Einmal, spät am Abend, hatte Buchs einen kurzen Besuch in Stellingers Kabine gemacht, um einen Whisky mit ihm zu trinken. Er fand Stellinger in vorgebeugter Haltung und schwitzend am Tisch, seine Umwelt vergessend und nur auf seine Zeichnung konzentriert. Er malte gerade mit einem Gelbstift eine Sonne in den blauen Himmel.

Buchs blickte ihm über die Schulter und sagte dann: »Biste bekloppt, Franz?«

Stellinger schrak aus seiner Versenkung hoch und legte beide Hände über die Zeichnung.

»Von Anklopfen haste wohl nie was gehört«, knurrte er. »Was willst du?«

»Isch han nich jewußt, dat hier 'n neuer Rembrandt entsteht. So 'ne schön Sonn...«

»Hau ab, Lothar!«

»Wat soll dat jeben? 'ne Ausstellung in Manila? Vernissage vum Franz Stellinger. Impressiönchen vum Südchinesischen Meer.«

»Das sind Lehrmittel, du Idiot.«

»Wat sind dat?«

»Ich bringe jemandem Deutsch bei, und das ist mein Lehrbuch. Und jetzt laß mich allein.«

»Keinen Whisky? Franz, mal doch 'n Fläsch mit Whisky. Dat is so wichtig wie die Sonn.«

Stellinger legte die Buntstifte aus der Hand und drehte sich zu Buchs um. Man sah ihm an, daß er sich selbst Geduld befahl. »Paß mal auf, Lothar«, sagte er mühsam beherrscht. »Wir machen ein Spielchen. Ich zähle bis drei, und dann bist du wie ein Sprinter aus der Kabine, oder ich trete dir in den Sack. Eins... zwei –«

»Schon jut, schon jut!« Buchs hob wie zur Kapitulation beide Hände. »Isch jeh ja schon. Und wann krieg isch meine Buntstifte wieder?«

»Ich kauf' dir in Manila neue. – Drei.«

Stellinger erhob sich langsam von seinem Stuhl. Buchs machte einen Satz rückwärts und rannte aus der Kabine. Bei Stellinger wußte man nie, wo der Scherz aufhörte und der Ernst begann. Er war unberechenbar. Er hörte, wie Stellinger die Kabine abschloß und durch die Tür rief: »Komm in einer Stunde wieder.«

»Dat haste dir jedacht!« schrie Buchs zurück. »Isch hindere doch keinen Rembrandt daran, berühmt zu werden.«

Jetzt saß Stellinger also auf seinem Liegestuhl, hatte die bemalten Zettel geordnet und mit der Handfläche geglättet und hoffte inständig, daß Mai beim Anblick seiner Zeichnungen nicht lachte. Er würde es stumm und ergeben ertragen, aber es würde doch innerlich wehtun. Ein Stellinger macht sich nicht lächerlich. Nur zweimal hatte man bisher über ihn gelacht, in einer Kneipe in Kiel und in einem Puff in Monrovia. In beiden Fällen mußten seine Kontrahenten mit Blaulicht in ein Krankenhaus gebracht werden.

Endlich war Kim mit ihrer Arbeit fertig und kam aus der Küche zu ihm. Sie setzte sich neben ihn auf ihren Liegestuhl und sagte auf deutsch: »Hierrr bin isch...«

»Bravo.« Stellinger klatschte in die Hände. »Steht das auch in dem Roman?«

»Ja, ich habe es mir von Julia erklären lassen.«

»Orangensaft?« Stellinger hob die Flasche.

»Ja, aber ohne Rum.« Kim blickte sich um. Unter dem Sonnensegel schräg neben ihnen sah sie Le sitzen und zu ihnen herüberstarren. »Mit Rum«, sagte sie, und ihre Stimme klang plötzlich trotzig.

»Das ist ein gutes Wort.« Stellinger mixte das Getränk, einen Teil weißer Rum, drei Teile Fruchtsaft.

»Du hast noch nichts gegessen?« fragte sie.

»Nein. Ich habe heute keinen Hunger.«

»Ich habe für dich eine Schüssel Nudeln und Fleisch aufgehoben. Soll ich sie bringen?«

»Wenn du sie extra für mich weggestellt hast, dann hol sie.«

Kim sprang auf, lief in die Küche, kam aber sofort wieder zurück. »Sie ist weg!« rief sie wütend. »Jemand hat sie gestohlen.«

»Er wird mehr Hunger gehabt haben als ich. Gönn es ihm, Mai.«

»Sechs Stücke Fleisch waren darin.«

»Und wieviel bekam jeder?«

»Drei.«

»Das war ungerecht, Mai.« Er griff nach ihrer Hand, zog sie zu sich und küßte ihre Handfläche. »Warum hast du mir sechs gegeben?«

»Weil... weil...« Sie entriß ihm ihre Hand und setzte sich wieder auf den Liegestuhl. Verlegen starrte sie vor sich hin. »Es waren meine drei Stücke dabei«, sagte sie, als schäme sie sich.

»Du hast darauf verzichtet?«

»Ich habe es gern getan, Toam.«

»Mai«, Stellinger spürte wieder den Kloß in seiner Kehle, der ihn so maßlos aufregte, aber den er immer bekam, wenn er Kim ansah und sie sich in seinen Armen vorstellte. Er beugte sich vor und wollte sie an sich ziehen, aber Kim bog sich sofort zurück. Sie spürte fast wie ein Brennen Les Blick in ihrem Nakken. Stellinger setzte sich wieder und machte sich Vorwürfe. Sie hat noch Angst vor mir, vor dem Fremden, vor der Zukunft, vor einer Liebe, die vielleicht nur so lange währt, wie wir auf dem Schiff sind. Aber sie liebt mich, sie lernt Deutsch, sie gibt mir ihr Essen, sie wird mir vertrauen. Geduld, Franz, Geduld. Hab keine Angst vor mir, kleine, schöne Mai.

»Fangen wir an?« fragte er, härter als er es wollte. Kim schrak zusammen und sah ihn mit erschrockenen Augen an.

»Ja, Toam.«

»Ich habe hier Bilder gemalt.« Stellinger legte die Zeichnungen vor Kim auf den niedrigen Tisch zwischen den Liegestühlen. »Ich kann gar nicht zeichnen, ich bin der Schrecken aller Zeichenlehrer gewesen, aber vielleicht kannst du doch etwas erkennen.«

»Sie sind sehr schön, Toam«, sagte Kim gehorsam und höflich. »Morgen werde ich Gegenstände malen, einmal du, einmal ich.«

»Und jetzt auf deutsch.« Stellinger beugte sich vor. Auch Mai hatte sich vorgebeugt, ihre Köpfe berührten sich fast. Von weitem, in dem Winkel, in dem Le saß, mußte es aussehen, als küßten sie sich. Stellinger schob das erste Blättchen Flugpostpapier vor Kim hin. »Das ist ein Topf. Sprich nach: Topf.«

»Topfff«, wiederholte Kim.

»Blume.«

»Blummme.«

»Katze.«

»Kasssee.« Sie hob den Blick und lächelte Stellinger an. »Das ist ein schweres Wort für uns, Toam.«

»Kat...ze...« Stellinger strich Kim zärtlich über das Haar. Schwarze Seide, dachte er verliebt. So wird auch ihr Körper sein, ihre Haut... Seide. »Versuch's noch mal.«

»Kat...zeee...«

»Sehr gut, Mai.«

»Nein, sehr schlecht. Es klingt ganz anders als bei dir.«

»Für den Anfang ist es sehr gut, Mai.«

»Dein Deutsch ist eine schwere Sprache, Toam.« Sie zog die nächste Zeichnung zu sich heran. Es war die Sonne im blauen Himmel. »Sie hat keine Musik, keinen Klang, sie ist hart. Sie klappert.«

Verblüfft sah Stellinger sie an. So also hören wir uns an, dachte er. Wir klappern. Er hatte darüber noch nie nachgedacht, wie niemand, der seine Muttersprache als etwas Selbstverständliches betrachtete. Keine Musik ist in unserer Sprache... verdammt, das stimmt. Italienisch, spanisch, französisch, portugiesisch, da singen die Wörter. Und auch das Vietnamesisch klingt, als singe man die Sprache. Ganz klar, daß unsere Knack- und Zischlaute sie verwirren. Für ihre Ohren muß es schrecklich klingen. Sie wird das nie richtig lernen! Ochse, Glatze, Herrlichkeit, Finsternis, Rücken, Flasche, Kirche, Butter, Apfel... wirklich nur ein Knacken und Zischen. Eine Aneinanderreihung von Mißtönen – und doch die Sprache von Goethe, Schiller und Hölderlin.

»Mai, ich liebe dich!« sagte Stellinger auf deutsch. »Ich liebe dich wie nichts auf der Welt. Und der Teufel soll mich holen, wenn ich dich allein lasse. Du gehörst zu mir. Ich will dir ein schönes Leben schenken, soweit ich es kann.«

»Was hast du gesagt, Toam?« fragte sie.

»Ich habe gesagt, jede Sprache ist schwer. Deine könnte ich nie lernen.«

»Machen wir weiter.« Kim zeigte auf die Zeichnung. »Was ist das?«

»Himmel und Sonne.«

»Himmmelll und Sonnneee...«

»Ich liebe dich«, sagte Stellinger dumpf auf deutsch.

»Soll ich wiederholen?«

Er nickte und hatte das Gefühl, als blähe sich sein Herz auf.

»Sag es noch einmal, Toam.«

»Tausendmal will ich dir's sagen: Ich liebe dich!«

»Isch... libbbee... disch...« Sie lächelte ihn scheu an. »Gut so, Toam?«

»Wunderbar. Vergiß diesen Satz nie... nie.«

»Was bedeutet er?«

»I love you!«

Sie sahen sich in die Augen, ganz nahe waren sie sich, und in Kims Blick war kein Erschrecken mehr, sondern der reine Glanz der Seligkeit.

»Ich... ich liebe dich auch«, sagte sie ganz leise. »Toam, was sollen wir tun?«

»Das, mein Mädchen.« Er umfaßte ihren kleinen Kopf, zog ihn noch näher an sich heran, küßte erst ihre Augen, dann die Nase und die Wangen, und als sie die Arme um ihn warf, riß er sie an sich und küßte ihren Mund, spürte den Druck ihrer Brüste an seiner Brust, spürte das Zittern, das durch ihren Körper ging und die Hingabe. Es war ein Gefühl, wie es Stellinger noch nie empfunden hatte, es zerriß ihn fast, war wie eine Lähmung, die sein Herz erfaßte, und doch wie ein Glutstrom in seinen Adern. Während er mit dem rechten Arm Kim an sich preßte, tastete er mit der Linken zu ihren Brüsten, umfaßte die rechte Brust und saugte sich an ihren Lippen fest. Sie stöhnte auf, mit einem hellen, singenden Ton, der wie das Weinen eines kleinen Hundes klang, der an einen fremden Ort entführt worden war.

Mit Augen, die zu schmalen Schlitzen geworden waren, sah Le den Liebenden zu. Er verfolgte sie, wie sie eng umschlungen über Deck gingen und in der Tür des Deckshauses verschwanden.

Mit einem wilden Schwung schleuderte Le das breitklingige Messer von sich. Er hatte es im Gürtel getragen und das Hemd über den Griff gezogen. Mit dumpfen Aufprall traf es die Bretterwand der Küche und blieb zitternd stecken. Genau in der Höhe, wo Stellinger gesessen hatte, es hätte ihn mitten in die Brust getroffen.

Zufrieden ging Le zur Küchenbaracke, zog das Messer aus der Wand und steckte es wieder in den Gürtel. Die letzte Probe war gelungen. Le wußte, daß weder seine Augen noch seine Hand zittern würden, wenn Stellinger das Ziel war.

Mit gesenktem Kopf ging er zurück zum Niedergang der Lagerräume.

Er trauerte um Kim und verfluchte die Fremden.

Nach dem Abendessen blieben Dr. Herbergh, Anneliese, Büchler, Chief Kranzenberger und Kapitän Larsson noch zusammen, rauchten Zigaretten – Larsson als einziger paffte aus seiner Pfeife – und tranken zum Abschluß jeder einen Cognac. Larsson, wie immer einsilbig und wenig kontaktfreudig, hörte schweigend zu, als Dr. Herbergh die Trauerfeier schilderte, die morgen von den Vietnamesen veranstaltet werden sollte. Fritz Kroll hatte den Sarg fertiggezimmert, die junge Frau lag bereits darin, verschnürt in einer Wolldecke und beschwert mit drei Eisenstücken, die Kranzenberger im Maschinenraum gefunden hatte.

»Der geht nicht mit über Bord«, hatte Kroll gesagt, als Stellinger das Wunderwerk besichtigte. Es sah aus wie ein normaler Sarg, aber das täuschte. Das Fußstück war als Klappe gearbeitet, die man mit einem Hebel entriegeln konnte. Hielt man den Sarg schräg nach unten über die Bordwand und betätigte den Hebel, klappte das Fußteil hoch und der Tote rutschte ins Meer, wie bei einem echten Seebegräbnis, ohne die störende Holzummantelung. »Das ist ein Dauersarg, Franz. Ob ich dafür ein Patent bekomme?«

»Führ das mal dem Chef vor«, hatte Stellinger geantwortet. »Ich halt' mich da raus. Das ist ja ein Mordsding, was du da gezimmert hast.«

»Passend für alle Größen, Dicke und Schmale. Selbst du paßt rein, hast sogar noch Luft drumherum.«

»Danke. Du bist eine Seele von Mensch, du Arschloch!«

Dr. Herbergh gab dieses Gespräch, von Stellinger selbst erzählt, der Runde wieder. Sie lachten alle, so makaber es auch war, nur Larsson blieb unbewegt und sog an seiner Pfeife. Zum Glück rauchte er eine würzig duftende Mischung und nicht die schwarzen Krümel, die einen beißenden Qualm verbreiteten, die Augen tränen ließen und bei Seeleuten so beliebt waren.

»Haben Sie heute ein Funktelegramm aus Köln bekommen, Käpt'n?« fragte Dr. Herbergh plötzlich und ohne Übergang. Larsson verzog keine Miene.

»Warum fragen Sie, wenn Buchs es Ihnen schon berichtet hat?« sagte er unwillig.

»Vom Komitee, nicht wahr?«

»Auch das wissen Sie doch.«

»Aber nicht den Inhalt. Da hält Buchs dicht.«

»Wer glaubt das?« Larsson drückte mit dem vom Nikotin gelb gefärbten Daumen den Tabak im Pfeifenkopf nach. »Sie wissen doch genau, was Herr Hörlein will. Das heißt: Was *Sie* wollen.«

»Wir gehen also näher an die Küste heran?«

»Ja.« Ein kurzes, hart gesprochenes Wort.

»Bis auf 50 Seemeilen vom Mekong-Delta?«

»Wie Sie es vorschlugen.«

»Und Sie werden diesen Kurs fahren?«

»Ich erwarte noch einen Funkspruch von Herrn Svenholm aus Uppsala. Er ist der Besitzer des Schiffes. Oder bekommen wir vom Komitee ein neues Schiff, wenn etwas passiert?«

»Ich fürchte, nein.«

»Aber ich bin verantwortlich für das Schiff, nicht Sie. Ich sage Ihnen ja auch nicht, wie Sie einen Bauch aufschneiden sollen.« Larsson sog wieder an seiner Pfeife und nebelte sich mit köstlich riechendem Qualm ein. »Warten wir es ab. Wenn Herr Svenholm zustimmt, fahre ich, wohin Sie wollen. Von mir aus sogar in den Mekong hinein.« Zum erstenmal an diesem Abend wurde Larsson gesprächiger. »Aber erst müssen wir nach Manila und bunkern. Chief, wie lange reicht das Öl?«

»Bei normaler Fahrt noch zwei Wochen.« Kranzenberger hob die Schultern. »Das ändert sich aber gewaltig, wenn wir in grobe See kommen. Die *Liberty* ist nicht mehr die Jüngste, sie frißt das Öl. Ein richtiger Altersfraß!«

»Die Wettermeldungen sind böse. In spätestens drei Tagen haben wir die Ausläufer des Taifuns ›Susi‹ hier. Das reicht schon. Haben Sie schon mal Windstärke zehn erlebt?«

»Nein«, sagte Anneliese, »aber ich kann es mir vorstellen.«

»Das können Sie eben nicht. Bei zehn tanzt dieser Kahn einen Boogie. Ohne Ladung ist er wie eine Feder auf den Wellen. Sie werden alle in Ihren Kojen liegen und sich festklammern. Chief, Sie kennen das bestimmt.«

»Und wie.« Kranzenberger wischte sich über die Augen. Er war empfindlich, selbst Larssons herrliche Tabakmischung brannte ihm in den Augen. »Man hat den ehrlichen Wunsch zu sterben. Der Magen hängt einem am Gaumen. Ihr solltet alle schon jetzt anfangen und eure Seekrankheitspillen schlucken.«

»Können wir in drei Tagen nahe der Küste sein, Käpt'n?«

»Gar kein Problem.« Larsson sah zu Büchler hinüber. »Wie weit sind wir jetzt vom Mekong entfernt, Büchler?«

»189 Seemeilen, Herr Kapitän.«

»Na also. Aber was wollen Sie bei Windstärke zehn so nahe

256

an der Küste? Dem Sturm ausweichen? Lieber Doktor, gerade in Küstennähe ist er gefährlicher als hier.« Larsson klopfte seine Pfeife in dem großen Keramikaschenbecher aus und stand auf. »Es war ein schöner Abend, gute Nacht.«

Sie warteten, bis Larsson den Raum verlassen hatte, und sahen sich dann fragend an.

»Meint er das nun wirklich oder war's Ironie?« Dr. Herbergh schüttelte den Kopf. »Man wird nicht warm mit dem Kerl. Was wird wohl Svenholm funken?«

»Seine Zustimmung.« Chief Kranzenberger steckte sich eine neue Zigarette an. Seine Laune war mies, sein seelisches Gleichgewicht gestört. Die Eifersucht, mit der er Herbert verfolgte, zehrte an seinen Nerven. »Das Schiff ist gut versichert, das sagt Larsson nicht. Wenn wir absaufen, torpediert werden, wenn uns Truc beschießt oder rammt oder entert – Svenholm kann nur dabei verdienen. Er ist seinen alten Kahn los, kassiert die Prämie und hat nicht mehr die Unkosten am Hals, die fällig werden, wenn wir die *Liberty* wieder in Monrovia abliefern. Auch Verschrotten kostet Geld, und das spart er dann.«

»Das hört sich logisch an.« Anneliese blickte auf ihre Armbanduhr. Dann ging ihr Blick zum Telefon.

»Warten Sie auf etwas, Anneliese?« fragte Dr. Herbergh.

»Ja. Auf den Anruf von Kätzchen.«

»Warum soll sie anrufen?«

»Es sind jetzt fast zwei Stunden nach dem Essen um. Jetzt müßte Thuy längst mit seinen Wahnsinnsschmerzen nach Ut schreien. Ich will dabei sein, wenn sie ihn behandelt.«

»Thuy, unser Magenkrebs.« Dr. Herbergh schlug sich mit der flachen Hand gegen die Stirn. »Den hatte ich fast vergessen. Sie haben recht, Anneliese. Xuong muß ihn längst im Hospital abgeliefert haben.«

»Stimmt es, daß Ut mit Streicheln die Schmerzen wegnehmen kann?« fragte Chief Kranzenberger und zog an seiner Zigarette.

»Ja, es stimmt, Chief.«

»Sie haben sich davon überzeugt?«

»Sie kennen doch die Videoaufzeichnungen. Da ist kein Trick zu sehen. Ich habe mich überzeugen lassen müssen.«

»Ich gehe hinüber zu Julia.« Anneliese erhob sich und drückte ihre Zigarette aus. »Hugo, tun Sie mir einen Gefallen?«

»Jeden!« Büchler lachte Anneliese jungenhaft an. Dr. Herbergh fand das dumm, dreist und unmöglich. »Verfügen Sie über mich.«

»Bringen Sie bitte Ut von meiner Kabine ins Hospital. Sie wird schon auf Thuy warten. Kommen Sie mit, Fred?«

Dr. Herbergh schüttelte den Kopf. »Ich habe noch einen Bericht für das Komitee zu schreiben«, log er. »Sehen wir uns später?«

»Wenn Sie wollen. Bei Ihnen?«

»Angenommen. Ich stelle eine Flasche Wein kalt.«

Büchler und Anneliese verließen den Raum, und Kranzenberger, nun allein mit Dr. Herbergh, wartete, bis sie weit genug entfernt sein mußten. Dann sagte er plötzlich: »Mich geht's nichts an, Fred, aber warum sagen Sie ihr es nicht?«

»Was?« Herbergh tat sehr verblüfft. In Wahrheit wünschte er, Kranzenberger den Mund zuhalten zu können.

»Daß Sie sie lieben.«

»Julius, das ist doch Unsinn! Wie kommen Sie auf eine solch absurde Idee?!«

»Ich bin zwar – warum soll ich es leugnen – vom anderen Ufer, aber ich kann gut hinübersehen.«

»Was haben Sie gesehen?«

»Ihr Gesicht, wenn Wilhelm seinen Charme abschießt und Anneliese damit bombardiert.«

»Dr. Starke steht gar nicht zur Diskussion, Chief. Übrigens: Sie mag ihn gar nicht. Und was Sie Charme nennen, Julius, ist nichts anderes als Flegelei.«

»So sieht man das nur mit den Augen eines Eifersüchtigen. Eifersucht aber setzt Liebe voraus, wo käme sie sonst her?«

»Als Chief taugen Sie mehr denn als Philosoph.« Dr. Herbergh ging vor dem Tisch hin und her, eine Nervosität, die er nicht mehr unterdrücken konnte. Chief Kranzenberger lächelte vor sich hin. Ein Mann, der unruhig um einen Tisch rennt, hat Probleme. Das Laufen, die Bewegung entlastet den inneren Druck. Auch er war nach dem Krach mit Starkenburg herumgelaufen, erst im Maschinenraum, auf dem glitschigen Ölboden, und dann, als Maschinist Kalle Viebig ihn fragte: »Chief, ist was?!«, draußen auf Deck, den Kopf voll Gedanken und im Inneren einen Zentnersack mit sich schleppend.

»Warum grinsen Sie so unverschämt, Julius?«

»Ich begreife nicht, daß es so schwer ist, einer Frau, die man liebt, einfach zu sagen: Ich mag dich.«

»Ich mag dich!« Dr. Herbergh tippte sich an die Stirn. »Bin ich ein Primaner? Wie machen Sie das denn, Julius?«

»Ich?« Kranzenberger wurde etwas verlegen. »Wollen Sie das wirklich wissen, Fred?«

»Ja, heraus damit.«

»Wir sehen uns an und wissen sofort: Wir gehören zusammen. Und dann sage ich: ›Ich habe zu Hause eine tolle Schallplattensammlung. Sollen wir uns mal ein paar schöne Stücke anhören?‹ Das ist natürlich Blödsinn, denn jeder weiß, was er von dem anderen will – aber Schallplatten sind immer gut.«

»Ich habe keine Schallplatten.«

»Doch, Beethoven, Wagner, Bruckner, Mahler, Schubert. Ich bin nicht taub, Fred. Wagen Sie doch endlich einen Angriff!«

»Den habe ich schon hinter mir.«

»Und? Abgeschlagen? Das ist doch nicht möglich!«

»Abgefangen, Julius. Ich weiß nicht, was sie wirklich denkt. Sie kann so zärtlich blicken, so offen sprechen, und doch ist da eine Wand, eine gläserne Wand.«

»Mit dem Kopf *durch* die Wand, Fred. Glas kann man zerbrechen.«

»Sie sind eigentlich ein guter Beichtvater, Chief.« Dr. Herbergh blieb stehen. »Aber einen Rat wissen Sie auch nicht.«

»Haben Sie noch keine Frau im Bett gehabt?«

»Sie drücken sich ziemlich ordinär aus, Julius. Natürlich bin ich kein Säulenheiliger!«

»Und wie haben Sie das immer geschafft?«

»Das war etwas anderes. Man lernt eine Frau kennen, irgendwo, auf einer Gesellschaft, im Theater, in einem Restaurant, beim Golf, ja sogar in einer Autobahnraststätte oder an einer Tankstelle, man flirtet, bis selbst der Teufel rot wird, und dann...«

»Husch, in die Federn. Der hereingelockte Eroberer triumphiert, obgleich er besiegt worden ist. Er merkt es nur nicht. Verliebte sind Idioten.«

»Das ist es ja, Chief. Verliebt war ich oft, aber bei Anneliese ist es anders. Ich liebe sie.«

»Wo ist da der Unterschied, Fred? Sie ist eine Frau, nicht nur anatomisch.«

»Sie ist kein Abenteuer für mich. Und es wäre schrecklich, wenn sie denken könnte, sie wäre nur der Ausgleich für Langeweile oder sexuellen Notstand.«

»Sie wollen sie also heiraten?«

»Wenn möglich – ja.«

»Dann fragen Sie sie doch einfach.«

»Julius, ich kann doch nicht vor sie hintreten und lapidar sagen: Anneliese, ich will Sie heiraten. Wollen Sie auch?«

»Das allerdings wäre lächerlich.«

»Na also.«

»Zumindest sollten Sie sagen: Willst du mich heiraten! Du! Nicht Sie! Und im Hintergrund steht eine Pulle Sekt kalt. Und wenn es ganz feierlich sein soll, lassen Sie sich von den Vietnamesen Blumen schneidern und überreichen ihr einen schönen

Strauß. Blumen aus Klopapier, das ahmt Ihnen keiner nach! Und wenn sie lacht, nehmen Sie sie in die Arme und fragen den verhängnisvollen Satz. Mein Gott –« Kranzenberger warf die Arme in die Luft. »Da ist ein Kerl, der blendend aussieht, der ein hervorragender Arzt ist, über den die halbe Welt spricht, eine Art moderner Held – wie ich das Wort verabscheue! – und steht hilflos vor der Frau, die er liebt! Gibt's denn so was?! Soll ich etwa den Brautwerber machen? Ausgerechnet ich?«

Das Klingeln des Telefons unterbrach sie. Anneliese meldete, daß Xuong mit Thuy im Hospital angekommen sei und Büchler nach großen Schwierigkeiten Ut abgeholt habe. Gehorsam hatte sie auf kein Klopfen geantwortet, die Stimme, die draußen nach ihr rief, war ihr unbekannt. Sie saß auf dem Bett, hinter sich die Kinder, und bebte vor Angst. Erst als Xuong in der Kabine anrief und ihr alles erklärte, schloß sie die Tür auf und folgte Büchler zum Hospital.

»Wollen Sie doch noch rüberkommen, Fred?« fragte Anneliese. »Thuys Schmerzen sind nicht mehr zu ertragen. Ich habe ihm einen Lappen gegeben, in den beißt er jetzt rein und zerfetzt ihn. Aber von der Sekunde an, in der Ut neben seinem Bett Platz genommen hat, ist er ruhiger geworden. Allein ihre Gegenwart verringert den Schmerz. Es ist unglaublich.«

»Ich komme sofort.« Dr. Herbergh hängte ein. Kranzenberger trank den Rest seines Cognacs und warf dabei den Kopf in den Nacken.

»Versuchen Sie es jetzt, Fred!« sagte er. »Auf in den Kampf, verklemmter Dr. med.!«

»Wenn sich die Gelegenheit ergibt...« Dr. Herbergh versuchte einen Witz, aber er verunglückte an seinem hilflosen Gesicht. »Außerdem fehlen mir die Klopapierblumen...«

Im Hospital standen Anneliese, Julia und der schmollende Pitz im Untersuchungszimmer und warteten auf Dr. Herbergh. Im Raum hinter der verschlossenen Tür hatte Ut begonnen, Thuys von Schmerzen geschüttelten Körper zu beruhigen. Xuong hielt im Gang vor dem Krankenzimmer Wache. Er kam Dr. Herbergh entgegen, als dieser das Hospital betrat.

»Sie behandelt ihn«, sagte er so leise, als könne seine Stimme stören. »Sein lautes Stöhnen hat schon aufgehört. Es ist unheimlich still im Zimmer.«

»Ist Dr. Burgbach bei ihnen?«

»Nein. Ut hat sie alle weggeschickt. Sie muß allein sein.« Xuong hob bedauernd die Schultern. »Ich muß Sie hindern, das Zimmer zu betreten, Herr Doktor. Erst wenn Ut herauskommt, dürfen wir hinein.«

»Sagen Sie uns sofort Bescheid, Xuong.«

»Sofort, Herr Doktor.«

Herbergh wandte sich ab und ging zum Untersuchungszimmer. Annelieses Gegenwart ließ wieder die verdammte Unsicherheit in ihm aufkommen, zumal jetzt, wo er sich vorgenommen hatte, noch an diesem Abend seine Gefühle in die entscheidenden Worte zu kleiden. Er vermied es, sie voll anzusehen, und wandte sich gleich an Julia.

»Besondere Vorkommnisse?« fragte er kurz. Es war der Ton des Chefarztes. Er haßte ihn. Nie werde ich so werden wie diese Halbgötter im weißen Kittel,. hatte er sich vorgenommen, schon als Student. Aber dann, er war Oberarzt im Klinikum geworden, ertappte er sich dabei, genauso zu sprechen mit den jungen Assistenten und den Studenten im klinischen Semester. Er versuchte dann, die Situation mit einem Witz aufzulockern, man lachte auch darüber, aber es war, das merkte er deutlich, ein pflichtschuldiges Lachen.

»Keine«, sagte Julia, griff nach ein paar Krankenblättern und überflog sie. »Lien mit ihrer Tbc hat wieder leichtes Fieber. Tronc hat seine neunte Infusion bekommen. Er hat seine Ausdörrung überstanden. Puls und Blutdruck stabilisieren sich.« Julia legte die Krankenblätter wieder auf den Tisch. »Aber für nächste Woche steht allerhand auf dem Programm, Chef.«

»Dann lesen Sie mal vor, Julia.«

»Drei Geburten, die Furunkeloperation, die Sie angesetzt haben, und da ist ein Pham Cong Luan, der über Gallenschmerzen klagt und schon zwei Koliken hinter sich hat. Man sollte ihn auf Station nehmen.«

»Schon geröntgt?«

»Nein...« Julia zögerte. Sie wußte, daß dieses Nein bei Dr. Herbergh sofort eine Reaktion auslösen würde.

»Warum nicht?«

»Hung hat übersetzt: Er hat Angst vor den Apparaten. Er ist noch nie geröntgt worden.«

»Um so begeisterter wird er sein, wenn wir ihm seine Gallensteinchen auf dem Foto zeigen. Morgen um zehn sehe ich ihn mir an.«

Xuong ging auf dem Flur hin und her, legte ab und zu das Ohr an die Tür, aber er hörte nichts. Im Zimmer war es geisterhaft still. Thuy schien von allen Schmerzen befreit zu sein und schlief wohl.

Plötzlich öffnete sich die Tür. Ut kam heraus, lehnte sich an den Rahmen und wäre in sich zusammengesunken, wenn Xuong sie nicht aufgefangen hätte. Sie begann zu weinen, lautlos, nur ihr Mund zuckte, und drückte ihr Gesicht an Xuongs Brust. Er mußte sie jetzt wirklich hochhalten, schlaff hing sie in seinen Armen, als habe sie keine Knochen und Muskeln mehr.

»O Lehrer... Lehrer«, stammelte sie. »Ich habe es getan... ich habe es getan...«

»Was hast du getan?« Xuong suchte Halt an der Wand. Uts schlaffer Körper war trotz ihrer Zierlichkeit schwerer, als er aussah. Er hatte Mühe, sie aufrecht zu halten.

»Es ging nicht mehr... sie war stärker als ich... stärker... ich konnte sie nicht mehr fassen, seine Krankheit...« Ut holte tief Luft und atmete mit einem Seufzer aus. »Ich konnte nicht mehr helfen... da habe ich es getan...«

Xuong sah keine andere Möglichkeit, er ließ Ut auf den Boden gleiten und lehnte sie an die Flurwand. Ihr Oberkörper fiel nach vorn, der Kopf lag auf den Knien – ein kleiner Klumpen Mensch.

Thuy lag auf dem Bett und schlief. Ein seliges Lächeln füllte alle Falten seines Gesichtes aus, der Körper war entkrampft, die Hände lagen gefaltet auf dem eingefallenen Bauch, nur der offene Mund mit den gelben Zähnen paßte nicht zu dem Frieden, der über ihn gekommen war.

Erst als Xuong näher an Thuy herankam, begriff er, was geschehen war. Er preßte die Lippen zusammen, starrte auf den Toten und hörte wieder Uts Stimme: Ich habe es getan. Ich habe es getan. Ich konnte ihm nicht mehr helfen.

Xuong schüttelte sich wie ein Hund, der aus dem Wasser kommt, und verließ dann das Zimmer. Ut saß noch immer an der Wand auf dem Boden. Er trat nahe an sie heran und stieß ihr die Schuhspitze in die Hüfte.

»Steh auf!« sagte er mit harter Stimme. »Du kannst aufstehen, wenn du willst.«

»Ich konnte ihm nicht helfen...« Ut hob den Kopf. Ihr Kindgesicht schien in Tränen zu zerfließen. »Lehrer...«

»Das hast du schon gesagt. Steh auf!«

Mühsam versuchte Ut sich an der Wand hochzuschieben. Als sie auf den Beinen stand, schwankte sie wieder. Xuong drückte sie mit den flachen Händen gegen die Wand.

»Wie hast du ihn getötet?« fragte er. Ut erkannte seine Stimme nicht wieder. Entsetzen sprang in ihre Augen.

»Mit meinen Händen, Lehrer...« stammelte sie.

»Erwürgt hast du ihn?«

»Nein, nein...«

»Mit einem Kissen erstickt?«

»Nein!«

Ich habe mir Thuy nicht genau angesehen, dachte Xuong. Das war ein Fehler. Ich habe einfach seinen Tod hingenommen.

»Hast du ihn erstochen?« fragte er und preßte das Wort aus sich heraus.

»Nein, Lehrer, nein...«

»Ich habe auch keinen Schuß gehört...«

»Mit den Händen... mit den Händen...« Uts Kopf fiel kraftlos auf ihre Brust. Mit beiden Händen stemmte Xuong sie gegen die Wand. Was kann man mit den Händen noch anderes machen als Würgen und Ersticken, dachte er. Wie kann eine Hand noch eine Waffe sein?

»Du hast ihn mit einem Handkantenschlag getötet?« Das war die Lösung.

»Nein... nein...«

Xuong wußte nicht mehr weiter. Auch erschlagen hat sie Thuy nicht. Thuys Kopf war unverletzt, das hatte er genau gesehen. Er lag da mit einem Lächeln, das auch der offene Mund nicht verscheuchen konnte, und alles an ihm drückte Erlösung aus.

»Wie?!« fragte Xuong hart. Er schüttelte Ut, schlug ihren schmalen Körper immer wieder gegen die Wand, Arme und Kopf pendelten hin und her wie bei einer Puppe, der man die Glieder ausgerissen hat. »Wie?!«

Ut hob den Kopf und sah Xuong durch einen Schleier von Tränen an.

»Ich habe meine Hände um seinen Kopf gelegt...« Ihre Stimme glitt zu einem Wimmern ab. »Meine flachen Hände an seine Schläfen...«

»Und...« Xuong war es, als würge man ihm den Atem ab.

»Dann habe ich gesagt: »Stirb, Thuy, stirb! Gott, hilf mir, daß er stirbt!«

»Und dann?«

»Ich habe gespürt, wie etwas in Thuy hineinfloß, meine Hände wurden ganz heiß, überall in meinem Körper war ein Ziehen und Zerren, ich habe nichts mehr gesehen. Wie eine Wolke stand es vor meinen Augen, und ich habe die Hände fest gegen Thuys Schläfen gepreßt, ganz fest. Und habe immer gesagt: Stirb, Thuy, stirb! Und dann waren die Wolken weg, meine Hände wurden kalt wie im Winter, mein Körper war leer wie ein hohler Kürbis, und Thuy war tot.«

»Er war tot.« Xuong wiederholte es, um das Ungeheure zu verstehen, das Ut erzählt hatte. »Du... du kannst mit deinen Händen nicht nur heilen, du kannst auch töten?! Ist es so?«

»Ja, Lehrer. Ich... ich habe das bis heute nicht gewußt.«

»Es wird dir auch niemand glauben, Ut.« Xuong wischte sich über das Gesicht. Es war bedeckt mit kaltem Schweiß. »Erzähl es keinem, auch nicht den Ärzten. Keinem, Ut! Es bleibt ein Geheimnis zwischen dir und mir. Wenn es bekannt wird, wirst du nie mehr ein normales Leben haben. Die Wissenschaftler in aller Welt werden dich quälen mit Computern und Untersuchungen, Experimenten und elektronischen Apparaten.«

»Was soll ich den Ärzten sagen, Lehrer?«

»Ich werde es dir erklären.« Xuong trat einen Schritt zurück. »Kannst du jetzt von allein stehen?«

»Ja.« Uts Körper straffte sich. Sie machte zwei Schritte an der Wand entlang, noch unsicher, tastend, aber sie knickte nicht mehr ein. »Siehst du, es geht.«

Xuong nahm ihren Arm und langsam gingen sie den Flur hinunter zum Untersuchungszimmer.

Dr. Herbergh konnte seine Ungeduld kaum verbergen, als Xuong ins Zimmer kam und Ut vor sich herschob. Sie sah erschöpft aus, vom Weinen waren die Augen gerötet. Klein und demütig blieb sie neben der Tür stehen und senkte den Blick.

»Was ist?« rief Dr. Herbergh. »Ist Thuy schmerzfrei.«

»Ja.« Xuong antwortete für Ut. Sie verteilten die Rollen, wie sie es auf dem Weg zu den Ärzten besprochen hatten. »Er hat keine Schmerzen mehr.«

»Bravo!« Herbergh klatschte in die Hände. »Ut, eine wichtige Frage: Kannst du auch anderen Kranken die Schmerzen wegnehmen außer Thuy?«

Xuong übersetzte die Frage nicht, sie war unwichtig. Dafür sagte er ernst: »Thuy wird überhaupt keine Schmerzen mehr haben...«

»Eine Dauerheilung?!« rief Herbergh. »Bei diesem Krebs? Das ist unglaublich.«

Er warf einen Blick hinüber zu Anneliese und fand keine Begeisterung bei ihr. Sie hatte Xuong sofort verstanden und zerstörte Herberghs Enthusiasmus.

»Wie ist es geschehen?« fragte sie ruhig.

»Sein Herz setzte plötzlich aus.« Xuong legte den Arm um Uts Schulter. »Während sie ihn streichelte, lächelte er glücklich, atmete tief und erlöst auf... und war tot.«

»Was? Exitus?« Herbergh begriff jetzt erst, was geschehen war. »Thuy ist während der Behandlung gestorben?«

»Ja«, antwortete Anneliese rasch. »Das war zu erwarten. Fred, Sie haben sich über sein zähes Leben immer gewundert. Nun hat er's hinter sich. Xuong, sagen Sie Ut, daß wir ihr alle sehr dankbar sind, daß sie Thuy so lange die Schmerzen genommen hat. Gehen wir zu ihm.«

Nur kurz sah Dr. Herbergh den Toten an, setzte pflichtgemäß sein Stethoskop auf Thuys Brust, schob die Lider hinauf, fühlte den Puls und stellte offiziell den Tod fest.

»Herzversagen nach inoperablem Carcinoma ventriculi«, sagte er zu Julia, die mit einem Stenoblock hinter ihm stand. »Er wird morgen mit der ermordeten Frau bestattet.«

»Kann ich Ut zurück in die Kabine bringen?« fragte Xuong leise.

»Ja. Sie soll sich hinlegen und ausruhen.« Dr. Herbergh ging zum Waschbecken und wusch sich die Hände. »Hat sie überhaupt schon was gegessen?«

Xuong gab die Frage weiter. Ut schüttelte den Kopf.

»Wir sind gute Gastgeber, was?« Anneliese nahm die Decke vom Nebenbett und zog sie über Thuys Leiche. »Julia, geh zu Winter und sag ihm, er soll sofort etwas Kräftiges für Ut und die Kinder holen. Er soll es in meine Kabine bringen. Ich werde dort sein, sonst macht Ut ja nicht auf.«

Während Xuong die noch immer schwankende Ut wegführte, gingen Herbergh und Anneliese zurück ins Untersuchungszimmer. Julia holte Hans-Peter Winter von einem Schachspiel mit Fritz Kroll weg, und Pitz verschloß hinter sich die Tür des Krankenraumes.

»Etwas Kräftiges?!« fragte Winter. »Was versteht man darunter?«

»Das fragt ein Koch?« Julia hob ihre Hand und zählte an fünf Fingern ab. »Bohnensuppe... Erbsensuppe... Linsensuppe... heiße Würstchen... man könnte auch schnell vier Schnitzel braten... Nun stell dich nicht so an, Hänschen.«

»Erbsensuppe. Die habe ich fertig in der Dose. Als allerletzten Notvorrat.« Winter sagte es mit tiefster Verachtung. Ein Koch wie er kochte nicht aus der Dose. Mit einem Büchsenöffner zu arbeiten, war fast eine Qual für ihn. »In zehn Minuten ist sie fertig.«

»Sie wollen tatsächlich im Zimmer III in einem Krankenbett schlafen, Anneliese?« fragte Dr. Herbergh. Sie saßen sich auf zwei unbequemen Plastikstühlen gegenüber, in einem nüchternen, weißen, steril wirkenden Raum, wie es das Untersuchungszimmer nun einmal war, umgeben von weiß lackierten Instrumenten- und Medizinschränken, Zellstoff-Abrollern, Wattespendern und Behältern mit Einwegspritzen und Gazekompressen. Es war durchaus nicht die richtige Umgebung, um eine Liebeserklärung zu machen. Dr. Herbergh sah das ein. Und ein Toter, den man gerade besichtigt hatte, war kein guter Hintergrund für die an sich banale, aber schicksalsschwere Frage: »Willst du mich heiraten?«

»Die Hauptsache ist ein Bett. Und unsere Hospitalbetten sind gut.«

»Aber das ist doch kein Dauerzustand.«

»Bis Manila sind es noch drei oder vier Wochen. Dann geht Ut ins Transitlager und ist außer Gefahr.«

»Wenn wir für sie und die Kinder die Garantie eines Landes zur Aufnahme bekommen. Sonst müssen Ut und die Kinder an Bord bleiben.«

»Aber irgendein Staat muß ihnen doch eine neue Heimat geben!«

»Anneliese, wer will schon eine Frau mit drei kleinen Kindern? Was und wo kann Ut arbeiten? Wie soll man sie in diese Welt, die nur an Geschäft und Geld denkt, eingliedern? Arbeitslose haben alle Staaten selbst genug. Ut ist genau der Fall, wo jeder bei den zuständigen Behörden sagt: Da kriegen wir wieder vier Ausländer hingesetzt, die wir alle miternähren müssen. Sozialempfänger, die von unseren Steuern leben. Maden im Speck. Wir arbeiten... die fressen! *So* ist die Stimmung im Lande, man muß das mal klar und laut aussprechen dürfen. Menschlichkeit hin, Humanität her, wenn sich aus unseren Flüchtlingen politisches Kapital schlagen ließe, würden die Türen weit offen stehen. Aber unsere Aufgefischten sind Abfall, für den sich kein Politiker interessiert. Kennen Sie nicht die Berichte aus Köln? Hörlein kämpft nach allen Seiten, aber die Ministerien verschanzen sich hinter einer im März 1982 errichteten Sperrmauer. Sie nennen es elegant ›Verfahrensgrundsätze für die Aufnahme von Ausländern aus humanitären Gründen‹. Und was humanitär ist, bestimmt Bonn! Wir haben keine Konzession, Menschen zu fischen, sie vor dem Ertrinken und Verhungern und Verdursten zu retten, vor den Piraten zu schützen, ihren Tod – wie ihn uns Truc so eindrucksvoll vorgeführt hat – zu verhindern. Und glauben Sie wirklich, die Fotos, die Starke von der aufgeschlitzten Frau gemacht hat, hinterlassen in Bonn Wirkung? Anneliese, man weiß doch in den Ministerien genau, was hier im Südchinesischen Meer passiert! Und man schweigt!« Dr. Herbergh fuhr mit der Hand durch die Luft und wischte damit das Thema weg. Ich Idiot, dachte er dabei und war wütend auf sich. Über alles reden wir, nur nicht über das, was uns persönlich auf dem Herzen liegt. Jetzt ist sowieso alles zerredet, die Luft mit Problemen beladen, wie kann man jetzt von Liebe sprechen? »Ich könnte Ihnen einen Vorschlag machen, Anneliese«, sagte er mit der verzweifelten Anstrengung, das Gespräch doch noch herumzureißen.

»Wegen Ut und den Kindern?«

»Im weiten Sinne, ja. Ich stelle Ihnen meine Kabine zur Verfügung.«

»Und wo bleiben Sie?«

»Im Zimmer von Dr. Starke gibt es zwei Betten, übereinander.«

»Fred, das kann ich Ihnen doch nicht zumuten. Sie würden mit Wilhelm in einem Raum... aber nein!«

»Ihnen zuliebe wäre es für mich kein Opfer.«

»Aber ich nehme es nicht an, Fred.« Anneliese beugte sich zu ihm vor. Irritiert hielt er ihrem Blick stand. »Sie haben doch auch ein ausklappbares zweites Bett in Ihrer Kabine.«

»So weit wollte ich nicht gehen, es Ihnen anzubieten.« Dr. Herbergh bemühte sich vergebens, seine Verlegenheit zu verbergen, es gelang ihm nicht, seine unruhigen Hände verrieten ihn. »Das gäbe Anlaß zu ganz dummen Gerüchten.«

»Stehen wir nicht darüber, Fred? Und warum sollen diese Gerüchte dumm sein?«

»Dumm ist tatsächlich ein falsches Wort. Sagen wir: unwahr.«

»Trotzdem, Ihre Idee ist überlegenswert.« Anneliese stand auf. Sofort schnellte auch Dr. Herbergh von seinem Plastikstuhl auf. »Ich möchte mir das Bett ansehen, Fred.«

»Aber mit dem größten Vergnügen.«

Was bin ich doch für ein dämlicher Hund, dachte Dr. Herbergh. Floskeln, steifes Geschwafel, über das ich mich immer auf den Gesellschaften aufrege, anstatt sie jetzt einfach zu umarmen und zu sehen, wie sie reagiert. Bleib stehen und küß sie!

270

Aber wie soll ich mich verhalten, wenn sie mir eine runter-haut? Ist ihre Bereitschaft, bei mir im oberen Bett zu schlafen, ein versteckter Wink oder ist es wirklich nur die beste Notlö-sung ihres Schlafproblems? Fred Herbergh, du bist ein Trottel. Und das noch mit zweiundvierzig Jahren.

»Da ist es!« sagte Herbergh, als sie in seiner Kabine waren. Er klappte das Bett aus der Wand und klopfte dagegen. »Ma-tratze und Bezüge liegen genug im Magazin. Zur Information noch: Ich schnarche nicht.«

»Woher wissen Sie das?« Anneliese lachte ihn unbefangen an, aber ihr nächster Satz brachte ihn wieder in große Verle-genheit. »Man selbst hört es doch nicht.«

»Es ist in meinem Alter zu vermuten, daß ich schon einmal nicht allein geschlafen habe«, sagte Dr. Herbergh und ärgerte sich wieder maßlos über seine geschraubte Ausdrucksweise. »Mir ist nur gesagt worden, daß ich ab und zu im Schlaf leise spreche.«

»Und was haben Sie zum Beispiel gesagt?«

»Zum Beispiel: Liebling.«

»Das hört sich gut an.« Anneliese blickte auf die Uhr, die auf Herberghs Nachttisch stand. Daneben hatte er ein Foto in ei-nem Silberrahmen aufgestellt. Eine schöne, junge Frau mit schwarzen Locken. Etwas unmodern, dachte Anneliese mit plötzlich aufsteigender Gehässigkeit. Etwas weniger Dauer-wellen wären besser. Sieht fast aus wie mit der Brennschere ge-dreht. »Ich muß zu Ut. Sie läßt Winter ja nicht hinein.« Anne-liese zeigte kurz auf das Foto. »Ihr Liebling, Fred?«

»Ja. Meine Mutter. So sah sie aus, als sie mich bekam. Es war das Lieblingsbild meines Vaters. Ich mußte es mit auf das Schiff nehmen. Es bringt Glück, mein Junge, hat meine Mutter gesagt.«

»Sie sollten sie nicht enttäuschen, Fred. Bis nachher.«

Mit einem Seufzer sank Herbergh in einen der Sessel, die um einen kleinen runden Tisch am Kabinenfenster standen. Er war froh, daß Anneliese sich jetzt um Ut und die Kinder kümmern mußte. Das gab etwas Luft. Er fühlte sich in die Enge getrieben, wie ein Boxer in der Ringecke, der sich mit einer Gegenattacke befreien muß oder zu Boden geht. Sie ist ein Luder, dachte er. Verdammt noch mal, das ist sie. Wie die Katze mit einer Maus, so spielt sie mit mir. Aber habe ich es anders verdient? Warum bin ich bei Anneliese nicht so wie bei den anderen Frauen? Wenn es darauf eine Antwort gäbe, wäre alles viel leichter.

Er beugte sich zurück, holte das Telefon auf seinen Schoß und wählte die Nummer der Küche. Hans-Peter Winter meldete sich nach kurzer Zeit.

»Ah, Chef!« sagte er, etwas atemlos. »Bin gerade von Dr. Burgbach zurück. Hörte das Klingeln und bin gesprintet. Was kann ich für Sie tun, Chef?«

»Was haben Sie für Ut gekocht?«

»Erbsensuppe. Aber verfeinert mit gerösteten Schinkenwürfeln, Eiercroutons und vier Wiener Würstchen.«

»Fabelhaft. Mir läuft das Wasser im Mund zusammen.«

»Ich habe noch etwas Suppe übrig, Chef.«

»Her damit! Und zwei Teller.«

»Zwei Teller, jawohl. Und etwas Toast dabei?«

»Auch Toast. Und eine Flasche Sekt. Haben Sie Sekt, gut gekühlt?«

»Ich habe nur noch fünf Flaschen, Chef.«

»Davon wird eine jetzt geköpft.«

»Mit zwei Gläsern?«

»Fragen Sie nicht so dumm!« Dr. Herbergh lachte. »Wo zwei Teller sind, gehören auch zwei Gläser hin.«

»Das ist logisch, Chef.«

»Na also. Machen Sie sich auf den Weg.«

»Sofort?«

»Per Expreß, Winter.«

Dr. Herbergh stellte das Telefon zurück auf den Nachttisch. Winter schien tatsächlich fliegen zu können; schon nach wenigen Minuten klopfte es, und der Koch erschien mit einem gro-ßen Tablett, auf dem er zwei Teller Erbsensuppe, eine Flasche Sekt und zwei Gläser balancierte. Sogar ein weißes Tischtuch hatte er mitgebracht und zwei Servietten. Diskret sah er sich in der Kabine um, aber ein Gast war nicht zu sehen. Laß mich ra-ten, dachte er, während er den Tisch deckte. Nur zwei kommen in Frage, wenn es um Sekt geht: Julia oder Dr. Burgbach. Der Chef wäre nicht mehr normal, wenn es Julia wäre... also bleibt nur noch Dr. Burgbach übrig.

Er dekorierte Suppe, Toast, Butterstückchen, Pfeffer und Salz und Sektgläser so vollendet wie im Maxim's und trat dann zurück. »Recht so, Chef?«

»Umwerfend, Winter. Das wird meine beste Erbsensuppe. – Die zweitbeste war die beim Bund. Sie sind ein Künstler.«

Das sollte Stellinger hören, dachte Winter.

»Ich wünsche einen schönen Abend«, sagte Winter, ohne es anzüglich zu meinen. »Sie sollten die Erbsensuppe essen, so-lange sie heiß ist, Chef.«

Er verließ die Kabine und traf auf dem Gang Anneliese, die von Ut zurückkam. Also doch Dr. Burgbach, dachte Winter zu-frieden. Gratuliere, Chef. Hier ist keiner, der sie Ihnen miß-gönnt. Vielleicht Dr. Starke, aber der paßt nun gar nicht zu ihr.

»Wo kommen Sie denn her?« fragte Anneliese. Sie blieb vor Winter stehen.

»Vom Chef, Frau Doktor. Er hatte spezielle Wünsche...«

»Ach so.« Sie nickte und übersah das breite Grinsen in Win-ters Gesicht. »Gute Nacht.«

»Gute Nacht, Frau Doktor.«

Vor der Kabinentür blieb Anneliese stehen und holte tief Atem. Es war das erstemal in ihrem dreißigjährigen Leben, daß sie zu einem Mann ging mit dem festen Willen, bei ihm zu blei-ben. Bisher hatte sie nie von sich aus die Initiative ergriffen und einen Mann gezwungen, seine Hemmungen zu überwinden. Bei Dr. Herbergh war das etwas völlig anderes. Seine Augen verrieten jedes seiner Gefühle, aber über seine Lippen kam kein Wort. Man konnte doch nicht zu ihm sagen: Nun tu doch, was deine Augen wollen, das hätte ihn so verunsichert, daß er ihr erst recht ausgewichen wäre.

Sie drückte die Tür auf und lächelte, als Dr. Herbergh sofort aus seinem Sessel schnellte.

»Oh, das duftet ja wunderbar!« sagte sie. »Fred, das ist eine schöne Überraschung.«

»Winter hatte noch von der Erbsensuppe übrig.«

»Und Sekt dazu. Erbsensuppe mit Sekt, wenn das kein Snobismus ist!« Sie setzte sich in den anderen Sessel und blickte zu Herbergh hinauf, der vor ihr stand. Er goß die Gläser voll, reichte eines Anneliese und hob seines wie prostend hoch.

»Anneliese«, sagte er fest, »ich bin glücklich, daß Sie hier sind.«

»Ich auch, Fred.«

»Glücklich, daß es Sie gibt...«

»Das war ein dickes Kompliment. Danke.«

»Das Vertrauen, das Sie mir entgegenbringen, indem Sie hier schlafen wollen...«

»Sollte ich Angst vor Ihnen haben?«

»Im Gegenteil.« Dr. Herbergh holte ganz tief Atem. »Anneliese... ich... ich...«

»Ich liebe dich! Das wolltest du doch sagen, Fred.«

»Verdammt ja, ich liebe dich! Wir benehmen uns unmöglich.«

»Das kann man ändern.« Sie sprang aus dem Sessel hoch, umarmte ihn und küßte ihn. Herbergh wußte nicht, wohin mit dem vollen Sektglas, hielt es krampfhaft fest, konnte aber doch nicht verhindern, daß er die Hälfte über Annelieses Rücken schüttete. Sie nahm es ihm aus der Hand, stellte es auf den Tisch, warf sich wieder in seine Arme, und jetzt erst tauschten sie den Kuß, der ihre ganze Liebe enthielt, Sehnsucht und Leidenschaft, Erfüllung und Vergessen.

Später aßen sie die nun kalte Erbsensuppe mit einem richtigen Heißhunger.

»Das schmeckt wie eine Suppe aus dem Schlaraffenland«, sagte Anneliese, »auch kalt.«

»Ich habe es Winter schon gesagt, es wird die beste Erbsensuppe meines Lebens. Hat es das schon mal gegeben? Ein Liebespaar zwischen Erbsensuppe und Sekt?«

»Ich weiß nicht, Fred.« Sie legte den Kopf an seine Schulter und schloß die Augen, als seine Hand in ihren Bademantel glitt und ihre Brust umfaßte. »Vielleicht in einem Kitschroman.«

»Nichts kann kitschiger sein als das wirkliche Leben. Ich bin bestimmt der glücklichste Mensch auf dem Südchinesischen Meer.«

»Ich auch, Fred.«

»Dann laß uns kitschig sein, Anneliese, maßlos kitschig, und glücklich und verrückt...«

Er hob sie hoch auf seine Arme und trug sie hinüber zum Bett. Das Leben ist so schön, dachte er dabei. Vergiß, was morgen oder übermorgen sein wird. Es ist immer schön mit einer Frau, die dich liebt.

Dr. Starke hatte drei Stunden wie bleiern geschlafen und wachte auf, weil seine Blase drückte. Taumelnd ging er zur Toilette, blickte in den Spiegel und fand, daß das Gesicht, das ihm entgegengrinste, schrecklich sei, eine Fratze, ein versoffenes Etwas. Er drehte die Dusche auf, hielt den Kopf unter das kalte Wasser, schnaufte und prustete und fühlte sich dann klarer im Kopf. Aber mit der Klarheit kam auch die Gier zurück, jetzt eine Frau zu haben, gerade jetzt, im Zustand zwischen Trunkenheit und Nüchternheit.

Dr. Starke kämmte seine nassen Haare, zog den Schlips wieder hoch und war mit seinem Spiegelbild jetzt zufrieden. »Dann gehen wir mal, Wilhelm«, sagte er zu sich. »Das Kätzchen gurrt nach seinem Katerchen.«

Noch nicht ganz fest auf den Beinen verließ er seine Kabine und schlich auf die andere Seite des Deckshauses, wo Julia wohnte. Vorsichtig klopfte er dreimal kurz an ihre Tür und wartete. Von innen kam kein Laut. Julia schlief fest und tief und hörte nicht das leise Klopfen. Dr. Starke verstärkte beim zweitenmal das rhythmische Hämmern. Dabei bückte er sich hinunter zum Schlüsselloch und rief gedämpft: »Kätzchen. Ich bin's. Kätzchen!«

Daran konnte sich Dr. Starke später noch erinnern. Er wußte auch noch, daß ihm plötzlich der Kopf höllisch schmerzte, als habe ihn ein harter Gegenstand getroffen, aber einen Schlag hatte er nicht mehr gespürt. Es wurde finster um ihn, sein Verstand wurde ausgeknipst, und daß er hinfiel und mit dem Kopf hart gegen Julias Tür schlug, wußte er schon nicht mehr. Mit einer blutenden Kopfwunde lag er im Gang, und so fand ihn Starkenburg, als er zu seiner Kabine gehen wollte.

Er rannte sofort zu Dr. Herbergh und hämmerte mit den Fäusten gegen die Tür. »Chef!« schrie er dabei. »Chef! Dr. Starke ist etwas passiert! Chef, wachen Sie auf!«

Es dauerte einige Zeit, bis Dr. Herbergh die Tür aufschloß und durch einen Spalt herausschaute. Einen Hauch von Parfüm brachte er mit, Starkenburg hatte eine gute Nase dafür.

»Herbert?« Dr. Herbergh öffnete den Türspalt etwas weiter, aber ins Zimmer hineinsehen konnte man nicht. »Was rufen Sie da? Was ist mit Dr. Stark?«

»Er liegt blutend im Gang, Chef. Ich habe ihn gerade gefunden. Er... er rührt sich nicht.«

»Ich komme sofort. Wecken Sie Pitz und Julia.«

»Vor deren Tür liegt er ja!«

»Sieh an, das ist interessant. Ich bin in fünf Minuten da.« Dr. Herbergh schloß die Tür und drehte sich um. Anneliese saß im Bett und fuhr mit gespreizten Fingern durch ihr Haar. Ihr nackter Körper glänzte im Licht der Nachttischlampe, Schönheit, die man unentwegt bewundern mußte und deren

Anblick allein ein beglückendes Gefühl war. »Hast du das gehört?« fragte Herbergh.

»Wilhelm liegt vor Julias Tür.«

»Und blutet.« Er zog seine Hose an, streifte einen Pulli über und schlüpfte in die weißen offenen Sandalen. »Ich denke, er ist sinnlos betrunken und wacht vor morgen früh nicht auf?!«

»Soll ich mitkommen?« fragte sie.

»Komm in ein paar Minuten nach. Wir bringen Wilhelm ins Hospital. Wenn man uns zusammen kommen sieht...«

»Sollen wir weiter Versteck spielen?« Sie schob die Beine aus dem Bett, stand auf und lief ins Badezimmer. »Jeder weiß bereits, daß ich bei dir im oberen Bett schlafe.«

»Über mir, aber nicht mit mir.«

»Hältst du alle für blöd?« Anneliese blickte um die Glaswand des Bades herum zu Herbergh. »Sie nehmen als selbstverständlich hin, wofür du so einen langen Anlauf brauchtest.«

»Sieh an. Kaum hat man sie geküßt, schon wird sie frivol!« Herbergh streifte den weißen Arztkittel über. »Die wundersame Verwandlung der Anneliese Burgbach von der Eisernen Jungfrau zum Sexweibchen.«

»Jungfrau ist übertrieben, Liebling.« Sie spitzte die Lippen: »Gib mir einen Kuß, und dann ab zu dem blutenden Wilhelm.«

Dr. Herbergh folgte der Aufforderung, küßte sie und streichelte dabei über ihren Körper. Ihre Haut war glatt und bettwarm. Es war eine heroische Überwindung, sich davon loszureißen und wegzugehen.

»Immer kommt dieser Starke dazwischen!« sagte Herbergh mit gespielter klagender Stimme. »Nicht mal eine Hochzeitsnacht gönnt er uns.«

»Die steht uns noch bevor, Liebling.«

»Für mich war es eine Hochzeitsnacht. Du bist meine Frau. Ich kann mir nicht denken, wie das Leben ohne dich weitergehen könnte.«

»Ein Patient wartet, Herr Chefarzt, laufen Sie los!«

Dr. Herbergh kam vor Julias Tür an, als Johann Pitz und v. Starkenburg mit dem hier unpassenden Kommando »Hauruck« Dr. Starke an Füßen und Armen vom Boden hochhoben. Wo er gelegen hatte, breitete sich eine Blutlache aus.

»Chef...« keuchte Pitz und umklammerte Dr. Starkes Beine. Der Bewußtlose war schwer und hing durch, was sein Gewicht noch verstärkte. »Man hat versucht, ihm den Schädel einzuschlagen. Leider ist es nicht gelungen.«

»Pitz!« Herbergh hob warnend den Finger.

»Was macht er um diese Zeit an Julias Tür?«

»Das geht doch Sie nichts an, Pitz.« Herbergh faßte unter den durchhängenden Körper und stemmte ihn hoch. Starke war schwerer, als man es ihm ansah. »In den OP! Wir sprechen uns nachher noch, Pitz!«

»Jawohl, Chef.«

Auf dem OP-Tisch, im starken Licht der Operationsleuchte, sah die Wunde harmloser aus, als es Herbergh befürchtet hatte. Pitz hatte den blutverschmierten Schädel gewaschen und begann vorsichtig die Haare abzurasieren.

»Das ist ja noch einmal gut gegangen«, sagte Herbergh erleichtert. »Eine geplatzte Kopfhaut, kein Knochen verletzt, die Hirnschale ist unversehrt. Eine Commotio wird er mitbekommen haben, aber das ist kein Problem. Und die Wunde nähen wir jetzt.«

Er gab Dr. Starke vorsorglich eine Injektion mit einem Lokalanästhesiemittel, für den Fall, daß er während des Nähens aus seiner Bewußtlosigkeit erwachte. Pitz war mit seiner Rasur fertig und desinfizierte die Wunde mit einem orangefarbenen Mittel. Es hatte gegenüber dem Jod den Vorteil, nicht zu brennen. Mit verkniffenem Mund betrachtete er Dr. Starke, während Herbergh Nadeln, Nähmaterial und Tupfer aus den verschiedenen Schubladen holte.

»Rufen Sie Julia an, Pitz«, sagte er dabei. »Sie soll sofort herkommen.«

»Jawohl, Chef... aber was soll sie hier? Das können wir doch allein.«

»Ich will sie sprechen.« Dr. Herbergh trat an den OP-Tisch. Mit einer Pinzette zeigte er auf die Kopfwunde. »Das ist doch kein bloßer Unfall! Da hat doch jemand zugeschlagen.«

»Es sieht so aus, Chef.«

»Es *ist* so! Und das will ich klären.«

»Ich auch, Chef.«

»Wieso haben Sie ein Interesse daran, Pitz?« Herbergh sah den Krankenpfleger forschend an. »Jetzt sagen Sie bloß... Sie und Julia...«

»So ist es, Chef.« Pitz hielt Herberghs Blick standhaft aus. »Wir lieben uns.«

»Und ich habe davon nichts gemerkt.«

»Wir haben uns bemüht, so heimlich wie möglich...«

»Schon gut, Pitz. Keine Einzelheiten.« Dr. Herbergh beugte sich über Starkes Kopf. Pitz fädelte die erste Nadel ein. »Da Sie nun gerade bei der Beichte sind, haben Sie Dr. Starke niedergeschlagen?«

»Leider nein, Chef.«

»Das ›leider‹ war zuviel, Pitz.«

»Ich hätte es aber getan, wenn ich ihn vor Julias Tür angetroffen hätte. Er ist ein Schwein.«

»Pitz!«

»Er ist es, Chef. Als Arzt ist er hervorragend, aber als Mensch eine miese Type. Sie mögen ihn ja auch nicht, Chef.«

»Wer sagt denn solchen Unsinn?« Dr. Herbergh setzte nach dem ersten Knoten die Nadel ab. Seine Finger waren einen Moment lang unsicher. Was hatte Pitz gesehen? Sprach man an Bord schon darüber? Womit hatte er sich verraten? Kein böses Wort war bisher zwischen ihm und Dr. Starke gewechselt worden, es war immer eine kollegial-freundliche Beziehung zwischen ihnen gewesen, eine konventionelle Freundlichkeit, mehr allerdings auch nicht. Zwischen ihm und Dr. Starke war immer ein Graben gewesen, über den hinweg man miteinander sprechen konnte, aber die Trennungslinie war unverkennbar. Seit wann eigentlich? Die Antwort auf diese Frage war erstaunlich und entlarvend: Seit dem Augenblick, an dem Starke mit seinem geballten Charme Anneliese traktierte.

Ich habe sie vom ersten Blick an geliebt, dachte Dr. Herbergh. Von dem Moment an, als wir uns in Singapur im Mandarin-Hotel trafen und Hörlein uns gegenseitig vorstellte. Es war wie ein elektrischer Schlag, der mich traf, und von dieser Sekunde an war mir Starke unsympathisch.

»Rufen Sie Julia an, Pitz!« mahnte Dr. Herbergh. »Ich will *jetzt* Klarheit haben, nicht morgen früh, wenn man genug Zeit hatte, sich Lügen zurechtzulegen.«

Pitz nickte und ging zum Telefon. Es dauerte wirklich lange, bis Julia von dem Klingeln aufwachte und sich meldete.

»Du sollst herkommen!« sagte Pitz verbiestert. »In den OP!«

»Jetzt? Biste verrückt?« Er hörte Julia kräftig gähnen. »Unfall?«

»Der Chef will dich sprechen.«

»Mitten in der Nacht?«

»Frag ihn selbst.« Pitz hängte ein. »Sie kommt«, meldete er Dr. Herbergh.

Dr. Herbergh hatte die Naht beendet. Dr. Starke begann leise zu röcheln und atmete stärker durch. Alkoholgeruch breitete sich aus. Jeder Atemzug war voll davon. Pitz zog ein Tuch über Dr. Starke bis zum Hals.

»Mein lieber Mann«, sagte er, »hat der einen geladen! Sollen wir ihn zurückbringen in seine Kabine, Chef?«

»Gleich. Wartet Starkenburg noch draußen?«

»Ich nehme an.«

»Vielleicht kann Dr. Starke von selbst gehen, wenn er wach ist. Die paar Schritte schaden seiner Gehirnerschütterung nicht.«

Es klopfte, und dann stürzte Julia in den OP. Sie sah aufreizend verführerisch aus, ihr rosa Bademantel mit der Spitzenpaspelierung stand offen, darunter sah man auf ihr knappes Babydoll.

Pitz verdrehte die Augen und drehte sich um. So ein Weib braucht einen Waffenschein, dachte er. Sie kann jeden Mann umbringen.

Julia war in heller Aufregung. Sie sah zwar eine Gestalt zugedeckt auf dem OP-Tisch liegen, konnte sie aber von der Tür aus noch nicht erkennen.

»Was ist passiert?« rief sie mit ihrer hellen, kindlichen, so gar nicht zu ihrem Körper passenden Stimme. »Vor meiner Tür ist eine Blutlache. Der Mann da? Sie wollten mich sprechen, Chef?« Sie kam näher. »Wer ist es denn? Oh... Wilhelm... Mein Gott!«

»Stimmt. Dr. Starke. Seit wann nennen Sie Dr. Starke Wilhelm?«

Eins konnte man Julia nicht nachsagen: Sie reagierte sofort und verblüffend überzeugend: »Alle nennen sie ihn doch Wilhelm.« Ihr plötzlicher, unschuldsvoller Augenaufschlag setzte auch Dr. Herbergh außer Gefecht. »Wenn wir unter uns von Dr. Starke sprechen, sagen wir immer Wilhelm. Nicht wahr, Johann?«

Pitz gab keine Antwort. Mit zusammengepreßten Lippen stand er am Fußende des OP-Tisches.

»Haben Sie eine Erklärung dafür, Julia?« fragte Dr. Herbergh.

»Wofür, Chef?«

»Was wollte Dr. Starke vor Ihrer Tür?«

»Das müssen Sie Dr. Starke fragen«, antwortete Julia schlagfertig. »Ich habe nichts gehört. Ich habe fest geschlafen.« Sie hob das Stupsnäschen und schnupperte. »Ist er betrunken?«

»Auch. Aber nun packen Sie mal aus, Julia. Keine Ausflüchte mehr. Augenaufschläge sind bei mir ohne Wirkung. Und schließen Sie Ihren Bademantel. Auch halbnackte Frauen werfen mich nicht um. Hat Dr. Starke Sie manchmal belästigt?«

»Muß ich das in Gegenwart Dritter sagen?«

»Pitz? Ich denke, Pitz ist Ihr Verlobter.«

Julias Kopf fuhr wie der einer zustoßenden Schlange zu Pitz hinüber. »Hast du das gesagt?« zischte sie.

»Er hat gesagt, daß Sie sich lieben«, antwortete Dr. Herbergh schneller als Pitz.

»Hat er das? Er läuft mir nach wie ein Hund...«

»Julia...« stotterte Pitz. »Das ist doch nicht wahr. Warum lügst du denn? Wir wollen doch in Manila heiraten, das hast du selbst gesagt. Du kannst es gar nicht mehr erwarten, hast du gesagt. In Deutschland wollten wir zusammen in einem Krankenhaus arbeiten.« Pitz wischte sich über sein Gesicht. »Ist das jetzt alles nicht mehr wahr?«

»Du hast uns verraten, Johann!«

»Er hat nur die Wahrheit gesagt.« Dr. Herbergh zeigte auf den noch immer halb betäubten Starke. »Noch einmal, Julia: Hat er Sie belästigt?«

»Belästigt? Nein!« Das war keine Lüge. Die nächtlichen Besuche von Wil, wie sie ihn zärtlich nannte, waren durchaus keine Belästigung gewesen. Sie zog den Bademantel zu, nichts war ihr zu beweisen, das wußte sie, gar nichts. Am allerwenigsten die Nächte mit Go, mit Hugo Büchler, der nie den Fehler begangen hätte, betrunken an ihre Tür zu klopfen. »Abgesehen von den dummen Reden, die er immer führt...« Sie blinzelte wieder mit den Wimpern. »Aber das kenne wir ja alle, Chef. Er ist ja auch Frau Dr. Burgbach gegenüber so.«

Wie auf ein Stichwort betrat in diesem Augenblick Anneliese den OP und blickte sich mit gut gespieltem Erstaunen um.

»Was ist denn hier los? Ich bin von dem Herumrennen auf dem Gang aufgewacht. Und Sie waren plötzlich auch nicht mehr in Ihrem Bett, Fred.« Das klang so überzeugend förmlich, daß fast auch Dr. Herbergh daran glaubte. »Ein Unfall? Kopfverletzung? Hier riecht es nach Alkohol.«

»Dr. Starke.« Herbergh mußte das Spiel mitspielen. Er wartete ab, bis Anneliese an den OP-Tisch getreten war, sich über Starke gebeugt und die Wunde betrachtet hatte. »Bei seinem nächtlichen Ausflug hat es ihn erwischt.«

»Er ist betrunken. Wo hat er sich denn so angestoßen?«

»Er ist niedergeschlagen worden.«

»Vor Julias Kabinentür?« Niemand fiel auf, woher Anneliese das wußte. Sie aber merkte den Fehler sofort und wappnete sich für eine Antwort. Aber keiner fragte. Sie wandte sich zu Julia um, die verlegen auf der anderen Seite des OP-Tisches stand. »Haben Sie eine Erklärung dafür?«

»Alle fragen mich dasselbe und dann in einem solchen Ton.« Sie tat sehr beleidigt, zog einen ihrer berühmten Flunsche und sah aus wie ein trotziges Kind. »Ich kann doch nichts dafür, wenn er plötzlich ausgerechnet vor meiner Tür niedergeschlagen wird. Das müssen Sie den fragen, der es getan hat.«

»Und das werde ich feststellen!« Dr. Herbergh zeigte auf Dr. Starke. »Pitz, holen Sie Starkenburg herein und bringen Sie Dr. Starke auf einer Trage in seine Kabine. Ich komme gleich nach.«

Er wartete, bis man Dr. Starke vom OP-Tisch auf die Trage gehoben und weggebracht hatte. Er war nun mit Julia und Anneliese allein und bemerkte, wie Julia immer unruhiger wurde.

»Sie haben mir nichts zu sagen?« fragte er. »Pitz ist weg.«

»Nein, Chef.«

»Wir sind ganz unter uns, Julia. Was jetzt gesprochen wird, erfährt niemand. Hat Dr. Starke Sie öfter besucht?«

»Nie!«

»Ich habe das feste Gefühl, Sie lügen weiter, Julia. Beweisen kann ich Ihnen nichts, das wissen Sie. Aber die Wahrheit würde uns vielleicht helfen, den Täter zu finden.«

»Fragen Sie doch Dr. Starke selbst, Chef.«

»Wenn jemand ein Meister im Leugnen ist, dann er! Julia, halten Sie es für möglich, daß Pitz der Täter ist?«

»Nein.«

»Warum nicht?«

»Er weiß doch von nichts.«

»Also stimmt es.« Herbergh lächelte schwach. Über Julias Gesicht flog ein roter Schimmer.

»Das war gemein, Chef!« rief sie und rannte zur Tür. »Sie drehen mir die Worte im Mund rum! Gemein ist das.«

Sie warf die Tür heftig hinter sich zu, es hallte laut durch das ganze Hospital.

»Vielleicht tust du ihr wirklich Unrecht?« sagte Anneliese. »Glaubst du, daß Wilhelm nachts zu ihr schleicht?«

»Ja.«

»Du sagst das so sicher, als wenn du mehr wüßtest.«

»Sicher weiß ich es nicht. Aber ich kann's ihm nachempfinden. Wenn du nicht an Bord gekommen wärst, hätte ich mich vielleicht auch zu Julia geschlichen.« Er lachte.

»Schuft! Und da hättest du keine Hemmungen gehabt?!«

»Bei Julia? Nein! Da weiß man von Beginn an, wie es läuft. Aber bei dir... das ist etwas ganz anderes.«

»Der Mann, das rätselhafte Wesen. Habt ihr immer einen Frauen-Katalog bei euch?«

»Den haben wir im Kopf und im Gefühl.« Dr. Herbergh kam um den OP-Tisch herum, zog Anneliese an sich und küßte sie. »Ich werde jetzt ein paar Worte mit Wilhelm sprechen. Und du kehrst gleich zurück in unser verwaistes Bett.«

»Eine Etage höher.«

»Von da hole ich dich sofort zurück!«

Dr. Starke war noch etwas benommen, aber sonst ansprechbar. Er saß auf der Bettkante, hatte einen Handspiegel geholt und betrachtete gerade seinen Kopfverband.

»Haben Sie mich zum Maharadscha gemacht, Fred?« fragte er, als Herbergh in die Kabine kam. »Was ist denn passiert?«

»Sie haben keinerlei Erinnerung, Wilhelm?« Herbergh setzte sich in den Sessel am Fenster. Er musterte Dr. Starke, aber es war unmöglich, in seiner Mimik etwas zu erkennen. Man konnte ihn nicht überrumpeln. Seine Trunkenheit war wohl weitgehend einer sauren Übelkeit gewichen, aber die konnte auch von der Gehirnerschütterung herrühren, die Starke ohne Zweifel mitbekommen hatte. »Was wissen Sie denn noch?«

»Nichts. Absolut nichts, Fred.« Starke legte den Handspiegel auf den Nachttisch. Mit einem anderen Griff wollte er die Zigarettenschachtel holen, aber Herbergh wedelte mit der Hand.

»Nichts da, Wilhelm! Sie haben eine gesalzene Commotio. Ich brauch' Ihnen ja nicht zu sagen, was das bedeutet. Kein Nikotin, kein Alkohol, abgedunkeltes Zimmer, Bettruhe. Ist Ihnen schwindlig?«

»Ich sehe Sie im Augenblick verschwommen.«

»Übelkeit?«

»Kotzübel, aber das ist der verdammte Cognac! Einen Affen habe ich, einen Supergorilla.«

»Ich werde Sie gleich ein bißchen malträtieren, was halten Sie von einer Fortecortin-Injektion. Prophylaxe gegen ein Hirnödem? Und legen Sie sich hin, Wilhelm, Kopfkissen weg. Flach liegen. Mein Gott, daß man euch Ärzten das alles sagen muß, was ihr den Patienten befehlt!«

»Ärzte sind immer die miesesten Patienten, Fred. Das wissen wir doch.« Dr. Starke warf sein Kopfkissen aus dem Bett auf den Boden und legte sich hin. Ganz kurz nur verzog er sein Gesicht. »Wie wär's mit einer Schmerztablette, Fred?«

»Tut's sehr weh?«

»Tausend kleine Teufelchen bohren im Hirn.«

»Das ist gut.« Dr. Herbergh lehnte sich zurück. »Was wollten Sie bei Julia?«

»Wie bitte?« Dr. Starke hob den Kopf, ließ ihn aber sofort wieder sinken. Der kurze Blick hatte genügt. Jetzt mußte man in Deckung und in die Verteidigung gehen. »Wer hat hier eine Commotio? Sie oder ich?«

»Sie wurden vor Julias Tür gefunden.«

»Unmöglich. Ich lag hier sturzbesoffen im Bett.« Er faßte sich an den Kopf. »Und wachte auf mit einem Turban!«

»Sie wissen also nicht, wie Sie zu Julias Kabine gekommen sind?«

»Keine Ahnung.« Dr. Starke versuchte ein kumpelhaftes Grinsen. »Immerhin, wenn das eine Reflexbewegung in Volltrunkenheit gewesen sein sollte... alle Achtung, meine Beine haben mich in die richtige Richtung getragen. Der Geist sagt nein, aber die Hormone sagen ja. Fred, ich weiß davon nichts, gar nichts. Meine ausgefahrene Wünschelrute muß mich dahin geführt haben.«

»Ich finde die ganze Sache nicht so lächerlich wie Sie. Julia ist mit Pitz verlobt.«

»Ach. Das ist mir neu. Seit wann?«

»Ich habe es auch erst heute erfahren.«

»Immerhin sieht man, wie bei mir in trunkenem Zustand das Unterbewußtsein nach oben steigt. Zugegeben, Julia ist verdammt sexy.«

»Wilhelm, jemand hat Sie vor ihrer Tür niedergeschlagen! Das kann man nicht so flapsig wegwischen. Sie haben unverschämtes Glück gehabt. Er hätte Ihnen auch die Hirnschale einschlagen können. Dann hätten wir morgen drei Tote über Bord kippen müssen. Aber ohne Grund schlägt keiner so zu. Wie oft haben Sie mit Julia geschlafen?«

»Fred! Ich führe doch keine Strichliste! Machen Sie das? Aber wenn ich im Tagebuch herumblättere, da steht bei Julia eine Null. Zufrieden?«

»Nur halb. Wer glaubte ein Recht zu haben, Sie vor Julias Tür niederschlagen zu können?«

»Das möchte ich auch zu gern wissen.«

»Doch nur jemand, der mit Julia schläft.«

»Also Pitz!«

»Nein, der lag nachweisbar im Bett. Gefunden hat Sie v. Starkenburg.«

»Also der war's bestimmt nicht.« Dr. Starke schloß die Augen und tat so, als brauche er dringend absolute Ruhe. »Es wird sich alles als ein großes Mißverständnis heraustellen, Fred. Noch eine Möglichkeit: Einer der Vietnamesen wollte klauen, und ich habe ihn gestört. Unbewußt, ich weiß ja nichts von meinem Herumlaufen. Habt ihr daran mal gedacht?«

»Nein.« Dr. Herbergh beugte sich vor und starrte auf den verbundenen Kopf und die geschlossenen Augen. Das ist eine Spur, dachte er erschrocken. In dieser Richtung haben wir überhaupt noch nicht gesucht. »Aber jetzt kann Licht in die Sache kommen. Wilhelm, man munkelt, daß Sie etwas mit dem Mädchen Phing haben.«

»Du lieber Himmel, auch das noch!« Dr. Starke hob wieder den Kopf und stützte sich mit den Ellenbogen auf. »Wofür haltet ihr mich eigentlich? Lauf' ich den ganzen Tag mit offener Hose herum?! Wer ist Phing?«

»Ein junges, hübsches Mädchen vom zweiten aufgefischten Boot. Als wir sie an Bord holten, war sie so elend, daß Sie sie selbst ins Hospital getragen haben. Sie hat sich dann schnell erholt und wurde wieder eine zierliche Schönheit.«

»Und schon lag Dr. Starke drauf! Fred, ihr spinnt ja alle. Warum wollt ihr mir das alles anhängen? So langsam finde ich das zum Kotzen!«

»Nun gut.« Dr. Herbergh erhob sich. »Ich hol' mal die Medikamente. Denken Sie mal darüber nach, wie schön es ist, daß Sie noch leben.«

Kaum hatte Herbergh die Kabine verlassen, griff Starke zum Telefon, zögerte einen Moment und rief Julia an. Sie meldete sich sofort, als habe sie darauf gewartet.

»Hier Wil«, sagte er. »Mein Schätzchen, dichthalten wie ein Gummihöschen. Niemand weiß was.«

»Und ich will nicht mehr!« Ihre Stimme klang entschlossen. »Ich werde eine Verschlechterung spielen und mich ins Hospital verlegen lassen. Dann kannst du mich pflegen.«

»Dafür ist Johann zuständig. Und bleib bloß da, wo du bist! Ich will nicht mehr. Begreif das doch: Ich will nicht mehr.«

Die Verbindung brach ab, Julia hatte aufgelegt. Starke schielte zu den Zigaretten, legte sich aber tapfer wieder hin und befahl sich: Nein! Erst wieder auf die Beine kommen. Und dann den suchen, der dir den Schädel einschlagen wollte. Der Täter war nur unter den Flüchtlingen zu suchen. Hatte Phing einen Freund? Man würde das schnell herausfinden. Hung wußte alles, er war es auch gewesen, der Phing in der Nacht zu ihm geführt hatte. Dafür hatte er hundert Dollar kassiert. Eine einmalige Vermittlungsgebühr. Und sie machte Hung zum Abhängigen von ihm, zum Mitverschworenen, zum Zuhälter.

Kleine, schöne Phing, die Narbe auf dem Kopf wird mich immer an dich erinnern. Du wirst für immer bei mir sein.

Er schloß wieder die Augen, dachte darüber nach, was er mit dem Vietnamesen tun sollte, falls Hung ihm den Namen nannte und ihn auf Deck durch ein diskretes Zeichen verriet.

Aus dem Tagebuch von Hugo Büchler, 1. Offizier der *Liberty of Sea*.

Während ich diese Zeilen schreibe, weiß ich nicht, ob ich zum Mörder geworden bin. Ich weiß nur, daß ich meinen Verstand verloren habe. Bisher war ich immer ein ziemlich real denkender Mann, das kann ich von mir behaupten. Ein völlig normaler Mensch, ein guter Nautiker, von allen wohl gelitten. Ich habe getrunken, wie andere auch, ich habe meine Mädchen gehabt, so wie die meisten, ich bin achtunddreißig, also in den besten

Jahren, wie man sagt, bin gesund an Körper und Geist, und bin doch völlig verrückt.

Dazu hat mich Julia gemacht. Julia, bei deren Namen schon mein Herz klopft. Julia, bei deren Anblick mir der Atem stockt, und wenn ich sie im Arm halte, herrscht absolutes Chaos in meinem Inneren. Wie kann ein Mensch einem anderen nur so verfallen? Ich weiß darauf keine Antwort. Ich will auch keine Antwort wissen.

Bin ich jetzt zu einem Mörder geworden? An meinem Schlüsselbund hat Blut geklebt. An dem langen, dicken Eisenschlüssel für das Kartenmagazin. In die Faust habe ich ihn genommen und damit zugeschlagen, bedenkenlos. Und als er vor mir zusammenbrach, war ein wilder Triumph in mir, es war fürchterlich, aber schön zugleich. Ich hätte immer und immer wieder auf ihn einschlagen können, aber er lag auf dem Boden und rührte sich nicht mehr.

Habe ich ihm den Schädel zertrümmert? Morgen früh erst werde ich es wissen. Ich muß warten, ich darf nicht wahnsinnig werden.

Denken wir jetzt der Reihe nach.

Es fing damit an, daß wir alle nach dem schrecklichen Erlebnis mit Truc und den hingeschlachteten Menschen einen Cognac brauchten. Starke soff wie ein Irrer, er war schon ein lallendes Bündel, als ich mich verabschiedete und auf die Brücke ging. Ich hatte Nachtdienst. Eine ruhige Nacht. Keine Zeichen von neuen Flüchtlingsbooten, keine Lichtsignale oder brennende Fackeln. Das schwach bewegte Meer war weit zu übersehen, wir fuhren mit halber Kraft auf die Küste zu. Nach zwei Stunden löste mich Bootsmann Hellersen ab, ich ging in meine Kabine, wusch mich und dachte, wie immer, an Julia. Und wenn ich an Julia denke, überschwemmt mich die Sehnsucht nach ihrer Leidenschaft. Eine Verrücktheit ist es, die mich zu ihr treibt, mit keiner Vernunft mehr zu halten, denn es gibt keine Vernunft mehr. Es gibt nur noch Julia...

Ich bin auf Strümpfen, um so unhörbar wie möglich zu sein, zu ihrer Kabine geschlichen, und als ich um die Gangecke biege, sehe ich einen Mann, der an Julias Tür klopft, sich niederbeugt, durch das Schlüsselloch blicken will und ihren Namen ruft.

Und plötzlich hatte ich den dicken Schlüssel in der Faust, schnellte lautlos wie ein Raubtier auf das Opfer zu, hieb ihm auf den Schädel, und nur weil er sofort hinfiel, schlug ich nicht immer wieder zu. Aber ich zitterte vor Freude, auch dann noch, als ich in dem Niedergeschlagenen Dr. Starke erkannte.

Erst jetzt kommt die Ernüchterung: Bin ich ein Mörder? Ist Starke tot? Ich könnte im Hospital nachsehen, als wachhabender Offizier einen Rundgang machen, diese niederdrückende Ungewißheit beseitigen. Aber könnte ich den Anblick aushalten, wenn sie mich zu Starke führen. Könnte ich den aufgeschlagenen Schädel ansehen, ohne mich durch irgendeine Reaktion zu verraten?

Nein, ich will den Morgen abwarten. Ich werde bei Sonnenaufgang auf der Brücke stehen und mit dem Fernrohr das Meer abtasten. Und warten, bis Larsson auf die Brücke kommt und sagt: »Büchler, Sie werden es nicht glauben. Jemand hat Dr. Starke erschlagen.«

Und ich werde entsetzt reagieren, aber die Brücke nicht verlassen. Ich habe ja Dienst, und ein Seemann verläßt seinen Posten nicht, bis das Schiff untergeht. Und auch dann sind wir Offiziere die letzten.

Das klingt stolz, nicht wahr? Pflichterfüllung bis zum letzten. Alles Lüge, pure Lüge. Ich bin nur feig. Zu feig, Dr. Starke anzusehen. Ein feiger Mörder. Welch ein Weg – vom Seeoffizier zum Ungeheuer.

Dazu hat mich Julia gemacht.

Aber was ist, wenn Starke lebt?

Dann habe ich noch vor mir, was ich glaubte, getan zu haben.

Ich bin kein normaler Mensch mehr, das weiß ich. Aber was ich bin, das weiß ich nicht.

Hung war der erste Besucher, der an Dr. Starkes Bett kam.

Starke bekam gerade eine Infusion und war guter Dinge, auch wenn Herbergh behauptete, seine Augen seien trüb und typisch für eine schwere Commotio cerebri. Durch den zugezogenen Vorhang war es dämmerig in der Kabine, man konnte die strahlende Sonne nur ahnen. Und es war heiß im Raum, trotz der Klimaanlage. Sie schaffte es nicht, die hohen Temperaturen herunterzukühlen.

Hung, fett, schwitzend, nach saurem Schweiß riechend, schob einen Stuhl heran und setzte sich neben das Bett. Seine kleinen, in Fettwülste eingebetteten Augen glitten mausschnell über Dr. Starke hinweg.

»Darf ich mein Bedauern aussprechen?« sagte er mit einer Verbeugung, »und meine besten Wünsche zur baldigen Genesung bringen?«

»Danke.« Dr. Starke winkte ab. »Vergiß dein untertäniges Gehabe, Hung! Wer ist der Freund von Phing?«

»Sie hat einen Freund?« Hung tat sehr erstaunt. »Ich weiß nicht.«

»Darum frage ich. Du mußt herausfinden, wer es ist.«

»Wenn sie einen hat, Herr Doktor.«

»Hung, sie muß einen Freund haben. Ein Gespenst kann mich nicht niederschlagen. Von uns kann es keiner sein. Also muß der Kerl bei euch zu suchen sein. Nur du kannst ihn finden. Zweihundert Dollar ist mir das wert...«

»Ich werde Phing beobachten.« Hung leckte sich über die wulstigen Lippen. »Wie konnte man entdecken, daß Phing zu Ihnen kommt, Herr Doktor?«

»Vielleicht durch einen Zufall. Ich weiß es nicht. Könnte sie darüber gesprochen haben?«

»Nie, Herr Doktor. Nie.«

»Bist du dir so sicher?«

»Die anderen würden sie verachten.« Hungs Gesicht verzog sich wieder zu einem Grinsen. »Nicht, weil Sie ein Europäer sind. Als die Franzosen und die Amerikaner in unserem Land waren, haben Hunderttausende mit ihnen gehurt, um Schokolade, Fruchtstangen, Butter, Fett und Dosenfleisch zu bekommen. Und Nescafé. Darauf waren alle wild. Oder Pastis und Whisky und Chesterfield-Zigaretten. Aber jetzt ist das anders. Nur Sie und Phing können es treiben, die anderen müssen zusehen und können sich nichts nebenher verdienen. Das macht böses Blut.«

»Ich habe doch Phing nichts gegeben, Hung!« Dr. Starke schob sich etwas höher im Bett, vorsichtig, damit die Infusionsnadel nicht aus der Vene rutschte. »Mal ein Döschen Marmelade, mal Kekse...«

»Das genügt. Die anderen haben es nicht.« Hung faltete die Hände über dem gewaltigen Bauch. »Darf ich einen bescheidenen Rat geben, Herr Doktor?«

»Ich höre.«

»Lassen Sie Phing in den nächsten Tagen nicht zu Ihnen kommen. Um so leichter kann ich ihren Freund finden.«

»Wie das?«

»Er wird sich mehr um sie kümmern. Sie werden öfter zusammen sein. Sie werden miteinander über Deck spazieren. Ein Verliebter ist der Bruder der Dummheit, sagt man bei uns.«

»Vorschlag angenommen, Hung.« Dr. Starke sah Hung forschend an. Etwas wie Abscheu lag in diesem Blick. Welch ein Schurke, dieser Fettkloß. Für fünfhundert Dollar würde er seine Tochter verkaufen, wenn er eine hätte. Aber soll man ihn deswegen verachten? Wie ist es bei uns? Da verkaufen die Waffenhändler für Millionen den Tod, ganze Industrien leben davon, ein sanktioniertes Geschäft, das gute Steuern bringt, und keiner empfindet auch nur einen Funken Scham. Nur einen kleinen Schuft wie Hung möchte man anspucken. Dabei strampelt er nur nach einem besseren Leben. »Was ist das für eine Sache mit Ut?« fragte er plötzlich.

Hung kniff die Fettaugen wieder zusammen.

»Alles ein Irrtum, Herr Doktor.«

»Du hast sie nicht bedroht?«

»Aus welchem Grund? Ut ist krank, an den Nerven krank. Es ist gut, daß sie jetzt im Hospital ist. Dort kann man ihr sicherlich helfen.«

Er erhob sich schnell, das Gespräch wurde ihm zu gefährlich. Er machte vor Starke wieder eine seiner devoten Verbeugungen und verließ eilig die Kabine. Auf dem Weg zu den Lagerräumen traf er auf Le. Er saß auf einer Taurolle und starrte über das sonnenglitzernde Meer. Auf dem weiten, freien Bugdeck spielten ein paar Jungen Fußball mit einer leeren Konservendose.

»Denkst du an zu Hause?« fragte Hung und blieb vor Le stehen.

»Sie ist bei ihm«, sagte Le dumpf. Sein Gesicht war verzerrt, als habe er große Schmerzen.

»Wer ist bei wem?«

»Kim. Die ganze Nacht. Bei dem weißen Stier.«

»Woher weißt du das, Le?«

»Ich habe sie gesehen. Erst haben sie getrunken, dann haben sie sich geküßt, und dann hat er sie mitgenommen.«

»Und sie ist nicht wiedergekommen?«

»Ich sitze hier, seit sie weggegangen sind.«

»Du hast die ganze Nacht auf sie gewartet?«

»Ja. Ich liebe Kim. Sie hat mich verraten.« Hung sah auf Le hinunter und faltete wieder seine Hände über dem Bauch. Die starre Haltung Les, seine monotone Stimme, die weder Wut, Haß oder Trauer ausdrückte, seine starren, glänzenden Augen verhießen nichts Gutes. Er war ein Mensch, der alle Gefühle in sich getötet hatte, alle Vernunft und alle Skrupel.

»Mach keine Dummheiten, Le!« sagte Hung mahnend. »Es ist schon genug auf dem Schiff passiert. Laß Mr. Stellinger in Ruhe.«

»In Manila wirft er sie weg wie eine Bananenschale. Er wird Kim zerstören!«

»Sie ist alt genug, um über sich selbst zu bestimmen.«

»Und trotzdem weiß sie nicht, was sie tut. Sie ist keine Hure, aber er hat sie dazu gemacht.«

»Du hättest sie zu dir genommen?«

»Ja.«

»Le, hast du darüber nachgedacht, wie deine Zukunft ist? Weißt du, wohin man dich bringt? Womit willst du im Ausland dein Geld verdienen? Du wirst froh sein, deinen eigenen Hunger stillen zu können. Vergiß Kim. Laß sie ihren eigenen Weg gehen.«

»Was weißt du über mich?« Le hob den Blick. Seine starren Augen erzeugten bei Hung ein Gefühl von unbestimmbarer Furcht. »Was wißt ihr alle über mich? Ich kann Kim mehr bieten, als ihr ahnt.«

An diesem Morgen erschien Stellinger im Hospital und suchte Dr. Herbergh. Pitz, der den Mann mit dem Riesenfurunkel im Nacken für die Operation vorbereitete, und gleichzeitig den gerade eingelieferten Gallensteinkranken beruhigte, der immer rief: »Ich habe keine Schmerzen mehr. Ich bin gesund! Laßt mich gehen!«, war verblüfft.

»Was willst du? Zum Chef? Wo fehlt's denn? Verklemmte Fürze kann ich auch lösen.«

»Privat will ich ihn sprechen, du Arsch.«

»Jetzt nicht. Er bereitet sich auf die Operation vor.«

»Es ist wichtig, Johann. Lebenswichtig.«

»O Gott, Franz hat einen Hodenbruch.« Pitz bückte sich, riß schnell eine halbvolle Urinflasche hoch und zog das Kinn an, als Stellinger einen Schritt auf ihn zukam. »Überleg dir's! Das ist beste vietnamesische Pisse.«

»Wo ist Dr. Herbergh?«

»Besuch ihn im OP. Du fliegst sofort raus! Du bist nicht steril.«

»Wir sprechen uns noch, Johann!«

Stellinger ging hinüber zum OP, über dessen Tür bereits die rote Warnlampe brannte. Beim Umbau des Schiffes hatte Herbergh auch daran gedacht. Ein billiger Luxus, der ihm Freude machte. »Er macht aus der *Liberty* noch eine Uni-Klinik!« hatte Hörlein gestöhnt, aber dann doch die Anschaffung genehmigt.

Stellinger klopfte an die Tür und trat ein. Verwundert zeigte Dr. Herbergh nach oben.

»Da brennt ein rotes Licht, Franz!«

»Ich weiß, Herr Doktor. »Stellinger sah verlegen zu Anneliese und Julia hinüber, die gerade ihre eingeseiften Arme unter dem Wasserhahn drehten. Es roch stark nach einem Desinfektionsmittel. »Aber es ist wichtig. Sehr wichtig.«

»Gerade jetzt?«

»Kann ich Sie allein sprechen?«

»Nein. Ich bin schon steril. Bleiben Sie an der Tür stehen, Franz. Was ist denn so ungeheuer wichtig?«

Wieder warf Stellinger einen verzweifelten Blick auf Anneliese und Julia. Dann holte er tief Atem.

»Ich, ich werde Mai heiraten.«

»Wer ist Mai?«

»Kim Thu Mai, das Mädchen von der Küche.«

»Und da platzen Sie in den OP hinein?! Franz, was geht das mich an? Das ist Ihre Entscheidung und Ihr Leben. Wenn Sie meinen, mit Mai glücklich zu werden...«

»Darum geht es nicht, Herr Doktor.«

»Worum denn?«

»Ich möchte fragen, ob Mai bei mir bleiben kann. In der Kabine. Ab sofort.«

»Überlegen Sie mal, was Sie da sagen, Franz!« Dr. Herbergh schüttelte den Kopf. »Welchen Eindruck macht das? Der Oberbootsmann nimmt sich eine Vietnamesin in die Kabine. Das untergräbt Ihre ganze Autorität. Das fällt auf uns alle zurück.

Herr Hörlein wird sich die Haare raufen, und das mit Recht. Nur ein Wink an die Presse, und schon sind die Schlagzeilen da. ›Lustiges Leben auf der Liberty.‹ ›Die Retter bedienen sich bei den hübschen Mädchen.‹ ›Sexspiele an Bord.‹ Daraus kann ein Skandal werden.«

»Mai hat Angst, zurückzugehen zu den anderen unter Deck. Sie wird bedroht. Von dem jungen Vietnamesen, dem mit den Messerstichen.«

»Auch das noch! Franz, haben wir nicht genug Rummel an Bord? Ut fühlt sich bedroht, Dr. Starke wird niedergeschlagen, Sie haben permanenten Krach mit Kapitän Larsson, mit Truc steht uns eine Konfrontation bevor, wenn wir näher an die Küste kommen... lieber Himmel, reicht das nicht?«

»Ich habe Angst um Mai, Herr Doktor. Sie... sie ist meine Frau. Seit heute Nacht.«

Stellinger senkte den Kopf. Er schämte sich, das vor Anneliese und vor allem vor Julia zu offenbaren. Aber er sah keine andere Möglichkeit, Dr. Herbergh zu überzeugen.

»Behalten Sie Mai in Ihrer Kabine, Franz«, sagte Anneliese plötzlich. Ihr Lächeln gab Stellinger Hoffnung, daß Dr. Herbergh jetzt nicht mehr dagegen stimmen würde. »Es ist nicht nur eine Laune von Ihnen?«

»Ich liebe Mai wirklich, Frau Doktor.« Stellinger mußte seine Verlegenheit hinunterschlucken. »Ich will sie in Deutschland heiraten.«

»Wenn Deutschland sie aufnimmt. Das ist noch lange nicht sicher. Sie kann auch nach Frankreich oder Kanada kommen. Was Deutschland bisher an Aufnahmegarantien gegeben hat, ist katastrophal, beschämend für einen Staat, der immer von Humanität redet.«

»Dann heiraten wir in Manila oder Singapur, wo's möglich ist. Dann ist Mai meine Frau, wenn wir in Hamburg landen, und keiner kann sie ausweisen.« Stellinger holte tief Atem. »Darf Mai bei mir bleiben?«

»Ja!« sagte Anneliese. »Und nun denken Sie daran, daß über Ihnen das rote Licht brennt.«

Stellinger nickte. »Danke, Frau Doktor«, sagte er leise.

Er drehte sich um und verließ schnell den OP. Niemand sollte sehen, daß seine Augen feucht geworden waren.

»Ich weiß nicht, ob das richtig war«, sagte Herbergh, als Julia hinausgegangen war, um Pitz mit dem Furunkelkranken zu holen. »Warum hast du diese Entscheidung getroffen?«

»Weil sie gut war, Fred.«

»Bist du sicher?«

»Ganz sicher.« Sie lächelte ihn an, was ihn unsicher machte. »Bleibe ich jetzt nicht auch in deiner Kabine?«

»Das ist doch etwas ganz anderes.«

»Wieso denn? Wir sind ein Liebespaar, und Stellinger und Mai sind auch ein Liebespaar. Gleiches Recht für alle. Stellinger wird Mai heiraten, das ist sicher. Bei uns ist es durchaus nicht so.«

Dr. Herbergh spreizte die Hände, kam auf Anneliese zu, und sie flüchtete lachend um den OP-Tisch herum.

»Wenn jetzt kein Operationstag wäre, würde ich dich sofort ins Bett tragen. Und dort würden wir die Frage klären... Mit welch einem Biest habe ich mich da eingelassen...«

Die Tür schwang auf. Pitz kam mit dem Patienten herein. Auf der Schwelle zögerte der Mann und starrte ängstlich auf den Tisch, die große OP-Lampe und die aufgebauten Instrumente.

»Der Furunkel!« meldete Pitz. Es klang geradezu militärisch. »Auch die Gallensteine sind da.«

»Na, dann wollen wir mal.« Herbergh hielt seine Hände von sich, und Anneliese streifte ihm die Gummihandschuhe über. Als er an den Kranken herantrat, duckte sich dieser, als wolle er einem Schlag ausweichen. »Keine Angst, es tut nicht weh. Du wirst gar nichts spüren. Zurückbleiben wird eine kleine Kreuznarbe, aber da wachsen Haare drüber.«

Der Kranke nickte, obwohl er kein Wort verstand.

Der deutsche Doktor war ein guter Mensch, er hörte es am Klang seiner Stimme.

Der dritte Brief des Matrosen Herbert v. Starkenburg an seine Mutter.

Mein Liebes, Allerliebstes!

Eigentlich wollte ich Dir erst wieder aus Manila schreiben, aber ich muß mit Dir sprechen, weil mir das Herz zu voll ist. Vor drei Tagen noch hätte ich über alles mit Julius sprechen können, aber zwischen ihm und mir ist ein Riß entstanden. Er ist von einer schon fast wahnsinnigen Eifersucht befallen und droht mir das Schlimmste an. Grund ist ein junger und zugegeben schöner Junge, einer der geretteten Vietnamesen, mit dem ich ein paarmal – völlig harmlos – gesprochen habe. Es ist wirklich nichts zwischen uns, aber Julius glaubt es nicht.

Gestern, in der Nacht, ist hier an Bord wieder etwas Rätselhaftes geschehen: Unser Funker Lothar Buchs, der Kölner, der nur Kölsch spricht und Wert darauf legt, daß Kölsch kein Dialekt, sondern eine Weltsprache ist, alarmierte uns nun schon zum zweitenmal und behauptete, jemand habe über Nacht an seiner Funkanlage gefummelt. Da niemand von uns mit diesen komplizierten Apparaten umgehen kann, muß das bei Lothar wohl ein Komplex sein, keiner nimmt ihn ernst, Stellinger nennt es sogar einen Samenkoller – er hat immer so Ferkelausdrücke zur Hand –, aber was es auch sei: Merkwürdig finde ich das doch. Ich kann nicht darüber lachen wie die anderen. Nur sehe ich kein Motiv. Wer soll nachts heimlich funken? An wen? Wohin? Und vor allem – was? Auch darauf weiß Lothar keine Antwort, und somit ist für alle das Thema beendet. Nur der Spott bleibt an Lothar hängen. Seine Antwort ist klassisch-kölsch: »Ihr könnt mer de Naachen däuen!« Was auf hochdeutsch dem Zitat aus Götz von Berlichingen entspricht.

Mein liebes Mütterchen, das schöne Wetter scheint für eine Zeitlang vorbei zu sein. Es bläst ein steifer Wind aus Südost, ein Ausläufer eines Taifuns soll es sein, sagt der Erste, wir bekämen jetzt die große Schaukelarie und das Massenkotzen. Das bisher goldene Meer ist jetzt schmutziggrau mit weißen, perlenden Schaumspitzen, aber der Wind ist noch warm. Wenn er kälter wird, wissen wir, daß uns der Taifun erreicht hat. Aber es sind nur die Ausläufer, die Ränder, Mama, – hab keine Angst um mich.

Ich denke nur immer daran, was mit den kleinen, flachen Flußbooten geschieht, mit denen die Vietnamesen flüchten. Bei Windstärke 10 sind sie rettungslos verloren, schlagen voll Wasser, werden von den haushohen Wellen einfach umgeworfen. Die Menschen werden weggerissen, das Wasser zermalmt alle Aufbauten. Wieviel Hunderte werden ertrinken? Von ihnen wirst du nichts in euren Zeitungen lesen, Mutter, für sie finden keine Demonstrationen statt, ebenso wenig wie für die Menschenopfer in Afghanistan. Immer, wenn ich die zerlumpten Gestalten hier an Bord sehe, Menschen, die keiner haben will, kommt mir bei soviel Heuchelei die Galle hoch. Wie reich sind wir Deutschen, und wie hochnäsig sind wir geworden! Wir ekeln uns vor der Armut, und waren doch selbst 1945 die Ärmsten der Armen. Wie schnell und gründlich die Menschen vergessen können! Du hast mir oft erzählt, wie Du nach dem Krieg auf Hamsterfahrt gegangen bist, wie Du von den Feldern Kartoffeln und Gemüse geklaut hast, wie du Omas schöne Kaminuhr eingetauscht hast gegen Speck, Schinken und eingedoste Wurst. Sogar unseren Flügel wolltest du vermaggeln, aber da haben Vater und ich wilden Protest eingelegt.

Nein, das stimmt nicht. Ich war da ja noch nicht geboren, ich kam ja erst 1956 zur Welt, da war schon Erhardts Wirtschaftswunder in vollem Schwung. Aber uns ging es damals auch nicht gut. Das mit dem Flügel muß 1966 gewesen sein, als Vater seinen ersten Herzinfarkt bekam und nicht mehr arbeiten durfte. Da sollte der Flügel zum zweitenmal weg. Wie's auch war, mein Mütterchen, Du gehörst der Generation an, die Krieg, Zerbombung und Hunger überlebt hat. Unsere Generation kann das nie nachempfinden, und die »Gnade der späten Geburt« weist sich dadurch aus, daß sie einen anderen Begriff von Humanität und Elend hat. Unser Einsatz hier im Südchinesischen Meer ist ein Beweis dafür. Wir werden angesehen wie dumme Störenfriede. Indem wir Menschen retten, stören wir den Frieden, so weit sind wir in Deutschland gekommen! Man könnte weinen, wenn Tränen dafür nicht zu wertvoll wären.

Liebstes Muttchen, der Wind bläst immer stärker. Das Schiff schwankt schon deutlich, rollt und stampft. Die Wellen schlagen schon gegen mein Bullauge, das heißt, daß sie über sechs Meter hoch sind. Ich muß gleich auf die Brücke zum Ausguck, zusammen mit Stellinger. Wenn wir jetzt ein Flüchtlingsboot sichten, wird es eine dramatische Rettung werden.

Laß Dich küssen, mein allerliebstes Muttchen.

Dein Sohn.

Vier Tage dauerte der Sturm. Vier Tage, in denen die *Liberty of Sea* so durchgeschüttelt wurde wie nie seit ihrer ersten Fahrt. Das war in der Biscaya gewesen, bei einem November-Orkan, aber da lag sie schwer im Wasser, beladen mit Containern, und die einzige Sorge war, daß alles gut vertäut war und die Ladung nicht verrutschte.

Jetzt war das anders. Die Menschen an Bord wogen ein Geringes gegen die Container, der Rumpf stand hoch im Wasser, das Schiff war wie ein Holzstück auf den Wellen, ächzte und stöhnte und knackte in allen Nieten, zitterte und duckte sich bei den gewaltigen Brechern, die über Deck krachten, hob sich dann auf die Wellenkämme hoch, als würde es in den dunkelgrauen Himmel geschleudert und fiel in die Wellentäler hinab mit einem dumpfen Aufschrei, als breche es auseinander.

Unter Deck, in den Lagerräumen, hockten oder lagen die Flüchtlinge auf ihren Holzplatten und Kokosmatten, hielten sich gegenseitig fest, wenn das Schiff sich auf die Seite legte oder in die Wasserschluchten fiel. Überall roch es widerlich nach Erbrochenem, vor allem die Frauen und Kinder entleerten ihre Mägen, weinten, beteten oder schrien jedesmal auf, wenn die Stahlwände krachten. Die Männer, die meisten von ihnen Fischer, die auf dem Mekong oder in seiner Mündung schon manchen Sturm erlebt hatten, saßen stumm herum, blickten ab und zu sorgenvoll gegen die Schiffswand oder hatten sich langgestreckt und dösten vor sich hin.

Hung, selbst gelbweiß im Gesicht, mit leerem Magen und nur noch bitteren Saft spuckend, ging herum und machte den Frauen Mut. »Es ist ein gutes Schiff!« sagte er immer wieder. »Ein starkes Schiff! Der Kapitän sagt: Nichts wird passieren. Glaubt dem Kapitän, meine Lieben. Das Krachen hat nichts zu bedeuten. Die Wände sind stabiler Stahl. Keine Angst, sag' ich euch. Morgen ist das Wetter besser.«

Aber der Sturm dauerte vier Tage und vier Nächte. 96 Stunden, auf die Larsson in seinem Leben gern verzichtet hätte. Abwechselnd mit Büchler stand er auf der Brücke, am zweiten Tag die ganzen 24 Stunden, klammerte sich am Kommandostand fest und starrte auf ein Meer, das nicht mehr wie ein Meer aussah, sondern wir ein wanderndes Gebirge. Die riesigen Brecher, die über Bord schlugen und auf die Deckplanken hämmerten, waren gefährlicher als das Tanzen des Schiffes auf den Wellen.

Wenn eine dieser Wasserfäuste das Deck durchschlug und ein Sturzbach in einen der Lagerräume flutete, dann würde Panik ausbrechen, das wußte er. Und Panik wäre Tod, das wußte er auch. Die Vietnamesen würden aus der sicheren Tiefe an Deck rennen, vor allem die Frauen mit den Kindern, in sinnloser, blinder Angst, und hier würden sie die nächsten Brecher packen, sie an die Bordwand drücken und zerschmettern, oder sie hochheben und über Bord spülen. Da könnte keiner mehr helfen.

»Wie sieht's da unten aus?« fragte Larsson einmal im Maschinenraum an.

»Alles okay.« Kranzenbergers Stimme klang ruhig wie immer. »Wenn wir Stabilisatoren hätten, ging's mir besser.«

»Die würden jetzt nichts nützen.« Larsson entwickelte sogar so etwas wie Humor, der Kampf gegen die Gewalt der Natur machte ihn freier. Das war erstaunlich. »Wenn wir Flügelchen ausgefahren hätten, würden wir vielleicht wie ein fliegender Fisch schweben.«

Und Kranzenberger antwortete ebenso witzig: »Schade. Wir könnten dann eine Menge Dieselöl sparen.«

In ihren Kabinen lagen Anneliese, Julia, Pitz und sogar Funker Buchs auf den Betten und verdrehten die Augen, pendelten zwischen WC und Bett hin und her und hatten wie alle Seekranken das Gefühl, sterben zu müssen. Dr. Herbergh, der sich mit einem Antihistaminikum auf Ingwerbasis vollgepumpt hatte, ging von Kabine zu Kabine und spendete nutzlose Aufmunterung. Bei Dr. Starke hielt er sich länger auf. Dessen Kopfwunde verheilte gut, Herbergh hatte den Turban mit einem dicken Pflaster vertauscht, aber die Gehirnerschütterung war doch massiver, als er zuerst angenommen hatte. Beim ersten Gehversuch war Starke noch wie ein Betrunkener getaumelt. »Zurück ins Bett!« hatte Herbergh kommandiert. »Ihr Hirn ist doch zarter, als ich dachte.«

»Ich war immer ein sensibler Mensch.« Starke hatte gelacht und sich wieder flach hingelegt. »Ich bedarf zur Gesundung eines harmlosen Stimulans.«

»Und das wäre? Eine Frau?«

»Aber Fred! Nicht doch! Ich denke an einen milden Whisky.«

»Abgelehnt! Wenn ich Sie erwische, daß Sie heimlich saufen, Wilhelm, bekommen Sie von mir eins auf den Kopf. Dann liegen Sie bis Manila im Bett!«

Dr. Starke starrte qualvoll zur Tür, als Herbergh jetzt hereinkam. Sein Gesicht unter dem großen Pflaster schimmerte grünlich.

»Das ist das beste Heilwetter für eine Commotio«, sagte er wehleidig. »Fred, ich kotze mich weg. Beim Würgen kommt mir der Magen hoch bis zu den Mandeln.«

»Das ist anatomisch unmöglich. Denken Sie an Ihr erstes Semester: Grundkenntnisse der Anatomie.«

»Sie haben keine Last damit, was? Wie geht es denn den anderen?«

»Genau wie Ihnen. Sie sterben langsam dahin. Sogar Stellinger hat sich Tabletten geholt.

»Und mir geben Sie keine!«

»In diesem Stadium bewirken sie nichts mehr. Die muß man vorher einnehmen. Lieber Kollege von der Inneren, haben Sie alles vergessen? Kinetosen entstehen durch eine primäre Reizung des Vestibularapparates als Folge extremer Bewegungsenergie. Die drei Bogengänge, Sacculus und Utriculus geben Impulse an die vegetativen Stammhirnzentren und so wird man seekrank.

»Der Teufel hole Ihren Sarkasmus.«

»Das hilft Ihnen auch nichts. Aber versuchen wir's mal.« Herbergh gab Dr. Starke zwei kleine Kapseln. »Wenn Sie sie wieder ausspucken, hat's gar keinen Sinn. Morgen wird es schon besser gehen, und in drei Tagen haben Sie sich daran gewöhnt.«

»Drei Tage?!« Dr. Starke verdrehte die Augen. Er klammerte sich am Bett fest. Das Schiff schoß wieder in eines der tiefen Wellentäler. »Dann ist mein Hirn wie ein übles Mixgetränk.«

Stellinger löste als dritter Mann Larsson und Büchler auf der Brücke ab. Jetzt hatte er Freiwache. Er hatte Mai getröstet, die würgend in seinem Bett lag und ihn umklammerte, als wolle sie eng umschlungen mit ihm untergehen, und nun besuchte er die Küche. Hans-Peter Winter stand an einem großen Edelstahlkessel und schnitt auf einem dicken Holzbrett kleine, grüne, höllisch scharfe Paprikaschoten in kleine Stücke. Ihn ließ die wilde See kalt, er hatte auf der MS *Europa* drei Jahre lang alle Meere befahren, kannte die Stürme vor Feuerland und trank, wenn es gar zu hart wurde, drei klare Schnäpse. Auf dieses Mittel schwor er, nur konnte er keinen davon überzeugen. Die es trotzdem versuchten, und dann an Winter dachten, bekamen Mordgedanken.«

»Was willst du?« knurrte Winter, als Stellinger in der Tür auftauchte.

»Den Speisezettel studieren. Was gibt es heute mittag?«

»Mexikanische Bohnensuppe.«

»Bist du wahnsinnig?« Stellinger klammerte sich am Türrahmen fest. Das Schiff hob sich wie ein startendes Flugzeug. Winter hielt Topf und Brett fest.

»So scharf, daß dir das Loch brennt.«

»Bohnensuppe? Bei diesem Seegang?!« Stellinger duckte sich unwillkürlich. Ein riesiger Brecher schlug auf das Deck. »Zum Kotzen auch noch Blähungen.«

»Ein guter Furz befreit. Wer hinten donnert, vergißt das Kotzen!«

»Du elender Sadist!« brüllte Stellinger. »Laß dich bloß nicht blicken mit deinem Gebräu!«

»Der Herr Oberbootsmann hat nicht die geringste Ahnung«, sagte Winter steif. »Bei Seekrankheit sind stark gewürzte Speisen das beste Gegenmittel. Aber wer sein Leben lang nur Labskaus frißt... Wie soll ein Banause wie du etwas von guter Küche verstehen? Raus! Sonst wird die Suppe sauer!«

In der Nacht war der Sturm gekommen. Larsson hatte es vorausgesagt, nicht auf Grund der Funkwettermeldungen, sondern wegen des rapiden Fallens des Barometers. Er informierte Dr. Herbergh und verzichtete auf alle Beschönigungen.

»Wir bekommen einen Sturm, wie ich ihn selten erlebt habe. Davonlaufen können wir nicht, er ist schneller als wir. Wie das Schiff das aushält, weiß ich nicht. Wir werden wie ein Bällchen hin und her geworfen werden. Rechnen Sie mit einer Menge Verletzten. Die Vietnamesen werden an den Wänden kleben wie müde Mücken, die Kinder herumfliegen wie Puppen. Wir werden durch eine kleine Hölle hindurch müssen. Ich sage Ihnen das, damit Sie sich darauf einrichten können. Ich selbst habe keine Befürchtungen, daß wir es überstehen. Das Problem sind die Menschen an Bord. Man kann sie ja nicht tagelang festbinden. Und Ihr pompöses Begräbnis mit Gesang, Blumengirlanden und Reden können Sie auch vergessen. Die Toten liegenlassen, ist auch nicht möglich. Unser Kühlraum ist für den Proviant da. Und bei dreißig Grad Hitze kann man keine Leichen aufheben. Wir werden sie morgen früh, im Morgengrauen, der See übergeben. Sie sind doch einverstanden?«

»Unter diesen Umständen natürlich.« Dr. Herbergh hatte nachdenklich vor sich hin gesehen. »Wir kommen also sicher in den Sturm hinein.«

»Bloß das nicht! In ein Randgebiet. Aber das reicht. Und das ist so sicher, wie ich gleich einen Whisky trinke.« Larsson war erstaunlich freundlich. Das heraufziehende Unwetter schien seinen Panzer zu zerbrechen. »Trinken Sie einen mit, Doktor?«

Am frühen Morgen, die meisten schliefen noch, nur Hung, Xuong und die in eine Decke eingehüllte Ut standen an der Bordwand, trugen Starkenburg und Stellinger den Klappsarg mit Fritz Krolls Hilfe an Deck. Neben der Tür zum Deckshaus lag die in Segeltuch eingenähte Leiche Thuys. Dr. Herbergh und Anneliese warteten mit Hugo Büchler an der aufgeklappten Reling. Der Wind blies schon stark aus Südost, die Wellen schoben sich übereinander. In zwei, drei Stunden würden sie ein Wassergebirge sein.

»Wer spricht?« fragte Anneliese. Der Sarg stand jetzt an der Reling, mit dem Fußende zum Meer leicht nach vorn gekippt. Kroll und v. Starkenburg hielten ihn hinten hoch.

»Es ist nicht viel zu sagen.« Dr. Herbergh legte die Hand auf den Sarg. »Man hat dich bestialisch umgebracht, niemand weiß, wer du bist, woher du kommst, was du bis zu deinem Tod hast erleiden müssen. Aber so sinnlos dein Sterben war, so fürchterlich grausam – vielleicht kann dein Tod doch die träge Welt aus ihrer satten Gleichgültigkeit aufrütteln. Vielleicht sind die schrecklichen Fotos von dir ein Aufruf, ein Signal, eine Verpflichtung für alle Menschen, nicht mehr blind zu sein vor dem Elend anderer Menschen. Vielleicht... Ich übergebe dich dem Meer und der Ewigkeit.«

Dr. Herbergh nickte. Fritz Kroll zog an dem Hebel, die Klappe am Fußstück öffnete sich, und der umhüllte und mit Eisenstücken beschwerte Körper der jungen Frau glitt in die Wellen, wurde von einem Brecher erfaßt und in die Tiefe gerissen.

»Es klappt!« sagte Kroll in die Stille hinein. »Den Sarg laß ich mir patentieren.« Er steckte den tadelnden Blick Dr. Herberghs weg und winkte Stellinger zu. »Der nächste bitte.«

Sie gingen zum Deckshaus, zwischen sich den Sarg, und legten Thuy hinein. Er war leicht, ein mit Haut bespanntes Gerippe, und Stellinger war morgens um fünf Uhr, aus den warmen, samtenen Armen Kims heraus, auf die Suche nach Gewichten gegangen, um den Leichnam damit zu beschweren. Schließlich fand man ganz hinten im Heck, in einem verrotteten Raum, einen Haufen Sand, von dem niemand wußte, wie er an Bord gekommen war und welchen Zweck er erfüllen sollte. Kroll vermutete, daß er Feuer ersticken sollte, die Ausrüstung, die Reeder Svenholm seinen Containerschiffen mitgegeben hatte, war nicht das Modernste gewesen. Säcke hatte man genug an Bord, und so füllte man einen mit Sand und band ihn Thuy auf den Bauch. »Jetzt sieht er aus wie Hung!« sagte Kroll völlig pietätlos. Und Stellinger knurrte: »Den hätte ich lieber eingenäht als Thuy.«

Es zeigte sich, daß Krolls Konstruktion zwar gut bemessen, aber für Hung doch zu niedrig gewesen wäre. Thuy mit seinem Sandsack paßte gerade in den Sarg, unter dem Deckel war kaum mehr ein Zentimeter Spielraum, und Kroll und Stellinger hatten anständig zu schleppen, bis sie an der offenen Reling waren. Dr. Herbergh legte auch bei Thuy die Hand auf den Sarg.

»Ich übergebe dich dem Meer«, sagte er wieder, »Gott sei dir gnädig...«

Kroll zog den Hebel an, die Klappe fiel nach unten, Thuy rutschte aus dem Sarg, aber nur bis zur Brust. Dann hing er fest, Stellinger und Kroll kippten den Sarg noch stärker und schüttelten ihn. Aber Thuy rührte sich nicht.

»Scheiße!« schrie Kroll. »Warum kommt er nicht?«

»Für'n Patent reicht's noch nicht, Fritz.« Stellinger ließ Kroll allein den Sarg hochhalten und beugte sich weit vor zum Fußende. Dr. Herbergh und Büchler hielten ihn an Hose und Jacke fest.

Eine große Welle schüttelte das Schiff durch. Herbergh und Büchler krallten sich in Stellinger fest. Kroll hatte das Kopfteil des Sarges auf seine Schulter gestemmt, steiler ging es kaum noch, und jetzt sauste Thuys Körper in das aufschäumende Meer. Büchler und Herbergh rissen Stellinger wieder zurück. Er hielt sich am Sarg fest, setzte sich dann auf ihn und wischte sich den Schweiß aus den Augen. Mit schiefem Gesicht stand Kroll daneben.

»Noch heute zerhacke ich das Mistding!« Stellinger hieb mit der Faust auf den Sarg.

»Es ist ja alles gut gegangen, Franz.« Büchler klopfte ihm auf die Schulter. Er sah hinüber zu Ut, die in ihrer Decke aussah wie eine kleine Fledermaus. Sie hatte stumm zugeschaut und die Augen nur geschlossen, als Thuy in die Wellen klatschte. »Ich möchte wissen, was sie jetzt denkt.«

»Diese Idioten, und damit hat sie recht.« Stellinger stand von dem Klappsarg auf, gab ihm einen Tritt und warf Kroll einen giftigen Blick zu. Der hob wortlos und um Entschuldigung bittend die Schulter.

»Gehen wir.« Anneliese legte den Arm um Ut. »Wir können noch zwei Stunden schlafen.«

»Das ist ein gutes Wort.« Stellinger dachte an Kim, die auf ihn wartete.

Der Patentsarg aber war verschwunden, als Stellinger ihn später zerhacken wollte. Fritz Kroll war nicht bereit, das Versteck zu verraten. Auch der dienstliche Befehl, den Stellinger ihm als Oberbootsmann gab, bewirkte nichts. Kroll weigerte sich.

»Ich finde ihn!« schrie Stellinger und ballte die Faust. »Bis Manila habe ich jeden Winkel durchsucht. Noch einmal blamierst du mich nicht!«

Doch im Augenblick gab es Wichtigeres zu tun; sie lagen inzwischen mitten im Ausläufer des Sturmes. Dr. Herbergh und Anneliese versorgten pausenlos Verletzte mit Prellungen und Kratzern, Verstauchungen und Platzwunden.

Am vierten Sturmtag klappte die Tür des Untersuchungszimmers auf und schlug gegen die Wand. Das Schiff ritt wieder auf einer Riesenwelle. Dr. Herbergh und Anneliese arbeiteten an zwei Stühlen. Auf dem einen saß ein Mann mit einem Riß der Stirnhaut und wurde verbunden, auf dem anderen hockte eine Frau mit einer Schulterprellung. Julia und Pitz versorgten auf der Station die bettlägerigen Kranken.

»Tür zu!« rief Dr. Herbergh, ohne sich umzudrehen.

Bei der nächsten Welle krachte sie wieder zu.

»Die Tür ist schneller als ich«, sagte Dr. Starke. Dr. Herbergh fuhr herum.

»Was machen Sie denn hier? Zurück ins Bett!«

»Ich will Ihnen helfen, Fred.« Dr. Starke war angezogen und hatte seinen weißen Arztkittel übergestreift. »Büchler hat mir erzählt, was hier los ist. Verbinden, verpflastern, einrenken, Salbe schmieren, das kann ich schon wieder. Nur bei Injektionen bitte ich um Nachsicht, da ist meine Hand noch nicht sicher genug.«

»Wilhelm!« Dr. Herbergh schüttelte den Kopf und tupfte dabei das Blut aus dem Stirnhautriß. »Ich freue mich natürlich, daß Sie helfen wollen, aber Sie gehören noch ins Bett! Das wissen Sie genau. Blicken Sie in den Spiegel und sehen Sie sich Ihre Augen an, dann wissen Sie alles!«

»Draußen warten mindestens dreißig Lädierte.«

»Das weiß ich.«

»Und was unter Deck los ist, wissen Sie auch? Die meisten Verletzten kommen gar nicht hierher. Sie liegen auf ihren Holzplatten, klammern sich fest und rollen doch durcheinander. Hung sagt, die meisten Quetschungen haben die kleinen Kinder. Aber keine Mutter wagt es, mit ihrem Kind über das Deck zu rennen. Die Brecher würden sie wegfegen. Ich werde mich um die Verletzten in den Lagerräumen kümmern, das wollte ich Ihnen nur sagen. Und ich wollte mir das Nötigste holen. Es sollen auch zwei Brüche dabei sein, sagt Hung.«

»Ich werde sie versorgen.« Anneliese nickte ihrer Patientin zu, die erhob sich vom Stuhl und ging hinaus. Vor Dr. Starke machte Anneliese im Vorbeigehen eine Verbeugung und sagte: »Sie, Wilhelm, bringe ich wieder ins Bett.«

»Welch ein Angebot!« Hören Sie das, Fred?! Ich nehme an, schöne Kollegin. Wir gehen ins Bett.«

»Sie!«

»Ich fühle mich so munter, daß ich mich nur mit einem herzberuhigenden Grund hinlege.«

Er war wohl wieder der alte Dr. Starke, der Charmeur, der Sprücheklopfer, der Sieggewohnte und Aufdringliche. Anneliese hob wie zur Abwehr beide Hände. Dr. Herbergh, früher von Eifersucht geschüttelt, fand Dr. Starke jetzt nur noch komisch. Bei passender Gelegenheit sollte man ihm sagen, wie es wirklich zwischen Anneliese und ihm stand, dann hörten diese Siegerposen sicher auf.

»Was macht Ihre Seekrankheit?« fragte Anneliese.

»Auch wenn Fred es anzweifelte, seine Ingwerwurzeln haben Erfolg gezeigt. Sie sehen es doch, schöne Kollegin, – ich bleibe auf den Beinen, ohne grün zu werden.«

Er ging, die heftigen Schwankungen des Schiffes so gut wie möglich ausgleichend, zu dem Schrank, in dem der Arztkoffer stand, kontrollierte den Inhalt, packte einige elastische Binden dazu, Schmerztabletten und aus dem Pflastergeber an der Wand eine Menge Pflaster aller Größen. Aus einem anderen Schrank holte er vier Schienen und ein einige Lagen Zellstoff.

»Wie wollen Sie das alles heil über Deck bringen?« fragte Anneliese. »Sie brauchen mindestens eine Hand, um sich festzuhalten. Und wenn Sie unten angekommen sind, sind Sie klatschnaß.

»Ich werde zwei Hände frei haben.« Dr. Starke nahm die Arzttasche und klemmte sich die Schienen unter den Arm.« Ich binde mir alles um den Hals, und darüber kommt die Regenhaut.«

»Ihnen ist nicht zu helfen.« Dr. Herbergh verband den Stirnriß. Der verletzte Vietnamese grinste dankbar. »Auf dem Deck ist von hier bis zum Kran ein Seil gespannt worden. Vom Kran geht ein zweites Seil bis zum Niedergang. Daran müssen Sie sich entlanghangeln. Wilhelm, was Sie tun wollen, ist Wahnsinn! Der erste Brecher spült Sie weg. Sie haben noch nicht die Kraft, sich gegen diesen Aufprall festzuklammern.«

»Aber die Verletzten brauchen uns. Zwei Brüche, Fred. Die gequetschten Kinder! Ich will es wenigstens versuchen.«

Dr. Starke spitzte die Lippen, warf Anneliese ein Küßchen zu, was Herbergh ziemlich flegelhaft fand, und verließ das

Hospital. Im Vorzimmer drängten sich die Verletzten, in der Mehrzahl Männer, triefend von Meerwasser, durchnäßt bis auf die Haut. Die fünfzig Meter Weg über Deck, an den Halteseilen entlang, waren ein Rennen wie durch einen Wasserfall gewesen.

In seiner Kabine zog Dr. Starke seine hohen Gummistiefel an, hängte sich an einem breiten Riemen den Arztkoffer um den Hals und darüber, zusammengebunden mit einer gerollten Mullbinde, die Schienen und den in einer Plastikhülle steckenden Zellstoff. Über den Kopf zog er eine wollene Pudelmütze und dann die Regenhaut aus farblosem Nylon.

Ausschlaggebend für seine erstaunliche neue Kraft war ein Anruf von Hung gewesen. »Herr Doktor«, hatte Hung gemeldet, »ich habe Erfolg gehabt. Ich kenne den Freund von Phing. Seit drei Tagen, seit Beginn des Sturms, sitzt er an ihrer Seite und hält sie fest, wenn das Schiff schaukelt. Er heißt Thai Cong Ky, ist dreiundzwanzig Jahre alt und war Mechaniker in der Kommune Roter Stern. Wegen Verteilung eines hetzerischen Flugblattes hat er zwei Jahre im Straflager von Chau-phu gesessen. Sein Rücken ist voller Peitschennarben.«

»Kann er es gewesen sein, der mich niedergeschlagen hat?« fragte Dr. Starke.

»Ich weiß es nicht, Herr Doktor. Wer sieht einem Menschen das an? Möglich kann es schon sein...«

»Du bist ein guter, brauchbarer Fettsack, Hung. Hol dir die zweihundert Dollar ab.«

»Danke, Herr Doktor.«

Der Gedanke, Phings Freund gegenüber zu stehen und den Mann zu sehen, der ihm hinterrücks den Schädel hatte einschlagen wollen, ließ Starke nicht mehr los. Er grübelte darüber nach, wie er unter Deck zu den Vietnamesen kommen könnte, mit welcher Begründung er das Liegegebot Dr. Herberghs aufheben könnte, bis er auf den Trick kam, ärztliche Hilfe sei dringend nötig. Er erfand die zwei Knochenbrüche und die verletzten Kinder, und der Erfolg hatte ihm recht gegeben. Dr. Herbergh hinderte ihn nicht daran, seine Pflicht als Arzt zu tun.

Der Weg bis zum Niedergang war versperrt durch tosende Brecher, die schäumend über den Bug kamen und sich auf das Deck stürzten. Dr. Starke blieb einen Augenblick an der noch schützenden Wand des Deckshauses stehen und starrte in dieses Wasserinferno. An den Seilen zogen sich gerade zwei Vietnamesen vorwärts, von dem hereinbrechenden Wasser hin und her geschleudert. Aber sie schafften es, erreichten keuchend Dr. Starke, rissen die Tür auf und verschwanden im Inneren. Über beide Köpfe rannen Blut und Wasser.

Was die können, kann ich auch! Junge, zeig mal, daß du als Student ein guter Sportler gewesen bist. Wilhelm, reiß dich zusammen. Diesen Thai Cong Ky mußt du dir zur Brust nehmen.

Dr. Starke straffte sich, griff nach dem Seil und lief, sich mit beiden Händen anklammernd, los. Die schwere Arzttasche drückte ihn nach vorn, die umgebundenen Schienen behinderten ihn beim Vorwärtshangeln. Eine Wand aus schäumendem Wasser kam auf ihn zu, er schloß die Augen, krallte die Finger um das Seil und fühlte sich wie ein Ball hochgehoben, als die Woge ihn erreichte.

Festhalten! Festhalten, Junge! Und wenn's dir die Handgelenke ausreißt, festhalten! Aber Luft mußt du haben. Luft! Du erstickst ja!

Der Brecher klatschte hinter ihm aufs Deck, er konnte wieder atmen, fühlte die Planken wieder unter seinen Füßen und rannte am Seil weiter. Am Kran erreichte ihn der zweite Wasserschlag, aber hier war es ungefährlicher. Das Eisengestänge milderte den Aufprall, die Luft blieb ihm nicht weg, nur stand er sekundenlang unter Wasser, als sei er schon weggespült und in die Tiefe des Meeres gerissen.

Nur noch zehn Meter. Lächerliche zehn Meter, aber die waren wieder freies Deck, über die ungehindert die Brecher hinwegfegten. Dr. Starke atmete tief durch. Das Schiff wurde aus einem tiefen Wellental emporgedrückt, als wolle es auf dem fahlgrauen Himmel weiterfahren. Das war der Augenblick, wo kein Wasser auf das Deck stürzte. Dr. Starke rannte los, das Seil unter die linke Achsel geklemmt, erreichte den Niedergang und das verchromte Geländer. Mit einem Ruck riß er die wasserdichte Tür auf und warf sie sofort hinter sich zu. Ein neuer riesiger Brecher schüttelte die *Liberty* durch.

In einer Art Vorraum, den Stellinger »die Portiersloge« nannte, saß Hung auf einem Stuhl an der Wand und blickte Dr. Starke teilnahmslos an. Seine Hängebacken schwabbelten bei jeder Schiffsbewegung, die dicken Säulenbeine stemmten sich gegen den Boden, mit den Fingern umklammerte er eine in die Wand geschraubte Stange, über der sonst ein Handtuch hing. Es war ein mitleiderregender und lächerlicher Anblick zugleich. Dr. Starke schüttelte sich wie ein nasser Hund, zog die Plastikhaut über den Kopf. »Wo ist dieser Thai Cong Ky?« fragte er und schleuderte die nasse Pudelmütze auf die Dielen.

»Im Lager I…« Hung würgte die Worte heraus. Er hatte keine Angst mehr, wenn er die Augen schloß, schien sich alles um ihn zu drehen, kam er sich vor wie in einer rotierenden Trommel.

»Sitzt er wieder bei ihr?«

»Ja.«

Dr. Starke schnallte die Schienen und den Zellstoffbeutel ab und legte alles auf den Tisch. Bei der nächsten Welle fiel alles auf den Boden; er ließ es liegen. Nur seinen Arztkoffer behielt er in der Hand.

»Kommst du mit?« fragte er.

Hung schüttelte verzweifelt den Kopf und verdrehte die Augen. Das Schiff hob und senkte sich wie ein Wagen auf einer Achterbahn. Dr. Starke hielt sich an den Wandstangen fest und arbeitete sich zum Lager I vor. Der saure Gestank von Erbrochenem prallte ihm entgegen, als er den großen Raum erreicht hatte. Er blieb an der offenstehenden Doppeltür stehen und suchte im Gewimmel der Menschen nach Phing. Er sah sie mitten im Raum auf ihrer Holzplatte liegen, von der Seekrankheit fast bewußtlos, wegen der drückenden, stickigen Hitze nur mit einer zerfransten Hose und einem Hemd bekleidet. Neben ihr hockte ein junger Bursche und hielt sie fest, wenn das Schiff zu sehr rollte.

Dr. Starke arbeitete sich durch die Liegenden hindurch bis zu Phing. Auf dem Weg zu ihr hoben Mütter ihm ihre Kinder entgegen, riefen um Hilfe, umklammerten seine Beine. Es blieb ihm nichts anderes übrig, als sie brutal den Griffen zu entreißen und über sie hinwegzusteigen. Dann stand er endlich vor Phing und blickte auf Thai Cong Ky hinunter. Der junge Vietnamese lächelte ihm gequält zu.

»Lächle nur, du Saukerl!« sagte Dr. Starke bitter. Da Thai ihn ja nicht verstand, konnte er alles das sagen, was er sich für diesen Augenblick aufgespart hatte. »Ich wollte nur wissen, wie du aussiehst. Bis Manila haben wir noch gut zwei Wochen Zeit, irgendwann zahlst du die Rechnung. Du wunderst dich gar nicht, daß ich noch lebe? Womit hast du zugeschlagen? Sieh mich nicht so heuchlerisch an, du abgebrühter Schurke!«

Er kniete sich neben Phing auf die Bretter und schob ihre geschlossenen Lider hoch. Ihre Augen waren trüb, aber als sie jetzt Dr. Starke erkannte, flog ein Lächeln über ihre Lippen und die Mundwinkel zuckten.

»Es wird alles gut«, sagte er in einem väterlichen Ton. Die Worte verstand Phing nicht, aber den Klang seiner Stimme konnte sie deuten. »Da muß man durch, kleine Phing. Wenn das Meer wieder ruhiger wird, ist auch die Übelkeit vorbei.« Er strich mit der Handfläche zärtlich über ihre Augen, das Gesicht, die Lippen und das Kinn und sah, wie gut ihr das tat. Ihr bisher verkrampfter Körper entspannte sich, wurde weich und hingebungsbereit. Dr. Starke biß die Zähne zusammen. Er richtete sich auf und bemerkte, daß Thai genau beobachtete, was er mit Phing tat. Seine Augen folgten jeder seiner Bewegungen.

Du hast keine Chancen gegen mich, mein Junge, dachte Dr. Starke mit wohltuendem Triumph. Später vielleicht, im Lager Batangas, aber bis dahin darfst du nur Händchen halten. Und selbst das wird dir schwerfallen, wenn wir miteinander abgerechnet haben.

Er klappte seinen Arztkoffer auf, entnahm ihm eine Einwegspritze, eine Ampulle, einen Alkoholtupfer und setzte die dünne Injektionsnadel auf die Spitze. Während er das Medikament aufzog, sah er wieder Phing an. Ihr Blick hing ängstlich an seinen Händen und der Spritze.

»Ich weiß nicht, ob es dir noch hilft«, sagte er im gleichen zärtlichen Ton. »Aber etwas besser wird dir bestimmt danach.«

Er beugte sich über sie, schob die Hosen von ihren schmalen Hüften und reinigte die Einstichstelle mit dem Alkoholtupfer. Ein harter Griff hielt plötzlich seine Hand fest. Thai schüttelte den Kopf. Dr. Starke sah ihn von unten herauf an.

»Junge, nimm die Pfoten weg!« sagte er ruhig. »So schnell, wie ich dir eine klebe, kannst du gar nicht reagieren.«

Er schüttelte die Hand ab, drückte die Luft aus der Nadel und fixierte mit der Fingerkuppe den Einstich. Thai hielt jetzt die Hand mit der Spritze fest und zog sie von Phing weg. Er hatte mehr Kraft, als man in seinem schmächtigen Körper vermutete.

»Da kannst du mal sehen, welch ein Rindvieh dich haben will«, sagte Dr. Starke zu Phing. »Mach ihm klar, daß er gleich ein paar Meter weiter saust.«

Phing schien zu ahnen, was er meinte. Sie stieß ein paar Worte aus, hart, befehlend und rauh im Ton. Thai lockerte den Griff um Starkes Hand, aber er hielt sie noch fest. Er antwortete, und wieder zischte ihn Phing an. Zögernd löste Thai seine Finger und setzte sich wieder gerade hin. Sein Blick traf Starke wie ein Pfeil.

Er beugte sich erneut über Phing und stieß die Nadel in den Oberschenkel. Sie hielt ganz still, mit geschlossenen Augen, nicht mal bei dem Einstich zuckte sie zusammen. Als er die Nadel wieder herauszog, öffneten sich ihre Lider. Dankbarkeit und Liebe sprachen aus ihrem Blick. Dr. Starke warf die leere Spritze in seinen Klappkoffer zurück.

»Du bist ein Engelchen«, sagte er zu Phing, »ein kleines, zärtliches Kätzchen. Aber wie Stellinger seine Mai, so kann ich dich nicht mitnehmen nach Deutschland. Es geht einfach nicht, mein Spätzchen. Auch wenn ich deine Sprache sprechen und dir alles erklären könnte, du würdest es nie begreifen. Und wenn du erst im Lager bist, wirst du mich schnell vergessen. Ich werde dafür sorgen, daß du bei denen bist, die nach Kanada kommen. Kanada ist ein weites, schönes Land. Da kannst du dich wirklich wohl fühlen. Vor allem ist es nicht so ausländerfeindlich und rassistisch wie Deutschland. Wir werden ab und zu an uns denken, Phing, und sagen: Es war doch schön. Und dann wischt die Zeit alles weg. Nur häng dich nicht an diesen Burschen neben mir. Er wollte mich umbringen. Bei ihm hättest du kein ruhiges Leben. Wenn du mich doch verstehen könntest...«

Phing hörte nur seine Stimme, den Klang, der sie umschmeichelte. Sie lächelte glücklich, tastete nach seiner Hand, zog sie an ihre Lippen und küßte sie. Regungslos hockte Thai Cong Ky neben ihnen und sah ihrer Zärtlichkeit zu. Sie dankte dem Arzt in Demut, es war kein Grund, sich aufzuregen.

Dr. Starke stemmte sich von den Knien hoch, behielt mühsam die Balance, als das Schiff wieder in ein Wellental tauchte, und suchte sich dann einen Platz, wo er arbeiten konnte. Auf den Holzplatten war das unmöglich. Er stieg wieder über die weinenden Kinder und ihn anflehenden Mütter hinweg, erreichte den Eingang und ging nach vorn zu Hung, in die »Portiersloge«. Der Dolmetscher hing noch immer an seiner Haltestange und würgte trocken.

»Hung, jetzt gibt es Arbeit!« sagte Dr. Starke zu ihm. »Wir werden dein Kabuff in ein Ordinationszimmer umfunktionieren. »Er klappte den Koffer wieder auf, nahm die Schienen vom Boden und setzte sich auf einen Schemel. Einen zweiten Schemel schob er vor sich hin. »Lös dich von deiner Stange und ruf die Verletzten herein. Einen nach dem anderen, die Kinder und Frauen zuerst.«

»Ich kann nicht, Doktor.« Hung verdrehte wieder die Augen. Seine Stimme klang jämmerlich. »Ich rolle doch weg...«

»Dann roll zu Lager I und ruf die Kranken auf.«

»Ich bin zu schwach, Doktor. Sehen Sie doch, ich bin am Ende.«

Dr. Starke beugte sich etwas vor, mit triefenden Augen hielt Hung seinem Blick stand.

»Paß mal auf, Hung«, sagte Starke ganz ruhig und betont, »wenn du jetzt nicht aufstehst und die Verletzten hereinholst, nehme ich an, daß du schwer krank bist. Und dann knalle ich dir eine Spritze in den fetten Arsch, daß du den Gesang der Engel hörst. Haben wir uns verstanden?«

»Doktor«, Hungs Augen weiteten sich, er war dem Weinen nahe, »meine Beine tragen mich nicht mehr. Herr Doktor...«

»Auch dagegen gibt es Spritzen.« Starke markierte zwischen seinen Händen ein Maß. »So 'ne Dinger, und dann hüpfst du wie ein Floh!«

»Ich sterbe.« Hung stemmte sich an der Stange hoch, stand schwankend auf den Beinen, sein gewaltiger Bauch wurde von Zuckungen erschüttert. An der Wand entlang tastete sich Hung weg und verschwand im Gang zu den Lagern. Es sah aus, als rolle ein riesiger Kloß über den Boden.

Sechs Stunden arbeitete Dr. Starke. Er salbte Kinder mit Prellungen an Schultern und den Extremitäten ein, umwickelte Verstauchungen mit elastischen Binden, verpflasterte Risse, gab Schmerztabletten aus, und was er Dr. Herbergh nur vorgelogen hatte, wurde Wahrheit, auf zwei Helfer gestützt, humpelten drei Unterschenkelbrüche und zwei Armbrüche zu ihm herein. Dr. Starke gab jedem eine Lokalanästhesie, fixierte die Brüche notdürftig und schiente sie. Hung übersetzte würgend, was Starke ihnen erklärte: »Das ist nur ein Notbehelf. Wenn das Wetter besser ist, müßt ihr ins Hospital kommen. Hier kann ich den Bruch nicht richten. Das kann ich nur im Hospital machen. Die Schiene ist nur dazu da, damit ihr eure Knochen ruhig haltet.«

Zu Beginn der sechsten Stunde rief Dr. Herbergh an. »Wie ich höre, sind Sie gut angekommen.«

»Das fällt Ihnen aber spät ein«, sagte Dr. Starke sarkastisch.

»Im anderen Falle hätten wir Ihnen doch nicht helfen können. Ist viel bei Ihnen los?«

»Ich würde sagen: ein normaler Tag in einer Großstadt-Unfallklinik.«

»Und das allein! Soll ich Ihnen Pitz rüberschicken?«

»Wenn er auf dem Weg nicht weggeblasen wird...«

»Wir haben für den Notfall alle einen breiten Leinengürtel mit Karabinerhaken und Laufring bekommen. Wenn Pitz sich in das Seil einhakt, kann nichts passieren. Da saust er über Deck wie eine Rettungshose. Larsson hat sich daran erinnert, daß er solche Gürtel an Bord hat.«

»Ein Goldjunge, dieser sture See-Elefant. Wenn die Sache ganz sicher ist, schicken Sie Pitz zu mir rüber. Per Seilpost. Schönen Dank, Fred.«

»Und wie geht es Ihnen, Wilhelm?«

»Arbeit ist wie belebendes Ozon.«

»Der Kopf?«

»Ist noch dran und kann normal denken. Ich habe laufend injiziert, die Hand ist sicher. Auch bei intravenösen Injektionen. Das geht übrigens sehr rhythmisch. Das Schwanken des Schiffes muß man als Walzer ansehen. Als Dreivierteltakt. Beim zweiten Schlag einstechen, beim dritten rutscht die Nadel von selbst in die Vene.«

Dr. Herbergh lachte und legte auf. Starke wandte sich dem nächsten Verletzten zu, eine Frau, die einen dick geschwollenen Knöchel vorzeigte. Aber bevor er einen Alkoholverband anlegen konnte, wurde er von einem Mann unterbrochen, der fuchtelnd ins Zimmer stürzte. Heiser brüllte er herum und ruderte mit den Armen.

Hung übersetzte: »Herr Doktor, die schwangere Frau Phung hat plötzlich Wehen bekommen. Das Kind kommt. Nguyen sagt, man sieht schon den Kopf. Aber jetzt ist er festgeklemmt.«

»Scheiße, auch das noch!« Dr. Starke griff nach seinem Arztkoffer. »Gleich wird Pitz herunterfallen, Hung. Er soll den Knöchel weiter verbinden. Wo liegt die Gebärende?«

»Lager III.«

»Wenn Pitz fertig ist, soll er nachkommen.«

Dr. Starke winkte dem aufgeregten Mann. Er verstand, was der Doktor wollte und lief voraus. Starke rannte ihm hinterher.

Am sechsten Tag hatte der Sturmausläufer seine Kraft verloren. Der Wind flaute ab, wurde wärmer, das Meer beruhigte sich nur langsam, aber es wurde nicht mehr zu Wellenbergen aufgepeitscht. Keine Brecher kamen mehr über das Deck, die *Liberty* stampfte rollend dem Mekong-Delta zu.

Dr. Starke hatte mit Haltung den schweren Brocken geschluckt, daß Anneliese in Herberghs Kabine eingezogen war. Sie saßen sich allein im Arztzimmer gegenüber, Herbergh hatte es für seine Pflicht gehalten, Starke davon zu unterrichten.

»Gratuliere, Herr Kollege«, sagte Starke mit sarkastisch ummantelter Stimme.

»Wofür?«

»Sie haben das Rennen gewonnen.«

»Ich glaube, Fred«, sagte Herbergh ruhig, »Sie verkennen die Situation. Von einem Wettrennen in Ihrem Sinne war gar nicht die Rede.«

»Sie schläft doch bei Ihnen.«

»Ja. Eine Etage höher, über mir, in dem aufklappbaren Pullmann-Bett.«

»Ergreifend.« Starke grinste anzüglich.« Sie sollten in Ihrer Freizeit Märchen schreiben.«

»Sie wären lesbarer als Ihre Memoiren.«

Mit einer Handbewegung wischte Herbergh das brisante Thema weg. »Die Geburt bei Windstärke zehn war eine Glanznummer von Ihnen. Pitz hat es mir erzählt.«

»Johann übertreibt. Es war nicht einfach, zugegeben, der Kopf stak im Becken fest, es dehnte sich nicht mehr, und ich überlegte, ob man die Frau in diesem Zustand zu Ihnen rüberbringt für einen Kaiserschnitt – was unmöglich war bei diesen Brechern – oder ob ich eine hohe Zange ansetze und dem Kind womöglich den Kopf abreiße und es stückweise raushole. Aber es ging dann doch, mit Drücken und Würgen und Spreizen. Fred, ich war richtig stolz. Es war schließlich meine erste Geburt.«

»Das gibt es doch nicht!«

»Ich bin Internist und kein Gynäkologe. Und im Studium durften wir nur um das Bett oder im Kreißsaal herumstehen und zugucken. Später in der Klinik, habe ich Schwangere nur bei Komplikationen gesehen, die mit ihrem Zustand nichts zu tun hatten.«

»Dann haben Sie eine Meisterleistung vollbracht!« Herbergh sagte es aus tiefster Überzeugung. Welch ein hervorragender Arzt, warum ist er als Mensch bloß solch ein Widerling? »Wissen Sie, daß die Eltern den Kleinen Wilhelm taufen wollen? Wilhelm, Ihnen zu Ehren.«

»Der arme Junge. Wilhelm Thanh Phung oder so ähnlich. Er wird mich sein Leben lang verfluchen.«

»Zuerst werden Sie mal Pate, Onkel Wilhelm.«

»Ich habe es geahnt.« Dr. Starke hob theatralisch den Blick gegen die Zimmerdecke. »Die Geburt bringt doch Komplikationen mit sich.«

Zum erstenmal nach dem Sturm wurde wieder in der Küche auf dem Achterdeck gekocht. Der Holzaufbau hatte erstaunlicherweise standgehalten, wohl nur, weil vor ihm das hohe, breite Deckshaus aufragte und die schweren Brecher abfing, das ablaufende Wasser überschwemmte zwar die Küche, aber richtete keinen großen Schaden an.

Auch Kim arbeitete wieder in der Küche. Stellinger hatte sie davon abzuhalten versucht, vergeblich.

»Du bist meine Frau!« hatte er gesagt. »Meine Frau braucht keine Küche zu schrubben. Ich werde mit Xuong sprechen. Er soll ein anderes Mädchen dafür einteilen.«

»Man muß zu Ende führen, was man begonnen hat, Toam!« hatte Kim auf englisch geantwortet. »Später, in Manila oder Batangas, kann ich die Arbeit niederlegen.«

Sie hatte darauf beharrt, in der Küche zu arbeiten. »Sie werden mich verachten, wenn ich nichts mehr tue«, hatte sie gesagt, und das hatte Stellinger dann auch eingesehen.

Jetzt war der Reis aufgesetzt, die Frauen zerkleinerten die Hühner, die aus dem Kühlraum kamen, und Vu Van Chin rührte in einer Eierbrühe, als Vu Xuan Le am Eingang der Küche erschien. Er hielt sich am Türrahmen fest, federte in den Knien und glich so das Schwanken des Schiffes aus. Er wartete, bis Kim mit einem Kessel voll Hühnerklein an ihm vorbeikam, und sagte dann mit bösem Blick: »Da ist ja Kim, die Seemannshure.«

Sie antwortete nicht sofort, stellte den Kessel vor ihre Füße und fragte dann:

»Was willst du, Le?«

»Ich will dir sagen, daß du nicht mehr zu uns gehörst.«

»Ich bin eine Vietnamesin und bleibe, was ich bin.«

»Nur von außen! Nur ein Plakat! Du denkst nicht mehr wie wir.«

»Das weißt du nicht, Le.«

»Er schläft mit dir.«

»Das wolltest du auch.«

»Wir sind aus dem gleichen Volk, Kim. Er ist ein Fremder und wird immer ein Fremder bleiben. Wie du in seinem Volk nie eine Heimat finden wirst.«

»Die Heimat mußten wir verlassen, Le. Auf unserem Boot waren wir bereit zu sterben, es gab keine Hoffnung mehr für uns, da kamen die Deutschen und retteten uns. Sie haben uns ein neues Leben gegeben. Ihnen verdanken wir alles, alles, was unsere Zukunft ist.«

»Und aus Dank wirst du seine Hure?!«

»Ich liebe Toam. Er ist mein Mann.«

Le senkte den Kopf und warf blitzende Blicke auf Kim. Um seinen Mund lief ein Zucken. »Du bist jung und schön«, sagte er dumpf. »Ich werde traurig sein, eine so junge und schöne Witwe zu sehen.«

Mit einem Schwung drehte er sich um und lief, die Schwankungen des Schiffes geschickt ausgleichend, über Deck und aus Kims Augen.

Sie stemmte den Kessel mit Hühnerklein wieder vom Boden hoch, drückte ihn an ihre Brust und schleppte ihn zu den mit Flüssiggas beheizten Herdplatten. Ich muß Toam warnen, dachte sie dabei. Les Reden ist kein Geschwätz, er meint es ernst. Was hat er zu verlieren? Er wird Toam töten, und keiner wird es sehen. Und wer glaubt mir? Le wird mich auslachen und ausrufen: »Sie hat vor Kummer den Verstand verloren!« Und auch das wird man ihm glauben. Wie große Kinder sind sie doch, die Weißen. Sie wissen nicht, wie geschickt wir sind, im Lügen, im Betrügen, im Leugnen, im Beteuern – und im Töten. Die Weißen glauben alles, wenn man geschickt auf sie einredet, wenn man sie in den Worten ertränkt. Wenn sie dem geheimnisvollen Zauber verfallen, den wir ihnen vorspielen. Das völlig Fremde an uns, die Wunderwelt Asiens betäuben sie.

Es wird keiner da sein, der Le bestraft.

Nur ich!

Sie ging zurück zu den Holztischen und reihte sich wieder bei den Frauen ein, die mit schnellem Griff und schnellem Messer Huhn nach Huhn zerteilten.

Kurz vor der Mittagszeit streckte Büchler auf der Nock den linken Arm weit aus und preßte das Fernglas an die Augen.

»Ein Boot!« rief er. »Leute, ich sehe ein Boot! Da, da kommt es wieder hoch. Du lieber Gott, die haben tatsächlich den Sturm überlebt.«

Neben ihm erschien jetzt Larsson und setzte sein großes Fernglas an. »Tatsächlich! Es ist ein Flüchtlingsboot. Sie haben sogar noch einen Mast, und daran flattert Wäsche.«

Er ging ins Ruderhaus und drückte auf den Hebel. Das Nebelhorn dröhnte über das Schiff. Siebenmal kurz, einmal lang. Alarm. Dr. Starke, der gerade mit Anneliese bei dem operierten Furunkelkranken den Verband wechselte, ließ die Binde fallen.

»Darauf habe ich gewartet!« rief er. »Mir liegt die Langeweile wie ein Stein im Bauch. Solange ich noch um Sie kämpfen konnte, Anneliese…«

»Ein völlig sinnloser Heroismus, Wilhelm.« Sie hielt Starke am Ärmelkittel fest, als er weglaufen wollte. »Sie bleiben hier.«

»Ich habe meinen Einsatz, Schatz!«

»Sie steigen nicht in das Schlauchboot. In sechs Tagen ist Ihre schwere Commotio noch nicht so ausgeheilt, daß Sie bei dieser groben See herumgeschleudert werden können.«

»Oh? Sie haben Angst um mich, schöne Kollegin?«

»Nein. Anordnung vom Chef.«

»Und ich gab mich eine Minute der Hoffnung hin, daß Ihr Herz für mich zuckt. Wer soll denn im Schlauchboot mitfahren?«

»Ich.«

»Auch eine Anordnung vom Chef? Dem werd' ich was erzählen! Sie steigen bei diesem Seegang nicht ins Boot, Anneliese, und wenn ich Sie mit Gewalt anbinden müßte! Der liebende Chef schickt Sie bei diesem Wetter raus! Der Mann hat ja ein Gemüt wie ein Nilpferd! Anneliese, wenn Sie an Deck erscheinen, gibt es einen Skandal, das schwöre ich Ihnen!«

Dr. Starke rannte hinaus und warf die Tür zu. In seiner Kabine zog er sein Ölzeug über, die Schwimmweste und die hohen Gummistiefel. Die Einsatztasche, die immer neben dem Nachttisch griffbereit stand, hängte er über die Schulter.

Dr. Herbergh war nun auch auf der Nock erschienen und beobachtete durch sein Fernglas das kleine Boot. Mit voller Kraft lief die *Liberty* auf die Flüchtlinge zu.

»Wieder eines der flachen Flußboote«, sagte er. »Wie verzweifelt müssen diese Menschen sein, um sich damit aufs Meer zu wagen. Wie weit sind wir von der Küste entfernt?«

»Knapp 110 Seemeilen bis zum Mekong-Delta«, antwortete Larsson.

»Dann sind wir mitten in Trucs Operationsgebiet.«

»Keine Ahnung.« Nach Abflauen des Sturmes war Larsson wieder in seine verschlossene Art zurückgefallen. »Bin froh, wenn ich ihn nicht mehr sehe.«

Sie kamen schnell näher. Das Flüchtlingsboot war überfüllt. Kopf an Kopf standen die Elendsgestalten an der Bordwand, ein paar Männer schöpften Wasser aus dem Schiffchen, das keine Lenzpumpe hatte, eine verzweifelte Arbeit, denn jede neue hohe Welle schlug wieder in das Boot hinein. Mit Hemden und Tüchern winkten die Vietnamesen, und ein vielstimmiger Aufschrei, ein befreiendes Geheule antwortete, als das Signalhorn der *Liberty* aufdröhnte.

»Maschine stopp!« signalisierte Larsson. Gleichzeitig schwenkte das Schlauchboot über die Reling, die Lotsenleitern rollten an der Bordwand ab, wie immer saß jeder Griff. Dr.

Starke, aus dem Deckshaus stürzend, hieb die Fäuste gegeneinander, als er Anneliese schon am Kran stehen sah. In Ölzeug
und Schwimmweste. Neben ihr wartete Stellinger, um als erster hinunter ins Schlauchboot zu klettern, das von den Wellen
hin und her geschleudert wurde, ein Gummiball, mit dem das
Meer spielte.

»Sie sind verrückt, Anneliese!« rief Dr. Starke und faßte ihren Arm. »Sie bleiben hier!«

»Sie haben eine Commotio, nicht ich! Fred hat angeord-
net...«

»Er kann mir nichts befehlen. Aber ich kann verhindern, daß
Sie diesen Wahnsinn ausführen.«

»Und wie wollen Sie das verhindern?« Stellinger kletterte
jetzt die Lotsenleiter hinunter. »Sie können mich schließlich
nicht niederschlagen«, versuchte Anneliese zu scherzen.

»Nicht Sie, aber Fred! Anneliese, ich schwöre Ihnen: Wenn
Sie ins Boot klettern, nehme ich mir Fred vor. Ohne Rücksicht
auf das, was dann folgt! Es ist ein Verbrechen, Sie loszuschik-
ken!«

»Ich tue es freiwillig.«

»Anneliese.« Dr. Starke packte sie an den Schultern. »Ich
bitte Sie...«

Die *Liberty* war jetzt so nahe an das breite, flache Flußboot
herangetrieben, daß eine Verständigung möglich war. Hung
stand an der Bordwand und rief durch das Megaphon hinüber,
Ruhe zu bewahren und Frauen und Kinder zuerst in das
Schlauchboot zu lassen. Dann die Verletzten und die Schwachen, die sich nicht mehr aus eigener Kraft bewegen konnten.
Stellinger war in das Schlauchboot gesprungen und band es an
der Lotsenleine fest. Er winkte nach oben. Alles klar.

Dr. Starke stieß Anneliese von sich, sie stolperte und wäre
hingefallen, wenn Kroll sie nicht aufgefangen hätte. Mit einem
Satz war Starke an der Lotsenleiter und schwang sich über
Bord. Als habe er zeit seines Lebens nichts anderes geübt, klet-

terte er schnell und sicher hinunter und sprang neben Stellinger in das Gummiboot. Stellinger warf den Motor an, und auf den Wellen tanzend ratterten sie zu dem Flüchtlingskahn und den winkenden, jubelnden Menschen.

Wie bei allen Rettungen verlief die Übernahme reibungslos. Das Flußboot trieb längsseits der *Liberty*, das Schlauchboot diente als Fender, damit der alte Holzkahn bei diesen hohen Wellen nicht an der Bordwand zerschellte, und dann kletterten zuerst die Frauen und die größeren Kinder an Bord, während Kroll die kleinen Kinder in einer Art Rucksack auf dem Rücken die Leiter hinauftrug. Dr. Starke kümmerte sich um die Verletzten, die regungslos auf dem Boden im Wasser lagen und ihn apathisch anstarrten. Dr. Herbergh, Anneliese und v. Starkenburg zogen die total geschwächten Menschen an Deck und warfen sofort Decken über sie. Hung und Xuong wiesen ihnen den Platz zu, auf dem sie warten sollten. Als letzte holte man in den Rettungssäcken die Verletzten an Bord, neun Männer, die meisten mit Knochenbrüchen. Starkenburg und Kroll brachten sie sofort ins Hospital. Dort hatten Julia und Pitz alles zur ersten Versorgung vorbereitet. Es gab keinen Leerlauf, die Präzision war vollkommen.

Dr. Herbergh wartete, bis als letzter Dr. Starke über die Lotsenleiter an Bord kletterte. Die Notarzttasche pendelte vor seiner Brust.

»Dreiundfünfzig Flüchtlinge«, sagte Starke schwer atmend. Er sah miserabel aus. Die Augen lagen in tiefen Höhlen und waren dunkel umrandet. Erschöpft lehnte er sich gegen die Bordwand. »Davon neunzehn Frauen und zehn Kinder. Fünf Verletzte. Alles Frakturen. Einer hat innere Verletzungen, er spuckt Blut.«

»Und einer kann einen bleibenden Hirnschaden behalten. Sie! Wir sprechen uns noch, Wilhelm!« Dr. Herbergh war sichtbar erregt. Dr. Starke nickte schwach. Die plötzliche Müdigkeit in ihm war wie eine Lähmung.

»Ganz in meinem Sinne, Fred. Wir sprechen uns noch.«

Er blickte Dr. Herbergh nach, der zum Deckshaus rannte. Einen Moment verschwamm alles vor seinen Augen, verdunkelte sich zu einem tiefen Grau, und als das Bild wieder klar wurde, blickte er in Annelieses Gesicht. Er versuchte ein Grinsen, aber es mißlang völlig. Sein Gesicht wurde zu einer Fratze.

»Wer ist hier der Wahnsinnige?« fragte Anneliese.

»Ich hätte nicht gedacht, daß mich dieser Ausflug so schlaucht. Ich bin ehrlich genug, das zuzugeben.«

»Das brauchen Sie gar nicht. Man sieht es Ihnen an. Sie legen sich sofort hin.«

»Wie Sie befehlen, Frau Chefin.«

»Was muß eigentlich passieren, damit Sie Ihr loses Mundwerk halten?

»Mich totschlagen.« Dr. Starke schwankte und mußte sich an Anneliese festhalten. Sie faßte ihn unter die Achsel und stützte ihn. »Pardon, mir ist ein bißchen schwindlig.«

»Ich bringe Sie in Ihre Kabine.«

Dr. Herbergh hatte gerade den zweiten Armbruch geröntgt, als Anneliese ins Hospital kam. Pitz kümmerte sich um die Erschöpften, die noch auf Deck lagen, fühlte ihnen den Puls, ließ Hung übersetzen, daß sie gleich ein schönes Lager mit Decken und frischer Kleidung bekämen und auch ein warmes Essen. Vu Van Chin und seine Helferinnen hatten sofort bei Alarm einen Kessel mit einer dicken Nudelsuppe aufgesetzt. Fünf Frauen mit einem Bambusgestell, in das man zehn Eßschüsseln stecken und sie dann auf den Schultern wegtragen konnte, warteten vor der Küche.

»Wilhelm ist total erschöpft«, sagte Anneliese. »Er hat ab und zu Absencen.«

»Ich hatte ihn gewarnt!« Dr. Herbergh wartete, bis Julia den dritten Knochenbruch auf dem Röntgentisch zurechtgelegt hatte. Der Boden war mit großen Wasserlachen bedeckt, die Flüchtlinge trieften von Nässe. Auch die übergeworfenen Dekken saugten das Wasser so schnell nicht auf. »Von heute an bleibt er stur im Bett!«

Dr. Starke war da anderer Ansicht. Herbergh und Anneliese kümmerten sich gerade um den Mann mit den inneren Verletzungen, als er im weißen Arztkittel, in den OP kam.

»Da komme ich ja genau richtig!« sagte er in seiner jungenhaften Art. »Unsere innere Blutung. Das ist mein Gebiet, Herr Kollege.«

»Sind Sie noch zu retten?!« rief Dr. Herbergh erbost. »Sie wissen doch, wie es um Sie steht!«

»Ärzte sind immer die problematischsten Patienten, Fred. Und Kollegenschelte prallt bei ihnen ab, sie wissen immer alles besser.« Dr. Starke beugte sich über den Verletzten. Ein Blutfaden sickerte aus seinem linken Mundwinkel. Seine Haut war gräulich und schlaff. Als Starke das untere Lid herunterzog sah er, daß es farblos war, nicht mehr durchblutet. »Ich kann Sie in dieser Situation doch nicht allein lassen, Fred. Ist der Kranke schon geröntgt?«

»Nein.«

Beim Abtasten des mageren, ausgehungerten Körpers stöhnte der Vietnamese auf, als Dr. Starke auf die Milz drückte. »Das habe ich mir gedacht«, sagte er dabei, »Milzruptur.« Machen wir eine Abdomenübersicht.« Er warf einen Blick auf Dr. Herbergh, der das Röntgengerät über den Kranken schob. »Dann sind Sie dran, Fred.«

»Ich habe keine große Wahl, Wilhelm. Wir sind keine Uniklinik. Mir bleibt nur die Splenektomie.«

»Das ist ja schon etwas.« Dr. Starke trat mit den anderen etwas zurück, der Röntgenapparat surrte und knackte. Mit der belichteten Platte lief Julia in die Dunkelkammer. »Wann operieren wir?«

»Sofort.«

»Ob der Bursche bei seinem Zustand die Narkose übersteht?«

»Wir müssen das Risiko eingehen. Die Bauchhöhle wird voller Blut sein.«

Nach fünf Minuten wußten sie es. Julia kam mit der Röntgenaufnahme zurück. Der Milzriß war deutlich zu sehen. »Rufen Sie Johann herein«, sagte Herbergh zu Julia. »Wir operieren sofort!«

»Sie wagen verdammt viel, Fred.« Dr. Starke zog seinen weißen Kittel aus und ging zum Waschbecken, um Hände und Unterarme einzuseifen und zu sterilisieren. In einem besonderen Schrank hingen die grünen OP-Kittel. »Eine Milzexstirpation unter diesen Umständen, das wird Schlagzeilen machen.«

»Nichts wird es.« Dr. Herbergh stellte sich neben ihn an den zweiten Waschtisch. »Ich werde das nicht hinausposaunen, und Sie auch nicht. Unsere Väter haben da an der Front schon anderes geleistet. Und jetzt sind wir an der Front.«

Hung und Xuong verteilten die total Erschöpften auf die drei Lager unter Deck. Von allen Seiten wurde ihnen von ihren Landsleuten geholfen, man rieb sie trocken, gab ihnen die erste Zigarette, und dann erschienen die Frauen von der Küche und brachten die dampfende, dicke, köstliche Nudelsuppe – die erste warme Mahlzeit seit fünf Tagen. Die meisten waren so geschwächt, daß sie nur mühsam das Essen löffeln konnten, und nach ein paar Bissen streckten sie sich und schliefen sofort ein.

»Jetzt sind wir über vierhundert Heimatlose«, sagte Xuong nachdenklich zu Hung. In der Portiersloge tranken sie grünen chinesischen Tee. »Wir werden es auf fünfhundert bringen oder mehr. Und was dann? Wer nimmt uns auf?«

Es war eine Frage, auf die ihnen zu dieser Stunde niemand eine Antwort geben konnte. Die »Menschenfischer«, wie deutsche Zeitungen die Helfer der *Liberty of Sea* nannten, störten die sich normalisierenden Beziehungen der Bundesrepublik im ostasiatischen Raum. Vietnam war kein politisches Thema mehr.

Sechs Tage später – man hatte noch zwei Flüchtlingsboote mit zusammen 76 Vietnamesen aufgenommen – erschien Funker Buchs mit einem Blatt Papier auf der Brücke.

»Isch han da nen komischen Spruch objenomme –« sagte er in gepflegtem Kölsch, »dat is'n janz verdötschte Sach.«

»Was sagt der Mensch?« Larsson starrte Buchs und dann Büchler an.« Kann er nicht Deutsch sprechen? Das klingt ja entsetzlich.«

Beleidigt reichte Buchs die Notiz an Büchler und schwieg. Der Erste überflog die Zeilen, sah dann Buchs erschrocken an und wandte sich wieder zu Larsson um.

»Herr Kapitän«, sagte Büchler lauter als sonst. »Da scheinen wir einer ungeheuren Sauerei auf die Spur gekommen zu sein. Hören Sie sich an, was Buchs da aufgefangen hat: ›Truc an *Florida Sun*: Sind einverstanden mit Ihrem Vorschlag. Liefern fünfundzwanzig, davon neun Frauen. – *Florida Sun* an Truc: Nicht mehr Frauen? – Truc an *Florida Sun*: Können vierzehn abgeben zu Sonderpreis. – *Florida Sun* an Truc: Einverstanden. Wo Übergabe? – Truc an *Florida Sun*: Folgende Position als Warteplatz: 9.10 Nord/107.25 Ost. Ende.‹ Büchler ließ das Blatt sinken. »Herr Kapitän, da werden auf offener See Menschen verkauft. Fünfundzwanzig Menschen, darunter vierzehn Frauen.«

»Ich bin ja nicht taub.« Larsson hatte sich über die Seekarte gebeugt. »Die Position ist 80 Seemeilen vom Mekong-Delta entfernt.«

»Und dort liegt jetzt Truc mit seiner Piratenflotte. Ein Sperrriegel zwischen Küste und uns. Wir müssen mit äußerster Kraft dorthin, ehe das Geschäft stattfindet.«

»Müssen?« Larsson sah seinen Ersten kalt an. »Ich muß gar nichts. Ich führe eine Art Lazarettschiff, aber kein Kriegsschiff.«

Büchler verzichtete auf eine weitere nutzlose Diskussion, verließ die Brücke und lief hinunter zu Dr. Herbergh. Es dauerte keine zehn Minuten und Herbergh stand vor Larsson, den Zettel in der Hand. Larsson sah ihn mit hochgezogenen Augenbrauen an.

»Ist Ihnen klar, was das bedeutet?« rief Herbergh erregt.

»Ich bin ja kein Kopf ohne Gehirn.«

»Sie weigern sich, diesen unmenschlichen Akt zu verhindern?«

»Ich weigere mich, bei Kampfhandlungen mitzumachen. Und es muß zwangsläufig zu einer solchen kommen! Dieses Schiff ist neutral, und es bleibt neutral. Ich bin dafür verantwortlich.«

»Da werden Menschen verkauft. Larsson! Vor unseren Augen verkauft man Menschen. Und Sie zögern, das zu verhindern? Was bedeutet da noch Neutralität? Wir greifen keinen Staat an, wir bekämpfen einen Piraten! Eine Bestie!«

»Womit?« Larsson machte eine weite Armbewegung. »Mit vier Schrotflinten, acht Pistolen und zwei Karabinern? Truc hat eine Kanone an Bord und eine Vierlingsflak. Ich denke nicht daran, mein Schiff zusammenschießen zu lassen! Ihr verdammtes deutsches Heldentum nutzt Ihnen da gar nichts!«

»Wir haben das Schiff gechartert!« sagte Herbergh eiskalt und scharf. »Sie sind weisungsgebunden, Larsson.«

»Einen Scheiß bin ich! Die Humanität hört da auf, wo mein Schiff versenkt werden kann! Mit vierhundert Menschen an Bord! *Daran* sollten Sie denken!«

»Ich stelle fest –« Dr. Herberghs Stimme war wie ein Peitschenschlag – »daß Ralf Larsson ein Feigling ist. Ich werde von Ihrem Verhalten der ganzen Welt berichten.«

Larsson schwieg, aber die Art, wie er Herbergh anstarrte, war voll hemmungsloser Wut.

»Ich beuge mich unter schärfstem Protest«, sagte er rauh. »Sollten wir diesen Wahnsinn überleben, werde *ich* die Weltöffentlichkeit davon unterrichten. Dieses verfluchte deutsche Draufschlagen!«

Er ging zu dem stummen Rudergänger und übernahm selbst die Steuerung. Büchler, der unterdessen auch wieder auf die Brücke gekommen war, stellte sich neben ihn. Larsson warf einen wütenden Blick auf ihn. Die *Liberty* fuhr einen großen Bogen und steuerte dann auf die Küste zu.

»Wann können wir die Position erreicht haben?« fragte Herbergh den Ersten Offizier.

»Bei voller Kraft in etwa drei Stunden.«

»Hoffentlich kommen wir nicht zu spät.«

»Schneller geht es nicht. Das ist ein Containerschiff und kein Rennboot.«

Das Gerücht von einem neuen gefährlichen Abenteuer verbreitete sich schnell unter Deck. Hung übermannte wieder die Angst vor Truc Kim Phong, er hockte auf seinem Platz und trank puren Gin. Xuong versammelte die Männer um sich, verteilte Eisenstangen und Holzbretter und ließ sich die Messer zeigen, die viele von ihnen gerettet hatten. Im Deckshaus gab Stellinger die Pistolen und Munition aus, verteilte die Gewehre und die Schrotflinten. Auch Anneliese und Julia bekamen eine Waffe, im Schnellverfahren erklärte Stellinger in seiner Kabine der tapfer ihre Angst unterdrückenden Mai, wie man ein Gewehr abfeuert und lädt. Nach wenigen Minuten hatte sie es begriffen. »Ich bleibe neben dir, Toam«, sagte sie, »wenn sie dich töten, erschieße ich mich damit.«

Mit tief eintauchendem, von Gischt überschäumtem Bug durchpflügte die *Liberty* in Höchstgeschwindigkeit das Meer. Vom Maschinenraum gab Chief Kranzenberger durch, man habe die Belastungsgrenze der Maschinen erreicht. Mehr gehe nicht.

Dr. Herbergh und Dr. Starke standen auf der Nock und suchten mit den Feldstechern das Meer ab. Büchler saß vor dem Radar und wartete, daß man Trucs Yacht und das andere Schiff, das sich *Florida Sun* nannte, auf dem flimmernden Bildschirm einfing.

Aber nichts zeigte sich. Man fuhr schon die fünfte Stunde, mußte die Position längst erreicht haben, doch das Radar zeigte nur freie See. Als die sechste Stunde begann, kam Herbergh auf die Brücke. Larsson stand wieder am Ruder.

»Da stimmt doch was nicht!« sagte er. »Wir fahren ins Leere.«

»Vielleicht sind sie schon weg«, knurrte Larsson. »Truc fährt dreimal so schnell wie wir.«

Auch Büchler war ratlos. Er verließ das Radar, ging zu dem Satellittenpeiler und rief die Position des Schiffes ab. Dann starrte er ungläubig auf die flimmernden Digitalzahlen.

9.12 Nord/108.40 Ost.

Mit drei weiteren Schritten stand er neben Kapitän Larsson. »Sie sind ein Schwein!« brüllte er. »Sie fahren ja im Kreis! Sie fahren bewußt falsch!«

»Was tut er?« Dr. Herbergh wischte sich über das Gesicht. Was er da hörte, war ungeheuerlich, unbegreiflich.

»Wir fahren seit fünf Stunden einen großen Kreis!« schrie Büchler. »Immer rundherum!« Und Larsson schrie er an: »Sie Lump! Sie Verbrecher! Das Leben dieser fünfundzwanzig Menschen kommt auf Ihr Konto!«

Plötzlich packte er Larsson an der Schulter, schleuderte ihn vom Ruder weg gegen die Wand und riß seine im Gürtel steckende Pistole heraus.

»Ab sofort übernehme ich das Schiff!« brüllte Büchler. »Verlassen Sie sofort die Brücke, Sie Schuft!«

Larsson holte tief Atem, sein Gesicht war fahl geworden. »Das ist Meuterei!« sagte er dumpf.

»Ja!«

»Ich werde Sie vor das Seegericht bringen.«

»Das können Sie, aber erst retten wir diese Menschen, die verkauft werden sollen.«

»Sie werden nie mehr auf ein Schiff kommen. Dafür sorge ich!«

Dr. Herbergh stellte sich zwischen Büchler und Larsson. »Wir werden alle aussagen, daß Sie in einer absoluten Notsituation versagt haben. Ich werde das heute noch protokollieren, und Büchler trägt es in das Schiffstagebuch ein. Dieser Bericht im Logbuch bricht Ihnen den Hals, Larsson. Und jetzt – bitte – gehen Sie in Ihre Kabine.«

»Unter Protest. Ich weiche der Gewalt.« Larsson stieß sich von der Wand ab. Der Aufprall war so stark gewesen, daß seine Schultern schmerzten, als seien die Schulterblätter zersplittert. Nach vorn gebeugt, etwas schief, ging er langsam zur Tür. »Es ist eine Strafe, mit deutschen Helden zu leben. Ihr werdet euch nie ändern, und wenn ihr hundert Kriege verliert.«

Büchler brachte die *Liberty* endlich auf den richtigen Kurs. Er rief Kranzenberger an und fragte: »Kannst du noch ein Schüppchen draufwerfen, Chief?«

»Kann ich«, antwortete Kranzenberger ruhig. »Wenn die Pleuel auseinanderfliegen sollen... Gib mir mal den Käpt'n.«

»Mit dem sprichst du. Ich habe Larsson abgesetzt.«

»Bist du total bekloppt, Hugo?« schrie der Chief ins Telefon. »Meuterei?«

»Ja. Es war nötig, Julius. Larsson ist bewußt einen falschen Kurs gefahren.«

»Mein armer Treibstoff. Fünf Stunden lang volle Pulle...«

»Eben! Jetzt sind wir auf Kurs.«

»Das gibt später einen wüsten Rummel! Weißt du das?«

»Es ist mir egal, Julius. Wir müssen fünfundzwanzig Menschen retten, darunter vierzehn Frauen. Chief, hol aus der alten Emma raus, was du kannst.«

Natürlich kamen sie jetzt zu spät. Längst hatte Truc die Menschen verkauft und war mit seiner schnellen Yacht in der Weite des Südchinesischen Meeres verschwunden. Dafür dümpelte auf der Position 9.10 Nord/107.25 Ost eine andere, ebenso schöne und elegante Motoryacht, ein weißer Traum von einem Schiff. Am Heck wehte das Sternenbanner, die amerikanische Flagge. Störend wirkte allein eine von drei Matrosen in weißen Uniformen bediente Kanone. Sie schwenkte zur *Liberty* hin, als diese in Schußweite kam.

Funker Buchs hatte die Tür zur Funkstation aufgestoßen und schrie auf die Brücke, was er hörte. Der Funkkontakt war hervorragend. Anders als bei Truc gab es ein Gespräch mit der Yacht.

»Et is die *Florida Sun*!« rief Buchs. »Dä Kääl heißt Bradcock. Luis Bradcock. Mer künne ruhig näherkomme, er schüßt nit.« Er schwieg, hörte zu, was Bradcock sagte und winkte dann zu Dr. Herbergh. »Dä Chef soll kumme. Mir solle stoppen. Bradcock kümmt längsseits. Wenn mer ihn einlade, kütt er auch an Bord. Dä Chef wird verlangt.«

Dr. Herbergh ging in die Funkkabine und nahm das Mikrofon in die Hand. Buchs drehte den Lautsprecher voll auf, damit auch die anderen mithören konnten.

»Hier Dr. Herbergh.«

»Ich grüße Sie, Doktor!« Bradcock sprach ein breites Amerikanisch, wie ein Texaner. »Ich weiß von Truc, wer Sie sind. Außerdem steht Ihr Name in allen Zeitungen. Ich komme jetzt längsseits, damit Sie einen Blick aufs Achterdeck werfen können. Dann unterhalten wir uns weiter.«

Die Verbindung brach ab. Dr. Herbergh blieb im Funkraum und nagte an der Unterlippe. Anneliese kam zu ihm und legte ihm beruhigend die Hand auf die Schulter.

»Es ist schon ein großer Vorteil für uns, daß Truc weg ist«, sagte sie.

»Du siehst das so. Truc hätte uns nie beschossen... bei diesem Amerikaner weiß man das nicht.«

Auf der Nock standen jetzt Büchler, Dr. Starke, Pitz und Xuong. Stellinger, Kroll und v. Starkenburg preßten sich an die Bordwand. Vom Maschinenraum kam nun auch Chief Kranzenberger auf die Brücke, sichtbar erleichtert, daß das verrückte Fahren endlich vorbei war und sie gestoppt hatten.

»Ein schönes Schiffchen«, sagte er bewundernd. »Die leben bestimmt nicht vom Schnürsenkelverkaufen.«

Langsam schwamm die *Florida Sun* an die *Liberty of Sea* heran und ging längsseit. Dr. Starke umklammerte das Schanzkleid der Nock. Auf dem Achterdeck drängten sich vietnamesische Flüchtlinge. Die gekaufte Ware.

Im Lautsprecher tönte wieder Bradcocks breite Stimme. »Können Sie sehen, Doktor?« fragte er.

»Ja.« Dr. Herberghs Stimme war heiser vor Erregung. »Fünfundzwanzig Menschen, davon vierzehn Frauen.«

»Woher wissen Sie das? Können Sie so schnell zählen?«

»Wir haben Ihr Gespräch mit Truc Kim Phong abgehört.«

»Das erspart mir lange Erklärungen, Doktor. Ich habe Sie erwartet. Truc sagte mir, daß Sie hier aufkreuzen würden, er muß geahnt haben, daß Sie mithören. Kann ich an Bord kommen?«

»Natürlich.«

»Keine Tricks, Dr. Herbergh. Mein 7,5-Geschütz ist feuerbereit. Wenn ich in einer Stunde nicht wieder an Bord bin, feuert sie los. Unter die Wasserlinie. Sie werden rettungslos absaufen. Außerdem trifft es zuerst Ihre Aufgefischten.«

»Kommen Sie«, sagte Herbergh. »Ich möchte gerne sehen, wie ein moderner Menschenhändler aussieht.«

Er gab das Mikrofon wieder zurück an Buchs und ging hinaus auf die Nock. Stellinger hatte die Lotsenleiter hinuntergelassen. Auf Deck hatten sich die Vietnamesen versammelt, bewaffnet mit Stangen und Knüppeln. In der Sonne blitzten eine Menge Messerklingen. Dr. Herbergh wandte sich zu Xuong.

»Ihre Leute sollen keinen Quatsch machen!« sagte er mahnend.

»Sie werden sich nur auf meinen Befehl bewegen«, antwortete Xuong. »Wir haben Truc erwartet, nicht diesen Amerikaner.«

Auf dem Deck der Yacht erschien jetzt ein breitschultriger,

336

großer Mann in einem weißen Leinenanzug und einer weißen Kapitänsmütze auf dem Kopf. Geschickt griff er nach der Lotsenleiter und kletterte sie gewandt hinauf. Oben empfing ihn Stellinger mit einem gefährlichen Grunzen.

Bradcock lachte und sah sich furchtlos um. Die stumm, aber drohend dastehenden Vietnamesen erschreckten ihn nicht. Er fühlte sich sicher mit der Kanone im Rücken. In der Tür des Deckshauses erschien Dr. Starke und kam auf ihn zu.

»Kommen Sie mit!« sagte er rauh.

Im Arztzimmer warteten Anneliese, Dr. Herbergh und Büchler.

Bradcock kam herein wie ein guter, alter Freund, breitete die Arme aus und rief dröhnend: »Das ist ein Erlebnis, wirklich! Ich bin auf der sagenhaften *Liberty*. Ich heiße Luis. Warum hat mir Truc nicht gesagt, daß eine Lady an Bord ist? Ich bitte um Verzeihung, daß ich ohne ein kleines Geschenk komme. Ich werde das nachholen.«

»Was wollen Sie?« fragte Dr. Herbergh hart.

Bradcock sah ihn interessiert an. »Sie sind also der Chef. Dr. Herbergh. Auf den Fotos sehen Sie ganz anders aus. Jünger.«

»Das Südchinesische Meer läßt einen schneller altern, vor allem, wenn man Menschen wie Ihnen und Truc begegnet.«

»Das ist ein Kompliment.« Bradcock nahm seine Mütze ab und warf sie lässig auf Herberghs Schreibtisch. Er hatte schon angegrautes Haar, ein wenig lockig, eine ganz diskrete Dauerwelle. Das runde Gesicht war fast faltenlos, bestimmt das Ergebnis intensiver kosmetischer Behandlung. Noch eitler als Dr. Starke, dachte Herbergh und freute sich über diese Feststellung. »Sie sehen mich alle so finster an... dazu gibt es keinen Grund. Immerhin habe ich fünfundzwanzig Menschen vor dem Tod und den thailändischen Bordellen gerettet. Die vierzehn Frauen sind zwar nicht die Allerschönsten – die behält Truc für sich – aber für zehn Dollar pro Bums kann man sie einsetzen. Pardon, Miss...«

337

Er machte eine kleine Verbeugung vor Anneliese.

»Was haben *Sie* mit den Flüchtlingen vor, Luis?« fragte in seinem Rücken Dr. Starke. Bradcock drehte sich nicht um, ungeniert musterte er Anneliese mit eindeutigen Blicken. Sie kam sich nackt vor und wie betastet.

»Ich habe sie für teures Geld gekauft. Und will sie mit einem kleinen Gewinn wieder verkaufen. An Sie.«

»An uns?« Dr. Herbergh starrte ihn ungläubig an. »Das ist ja wohl ein bitterer Witz.«

»Ich bin jederzeit zu Scherzen aufgelegt, Doktor, nur jetzt nicht.« Bradcock steckte die Hände tief in beide Hosentaschen. Er sah aus wie ein Amerikaner im Film, der einen typischen Amerikaner spielt. »Erklären wir das genauer. Mein Job war es bisher, aus Kambodscha und Laos über Vietnam Rohopium zu kaufen und es in meiner Destille in Taytay – das liegt auf der philippinischen Insel Palawan – zu Heroin zu verarbeiten. Absolut reines Heroin, das auf dem Weltmarkt den höchsten Preis erzielt. Man kann es zur dreifachen Menge verschneiden und es ist immer noch ein Bombenschuß. Aber im Augenblick mache ich Urlaub. Zwangsurlaub. Man hat auf Hawaii vierzehn Kilogramm meines reinen Heroins entdeckt und beschlagnahmt und fahndet nach dem Lieferanten. Ob mein Abnehmer dicht hält, weiß ich nicht. Da war es notwendig, weit ab in Ferien zu gehen. Aber ich bin ein Mensch, der nicht untätig herumsitzen kann. Und ein Urlaubsjob, der Geld bringt – wenn auch nur ein Trinkgeld – ist allemal interessant. Da traf ich in Bangkok in einer Bar Mr. Truc Kim Phong, der mir nicht nur den Tip gab, wo man die schönsten Mädchen findet, sondern mir so nebenbei ein kleines Geschäft vorschlug. Wir waren uns sofort sympathisch.«

»Gangster scheinen einen Raubtiergeruch an sich zu haben, sie finden sich immer«, sagte Dr. Starke hinter ihm. Bradcock ließ sich nicht aus seiner fröhlichen Laune bringen.

»Dabei erwähnte Truc die *Liberty of Sea*. Sie waren damals

erst kurze Zeit im Südchinesischen Meer, und die ersten Berichte erschienen in der Presse. Truc schlug mir vor, von ihm Flüchtlinge zu kaufen und sie an Sie weiterzuverkaufen. Sie würden jeden Preis zahlen, sagte er. Ich bin Geschäftsmann, Dr. Herbergh. Welcher Geschäftsmann schlägt so einen Job aus? Sie haben sich überzeugt, was ich an Bord habe. Können wir verhandeln?«

»Von mir aus«, sagte Dr. Herbergh ruhig. Die anderen sahen ihn entgeistert an. Noch begriffen sie Herberghs Ruhe nicht.

»Ich will nicht lange handeln.« Bradcock wippte auf den Schuhspitzen auf und nieder. »Es ist ja nur ein Nebenverdienst, und einen Mengenrabatt räume ich auch ein. Sagen wir pro Kopf zweitausend Dollar. Amerikanische Dollar. Das macht fünfzigtausend Dollar.«

»Sehr schön«, sagte Dr. Herbergh lächelnd.

»Das meine ich auch. Ich bin ja kein Unmensch.« Bradcock holte die rechte Hand aus der Tasche und streckte sie Dr. Herbergh hin. »Schlagen Sie nach guter alter Manier ein, Doktor. Wenn ich den Scheck habe, können die Vietnamesen an Deck klettern.«

Bradcocks Hand fiel an seinen Körper zurück. Irgend etwas stimmte nicht. Ihm gefielen Herberghs Augen nicht und das etwas maliziöse Lächeln in seinen Mundwinkeln.

»Noch etwas unklar, Doktor?« fragte er.

»Ja. Wer soll Ihnen den Scheck geben?«

»Sie.«

»Haben Sie schon mal einen nackten Mann gesehen, Luis?«

»Ja, natürlich. Was soll das?«

»Hat ein nackter Mann Taschen?«

»Was soll der Blödsinn?!«

»Sie stehen einem nackten Mann gegenüber, dem man nicht in die Tasche greifen kann. Ich habe kein Geld.«

»Doktor, wir wollen nicht handeln. Mein Preis ist unumstößlich. Ich bekomme Ihren Scheck, Sie lassen ihn bei der Bank telegrafisch bestätigen, unwiderruflich, oder noch besser, Sie überweisen den Betrag telegrafisch auf ein Bankkonto in Bangkok.«

»Luis, Sie sind ein Schaf«, sagte Dr. Herbergh genußvoll. »Erstens habe ich kein Geld, zweitens kann über unser Bankkonto nur das Komitee in Köln verfügen, und drittens hat auch das Komitee kein Geld.«

»Sie sind im Lügen ein Dilletant, Doktor. »Bradcocks Grinsen war etwas schief, seine Sicherheit hatte einen Knacks bekommen. »Truc hat mir erklärt, wie reich Sie sind. Wer so ein Schiff kaufen kann...«

»Es ist gechartert, Luis. Es kostet uns jeden Tag achttausend Mark. Wir leben nur von Spenden, wir bekommen keinen Pfennig vom Staat!«

»Die Deutschen sind reich.« Bradcocks Stimme hatte sich verändert. Sie hatte einen befehlenden Ton angenommen. »Doktor, funken Sie an Ihr Komitee: Deutschland soll fünfzigtausend Dollar zahlen für fünfundzwanzig Boatpeople. Ein Sonderpreis. Deutschland könnte mehr bezahlen.«

»Bonn soll bezahlen? Für Vietnamesen? Das ist nun wirklich ein Witz, Luis.«

»Ich mache Ernst, Doktor.«

»Was heißt das?«

»Wenn ihr Deutschen euch weigert, sind die fünfundzwanzig Affen nur Ballast für mich. Was macht man mit Ballast? Man wirft ihn über Bord. Und genau das werde ich tun, einen nach dem anderen, vor Ihren Augen, zu den Haien. Hält das Ihr humanitäres Herz aus?«

»Das werden wir verhindern!« schrie hinter ihm Dr. Starke. »Wir haben Sie!«

Bradcock hielt es nicht für nötig, sich umzudrehen. Er lächelte breit. »Sie vergessen meine Kanone. Ich versenke Sie mit Mann und Maus. Ihr draufgemaltes Rotes Kreuz – dürfen

Sie das überhaupt tragen? – interessiert mich einen Dreck. Hier im Südchinesischen Meer gelten andere Gesetze. Es herrscht das Faustrecht. Und Sie sind ebenso illegal und ohne staatlichen Auftrag unterwegs wie ich. Sie und ich, wir sind Privatunternehmer. Die Geschäftsmethoden bestimmen wir.«

»Da haben Sie völlig recht, Luis.« Dr. Herbergh streckte ihm beide Handflächen hin. »So leer wie diese Hände ist meine Kasse. Wenn wir in Manila oder Singapur einkaufen, wird es von Köln aus bezahlt. Per Bankauftrag. Nur das Allernötigste. Wir zählen jeden Cent. Wo sollen fünfzigtausend Dollar herkommen? Auch wenn sie die Armen den Haien vorwerfen, ändert das nichts. Wir haben kein Geld.«

»Aber Ihr Staat!« Er zahlt jedes Jahr Millionenbeträge als Entwicklungshilfe. Was sind da abgezweigte fünfzigtausend Dollar?«

»Luis! Sie haben ein schiefes Weltbild. Gelder für Entwicklungshilfe sind nicht dafür da, um Menschen freizukaufen. Wenn Deutschland Menschen kauft – dafür gibt es einen besonderen Etat – dann zurückkehrende eigene Spione, enttarnte Mitarbeiter der Geheimdienste. Aber Vietnamesen? Das sind zwar auch Menschen, deren Leben man für zweitausend Dollar pro Kopf retten könnte, aber *dafür* gibt es keinen Etat. Dafür ist auch keiner zuständig. Die Gelder, die für humanitäre Zwecke oder Entwicklungshilfe zur Verfügung stehen, sind zweckgebunden, etwa für die Lieferung von zehn Clinomobilen, fahrbaren Operationssälen, an einen afrikanischen Staat, wo sie dann hinter einem Lagerschuppen am Flughafen verrotten, weil keiner mit ihnen umgehen kann. Oder man stiftet einem anderen afrikanischen Staat eine moderne, komplette Zeitungsdruckerei, aber in diesem Staat leben 90 Prozent Analphabeten. Was soll man mit fünfundzwanzig Vietnamesen anfangen? Luis, Sie haben ein Minusgeschäft gemacht.«

»Und Truc wußte das?«

»Ich nehme es an. Er hat Sie – ganz deutlich gesagt – aufs

Kreuz gelegt. Jetzt haben Sie fünfundzwanzig Flüchtlinge am Hals.«

Bradcocks dicker Hals färbte sich rot, an den Schläfen und am Hals traten die Adern hervor. Seine rechte Hand verschwand wieder tief in der Tasche seines weißen Leinenanzugs.

»Sie sind auf der Suche nach Truc?« fragte er mit heiserer Stimme.

»Nein. Wir sind auf der Suche nach weiteren Flüchtlingsbooten.«

»Aber sie kommen hier in Trucs Gebiet hinein.«

»Das will ich auch. Ich will ihm die Boote abjagen.«

»Stört es Sie, wenn ich neben Ihnen herfahre?« Bradcock schnaufte vor Wut. »Ich werde Kontakt mit Truc aufnehmen und ein neues Treffen ausmachen. Sie brauchen mir nur zu folgen. Wenn wir ihn gestellt haben, werde ich ihn versenken!«

»Vergessen Sie nicht, Luis, Truc hat auch eine Kanone an Bord. Und eine Vierlingsflak!«

»Und ich habe am Geschütz ehemalige Schiffsartillerieschützen. Hervorragende Jungs. Jeder Schuß ein Treffer. Ehe Truc denken kann, ist er weggeblasen.«

»Das ist Ihre Rache, Luis. Ein Vorschlag: Lassen Sie die fünfundzwanzig Menschen frei und zu uns an Bord klettern.«

»Nein. Sie sind meine Sicherheit. Mein Pfand dafür, daß Sie keinen Funkspruch an irgendeine Marinebasis absetzen. In Singapur liegen immer amerikanische Kriegsschiffe. Sie bekommen die Vietnamesen erst, wenn ich Truc versenkt habe und ich verschwinden kann. Und keine üblen Tricks, Doktor. Mein Funker hört Ihren Funkverkehr ab.« Bradcock drehte sich jetzt um und blickte Dr. Starke in die Augen. »Sie sind ja ein ganz Wilder. Am liebsten möchten Sie mich erschießen.«

»Nein, langsam erdrosseln. Sie sollen etwas davon haben!«

»Sie sind doch Arzt, nicht wahr?« Bradcock schüttelte den Kopf. »Wie kann ein Arzt nur so reden! Ich habe übrigens zwei Kranke an Bord.«

»Schicken Sie sie rauf.«

»Keine Vietnamesen. Amerikaner. Kommen Sie runter zu mir.«

»Ich behandle keine Gangster.«

»Es sind auch Menschen.«

»Im biologischen Sinne, ja.«

»Das reicht doch?« Bradcock kniff die Augen etwas zusammen. »Sie haben als Arzt einen Eid geschworen, jedem Kranken zu helfen.«

»Was sind es für Erkrankungen?« fragte Dr. Starke kühl.

»Der eine hat hohes Fieber, woher, weiß keiner, der andere hat starke Bauchschmerzen.«

»Dafür brauche ich nicht auf Ihr Schiff, Luis.« Der dicke Spott in Starkes Stimme war unüberhörbar. »Fall eins: Kalte feuchte Wickel um die Waden. Fall zwei: Rhizinus oder einen zackigen Einlauf. Das löst und befreit.«

»Danke.« Bradcock nahm seine Kapitänsmütze vom Schreibtisch und stülpte sie über seinen Kopf. »Wir sollten jetzt nicht gegeneinander, sondern miteinander arbeiten. Gegen Truc! Auch das ist eine gute Tat. Nicht nur Ihr Menschenfischen. Es werden mehr Flüchtlinge gerettet, wenn es Truc nicht mehr gibt. Überlegen Sie es sich. Ich nehme nachher Funkverbindung mit Truc auf.

»Bradcock wandte sich zur Tür, blieb dort aber stehen und drehte sich noch einmal um. »Im übrigen, Dr. Herbergh, bedauere ich Sie. Sie und Ihr Komitee. Sie sind ganz arme Schweine. Was Sie auch tun, Sie werden den anderen immer lästig sein.«

»Ach, das wissen Sie auch schon?«

»Ich habe privat genug mit Politikern zu tun, fragen Sie mich nicht, was ich von ihnen halte.«

Bradcock verließ das Hospital, begleitet von Büchler und Stellinger, schwang sich an der offenen Reling auf die Lotsenleiter und kletterte sie gewandt wieder hinunter auf das Deck seiner Yacht. Von dort winkte er nach oben, die Motoren rauschten auf, die *Florida Sun* drückte sich mit seinem Bugstrahlruder von der *Liberty* weg und glitt dann elegant und schön durch die Wellen. Die drei Kanoniere schwenkten die Arme.

»Ein schönes Früchtchen«, sagte Dr. Starke, als Büchler zurückkam. »Was machen wir jetzt?«

»Wir folgen Bradcock zum neuen Treffpunkt mit Truc.«

»Als Beobachter einer kleinen Seeschlacht?«

»Als Retter der bei Truc und Bradcock an Bord befindlichen Flüchtlinge.« Dr. Herbergh sah fragend jeden einzelnen an. »Büchler, was sagen Sie? Sie sind jetzt der Kapitän.«

»Das ist keine Frage. Ich folge Bradcock. Aber wir sollten in Rechnung stellen, daß Truc schwer bewaffnet ist und uns in Grund und Boden schießen kann. Wenn er in eine verzweifelte Lage kommt, wird er keine Hemmungen mehr kennen.«

»Ich weiß, es ist ein Risiko.« Dr. Herbergh schlug die Fäuste zusammen. »Aber wir müssen es wagen. Wir sind hier, um Menschen zu retten.«

Zwei Tage dauerte es, bis Bradcock eine Funkverbindung mit Truc erhielt.

Sie waren jetzt in Kiellinie bis auf fünfzig Seemeilen an das Mekong-Delta herangekommen. Unterwegs hatten sie noch ein kleines zehn Meter langes und etwa drei Meter breites Flußboot mit 33 Männern, 21 Frauen und 9 Kindern aufgefischt. Das Boot leckte, sie hatten nur 200 Liter Trinkwasser in Kanistern bei sich und einen Sack mit vierzig Pfund Nudeln, keinen Kompaß, keine Karte, die elendeste Ausrüstung, die sie bisher gesehen hatten. Sechs große Schiffe waren an ihnen vorbeigefahren, zwei Tanker und vier Frachter. Nicht eines hatte die Maschinen gestoppt. Sie waren stolz an den winkenden und schreienden Menschen vorbeigerauscht.

Mit Lichtzeichen gab Bradcock zu verstehen, daß er Kontakt mit Truc gefunden hatte. Er gab es nicht über Sprechfunk weiter, da er fürchtete, Truc könne mithören. Er stoppte sein Schiff, ließ es an die *Liberty* treiben und schrie durch ein Megaphon zu Büchler hinauf.

»Wir treffen uns morgen früh. Ich habe ihn damit gelockt, daß ich noch mehr Menschen kaufen will. Er scheint genug an Bord zu haben, vor allem Frauen.«

Büchler winkte zu ihm herab. Verstanden.

»Er hat wieder neue Flüchtlingsboote gekapert«, sagte Dr. Herbergh verbissen, »und wie immer die Männer getötet, die Frauen für die Bordelle geraubt. Morgen früh also. Hugo, was tun wir, wenn Truc uns beschießt?«

»Flüchten«, antwortete Büchler trocken. »Was sonst? Aber er wird es nicht tun. Er hat mit Bradcock genug Sorgen.«

»Hoffen wir es, Hugo. Hoffen wir es.« Dr. Herbergh blickte über das Meer. Die Sonne lag darüber, die tiefblauen Wellen rollten ruhig dahin, am Abend würde es wieder das goldene Meer sein, wunderschön leuchtend im versinkenden Tag.

Am nächsten Morgen war die *Liberty* in Alarmbereitschaft. Die vietnamesischen Männer standen unter Führung von Xuong an Deck, wieder bewaffnet mit Eisenstangen, Knüppeln, Messern und Äxten aus der Bordwerkstatt. Die Deutschen trugen ihre Schußwaffen, nur Kapitän Larsson blieb in seiner Kabine, lag auf dem Bett und las in einem Roman. Das Schlauchboot und vier Rettungsinseln lagen einsatzbereit an der Reling, zwei Lotsenleitern waren aufgerollt und konnten sofort an der Bordwand hinuntergelassen werden.

Dr. Herbergh machte mit Anneliese die Visite. Die Milzexstirpation war gelungen, dem Operierten ging es gut, er erholte sich sichtbar. Man hatte ihm zwei Bluttransfusionen gegeben, Frischblut nachdem sich zwei Landsleute mit der gleichen Blutgruppe bereit erklärt hatten, für ihn Blut zu spenden. Sie bekamen von Vu Van Chin, dem Koch, eine Extraportion Gulasch und Zwieback mit Butter und Marmelade, was eine ungeheure Wirkung hatte: Siebenunddreißig Männer und Frauen meldeten sich darauf bei Dr. Starke und boten ihr Blut an. Auch Wilhelm, das Kind, das Dr. Starke geholt hatte, gedieh prächtig. Jeden Tag sah er nach dem Jungen und der glücklichen Mutter, die ihm, er konnte es nicht verhindern, jedesmal in Dankbarkeit die Hand küßte.

Gegen neun Uhr meldete der Ausguck auf der Nock: »Boote in Sicht. Backbord voraus. Ich kann sechs Boote erkennen.«

»Ich habe sieben im Radar.« Büchler kam von der Brücke auf die Nock, wo Herbergh und Dr. Starke standen. In ihren Ferngläsern sahen auch sie die noch kleinen Punkte. »Ein größeres, das muß Truc sein, und sechs kleinere.«

»Jetzt wird es heiß.« Dr. Herbergh setzte sein Glas ab. »Truc hat seine Fangboote um sich versammelt. Der Piratenkönig und seine Flotte. Wenn sie ausschwärmen und eine weite Kette bilden, kommt kein Flüchtlingsboot mehr durch.«

Von Bradcock herüber blitzten wieder Leuchtsignale. Büchler setzte die so gemorsten Buchstaben zusammen. »Bradcock ist gefechtsklar. Er rät uns, einen Sicherheitsabstand einzuhalten. Eine Seemeile schlägt er vor.«

»Akzeptieren wir das?«

»Nein, wir gehen näher ran. Wenn wir Menschen retten müssen, vor allem, wenn sie schwimmen, kann eine Seemeile zu weit sein.«

Vor ihnen rauschte die herrliche *Florida Sun* mit hoher Bugwelle durch das Meer. Die fünfundzwanzig von Bradcock gekauften Vietnamesen duckten sich auf dem Achterdeck zusammen, zogen die Köpfe ein und legten die Arme umeinander.

Was Dr. Herbergh vermutet hatte, erwies sich als Tatsache: Sechs harmlose Fischtrawler schaukelten in einem Halbkreis auf der See, sie waren sogar vorschriftsmäßig mit ihren Zulassungsnummern versehen. Dr. Starke notierte sie, um diese Nummern später den thailändischen Behörden melden zu können. Es hatte keinen Sinn, das wußte er, man würde die Liste beiseite legen, Nachforschungen versprechen und dann doch nichts tun. Aber die übrige Welt sollte wissen, daß es keine Zwecklüge war, wenn von Piraterie im Südchinesischen Meer gesprochen wurde, von Mord und Entführung, von Vergewaltigungen und Menschenhandel. Die Verhältnisse in Südostasien haben sich normalisiert, sagen deutsche Politiker.

Dahinter, jetzt in schneller Fahrt herankommend, war die Yacht des »Königs« Truc Kim Phong. Zum erstenmal glänzte am Brückenaufbau in Goldbuchstaben ein Name:

Pace

Frieden.

»Das ist der schrecklichste Hohn, den es gibt!« knirschte Starke und fotografierte die Yacht und die sechs Fischtrawler. »Das ist nicht mehr zu überbieten!«

Auf Bradcocks *Florida Sun* donnerten jetzt die Motoren los. Wie von einem Katapult abgeschossen, hob sich der Kiel aus den Wellen, das Schiff raste davon und lag dabei doch ruhig im Wasser.

»Er ist noch schneller als Truc!« rief Büchler begeistert. »Welch ein Schiff! Den erwischt kein Küstenwachboot und kein Patrouillenschnellboot. Der läuft allen davon.«

Auf dem Vorderdeck war das 7,5-Geschütz gefechtsklar. Die Kanoniere, alte Marineartilleristen, wie Bradcock sagte, hatten die weißen Uniformen mit gefleckten Kampfanzügen getauscht. Sie trugen Stahlhelme und kugelsichere Westen.

»Maschinen stopp!« signalisierte Büchler hinunter zu Chief Kranzenberger. Das Zittern im Leib der *Liberty* erstarb. Sie trieb ruhig, noch von der Schwerkraft gedrückt, auf den Halbkreis der Piratenflotte zu.

Truc stand neben seinem Steuermann Vu Tran Loc in dem luxuriösen Steuerraum und hatte sowohl die *Florida Sun* wie auch die *Liberty of Sea* im Fernglas. Beim Auftauchen der *Li-*

berty, die man zuerst wegen ihrer Höhe und Länge gesehen hatte, war er sehr nachdenklich geworden.

»Da stimmt etwas nicht, Vu«, sagte er jetzt und setzte das Glas ab. »Ich war mit Bradcock verabredet. Wieso ist der Deutsche auch da?«

»Er hat von Bradcock die fünfundzwanzig Flüchtlinge gekauft und will nun mehr kaufen«, lachte Vu.

»Die Deutschen haben kein Geld. Das kann es nicht sein. Ich habe Bradcock sofort gefragt. Er gibt keine Antwort mehr.«

»Der Amerikaner kommt in voller Fahrt auf uns zu.« Vu drosselte seinen Motor etwas. »Die Deutschen stoppen und treiben.«

»Begreifst du das, Vu?« Truc riß wieder sein Fernglas an die Augen. »Wieviel Gefangene haben wir auf den Booten?«

»Neunundsechzig Männer, dreiundvierzig Frauen, zweiunddreißig Kinder, darunter zwanzig Mädchen unter zehn Jahren. Beste Ware für die Kinder-Puffs. Wir hatten drei gute Tage, Truc.«

»Die Boote sollen abfahren und bei Con Son auf uns warten.«

»Und Bradcock? Er will doch kaufen.«

»Tu, was ich dir sage!« Trucs Stimme wurde hart und eisig. Vu zog sofort den Kopf ein. Widerspruch war gefährlich, das hatte er immer wieder erlebt. Er nahm das Mikrofon des Funksprechgerätes von einem Wandhaken und drückte auf den Startknopf.

»An alle!« sagte er laut. »Ihr fahrt sofort nach Con Son und wartet dort.«

Truc sah mit Zufriedenheit, wie die Schrauben der Fischtrawler das Meer aufwirbelten und einer hinter dem anderen die Fahrt nach Südwesten aufnahm. Friedlich, als suchten sie einen Schwarm Fische, zogen sie dahin. Der letzte Trawler, der an Truc vorbeiratterte, stieß einen kurzen Nebelhornton aus.

»Truc!« schrie Vu plötzlich und stieß den rechten Arm vor.

»Bradcock muß verrückt sein. Er rennt auf uns zu, ohne abzustoppen. Verdammt noch mal, was ist denn da los?!«

Er riß das Ruder herum, die *Pace* legte sich auf die Seite und fuhr einen scharfen Bogen, und in diesem Moment, als sie mit voller Breitseite zur heranjagenden *Florida Sun* lag, hörten Truc und Vu die Detonation der Kanone. Neben ihnen, keine drei Meter entfernt, schlug die Granate in das Meer. Eine Wasserfontäne spritzte hoch.

Mit einem Ruck drückte Truc den Alarmhebel herunter. Im Inneren der Yacht heulten jetzt die Sirenen auf, Trucs Männer stürzten an Deck und erlebten, wie der zweite Schuß von der *Florida Sun* dicht über ihrem Aufbau hinwegjaulte.

Aus der Tiefe fuhren die Vierlingsflak und das Geschütz heraus, das Deck klappte auf, die Piraten saßen schon an den Zieleinrichtungen, bevor die Waffen voll ausgefahren waren, jeder Griff war hundertmal geübt.

Bradcocks dritter Schuß war ein Treffer. Die Granate schlug am Bug ein und riß den Bugkorb weg. Vu drehte die Motoren hoch bis zur Zerreißgrenze, ging zu einem Zickzack-Kurs über und raste über das Meer wie ein verfolgter Hase. Bradcock änderte die Richtung nicht, er kam in gerader Linie auf Truc zu.

Die erste Vierlingssalve der *Pace* peitschte in das Wasser. Trucs Geschütz wartete auf einen günstigen Winkel, und als Vu wieder einen Haken schlug, zischte die erste Granate aus dem Rohr. Ein Treffer. Bradcocks Radarturm zersplitterte. Die Trümmer regneten auf die in sich zusammengekrochenen Vietnamesen auf dem Achterdeck. Einige Frauen schrien auf und schoben die Kinder unter sich, um sie mit ihrem Leib zu schützen.

»Ihr schießt wie blinde Pisser!« schrie Bradcock über die Lautsprecher zu seinen Kanonieren. »Habt ihr das bei der Navy gelernt?! Kein Wunder, daß ihr immer Pannen habt, wenn's drauf ankommt!«

Die 7,5 Zentimeter bellte auf. Auch dieser Schuß saß. Das

Heck der *Pace* hatte plötzlich ein häßliches, gezacktes Loch, aus dem es qualmte.

»Bravo!« brüllte Bradcock. »Weiter so, Jungs! Den nächsten Hammer mitten rein! Und dann die Vierling.«

Trucs Augen verengten sich, als die Granate in sein Heck schlug und das Schiff durchschüttelte. Die Vierlingsflak ratterte, traf Bradcocks Bug und perforierte ihn. Gleichzeitig dröhnte die Kanone, aber der Schuß ging ins Meer.

»Wer steht am Geschütz?« brüllte Truc. Vu duckte sich unter diesem Ton.

»Hao, Long und Bui.«

»Wenn wir hier rauskommen, bestrafen!«

Vu nickte. Sein Hals war trocken wie nach einem Wüstenmarsch. Bestrafen hieß bei Truc liquidieren. Was jetzt auch noch geschehen würde, für Hao, Long und Bui war das Leben bereits zu Ende.

Erneut schlug die *Pace* einen Haken und umkreiste dann Bradcock. Auf der *Florida Sun* schwenkten die Marineartilleristen das Geschütz herum, Breitseite an Breitseite jagte man jetzt über das Meer, Trucs Vierlingsflak sägte in den Rumpf des Gegners und vernichtete Bradcocks wunderbaren Salon mit der Mahagonibar. So mancher namhafte Politiker hatte daran schon einen Drink genommen. Bradcocks Augen wurden starr, dann aber schrie er auf und sprang jubelnd in die Luft.

Volltreffer! Die Granate der *Florida Sun* zerfetzte Trucs Geschütz, ließ einen qualmenden Stahlhaufen zurück und drei von Splittern durchsiebte Kanoniere. Hao, Long und Bui waren dem Schicksal entgangen, von Truc hingerichtet zu werden.

Vu atmete auf, trotz des verhängnisvollen Treffers. Er riß die Yacht wieder herum, die Vierlingsflak drehte sich mit und feuerte. Nur knapp über den Führerstand hinweg zischten die Projektile ins Leere. Bradcock hatte den Kopf eingezogen. Auch er trug einen Stahlhelm und eine kugelsichere Weste, aber sie waren nutzlos gegen die schweren Flakgeschosse.

Auf der *Liberty* stand alles an der Bordwand oder auf Deck. Sogar die Frauen waren nach oben gekommen und zeigten ihren Kindern, wie der Piratenkönig bestraft wurde. Hung schwitzte so heftig, daß ihm der Atem ab und zu stehen blieb, Xuong und Cuong klatschten bei jedem Treffer Bradcocks in die Hände und schrien: »Gib es ihm! Gib es ihm!« Nur Vu Xuan Le hockte mit finsterem Gesicht auf einer Eisenstrebe des großen Krans und knirschte mit den Zähnen, wenn Kim bei jedem Treffer Stellinger um den Hals fiel und ihn küßte.

Auf der Nock standen Herbergh, Starke, Anneliese, Kranzenberger und Büchler und verfolgten den mörderischen Kampf der beiden Gangster. Vorher hatte es eine Diskussion gegeben, als die Fischtrawler plötzlich Fahrt aufnahmen und sich gemächlich entfernten.

»Hinterher!« hatte Dr. Starke gerufen. »Die sind randvoll mit Flüchtlingen und ziehen jetzt ab. Wir sind doch schneller als sie und können sie einholen.«

»Und dann? Wie wollen Sie sie zum Halten zwingen?«

»Querstellen.«

»Wie im Film bei einer Autojagd... Wilhelm, wir sind hier auf keiner Autobahn, sondern auf dem Meer. Da ist alles etwas träger. Außerdem sind auch die harmlosen Fischer schwer bewaffnet. Wollen Sie im Gummiboot mit Ihrer Schrotflinte rüberfahren? Da können Sie sich mit einer Überdosis Morphium schmerzloser umbringen.«

»Und wenn sie Angst haben, daß wir sie rammen?«

»Die haben keine Angst. Das sind Trucs Leute, bestens ausgebildet wie Soldaten.«

Und dann fiel der erste Schuß, rasten die Yachten umeinander, begann der tödliche Zweikampf. Ein Duell, in dem das Glück mitspielen mußte und bei dem es nur einen Überlebenden geben würde.

»Bradcock macht einen Fehler«, sagte Büchler, als die Serie der Vierlingsflak in die Breitseite krachte und den Salon zerstörte. »Er muß im spitzen Winkel bleiben, so wenig Zielfläche bieten wie möglich und den Vorteil seiner Bugkanone ausnützen. Truc mit seinen Heckwaffen muß immer auf Breitseite gehen oder auf Flucht, um schießen zu können.«

»Hugo Büchler, der Oberleutnant zur See in Reserve.« Dr. Herbergh lachte kurz auf. Die Spannung hatte seinen ganzen Körper erfaßt. »Sie hätten Bradcock vorher taktischen Unterricht geben müssen. Da – Trucs Kanone fliegt weg!«

»Hurra!« brüllte Dr. Starke. »Das ist ein halber Sieg.«

»Die Vierlingsflak ist viel gefährlicher.« Büchler streckte den Arm aus. »Da haben wir's... eine Serie ins Heck! Luis, du Idiot! Bleib im spitzen Winkel! Gib ihm keine Fläche! Pack ihn von vorn!«

»Wie bei einem Fußballspiel stellt ihr euch an!« Anneliese blickte zur Seite, als Bradcocks Geschütz wieder aufblitzte und die Granate ein Loch in die *Pace* riß. »Dabei geht es um Leben und Tod.«

Trucs Yacht vollführte jetzt ein tollkühnes Manöver. In voller Fahrt, sich hoch aus der aufschäumenden Gischt hebend, raste sie direkt auf Bradcock zu. Kollisionskurs.

»O Gott!« sagte Büchler laut. »Das ist ja irr! Das überlebt doch keiner von beiden! Die explodieren gemeinsam.«

Bradcock merkte zu spät, was Truc mit ihm vorhatte. Mit einem wilden Schwenk konnte er dem Zusammenprall noch ausweichen, aber als die *Pace* nahe an ihm vorbeiflog, nutzte ihm seine Bugkanone nichts mehr. Dafür hatte Trucs Vierlingsflak das ganze Schiff in schönster Breite neben sich und ratterte los. Es gab kein Entrinnen mehr. Die Geschosse durchschlugen den Rumpf, zerfetzten die Motoren, trafen den Benzintank – und plötzlich zerbarst mit einer ungeheuren Detonation das Mittelschiff, Bradcock wurde durch das Fenster auf das Vorderdeck geschleudert und klammerte sich an einer Winsch fest. Vom Druck der Explosion wurden die drei Kanoniere hochgehoben und ins Meer katapultiert.

»Amen!« sagte Kranzenberger und schluckte. »Das war's. Wir werden weiter mit Truc zu tun haben!«

Auf Deck sorgte jetzt Stellinger für Wirbel. Kaum war der Feuerball emporgezischt, begleitet vom hundertfachen Aufschrei der entsetzten Vietnamesen, dröhnte seine Stimme auf.

»Schlauchboot zu Wasser, Rettungsinseln über Bord, Lotsenleitern auswerfen. Los, Jungs, jetzt sind wir dran!«

Kroll, v. Starkenberg und Pitz zögerten keine Sekunde. Die Rettungsinseln klatschten auf die Wellen, die Lotsenleitern rollten die Bordwand hinunter, das Schlauchboot schwebte abwärts. Stellinger rannte zur Reling. Aber Kim versperrte ihm den Weg. Sie umklammerte ihn und schrie, schrie, schrie.

»Nein!« schrie sie immer wieder. »Nein! Toam, nein! Bleib hier! Er tötet dich. Er tötet dich!«

Stellinger hatte keine Zeit, Kim zu beruhigen. Ihm blieb nichts anderes übrig, als sie von sich zu stoßen, sie fiel hin, rutschte über das Deck und blieb wimmernd liegen. Sofort war Le bei ihr, kniete neben ihr, riß sein breites Messer aus dem Gürtel und warf es nach Stellinger. Niemand in der ausbrechenden Panik sah es, aber Stellinger hatte Glück. Nur weil er sich in diesem Augenblick über Bord schwang, prallte das Messer gegen die Bordwand und flog ein paar Meter als Querschläger durch die Luft, bis es auf die Planken fiel.

Pitz war der letzte, der an der Lotsenleiter in das Schlauchboot kletterte. Julia war plötzlich neben ihm, er hatte sie nicht kommen sehen, und auch sie klammerte sich wie Kim an ihm fest und schrie hysterisch und schrill. Aus dem Wirrwarr der Töne hörte er nur immer wieder: »Nicht! Nicht!« heraus.

»Du hast Angst um mich, Kätzchen?« fragte er, schwer atmend.

»Ja! Ja!«

»Willst du mich heiraten?«

»Ja.«

»Und schwören, daß du treu bleibst. Nicht fremd gehst?«

»Ja!« schrie sie hell. »Ja...«

»Dann ist alles gut.« Nur um von ihrem Griff loszukommen, gab er ihr eine Ohrfeige, nutzte ihre sekundenlange Verblüffung aus und rannte zur Reling. Als sie ihm nachstürzte, war er bereits drei Stufen tiefer auf der Leiter. Xuong fing sie auf, als sie ohnmächtig wurde und schleifte sie zu der Bank neben dem Deckshaus.

Bradcock lag auf Deck, umklammerte die Winsch und spürte, wie es warm und klebrig an seinen Beinen hinunterlief. Blut. Ich bin verletzt, dachte er. Sein Stahlhelm war vom Kopf gerissen, die schußsichere Weste schnürte ihm jetzt die Brust ein. Er versuchte, die Beine zu bewegen, aber sie gehorchten ihm nicht mehr. Dafür durchzuckte ihn ein so wahnsinniger Schmerz, daß er mit der Stirn auf die Planken schlug und in das Holz hineinbrüllte.

Vom Achterdeck sprangen die Vietnamesen ins Meer. Verzweifelt schwammen sie von der brennenden Yacht weg, dem großen Schiff zu, von dem jetzt das Schlauchboot abstieß, im Schlepp die Rettungsinseln. Nur eine junge Frau blieb zurück. Sie hockte mit zwei kleinen Kindern – Truc hatte sie Bradcock nicht berechnet und als Beigabe bezeichnet – zusammengekauert in der Ecke, hatte die Kinder an sich gepreßt und starrte stumm auf das brennende Mittelschiff. Ab und zu hob sie den Kopf, sah den Wegschwimmenden nach und senkte dann wieder den Kopf. Die Kinder ins Wasser werfen, zusehen, wie sie ertrinken und sich dann selbst retten, welche Mutter kann das? Sie beugte sich über die Kleinen, küßte ihre Augen und zog einen Schal über ihre Köpfe, damit sie die Flammen nicht sehen konnten.

Auf der Nock schrie Anneliese in das Funksprechgerät. »Franz! Franz! So hören Sie doch, Franz! Mein Gott, warum melden Sie sich nicht?«

Endlich, nach langen Minuten, tönte Stellingers Stimme aus dem Apparat.

»Wir haben die Schwimmenden erreicht, lassen sie in die Inseln klettern...«

»Franz!« schrie Anneliese. »Bei Bradcock ist noch eine Frau mit zwei kleinen Kindern. Schnell, schnell! Die Flammen kommen immer näher!«

»O Scheiße! Da kommt doch keiner mehr ran...«

»Sie müssen, Franz. Sie müssen!«

»Bis ich am Boot bin, sind sie gebraten.«

»Versuchen Sie es, Franz!«

Von der Nock aus sahen sie, wie Pitz und Kroll hinüberkletterten in eine der Rettungsinseln und die Schwimmenden aus dem Meer zogen. Das Schlauchboot mit Stellinger und Starkenburg jagte auf Bradcocks Yacht zu.

»Herbert«, sagte Kranzenberger dumpf, »muß das sein...«

»Chief, Sie bekommen ihn wieder.« Dr. Starke klopfte Kranzenberger auf die Schulter. »Der geht nicht verloren.«

»Ich hoffe es!« Der Chief umklammerte das Schanzkleid. Sein Blick irrte hinüber zu dem Schlauchboot.

Neue Explosionen erschütterten Bradcocks Yacht. Die Hitze wurde unerträglich; Bradcock hatte das Gefühl, man koche ihn. Er begann plötzlich zu schreien, hob den Kopf, sah das Schlauchboot auf sich zufliegen und schöpfte eine verzweifelte neue Hoffnung.

»Hierher!« brüllte er. »Hierher! Ich bin hier! Hier! Ich kann meine Beine nicht mehr bewegen! Schnell, schnell! Hierher!«

Stellinger hatte das Heck erreicht und klammerte sich an den Trümmern der Badeplattform fest. Die Hitze wehte zu ihm herüber, als hätte man die Tür eines Hochofens aufgestoßen.

Starkenburg zögerte keine Sekunde. Bevor Stellinger etwas sagen konnte, war er mit einem Satz aus dem Boot gesprungen, klammerte sich an verbogenem Gestänge fest, zog sich hoch, kroch über das Heck und ließ sich in das vertiefte Deck fallen. Mit einem Ruck zog er sein nasses Hemd über den Kopf und warf es über die junge Frau und die Kinder.

»Franz!« schrie er. »Ich reiche dir erst die Kinder zu. »Die Glut schien seine Haut zu bruzzeln. Er zog die Kinder von der Frau weg, schleifte die schreienden Bündel zur Badeplattform und warf sie hintereinander Stellinger zu. Als er sich umdrehte, stand die junge Frau hinter ihm, verneigte sich tief und stürzte dann mit ausgebreiteten Armen in das Schlauchboot. Stellinger fing sie auf, setzte sie neben ihre Kinder und sah hinauf zu Starkenburg. »Komm runter!« brüllte er.

»Das wird zu eng, Franz!«

»Willst du oben zum Steak werden?«

»Ich schwimme, Franz. Ich häng' mich draußen an die Leine.«

Eine neue Explosion zerfetzte den ganzen Aufbau. Starkenburg hechtete ins Meer, tauchte auf und klammerte sich an die Außenleine des Bootes.

»Hau ab!« schrie er dabei. »Der Kahn säuft gleich ab.«

Bradcock lag in einer Blutlache an der Winsch und sah das Schlauchboot wieder abfahren. Er heulte, schlug mit der Stirn auf die Planken und schrie dann, mit in den Nacken geworfenem Kopf, in die heiße Luft: »Zehn Millionen Dollar! Holt mich doch! Holt mich! Zwanzig Millionen Dollar, alles, was ich habe... aber holt mich! Hierher! Hierher! Ich kann doch nicht laufen... ich habe keine Beine mehr... Warum holt mich denn keiner...«

Auf der Nock wischte sich mit zitternden Händen Dr. Herbergh über die Augen. »Wer hätte das von Starkenburg gedacht«, sagte er leise. Die Gummiinseln mit den Geretteten schwammen näher. Kroll und Pitz trieben sie mit Paddeln vorwärts. »Wir alle haben den Jungen verkannt.« Er blickte zur Seite auf Kranzenberger und legte ihm die Hand auf den Arm. »Chief, Sie weinen ja...«

»Verzeihung, Fred.« Er fuhr sich mit dem Unterarm über das Gesicht. »Führen wir es auf den Qualm zurück, er beißt in den Augen.«

Diesmal blieb auch Dr. Starke stumm, obwohl jeder eine bissige Bemerkung erwartet hatte.

Truc feierte seinen Sieg nicht, obgleich Vu jubelnd im Steuerhaus herumtanzte. Er blickte auf die Zerstörungen an seiner schönen Yacht, sein ganzer Stolz und seine ganze wirkliche Liebe. Tiefe Traurigkeit befiel ihn. Er befahl Vu, um Bradcock herumzufahren. So umkreiste er unentwegt die *Florida Sun* und den auf ihrem Deck sterbenden Bradcock, bis sie voll Wasser gelaufen war, sich über das Heck neigte und langsam hinab ins Meer glitt. Ein kleiner Strudel blieb zurück, ein häßlicher Ölfleck... und die amerikanische Flagge. Wie ausgebreitet schwamm sie auf den Wellen und über die Stelle, wo das Schiff versunken war, als wolle sie ein Leichentuch sein.

»Nach Con Son, Vu!« sagte Truc heiser. »Sieh dir mein Schiff an, mein schönes Schiff.«

»Wir nehmen Wasser, Truc. Die Pumpen schaffen es nicht mehr.« Vu zeigte nach hinten auf das Achterdeck. »Granatsplitter haben Löcher in die Bordwand geschlagen. Wir sind zu schwer, wir liegen zu tief. Wir müssen Ballast abwerfen.«

»Genügen zwanzig?«

Vu sah Truc von der Seite an. »Das wären ja alle...«

»Mein Schiff ist mir wichtiger, mein schönes Schiff!«

Truc verließ den Steuerraum und ging unter Deck.

Seine Leute trieben nacheinander zwanzig junge, hübsche Frauen an Deck, stellten sie an die Reling, schossen sie ins Genick und warfen sie über Bord.

Truc warf Ballast ab. Von der *Liberty* aus mußten sie mit ansehen, was Grauenhaftes vor ihren Augen geschah.

»Rammen!« schrie Dr. Starke und riß Büchler am Hemd zu sich herum. »Hugo! Rammen! Warum tun Sie nichts?! Werfen Sie die Maschinen an und weg mit ihm.«

»Es hat keinen Sinn, Wilhelm.«

»Wollen Sie so sein wie Larsson?«

»Truc ist schneller als wir, begreifen Sie das doch. Man kann mit einer Schildkröte keinen Hasen jagen. Wir sind machtlos.«

Dr. Starke wandte sich ab. Bei jedem Schuß, der trocken zu ihnen hinüberwehte, zuckte er wie selbst getroffen zusammen.

»Vergessen wir das nie!« sagte hinter ihm Dr. Herbergh mit leiser Stimme. »Und vergessen wir auch nie den Satz, den das Bundeskanzleramt an Hörlein geschrieben hat: ›Unter den gegebenen Umständen ist es dem Bundesminister des Inneren nicht möglich, das in den Verfahrensgrundsätzen vorgesehene Verfahren zur Aufnahme von Flüchtlingen aus humanitären Gründen einzuleiten... Mit freundlichen Grüßen...‹.«

Noch eine Woche lang suchten sie das Meer ab, kreuzten vor dem Mekong-Delta und warteten auf neue Flüchtlingsboote. Vergebens. Nicht eines kam mehr durch.

Wie Perlen, aufgereiht auf einer Schnur, lagen die Piratenschiffe vor der Küste und fingen jedes der seeuntüchtigen Boote ab. Die Marine von Vietnam und die von Thailand sah einfach weg, es gehörte nicht zu ihren Aufgaben, Flüchtlinge zu schützen.

Am neunten Tag ihrer erfolglosen Suche nahm Funker Buchs ein langes Schreiben auf, das über Radio Singapur die *Liberty* erreichte. Buchs las es zweimal, stieg dann hinunter ins Hospital zu Dr. Herbergh und legte es ihm auf den Tisch. Wortlos, mit einem traurigen Gesicht.

»Was ist denn los, Lothar?« fragte Herbergh. »Schlechte Nachricht aus Deutschland?«

»Ja, Herr Doktor.«

»Sind wir pleite?« Es sollte witzig klingen, aber Buchs nickte.

»Su jet Ähnliches. Mir sin im Eimer.«

Dr. Herbergh zog das dicht beschriebene Papier zu sich heran und las. Dann legte er das Blatt zurück auf den Tisch und lehnte sich zurück.

»Wer weiß schon davon, Lothar?«

»Keiner, Herr Doktor. Dat is jerade durchjekomme.«

»Ach, bitten Sie doch alle, in den Speiseraum zu kommen.« Dr. Herbergh erhob sich, nahm eine dünne Mappe und legte das lange Funkschreiben hinein. »Und kein Wort darüber. Zu keinem!«

Buchs nickte, sein trauriges Gesicht wurde noch trauriger, und ging aus dem Arztzimmer.

Zwanzig Minuten später betrat Dr. Herbergh den Speiseraum. Alle Besatzungsmitglieder der *Liberty of Sea* standen erwartungsvoll herum, ihre Köpfe zuckten zur Tür, als Herbergh sie öffnete. Auch Kapitän Larsson hatte man gerufen, er saß als einziger an einem der viereckigen Tische und rauchte seine Pfeife.

Dr. Herbergh blieb an der Tür stehen und schlug die Mappe auf. Keiner wußte, was diese Zusammenkunft bedeutete, aber jeder ahnte, daß es etwas von großer Wichtigkeit sein mußte. Es war das erstemal, daß Herbergh eine solch offizielle Versammlung einberief.

»Ich habe Sie alle hierher bitten lassen«, sagte Dr. Herbergh mit sehr ernster Stimme, »um Ihnen Kenntnis zu geben von einem Telex, das uns von Radio Singapur übermittelt wurde. Das ›Komitee Rettet die Verfolgten‹ in Köln, vertreten durch Herrn Albert Hörlein, teilt mit: ›Nach Ablauf der Charterzeit und bedingt durch zur Zeit nicht überwindbare Schwierigkeiten mit der Bundesregierung und den Regierungen anderer Staaten, Aufnahmeplätze für Vietnam-Flüchtlinge zu bekommen, sieht sich das Komitee gezwungen, eine Verlängerung des Einsatzes der *Liberty of Sea* im Südchinesischen Meer nicht zu bewilligen. Trotz intensiver Verhandlungen und einer massiven Berichterstattung in Presse, Funk und Fernsehen war es uns nicht möglich, Garantien für die von uns geretteten Vietnamesen zu erhalten. Man verschanzt sich hinter Verordnungen. Über Einzelheiten werden wir noch berichten. Wir haben uns deshalb entschlossen, nach folgendem Plan vorzugehen: Die *Liberty* nimmt sofort Kurs auf Batangas und liefert im Transitlager die Flüchtlinge ab, für die eine Garantie gegeben wurde. In Manila wird darauf voll gebunkert und die Rückfahrt nach Hamburg angetreten. Als Zwischenstopp ist San Juan auf Puerto Rico vorgesehen, wo Treibstoff und Proviant aufgefüllt werden können. Um die Situation zu erklären, nennen wir jetzt Zahlen über die bisher garantierten Aufnahmeplätze für Vietnam-Flüchtlinge: Frankreich – 300. Belgien – 30. Kanada – 358. Luxemburg – 5. Nordrhein-Westfalen – 100. Baden-Württemberg – 50. Niedersachsen – 50. West-Berlin – 30. Schleswig-Holstein – 20. Saarland – 6. Hamburg – 15. Hessen – 50. Rheinland-Pfalz – 0. Bremen – 0. Bayern – 0. Schweden – 0. Dänemark – 0. Schweiz – 0. Österreich – 0. Holland – 0. – So ist im Augenblick die Lage. Wir befürchten, daß sich da kaum noch etwas ändern wird. Vor allem der Widerstand des Bonner Innenministeriums ist unerschütterlich. Die Rückkehr der *Liberty of Sea* ist deshalb unumgänglich. Wir betonen, der Abbruch hat keinerlei finanzielle Gründe. Das Komitee hat ein gutes Spendenaufkommen, von der Flüchtlingsorganisation der Vereinten Nationen haben wir 1,2 Millionen Mark erhalten. Wir erbitten einen eingehenden Bericht, wenn Sie in Batangas die Flüchtlinge an Land gebracht haben. Weiterhin gute Fahrt und Grüße an alle. Ihr wart phantastisch. Hörlein.‹«

Herbergh blickte in die Runde. Betretenes Schweigen. Sogar Stellinger blieb stumm, nur in seinem Gesicht zuckte es.

»Ich habe sofort die Zahlen zusammengestellt«, fuhr Herbergh fort, »wir haben an Bord 463 Flüchtlinge. Im Lager Batanga warten auf ihre Weiterfahrt in die Aufnahmeländer 794 Vietnamesen. Das macht zusammen 1257 Gerettete. Garantierte Plätze sind vorhanden 1014. Das heißt: Wir haben 243 Verlorene zuviel gerettet. Sie dürfen nicht von Bord, keiner nimmt sie. Wir könnten sie nur heimlich irgendwo an einer Küste aussetzen oder ins Meer zurückwerfen.«

»Ich fange an, mich zu schämen, daß ich ein Deutscher bin«, sagte Stellinger dumpf.

»Und was tun wir wirklich mit den 243?« fragte Dr. Starke.

»Dem ›Überhang‹, wie die Behörden es so nett formulieren? Sie bleiben an Bord und fahren mit nach Hamburg.«

»Und dort? Das gibt einen Riesenrummel!«

»Das soll es auch!« Dr. Herbergh klappte die Mappe zu. »Außerdem sind es bis Hamburg noch über sechs Wochen. Da kann noch einiges geschehen. Ich habe da im Laufe der Zeit noch einiges gesammelt.« Er schlug die Mappe wieder auf und blätterte darin. »Da fand im April, im Salon 2 des Hotels Im Tulpenland in Bonn, ein Arbeitsessen zwischen Bonner Parlamentariern, Diplomaten und dem Flüchtlingskommissar der UNO statt. Man saß in fröhlicher Runde beisammen mit Krabbensalat, Kalbsmedaillons, Kartoffeln und frischem Salat, einer Auswahl exzellenter Desserts, Kaffee und trockener Weine. Nach diesem Essen berichtete der Flüchtlingskommissar, daß in Südostasien in verschiedenen Lagern über 34000 Vietnamesen zum Teil seit fünf Jahren auf eine Umsiedlung irgendwohin warten. Auf Pulau Bidong, einer speziellen Flüchtlingsinsel, die einem von Haien umkreisten KZ gleicht, hat Malaysia zur Zeit 8000 Menschen interniert. 1000 davon über zwei Jahre, 200 schon vier Jahre. Sie leben auf dieser Insel unter den primitivsten Lebensbedingungen, und niemand will sie haben. Man nennt sie die ›long stayers‹. Und dann nannte der Kommissar Zahlen und hob dabei auch die Leistungen der Bundesregierung hervor. Bis Februar 1986 sieht das humanitäre Arrangement so aus: Es haben aufgenommen von diesen ›long stayers‹: Australien 370, Kanada 307, die Schweiz immerhin 5, England 33, Frankreich 45 – und die Bundesrepublik einen Flüchtling! Während fast alle europäischen Staaten dem RASRO-POOL – einer Verteilerorganisation für Flüchtlinge – angeschlossen sind, hat sich die Bundesregierung bis heute geweigert, ihm beizutreten. ›Freiwillig‹ hat sie einen Flüchtling aufgenommen!« Dr. Herbergh klappte die Mappe wieder zu und klemmte sie unter den Arm. »Da ist jeder Kommentar überflüssig!« Er warf einen Blick hinüber zu Larsson, der dicke Qualmwolken aus seiner Pfeife stieß. Ein Beweis, daß auch ihn Herberghs Bericht aufregte. »Herr Kapitän, ich bitte Sie, das Kommando über das Schiff wieder zu übernehmen.«

»Damit retten Sie Büchler auch nicht, Doktor.« Larsson erhob sich. »Meuterei bleibt Meuterei, aus welchem Grund auch immer. Aber ich habe in diesen Wochen allerlei gelernt, vor allem Hochachtung vor Ihnen und Ihren Mitarbeitern. Sie sind wirkliche Idealisten und deshalb in der heutigen Zeit auch heillose Idioten! Sie werden nie und nirgends Dank ernten, weil Sie den Mächtigen dieser Erde auf die Nerven fallen. Ich bin froh, Sie kennengelernt zu haben.«

»Danke, Herr Kapitän.« Dr. Herbergh stieß hinter sich die Tür auf. »Und jetzt gehen wir alle wieder an unsere Arbeit. Bis Hamburg ist noch viel zu tun!«

Als erster ging Larsson hinaus, stieg sofort auf die Brücke und gab den Kurs zu den Philippinen in den Autopiloten. Mit einem weiten Bogen verließ die *Liberty of Sea* die Küste von Vietnam. Sie entfernte sich mit halber Kraft vom Mekong-Delta und den armseligen alten, flachen Flußbooten mit neuen Hunderten von verzweifelten Flüchtlingen, die Zwang, Terror und Tod entfliehen wollten.

Sie werden von den vietnamesischen Küstenbooten gejagt werden, Piraten werden sie überfallen, die Männer ermorden, die Frauen und Mädchen vergewaltigen und verschleppen, das Meer wird sie angreifen, Tag und Nacht, die morschen Holzboote leckschlagen, sie mit haushohen Wellen verschlingen, sie werden verhungern und verdursten, in der Sonne ausdörren und verledern. Nur wenige werden durchkommen nach Singapur oder Hongkong oder zu einem thailändischen Hafen, wo man sie arretiert und in geschlossenen Lagern, den »closed camps« für Jahre isoliert.

Boatpeople... die letzten Verdammten unserer Erde.

Nach Schätzung der Vereinten Nationen sind in den letzten fünf Jahren im Südchinesischen Meer über 400 000 vietnamesische Flüchtlinge ertrunken, vermißt, ermordet worden oder in ihren Booten gestorben.

400 000 Menschen. Und keiner weiß es. Keinen interessiert es. Asien, das ist weit weg.

Aber ein Kalbsteak mit frischem Spargel und Petersilienbutter, das ist nah. Das liegt vor einem auf dem Teller. Das riecht so köstlich und wird so herrlich schmecken.

Das ist wichtig.

Hat Gott den Menschen wirklich so erschaffen?

IV.

In diesen Tagen lasen die deutschen Bundesbürger beim Frühstück in ihren Morgenzeitungen – die meisten mit wenig Interesse – mehr oder weniger lange Berichte über ein deutsches
Schiff, das mit mehreren hundert Flüchtlingen aus Vietnam
vom Südchinesischen Meer auf dem Weg nach Hamburg war.

Diese Berichte waren der Beginn einer Aktion, die nicht so
sehr den Mann auf der Straße in Erregung versetzte, als vielmehr die Behörden und Ministerien von Bund und Ländern.

Bei Albert Hörlein in Köln standen Presse, Funk und Fernsehen Schlange, hatte man doch endlich wieder ein neues, brisan-
tes Thema. Hörlein gab Berichte heraus, stellte sich Interviews,
legte Zahlen vor, zeigte Kopien von Briefen an Ministerpräsidenten und Bundesminister und deren Antworten, erklärte die
Problematik, mit der das Komitee zu kämpfen hatte und gab
Statements ab, über die jeder Journalist nur jubeln konnte. Ein
Munitionsberg gegen die Bürokratie häufte sich an. Ein Skandal, der alle Reden von Humanität zur Lächerlichkeit degra-
dierte.

Ein junger Reporter einer unabhängigen Zeitung schrieb
sich dabei in den Vordergrund. Er sagte ohne Verzierungen die
Wahrheit.

Eines Tages war Thomas Hess in der Geschäftsstelle des Komitees in Köln erschienen und hatte zu Albert Hörlein gesagt:

»Ich komme gerade aus Singapur, wo ich eine Reportage über die sauberste Stadt Asiens gemacht habe. Dabei habe ich erfahren, von einem Kontaktmann Ihres Komitees, was im Südchinesischen Meer und auf Ihrem Schiff *Liberty of Sea* wirklich passiert. Davon hat ja bei uns keiner eine Ahnung. Man weiß zwar, daß da ein deutsches Schiff Flüchtlinge aus dem Meer fischt, – aber mehr auch nicht. Ich möchte daraus eine Riesenstory machen. Lassen Sie mich alles Material sehen.«

Und Hörlein hatte geantwortet: »Wir haben drei Fernsehsendungen gehabt. In allen deutschen Landes- und Bundesministerien weiß man von uns, wir stehen im ständigen Kontakt mit allen maßgeblichen Organisationen und Hilfsverbänden, vom Roten Kreuz bis zum Flüchtlingshochkommissariat der UNO, wir arbeiten rund um die Uhr, wir machen alles mobil, was helfen könnte, wir informieren laufend die Öffentlichkeit... was wollen Sie da noch ausrichten?«

»Ein Beispiel nur«, Hess hatte sich unaufgefordert vor Hörleins Schreibtisch gesetzt, »stimmt es, daß das Rote Kreuz verboten hat, sein Emblem, eben das Rote Kreuz auf weißem Grund, an die Bordwand des Rettungsschiffes zu malen?«

»Ja!«

»Aber keiner weiß das! Darüber will ich schreiben. Über die Bürokratie und Verbohrtheit, die wichtiger sind als vom Tode bedrohte Menschen. Stimmt es, daß das Bundeskanzleramt Ihnen bescheinigt hat, daß Ihr Auffischen von Ertrinkenden, Verdurstenden und Verfolgten kein humanitärer Akt ist?«

»Ja.«

»Und da fragen Sie, was ich schreiben könnte.«

»Sie werden damit eine Menge Ärger bekommen, Herr Hess!« hatte Hörlein warnend gesagt. »Sie werden die gesamte ministerielle Macht gegen sich in Bewegung setzen.«

»Das will ich ja! Man soll aufwachen oder Farbe bekennen. Ich will Millionen Bundesbürgern zeigen, wie schäbig und heuchlerisch Politik sein kann.«

»Hess, man wird Sie vernichten! Unsere Gegner sitzen am längeren Hebel.«

Aber dann hatte Hörlein nachgegeben, hatte sein gesamtes Material herausgeholt, und Hess hatte sich vier Tage lang mit stetig wachsender Verbissenheit durch die Berichte, Briefe und Zahlen gewühlt.

Am Ende der vier Tage sagte er zu Hörlein: »Das ist kein Skandal mehr, Albert, das ist die Bankrotterklärung unserer Menschlichkeit. *Das* muß hinausgeschrien werden, sonst ersticke ich daran!«

Die ersten Berichte, die Hess veröffentlichte, kamen Ohrfeigen gleich. Bei der Chefredaktion beschwerten sich – im Namen des Herrn Ministers – die Ministerialdirigenten und Staatssekretäre, die zuständigen Ministerialdirektoren für die Abteilungen innere Angelegenheiten, Sozialpolitik und Planung, die Chefs der Staatskanzleien der Länder und sogar die Minister persönlich.

Chefredakteur Holger Hagen, kurz HH genannt, ließ Hess zu sich rufen und schob ihm die Proteste zu.

»Thomas, so geht das nicht«, sagte er. »Gut, ich habe deine Berichte ins Blatt genommen. Hatte aber immer ein dummes Gefühl dabei, das weißt du. Nun ist die Kacke am Dampfen. Empörung auf der ganzen Linie!«

»Man soll sich nicht empören, sondern helfen!« Das ist ja das Schizophrene daran: Sie protestieren gegen ihr eigenes empörendes Verhalten!« Hess schob die Briefe ungelesen zu HH zurück. »Ich schreibe ja nur die Wahrheit.«

»Das bestreitet man.«

»Ich habe Beweise. Das Komitee hat bisher 10 395 Vietnam-Flüchtlinge aus dem Südchinesischen Meer geborgen. Über 10 000 Kinder, Frauen und Männer, die elend umgekommen wären. Und der Strom der Flüchtlinge reißt nicht ab. Drei bis fünf Millionen Vietnamesen, bei einer Gesamtbevölkerung von 52 Millionen, werden verfolgt, weil man ihnen vorwirft, noch mit dem alten, bürgerlich-kapitalistischen Regime zu sympathisieren. Die Armut wächst im Land, Verzweiflung und Hoffnungslosigkeit greifen um sich, und wir hier sind blind für diese Tragödie.«

»Sehr eindrucksvoll, Thomas.« Holger Hagen tippte mit dem Zeigefinger auf die ministeriellen Protestbriefe. »Aber wenn wir uns um jedes Elend in der Welt kümmern wollten – in Mosambique und Angola, in Südamerika und Indien, in Mittelamerika und Haiti – dann müßte die Bundesrepublik sechsmal, zehnmal größer sein, als sie es ist. Wir dürften nicht nur Vietnamesen aus dem Meer fischen, sondern auch die Slums von Brasilien oder Peru sanieren.«

»Sie werden nicht verfolgt, in Straflager gesteckt, gefoltert, zu Tode geprügelt, hingerichtet. Sie müssen nicht über das Meer fliehen in der wahnsinnigen Hoffnung, entdeckt und aufgefischt zu werden. Holger, du solltest mal vor dem Mekong-Delta hin und her fahren. Mitten unter den Piraten, die den Flüchtlingen auflauern und ihnen gar keine Chance mehr lassen.«

»Du hast ja recht, Thomas.« HH hob beschwörend beide Hände. »Aber manchmal muß man auch den Mund halten können.«

»Ich nicht!«

»Und eben das wird Schwierigkeiten geben.« Holger Hagen suchte unter einem Stapel von Blättern ein zweiseitiges Manuskript hervor. Hess erkannte es sofort. Sein neuer Bericht für die Samstagausgabe. Er wußte genau, was HH jetzt sagen würde. »Dein neuer Kanonenschuß, Thomas. Du lieber Himmel, da trittst du ja jeden in den Sack. Das können wir nicht bringen.«

»Warum nicht.«

»Du greifst den Bundesinnenminister persönlich an.«

»Ich zähle nur Fakten auf. Wahrheiten. Wenn jemand sagt, in Vietnam gibt es eine Stabilisierung der Lage, und die Anwesenheit der *Liberty of Sea* animiere erst die Menschenmassen zur Flucht, dann muß man das hinausrufen können. Übrigens... das ist der gleiche, menschenverachtende Satz, den das ›Neue Deutschland‹ in der DDR über die Aktionen des Komitees geschrieben hat! Muß man das nicht sagen? Ist es nicht umwerfend, daß ein bundesdeutsches Ministerium sich dem Denken eines kommunistischen Staates angleicht, nur, um keine Flüchtlinge aufnehmen zu müssen? Da soll ich schweigen?«

»Thomas, es gibt zwei gute Beispiele von Männern, die zu sehr an Recht glaubten oder Wahn mit Realität verwechselten: Michael Kohlhaas und Don Quichote. Zwar beides Romangestalten, aber werde bitte nicht die dritte im Bunde. Mensch, Hess, du erreichst doch nichts mit deiner sogenannten Wahrheit. Ich *kann* den neuen Artikel nicht bringen.«

»Dann wird er woanders erscheinen. Ich lasse mir den Mund nicht verbieten. Schon gar nicht von Ministern, die eine Demokratie vertreten und ein Grundgesetz, das die Presse- und Meinungsfreiheit garantiert.«

»Dir ist nicht zu helfen, Thomas.« HH winkte ab. »Renn nur mit offenen Augen ins Abseits. Ich wollte nur das Beste für dich, denn du bist ein guter Mann.«

Der Artikel »Jeden Tag werden Menschen ermordet... was kümmert's uns?« erschien in der Samstagausgabe einer anderen Zeitung.

Am Dienstag bestellte der Verleger der unabhängigen Tageszeitung und Mitglied einer großen Partei, Heinrich Lohfeldt, den kleinen Reporter Thomas Hess zu sich und sprach ihm nach einer knappen Diskussion die Entlassung aus. »Sie können dagegen beim Arbeitsgericht klagen!« sagte er am Schluß. »Durchkommen werden Sie damit nicht.«

Hess verabschiedete sich von Holger Hagen, der ihm wieder bestätigte, er habe ihn gewarnt. »Da ist noch was für dich ———« schloß HH seine Rede. »Ein Brief an dich persönlich. Absender

Erhard Pappnitz, Ministerialdirektor im Bundesinnenministerium. Ich nehme an: Ein deftiger Anschiß.«

Hess riß das Kuvert auf, überflog die wenigen Zeilen und schüttelte den Kopf.

»Nein. Herr Pappnitz lädt mich zu einer Aussprache ins Ministerium ein. Übermorgen um zehn Uhr vormittags.« Er faltete den Brief zusammen und steckte ihn in die Brusttasche seiner Jeansjacke.

»Wir werden einen Nachruf bringen, Thomas. Vernichtet wurde am Dienstag, um zehn Uhr der Reporter...«

»Ihr werdet nichts bringen«, unterbrach ihn Hess und ging zur Tür, »ihr gehört zu denen, die – wenn Bonn die Stirn runzelt – Muffensausen bekommen!«

Am Dienstag meldete sich Hess im Bundesinnenministerium.

Er hatte von Hörlein neues, aktuelles Material erhalten und bis tief in die Nacht mit ihm eine Art Memorandum erarbeitet, aus dem er Pappnitz vortragen wollte, um ihm dann das Schriftstück für den Minister auszuhändigen. Ob er jemals darauf eine Antwort erhalten würde, darauf war er sehr gespannt. Hörlein behauptete, man würde wieder die alte Masche von den Verfahrensgrundsätzen hervorholen, dieses groteske und anmaßende Alibi für staatlich gelenkte Humanität, hinter der sich die Menschenverachtung versteckt. Was damals, am 5. März 1982, von den Regierungschefs des Bundes und der Länder vereinbart worden war, hatte zu einer Verriegelung aller Türen vor unbequemen Flüchtlingen geführt.

Ministerialdirektor Erhard Pappnitz ließ Hess eine halbe Stunde warten und begrüßte ihn dann ziemlich steif und unpersönlich. Hess war erstaunt – sie waren allein, unter vier Augen, es gab keine Zeugen des Gesprächs. War man sich der Peinlichkeit des Gespräches bewußt?

»Wir wollen keine langen Umwege machen«, begann Pappnitz das Gespräch. Sie sind ja auch sehr direkt, Herr Hess, also, zur Sache: Sie unterstellen dem Minister eine inhumane Haltung. Das ist unerhört.«

»Ich stimme Ihnen zu.«

»Wie bitte?« Pappnitz hob die Augenbrauen. Er war einen Moment unsicher.

»Ich stimme Ihnen zu, daß es unerhört ist, aus dem Munde eines deutschen Ministers Ansichten der SED zu hören. Als offizielle Stellungnahme.«

»Das habe ich nicht gesagt, Herr Hess.«

»Aber ich. Nach Kenntnis aller Dinge frage ich mich, ob die Bundesregierung überhaupt über die Lage im Südchinesischen Meer unterrichtet ist.«

»Wir sind bestens informiert durch die Botschaften in Singapur, Manila und Hongkong. Das können Sie mir glauben.«

»Dann müssen die bundesdeutschen Botschafter mit Augenklappen herumlaufen. Sonst wären Ihnen die Zahlen bekannt, die ich Ihnen vorlesen darf.« Hess schlug das dicke Aktenstück, das er aus seiner Aktentasche holte, auf. Pappnitz betrachtete die Papiere mit deutlichem Mißtrauen, als der Journalist seinen Vortrag begann. »Neben der Unberechenbarkeit des Meeres und dem Anhalten von Schiffen zur Aufnahme der Flüchtlinge fürchten sie am meisten die Begegnung mit den Piraten, die bis zu 50 Seemeilen an die Küste herankommen. Die *Liberty of Sea* hat bei ihrem Einsatz 134 Menschen in letzter Minute vor den Piraten retten können. Das Flüchtlingskommissariat der UNO berichtet, daß von 132 Flüchtlingsfrauen im Alter von 11 bis 40 Jahren – 11 Jahren, Herr Ministerialdirektor! – 71 entführt und vergewaltigt wurden. Das *weiß* man. Rechnen wir die Dunkelziffer dazu, dann ist es die vierfache Menge. Am zweiten Weihnachtstag 1985 wurde bekannt, daß 80 Flüchtlinge vom Mekong-Delta abfuhren. Zweimal wurden sie von Piraten überfallen, 11 Frauen und Mädchen, die jüngsten, schönsten, die in den Bordellen die besten Verdienste versprachen, schleppten die Piraten weg und warfen 40 Männer in das

Meer. Nur 29 erreichten die Küste von Malaysia, mehr tot als lebendig. Und die Zahl der Überfälle, der Vergewaltigungen, der Entführungen in die Bordelle, wo diese versklavten Mädchen auch deutschen Sextouristen in Thailand zur Verfügung stehen, wächst von Woche zu Woche. Und jetzt besonders, wo die *Liberty of Sea* zurückkehren muß, weil Deutschland sich hinter Verfahrensgrundsätzen versteckt. Ein Volk, von dem vor noch gar nicht langer Zeit, nämlich 1944 bis 1945, Millionen auf der Flucht waren, macht die Augen zu vor neuen Flüchtlingen, nur, weil sie aus Asien kommen.«

»Das ist eine völlig andere Situation gewesen, Herr Hess. Damals war Krieg.«

»Die flüchtenden Vietnamesen betrachten sich auch als Opfer eines Krieges. Warum will man das in Bonn nicht wahrhaben? Woher kommt dieser plötzliche Schulterschluß mit den Kommunisten? Und man empfindet das noch nicht mal peinlich!«

»Sie reden immer von Piraten und deren Untaten.« Pappnitz schlug die Beine übereinander. »Man könnte auch sagen: Wer sich in Gefahr begibt, kommt darin um...«

»Das wäre erschreckend zynisch, Herr Ministerialdirektor.«

»Ich sagte: Man könnte... Aber gerade bei der Bekämpfung der Piraten wird international viel getan. Kennen Sie das ›Anti-Piracy-Program‹? Bisher hat man dafür 12,7 Millionen Dollar ausgegeben. Die Bundesregierung ist daran mit jährlich einer halben Million Mark beteiligt. Das schreiben Sie nicht!«

»Aber nur zu gern, Herr Ministerialdirektor.« Hess machte sich einige Notizen in seinen Akten, was Pappnitz mit großen Mißfallen vermerkte. »Aber was ist dabei herausgekommen? Mit den Millionen des ›Anti-Piracy-Program‹ wird so verfahren, daß zum Beispiel die thailändische Navy ein neues Patrouillenboot kaufen kann, das dann unkontrolliert irgendwo auf See herumzuckelt. Nur nicht da, wo die Piraten sind. Als man das endlich ahnte und vorschlug, die Verwendung der Millio-

nen Dollar durch einen Botschafter-Ausschuß zu kontrollieren, machten die Regierung von Thailand und die Admiralität
beleidigt dicht. Dieses Piraten-Bekämpfungsprogramm ist eine
Farce, weiter nichts. Sie reizt einen Truc nur zu einem Lachan-
fall.«

»Wer ist Truc?« fragte Pappnitz irritiert.

»Wo bleiben Ihre Informationen aus Südostasien, Herr Ministerialdirektor? Truc Kim Phong ist der Piratenkönig vom
Südchinesischen Meer.«

»Muß man den kennen?«

»Auf jeden Fall, wenn man behauptet, die Rettung der Vietnam-Flüchtlinge sei keine humanitäre Tat. Es bestehe kein
Grund, Asyl zu gewähren.«

Pappnitz antwortete nicht sofort. Er dachte nach, wie er es
verhindern konnte, an die Wand getrieben zu werden. »Unsere
Botschafter berichten«, sagte er dann, »daß die Lage in Vietnam bewußt hochgespielt wird.«

»Steckt dahinter nicht auch unsere umsatzgeile Industrie,
die Vietnam als neuen, groß aufnahmefähigen Markt entdeckt? Für eine gute Bilanz sind getötete Menschen ohne Bedeutung.«

»Sie argumentieren aus dem Bauch heraus, Herr Hess. Sehen wir von der Sicherstellung von Arbeitsplätzen einmal
ab... daß Vietnam sich wirtschaftlich öffnet, ist doch ein Beweis einer Solidarisierung der Lage. Der Herr Minister hat das
klar ausgedrückt.«

»Ich weiß.« Hess blätterte wieder in seinen Akten. »Hier
habe ich es, wörtlich. Auf eine Anfrage verschiedener MdBs,
quer durch alle Fraktionen, hat der Minister folgendes geantwortet: ›Inzwischen haben sich die Verhältnisse in Vietnam
mehr stabilisiert. Nach gesicherten Erkenntnissen kann nicht
mehr davon ausgegangen werden, daß Rückkehrer generell politisch verfolgt werden. Es kann auch weiterhin keine Rede
mehr davon sein, daß ein Leben in Vietnam aus wirtschaftli-

chen Gründen unzumutbar wäre. Gleichwohl ist nicht daran gedacht, vietnamesische Flüchtlinge zur Rückkehr in ihre Heimat zu bewegen. Die Inanspruchnahme der Bundesrepublik Deutschland durch ausländische Flüchtlinge und die asylpolitische Situation insgesamt müssen es aber nahelegen, von der Aufnahme weiterer Kontinentflüchtlinge abzusehen.‹«

Pappnitz nickte zustimmend und zufrieden. »Das ist doch von einer wünschenswerten Klarheit. Sie nehmen doch wohl auch an, daß der Herr Minister besser informiert als Sie!«

»Das bezweifle ich.« Hess beugte sich über seine Akten. »Ich weiß nicht, woher er seine ›gesicherten Erkenntnisse‹ nimmt, wenn feststeht, daß bisher über 600 000 Vietnamesen auf dem Landweg und eine halbe Million über das Meer aus diesem ›zumutbaren Land‹ geflohen sind und nie mehr in ihre Heimat zurückdürfen! Die Flucht ist endgültig. Wer dennoch heimlich zurückkehren würde, verfiele einer grausamen Gerichtsbarkeit. Insoweit stimme ich mit dem Herrn Minister überein: Es hat eine Stabilisierung gegeben – eine Stabilisierung der Schreckensherrschaft. Ich habe hier ein Memorandum zusammengestellt, daß ich dem Herrn Minister nicht nur ans Herz, sondern auch ans Gewissen legen möchte.« Hess holte einen dünnen Schnellhefter aus der Aktentasche und legte ihn vor Pappnitz auf den Tisch. Der Ministerialdirektor warf einen abweisenden Blick auf die Mappe.

»Ich werde sie dem Herrn Minister aushändigen. Nach Prüfung des Inhaltes natürlich.«

»Sie werden darin einen Artikel des Amerikaners Cliff Westigan finden, der im Lager von Hongkong – für das Hongkong übrigens von 1979 an für die vietnamesischen Boatpeople 200 Millionen Mark ausgegeben hat, ein kleiner Stadtstaat, Herr Pappnitz, 200 Millionen für aus dem Meer Gerettete, müssen *wir* uns da nicht schämen? – mit diesen Ärmsten der Armen gesprochen hat. Cliff Westigan schreibt: ›Die meisten dieser Menschen haben ihre Angehörigen entsetzlich leiden oder gar sterben sehen – und das direkt vor ihren Augen. Sie waren dabei, unmittelbar dabei, und darüber kommen sie nicht weg. Sie erzählen das nicht jedermann, aber wenn Sie näher mit ihnen zu tun haben, dann reden sie darüber. Und dann werden sie – Jüngere wie Ältere – mit den tiefliegenden Ängsten wieder konfrontiert, und sie haben, ganz plötzlich, noch einmal lebendig vor Augen, was sie durchgemacht haben. Das ganze Grauen erleben sie wieder und wieder – und das ist eine Last, die sie immer mitschleppen. Manche werden nicht fertig damit...‹ Aber der deutsche, bestens informierte Innenminister sagt: Das Leben in diesem Lande ist zumutbar.« Hess erhob sich abrupt. »Es ist nicht mehr zu sagen, Herr Ministerialdirektor.«

Auch Pappnitz erhob sich, etwas steif, er litt an Rheuma. Er nahm die Mappe mit dem Memorandum unter den Arm.

»Dieser Cliff Westigan schreibt einen tränenfördernden Stil«, sagte er maliziös, »sehr wirksam für die Yellow Press. Der Herr Minister wird sich damit beschäftigen. Noch eine letzte Frage, Herr Hess: Sie setzen Ihre Angriffe gegen die Bundesregierung fort?«

»Wenn sich nichts ändert... mit Sicherheit.«

»Das ist ein klares Wort. Sie werden von uns eine ebenso klare Antwort bekommen.«

Auf dem Rückweg nach Köln dachte Hess darüber nach, ob dieser Satz ein Versprechen oder eine Drohung gewesen war. Er entschloß sich, an eine Drohung zu glauben.

Auch wenn man sich auf der Rückfahrt nach Batangas befand, ließ die Aufmerksamkeit nicht nach. Der Ausguck blieb besetzt, mit den starken Ferngläsern wurde das Meer weiterhin beobachtet, nachts drehte sich der starke Scheinwerfer am Mast neben dem Deckhaus, um über Meilen hinweg zu signalisieren, daß hier ein Schiff fuhr, das helfen wollte und nicht wie die meisten Frachter achtlos und bewußt blind an den Flüchtlingen vorbeifahren würde.

Am frühen Morgen des Tages nach der »Seeschlacht« hatte die *Liberty* die breite Seestraße Singapur–Hongkong erreicht, die am meisten befahrene Route Südostasiens. Larsson lag in seinem Bett und ruhte sich vom Nachtdienst auf der Brücke aus, das Kommando hatte Büchler übernommen, der Autopilot hielt das Schiff sicher auf Kurs. Mit Büchler sprach Larsson nur die notwendigsten dienstlichen Worte, eine private Unterhaltung gab es nicht mehr. Ein Offizier, der meutert, war für Larsson kein Mensch mehr, mit dem man redete. Für ihn war sicher, daß Büchler nie mehr ein Kommando auf einem Schiff bekommen würde, wenn das Seegericht ihn schuldig sprach. Und das war, nach Larssons Ansicht, selbstverständlich.

Dr. Herbergh und Dr. Starke standen auf der Nock und suchten das glitzernde, strahlend blaue Meer ab, über dessen kleine Schaumkrönchen Schwärme von fliegenden Fischen huschten, in deren wie Glas aussehenden Flossenflügel das Sonnenlicht flimmerte.

»Ich meine, ich sehe da etwas«, sagte Dr. Starke plötzlich und zeigte mit ausgestrecktem Arm über die schwachen Wellen. »Nur ein Punkt, es kann Treibholz sein oder eine Kiste, hier wird ja alles über Bord geworfen von den Frachtern. Ein Boot kann es jedenfalls nicht sein. Da... da ist es wieder. Ein länglicher Punkt!«

»Ein Punkt ist nie länglich«, sagte Dr. Herbergh mit leichtem Spott. »Eher ein Gedankenstrich. Wo bleibt das gute Deutsch, Wilhelm?«

»Also denn: Gedankenstrich backbord!« Dr. Starke grinste Herbergh an. Seine Laune hatte sich in den letzten Tagen merkbar gebessert. Sein Balzen um Anneliese hatte er eingestellt, die Frau eines Kollegen war unberührbar. Das war die einzige moralische Bremse, die er sich von jeher auferlegt hatte: Jede Frau mit hübschem Gesicht und formvollendetem

Körper ist dazu ausersehen, mit Dr. Starke in die Federn zu gehen... nur die Frau eines Kollegen genießt Schutz. Aber auch mit Julia hatte es eine Klärung gegeben.

Bei einem Verbandswechsel an dem Milzoperierten, bei dem sie allein im Krankenzimmer waren, hatte Julia zu ihm gesagt: »Wil, ich muß dir etwas sagen. Mir ist jetzt völlig klar geworden, daß ich Johann liebe. Wir wollen in Deutschland heiraten und gemeinsam an eine Klinik gehen. Zwischen uns kann nichts mehr sein, ab sofort, Wil. Tut mir leid.«

»Mir auch, Kätzchen.« Dr. Starke schenkte ihr ein umwerfendes Lächeln. »Es war schön mit dir. Du warst eines der wildesten Weibchen, die ich bisher hatte. Ich werde oft an dich denken.«

»Sogar am Ende lügst du«, Julia winkte ab, »dir werden wie immer die Frauen nachlaufen, und nicht einen einzigen Gedanken wirst du für mich haben. In kurzer Zeit hast du nicht mal eine Erinnerung an mich. Und das ist gut so. Auch ich werde dich vergessen.«

Auch das war also ausgestanden, ohne daß Dr. Starke in Trübsinn versank. Es gab ja noch Phing, das mandeläugige, zierliche, bronzehäutige, zwitschernde Vögelchen, das nach Beendigung des Sturmes jede Nacht in seine Kabine schlich und bis zum Morgendämmern blieb. Ein paar Nächte lang hatte Starke darauf gewartet, daß Phings Freund Thai Cong Ky die Tür einrammte oder ihm wieder auflauerte, um ihn nun wirklich zu erschlagen. Wenn er nachts für zwei Stunden Phing verließ, um die Wache auf der Brücke zu übernehmen, ging er nie ohne seine Pistole im Gürtel aus der Kabine und sicherte wie ein Wild nach allen Seiten, bevor er durch die Gänge und die Treppe hinauf zum Ruderraum lief. Aber Thai lauerte nirgendwo. Fast bedauerte Dr. Starke das, es hätte ihm die Gelegenheit gegeben, sich für die Kopfverletzung zu revanchieren.

»Der Gedankenstrich kommt näher«, sagte Starke jetzt. »Erkennen Sie ihn auch, Fred?«

»Ja.« Dr. Herbergh setzte sein Glas ab. »Es ist merkwürdig. Für eine Kiste ist es zu groß, ich hole Hugo raus.«

Auch Büchler war sich unschlüssig, was der treibende Gegenstand sein könnte. »Ein Baumstamm«, meinte er schließlich, »aber wie kommt ein Baumstamm in diese Gegend?«

»Der Taifun kann ihn ins Meer getrieben haben.«

»Genau das kann er nicht. Der Taifun raste zum Land hin, und außerdem ist die Strömung hier auch entgegengesetzt. Wenn schon ein Baumstamm, dann müßte er von uns wegtreiben. Wir sehen uns das mal an.«

Büchler ging ins Ruderhaus und änderte den Kurs. Die *Liberty* drehte wieder in Richtung Küste ab.

Nach zwanzig Minuten standen sie alle auf der Brücke und starrten auf den Gegenstand, der nun deutlich Form angenommen hatte. Anneliese wischte sich immer wieder über die Augen. An der Klappreling standen Stellinger und Kroll bereit, das Schlauchboot zu Wasser zu lassen. Julia und Pitz bereiteten alles für die Notaufnahme vor. Büchler hatte darauf verzichtet, die Alarmsirene aufheulen zu lassen. Hung und Xuong standen neben dem Küchenbau an der Bordwand und warteten.

»Das ist doch Wahnsinn«, sagte Dr. Herbergh leise. »Das begreift man einfach nicht.«

Vor ihnen schaukelte, getrieben von einem winzigen Außenbordmotor, ein Kahn. Dicht gedrängt saßen die Menschen darin, Kopf an Kopf, apathisch, salzverkrustet, von der Sonne ausgelaugt. Nur einer winkte schwach zu ihnen herüber. Er stand am Bug, umklammerte einen in der Mitte durchgebrochenen, dünnen Mast und hielt sich mühsam an ihm fest.

Die *Liberty* stoppte. Stellinger und Kroll ließen das Schlauchboot hinab, die Lotsenleiter klapperte an der Bordwand ins Meer.

Es dauerte nur wenige Minuten, bis Stellinger das winzige Holzboot an die Leiter gezogen hatte und es dort festmachte. Aber niemand machte Anstalten, an Bord zu klettern.

»Die Rettungssäcke!« schrie Stellinger durch das mitgenommene Megaphon nach oben. »Alle, die abkömmlich sind, runter zu mir. Werft uns zwei Rucksäcke zu.«

Dr. Starke, Pitz, v. Starkenburg rannten über Deck zur Reling. Aus der Küche stürzte Hans-Peter Winter, vom Funkraum sauste Buchs die Treppe hinunter. Auch Xuong stand bereits neben der Lotsenleiter. Aus einer wasserdichten Kiste riß Starkenburg die Rettungssäcke, in denen man die Gehunfähigen auf dem Rücken an Bord trug.

Einer nach dem anderen kletterte hinunter zu dem kleinen Boot und kam dann die Leiter hoch an Deck, auf dem Rücken einen kraftlosen Geretteten. Zerlumpt, mit vom Salzwasser geröteten Augen, in dünnen schwarzen Hosen und Hemden, mit vergreisten Gesichtern, neun Kinder. Anneliese drückte sich an Herbergh und verbarg ihr Gesicht an seiner Brust. Ihr Körper wurde von einem Schluchzen geschüttelt.

Neun kleine, gerippeähnliche Kinder und jedes trug um den dünnen, faltigen Hals einen Rosenkranz. Im Laufschritt wurden sie ins Hospital gebracht. Dr. Herbergh legte den Arm um Anneliese und verließ mit ihr eiligst die Nock.

Stellinger brachte eine Frau herauf, die Mutter der neun Kinder. Kroll schleppte einen Mann an Deck, den Vater. Als letzter, noch mit eigner Kraft die Leiter hinaufkletternd, aber von unten durch Starkenburg abgestützt, erreichte ein jüngerer Mann das Deck und brach dort zusammen. Auf dem Rücken liegend, nach Luft schnappend, mit irrem Blick starrte er Xuong an, der sich zu ihm niederbeugte.

»Wer seid ihr? Wer bist du?«

Der bis an den Rand des Todes Erschöpfte setzte mehrmals an, ehe er mit krächzender Stimme flüsterte: »Ich bin Trinh Thu Cam... bitte Wasser... Ich flehe euch an... Wasser...«

Im Hospital versorgten Anneliese, Dr. Herbergh und Dr. Starke die Mutter und ihre neun Kinder. Während die Frau sofort an einen Tropf gelegt wurde und eine Infusion bekam, schob man den völlig regungslosen Kindern Magensonden ein und gab ihnen eine Nährflüssigkeit. Zur Unterstützung des gestörten Kreislaufes bekamen sie herzstärkende Injektionen, und erst als Dr. Starke tief aufatmend sagte: »Seht euch das an, die gehen auf wie Hefekuchen!« wandten sie sich den beiden Männern zu. Der Vater war der erste, der leise und heiser zu sprechen begann. Er starrte auf die Infusion wie auf eine Höllenmaschine, so etwas hatte er noch nie gesehen. Xuong saß an seinem Bett. Truong Quoc Cam lag in eine Decke gehüllt, zum erstenmal in seinem Leben in einem weiß bezogenen Bett.

Stelllinger kam herein, noch in seinen nassen Hosen und im verschwitzten Hemd, und warf einen bösen Blick auf den kräftiger atmenden Truong.

»Was muß der sich dabei gedacht haben?« sagte er zu Dr. Herbergh. »Das Boot ist 4,50 Meter lang und 1,40 Meter breit, ein Kahn mit einem Zwerg von Motor. Und damit geht er aufs Meer! Kann mir einer sagen, wo er damit hinwollte?«

»Irgendwohin, wo er leben kann.« Xuong beugte sich zu Truong vor. »Ich werde ihn fragen.« Er schob mit der Hand Truongs Kopf zu sich herum, weg von der Infusionsflasche. »Warum bist du aus der Heimat geflüchtet?«

»Vier Jahre... vier Jahre hat es gedauert«, antwortete Truong kaum hörbar. Seine Luftröhre war wie von Säure zerfressen. »Sie sind alle tot. Mein Bruder, meine Schwestern... zwei Neffen... alle tot. Lagen am Fluß und auf den Feldern. Niemand hat es getan. Und dann fragte mich die Partei. ›Bist du ein Kommunist?‹ – ›Natürlich‹, sage ich. ›Und warum sind sechs deiner Kinder Christen?‹ – ›Das ist Tradition‹, sage ich. Und sie schreien mich an: ›Hat der Kommunismus keine Tradition?‹ – Ich sage ja, und Nga ist wieder schwanger, und ich weiß, auch dieses Kind wird getauft!‹ Da haben sie mich geschlagen, und geschrien: ›Da... da... und da... du wirst keine Kinder mehr machen...!‹ Aber es war wohl nicht gelungen. Nga bekam das neunte Kind... da wußte ich: Ich muß weg... weg... weit weg... Und Trinh Thu Cam kam mit... er ist mein Cousin... er versteht etwas von Motor und Booten.«

Truong schwieg, verdrehte die Augen und schnappte nach Luft. Das Reden hatte seine letzte Kraft verbraucht... die Erschöpfung ließ ihn ohnmächtig werden.

Am Abend wußte man mehr. Xuong berichtete von weiteren Gesprächen.

»Sie haben die Flucht vier Jahre lang vorbereitet. Truong ist ein armer Bauer, wohnte in einer Flechthütte mit Reisstrohdach in den Feldern, auf einer kleinen Insel. Zwei Jahre sparte er für den Kahn, zwei Jahre für den Motor. Auch eine Seekarte stellte er her. Er malte sie aus einem Schulatlas seines ältesten Sohnes ab. Vietnam, Thailand, Malaysia, China, die Philippinen, Hongkong, irgendwohin wollte er, über das Meer flüchten, das gar nicht so groß aussah in dem Atlas. Und dann schleppte Trinh Thu Cam, der Cousin, mit drei Freunden das Boot in vier Tagesmärschen bis zur Küste und ließ sagen: Kommt! Wir können fahren. Und sie fuhren.«

Xuong sah in seine Notizen. Die Erinnerung wurde wieder lebendig, an das eigene furchtbare Erleben.

»Vierzehn Handelsschiffe fuhren in elf Tagen an ihnen vorbei, ohne sie zu beachten. Nur zwei Frachter drehten bei, stoppten, aber sie nahmen die zwei Männer, die Frau und die neun Kinder nicht auf, sondern gaben ihnen Frischwasser in Plastikkanistern. So sehr sie bettelten und ihre Rosenkränze hochhielten, die Kapitäne befahlen weiterzufahren. Als sie unser Schiff sahen, glaubten sie, auch wir würden an ihnen vorbeifahren. Sie hatten in der Nacht miteinander gebetet, wollten sterben und warteten nun auf die Erlösung. Für Truong ist es ein Wunder und ein Beweis von Gottes Gegenwart, daß sie nun doch noch weiterleben können.« Xuong senkte den Kopf. »Für uns war es auch ein Wunder.«

»Aber der Bundesinnenminister sagt, es lägen keine humanitären Gründe vor!« Dr. Starke legte Xuong die Hand auf die Schulter. »Und wenn sie mich später einen Staatsfeind nennen und mir den Bundesanwalt auf den Hals hetzen, ich werde das alles hier in die Welt hinausschreien und die trägen Ärsche der Ministerialbürokratie in Bewegung halten!«

»Wilhelm, Sie werden ja, ohne daß es sich um eine Frau handelt, leidenschaftlich!« Anneliese reichte ihm eine Zigarette hinüber, die sie sich gerade angezündet hatte. Sie sah, wie Starkes Hand zitterte. »Sie bekommen ein ganz anderes Image.«

»Ich habe gelernt, schöne Kollegin.« Dr. Starke sog gierig den Qualm ein und stieß ihn durch die Nase wieder aus. »Dieses Menschenfischen hat mich verändert. Ich komme als ein anderer Starke nach Deutschland zurück.«

»Bekommen Sie unsere neuen Freunde durch?« fragte Xuong zweifelnd. »Überleben sie?«

»Ich habe ein gutes Gefühl«, antwortete Dr. Herbergh ausweichend.

»Auch die Kinder?«

»Da sollte man bei jedem seinen Rosenkranz beten.«

»Ich werde an ihren Betten Wache halten, Herr Doktor.«

Herbergh nickte.

Aus dem Tagebuch von Hugo Büchler, 1. Offizier der *Liberty of Sea.*

Heute nur eine kurze Eintragung. Aber eine Eintragung, die ich schreibe mit dem Gefühl, aufgerissen zu sein und zu verbluten.

Julia ist zu mir gekommen und hat mir gestanden, daß sie Johann Pitz liebt und daß sie sogar heiraten wollen. Ich bin sonst ein ruhiger, besonnener Mensch ... aber in dieser Minute hätte ich sie erwürgen können! Alles was ich mir mit ihr gemeinsam in Deutschland vorgenommen habe, unsere schöne Zukunft, das Häuschen im Grünen, zwei oder drei Kinder, ein neuer Beruf als Chartermakler... alles ist mit einem Satz zerstört.

Warum habe ich eigentlich Dr. Starke niedergeschlagen und fast getötet? Auch er hat jetzt einen Tritt von Julia bekommen und ist im Leid mein Bruder. Warum hat sie das nicht früher gesagt? Alles war sinnlos, was ich gedacht, geplant und getan habe. Ich stehe nackt in meiner leeren Welt.

Trotz allem: Ich liebe Julia noch immer. Werde sie immer lieben. Mag sie mit Pitz glücklich werden. Ich war es auch, wenn auch nur eine kurze Zeit.

Und jetzt will ich in meinem Schmerz baden, allein. Kann sein, daß ich dann rein wieder herauskomme.

Trinh und Truong überlebten, auch Nga und ihre neun Kinder. Alle zusammen beteten sie jeden Morgen an Deck neben dem Kran, wo sie unterhalb des Drehkranzes mit den aus Klopapier gefertigten Blumen, die man ihnen schenkte, und zwei Holzstücken, die zu einem Kreuz genagelt waren, einen kleinen Altar aufbauten. Hier hielten sie ihren eigenen Gottesdienst, sie wußten, daß sie Gott nicht oft genug für das Wunder ihrer Rettung danken konnten. Am Sonntag scharten sich dann auch andere Vietnamesen um den Altar und sangen Kirchenlieder, die sie gelernt hatten, und Xuong, der Lehrer, der alles konnte und den jedermann ehrte, ersetzte den Priester und predigte und segnete in dem Bewußtsein, daß Gott überall auf Erden war.

Nur noch zwei Tage weit war das Transitlager Batangas von ihnen entfernt. Die *Liberty* stand in ständiger Funkverbindung mit dem Lager, die 1014 Garantien aus aller Welt waren bestätigt worden, einer »Anlandung« – eine Behördensprache gibt es auf der ganzen Welt – stand nichts mehr im Wege, ein Küstenwachboot der philippinischen Marine würde das Ausschiffen überwachen und genau die Köpfe zählen, was am Eingangstor des Lagers noch einmal geschehen würde. Über Radio Singapur schickte Dr. Herbergh an Hörlein in Köln den Bericht der letzten Tage und teilte mit, daß 243 Flüchtlinge zuviel an Bord seien. Zusammen mit den 321 Vietnamesen, für die von den bundesdeutschen Ländern Plätze zur Verfügung gestellt worden waren, würde die *Liberty* mit 564 Flüchtlingen an Bord nach Hamburg kommen. »Ich kann sie nicht zurück ins Meer werfen«, telegrafierte Dr. Herbergh. »Wenn sie in Hamburg landen, *müssen* die Behörden etwas tun. Man kann nicht Frauen und Kinder an der frischen Luft verrecken lassen.«

Trinh, Truong, Nga und die neun Kinder setzte Dr. Herbergh auf die Liste von Kanada. Dort war man bereit, sie nicht als einen Fremdkörper im Land zu betrachten, sie nicht scheel anzusehen, weil sie Asiaten waren. Das weite Land würde sie aufnehmen und irgendwo an den vielen Seen, in den riesigen Wäldern, in den unübersehbaren Feldern würden sie einen neuen Lebensraum finden, würden sie ein neues Leben in Frieden und Freiheit beginnen können.

»Es ist merkwürdig«, sagte Dr. Herbergh zu Dr. Starke, während er an seiner Vorschlagsliste arbeitete, »die meisten wollen nach Deutschland, in das sagenhafte Land, wo Milch und Honig fließen, und ahnen gar nicht, was sie in Deutschland erwartet. Von Kanada haben die wenigstens gehört. Sie wissen gar nicht, wo es liegt und betteln: Bringt uns nach ›Duc‹. Eigentlich sollten wir jeden warnen.«

Dr. Herbergh blickte hoch. »Ist das nicht furchtbar, als Deutscher so etwas sagen zu müssen?«

Vor der philippinischen Küste erwartete sie das Patrouillenboot der Marine. Funker Buchs hatte es schon angekündigt, Larsson ließ neben der deutschen Flagge auch die philippinische hissen, begrüßte das Kriegsschiff mit einem Aufröhren seines Nebelhorns und bekam mit dem Signalscheinwerfer die Antwort:

»Folgen Sie mir auf Reede.«

Nahe vor der Küste, zwischen winzigen Felseninseln, warf die *Liberty of Sea* Anker, mit einem Patrolboot kamen die Behörden an Bord, kontrollierten die Schiffspapiere, die Larsson ihnen vorlegte, und erklärten das Schiff für freigegeben. Der Ausschiffung der Flüchtlinge stand nichts mehr im Weg. Über Funk war das Lager Batangas verständigt worden, Lastwagen standen am Quai des kleinen Hafens bereit, die Vietnamesen abzuholen und in das mit hohen Zäunen abgeriegelte Quartier zu bringen. Dr. Starke und Anneliese begleiteten den Transport und stürzten sich in den Papierkrieg, der für die Übergabe nötig war.

Einer nach dem anderen, Männer, Frauen und Kinder, zogen dann am Nachmittag an Dr. Herbergh, Stellinger und allen anderen Deutschen vorbei und nahmen Abschied. Fast alle küßten Herbergh die Hand, er konnte es nicht verhindern, denn wenn er sie auf den Rücken legte, küßten sie seinen Bauch, als sei er ein Buddha. Viele umarmten Stellinger, Pitz, Starkenburg und Kroll, sogar Hans-Peter Winter wurde umarmt, was Stellinger zu dem Ausspruch reizte: »Wie glücklich sind sie, deinem Essen entronnen zu sein!« Es traf Winter nicht, die Vietnamesen hatten ja ihre eigene Küche gehabt.

Phing hatte schon in der Nacht Abschied von Dr. Starke genommen. Sie hatte in seinen Armen gelegen wie ein kleines, ängstliches Tier, sie hatte geweint und ihn immer wieder geküßt. Sie fragte nicht, sie bettelte nicht, für sie war es selbstverständlich, daß sie mit den anderen an Land mußte, in das Lager, warten auf ihren Transport in ein fremdes Land und zu fremden Menschen, die eine neue Heimat werden sollten. Starke hatte sie und ihren Freund Thai auf die Liste für Frankreich setzen lassen. »Es ist ein schönes Land«, hatte er zu ihr gesagt, als sie an seiner Brust weinte. »Ich kenne es gut, ich könnte auch dort leben. Es sind Menschen, die dich verstehen werden. Die wissen, was ihr leiden mußtet. Du wirst es gut haben in Frankreich, mein Paradiesvögelchen.«

Und Phing hatte genickt und gesagt: »Ich werde dich nie vergessen, auch in Frankreich nicht.«

Als einer der letzten verabschiedete sich Vu Xuan Le. Er gab Dr. Herbergh die Hand und verneigte sich tief, umarmte die anderen und kam dann zu Stellinger.

Sie sahen sich beide an, zögerten, und dann trat Le heran und schlang die Arme um Stellinger. Es sah wie eine große Versöhnung aus, aber mit einem eiskalten Schrecken spürte Stellinger einen harten spitzen Gegenstand in seinem Rücken.

So schnell hatte Stellinger in seinem ganzen Leben noch nicht gehandelt. Er ließ beide Fäuste hochschnellen, stieß sie gegen Les Kinn und trat ihm gleichzeitig mit dem Knie in den Bauch. Mit einem dumpfen Schrei taumelte Le zurück, das breite Messer fiel aus seiner Hand, schlidderte übers Deck, direkt vor die Füße von Winter.

»Mein Messer!« schrie er sofort. »Der hat's also geklaut! Na warte...«

Aber bevor er etwas unternehmen konnte, fiel Le mit einem wilden Sprung, laut schreiend, Stellinger an und traf ihn mit den Füßen voll in die Brust. Stellinger hörte, wie in ihm die Rippen zerknacksten, wie er plötzlich keine Luft mehr bekam und alles um ihn herum sich in Lichtpunkte auflöste. Er fiel nach vorn auf das Gesicht und verlor die Besinnung.

Mit einem weiten Satz war Winter hinter Le, riß ihm das Hemd vom Leib und hieb ihm mit der Faust auf den Schädel. Le starrte ihn an, sah in Winters Hand das immer wieder geschliffene Messer, mit dem man jetzt in der Luft ein Papier zerteilen könnte, nur ein kurzes Zögern war es, dann stürzte er zur Reling, schwang sich hinüber und ließ sich ins Meer fallen.

Winter, der ihm nachhetzte, sah, wie Les Kopf aus dem Wasser auftauchte, und er dann mit kräftigen Zügen, immer wieder untertauchend, als fürchte er, man könne auf ihn schießen, zur nahen Küste schwamm.

»So ein Schwein«, sagte Pitz. Er kniete neben dem Verletzten. Stellingers Gesicht war bleich geworden, blutiger Schaum schob sich über seine Lippen. Dr. Herbergh winkte Kroll und Starkenberg herbei. Sie hatten von weitem hilflos zusehen müssen.

»Sofort ins Hospital Pitz, OP vorbereiten. Schnell, schnell. Hast du diesen Tritt gesehen? Er muß Franz die meisten Rippen gebrochen haben, und eine Rippe ist in seine Lunge gestoßen. Er lief neben Stellinger her, tupfte ihm mit dem Taschentuch den Blutschaum vom Mund und brüllte Julia an, die laut schrie.

»Vom Schreien wird nichts besser! Anpacken!«

Sie legten Stellinger im OP auf den Tisch, rissen ihm das Hemd von der Brust, und während Julia das Röntgengerät heranrollte, sagte Herbergh zu Pitz: »Dr. Starke und Dr. Burgbach sind an Land, Johann, können Sie assistieren?«

»Ich habe lange genug zugesehen, Chef.«

»Aber die Narkose...«

»Das kann ich, Chef«, sagte Julia weinerlich. »Ich kann es bestimmt, ehe Franz innerlich verblutet.«

Der Röntgenapparat summte, Julia rannte mit der Platte in die Dunkelkammer, Pitz schob den Narkose- und Dauerbeatmungsapparat an den OP-Tisch. Den Tubus zur Intubationsnarkose nahm Herbergh selbst in die Hand.

»Sechs Rippen hin«, sagte Julia. Sie kam aus der Dunkelkammer und schwenkte das Röntgenbild, das im Schnellentwickler innerhalb von fünf Minuten verfügbar war. Über ihr Gesicht liefen Tränen. »Splitterbrüche...«

Dr. Herbergh hob das Bild gegen das Licht der OP-Lampe. Es sah nicht gut aus für Stellinger, wenn sie die innere Blutung aus der Lunge nicht beherrschten.

»Wir haben es doch immer geschafft, Kinder«, sagte Herbergh und ging zum Waschbecken. »Und Stellinger ist ein Stier. Der Matador muß noch gefunden werden, der ihn in den Sand legt.«

Am späten Abend kehrten Dr. Starke und Anneliese von

Land zurück. Die Übergabe der Flüchtlinge hatte sich reibungslos vollzogen. Bei der Erwähnung der 243 an Bord Gebliebenen winkten die Beamten freundlich, aber energisch ab.

Ohne Garantie keine Anlandung. Wir sind ein Transitlager, kein »closed camp« wie Hongkong und Singapur. Bei uns wird gewartet, aber nicht gelebt.

Dr. Starke verzichtete darauf, weiter zu verhandeln. Die Gesichter der Beamten blieben freundlich, aber verschlossen. Man hatte genug Elend im eigenen Land.

Stellingers Operation war gelungen. Er lag nun dick bandagiert und nur zeitweise ansprechbar im Bett, neben ihm, auf einem Stuhl, saß Kim und hielt seine Hand oder wischte den Schweiß aus seinem Gesicht. Über dem Bett zuckte grün schimmernd Stellingers Herzschlag über einen Bildschirm. Mit niedrigen Zacken gab das Oszilloskop die Schlagfrequenz wieder. In die Vene tropfte langsam ein herzstärkendes Mittel.

»Mehr ist nicht zu tun«, sagte Dr. Herbergh, als sie an Stellingers Bett standen. »Die größte Hilfe ist seine Pferdenatur. Aber ich habe euch noch etwas Sensationelles zu sagen. Le, der Franz so zugerichtet hat und dann über Bord gesprungen ist, war ein Mann von Truc Kim Phong. In seinem Hemd, das Winter ihm vom Körper gerissen hat, waren Papiere eingenäht. Codenummern, die Buchs als Funkfrequenzen entzifferte. Le hat oft in der Nacht unsere Position durchgegeben. Truc wußte immer, wo wir waren. Zweimal hat Buchs was gemerkt, aber keiner konnte es sich erklären. Wer dachte schon an Le? Le mit den Messerstichen der Piraten. Alles nur Tarnung. Man hat sie ihm bewußt beigebracht, als sicherer Beweis eines Überfalls, den er allein überlebte. Mit diesem Trick kam er als Flüchtling an Bord und konnte Truc warnen. Immer in unserer Nähe, aber so weit weg, daß man ihn nicht sehen konnte, überfiel er dann die Flüchtlingsboote.« Dr. Herbergh blickte zu Kim hinunter. »Hast du gewußt, daß Le ein Spion für Truc war?« fragte er auf englisch.

»Nein, Herr.« Kim legte beschwörend beide Hände flach gegen ihre Brust. »Ich habe ihn erst im Boot kennengelernt. Aber Xuong, der Lehrer, hat ihm immer mißtraut.« Sie blickte Dr. Herbergh bettelnd an. »Wohin wird der Lehrer kommen?«

»Nach Kanada. Er will bei Nga und den neun Kindern bleiben. Da habe ich gleich eine neue Schule, hat er zum Abschied gesagt. Er lachte, aber seine Augen weinten. Ich hätte ihn gern mit nach Deutschland genommen, aber Kanada ist besser für ihn.«

»Vor allem gibt es dort keinen Bundesinnenminister, der behaupten könnte, er wäre nur geflüchtet, um am deutschen Kuchen mitzuessen.« Dr. Starke strich Kim über das lange, schwarze Haar. Es war eine väterliche Geste. »Trotzdem wirst du glauben, im Paradies zu sein, und von dir aus gesehen, hast du auch recht.«

Während Hörlein in Köln im Rundfunk und im Fernsehen seine Statements abgab, Aufrufe schrieb, detaillierte Berichte an die Ministerpräsidenten der Länder verschickte und mit erschütternden Zahlen die Starrheit aufzubrechen versuchte, lief Thomas Hess mit seinen Artikeln gegen zugestoßene Türen. Nur bei zwei großen, überregionalen Zeitungen fand er Gehör und konnte seine kritische und anklagende Schrift veröffentlichen.

Das Echo war beträchtlich. Die Bevölkerung begann sich für die Vietnamesen zu interessieren. Man sprach jetzt auch am Stammtisch, an den Biertheken oder im heimischen Sessel von der *Liberty of Sea*, die im fernen Südchinesischen Meer aus ihrer Heimat geflüchtete Menschen aus den Wellen fischte. Und die Tatsache, daß Piraten dort herumfuhren, die Frauen vergewaltigten und entführten, um sie an die Bordelle in Thailand zu verkaufen, verursachte gehörigen Nervenkitzel. Piraten? Ich denke, die waren so um 1700 herum tätig? Errol Flyn, Tyron

Power, der Glatzkopf Yul Brynner... tolle Burschen, die raubten und leidenschaftlich liebten... vor dreihundert Jahren. Aber heute? Piraten? Und wo? Da irgendwo bei Thailand, Vietnam, den Philippinen und China? Bei den Schlitzaugen. Sollen die sich doch die Köpfe einschlagen, die haben ja sowieso Millionen zuviel. Und die retten wir aus dem Meer? Wir Deutschen müssen uns auch überall reinmischen!

Gespräche an deutschen Frühstückstischen.

Aber man sprach über die *Liberty*. Man wußte Bescheid über die Flüchtlinge aus Vietnam. Man las über ihr Leid ohne große Anteilnahme, aber man las darüber. Wenn das Schiff in den Hamburger Hafen einlaufen würde, wäre es kein unbekanntes mehr.

Reaktionen kamen von den Behörden. Lothar Hess erhielt einen Brief von einem Amtmann Peter Blodmeyer, der im Kopf des Briefbogens als Leiter der Fürsorge und des Sozialamtes ausgewiesen wurde. Über seine Dienststelle würde zunächst – als Auffangstation – die Ausschiffung der Vietnamesen laufen, für die eine Garantie der Bundesländer vorlag. Amtmann Blodmeyer, der grün im Gesicht wurde und dem der Atem wegblieb, wenn er irgendwo seinen Spitznamen hörte, der logischerweise Blödmeyer lautete, hatte diese neue Aufgabe nur ungern übernommen. Ihm war klar, welcher Berg von Arbeit da auf seine Behörde herunterfiel, welchen Rummel das auslöste, wieviel Streitereien und Auseinandersetzungen auf ihn warteten. Er hatte schon genug mit den Ostausreisenden zu tun, – nun kamen auch noch Vietnamesen dazu!

»Die nächsten werden die Eskimos sein, denen es zu kalt geworden ist!« sagte er verbissen. »Und dann kommen die Gorillas aus den Bergen von Uganda auf der Flucht vor AIDS. Grenzen zu, sage ich, und wir haben Ruhe! Wer hat sich 1945 um meine Oma gekümmert? Die ist auf dem Treck nach Stettin im Straßengraben erfroren. Davon spricht heute keiner mehr.

Amtmann Blodmeyer schrieb an Thomas Hess:

Ihr Artikel in der Frankfurter Allgemeinen, über dessen Wahr-
heitsgehalt ich nicht mit Ihnen streiten möchte, hat ein gro-
ßes Leserecho ausgelöst. Sie schreiben da von 22 elternlosen
Kindern, die eine neue Mutter und einen neuen Vater suchen.
Seitdem laufen bei uns Anfragen ein und bieten sich Ehepaare
als Pflegeeltern oder Adoptiveltern an.

Wir werden zu gegebener Zeit diese Antragsteller überprü-
fen und dann unsere Entscheidungen treffen. Zu Ihrer Infor-
mation, die Sie bitte in einem Ihrer nächsten Artikel verwen-
den sollten, teilen wir Ihnen mit, daß wir allen Antragstellern
den oben angeführten Bescheid zugestellt haben.

Nach Rücksprache mit der vorgesetzten Behörde sind wir
nicht abgeneigt, die 22 elternlosen Kinder ausgesuchten Eltern
zu überlassen. Diese Zusage hängt davon ab, ob sich passende
Ehepaare dafür finden lassen.

Mit freundlichem Gruß Peter Blodmeyer.

»Es rührt sich was, Thomas!« sagte Hörlein erfreut und gab
den Brief an Hess zurück. »Kleine Erfolge summieren sich zu
einem großen Erfolg. Nun denkt auch Bremen nach, ob es
Vietnamesen aufnehmen kann. Nur mit Rheinland-Pfalz und
Bayern ist nichts, gar nichts zu machen. Dort sagt man, daß
man bisher mehr Flüchtlinge aus aller Welt aufgenommen und
ihnen Asyl gewährt hätte, als alle anderen Länder. Das stimmt
sogar. Vor allem die Bayern sind regelrecht überschwemmt
worden. Aber das ist keine Ausrede für lumpige hundert Vietnamesen, die Bayern leicht aufnehmen könnte.« Hörlein griff
zum Telefon. »Das mit den 22 Pflegeeltern muß ich dem Sen-
der melden. Das heizt die Diskussion weiter an.«

Am Abend rief Bernd Lübbers an, der Oberkreisdirektor einer niedersächsischen Gemeinde. Thomas Hess wappnete sich
gegen massive Vorwürfe, aber Lübbers war genau das Gegenteil eines Anklägers. Er sprach fast gemütlich.

»Herr Hess«, sagte er, »ich weiß aus einem Rundschreiben,

daß unser Niedersachsen sich bereit erklärt hat, 50 Vietnam-Flüchtlinge aufzunehmen.«

»So ist es«, antwortete Hess gespannt. Die Einleitung des Gespräches versprach eine interessante Information.

»Heute nun bekomme ich vom Innenminister des Landes die Nachricht, daß mein Kreis 20 Vietnamesen aufnehmen muß.«

»Gratuliere.«

»Das habe ich erwartet.« Lübbers räusperte sich. »In Ihren Zeitungsartikeln klagen Sie die Behörden, also auch mich im weitesten Sinne, an, sprechen von Inhumanität, Heuchelei, verschüttetem Christentum und was sonst Ihnen dazu einfällt. Wenn ich das alles so lese, kommt mir der Verdacht, daß Sie sich ein völlig falsches Bild von uns machen.«

»Ich wäre Ihnen sehr dankbar, Herr Lübbers, wenn Sie mich durch ein anderes Bild korrigieren und überzeugen würden... könnten...«

»Deswegen rufe ich Sie an. In ungefähr sechs Wochen soll das Flüchtlingsschiff in Hamburg eintreffen.«

»So ist der Zeitplan, ja.«

»Nach Erledigung aller Formalitäten im Durchgangslager wird es – wie ich annehme – ungefähr noch einmal sechs Wochen dauern, bis die Verteilung der Vietnamesen auf die einzelnen Bundesländer erfolgen kann.«

»Mag sein. Ich weiß nur nicht, warum Herr Blodmeyer – von dem sprechen Sie doch – sechs Wochen braucht, um 564 Flüchtlinge zu registrieren.«

»Ich denke 321?« fragte Lübbers überrascht.

»Stimmt. Verzeihung. Es sind wirklich 321.« Hess nagte an der Unterlippe. Noch einmal passiert mir das nicht, dachte er wütend. So ein Versprecher kann die ganze Aktion verderben.

»Um so mehr erstaunt mich der Fleiß der Behörde. Sechs Wochen für 321 Flüchtlinge.«

»Ich sagte: Nehmen wir an. Wir hätten also ab sofort etwa zwölf Wochen Zeit, die Bevölkerung darauf vorzubereiten, daß

Vietnamesen in ihrer Mitte aufgenommen werden sollen. In meinem Kreis also zwanzig! Ich lade Sie ein, Herr Hess, zu mir zu kommen. In der Freitagsausgabe unserer hiesigen Zeitung werde ich von Amts wegen bekanntgeben, daß zwanzig Vietnamesen bei uns angesiedelt werden. Können Sie am Sonntag in acht Tagen zu mir kommen?«

»Ich werde es so einrichten, Herr Lübbers. Um wieviel Uhr?«

»Seien Sie so gegen zehn Uhr hier. Sie treffen mich im Kreishaus. Die Fraktionsvorsitzenden der Parteien im Kreistag werden auch zugegen sein.«

»Das hört sich sehr interessant an, Herr Lübbers.«

»Wird es auch, Herr Hess. Und vergessen Sie nicht, eine Kamera mitzubringen. Also bis Sonntag in acht Tagen!«

»Ich bin pünktlich da, Herr Lübbers.«

Hess legte auf, rief aber sofort Hörlein an. Er schilderte ihm das Gespräch, und Hörlein gratulierte ihm wieder.

»Bernd Lübbers ist ein guter Mann!« sagte er. »Bei der nächsten Bundestagswahl hat er alle Chancen, MdB zu werden. Ein blendender Redner, politisch genau in der Mitte, läßt auch die Meinungen anderer Parteien gelten, wenn sie Hand und Fuß haben. Wenn du Lübbers auf deine Seite ziehen kannst, haben wir einen einflußreichen Verbündeten. Die Sache mit den Fraktionsvorsitzenden des Kreistages ist eine hervorragende Idee. Das gibt eine gute Presse.«

»Ich weiß nicht, Albert...« Hess steckte sich eine Zigarette an. »Seine Freundlichkeit war mir einen Hauch zu glatt.«

»Lübbers' optimistische Haltung ist bekannt. Mit dieser Freundlichkeit setzt er fast alles in seinem Kreis durch. Er streitet nicht, er überzeugt. Du wirst es am Sonntag erleben.« Hörlein schien in seinen Notizen zu blättern, Hess hörte das Rascheln von Papier. »Du, ich habe an diesem Sonntag keine Termine. Soll ich mitkommen?«

»Das wäre mir sehr lieb, Albert. Vielleicht kannst du vor den

392

Lokalpolitikern einen Vortrag halten. Immerhin müssen sie sich um zwanzig Flüchtlinge kümmern.«

»Eine gute Idee, Thomas.« Hörlein machte sich eine Notiz. »Von Pappnitz hast du noch nichts gehört?«

»Ich nicht. Aber bei der Zeitung in Frankfurt liegt von ihm ein Leserbrief vor. Eine Kopie ist an mich unterwegs. Er wirft mir Unsachlichkeit und Unkenntnis vor, das hat man mir schon gesagt. Bitte, er soll mir das beweisen.«

»Der Sonntag bei Lübbers wird vieles ändern«, sagte Hörlein. »Vieles.«

»Dein Wort in Gottes Ohr. Nein, lieber in Lübbers Ohr.«

Hörlein lachte und legte auf. Das war heute ein guter Tag, dachte er. In die Trägheit kommt endlich Bewegung.

Nur: Was machen wir mit den 243 zuviel Geretteten?

Am Sonntag, pünktlich um zehn Uhr vormittags, betraten Hess und Hörlein das Kreishaus. Der Portier hatte sie anscheinend erwartet, schloß die schwere, kunstvoll gestaltete Bronzetür mit den schönen Glasmalereien auf und sagte: »Kleiner Sitzungssaal, 1. Stock.« Von der nahen Kirche begannen jetzt die Glocken zu läuten. Der Gottesdienst fing an.

Im Sitzungssaal standen die Herren von den Parteien herum, rauchten und bedienten sich der Gläser und des Flaschenbieres, die auf dem langen Tisch standen. Lübbers, ein jovialer, graumelierter Herr mit einem kleinen Bauchansatz, kam Hess und Hörlein entgegen und begrüßte sie mit Handschlag.

»Ich freue mich, meine Herren, Sie kennenzulernen, nachdem wir schon so viel von Ihnen gehört und gelesen haben.«

»Wir freuen uns auch, Herr Lübbers.« Hess zeigte mit dem Daumen zum Fenster. Zwei breite Fenstertüren führten zu einem Balkon hinaus, von dem man die Hauptstraße und einen parkähnlichen Platz überblicken konnte. »Aber das war nun wirklich nicht nötig!«

»Was?« fragte Lübbers verblüfft.

»Daß man unsertwegen die Glocken läutet...«

Ein Zusammentreffen, das gleich mit einem Lachen beginnt, lockert die Atmosphäre auf. Lübbers stellte die Herren der Parteien vor, Hände wurden gedrückt, man musterte sich gegenseitig. Trotz aller zur Schau gestellten Herzlichkeit blieb eine Kühle zurück, eine innere Distanz, die Hess und Hörlein deutlich spürten. Vor allem Hörlein war betroffen, – er hatte sich das Zusammentreffen mit Lübbers anders vorgestellt. Sie schenkten sich ein Glas Bier ein, prosteten sich gegenseitig zu, und die paar Sekunden Schweigen während des Trinkens nutzte Hörlein aus, sich innerlich zu wappnen.

»Denken Sie jetzt nicht, Herr Hess«, sagte Lübbers gut gelaunt, »daß wir hier nur saufen. Bei Presseleuten muß man aufpassen, die hauen sofort in die Tasten und schreiben dann: Wie kann bei den Sitzungen etwas Vernünftiges herauskommen, wenn alle besoffen sind. Bei den Sitzungen gibt es nur Mineralwasser und Fruchtsäfte. Ja, und Cola.« Er lachte wieder und stellte sein leeres Bierglas ab. »Aber heute ist Sonntag, ich habe die Herren Parteivorsitzenden zu mir gebeten, und damit sie nicht um ihren Frühschoppen kommen, gibt es heute Bier.«

»Sie haben von Journalisten keine gute Meinung?« fragte Hess ruhig.

»Sagen wir: Eine geteilte Meinung. Wie überall gibt es solche und solche. Ich habe mal bei einer Demonstration in Bonn erlebt, wie ein Kameramann des WDR-Fernsehens verzweifelt zu den ruhig herumstehenden Demonstranten rief: ›Was ist denn los? Macht mal ein bißchen Remmidemmi! Was soll ich denn filmen? Bewegung, Jungs! Und da haben ein paar randaliert und gebrüllt, erschienen später auf der Mattscheibe in Großaufnahme und der Sprecher sagte dazu: ›Die Empörung der Demonstranten kann nicht mehr überhört werden‹. – Sicherlich ein Einzelfall, aber so was läßt einen doch nachdenklich werden über die Objektivität des deutschen Journalismus.«

Lübbers ging zu einer Mappe, die auf dem Tisch lag, und nahm sie an sich. »Oder ein anderes Erlebnis. Die deutschen Zeitungen berichteten: ›Massendemonstration der Unabhängigen auf Teneriffa. Die Kanarischen Inseln wollen ein eigener Staat werden. Loslösung vom Mutterland Spanien. Wilde Schlägereien auf der Plaza Charco. Viele Verletzte!‹ – Ich habe damals vier Wochen Urlaub auf Teneriffa gemacht, und genau an diesem Tag saß ich auf der Plaza Charco und aß ein Eis. Ich habe keine Demonstranten gesehen, keine Schlägerei, keine Verletzten. Es war ein herrlicher, warmer, sonniger Tag voller Frieden. – Was soll man davon halten?«

»Darauf kann ich Ihnen keine Antwort geben.« Hess hob die Schultern. »Ich jedenfalls hätte so etwas nie geschrieben. Ich halte mich – wie Sie gesehen haben – an Fakten, an konkrete Zahlen, an Äußerungen der Politiker und der Behörden.«

»Und deshalb habe ich Sie eingeladen, heute bei uns zu sein. Wir Behörden sind gar nicht so schlimm.« Lübbers holte aus seiner Mappe zwei Exemplare der örtlichen Zeitung. Sie war bereits so aufgeschlagen, daß Hess und Hörlein den Artikel gleich lesen konnten.

Es war eine nüchterne Meldung, die darüber informierte, daß der Kreis zwanzig Vietnam-Flüchtlinge aufnehmen werde und sich freue, ihnen in diesem schönen Land eine neue Heimat zu geben. Die Vietnamesen würden in etwa sechs Wochen in Hamburg mit dem Rettungsschiff *Liberty of Sea* ankommen.

Das war schon alles. Hörlein ließ die Zeitung sinken und nickte. »Das ist ein gutes Fundament für die Eingliederung«, sagte er. »Auch wenn keiner von ihnen Deutsch spricht – arbeiten können und wollen sie. Sie werden alles machen, sie scheuen keine Mühen.«

»Das glaube ich Ihnen aufs Wort.« Lübbers nahm die Zeitung wieder an sich. »Wir hatten hier in der Fenster- und Türenfabrik, dem größten Arbeitgeber im Kreis, sieben Türken beschäftigt. Nach knapp anderthalb Jahren waren sie wieder weg, rausgeekelt, bedroht, verdroschen, angepöbelt, isoliert, schikaniert, weil sie klaglos Überstunden machten, sogar am Sonntag, und dadurch – so die deutschen Arbeiter – das Betriebsklima versauten. Schließlich kämpft man ja um die 35-Stunden-Woche – und da kommen diese Mohammedaner und schuften wie die Kulis. Das geht ja nun wirklich nicht.« Lübbers' Ironie war zum Schneiden dick. »Und jetzt, Herr Hörlein, offerieren Sie mir Vietnamesen, die Stunden auf Teufelkommheraus abkloppen und jeden Gewerkschafter auf die Palme bringen!« Lübbers legte die Mappe mit den Zeitungen auf den Tisch zurück. »Am Freitag vor acht Tagen, wie Sie wissen, ist die Verlautbarung des Kreises in der Zeitung erschienen.« Lübbers blickte auf seine Armband. »Seit zehn Uhr läuft im Fußballstadion eine Kundgebung, zu der aus dem ganzen Umkreis etwa 6000 Menschen gekommen sind. Ich habe Sie eingeladen, Herr Hess, Herr Hörlein, sich das einmal anzusehen. In etwa zehn Minuten werden wir auf den Balkon hinaustreten.«

»Das erinnert mich stark an Bonn«, sagte Hess ahnungsvoll. »Nun macht mal ein bißchen Remmidemmi, Jungs...«

»Und wer hat zu dieser Kundgebung aufgerufen?« fragte Hörlein.

»Eine sofort gegründete Bürgerinitiative unter dem Vorsitz eines Studienrates. Eine Kundgebung, auf die ein berühmtes Wort des alten Kaisers Wilhelm zwo, paßt: ›Ich kenne keine Parteien mehr, ich kenne nur noch Deutsche.‹ – Allerdings begann damit der Erste Weltkrieg.«

Der Parteivorsitzende der FDP, der bisher an einer der hohen Fenstertüren gestanden hatte, kam in den Sitzungssaal zurück.

»Sie kommen!« sagte er. »Mit einer Masse Schildern und Spruchbändern.«

»Meine Herren, darf ich bitten.« Lübbers stieß die Türen auf und zeigte auf den Balkon. »Ein Logenplatz. Hier haben schon

Willy Brandt, Helmut Schmidt, Helmut Kohl und Theo Bümmer gestanden.«

»Wer ist Theo Bümmer?« Hess schüttelte den Kopf.

»Ein Radrennfahrer, das Idol der Stadt. Er hat mehr Beifall
bekommen als Kohl. Ich habe darauf dem Herrn Bundeskanz-
ler vorgeschlagen, das nächstemal auf dem Rad in die Stadt zu
kommen.«

Das war der alte Lübbers. Sein Lachen steckte alle an. Auch
wenn die Geschichte erfunden war, sie war gut erfunden und
sogar glaubhaft.

Auf dem Balkon sahen sie dann, wie sich die breite Straße
hinunter ein Demonstrationszug zum Kreishaus bewegte. Ein
Wald von bemalten Schildern und aufgespannten Spruchbändern wogte über den Tausenden von Köpfen. Vorweg fuhr ein
Polizeiauto, ein zweites bildete den Schluß des Zuges. Die
Menschen, unter ihnen auch viele Frauen und Jugendliche, ja
sogar Kinder, gingen stumm die Straße entlang, nur das Trap-
peln und Schlürfen der Schuhe hing über ihnen wie eine dump-
fe, nicht rhythmische Musik.

Hörlein warf einen Seitenblick auf Hess. Er sah, wie der
seine Kamera bereit hielt, darauf wartend, daß der Zug am
Kreishaus war und er Einzelheiten erkennen konnte.

»Man hat uns total verschaukelt«, flüsterte Hörlein ihm zu.

»Dein hochgelobter Lübbers.«

»Dem ist das nicht anzulasten, Thomas. Seine Veröffentli-
chung war korrekt, kommentarlos, sogar wohlwollend.«

»Und das«, Hess nickte zu den Demonstranten hinunter,
»kommt dabei heraus.«

Der Zug hatte jetzt den Platz vor dem Kreishaus erreicht. Die
Marschierer erkannten ihren Oberkreisdirektor und die Vorsitzenden der Parteien im Kreistag. Die Schilder, Transparente
und Spruchbänder wurden hochgereckt. Mit starrer Miene las
Hörlein die Parolen. Hess fotografierte unentwegt. Ihnen
schrie die Empörung einer ganzen Nation entgegen.

WEHRET DER ÜBERFREMDUNG!
WIR HABEN GENUG EIGENE ARBEITSLOSE!
WANN WIRD DER BUDDHATEMPEL GEBAUT?
SCHÜTZT UNSERE FRAUEN... SCHWARZE UND GELBE RAUS!
NOCH MEHR KRIMINALITÄT?
MAN NIMMT UNS UNSERE ARBEITSPLÄTZE WEG!
AUSLÄNDER RAUS!
DAS FASS LÄUFT ÜBER!
HEUTE VIETNAM... MORGEN PIPPIKACKA!

Und ein großes Spruchband, mindestens zehn Meter lang:

WIR GEHEN NOCH EINMAL AN UNSERER EIGENEN DUMMHEIT
ZUGRUNDE.

Und eine große Zeichnung: Ein schlitzäugiges Monster umklammert die Brüste einer schreienden Frau. Eine blonde Frau. Eine echte deutsche Frau. Von Asiaten geschändet.

Hörlein preßte die Lippen zusammen. Durch die Zähne sagte er: »Das ist ungeheuerlich.«

Die Menschenmasse ballte sich vor dem Kreishaus zusammen. Pfiffe wurden laut, schrill und angreifend. Die Schilder wurden hoch in die Luft geschwenkt.

Hess zeigte auf ein großes Schild, das in der ersten Reihe hoch gehalten wurde. Ein Protest in Reimen:

POLEN, TÜRKEN, ASIATEN,
ALLE, DIE DA EINEN HATTEN,
ALLE EILTEN SIE HERBEI,
SELBST DER SCHEICH MIT EINEM EI.
UND BALD ERSCHOLL'S VON ALLEN TEMPELN:
IN DEUTSCHLAND KANN MAN HERRLICH STEMPELN

»Infam!« sagte Hörlein laut und erregt. »Das ist infam! Herr Lübbers, ich habe genug.«

Er ging zurück in den Sitzungssaal, die anderen Herren folgten ihm, der Vorsitzende der FDP im Kreistag schloß die Fenstertüren. Vom Platz her begleitete sie jetzt der Sprechchor der Demonstranten:

»Ausländer raus! Ausländer raus! Wir wollen keine Chinesen! Wir wollen keine Chinesen!«

»Es sind Vietnamesen«, sagte Hörlein, »nicht mal das begreifen sie.«

»Für das Volk ist alles, was schräge Augen und eine halbwegs gelbliche Haut hat, chinesisch.« Lübbers lehnte sich an die Tischkante. Er sah dabei Hess an, der seinen abgeknipsten Film zurückspulte. »*Das* wollte ich Ihnen vorführen. Die Bürgerinitiative nach der Ankündigung, daß zwanzig Vietnamesen zu uns kommen. Nur zwanzig. Und wieviel haben Sie, Herr Hörlein, bisher aus dem Südchinesischen Meer gefischt?«

»Bis heute, in einem Zeitraum von acht Jahren genau 10395 Flüchtlinge«, sagte Hörlein gepreßt. »Sie wären alle auf dem Meer elend umgekommen.«

»Hier demonstrieren 6000 brave Deutsche gegen zwanzig Vietnamesen. Wenn die erst wüßten, daß schon über 10000 verteilt worden sind! Hören Sie die Sprechchöre, das ist Volkes Stimme. So ist die Stimmung im Volk! Sie schreiben von Humanität und Christentum, Herr Hess, da hören Sie die Antwort.« Lübbers wies zu den geschlossenen Glastüren. Die Sprechchöre hielten an. »Und ich resümiere: Die Politiker und die Behörden sind nicht die Schlechtesten und Stursten, sie haben nur ein offenes Ohr für die Meinung ihrer Wähler. Ja, auch für den Export unserer Industrie. Und warum leugnen, es geht schließlich um die weitere Vollbeschäftigung von Millionen deutschen Arbeitnehmern.«

»Wir sollen diese armen Menschen, die um ihr Leben flüchten, also im Meer ersaufen lassen?« rief Hörlein voller Empörung.

»Wenn Ihr Schiff nicht da unten herumkreuzte, würde keiner etwas davon wissen. Vietnams Probleme können uns nicht belasten.«

»Es sind *Menschen*, Herr Lübbers, die dort sterben. Im Meer bisher rund eine halbe Million! Frauen und Kinder.« Hess packte seine Kamera an. »Wie werden Sie auf diese skandalöse Demonstration reagieren?«

»Gar nicht. Ich werde meine Pflicht erfüllen und die mir zugewiesenen zwanzig Vietnamesen in meinem Kreis ansiedeln.« Lübbers blickte wieder auf seine Armbanduhr. »Darf ich alle Herren in den Ratskeller zu einem Mittagessen einladen? Man hat mir Rouladen empfohlen, die heute ganz besonders gut sein sollen.«

»Danke, Herr Lübbers.« Hörlein verkraftete seine Enttäuschung nicht so leicht wie Hess. »Wir fahren sofort nach Köln zurück. Ihr Schauspiel ist nicht ohne Wirkung geblieben.«

»*Mein* Schauspiel?« Lübbers hob abwehrend die Hände. »Die Kreisverwaltung hat damit gar nichts zu tun. Im Amtsdeutsch hieße das: Das deutsche Volk ist asylmüde. Wissen Sie, wieviel Millionen Fremdarbeiter schon bei uns leben und wie viele von ihnen Sozialfürsorge und Arbeitslosenunterstützung und Mietzuschuß und – und – und bekommen? Es gibt türkische Familien mit zehn und mehr Kindern, die nur vom Kindergeld leben. Wozu arbeiten? Der deutsche Sozialstaat zahlt alles. Nebenbei noch ein bißchen Schwarzarbeit und man ist ein kleiner König gegenüber den Verwandten in Anatolien.« Lübbers gab Hess und Hörlein die Hand. Auch die Parteivorsitzenden verabschiedeten sich mit Handschlag. Sie dachten an die undankbare Aufgabe, in den nächsten Wochen ihre Wähler zu beruhigen.

»Sie hätten diese Ankündigung nicht zu schreiben brauchen, Herr Lübbers«, sagte Hess zum Abschied. »Wenn die zwanzig Vietnamesen hier angekommen wären, hätten Sie sie unauffällig verteilen können.«

»Einfach verschweigen? Das ist nicht meine Art, Herr Hess.

Ich bin für Offenheit.« Er zeigte wieder zu den Fenstertüren und den Sprechchören vor dem Kreishaus. »Auch wenn das dabei herauskommt! So weiß man wenigstens, wie die Stimmung im Lande ist. Ausnahmen ausgenommen...«

Auf der Rückfahrt nach Köln – Hess und Hörlein hatten das Kreishaus durch einen Hinterausgang verlassen – lehnte sich Hörlein tief in die Polster zurück. Hess fuhr.

»Da hat man uns zielsicher in den Arsch getreten«, sagte Hörlein. Seine Stimme klang müde. »Aber gerade darum machen wir jetzt erst recht weiter. Und wir werden trommeln. In Zeitungen, in Illustrierten, in Wochenblättern, im Funk, im Fernsehen. Wenn die *Liberty* in Hamburg ankommt, soll es ein triumphaler Empfang werden!«

»Und vor der Weltöffentlichkeit kann man die 243 zuviel Geretteten nicht zurück ins Meer werfen.«

»Genauso ist es.« Hörlein blickte auf die Autobahn. Es begann zu regnen, ein mieser Herbst war das wieder. »Wir haben noch viel zu tun, Thomas. Unendlich viel zu tun, und wir müssen uns eine Elefantenhaut zulegen, die tausend kleine Stiche aushält.«

An einem sonnigen Oktobertag, an einem Freitag, fuhr die *Liberty of Sea* in die breite Elbemündung ein. An Deck standen, dicht gedrängt an der Reling, die Vietnamesen und starrten gebannt auf das Land, das einmal ihre Heimat werden sollte. Sie hatten ihre neuen Jeans oder die alten, weiten, baumwollenen schwarzen Hosen an, blaue oder helle Hemden, alles sauber gewaschen, um dem Gastland keinen schlechten Eindruck zu bieten. Einige ältere Frauen und Männer hatten sich Handtücher über die Schultern gelegt, denn obwohl die Sonne schien, brachte sie nur wenig Wärme, und ein Handtuch sieht besser aus als eine umgeschlungene Decke.

Brunsbüttel zog backbord an ihnen vorbei, und sie bestaunten die großen Steinhäuser an den Ufern der Elbe, die vielen Schiffe, Barkassen und Schlepper, die ihnen entgegenkamen.

In Glücksstadt bereits nahmen zwei kleine Schlepper die *Liberty* in ihre Mitte und dirigierten sie die Elbe hinauf. Sie passierten Wedel und wurden von der Schiffsbegrüßungsanlage in Deutschland willkommen geheißen, ein Lotse kam an Bord, begrüßte Larsson und Büchler und ging dann auf die Nock, wo Herbergh, Dr. Starke und Anneliese standen. Er sah hinunter auf die über fünfhundert Flüchtlinge und kratzte sich den Kopf, nachdem er die Schiffermütze in den Nacken geschoben hatte.

»Die werden noch frieren«, sagte er, »kommt 'n Tief auf uns zu.«

»Wenn das alles ist...« Dr. Starke stützte sich auf das Schanzkleid. Schulau, Neßland und Schweinsand, die Vogelschutzgebiete, Blankenese mit seinen wundervollen, abgekapselten Luxuswelten, Schiff voraus würden dann der Fischereihafen kommen, Altona mit seinen Landungsbrücken, der Werfthafen und die imposante Werftinsel, die St.-Pauli-Landungsbrücken, die Überseebrücke...

»Wohin werden wir dirigiert?« fragte Dr. Herbergh den Lotsen. »Zum Niederhafen?«

»Nee, zum Baakenhafen. Petersenkai.«

»Das ist doch weit draußen.«

»Wie man's nimmt. Zoll und Güterbahnhof sind nahebei. Außerdem kann man den Petersenkai gut absperren. Wenn die Versmann-Straße dicht ist, kommt da keiner rein.«

»Warum absperren?« fragte Dr. Starke scharf. Der Lotse zuckte mit den Schultern.

»Da fragen Sie man die Hafenbehörde, Herr Doktor. Ich habe nur meine Anweisung.« »Wir haben doch keine Wilden, Raubtiere oder Seuchenkranke an Bord!« rief Anneliese.

»Dafür haben wir unsere Quarantänen«, sagte der Lotse gemütlich. »Mehr weiß ich nicht.«

An Deck stand auch, mitten unter den Vietnamesen, untergehakt von Kim ein sehr bleicher, gewichtsreduzierter Stellinger und erklärte seiner Mai den riesigen Hafen von Hamburg. Zwei Wochen hatte er auf Leben und Tod gelegen. Die Fahrt nach Manila, das Bunkern, die Abfahrt zur endgültig letzten Reise, 16000 Kilometer bis Deutschland, hatte er in einem Dämmerzustand erlebt. Erst kurz vor der Einfahrt in den Panamakanal hatte er richtig die Augen aufgeschlagen, den Kopf gehoben, Mai an seinem Bett sitzen gesehen und mit klarer Stimme gesagt: »Mai, mein Schätzchen, hol mir ein Bier. Hab' ich einen Durst.«

Dr. Herbergh, den Kim sofort rief, eilte zu Stellinger. Seit Tagen hatte er schon gesehen, daß die Herzkurven auf dem Monitor sich stabilisierten, aber Stellinger war noch nicht ansprechbar gewesen. Jetzt hatte Kim das Kopfteil des Bettes etwas hochgeklappt, und Stellinger grinste Dr. Herbergh an.

Bis auf sein abgemagertes, blasses Gesicht war nicht zu sehen, daß er dem Tod weggelaufen war.

»Also ein Bier will der liebe Franz«, sagte Dr. Herbergh, »schön eiskalt.«

»Sie sind ein Engel, Herr Doktor!« strahlte Stellinger.

»Sie ändern gleich Ihre Meinung. Nicht mal dran riechen dürfen Sie!«

»Herr Doktor...«

»Wissen Sie überhaupt, daß Sie über zwei Wochen lang in einer Art Koma gelegen haben. Kroll hat sogar schon seinen Klappsarg aus dem Versteck geholt und ihn ausgemessen. ›Franz paßt rein!‹ hat er gesagt.«

»Ich werde Fritz freihändig in der Luft verhungern lassen!« Stellinger sah Dr. Herbergh flehend an. »Ich muß wieder zu Kräften kommen, so schnell wie möglich... und da hilft ein Bier... garantiert.«

Zwei Tage lang wurde Stellinger von Dr. Herbergh und Anneliese untersucht. Und als die *Liberty* in die Schleuse von Balboa einlief, kam Dr. Herbergh mit einem Tablett an Stellingers

Bett und servierte ihm eigenhändig ein Glas Pils. Gerührt hielt Stellinger die Nase über das Glas und schnupperte den würzigen Hopfengeruch.

»Wo kommt denn das noch her?« fragte er andächtig.

»Winter hatte noch drei Flaschen versteckt. ›Für Franz, wenn er es überlebt‹, hat er damals gesagt. Hier ist die erste Flasche.«

»Hans-Peter.« Stellinger nahm einen kleinen, ganz vorsichtigen Schluck. »Bestellen Sie bitte dem Krautwickler, er möchte mich mal besuchen. Ist doch ein Pfundsbursche... ich hab' das immer gewußt, nur nicht gesagt. Damit der nicht noch eingebildet wird.«

Von da an – lag's an den drei Flaschen Pils? – ging es Stellinger von Tag zu Tag besser, am Arm von Kim machte er seine ersten Gehversuche über Deck, besuchte Fritz Kroll und sagte: »Mich für den Sarg ausmessen, du Arsch, das könnte dir so passen! Allein der Gedanke, in dein Patent zu kommen, macht mich unsterblich!« und lag dann während der Fahrt durch die Karibik und an der Nordküste von Südamerika entlang in der Sonne und tankte neue Kraft. Als er zum erstenmal wieder Mai in seinen Armen hielt, wußte er, daß er gesund war.

»Und da drüben ist das berühmte Tropenkrankenhaus!« sagte er jetzt zu Kim. »Und da, siehst du den langgestreckten, flachen Bau mit dem Turm dran, das ist ein ganz berühmtes Fischlokal. Da werden wir mal ganz toll eine Seezunge à la Müllerin essen. Und dahinter, das kannst du nicht sehen, liegt die Reeperbahn, die Große Freiheit, der Hans-Albers-Platz, die Herbert-Straße, ein Puff neben dem anderen, Nachtlokale, wo sie's auf einer Bühne machen, und alle sitzen drumrum, und wennste willst, kannst du sogar mitmachen.«

»Schweinerei«, sagte Kim auf deutsch.

Sie fielen sich um den Hals und küßten sich, mitten unter den Vietnamesen, und viele schauten ihnen zu und freuten sich mit ihnen.

Deutschland! Welch ein reiches Land! Diese Häuser, dieser Hafen, dieser Wald von Kränen, dieses Gewimmel von Autos, die Labyrinthe der Straßen, die Hochhäuser, die gut gekleideten Menschen. Hier also würde ihr neues Leben beginnen. Ein Leben ohne Angst vor den politischen Kommissaren, ohne Sorge darum, ob der Reis reicht und man genug Fische fängt, ohne Furcht davor, in die Kirche zu gehen, ohne jeden Druck von den kommunistischen Verwaltern, ein Leben, das man sich noch gar nicht vorstellen konnte.

Langsam fuhr die *Liberty of Sea* durch den Hafen, eines von vielen Schiffen, von kaum jemandem beachtet. Das Rote Kreuz hatte Larsson schon in Manila übermalen lassen. Die Ankunft in Hamburg sollte nicht gleich mit einer Anzeige beginnen.

Die Schlepper hatten bereits auf der Höhe des Elbtunnels abgedreht, nur der Lotse gab jetzt den Weg an. Als sie ganz langsam in den Baakenhafen einliefen, und Larsson mit einem tiefen Brummton des Nebelhornes den Petersenkai begrüßte, brach an Deck ein Jubel aus, fielen die Flüchtlinge in die Arme, wurden Kinder hochgehoben und abgeküßt, begann eine Gruppe mit einem Volkstanz, und Hunderte Hände klatschten dazu.

Bevor die *Liberty* die Nordelbe hinauffuhr, hatte Peter Blodmeyer ein paar hektische Stunden gehabt. Die Versmann-Straße war abgesperrt, nur Personen mit Ausweis wurden durchgelassen. Zeitungsreporter, Fernsehen, Funksprecher warteten auf das Schiff, und dann erlebte Blodmeyer, was es heißt, eine Menschenwelle aufhalten zu wollen.

Es waren vielleicht zweitausend Menschen, die auf den Petersenkai stürmten, um die *Liberty* zu empfangen. Hörlein und Hess hatten in den vergangenen acht Tagen »getrommelt«, in jeder Zeitung wurde über die bevorstehende Ankunft des Flüchtlingsschiffes aus Vietnam berichtet und über die an Bord befindlichen 321 Vietnamesen, die Deutschland aufnehmen würde.

Am Tage der Ankunft waren daher aus allen Teilen Deutschlands Vietnamesen gekommen, die ihre Landsleute mit Jubel empfangen wollten. Sie lebten schon seit Jahren in der Bundesrepublik, hatten sich eingegliedert, hatten deutsche Freunde gewonnen, waren fleißige Arbeiter, hatten Geld gespart, fuhren ein Auto. Ihr Glück war es gewesen, daß sie in dieses Land gekommen waren, als sie noch als geheimnisumwitterte Exoten galten, als der Ausländerhaß noch nicht wie eine Seuche durch das Land kroch.

Nun standen sie hier am Petersenkai und warteten. Viele waren bereit, die neuen Landsleute bei sich aufzunehmen, mitzunehmen in ihre Wohnungen. Blodmeyer, über dessen Tisch alle Anträge liefen, hatte gestöhnt wie ein Schwerkranker und nicht begriffen, daß die Vietnamesen nicht verstanden, daß man nicht einfach einen Freund mitnehmen konnte. Die Neuankommenden wurden verteilt, auf die Länder, die Garantien gegeben hatten, was dann mit ihnen geschehen würde, darüber konnte Blodmeyer keine Auskunft geben. Das überschritt sein Wissen. Aber die Vietnamesen wollten das nicht einsehen.

Wie kann man das auch begreifen?

Vor einer Stunde, die *Liberty of Sea* fuhr bereits am Fischereihafen vorbei, hatte es noch einen großen Krach gegeben. Eine deutsche Frau, die gekommen war, um die Landung mitzuerleben, sah sich um und wandte sich dann an Blodmeyer. Er stand mit Hess und Hörlein und einer Gruppe Hafenpolizisten abseits der über tausend Vietnamesen und ärgerte sich maßlos, daß die Ankunft des Schiffes einen solchen Rummel auslöste.

Und hier wurde die Frau wütend. »Wenn schon nichts vorbereitet ist, keine Musikkapelle da ist, kein namhafter Politiker, kein Vertreter der Bundesregierung, kein Abgesandter der Länder, kein Bundestagsabgeordneter aus Bonn – dabei reisen die doch so gerne! – kein Bischof beider Kirchen – es hätten auch ein Generalvikar und ein Kirchenrat genügt –, keiner, der ein paar Worte sprechen könnte«, griff sie Blodmeyer an, »dann könnte man wenigstens eine deutsche Fahne auftreiben! Dieser Empfang ist ein Skandal! Wir blamieren uns vor aller Welt!«

Man stritt zehn Minuten lang miteinander, Blodmeyer verbat sich alle Beleidigungen, aber dann kam doch ein Hafenbeamter mit einer Fahne und zog sie an einem Mast hoch, genau in dem Augenblick, in dem die *Liberty* in den Baakenhafen einbog.

Ein Aufschrei aus tausend Kehlen begrüßte sie. Plötzlich hatten die Vietnamesen kleine Fähnchen in den Farben Gelb und Rot in den Händen, den Farben Südvietnams, und schwenkten sie hoch über den Köpfen. Und als das Schiff auf Hörweite herangekommen war und auf die Kaimauer zutrieb, dröhnten plötzlich unter dem Mantel versteckt gehaltene Megaphone auf, gellten die ersten Grußworte zu den winkenden Flüchtlingen hinüber, die mit noch lauteren Megaphonen beantwortet wurden. Stellinger hatte sie verteilen lassen.

Etwas blaß wandte sich Blodmeyer an Hess und Hörlein. »Sehen Sie sich das an... das sind Wilde geblieben.«

»Sie freuen sich nur.« Hörlein mußte gegen den Lärm anschreien. »Waren Sie schon mal auf einem deutschen Fußballplatz?!«

Ein riesiges Transparent, mindestens zehn Meter lang, wurde ausgerollt. Zehn Mann hielten es hoch und streckten es dann in den Himmel.

CHÀO MÙNG DÔNG BÁO V.N. TY NAN GÔNG SAN DEN HAMBURG
WIR BEGRÜSSEN IN HAMBURG DIE VIETNAMESISCHEN FLÜCHTLINGE, DIE DEM KOMMUNISMUS ENTRONNEN SIND

Und dann wurde es plötzlich still. Aus tausend Kehlen, innig und gläubig, ertönte ein Lied. Mit gefalteten Händen sangen sie es, mit traurigen Augen, mit einem Schluchzen mit der ganzen Sehnsucht nach ihrer Heimat.

Ich liebe dich, mein Heimatdorf, jetzt und für immer,
ich liebe die Vögel, die uns die Nachricht vom Frieden
bringen,
ich liebe mein Land und den Himmel,
.und ich liebe das Reisfeld in der weiten Ferne,
wo ich mein Leben lang warten werde auf dich.

Hess stieß den stillen Blodmeyer an. »Sie weinen«, sagte er. »Die Wilden weinen. Es sind vielleicht doch Menschen.«

Neues Schreien unterbrach ihn, Blodmeyer zuckte zusammen. »Was brüllen sie jetzt?« fragte er.

»Nieder mit dem Kommunismus! Es lebe Vietnam!« Hess sah zum Schiff. Es hatte festgemacht, die Gangway wurde gerade herausgeschwenkt. Wie eine Meute Jagdhunde drängten sich Reporter, Funk und Fernsehen nach vorn, nur das Knurren und Hecheln fehlte. »Das muß doch Musik in Ihren Ohren sein. Nieder mit dem Kommunismus!«

»Ich bin Beamter«, antwortete Blodmeyer steif.

»Verzeihung, das hatte ich einen Augenblick vergessen.«

Die Gangway berührte den Kai. Fritz Kroll hakte die Sperrkette aus. Die Journalisten stürmten das Schiff. Piraten an Tonbändern, Mikrofonen und TV-Kameras. Die Verständigung war schwierig, da sprachen die Reporter um so mehr. Stellinger, der mit Kim am Deckshaus stand, wurde von einem Fernsehteam umringt. Die TV-Kamera surrte.

»Welche Funktion haben Sie an Bord?« fragte der Interviewer.

»Ich bin Oberbootsmann«, sagte Stellinger.

»Sie haben neben sich eine bildhübsche Vietnamesin. Haben Sie sich die aus den anderen ausgesucht.«

»Ja.«

»Sie lieben Exoten?«

»Ich liebe Mai.«

»Wissen Sie schon, wo Mai hinkommen wird?«

»Ja. Zu mir.«

»Zu Ihnen? Ja wollen Sie das Mädchen denn heiraten?«

»Nein, wir sind schon verheiratet. Ein Pfarrer in San Juan hat uns getraut. Das Standesamt holen wir nach. Noch was?«

»Ja. Noch eine Frage: Wie denken Sie über den immer größer werdenden Widerstand gegen die Asylanten?«

»Die darüber meckern, sind alles zu fette Arschlöcher. Man sollte sie mal ins Meer werfen, damit sie begreifen, was ersaufen heißt.«

»Danke. Ende.« Der Interviewer winkte ab. »Der letzte Satz wird gestrichen.«

Die Ausschiffung begann. Zögernd, zaghaft, aber vom Jubel ihrer Landsleute ermutigt, betraten die Flüchtlinge den Boden des Paradieses. Auf dem Kai warteten die Busse. Noch einmal in ein Lager, in ein schönes, sauberes Lager, zum letztenmal. In einem richtigen Bett schlafen. Duschanlagen. Radio und Fernsehen. Gutes, reichliches Essen. So wie es eine Vorstufe zur Hölle gibt – und die hatten sie hinter sich –, so gab es auch eine Vorstufe zum Paradies. Sie waren frei und lebten. Gott, wir danken Dir!

Blodmeyer stand zutiefst verwirrt an Deck und zählte flüchtig die an Land Gehenden. »Sehe ich doppelt?!« fragte er Hörlein. »Das sind doch mehr als 321.«

»Genau 564.«

»Ich protestiere! Sofort das Aussteigen stoppen. Das ist ja eine Sauerei! Alles zurück! Einzeln die Gangway runter! Wir zählen 321 ab, und keiner mehr geht an Land!«

Hess war zu ihnen gekommen. Er hatte ein Tonbandgerät eingeschaltet. »Herr Amtmann Blodmeyer, bitte, sprechen Sie zu unseren Lesern. Sie wollen 243 Menschen, die zuviel aus dem Meer gerettet wurden, nicht an Land lassen?«

Blodmeyer schwieg verbissen. Aber Hess sprach weiter.

»Herr Blodmeyer, das ›Komitee Rettet die Verfolgten‹ wird für diese 243 Flüchtlinge vor kommunistischem Terror Antrag auf Asylgewährungen stellen. Ist es rechtlich haltbar, Asylbewerber abzuweisen, ohne vorher ihre Gründe anzuhören und ihren Antrag zu prüfen.«

»Nein«, preßte Brodmeyer hervor.

»Oder ist es so, daß Asylbewerber so lange in ein Lager kommen und warten, bis eine Entscheidung vorliegt?«

»Ja.«

»Dann also spricht nichts dagegen, daß 243 Asylbewerber die *Liberty of Sea* verlassen können. Wir danken Ihnen für das informatorisch wertvolle Gespräch, Herr Blodmeyer.«

Als letzte verließen Anneliese, Dr. Herbergh und Dr. Starke das Schiff. Auf dem Kai wartete die Mannschaft auf sie, Julia heulte, an Pitz gedrückt, v. Starkenburg und Chief Kranzenberger standen eng beieinander. Nur Büchler fehlte. In Stellingers Gesicht zuckte es.

»Kinder«, sagte Dr. Herbergh, »nun heult nicht und zieht keine Schau ab. Noch sind wir nicht in alle Winde zerstreut, und wenn, wir bleiben in Kontakt miteinander. Es ist noch einiges zu tun, bis wir uns trennen.« Er suchte Hörlein, aber der wurde gerade vom Fernsehen belagert. »Heute abend seid ihr alle meine Gäste. Und morgen sehen wir uns das Lager an, in das Blodmeyer unsere vietnamesischen Freunde gebracht hat.«

Auf dem Schiff, oben auf der Brücke, stand Hugo Büchler in Uniform Kapitän Larsson gegenüber.

»Ich melde mich bereit, Herr Kapitän«, sagte Büchler fest. »Wir können zum Seeamt gehen und die Meuterei anzeigen.«

Larsson nickte. Sein harter Blick glitt an Büchler hinunter. »Hauen Sie ab, Sie Idiot, Sie verdammter!« sagte er plötzlich. »Was wollen Sie überhaupt? Wer hat denn hier gemeutert?!«

»Herr Kapitän…«

»Halten Sie den Mund, Büchler! Wir müssen von Bord. Dr.

Herbergh hat uns zum Fischessen eingeladen. Ist die Wache eingeteilt?«

»Jawohl, Herr Kapitän. Der Plan liegt auf Ihrem Tisch.«

»Dann los! Wieder ein Glas trockner Wein, habe ich davon geträumt...« Larsson ging zur Tür und drehte sich dort um.

»Warum kommen Sie nicht, Erster?«

»Ich, ich schäme mich, Herr Kapitän.«

»Da hilft nur ein großer Wodka! Und den trinken wir gemeinsam, Büchler.«

Am Kai gab Hörlein sein letztes Interview an diesem Abend. Der TV-Reporter fragte ihn: »Stimmt es, daß das Komitee plant, schon im nächsten Jahr ein neues Schiff für Vietnam zu chartern?«

»Ja«, Hörlein blickte voll in die Kamera. »Solange dort Menschen verfolgt werden und in ihrer Verzweiflung in kleinen, flachen Booten über das Meer flüchten, lieber den Tod in den Wellen, als den Tod unter den Kommunisten suchen, immer in der Hoffnung, ein Schiff könnte sie doch noch retten, und solange die Handelsschiffe an diesen Elenden vorbeifahren und sie ihrem Schicksal überlassen, so lange werden wir Menschen aus dem Südchinesischen Meer fischen. Menschenfischer ist für uns kein Schimpfwort, es ist ein Ehrenname.«

»Und wie wollen Sie das finanzieren? Nur aus Spenden?«

»Ja. Nur aus Spenden. Gott sei Dank gibt es genug Menschen, die humanitär denken und das Schicksal der Flüchtlinge nachempfinden können. Wir werden ein neues Schiff chartern, ein deutsches Schiff, weil wir es zu einem Sonderpreis bekommen können, ein Schiff mit deutscher Besatzung, deutschen Ärzten und moderner Hospitaleinrichtung. Das ganze wird uns 2,8 Millionen Mark kosten. Aber dafür können wir ein ganzes Jahr vor der Mekong-Mündung fahren und Tausende retten. Und noch einmal Gott sei Dank, durch Spenden werden wir diese 2,8 Millionen aufbringen.«

»Und wann fährt das neue Schiff nach Vietnam?«

»Das weiß ich noch nicht. Aber auf jeden Fall im nächsten Jahr.«

Am nächsten Tag aber schrieb eine Hamburger Zeitung:

Etwa 5000 Hamburger und etliche Vietnamesen erwarteten das Flüchtlingsschiff ...

Es hätte heißen müssen: Etwa 2000 Vietnamesen und etliche Hamburger erwarteten ...

Und den Jubel der wartenden Landsleute, den Gesang, die Fähnchen, die Tänze kommentierte die Zeitung:

Für Asylbewerber, die in Hamburg zum Teil seit Jahren auf ihre Anerkennung als politische Flüchtlinge warten, mußte das Schauspiel wie ein Schlag ins Gesicht wirken.

So etwas liest man gern am Frühstückstisch.

Aber 1269 Menschen waren aus Todesnot gerettet worden. Vor dem Ertrinken, vor dem Verdorren in der Sonne, vor den Piraten. Nur das zählt. Nichts, aber auch gar nichts anderes!

An einem trüben Augusttag lief von Bremerhaven das neue Schiff des »Komitees Rettet die Verfolgten« aus. Ein schönes, weißes Schiff, umgebaut zum Lazarettschiff, unter Deck genug Wohnraum für 500 Personen. Nur zwei »Alte« waren an Bord: Herbert v. Starkenburg und Chief Julius Kranzenberger. Hörlein und Hess waren schon nach Singapur vorausgeflogen, um die Verbindungsstation zwischen Schiff und Köln wieder einzurichten. Und wie bei der Ankunft der *Liberty of Sea* war auch beim Ablegen der *Anneliese Burgbach* kein Offizier am Kai, kein Minister, kein Parteienvertreter, kein Abgesandter der Kirchen, niemand. Ganz still warf die *Anneliese Burgbach* die Leinen los und schob sich aus dem Hafen.

Nur drei Menschen standen am Kai und winkten dem davon-gleitenden Schiff nach: Franz Stellinger, Inhaber eines Schiffs-ausstattungsgeschäfts, und Kim, seine hübsche, junge Frau, und Fred Xuong Stellinger, ihr zwei Monate alter Sohn. Er war in einen dicken Schal gewickelt, und Kim hielt den Kleinen hoch und zeigte ihm das Schiff.

»Du wärst gerne wieder mitgefahren, nicht wahr Toam?« fragte Kim.

Stellinger nickte. Ein Würgen in der Kehle machte ihm zu schaffen.

»Ja«, sagte er endlich, »aber nur mit dir und Fred.«

»Das nächstemal, Toam.« Sie trat bis nahe an die Kaimauer heran und winkte dem Schiff nach. »Grüßt mein Land!« rief sie mit ihrer hellen Stimme. »Ich bin glücklich, so glücklich, aber ich möchte noch einmal durch unsere Reisfelder gehen...«

Es war ein trüber Tag, und schnell verschwand das Schiff im Nebel.

Das goldene Meer lag vor ihm.

Nachbemerkung

Sie haben einen Roman gelesen, in dem Tatsachen und Fiktion miteinander verwoben sind. Ich war selbst zweimal im Südchinesischen Meer, ich kenne Singapur, Thailand, Manila und Hongkong.

Fakten und Zahlen habe ich dem Buch »Exodus aus Vietnam« von Rupert Neudeck, Zeitungsberichten und Interviews entnommen. Dr. Rupert Neudeck ist Vorsitzender des »Komitees CAP ANAMUR/Deutsche Not-Ärzte e. V.« in 5210 Troisdorf bei Köln, Kupferstraße 7.

Die Fahrten der Rettungsschiffe CAP ANAMUR I und CAP ANAMUR II waren Anregung zu diesem Roman – mit den Geschehnissen auf der *Liberty of Sea* haben sie nichts gemeinsam außer der Tatsache, daß sie bisher mehr als zehntausend Vietnam-Flüchtlinge vor dem sicheren Tod gerettet haben.

Wer mithelfen will, das Schicksal dieser Boatpeople zu lindern, kann seinen Beitrag leisten. Die Bankverbindung des Komitees: Stadtsparkasse Köln, Kontonummer 2 222 222, Bankleitzahl 370 501 98.

Allen Lesern meinen herzlichen Dank.

H. G. K.

Heinz G. Konsalik
bei Blanvalet

Roman. 480 Seiten.
DM 42,80